KARL HOHENTHAL
HADSCHI HALEF OMAR IM WILDEN WESTEN

KARL HOHENTHAL

HADSCHI HALEF OMAR IM WILDEN WESTEN

Reiseerzählung

HEYNE ‹

Die Verwendung des Titels »Hadschi Halef Omar im Wilden Westen«
erfolgt in freundlicher Absprache mit dem Karl-May-Verlag, Bamberg.

Verlagsgruppe Random House FSC-DEU-0100
Das für dieses Buch verwendete FCS-zertifizierte Papier
EOS liefert Salzer Papier GmbH, St. Pölten, Austria.

Layout: Helga Schörnig
Satz: Christine Roithner Verlagsservice, Breitenaich
Gesetzt aus der 10,8/13,6 Punkt Garamond Premier Pro
Druck und Bindung: Pustet, Regensburg
Printed in Germany

ISBN: 978-3-453-26710-7

www.heyne.de

Für meine Tochter
Agnetha Grace Alexandra

Die vorliegende Reiseerzählung spielt zu Beginn der siebziger Jahre des 19. Jahrhunderts in der algerischen Sahara sowie in Nordamerika.

Inhalt

Einleitung

Afrika – Savanne und Wüste.

Asien – Urwald und Steppe.

Nordamerika – der Wilde Westen!

Wer spricht dieser Tage nicht alles über diese Kontinente und ihre Landschaften, wer schreibt nicht alles darüber. Als wäre über Nacht die Weltkugel geschrumpft, als handelte es sich bei ihr nur noch um ein dem Dorfe vorgelagertes Hügelchen und bei jedem ihrer Meere nur um ein dem Stadtmenschen zum Baden angenehmes Bächlein, so leichthin quäkt und trompetet es aus jedem Winkel: Hört und staunt, ich habe den Erdball abgeschritten!

Aber ist es denn verwunderlich? Seit ein gewisser kleiner Beduine und ein gewisser großer Apache jung und alt für sich einnehmen, seit ihre Abenteuer den Weg aus der Wildnis in die Zivilisation, an die Tische der Arbeiterküchen genauso wie auf die Samtpolster der Aristokraten gefunden haben, seither stürmt es auf das geneigte Publikum ein: »Ich, ich, ich – ich war ebenfalls schon dort!« Kastanie und Nußbaum sind plötzlich nicht mehr genug, nein, Palme und Bambus müssen es sein. Reh und Rabe glaubt man schon zur Genüge zu kennen, Affe und Papagei als noch kaum je gesehene Geschöpfe sind um so aufregender und willkommener. Ein jeder, der schon einmal ein Billet für eine Eisenbahnfahrt erschwingen konnte oder hoch droben, auf dem Kutschbock, sitzen durfte, fühlt sich nun berufen, den »Daheimgebliebenen« von sagenhaften Ländern und noch sagenhafteren Ereignissen zu berichten. Indes, wieviel davon ist nur phantasiert, und wie wenig, ach der geringste Teil, entspricht der Realität. Da muß der wahrhaft durch Gefahren gestählte Mann sich hinsichtlich seiner *wirklich* stattgefundenen Reisen eher verschlossen zeigen, muß vorsichtig tun mit der Offenbarung seiner *tatsächlichen* Erlebnisse. Was nämlich einer in fernen Landen durchlebt, durchlitten und – mit Gottes Hilfe! – durchgestanden hat, das ist zu kostbar für Angeberei; zumal wenn solchen Berichten höhere Einsichten zugrunde liegen, erst recht die schicklichsten Absichten. Die Achtung vor wahrem Heldentum gebietet, die Einbildungskraft zu bezähmen, so schwer dies angesichts der weitverbreiteten Ruhmessucht auch fallen mag. Wer immer kann, der schweige.

Schweigen freilich – angelegentlich dieses Buches darf ich mir nichts weniger erlauben. Im Gegenteil, reden und sprechen muß ich, erzählen und berichten, was man mir bitte nicht als einen Ausfluß von Eitelkeit ankreide; dergleichen ist mir fremd. Nein, einzig dem Zwecke der Belehrung mag es dienen, wenn ich im folgenden anhebe, dem geschätzten Leser Kunde zu bringen von Vorgängen, welche seine Kenntnisse über die nordafrikanische Wüste wie auch über den amerikanischen Westen erweitern helfen, seine Empfindsamkeit heben und ihn vor den Abgründen der menschlichen Existenz gleichermaßen staunen wie schaudern machen werden. Was mir nämlich vor Jahr und Tag in der Fremde widerfahren ist, welche Schicksalsschläge mich getroffen, welche Martern an Leib und Seele ich zu erdulden hatte und wie ich zu guter Letzt doch in die geliebte Heimat zurückkehren konnte, das rufe mir kein Quasselfex, erst recht keiner dieser Halbgeister und Viertelköpfe von der Presse als jugendverderbend nach. So wie ich meine Rapphengste Rih und Hatatitla immer nur selbst gesattelt, Bärentöter und Henrystutzen immer nur eigenhändig geladen und auch meinen berühmten Jagdhieb höchstselbst an Feindesschläfen gesetzt habe, so rüste ich mich nun, ein weiteres Mal von schier unglaublichen Erlebnissen meines Hadschi Halef Omars, des Scheiks der Haddedihn, zu erzählen, welche ausnahmsweise, wie sich zeigen wird, auch Erlebnisse sind von Old Shatterhand und meinem Winnetou.

Sagte ich eben »mein Hadschi Halef Omar«, schrieb ich »mein Winnetou«?

Es muß natürlich heißen: »unser Halef«, »unser Winnetou«. Seit so vielen Jahren schon gehören diese beiden ja nicht mehr mir allein. Längst gehören sie uns allen, der kleine große Beduine und der Häuptling der Apachen, uns gehören sie, uns allen, die wir uns ein treues Herz bewahrt haben und Verstandes genug, Dichtung und Wahrheit auseinanderzuhalten. Wenn ich darum sage, *ich* rüste mich, so ist dies ein mit Bedacht gewähltes Wort; weiß ich doch, wie sehr die Strahlkraft gerade Winnetous geeignet ist, Häme und Eifersucht bei jenen herauszufordern, welche sich von jeher als zu kurz gekommen betrachten und sich gern an mir, dem einzigen Blutsbruder dieses größten aller roten Männer, reiben. Mit der Geschwindigkeit einer Drahtdepesche wird man mit Erscheinen dieses Buches abermals Lügen konstruieren; der Unflat, mit welchem man mich neuerlich bewerfen wird, mag dem Leser aus bestimmten Zeitungen bekannt sein: In die Ferne gereist, heißt es da, sei ja keineswegs ich selbst; allein mein Geist, meine Einbildungskraft seien dort herumgestrolcht, um nicht zu sagen: mit mir durchgegangen; meinen wahren Namen würde ich verbergen, desgleichen mein Gesicht hinter Masken und Alfanzereien, wie ein Dieb hinter seiner Larve.

Doch halt, rufe ich! Wie könnte ein so herrlicher Mann wie Winnetou allein durch meine Einbildung in unser Leben getreten sein? Wie könnte einer, der unter meinen Lesern ein nie gekanntes Mitfiebern erweckt hat, von mir nur ausgedacht, ersponnen sein? Vorwärts, zeigt mir den Geistestitanen, der über das Faß Phantasie verfügt, sich einen solchen Mann wie den Häuptling der Apachen überhaupt nur vorzustellen, erst recht ihn derart auszuschmücken! Jederzeit führe ich doch Beweis für jedes meiner Worte, man stelle mich auf die Probe! Prüft immerhin eine jede Narbe meines kampferprobten Körpers, sie sind alle noch da!

Befragt mich nach jeder noch so unwichtig erscheinenden Einzelheit, ich beschreibe sie! Besser noch, man frage meine Leser. Fragt sie nur zum Aussehen Winnetous, zu seinen Eigenheiten, seiner Kleidung, seiner Bewaffnung, fragt sie nach seinem Fühlen und Denken, sie wissen besser Bescheid als ich selbst. Millionen zählen sie, die Anhänger Winnetous, und es werden immer mehr, so daß ich zuversichtlich sein darf, eine ebensolche Anzahl der genauesten Beschreibungen beizubringen. Denn Winnetou lebt! Er lebt in unserem Geiste und wohnt in unseren Herzen. Wo wäre da Platz für Zweifel?

Die Aufwiegler der Journaille aber raunen weiter.

Von Gefängnisaufenthalten des Autors wollen sie wissen, die Hetzer, von Gesetzesbrüchen in niemals vergangen sein dürfender Zeit. Jene oft behaupteten Taten des einstigen Schülers und Studenten, muß man sie dem gereiften Manne laufend unter die Nase reiben, sogar lebenslänglich, um ihn nur ja hübsch klein zu halten als den mittellosen Erzgebirgler, der er bei Geburt gewesen sei? Darf in diesem Lande einer groß werden, ohne sich einen Gernegroß heißen zu lassen? Immerzu rasen sie fort, die Zeiger angeblich zappzarappter Taschenuhren, bis in alle Ewigkeit klirren sie weiter, die blanken, angeblich eingesteckten Taler, bis einem vor lauter Häme der Schädel dröhnt, nicht weniger von all den Namen, Titeln und Berufen, welche man sich doch keinesfalls angemaßt, sie vielmehr schon immer besessen beziehungsweise sich unter Mühen erworben hat. Ans Herze greifen jedem aufrechten Menschen so viel Schmähung und Niederträchtigkeit. Am Ende kommt gar einer und schreit: Alles Lüge, der Autor bildet sich alles nur ein, ja er existiert nicht einmal selbst! Seine Bücher? Auf Effekte kalkuliertes Zeug! Seine Abenteuer? Zusammenspintisiert, trostlosen Stunden abgeschwindelt; ein anderer, Namenloser, schreibt für ihn; der Betrug um Shakespeare und Dumas findet Wiederholung!

Sicher, so etwas zu sagen, erkühnen sich bloß Narren. Fast ohne Ausnahme handelt es sich ja bei meinen Kritikern um Leute, welche selbst nie den Lasso geschwungen und sich nie mit dem Grizzly gemessen haben, welche überhaupt noch nie in der Wüste oder in den *dark and bloody grounds* gewesen sind, erst recht dort nie auf Leben und Tod gekämpft haben. Doch ob der eigenen Unzulänglichkeit zu schweigen, das fällt ihnen nicht ein.

Lieber Leser! An meinem Pulte erhebe ich feierlich die Hand zum Schwure. Mit demselben heiligen Ernst, mit dem mir vor Jahren Intschu tschuna, Winnetous Vater, den Vorderarm ritzte, um daraus mein Blut fließen zu lassen, welches sich vereinigte mit dem Lebenssafte seines einzigen Sohnes, mit demselben heiligen Ernst rufe ich: Die folgende Geschichte, sie *ist* wahr! Sie ist so wahr wie alles, was je den Namen Karl Hohenthal getragen, und jetzt, da ich sie aufschreibe, da ich Rechenschaft ablege über jenen noch unbekannten Teil meines Lebens und Erlebens, da fliegt die Feder nur so übers Papier, fliegt mit mir hinüber in die Gefilde von einst, die zu durchstreifen mir an der Seite zweier der prächtigsten Menschen vergönnt war. Komm und fliege auch du, Freund Winnetous, Freund Hadschi Halef Omars, Freund Old Shatterhands und Kara Ben Nemsis. Wahrlich, die Abenteuer, die wir erlebt haben, verdienen es, erzählt zu werden!

ERSTES KAPITEL

Der »Vater des Teufels«

Im Namen des barmherzigen und gnädigen Gottes! Lob sei Gott,
dem Herrn der Welten, dem Barmherzigen und Gnädigen,
der am Tage des Gerichts regiert!

Nichts war in der Wüste. Leer war sie und so dunkel wie der von Sternen schon gesäuberte Nachthimmel, aus dessen östlicher Richtung ein winziger roter Strahl erglomm. Leer war die Wüste, aber sie war nicht mehr still, denn voll Verheißung erklangen in ihr die Verse des *Fadschr,* des frühen islamischen Gebetes vor dem Sonnenaufgang. Aus der Tiefe eines gläubigen Herzens, das erfüllt war von der Kraft und der Poesie des heiligen Korans, flossen die Worte der ersten Sure, welche *Al-Fatiha* heißt und da lautet: *Dir allein dienen wir, und dich allein bitten wir um Hilfe. Führe uns den geraden Weg!*

Ex oriente lux – als jenes rote Glimmen sich anschickte, die Welt mit einem neuen Tag zu segnen, sie in Licht und Schatten zu teilen und doch gleichzeitig darin zu vereinigen, da schlossen sich an Al-Fatiha die Zeilen einer weiteren Sure. Diese, die dreiundzwanzigste, hat *Die Gläubigen* zum Gegenstand. Durch die nun rasch zurückweichende Nacht klang es:

Im Namen Allahs, des Erbarmers, des Barmherzigen!
Wohl ergeht es den Gläubigen, die sich demütigen in ihrem Gebet
und die sich fernhalten von eitlem Geschwätz, und die die
Armenspende entrichten, und die sich der Weiber enthalten,

es sei denn, ihrer Gattinnen oder derer, die sie von Rechts wegen
besitzen, denn dann sind sie nicht zu tadeln.

Nichts war in der Wüste außer dem Sand und dem Geröll der Jahrmillionen, außer der Morgenröte darüber und zweier Namen darunter. Der erste dieser Namen lautet »Sahara« oder vielmehr *as-sahra al-kubra*. Das bedeutet im Arabischen soviel wie »riesige Wüste«. Noch zutreffender und so blumenreich, wie man es von dieser wunderbaren Sprache kennt, wird die Sahara auch als »Meer ohne Wasser« bezeichnet, ist sie doch die größte Trockenwüste des Erdkreises, als welche sie eine Fläche von der Größe ganz Nordamerikas umspannt.

Wer aber über dies hinaus begehrt, das sind die Übertreter.
Und die das ihnen anvertraute Gut und ihr Versprechen hüten,
und die ihre Gebete beobachten, das sind die Erben,
welche das Paradies ererben, ewig darinnen zu weilen.

Der zweite Name steht für ein Bergland in dieser Wüste, gelegen in ihrem südöstlichsten Teile, also in Algerien. Es heißt Tassili n'Ajjer. Niemand, dessen Zunge es Mühe bereitet, diese Worte auszusprechen, muß befürchten, sie niemals zu erlernen. Weil jener Gebirgszug sich über eine Länge von mehr als 300 Meilen erstreckt und sich in ihm Ebenen und Hügel, Plateaus und Steinformationen in so schneller Folge abwechseln wie die Jahrzehnte eines Menschenalters und weil einst im Tassili, wie eine Redensart besagt, die Zeit versteckt wurde und darin jeder Tag sich zur Ewigkeit dehnt, findet ein jeder, der sich dorthin wagt, genug Gelegenheit, die Worte dieser Sprache zu verinnerlichen. Sie ist eine uralte und heißt Tamaschek, und sie wird gesprochen von dem Berbervolke, das seit jeher diese Wüste bewohnt: den Tuareg.

Und wahrlich, wir erschufen den Menschen aus reinstem Ton,
alsdann setzten wir ihn als Samentropfen in eine sichere Stätte;

alsdann schufen wir den Tropfen zu geronnenem Blut und
schufen den Blutklumpen zu Fleisch und schufen das Fleisch
zu Gebein und bekleideten das Gebein mit Fleisch; alsdann
brachten wir ihn hervor als eine andere Schöpfung, und gesegnet
sei Allah, der beste der Schöpfer!

Während sich der Schöpfungsfriede über der Wüste entfaltete, ertönte zwischen ihren Felsen weiter jene Stimme. Sie rief die Koranworte mit einer Hingabe aus, wie sie nur tiefgründendem Glauben entspringt, dem Vertrauen, mit seinem Selbst aufzugehen in einem eigentlich unbegreiflichen Zweck und sich darin wiederzufinden als ein einzigartiges, kostbares Individuum.

Die Stimme klang nicht nur fromm, sondern auch recht selbstbewußt. Mit ihrer irdenen Färbung kontrastierte ein heller, fast spitzer Oberton, welchen eine leicht reizbare Färbung auszeichnete. Ein Mensch, der so sprach, mußte über eine Persönlichkeit verfügen, die in so vielen Facetten zu erstrahlen wußte wie die Sonne, welche sich jetzt als Andeutung des neuen Tages über dem bleich-wächsernen Horizont erhob. Dort verharrte sie zur Hälfte und leuchtete für einen Augenblick in allen Farben des Spektrums, ehe sie immer rascher wuchs und auch schon in die Glutfarbe des Magmas überwechselte, als welches sie den ganzen Tag über herabbrennen würde.

Das Gebet war zu Ende, aber die Stimme noch keineswegs verstummt. Indes war sie jetzt keine betende, beschwörende mehr, sondern eine laute, zurechtweisende, zankende:

»Beim Barte des Propheten, die Kanne und der Topf sind noch heiß! Effendi oder auch Sir Edward – wie oft habe ich dich geheißen, sie niemals in diesem Zustande in die Satteltaschen zu geben. Außen mußt du sie aufhängen, siehst du, an diesen Schnüren. An ebendiese Stelle gehören sie, genau wie ich es meinen Sihdi gelehrt habe und wie ich an jedem Tage versuche, es auch dich zu lehren. Bei Allah, dem Allmächtigen, dem Erbarmer! Einem Engländer Nützlichkeiten beibringen zu wollen ist wie der Versuch, mit einem Ungläubigen, der du doch nur bist, die Schönheit des Heiligen Buches zu teilen. Eintausendmal strauchelst du, eintausendmal gehst du an deinem Glücke vorbei!«

»Eintausendundeinmal«, widersprach gleichmütig eine andere, in einem noch höheren und doch sanfteren Register angesiedelte Stimme. Diese sprach einwandfreies, englisch eingefärbtes Arabisch:

»Nehmt es mir nicht übel, verehrter kleiner Sir, daß mir die Wunder Scheherazades näher liegen als Eure dauernden Versuche, mich bald zu belehren, bald zu bekehren. Soll diesen Versuchen Erfolg beschieden sein, müßten es schon die Verlockungen schönster Weiblichkeit sein, die mich empfänglich machen könnten, oder ein gutes Glas Bier. Aber hier draußen ist nichts. Keine Weiblichkeit, kein einziger Tropfen Ale[1]. Vor allem findet sich bislang nicht die Spur jener Höhlenzeichnungen, von denen Ihr seit Beginn unserer Reise in den schönsten Worten sprecht. Genug also der Kanne und des Topfes. Brechen wir auf! Noch steht die Tageshitze aus, es läßt sich marschieren. Für heute habt Ihr mir endlich einen Fund versprochen.«

»Das ist auch so, Effendi, Sir Edward. Doch weiß einzig Allah, der Erbarmer und Barmherzige, was geschehen wird. Steht bei ihm geschrieben, daß wir heute Zeichnungen und Ritzungen finden sollen, wie du sie zu deiner Wissenschaft erklärt hast, so geschieht es. Finden wir nichts, so ist es ebenfalls sein Wille, und du mußt weiter warten. Wir sind zu zweien unterwegs, da muß der eine schieben und der andere ziehen. Wie könnte aber der eine mehr wert sein als der andere; warum solltest du an dein Ziel eher gelangen als ich an das meine?«

»*Well*, verehrter kleiner Sir, ich versuche, nicht an die Piaster zu denken, welche Ihr mich in Agadir[2] für Eure Führung bezahlen ließet – im voraus, wenn ich daran erinnern darf, weil Ihr es so gefordert habt. Daß Ihr es nur wißt, die Zeit wird mir knapp.

---

1 englisches schaumarmes obergäriges Bier
2 Hafen in Marokko

Meine Jacht wird längst weitergesegelt sein und dieser Tage Algier anlaufen. Der Kapitän, Mister Sunderland, ist eine treue Seele. Er hat Anweisung, dort zu warten, doch wird er sich sorgen, wenn er mich weder antrifft noch Kunde über meinen Verbleib erhält. Daß wir immer noch nicht fündig geworden sind, kann er nicht wissen, also muß mein Ausbleiben ihn beunruhigen. Kommt er gar auf den Gedanken, auf eigene Faust loszuziehen und mich zu suchen, laufen wir unbedingt aneinander vorbei. *Goodness me,* ein Kapitän in der Sahara, mit einem Beiboot Matrosen im Schlepp? Das gibt ein Durcheinander!«

Wieder klapperte es vernehmlich, was nur von der Kanne und dem Topfe herrühren konnte. Vorwurfsvoll sagte die erste Stimme: »Effendi, du bist unverbesserlich. Seit wir losgezogen sind, eilt es dir. Narretei um Narretei würdest du begehen, hielte ich dich nicht zurück. Sieh, ich war noch nie in deinem England, aber ich frage mich, wie die Menschen dort den Sand durchqueren wollen, wenn sie sich ebensowenig in Geduld zu fassen verstehen wie du. Wie kann man in England gegen Hitze, Hunger und Durst bestehen, wenn dort niemand die Menschen Duldsamkeit lehrt?«

Nachtkühler Sand zischte über das Kochgeschirr. »Verehrter kleiner Sir, sollte ich etwa zu erwähnen versäumt haben, daß meine Heimat sich gründlich von der euren unterscheidet? Unsere Farben sind nicht Umbra und Ocker wie die euren. Wir kennen nur Grau und Grün, kennen dafür Stadt und Land. Solchen Sand wie bei euch gibt es in England nur am Meer, wohin ein Lord höchstens in die Sommerfrische reist. Ihr sprecht von Hunger und Durst, doch wenn ich Euch so ansehe, klein und ein wenig rundlich, wie Ihr es seid, obwohl wir schon länger unsere Vorräte nicht mehr ergänzen konnten und deshalb – – –«

»Beim Barte des Propheten! Nenne mich nicht klein und rundlich, Effendi, wo meine Sprache treffendere Worte bereithält! Sage über mich, ich sei groß und stattlich, und sprich von mir als weise und klug, wenn du dir vollends meine Achtung erwerben willst. Auch nenne mich erhaben und edel; es trifft ja alles zu. – Effendi! Obwohl ich mir jede Mühe mit dir gebe, sind deine Kenntnisse unserer Sprache immer noch unvollkommen. Wieder nehme dir meinen Sihdi zum Vorbild: Auch er war anfangs des Arabischen nicht mächtig, kaum daß er sich im Basar mit dem Nötigsten zu versehen wußte. Wer aber begleitete ihn überallhin und lehrte ihn sprechen wie eine Mutter ihr Kinde? Wer brachte ihn zu jener Reife, die es ihm heute erlaubt, noch mit den feinsinnigsten unserer Gelehrten in Disput zu treten? Ich bin es gewesen, ich allein, sein Lehrer und Berater! Wie du weißt, schreibt mein Sihdi sogar Bücher. Rate, wieso er das kann: Weil er auch in dieser Beziehung von mir unterwiesen wurde. Bete, daß es dir gleichfalls vergönnt sein möge, von meinen Lippen so viel Weisheit zu trinken, und hoffe, auch einmal einen Menschen zu treffen, den du lehren und formen kannst wie ich meinen Sihdi und nun dich. Meine Hoffnung ist es, daß du vielleicht doch etwas hervorbringst, was mehr wert ist als diese Kanne und dieser Topf. Jedenfalls wert genug, zu den Menschen getragen und nicht zu ihnen geschleppt zu werden.«

»Ja, verehrter kleiner Sir, lobt nur immer Euren Sihdi gegen mich. Ein gar so berühmter Schreiber ist er, ein so unersetzlicher Autor, ein überaus geschätzter Erzähler, daß Ihr es Euch nicht leisten könnt, ihn auch nur eine Minute unerwähnt zu lassen. Er ist doch, wenn ich recht verstehe, ein Deutscher? Warum begeistert Ihr Euch für Bücher, die Ihr nicht lesen könnt – könnt Ihr es?«

»Merke, Effendi, Sir Edward!« rief der andere wieder, und trotz der Felswand, die ihn verbarg, konnte man geradezu sehen, wie sein Zeigefinger sich in den lichter werdenden Himmel bohrte. »Merke, mein Sihdi schreibt in seiner mir verschlossenen Sprache, weil sein Gemüt ein so bescheidenes, bedürfnisloses ist, bescheidener noch und bedürfnisloser als das meine. Wovon er schreibt, davon erzählt er mir; wozu also Zeit verlieren und das Lesen erlernen? Bedenke, ich bin auch so der herausragendste Kopf meiner Sippe. In mir erblickst du deren Oberhaupt in sämtlichen geistigen wie geistlichen Dingen. Mein Sihdi, mag er auch lesen und schreiben können, muß einer solchen Überlegenheit noch entbehren. Da ziemt es sich für ihn nicht, sich mit fremden Zungen zu spreizen. Jedenfalls nicht, solange ich ihn unterweise.«

»*Well,* verehrter kleiner Sir, ich kapituliere. Euch ist nicht beizukommen.«

»Das, Effendi, macht die Überlegenheit meines Glaubens!«

»Ihr meint: die Überlegenheit solchen Anscheins? Stets wißt Ihr alles besser.«

»Doch nur, Effendi, weil ich fromm bin und Allah mir wohlgesinnt ist. Darin liegt kein Widerspruch.«

»So bedanke ich mich, Sir, und schirre mein Kamel. Nur fürchte ich, Eure Freimütigkeit wird Euch nicht überall Freundschaft eintragen.«

»Feinde mache dir zu Gegnern, und Gegner mache dir zu Freunden – so habe ich es schon meinem Sihdi geraten. Wenn auch du, Sir Edward, dir diese Worte einprägst, hast du für heute schon viel gelernt!«

»*Well,* ehe Ihr mir auch für diese Lektion einen Piaster abfordert, wird es besser sein, endlich aufzubrechen. Das Feuer habt Ihr ausgetreten, Topf und Kanne sind erkaltet genug, um sie an mein Tier und nicht an eines der Euren zu binden. Versteht doch, mich drängt es zu den Zeichnungen und Ritzungen. Allein ihretwegen folge ich Euch überallhin.«

Das Arabische des abwechselnd »Effendi« und »Sir Edward« Genannten erklang in jenem nasalen, leicht für hochmütig zu haltendem Tone, wie man ihn von Engländern immer dann zu hören bekam, wenn diese Unmut hegten, es aber auf Grund ihrer Zurückhaltung nicht zeigen wollten. Jetzt, da das Licht am Horizont an Kraft gewann, traten aus einem tiefgezogenen Felseinschnitt, hinter dem man ein sicheres Nachtlager vermuten durfte, die beiden Sprecher hervor.

Der eine war ziemlich klein, aber ordentlich genährt, der andere ungleich größer, dafür entsetzlich mager. Der Kleine trug auf dem Kopfe einen mächtigen Turban in der im Islam bedeutsamen Farbe Grün; der Große begnügte sich mit einem simplen, mehrfach um den kantigen Schädel geschlungenen Tuche, das vielleicht einmal blau gewesen war. Als Hauptkleidung hatte sich ein jeder in einen Burnus gehüllt, den landesüblichen weiten Kapuzenmantel. Dieses sandfarbene, nach vorn offene Kleidungsstück hatte jeweils schon deutlich gelitten, was den Schluß auf eine gewiß wochenlang während Reise nahelegte. Auch ihre darunter getragenen langhemdartigen Untergewänder zeigten nur noch fade, ins Pastellhafte verschossene Töne. Diese Verwandtschaft von Bleiche und Abnutzung hatte den Vorteil, Schmutz und Schweiß nicht mehr allzu deutlich hervortreten zu lassen.

Jener, welcher sich beständig »verehrter kleiner Sir« nennen ließ und, seiner Stimme nach zu schließen, zuvor aus dem Koran zitiert hatte, war ein bemerkenswerter Mann. Dem Saume seines Mantels ermangelte es bereits ungewöhnlich vieler Stücke, doch durfte ihm das nicht als Nachlässigkeit angerechnet werden. Während ihrer Streifzüge pflegen sich die Beduinen, als Zunder für das abendliche Feuer, an den eigenen Gewändern zu bedienen. Nicht wie einer aussieht, entscheidet in der islamischen Welt über Ruf und Ansehen. Den Ausschlag gibt das Selbstbewußtsein, mit dem einer auftritt. Deshalb sind es in der Wüste niemals Vordergründigkeiten wie Farbe, Material, Zuschnitt oder Zustand eines Kleidungsstückes, welche den Mann begründen. Die Beduinen messen den Fremden an seiner Körperhaltung, an der Geradlinigkeit seines Blickes, an der Gepflegtheit seiner Sprache, am Wohlklang seines Sprechorgans, vor allem aber an der Gabe, möglichst viele Geschichten zu kennen und diese spannend zu erzählen. Über diese Haltung kann ein weitgereister Mensch nicht verwundert sein. Man kennt dergleichen aus Südamerika, von den dortigen vermeintlich Ärmsten der Armen, den Yerbateros, Teepflückern, wie auch von »dem« Mexikaner, welchem in vielen Beschreibungen häufig das Beiwort »schmutzig« vorangestellt wird. Eine solche Herabwürdigung ist bezeichnend für viele von uns »Zivilisierten«. Es ist dies beileibe nicht der geringste unserer vielen anderen Irrtümer, kann doch ein monatelang die Weiten seines Landes durchmessender Caballero unmöglich einhergehen wie ein Geck. Gleichwohl ist er ein vollendeter Kavalier, wohingegen unsere »Herrschaften« es oft genug an Zartgefühl fehlen lassen.

Das Gesagte gilt leider auch hinsichtlich anderer, leichthin als rückständig bezeichneter Länder. Allzuoft ist man geneigt, von Rückständigkeit zu reden, wo man froh sein müßte, die freundlichsten und freigebigsten Menschen zu treffen. Diese sind vielerorts noch bereit, ihren wenigen Besitz mit dem Fremden zu teilen, ihm in Gefahren beizustehen, selbst unter Einsatz des eigenen Lebens. Fände man nur so viel Großmut unter unseren sogenannten Ehrenleuten, wir blickten hoffnungsvolleren Zeiten entgegen!

Auch der kleine Mann, der eben zwischen den Felsen hervorgetreten war, durfte nicht hoffen, den üblichen Anforderungen an einen »Herrn« zu entsprechen. Dabei war sein zuversichtlich nach vorn strebendes Gebaren ein so ungewöhnliches, aufrichtiges. Zwei dunkle Äuglein streiften jeden schemenhaft erkennbaren Stein, suchten aber auch schon die Ferne, wo in der sich just entfaltenden Helligkeit selbst kleinste Anzeichen vom Nahen eines Feindes künden konnten. Schon auf Grund seiner Abstammung war sein Gesicht getönt, und zusätzlich war es von der Wüstensonne verbrannt. Es fand dieses Gesicht sich weitgehend faltenlos, weshalb man das Alter des Männleins auf Anfang, höchstens Mitte zwanzig schätzen durfte. Treuherzig blickte es drein, zugleich listig und verschmitzt. Was dem Kleinen an Statur fehlte, mochte ihm seine spitz zulaufende Nase ausgleichen, welche sich oftmals, fleißig die zunehmend trocken werdende Luft erschnuppernd, bis in den Himmel zu recken suchte. Dort wohnte für diesen glühenden Anhänger Mohammeds der universelle Gott, dem nach seinem Dafürhalten einzig der Name »Allah« zukam. Sich dessen Wohlwollen zu erwerben und zu erhalten schien ihm Lebensaufgabe zu sein. An der einen Hand führte er ein stattliches Reit-kamel, an der anderen ein hoch bepacktes Dromedar. Sich mit sicherem Tritt auf den Pfad des neuen Tages setzend, redete er unablässig auf seinen ihm nachfolgenden Gefährten ein:

»– – – und es darum als meine Pflicht betrachte, dir, Effendi, nach dem Morgengebet auch sämtliche anderen Verse des Korans nahezubringen. Mögest du mit meiner Hilfe deinem Irrglauben entsagen und die Weisheit des Propheten schätzenlernen, wenn nicht heute, so doch morgen oder übermorgen; ich lasse dich nicht los. Zwischen Felsen und Sand hat der Allmächtige die Zeit versteckt. Willst du sie finden und den rechten Glauben dazu, so halte dich nur eng an mich, der ich dein Begleiter und Weg-weiser bin. Du wirst keinen besseren finden als mich, Hadschi Halef Omar Ben Hadschi Abul Abbas Ibn Hadschi Dawuhd al Gossarah!«

Aber natürlich, Halef – Hadschi Halef Omar!

Kein anderer betete so inbrünstig, kein anderer rühmte sich so unüberhörbar seines Glaubens – und keiner neigte mehr zu Über-treibung und Schulmeisterei als mein lieber, guter, braver Halef! Genau wie er seinen englischen Schützling immerfort »Effendi« nannte, so war vor langer Zeit ich, der Deutsche, zu seinem »Sih-di« geworden – damals, als ich mich zum ersten Male von dem berühmtesten Sohne der Haddedihn durch die Wüste, überhaupt durchs orientalische Leben hatte geleiten lassen. Wie oft hatte er, aus christlicher Sicht ein Heide, sich an mir, dem »Ungläubigen«, gerieben, nicht hinnehmend, daß ich nur andersgläubig, aber kei-nesfalls ungläubig sei.

Doch komme man einem Jünger Mohammeds nicht mit theo-logischen Erklärungen, er wird sie als Spitzfindigkeiten abtun. Was dem Christen die Mission, ist dem Moslem, dem »sich Hingeben-den«, der ständige Versuch der Bekehrung. Man soll darüber nicht schmunzeln. Nichts verbreitet sich leichter in der Welt als die Illu-sion von Gewißheit.

Anstatt balkanesischer oder türkischer Gefilde war es also das algerische Tassili-Gebirge, in welchem Halef sich befand, weitab von den Weidegründen der Haddedihn. Was mochte den Freund in diese Gegend verschlagen haben? Selbst ich, der – außer dem australischen – alle Kontinente und bis auf ganz wenige ihre sämtlichen Länder durchstreift habe, war dem genannten Gebirgszuge niemals näher gekommen als bis zu dem Ort Adrar, ein winziges, im Glast dahinträumendes Dörfchen, mehrere Tagesritte von der Großprovinz Fessan[1] entfernt. Die Veranlassung Halefs, seine geliebte Hanneh sowie sein »Volk« für längere Zeit zurückzulassen, mußte in jenem Manne zu finden sein, der, auf gleichmäßigen Abstand bedacht, hinter ihm ging.

Dieser war ein wunderlicher Genosse. Wie schon erwähnt, hatte auch er, der Christ, sich in hiesige Tracht geschlagen. Das sprach für ihn, zeugte es doch von der bei Ausländern selten anzutreffenden Bereitschaft, sich in Land und Leute buchstäblich einzufühlen. Jedoch war das Erscheinungsbild des Mannes insgesamt ein so drolliges, kurioses, daß es Spott erregen mußte. Eine Gestalt sah man da gleich der Don Quijotes, die auffällig war in der lautesten Weise. Jener Mensch, wollte man ihm gut, konnte als hochaufgeschossen und asketisch bezeichnet werden; wollte man ihm übel oder sich schlicht der Wahrheit nicht in den Weg stellen, so waren die Bezeichnungen abgezehrt oder verhungert treffender. Weil der Mann jede seiner sparsamen Bewegungen mit großer Geziertheit ausführte, mit einer ins Ätherische strebenden Vornehmheit, war er leicht als ein Adeliger zu erkennen, dem Zungenschlag zufolge englischer Herkunft.

Wer mir in Gedanken auf meinen Reisen nachzufolgen pflegt, der weiß, wie reich die Welt an Sonderlingen ist. Insbesondere das Vereinigte Königreich bringt sie in ganz erstaunlicher Zahl hervor. Immer noch regiert dort ja Königin Viktoria, Tochter der Prinzessin von Sachsen-Coburg-Saalfeld, so daß mit einiger Berechtigung von einer deutschen Monarchin gesprochen werden darf.

---

1 Libyen

Deren nicht abreißender deutscher Einfluß bewirkt auf ihre Untertanen die erfreulichste Wirkung. Anders nämlich als in unseren drei Dutzend vielfach zerstrittenen und sich befehdenden deutschen Landen begreift der englische Mensch sich als Teil eines Reiches. Solange wir Deutsche uns in kleinlichem Gezänk auseinandertreiben, anstatt einmütig zusammenzuhalten, werden wir gewiß ebenfalls vermögende, aber schwerlich in größerer Zahl souveräne Menschen hervorbringen.

Als ein der Nüchternheit verschriebener Berichterstatter übertreibe ich nicht, wenn ich sage, daß der überwiegend auf Sklavenhandel, Gold, Seide, Gewürzen und Diamanten begründete Reichtum des britischen Adels ohne die wunderlichsten wie abenteuerlustigsten, ohne die ausdauerndsten und zugleich spleenigsten Zeitgenossen nicht denkbar ist. In seiner Farbigkeit übertrifft der englische Charakter ganz gewiß den deutschen, so schmerzhaft diese Feststellung für manchen von uns sein mag. Noch auf den zivilisationsvergessensten Flecken begegnet man Angehörigen des Albions, und durchweg entstammen sie wohlhabenden Familien, selbstverständlich zurückreichend bis zu den Tagen Heinrichs des Eroberers. Immer sind sie bis zur Überzüchtetheit gebildet und deshalb unnachahmlich gelassen. Gerade dieser Kontrast zwischen Phlegma und Feinnervigkeit macht diese Menschen, wie man so sagt, zum Schießen komisch, was Deutschen kaum je nachgesagt wird.

Genauso verhielt es sich mit diesem noch die Kathedrale von Sankt Paul überragenden Engländer. »Effendi« nannte Halef ihn zärtlich, meist auch »Sir Edward«, und wie vom ersten Tage seiner Begegnung mit mir, duzte er den englischen Wohlgeborenen auf das Großzügigste. Es gab sich allerdings der Britanneise wenig Mühe, seine Eigenheiten zu verbergen. Mochte ihm das Tragen des landesüblichen Kapuzenkleides noch Achtung unter den Orientalen einbringen, so konnte es schon im nächsten Moment um diesen Vorzug geschehen sein. Sir Edward gefiel sich nämlich in der Angewohnheit, einen Menschen nicht einfach nur anzusehen; er starrte sein Gegenüber regelrecht an. Dabei vergrößerten sich seine beiden Seelenspiegel zu Kuhaugen, was die Folge einer sagenhaften Schlechtsichtigkeit sein mußte. Um den faltigen Hals hatte er ein feinsilbernes Kettchen baumeln, woran auch ein Monokel mit einem unglaublich dicken, sorgfältig geschliffenen Glas befestigt war. Doch wozu ein solches sich auf die Nase setzen, wenn unter derselben zwei allerliebste Warzen vorhanden waren, die zur Peilung dienten? So blieb dem Adelsherrn nur, sich ständig die eine wie die andere Pupille herauszudrehen, um noch die einfachsten Dinge wahrzunehmen. Deshalb wohl faßten seine riesenhaften Hände noch jetzt, im Dämmerscheine, so häufig an ein Fernrohr, das er sich abwechselnd vor das eine und das andere Maulwurfsauge hielt.

Nicht weniger auffällig war Sir Edwards teilnahmsvoll wirkender Gesichtsausdruck. Während jeder Wüstenreisende darauf bedacht ist, eingedenk knappen Wassers die Lippen möglichst geschlossen zu halten, behielt er die seinen zumeist offen. Auch wenn er nicht sprach, formten sie immerzu Vokale, wie um durch dies lautlose Reden die Kaumuskulatur geschmeidig zu halten. Ein A mochte bei ihm für Achtung, *attention,* stehen; ein E für *enthusiasm,* Begeisterung; das I war ihm *incredible,* unglaublich; das O *outstanding,* herausragend; und nach einem abschließenden U für *unique,* einzigartig, gingen diese lautlosen Exerzitien wieder von vorn los.

Gerade diese Grille beschreibt den Mann am deutlichsten.

Es war dies noch die Zeit, als solche unfaßbar reichen Individualisten jene Teile der Erde bereisten, die sich noch nicht in die Besitzungen irgendeiner Krone, gar der englischen, hatten einreihen lassen. Nicht daß aus anderen Länder nicht auch wohlhabende Sonderlinge ausgeschwärmt wären; man hat von den Neffen, Brüdern, selbst den Schwestern des russischen Zaren gelesen, welche bis an den Amazonas vorgedrungen sind; französische Schloß- und Gutsbesitzer durchmessen weiterhin Indien, und Legion sind unsere berühmten deutschen Forscher, welche, wie der unermüdliche Alexander von Humboldt, vor keinem noch so lebensfeindlichen Orte zurückschrecken und so ihre Schatten über die ganze Welt werfen. Die Engländer aber sind überall anzutreffen, und immer, auch das muß man sagen, immer ist es unmöglich, von ihrem Feinsinn nicht angetan zu sein. Mögen sie noch so weit entfernt sein von ihrem Buckingham Palace oder Trafalgar Square, von ihrem *five-o'clock tea* oder ihrem fragwürdigen, weil handwarm servierten Biere, stets findet man in ihnen die loyalsten, tapfersten Reisegefährten, was für den Nichtengländer keinen geringen Trost bedeutet.

An diesem frühen Morgen in der Wüste nun schritt Hadschi Halef Omar seinem Effendi, jenem Sir Edward, voran. Fürs erste zog er diese Fortbewegungsart dem Reiten vor, um desto gründlicher den Grund unter seinen Füßen zu prüfen. Ein guter Kundschafter wird immer so verfahren, ehe er seine Tagesetappe beginnt. Bis auf weiteres schienen sich keine Anzeichen für Gefahr zu zeigen, doch Anlaß zu Sorglosigkeit bestand deshalb nicht. Halef spähte umher, Reitkamel und Dromedar fest am Zügel, und Sir Edward folgte ihm, das eigentlich unnütze Fernrohr emsig in Gebrauch haltend.

»Hamdulillah, Effendi! Wir haben zu lange am Feuer gesessen – wollten wir nicht viel früher aufbrechen? Nun werden wir die Stelle, die ich dir zeigen will, erst um Mittag erreichen, während der größten Hitze. Ich fürchte, du hast mir heute morgen eine Geschichte zuviel erzählt.«

»Wer, ich? Aber kein Wort habe ich zuviel gesprochen, verehrter kleiner Sir. Eher will mir scheinen, als hätte ich Euch geduldigst zugehört, übrigens schon seit unserem Aufbruch in Marokko. Erinnert Euch, Ihr hattet die Freundlichkeit, mich von meiner Jacht abzuholen. Von deren Planken herunter bis hierher, in Schotter und Sand, seid stets Ihr es gewesen, der mit Geschichten nicht geizte; ich selbst sage kaum je einen Ton. Schlimmer noch als Eure Geschichten sind freilich Eure Versuche, mir die hiesige Landschaft zu beschreiben. Seht Ihr denn nicht, daß ich selbst über ein Paar Augen verfüge und mir, wo diese nicht hinreichen, mit meinem Fernrohr helfe? Ich wette, Ihr denkt darüber nach, wie sich das Panorama vor uns in Worte kleiden läßt.«

»Muß ich das nicht?« blieb Halef fest. »Da Allah mich mit der Gabe gesegnet hat, Mensch und Tier, überhaupt ein jedes Ding durch die genaueste Beschreibung vor jedermanns Auge treten zu lassen, kann ich gar nicht anders, als jeden einzelnen – – –«

»Verehrter kleiner Sir! Darf ich Euch ersuchen, von dieser Gabe nicht länger Gebrauch zu machen? Sofern ein Mensch nicht geradezu blind ist, braucht man ihm nicht auch noch den Sand zu beschreiben. Körnchen fügt sich an Körnchen, Quarz an Quarz, das ergibt Sand. Und ein Fels ist ein Fels, und eine Düne eine Düne, und jeder Stein ein solcher, Worte hin oder her.«

»Effendi, worüber beklagst du dich? Dient dir nicht eine jede meiner Erzählungen zur Erbauung, sind sie dir nicht Mahnung und Lehre? Legt nicht eine jede meiner Geschichten immer auch Zeugnis ab von meinem unvergleichlichen Sihdi und seinen ebenso unvergleichlichen Taten? Auch er malt gern mit Worten, faßt ein jedes, groß oder klein, in Schrift und Papier. Infolge meiner Unterweisung ist er beschlagen genug, jede Landschaft so genau zu beschreiben, daß man sie selbst gar nicht zu sehen braucht, um sie doch sofort zu erkennen. Niemand, der seine Schriften liest, braucht mehr die Beschwerlichkeiten einer Reise auf sich zu nehmen. Er kann daheim bleiben, vor seinem Zelte, bei seinem Weibe und den Seinen; mein Sihdi bringt ihm alles.«

»Seht Ihr, verehrter kleiner Sir, darum geht es. Als Engländer ziehe ich es vor, mir ein eigenes Bild zu machen. Ich schätze es nicht, wenn man mir die Dinge bis in die letzte Einzelheit vorzeichnet, ich will sie selber sehen. Niemand soll an meiner Einbildungskraft rütteln, mir gar Musik oder Düfte zu erklären versuchen. Euer Sihdi, bei allem Respekt, er schweige!«

»Effendi, möge der Allmächtige dich mit Duldsamkeit segnen. Du selbst findest Freude daran, in Höhlen hinabzusteigen und im

Fackellichte die Wände abzumalen; das ist deine Sache. Mein Sihdi bevorzugt die Außenwelt. Wie kein zweiter malt und zeichnet er sie, doch sind es Buchstaben, mit denen er pinselt. Es versteht sich von selbst, wie er sagen würde, daß auch du ihn für diese Fähigkeit lieben mußt.«

»*Well, fine, allright* – gut, bestens, einverstanden. Wenn es Euch zufriedenstellt: Hiermit liebe ich Euren Sihdi! Was bleibt mir anderes übrig, als diesen Menschen zu umarmen, ihn zu herzen und zu küssen, wiewohl er doch ein Deutscher ist. Ihr drückt ihn mir ja doch immerzu ans Gemüt. Dennoch meine ich – – –«

»Ja, Effendi?«

»– – – dennoch meine ich, daß dieser Kara Ben Nemsi ein rechter *Simpleton*[1] sein muß, ein *jumping jack*[2], ein *clumsy fellow*[3]. Wie anders erklärt Ihr Euch, daß er in allen Euren Berichten in dem einen Moment verloren zu sein scheint, aber im nächsten triumphiert, so daß am Ende der Feind geschlagen und gefesselt am Boden liegt? Daß unentwegt dem Tode geweihte Frauen oder Männer befreit, Schätze ans Tageslicht gebracht, alte Schuld aufgedeckt und überhaupt die empfindsamsten, bestgehüteten Geheimnisse offenbart werden?«

»Effendi, sprich nicht in diesem Tone von meinem Sihdi! Es trifft zu, oftmals scheint er verloren zu sein, oftmals ist der Tod ihm so nahe wie der Morgentau der Magnolie; häufig blitzt eine Klinge, oder es fliegt schon eine Kugel. Aber ist da nicht stets auch diese eine Hand, welche ihn beschützt, ihn vor dem Untergang bewahrt? Ist da nicht immer dieser eine Fuß, welcher alle Angreifer von ihm fortstößt wie Ungeziefer, auf daß sie hinabstürzen in die Tiefe, in den Schlund der Dschehenna[4]?«

»Ganz recht, verehrter kleiner Sir. So endete noch jede Eurer

1 engl. Einfaltspinsel
2 Hampelmann
3 Tolpatsch
4 arabisch für »Hölle«

Geschichten: Ob quer durch die Wüste, ob in die Wälder hinein oder aus ihnen hinaus, ob die Berge hinauf oder herunter, stets ist es Kara Ben Nemsi unmöglich, ohne Eure Hilfe zurechtzukommen. Ein schöner Held!«

»Wie wahr du sprichst, Effendi. Wirklich wird mein Sihdi erst durch mich zum Helden, doch nur, weil er in jeder Lage auf meinen Schutz bauen kann, weil ich über ihn wache und Tag und Nacht kein Auge von ihm wende, weil ich ihn mit Sicherheit umgebe wie die Glucke das Küken – nur deshalb konnte er zum Helden werden. Über mich selbst wacht ja Allah, sonst wären wir beide verloren, mein Sihdi und ich; wie erst du selbst. Der Barmherzige ist es, wie du in meinem Morgengebet hören konntest, der den Blutklumpen zu Fleisch und das Fleisch zu Gebein schuf, und der das Gebein – – –«

»*Stop it, please!* Ich habe es vernommen, verehrter kleiner Sir, schon so viele, unzählige, endlose Male vernommen! Nur noch dies: Wenn Kara Ben Nemsi durch Eure Hilfe zum Helden wurde, weshalb preist Ihr ihn überhaupt? Man sollte glauben, Euch allein gebührt der Ruhm, welcher – – –«

Ruhm!

Bei diesem süßesten aller Worte geschah es, daß Halef regelrecht verwurzelte. Unter seinem riesigen, auf das Härchen genau gebürsteten Schnurrbart bleckten zwei eindrucksvolle Zahnreihen hervor. Eifrig schnalzte seine äußerst bewegliche Zunge bei dem Worte »Ruhm«, und dem Engländer wurde eine Antwort zuteil, die so ganz den zuvor gehörten Suren entsprach.

»Zu meinen Tugenden, Effendi, zählt zuvorderst die Bescheidenheit; das wirst du anerkennen. Deshalb preise ich auch nicht mich, sondern allein meinen Sihdi; alles Lob der Welt streue ich auf ihn und begnüge mich mit nur einem winzigen Rest. Von Feuer zu Feuer, von Oase zu Oase trage ich seinen Namen, dem der meine ohnehin vorauseilt. Von dir, Effendi, hat freilich noch niemand gehört. Während ich meinen Platz gefunden habe und berühmt bin, bist du immer noch ein Suchender. Wie es sich ziemt, nennst du mich Ihr, und ich sage du. Es drückt sich darin ein weiterer, wesentlicher Unterschied aus: Du irrst in deinem Gotte, während ich, in Allah, ein Rechtgläubiger bin.«

Wie um Halefs Schwärmerei zu bekräftigen, entfaltete über seinen Worten die Sonne ihre Kraft. Gleich den Verhältnissen in den Tropen kommt und geht der Tag in der Sahara mit den kürzesten Übergängen. Kaum eine halbe Stunde nach dem Aufbruch war die Kälte der Nacht vergessen. Die erste Hitze drückte herab und machte, daß die Männer nun öfter in Schweigen fielen. Still trotteten sie ihres Wegs, nur gelegentlich auf ihren Tieren reitend, um abwechselnd diese und sich selbst zu schonen.

Als der Schotter fast überwunden war und man im Schatten eines viele Meilen langen, zinnengekrönten Massivs dahinzog, saßen Halef und Sir Edward wieder auf. In gemächlichem Wogen ging es voran, so daß Halef wieder gesprächig wurde. Auf seinem feingliedrigen Reitkamel thronend und sein Lasttier locker am Zügel führend, bestand er darauf, daß der Engländer nicht neben ihm ritt, sondern weiter hinter ihm blieb. Seine Erklärung klang ganz uneigennützig:

»Siehst du, Effendi? Einem jeden Räuber, der unseren Weg queren könnte, biete ich meine Brust, nur um die deine zu schützen. Verlange ich darum nur einen Piaster mehr als zwischen uns vereinbart? Nein, denn du warst großzügig, als du meinen Lohn in eben der Höhe bemaßest, wie ich forderte. Sogar im voraus wolltest du meinen Preis entrichten, was ich, wie du hoffentlich noch weißt, zurückgewiesen habe. Nun hast du jeden Tag Gelegenheit, dich von der Richtigkeit deiner Wahl zu überzeugen: Dem richtigen Manne hast du dich anvertraut!«

»Verehrter kleiner Sir, wenn Ihr Euch nur bequemen wolltet, Euch selbst weniger zu loben, dafür mich als Euren Zahlmeister endlich zu jenen Höhlen mit den Wandbildern zu führen, von denen Ihr mir erzählt habt – oder war alles nur fabuliert? Mein Wort darauf: Wenn wir erst da sind, sollt Ihr zur Gänze von meiner Großzügigkeit profitieren.«

»Effendi, treibe kein Spiel mit mir! Warum scheust du dich, deinen Beutel bereits jetzt zu öffnen? Geize etwa ich? Nichts anderes tue ich, als dich, neben den versprochenen Höhlen, auch zu jenen Menschen zu führen, die deiner Stellung entsprechen.«

»So? Hegte ich diesen Wunsch? In der Tat steht es in meinem Plane, die herausragenden Persönlichkeiten der hiesigen Politik und Religion zu treffen, also den Padischah zu Mekka oder den Imam von Medina.«

»Aber wo denkst du hin, Effendi! Diese Großen werden nicht einem jeden sichtbar. Wie erst dir, dem Fremden, dem Ungläubigen. Frohlocke, daß du als erstes mich trafst, den Scheik der Haddedihn. Wenn du hoffen darfst, den Oberhäuptern nahe zu kommen, so allein durch mich.«

»Stimmt, Sir. Euch habe ich getroffen, und seitdem hält das Leben mich auffallend kurz mit Potentaten. Ich habe es aber aufgegeben, überhaupt noch jemand treffen zu wollen als – nun, als Euren ›Sihdi‹.«

»Das, Effendi, schlage dir aus dem Kopfe! Das ist unmöglich. Noch etliche Zeit, bevor wir uns trafen, ist er nach dem Inselchen abgesegelt, welches Amerika heißt. Erwähnte ich es nicht?«

»Das tatet Ihr, verehrter kleiner Sir, wie könnte ich es vergessen. Wenn ich aber ihm, dem pausenlos Gerühmten, nicht von Angesicht zu Angesicht begegne, so können mir alle anderen gestohlen bleiben.«

Halef sah es nicht, aber über das Gesicht des Engländers flog ein hintersinniges Lächeln, denn er fügte hinzu:

»– – – außer Euch natürlich, Euch sehe ich zu gern. Auch zögere ich nicht, für unser Kennenlernen Jahwe zu danken – – –«

Ein Ruck, ein Reißen schüttelte Halef. Hatte der Engländer »Jahwe« gesagt?

Dem Ruck und dem Reißen folgte ein konvulsivisches Zucken, das über Halefs Gesicht lief. Obwohl es ihm Mühe bereitete, sich auf seinem schwankenden Kamel nach Sir Edward umzudrehen, unternahm er es doch.

»*Bismillah!* Jüdisch bist du, Effendi? Warum hast du mir das verschwiegen? Gewiß doch, deine Nase, deine ganze Physiognomie – auch wenn du mich mit dieser Mitteilung erstaunst, muß ich dir sagen, daß du mich in deinem Unglauben sehr an meinen Sihdi erinnerst.«

»In welcher Weise denn, lieber kleiner Sir? Höre ich Euch nicht beständig klagen, er sei nur ein Christ?«

»Einer wie den anderen muß ich euch zum Islam bekehren, so steht es geschrieben, mögt ihr wollen oder nicht. Wie sonst könnte mein Sihdi oder könntest du denn dein Glück auf Erden begründen?«

»O bitte, merkt Euch, Sir, es gibt nichts, was ein englischer Gelehrter nicht vermag. Aber meinen Glauben zu wechseln, das scheidet von vornherein aus. Kein Gentleman wird das von einem anderen verlangen.«

»Das sagt mein Sihdi auch. Er stammt ganz aus deiner Nähe, aus Alemanja[1], welches seinerseits dem Lande der Nemsi[2] benachbart ist. Daher sein Name: Kara Ben Nemsi.«

»Wie? Ist er nun Deutscher oder Österreicher?«

»Oh, er ist noch sehr viel mehr! Von solch hoher Herkunft ist mein Sihdi, daß sich die Bezeichnung dafür im Arabischen nicht aussprechen läßt. Selbst ich kann dir die Laute dieses Wortes nur vorsprechen. Zusammenfügen mußt du sie selbst.«

Krächzend und nur mit Anstrengung brachte Halef zwei sehr ungefähre Silben hervor. So mühsam kamen sie ihn an, daß er seinen Blick gleich wieder nach vorn richten mußte.

»Was Ihr da von Euch gebt, klingt in meinen Ohren wie ›Sachse‹«, resümierte Sir Edward. »Das ist nicht nur hinsichtlich der Silben viel weniger als der Begriff ›Angelsachse‹. Aber weshalb sprecht Ihr von ›Kara Ben Nemsi‹, folglich ›Karl, Sohn der Österreicher‹, wenn der Mann ein Deutscher ist?«

1 Deutschland
2 Österreich

»Rede nicht, Effendi! Mein Sihdi soll einen Namen tragen, den ein jeder Rechtgläubige sofort versteht und mit Freuden ausspricht.«

»*Oh please!* Versucht das nicht auch mit mir. Ein Edward Arthur Stephen Connolly Ben Ingles, aus dem Geschlecht der Connollys sowie Sohn der Engländer – nein, ein solcher will ich nicht sein. Am Ende macht Ihr in Eurer Unwissenheit noch einen Waliser aus mir oder einen Schotten oder Iren, so wie Ihr Kara Ben Nemsi den Alemani ausgetrieben habt. Meine Forschungen ziehen mich in die Wüste – bitte, hier bin ich. Einen sprachkundigen Führer wollte ich – bitte, Euch habe ich gefunden. Damit genug der guten Zufälle.«

»Effendi! Du versündigst dich, wenn du von Zufall sprichst. Weißt du nicht, daß alles, was dem Menschen widerfährt, ganz dem Willen des Allmächtigen entspringt? Auch wenn du nur ein Ungläubiger bist, steht doch alles, was dir widerfahren soll, bereits in seinem Buche geschrieben.«

»Verehrter kleiner Sir, vor drei Monaten wußten wir doch noch nichts voneinander. Mein Segler lag in Portsmouth im Dock. Das Frühjahr war ein verregnetes, und wer sich an Englands Gesetzen verging, lief Gefahr, in die Verbannung nach Australien geschickt zu werden. Ich nehme an, jetzt, im Juli, wird sich daran nichts geändert haben. Ich sehe mich noch gelegentlich ein Mietpferd bewegen und auf ein Permit hoffen, die hiesigen Höhlen durchsuchen zu dürfen. Und nun bin ich hier, seit Wochen schon. Das Pferd ist jetzt ein Kamel, und die Londoner Gesellschaft müßt Ihr mir ersetzen. Sir, ich vermute, die Bedeutung des Wortes Bakschisch[1] hat Euch mehr Vorteile gebracht als mir der Name Kara Ben Nemsi.«

»Und doch stand schon damals geschrieben, daß alles so kommen solle, wie du es wünschtest«, lächelte Halef schlau. »Du bist hier, und ich beschütze dich. Du sehnst dich nach Entdeckungen,

---

1 Trink- oder besser Bestechungsgeld

ich verhelfe dir dazu – ist das nicht Anlaß genug, dem einzig wahren Gott zu danken? Ich bitte dich, Effendi, schwöre Jahwe ab, und öffne dich Allah!«

»Ja, verehrter kleiner Sir, um nichts anderes ist es Euch zu tun als dem Koran oder diesem Kara Ben Nemsi. Sagt, warum ist er Euch Sihdi, und ich bin nur Effendi?«

»Darum gräme dich nicht. Anders als du zeichnet freilich Kara Ben Nemsi sich dadurch aus, daß er meine Nähe sucht und sie nicht flieht. Er ist weise. Und er spürt, daß sich ihm eine Zeit der Wandlung naht.«

»Wandlung? Ihr hofft ernsthaft, einen Christen auf Eure Seite zu ziehen, noch dazu einen deutschen?«

»Ich hoffe es nicht nur, ich weiß es sogar. Als Beschützer meines Sihdi bin ich auf die Rettung seiner Seele bedacht. Wie sonst könnte er dereinst ins Paradies gelangen? Meinetwegen ist er bereits zum Helden geworden, meinetwegen verfügt er schon über die schönsten Anlagen zum Heilslehrer. Darum bezeichne ich ihn, wie es bei den Yogis in Indien Brauch ist, als meinen Sihdi. Bewähre auch du dich, und höre nur immer recht genau zu, wenn ich aus dem Koran zitiere. Jeder Tag, den du weiter zögerst, ist ein verlorener. Schwöre auf Allah. Nur so kann aus deinem ›Effendi‹ gleichfalls ein ›Sihdi‹ werden.«

»*I see* – Kara Ben Nemsi ist also bereits konvertiert?«

»Nun, noch nicht ganz. Er hat sich Bedenkzeit ausgebeten, um noch einmal hinüber, in sein Amerika, zu reisen. In der Abgeschiedenheit der Wüste dieses traurigen Landes will er sich bedenken. Dann wird er jedenfalls zu mir zurückkehren und sich zur Lehre Mohammeds bekennen.«

»Wie bitte? Die Wüste Amerikas, sagt Ihr? Ein trauriges Land nennt Ihr es? Verehrter kleiner Sir, es gibt wohl Ödland in den Vereinigten Staaten, etwa jenes, das Great Basin geheißen wird. Auch die Sonora- und die Mohavewüste sind als ein solches bekannt, ebenso das Death Valley, gelegen zwischen Kalifornien und Nevada. Aber sonst ist Nordamerika, von dem Ihr doch sprecht, ein durchweg grünes, wasserreiches Land. Mit der Sahara ist es nicht zu vergleichen.«

»O doch, das ist es! Und wie bei uns bevorzugen die dortigen Ureinwohner Fleisch, nämlich das von Ziege, Hammel, Rind – ich weiß alles über dieses Amerika!«

»*Well*, Sir, wenn Ihr gestattet, korrigiere ich Eure Allwissenheit ein weiteres Mal. Die Ureinwohner, Indianer genannt, haben nur selten Gelegenheit zum Fleischverzehr. Eine solche bietet sich ihnen fast ausschließlich nur um die Zeit der Büffelwanderungen. Das erjagte Fleisch wird weitgehend getrocknet, um es für Monate genießbar zu halten. Im Gegensatz zu den hiesigen Beduinen bauen die nordamerikanischen Stämme überwiegend Mais und Bohnen an. Sie beziehen daraus ihre Hauptnahrung. Diese erweitern sie durch Jagd und Fischfang. Darum wird man so etwas wie einen wohlbeleibten Indianer kaum je zu Gesicht bekommen, Ihr wohl am allerwenigsten. Oder wart Ihr, wie ich, schon einmal in den Vereinigten Staaten?«

»Bei Allah! Was soll ein Rechtgläubiger in einem solchen Lande, wo es von Ungläubigen nur so wimmelt? Vielleicht habe ich wirklich noch nie einen beleibten Indianer gesehen. Dafür kennt niemand einen ranken Scheik der Haddedihn, der den vieltausenden verlorenen Seelen aus dem Koran zitiert.«

Bei dem Wörtchen »rank« verzog Halef keine Miene, es war ihm ernst damit. Sir Edward lächelte unverhohlen, was Halef nicht sehen konnte, doch sogleich wandte sich seine Aufmerksamkeit einem anderen Gegenstande zu.

»Effendi, auf einmal schweigst du. Sicherlich wirst du eingesehen haben, daß deine Kenntnisse über Amerika so falsch und lückenhaft sind wie deine Ansichten in Glaubensdingen. Es ist nun einmal so, daß – – –«

Halef kam nicht dazu, seine Belehrung fortzusetzen. Sir Edward schloß unvermittelt zu ihm auf, so daß sie einander ins Gesicht blickten, der Moslem und der vorgebliche Jude. Der Mund des letzteren stand freilich noch ein Stück weiter offen als gewöhnlich, bot sich ihm doch ein Anblick, der auch den wüstenkundigsten Manne bezaubert hätte, wie erst den stadtgewohnten Engländer.

Vor den beiden Männern breitete sich ein steinernes Paradies aus. Geschaffen von einem Baumeister, den man Allah nennen mag oder Jahwe, Buddha, Shiva, Manitou oder am besten Gott, so wand sich ein ehemaliger Flußlauf geradewegs durch jenen Teil des Tassili-Gebirges. Dessen einstiges Bett wäre ob seiner Größe, Tiefe und Breite mit dem Begriffe »Wadi« nur unzureichend benannt gewesen. Weil nun einmal Sir Edward das Gespräch auf die Landschaften Nordamerikas gebracht hatte, war an die dort übliche Bezeichnung »Cañon« zu denken. Zu Dutzenden spannten sich Steinbogen über die steinige Ebene, keiner niedriger als wenigstens fünf Manneslängen, dabei breit genug für mindestens zehn Berittene nebeneinander. Verstreut gelegen und oftmals versetzt, machte diese Abfolge von Portalen und Kuppeln den Eindruck, als hätte eine übermenschliche Hand sie aufgereiht, als wären sie Kulissen für einen Triumphzug griechischen oder römischen Ausmaßes, eine Ausstellung nicht der geringsten Wunder unserer Erde: Die Urmeere, welche einst die Wüste durchzogen, hatten hier die bizarrsten Formen und Bauten hinterlassen.

Ohne Sir Edwards Begeisterung zu kommentieren, lenkte Halef sein Kamel vom bisherigen Wege ab. Zielstrebig hielt er auf den ersten der Bogen zu. Vor Jahrmillionen mochte dieser Teil eines wasserumtosten Riffs gewesen sein, jetzt warf er Schatten über den Boden, und diese waren so lang, daß sie den eines gewissen kleinen Haddedihn-Scheiks ins Gigantische vergrößerten.

Wiewohl diese Eskapade einen kräftezehrenden Umweg erforderte, widerstand Halef nicht, dieses Tor und selbstverständlich jedes weitere zu passieren, wiewohl sein Interesse schwerlich der Geologie galt. Mitten hindurch durch eine jede dieser Ehrenpforten dirigierte er jeweils sein Kamel und sein Dromedar, wobei auf seinem Gesicht die Vorstellung von einem siegreichen Heimkehrer glänzte, dem groß und klein, jung und alt von Herzen huldigte.

Sir Edward blieb nichts anderes übrig, als jede dieser immer gleichen Szenen zu beobachten. Sein Mund zeigte jenes eigentümliche Lächeln, wie es eben nur Engländern zu eigen ist.

»*Go on, Sir, go on,* reitet nur immer weiter! Man könnte denken, Ihr wärt ein Held, so stolz durchquert Ihr dieses Gekrümm. Vergeßt aber nicht haltzumachen, sobald wir an die versprochenen Höhlen gelangen, ja? Gern verkünde ich Eure Glorie aller Ewigkeit, doch erst in Gegenwart gewisser Zeichnungen, erinnert Ihr Euch?«

Halefs Gefühle waren viel zu himmlisch, als daß er sich an solch irdischen Anzüglichkeiten störte.

»Wirklich, Effendi, ich fühle mich wie ein Sieger. Mit Allahs Hilfe liegen nun schon viele Abenteuer glücklich hinter mir, so daß ich, um ihn zu preisen, noch den größten Umweg in Kauf nehme. Denke nur, wenn der Erbarmer bequem sein wollte, wenn der Barmherzige nur aus der Ferne auf mich blickte, anstatt mir ganz nahe zu sein wie stets – verloren wäre ich! Allein ihm zu Ehren passiere ich jedes seiner Zeichen, eines nach dem anderen.«

»Zumal Ihr dabei einzig wirkt, verehrter kleiner Sir. *Terrific, irresistible, gorgeous* – hervorragend, unwiderstehlich, hinreißend.«

»Wirklich, Effendi, ist das so? Aber dafür kann ich nichts. Es liegt in meiner Natur, überlegen zu wirken. Wie schade, daß dein Apparat neulich, bei dem Sandsturme, zerstört wurde. Sicherlich würdest du jetzt gern einige Platten unter deine Kamera legen und Photographien von mir anfertigen.«

»Sir, ich zweifle, daß das sinnvoll wäre. Nun wir einen Bogen nach dem anderen hinter uns bringen, finde ich sie allmählich langweilig, auch brennt mir die Sonne zu heiß. Nein, wenn überhaupt, so lichtete ich Euch nahe dem Felsmassiv ab. Unter seinem überhängenden Gestein wirkt Ihr noch kleiner, als Ihr es ohnehin seid. *Goodness me,* das gäbe eine Aufnahme!«

»Effendi, lache nicht. Beachte lieber den Unterschied zwischen klein und wohlgewachsen. Blicke auf dich selbst – empfindest du dich nicht zuweilen als zu lang, zu dürr? Selbst wenn du mich photographiertest, auf keinem der Bilder wärst du selbst zu sehen. Wie wolltest du, nach Hause zurückgekehrt, Beweis führen, daß du hiergewesen bist, an wessen Seite du reisen durftest? Deine Freunde, deine Verwandten, wer wollte dir Glauben schenken? Erst recht deine Brüder, deine Schwestern, deine Vettern, deine Neffen – – –«

»*Well*, was soll mit ihnen sein? Sie reiten ihre eigenen Steckenpferde. Überhaupt sollte man immer nur die Natur photographieren, keinesfalls aber Menschen, meint Ihr nicht auch?«

»Aber mich würdest du ablichten, Effendi?«

»Euch vielleicht, verehrter kleiner Sir. Ihr gebt ja auch immer wieder die reizendsten Motive ab. Wie Ihr des Morgens unsere Kanne und den Topf mit Sand ausreibt, wie Ihr Brennholz und Futtergras von Eurem Lasttiere schnallt, wie Ihr Euer altertümliches Gewehr putzt und dabei – – –«

»Schon gut, Effendi, spare dir den Rest! Deine Wissenschaft besteht also daraus, Ruhmlosigkeiten mit nach Hause zu bringen, nicht jedoch Abbildungen von den hervorragendsten Persönlichkeiten dieses Landes. Da wundert es mich nicht, daß dein eigenes Land ein so kleines ist, daß man kaum eine Klafter Sand darin findet, nicht einmal einen Sandfloh.«

»Ja, ich bin auch sehr traurig darüber. Doch ehe ich hinüberdämmere in dieses Land, habt doch die Güte, mir etwas Entscheidendes zu erklären. Die Abenteuer, welche Ihr und Kara Ben Nemsi erlebt habt, sind das eine. Aber genauso häufig erzählt Ihr von seinen Erlebnissen eben in Amerika; in meinem Kopfe wimmelt es von Beduinen und Indianern. Habt doch die Güte und verratet mir: Wie sieht eigentlich Winnetou aus?«

»Win-ne-tou?« dehnte Halef. Umgehend brachte er seine Tiere zum Halten. »Bei Allah, das hat mich noch niemand gefragt!«

»*Pity me, Sir!* Wenn Ihr erzählt, klingt es immer so, als ständet Ihr mit dem roten Gentleman in bestem Einvernehmen, wenn nicht auf einer Stufe.«

»Das tue ich auch, Effendi, das tue ich! Wäre nur mein Sihdi hier, er würde dir bestätigen, daß ich den Häuptling auf gewisse Weise sogar überrage.«

»Nur auf eine gewisse Weise? Viel deutlicher wollt Ihr nicht werden?«

»Hast du, Effendi, schon einmal eine Photographie oder eine Zeichnung von Winnetous Gestalt oder Gesicht gesehen?«

»Nein, Sir, habe ich nicht. Dieses Vergnügen hatte überhaupt noch kein Mensch. Die Kunst der Photographie ist noch jung, die Indianer lassen sich nicht gern ablichten.«

»So wünschst du also, Effendi, daß ich dir den Fürsten der Indianer einmal beschreibe. Nun gut, es ist nichts dabei; häufig genug hat mein Sihdi mir von ihm erzählt. Ich darf also behaupten, daß meine Schilderung jede Photographie oder Zeichnung übertreffen wird.«

Geschäftig rückte Halef sich im Sattel zurecht und hob zu folgender Beschreibung an:

»Effendi, Sir Edward, stelle dir jenes ferne Land Amerika vor. Es ist zwar nicht einmal halb so groß und auch nicht annähernd so fruchtbar wie das meine, Arabien; auch hat es nie im entferntesten so viele Helden hervorgebracht wie mein Kontinent. Groß aber ist es doch, weil es über Eingeborene wie Winnetou verfügt. Der hohe Adel, dem er entstammt, ist mit den wenigen Silben seines Namens nur sehr unvollständig wiedergegeben. In voller Länge heißt der Häuptling anders. Richtigerweise wird der Scheik der Apachen genannt: El Winnetou Ben Intschu Tschuna Ben Hadschi Ibn Klekih-Petra – ungefähr so habe ich meinen Sihdi verstanden, der stets, wenn er von Winnetou spricht, von einem rechten Zauber umfangen ist.«

Mit einem schnellen Seitenblick vergewisserte sich Halef, daß der Engländer ihm mit der wünschenswerten Andacht lauschte.

»Höre weiter, Effendi. Es mag dir auffallen, daß im Vergleich zu Winnetous Name der meine bedeutend länger ist, welcher bekanntlich lautet: Hadschi Halef Omar Ben Hadschi Abul Abbas

Ibn Hadschi Dawuhd al Gossarah. Und doch ist auch dies nur eine Abkürzung. Vollständig lautet mein Name – – –«

»*Oh please,* Sir, nicht noch mehr Namen, erst recht keine von der Länge sämtlicher Flüsse Englands. Sagt einfach, wie Winnetou aussieht.«

Halefs Brauen hoben sich, ebenso sein Turban.

»Gut, Effendi, da es dir allein um Äußerlichkeiten geht, welche doch vergänglicher sind als ein großer Name, wie ihn noch meine Enkel preisen werden, erst recht deren Urenkel sowie deren Ururenkel und auch – – –«

»*Sir!* Keine Enkel mehr, schon gar keine Ur-! Winnetou, nur er. Er allein!«

»Gut, Effendi. Dann nur dies: Der Häuptling ist ein ausnehmend schöner Mann! Ein Mensch ist er von ebensolch hohem und schlankem Wuchse, wie er auch mich auszeichnet, und allenfalls um den Flügelschlag einer Mücke ist er größer, ganz gewiß nicht mehr. Seine Gestalt ist nicht minder sehnig und so muskulös wie meine, wenn auch nicht ganz so mager. Es vermag kein Präriewind den Apachen umzuwerfen, wie auch mich kein Ghibli davonweht, kein Samum und auch kein Khamsin, denn ein jeder von uns beiden, Winnetou und ich, steht wie ein Baum. Soll ich fortfahren?«

»Ich bitte darum.«

»So achte auf meine Worte, Effendi: Winnetous Gesicht ist überaus stolz und männlich, dabei so hübsch und freundlich wie ebenfalls das meine. In der Mitte prangt, wie bei mir, ein mächtiger schwarzer Schnurrbart. Dieser zuckt und hebt sich, wann immer seinem Träger etwas mißfällt, aber schenkt der Tag Freude und Genugtuung, so dehnt und senkt sich dieser Schnurrbart, gleichfalls wie bei mir. Von Winnetou wird er in höchsten Ehren gehalten; auf das sorgfältigste zwirbelt und kämmt und bürstet er ihn, wie du es auch bei mir schon oft beobachtet hast. Mehr als alles andere lieben wir diese Beschäftigung, Winnetou und ich, sogar mehr noch als ruhmreichen Kampf, weil wir – er und ich – friedliche Naturen sind. Ja, Winnetou und ich, wir gehen, laufen, sprechen und lachen einer wie der andere. Wie Schlangeneier gleichen wir uns, und beide sind wir Lieblinge Allahs, denn er war es, der uns so prächtig gemacht hat. So, Effendi, dies ist das Bild, das ich dir von Winnetou geben kann. Sieh in mein Gesicht, und du siehst – Winnetou!«

Das saß. Sir Edward konnte nicht anders als schweigen. Ein derart langes Gesicht machte er zu Halefs Beschreibung des großen Häuptlings, daß er nun kaum mehr einem überlegenen Aristokraten glich. Unwillkürlich wanderte sein Fernrohr vom linken zum rechten Auge und wieder zurück, immerzu auf Halef gerichtet. Des öfteren hob und senkte sich das Glas, hob sich abermals, wollte sich schon zurückziehen, blieb aber im Anschlag.

Endlich rief Sir Edward:

»Verehrter kleiner Sir, wollte ich Euren Worten glauben, müßte ich denken – müßte ich denken – *well,* ich müßte denken, daß Winnetou gerade so aussieht wie Ihr selbst.«

»Dies, Effendi, denke immerhin.«

»Winnetou hat Eure Größe?«

»Unbedingt.«

»Desgleichen Statur, Gesicht und Barttracht? Ferner Haltung, Gang, Gewohnheiten?«

»So ist es.«

»Sein Haar gleicht ganz dem Euren? Seine Hautfarbe, sein Wesen, seine Persönlichkeit?«

»Alles, Effendi, einfach alles. Er und ich, wir sind uns ähnlich wie Zwillingsbrüder. Allah hat es gefallen, den Apachenhäuptling in beinahe demselben Grade so perfekt zu erschaffen wie mich. Darum sind wir beide, Winnetou und ich, so stark wie schön, so treu wie mutig, so berühmt wie beneidet.«

»Winnetou und Ihr?«

»Ja, Effendi. Ich und Winnetou.«

»Aber Sir, das ist – das ist – das ist – – –«

»Ja, Effendi?«

»Ach nichts. Ich dachte – – –«

Patsch! Halef versetzte dem Kamel des Engländers einen solchen Hieb mit der Reitpeitsche, daß es einen Satz nach vorn machte und seinen Reiter beinahe abwarf, ihn auf jeden Fall kräftig durchschüttelte. »Sei gewarnt, Effendi! Höre ich Zweifel aus deinen Worten? Wie kann ich dein Führer durch alle Gefahren sein, dein einziger Freund und gar dein Bruder, der Tröster deines Gemütes und der Retter deiner Seele, wenn du mir nicht glaubst? Sprich eindeutig mit mir, und unterbrich deine Sätze nicht wie ein schlechter Gastgeber das Festmahl – das gehört sich nicht!«

»*Well*«, versuchte der Engländer sein Tier zu beruhigen und Halef zu beschwichtigen. »Allein an Euren Sihdi mußte ich denken und an seine Erzählungen, die schon ein bißchen auch in meine Heimat vorgedrungen sind. Aus dem wenigen, was ich von ihm kenne, ist mir seine oft wiederkehrende Beschreibung Winnetous im Ohr.«

»Ah!« Halefs Miene hellte sich auf. »Und nun findest du meine Darstellung Winnetous von der meines Sihdi so unterschiedlich wie ein Wadi zur Regenzeit, wenn es vom todbringenden Wasser durchrauscht wird, anstatt, wie im Rest des Jahres, tot und leer dazuliegen. Ist es so?«

»*Well*, ungefähr.«

»Aber Effendi, das ist doch nur verständlich! Hast du denn nie gehört, daß mein Sihdi leider zu Übertreibungen neigt? Er schätzt Winnetou, gewiß, aber lieben tut er allein mich; darin liegt der ganze Unterschied. Um dem Häuptling eine Freude zu bereiten, hat er ihn in seinen Büchern ein wenig wachsen lassen. Auch hat er ihm Züge angedichtet, die seinem Herzen schmeicheln und ihm die Seele kosen. Mein Sihdi ist ja ein großer Poet. In seiner Gegenwart erblüht jeder Kaktus!«

»Ist das so, verehrter kleiner Sir? Kara Ben Nemsi liebt Euch in noch höherem Maße als seinen, wie er schreibt, unvergleichlichen Winnetou, mit dem er sogar sein Blut vereinigt hat? Wenn das zutrifft, so hat er in seinen Texten, wo immer es Eure Person betrifft, die Blumen vielleicht nicht ganz so reich erblühen lassen. Übrigens: Ich bin ein Christ und kein Jude – freut Euch das?«

»Es freut mich«, gab Halef zurück. »Wie es mich zugleich schmerzt, daß du immer noch meinen Worten mißtraust. Warum erwähnst du das gerade jetzt?«

»Seht, verehrter kleiner Sir, weil ein noch viel größerer Unterschied als zwischen uns und unseren Religionen darin besteht, wie Kara Ben Nemsi, anderwärts Old Shatterhand genannt, uns Winnetou beschreibt. Darf ich Euch auf eine weitere Diskrepanz aufmerksam machen?«

»Du darfst es, Effendi. Doch bedenke, bei mir mußte mein Sihdi die Kraft seiner Poesie erst gar nicht bemühen. Er hat mich doch einst – aber nein, das muß ein Geheimnis bleiben.«

Suchend, als könnten Fels und Sand einen Lauscher bergen, wandte Halef sich um. Dabei trieb er sein Tier ein Stück nahebei an Sir Edwards. Sich ihm zuneigend, flüsterte er:

»Effendi! Schon vor sehr langer Zeit hat mein Sihdi erkannt, daß ein von Allah so vollkommen gemachter Mensch wie ich keiner Preisung bedarf. Nur deshalb spart er in seinen Büchern mit Lob, wo immer er von mir spricht. Winnetou indes entrichtet er großzügig seine Wortspende, weil man in der Sahara von dem Apachen noch nicht allzuviel weiß. Es bedarf eines Mannes, eines Geschichtenerzählers, der die Abenteuer des Häuptlings auch in unsere Breiten trägt. Denke dir, wer auserkoren ist, diese Aufgabe zu erfüllen! Ja, Effendi, da staunst du! So sehr verwöhnt der Allmächtige die Seinen, daß er mich auserkoren hat, mich, der ich von mir sagen darf, ein direkter Nachfahre des Propheten zu sein!«

»Vom Propheten stammt Ihr also auch ab?«

Halef machte ein vertracktes Gesicht. Kaum jemals hatte sich in der Wüste Argwohn sicht- und hörbarer gemacht als eben jetzt bei dem Engländer. Dessen Kamelstute, durch die unmittelbare Nähe von Halefs Kamelhengst in Unruhe versetzt, scheute zur Seite.

Einen infernalischen Angstruf ausstoßend, bockte das Tier und schlug aus. Abermals hatte Sir Edward Mühe, sich im Sattel zu halten, doch ehe er die Gelegenheit dazu fand herabzufallen, stob die Furie mit ihm auf und davon.

»Wo willst du hin, Effendi? Es hat keinen Sinn, vor meinen Worten zu fliehen, ich sage die Wahrheit. Komm zurück, du wirst dich verirren!«

Wie sich zeigte, war es dem Engländer nicht gegeben, seinem Tiere Einhalt zu gebieten. Das Wüstenschiff pflügte schwer durch die See der Saharawellen, und Halef blieb keine Wahl, er mußte folgen. Tragisch, und komisch zugleich, gerieten das Englische und das Arabische in ärgsten Konflikt:

»*Come on, have pity on me* – halte ein, habe Mitleid mit mir!«

Weil all dieses freundliche Zureden nichts fruchtete, verlegte Sir Edward sich bald aufs Schimpfen und Zetern, wieder ohne Erfolg. Aus immer größer werdender Distanz hörte Halef ihn barmen und drohen:

»*Goodness me!* Dummes Kamel, böses Kamel, Klepper von einem Kamel! Zum Abdecker mit dir, zum Metzger! Gehorche, bleibe endlich stehen! *Good girl, calm down, please relax* – braves Mädchen, langsam, sachte! *This is just extraordinary* – das ist ein starkes Stück!«

Es half nichts, der Sir und das Höckertier blieben im fröhlichen Schwunge vereint. Schließlich wurde es Halef zu bunt. Entschlossen riß er aus seinem Gürtel einen der beiden Remington-Revolver, die ihm einst als Geschenk von einem gewissen Sihdi zuteil geworden waren. Er spannte den Hahn und legte, so gut das Gewoge seines Kamels es zuließ, zum Schusse an. Natürlich beabsichtigte er, an dem flüchtigen Tiere nur vorbeizuzielen, um es durch neuerliches Erschrecken zum Stillstand zu bringen. Just in dem Moment, als er feuern wollte, fand die Eskapade jedoch von selbst ihr Ende. Mitsamt seinem durchgerüttelten Reiter gefror das Kamel zu Eis, mitten in der Wüste.

Kurz darauf hatte Halef den versteinert wirkenden Engländer

erreicht. »Lob und Preis sei Allah! Wie hast du mich erschreckt, Effendi. Ich glaubte, du wärest – – –«

Doch Sir Edward hatte den Zeigefinger vor den Mund genommen, so daß auch Halef verstummte. Gemeinsam staunten sie: Weit von ihrem ursprünglichen Weg abgekommen, hatte die Landschaft sich ein weiteres Mal verändert. Die steinernen Bogen lagen weit zurück; die Schotterebene war sanft geworden und das Gestein feiner, der Tritt der unbehauenen Kamelhufe erst leiser, dann unhörbar. Das Geröll war nämlich erst braunem Kies gewichen und dieser allmählich gelbem Sand – jener Urmaterie, aus welcher einzig bestehend der nichtgereiste Mensch sich gemeinhin die Wüste vorstellt.

Es war aber nicht diese beeindruckende Laune der Natur, die Sir Edwards Tier zum Halten gebracht hatte. Der Anblick einer Kette vieler anderer Kamele und Dromedare hatte das bewirkt. Unweit jener Erhöhung nämlich, auf der Halef und der Engländer sich befanden, passierte zwischen zwei gewaltigen Sandbergen eine Karawane. Aus mindestens einhundert Kamelen und wohl genauso vielen Männern, Frauen und sogar Kindern bestand dieser Zug, auseinandergezogen auf die Länge einer guten englischen Meile. Gesenkten Hauptes trotteten die meisten neben ihren Tieren einher; nur wenige genossen das fragwürdige Privileg, im Sattel sitzen zu dürfen, den Reitermantel jeweils mit Stöcken zu einem behelfsmäßigen Schutz gegen die Sonne aufgespannt.

Über die unfreiwillige Exkursion war es nämlich nahezu Mittag geworden. Abgekommen von seiner ursprünglichen Richtung, hatte das verschreckte Kamel die Witterung einer Vielzahl von Genossen aufgenommen. Kreuz und quer war es der Geruchsfährte gefolgt.

»Beim Barte des Propheten! Sieh nur, Effendi, wie unvorsichtig diese Menschen sind!«

Um gerade eine Viertelmeile, viel zu wenig für eine richtige Erkundung, ritt der Karawane ein Späher voraus. Dieser unbekümmerte Mensch hatte zudem den Oberkörper bis weit über den

Höcker seines Kamels vornübergebeugt – entweder überkam ihn gerade die Schwäche, oder er war bereits entschlummert. Etwas in der Ferne ausmachen ließ sich so nicht. Niemand deckte die Reisenden nach ihren Seiten oder in ihrem Rücken. Dies war um so unbegreiflicher, als doch jederzeit die Möglichkeit bestand, daß einer der Wanderer vor Erschöpfung strauchelte und zurückblieb. Ohne sofortige Hilfe war man da unversehens verloren. Bei dem Führer des Zuges, einem ältlichen *Karwan Baschi,* sowie seinen Unterführern schien es sich nicht um besonders umsichtige Leute zu handeln; womöglich hatte sich auch ihre Aufmerksamkeit auf Grund zurückliegender Strapazen erschöpft. War ihnen nicht bewußt, daß gerade dieser Teil des Gebirges gern von Marodeuren und Räubern durchstreift wurde? Seit jeher ist doch das Tassili n' Ajjer als Revier der Tuareg bekannt, des berüchtigten Berbervolkes, das so viele Räuberfürsten hervorgebracht hat. Nicht zuletzt ihretwegen schien sich Halef, der sonst so Vorwitzige, bisher bevorzugt im Schutze der Felsen gehalten zu haben.

Und wahrhaftig, der Karawane drohte Gefahr!

Auf ihrer linken Flanke, entlang der Linie des Dünenkammes, bereitete sich eine Reiterschar zum Angriff vor. Geschickt und ohne jedes Kampfgeschrei, begann sie sich aufzufächern, um die Reisenden noch vor dem eigentlichen Signal zu umfassen. Säbel und Lanzen sowie die Läufe von Gewehren blitzten, was aber seitens der Reisenden immer noch nicht bemerkt wurde. Noch fiel kein Schuß – die Angreifer mußten sich ihrer Sache sehr sicher sein.

War das eine Luftspiegelung, eine Fata Morgana? Sahen Halef und Sir Edward aus ihrer Entfernung wirklich einem bevorstehenden Überfall zu?

»Bismillah!« rief Halef aus. »Diese Ahnungslosen werden in einem der sieben Himmel erwachen, doch wird es kaum der höchste sein!«

»*Well,* bin ganz Eurer Meinung«, nickte Sir Edward. »Fürchte aber, es wird sich eher um die Hölle als einen Eurer Himmel handeln. Müssen den armen Teufeln beistehen, doch wie? Wir sind nur zu zweit. Obgleich mein Gewehr ein modernes ist und ich damit – – – He, verehrter kleiner Sir, he, wo wollt Ihr hin?«

Bei dem Wort Hölle hatte Halef sein Kamel gewendet und gleichzeitig die Zügel des ihm hinderlichen Dromedars freigegeben. Schon war er ein Dutzend Schritte von Sir Edward entfernt, zurück auf der Spur, die sie über die Dünen gezogen hatten.

»Sir! Warum bleibt Ihr nicht und betet wenigstens mit mir für diese Ärmsten, wenn Ihr schon nicht kämpfen wollt? Eilt es Euch so sehr mit der Flucht, daß Ihr Euer Dromedar zurücklaßt? *Well,* Ihr solltet Euch – – –«

»– – – schämen?« rief Halef zurück. »Effendi, Sir Edward, daß du mich immer noch nicht kennst!«

Es zeigte sich nämlich, daß Halef sein Kamel nur deshalb zurückgetrieben hatte, um es vom Scheitel der Anhöhe herab besser Anlauf nehmen zu lassen. Die Zügel gestrafft, die Flinte im Anschlag, war er auch schon kampfbereit. Den berühmten markerschütternden Schrei der Beduinen ausstoßend, flog der Haddedihn-Scheik seinem Ziel entgegen, entschlossen, der bedrohten Karawane Hilfe zu bringen – ganz allein.

»Aber verehrter kleiner Sir, wollt Ihr auf mich verzichten? Als einziger von uns beiden besitze ich ein Fernrohr. Ich bin entschlossen, es Euch zu leihen!«

»Und ich, Effendi, bin entschlossen, es nicht zu benötigen. Den Feind will ich aus allernächster Nähe sehen. Ich greife an!«

Schon krachte die uralte Steinschloßwaffe los. Wohl versprühte sie einen beeindruckenden Feuerschweif, nährte aber leider nicht im geringsten die Aussicht, irgend jemand oder irgend etwas zu treffen. Schon wegen der Entfernung war es unmöglich, bereits jetzt einen sicheren Schuß zu tun; zudem hatte Halef die weiche, also den Gegnern abgewandte Seite der Karawane vor sich. Damit war er vom Feinde noch getrennt. Doch der »verehrte kleine Sir« zog es eben vor, seinem Temperament dasjenige seiner Büchse vorauszuschicken.

Eines bewirkte der Knall unbedingt: Der bisher so schläfrige Menschenzug war auf die Gefahr aufmerksam geworden. Endlich, unter dutzendfachem Wehklagen und mit wilden Entsetzensrufen, versuchte man, einen Wehrkreis zu bilden. In dessen Mitte sollten nachgerade Frauen und Kinder Schutz finden, doch konnte diesem spät begonnenen Versuch kein Erfolg beschieden sein. Den Reisenden mangelte es an der nötigen Übung für ein solches Manöver, und nunmehr entdeckt, gaben die Angreifer jede Zurückhaltung dahin und trieben ihre Tiere an. Aus der sich rasch verringernden Distanz erscholl das wildeste Kriegsgeschrei, so daß die Karawane, inzwischen zusammengekrümmt wie ein Wurm, sich von zwei, ja drei Seiten gleichzeitig attackiert sah. Einzig von der vierten, gerade noch offenen Seite, wogte Hilfe in Gestalt zweier Reiter heran: Hadschi Halef Omar und Sir Edward!

Als der Adelsmann gesehen hatte, daß Halef seine abgeschossene Flinte gegen einen seiner Revolver vertauschte, hatte es auch ihn nicht länger gehalten. Dem tapferen Streiter folgend, hatte auch er sein Kamel den Sandhügel hinabgetrieben, sich aber, anstatt zu schießen, darauf konzentriert, das in jedem Gefecht unerläßliche Recognosciren zu betreiben. Sein aufgeregt wackelndes Fernrohr am Auge, verfolgte Sir Edward den Aufmarsch der Briganten.

Diese waren der Karawane bis auf Schußweite nahe gekommen. Trotz ihrer kaum militärisch zu nennenden Schlachtordnung durfte man die Meute nicht unterschätzen. Grobschlächtige, wildbärtige Gestalten bekam Sir Edward zu sehen, beritten mit schlanken, ausgeruht wirkenden Kamelen. Mochte es diesen Männern auch an Uniformen, überhaupt an einheitlicher Ausrüstung fehlen, ihre Umsicht und Entschlossenheit verriet Geschick. Im Orient heißen solch irreguläre Truppen Askaris, also Soldaten; dies schon deshalb, um ihrem Morden und Plündern den Anschein von Recht zu geben. In Wirklichkeit sind diese »Soldaten«, wie sie in der deutschen Heimat nicht einmal zur Aushebung einfachster Gendarmen taugen, nicht mehr als menschgewordene Geier und Hyänen. Wie diese pflegen sie ihre Beute bis auf die Knochen abzunagen. Wer mit einem solchen Auswurf anbindet, muß mit dem Leben abgeschlossen haben – oder seiner Sache sehr sicher sein.

Die Bataille war in vollem Gange. Halef und Sir Edward hüben, die Schar der Räuber drüben – im Galopp jagten die ungleichen Kämpfer aufeinander zu, zwischen sich das Rund der umfaßten, aber immer noch nicht feuernden Verteidiger. Fasziniert verfolgte Sir Edward in seinem Glase einen ganz besonderen, in vollem Sturme dahinfliegenden Reiter. In ihm, der sich durch eine Vielzahl befehlender Gesten hervortat, war unbedingt der Anführer zu erkennen. Auch er war ausgerüstet mit einem Fernrohr, dessen Wert in der Wüste bis auf den heutigen Tag unschätzbar ist. Einem normalen Soldaten jedenfalls wäre der Besitz eines solch kostbaren Gegenstandes unmöglich gewesen.

Glas traf auf Glas – die Gegner hatten einander ausgemacht!

Der ferne Arm des »Feldmarschalls« fuhr in die Höhe, aus seinem Munde gellte ein durchaus hörbares Kommando – und eine Vielzahl Gewehrläufe donnerte los. Doch alle Schützen »pinselten«, schossen blindwütig, ohne zu zielen, durch die Gegend. Obwohl ihre Salve sich somit als genauso unverbindlich erwies wie zuvor Halefs einzelner Schuß, floß nun erstmals Blut, denn ein jäher Schmerzensruf überlagerte das Ausrollen des sonst wirkungslosen Geknalles. Aus der Reihe der Angreifer brach ein Reiter heraus. Erst verlor er seine Waffe, sodann das Gleichgewicht, und rücklings fiel er von seinem Kamel in den Sand, kollerte den Rest des abschüssigen Terrains hinab, blieb in einer Senke liegen und schrie dort, sich den Leib mit beiden Händen haltend, aus Herzenskräften.

Ihrem verwundeten oder vielleicht sterbenden Kameraden beizuspringen, wie ein jeder brave Grenadier es tun würde, fiel der Reiterhorde nicht ein. Der Feind war geworfen, das war die Hauptsache; daß es einen der Eigenen traf, bedeutete weniger als nichts. Aber von nun an fielen nur noch vereinzelt Schüsse, allzu vorhersehbar war ja der Ausgang des ungleichen Gefechts geworden. Längst war um die Karawane ein Dreiviertelkreis gezogen, der sich immer schneller zum vollen Kreise schloß.

In seinem Radius befanden sich auch Halef und Sir Edward. Augenblicklich sahen sie sich von Feinden umringt; jede weitere Kampfesäußerung hätte den Tod bedeutet. Wie die anderen Eingeschlossenen taten sie das einzige, was in einer solchen Lage Verschonung bedeuten konnte: Halef warf seine beiden Revolver und das Gewehr in den Sand, Sir Edward tat desgleichen und steckte zusätzlich sein geliebtes Fernrohr zurück in den Gürtel. Dann hob ein jeder Arme und Hände, bis weit über den Kopf.

»Bist du böse mit mir, Effendi?« sagte Halef noch.

»*Rubbish*[1], verehrter kleiner Sir. Ihr habt Euch als Held versucht, weil Menschen in Gefahr waren – wie hätte ich da abseits stehen können? Ihr seid Beduine, ich bin ein *Englishman* – Leute unseres Schlages können nicht zusehen, wenn Unrecht geschieht. Auch bin ich Euch aus freien Stücken gefolgt. Wenn überhaupt, so sind wir beide *dumbheads*[2]. Ich denke aber, das eigentliche Scharmützel steht noch bevor. Seht, wir bekommen es mit dem Oberräuber zu tun!«

Jener gegnerische Reiter mit dem Fernrohr stürmte herbei, umschwärmt von einem Attachment »Offiziere«. Wie sein kostbarer Kamelhengst war er selbst reich geschmückt; der Aufputz eines hohen Wüstenkriegers übertrifft noch jeden Blücher oder Wellington. Bekleidet war der Siegreiche mit einem ungewöhnlich sauberen, durchweg smaragdfarbenen Gewande, der Farbe des Islams. Seine Kopfbedeckung war der typische, aus mehreren Ellen Seide gewickelte Turbanschal, der sogenannte *Schesch,* sowie eine weithin sichtbare Schärpe. Beide flammten in einem Rot, das an Blut gemahnte, mithin von dem besonders kriegerischen Charakter seines Trägers zeugen sollte.

1 Unfug, papperlapapp
2 Dummköpfe

Auch die Gestalt des bereits ergrauten Mannes war eine außergewöhnliche. In noch viel größerem Maße nämlich als Sir Edward war dieser Mensch hager, wirkte aber dennoch kraftvoll. Seine strengen, aus dunklen Leidenschaften geschnitzten Züge ließen ihn grausam und unerbittlich erscheinen, aber das konnte täuschen. Denn obgleich seine Miene verschlossen war, blickten seine dunklen Augen verstohlen zwischen der Karawane und den beiden zusätzlich eingebrachten Gefangenen hin und her. Längst schien für ihn ausgemacht zu sein, daß sie nicht dem Zuge angehörten, sich vielmehr aus freien Stücken in die Kampfhandlung gemengt hatten. Er witterte nach der Anhöhe, von der die verwegenen Reiter gekommen waren – waren sie nur der Vortrab einer anderen Streitmacht, oder hatten sie sich, ohne jede Verstärkung, an einen derart übermächtigen Feind gewagt?

Aus vollem Galopp, unmittelbar vor Halef und Sir Edward, machte der Anführer halt, daß der Sand aufspritzte und alle drei einhüllte.

»Dummköpfe! Ihr wagt es, Soldaten von Abu Saleh, dem Herrscher über die Oase Dschunet[1], anzugreifen! Ich bin Faris Abbas, der Kommandeur seiner Garde, und sage: Ihr werdet geköpft!«

»Und ich, ich bin Hadschi Halef Omar, Scheik der Haddedihn«, erwiderte Halef trotz seiner emporgereckten Hände und ganz au pair. »Und sage: Der Friede des Herrn sei mit dir! Wir freuen uns, deine Bekanntschaft zu machen.«

Über diese unerwarteten Worte war der Kriegsherr so sehr verblüfft, daß er verlegen an den Zügeln seines Kamels zog. Das feinnervige Tier geriet ins Tänzeln, was den Befehlsgewohnten für einen Augenblick noch unsicherer wirken ließ. Als er es mit Hilfe einiger brutaler Hiebe seiner Gerte wieder zum Stillstand gebracht hatte, rief er seinem Stabe zu:

»Männer! Wir haben einen großen Sieg errungen, aber ein noch viel größerer wurde uns durch diese Dümmlinge zunichte

1 das heutige Djanet

gemacht. Von den Feinden ist kein einziger zu Tode gekommen, doch dort drüben liegt einer der Unseren im Sande. Herunter mit den Kerlen. Mein Urteil gilt: Es wird sofort vollstreckt!«

Blutrünstig reckten die Räuber ihre Lanzen, Säbel und Gewehre gegen Halef und Sir Edward, einige gaben Schüsse ins Blaue ab.

Voll Genugtuung prüfte Faris Abbas die Wirkung seiner Worte auf die Gefangenen, doch enttäuscht, diese nicht im geringsten niedergedrückt zu sehen, tat er, als besänne er sich anders. In der herablassendsten Weise sprach er zu Halef und Sir Edward:

»Obwohl, wer weiß – vielleicht ist es besser, wenn ich euch noch etwas leben lasse; ein schneller Tod wäre eine unverdiente Gnade. Ich bringe euch nach Dschunet, in die Oase. Dort mag unser Gebieter die Stunde eures Todes bestimmen. Daß ihr unter das Schwert kommt, steht außer Frage. Doch vielleicht sind euch noch ein paar Stunden geschenkt – was sagt ihr dazu?«

Noch ehe Halef oder Sir Edward sich zu dieser großmütigen Einladung äußern konnten, steigerte sich das bisherige Ächzen des schon erwähnten verletzten Räubers zum Gebrüll. Derart laut schrie auf einmal der Mann, daß neuerlich Unruhe in dem Offizierskorps entstand. Faris Abbas machte Zeichen, den Soldaten zum Schweigen zu bringen, aber Halef sagte:

»Ehe du uns peitschen oder köpfen läßt oder uns auch nur erlaubst, die Hände zu senken, wird dieser Mann sterben. Er schreit schon jetzt wie ein abgestochener Hammel.«

»Was redest du – leben wird er! Wir verfügen über einen erfahrenen Wundarzt. Yussuf, zu mir!«

Einer der Askaris trieb sein Kamel heran, hieß es sich senken und stolperte aus dem Sattel. Obwohl krummbeinig und zahnlos, trug er am Gürtel ein ganzes Arsenal unterschiedlich langer und breiter Messer, dazu eine Art Schröpflöffel. Er war der Feldscher der obskuren Truppe.

Ein weiterer Wink von Faris Abbas, und auch seine Offiziere stiegen ab, zuletzt er selbst. Es verstand sich, daß Halef und Sir

Edward diesem Befehl zu folgen hatten. Angeführt von Faris Abbas, ging man die wenigen Schritte zu dem Verwundeten. Als dieser das hochherrschaftliche Nahen seines Befehlshabers vernahm, ließ er sein Crescendo noch einmal besonders deutlich hören: Wer derart schrie, mußte an den schwersten nur denkbaren Verletzungen leiden.

Jener Mann namens Yussuf kniete sich neben den Verletzten und wählte eines der Messer aus seinem Gürtel. Als aber Halef sah, wie dieser Doktor Eisenbarth der Wüste seine schmutzstarrenden Hände lediglich durch ein angedeutetes Wühlen im Sande »reinigte« und sie sogleich an die Wunde des Verletzten legte, sprang er, trotz der Überzahl der Bewaffneten, hin zu dem schrecklichen Arzte. Ihm das Messer aus der Hand schlagen, ihm eine Ohrfeige versetzen und ihn beiseite stoßen war eins.

»Bei Allah, ein Helfer der Kranken willst du sein, ihr Engel und Heiler? Ein Fleischer bist du, der dümmste und elendste von allen. Hinweg!«

»Fremder, du hast kein Recht, mich zu schlagen«, jaulte der Alte. »Was verstehst du schon von meiner Kunst? Man ruft mich zu den Angeschossenen und bezahlt mich gut dafür. Noch den ärgsten Blutfluß stille ich, für alles habe ich eine Medizin parat, und schneiden kann ich wie kein Zweiter!«

»Ja, das glaube ich«, spottete Halef. »Und vor jedem Zweiten stirbt dir ein jeder Erster. Nochmals: hinweg! Ein Hakim[1] bin ich selbst, aber ein viel größerer und bedeutenderer als du. Ich werde nach dem Manne sehen. Wenn er überhaupt zu retten ist, so bin ich es, der ihm hilft!«

Dieses beherzte Auftreten verfehlte seine Wirkung nicht. Anstatt Halef zu hindern, bedeutete auch Faris Abbas dem Kurpfuscher, beiseite zu treten; es war nicht ausgeschlossen, daß man in dem kühnen Gefangenen einen wirklichen Chirurgen vor sich hatte.

Halef, weniger verliebt ins Schneiden als ins Aufschneiden,

1 Arzt, Chirurg

fühlte sich wieder als Herr der Lage. Im Tone größter Entschlossenheit wandte er sich an den Liegenden:

»Du, Askari, sprich! Ehe ich mit deiner Heilung beginne, muß ich wissen, wie es zu deiner Verwundung kam; jeder gute Arzt benötigt darüber Gewißheit, ehe er über die Kur entscheidet. Also, weshalb fielst du so plötzlich von deinem Kamel? Eure Gegner schossen doch kaum weniger schlecht als du selbst; mein Gefährte und ich haben alles mit angesehen. Konntest du dich nicht gedulden, bis wir nahe genug heran waren und unsere eigenen Kugeln dich weggeputzt hätten?«

Dieser Mangel an Zartgefühl war zuviel für den Mann. Er war nur ein einfacher Geist und wähnte sich, ob des Blutes in seiner Bauchgegend, schon fast im Reich der Toten.

»Muß ich sterben? Sage es mir, o Hakim! Wenn Allah mein Opfer fordert, so gebe ich es. O ihr Himmel und Sterne, gleich werde ich bei euch sein. Die Engel werde ich sehen, und der Prophet selbst wird zu mir sprechen!«

Allein Halef machte eine abwehrende Handbewegung.

»Sprich nicht von den Engeln, nur weil eine Mücke dich gestochen hat. Und den Propheten lasse ganz heraus. Du und überhaupt ihr alle, hört mir zu! Wie jedermann weiß, war Mohammed nicht nur der Mund unseres Schöpfers, er war auch sein wichtigster Heiler. Durch die Zeiten aber folgten Tausende seinem Beispiel, um den Gläubigen Gesundheit zu bringen. Seht mich an! Trotz meiner jungen Jahre habe ich die Heilkunst gründlich studiert, wie übrigens noch viele weitere Wissenschaften. Auch war ich schon auf dem Hadsch, auf der Pilgerreise, wie ein jeder Gläubige sie wenigstens einmal im Leben unternehmen soll. Darum habt ihr mich gefälligst einen Hadschi zu nennen, und entsprechend fordere ich von euch Respekt. Meinen Namen, den ich euch gleich nennen werde, prägt euch ein. Es ist der eines Mannes, welcher sich auf die Medizin geworfen hat, um selbst noch seinen Feinden beizuspringen. Männer: Vor euch steht Hadschi Halef Omar Ben Hadschi Abul Abbas Ibn Hadschi Dawuhd al Gossarah! Und außerdem sage ich: Im fernen Alemanja, im großen Volk der Nemsi, gibt es einen Mann, vor dessen Glanz eure trüben Augen erblinden müßten, könntet ihr ihn sehen. Er mag nur Christ sein und somit ein Giaur[1], doch darf er sich rühmen, einen der vornehmsten Söhne Arabiens zum Freunde zu haben – mich! Sihdi heiße ich diesen großen Mann, weil er ein hochgeachteter Heiler ist und ein ebensolcher Chirurg, der beste, der je seinen Fuß in unseren Sand gesetzt hat. Wäre er an meiner Stelle, er würde euch gleichfalls sagen, daß man diesen Mann nicht zu schneiden braucht, wie euer törichter Kamerad es beabsichtigt. Durch die Heilkunst meines Sihdi vermag ich dem Todgeweihten zu helfen, aber ohne dabei das Messer anzusetzen. Deshalb freut euch, Soldaten, daß ihr mir begegnet seid, und dankt dem Schöpfer, dem Allmächtigen. Der Verwundete ist schon zu schwach, er befindet sich, wie er selbst sagt, bereits im Gewahrsam des Erzengels Gabriel, welcher ihn bei sich halten will. Trotzdem will ich es unternehmen, ihm Heilung zu bringen. Die Kugel, die eurem Freunde beigebracht wurde, stammt aber weder aus meinem noch aus einem anderen Gewehr; mein Heilerauge sieht das sofort. Die eigene Waffe ist es gewesen, die dieser Dummkopf nicht zu handhaben wußte. Die Kugel aber, die in ihn eingedrungen ist, bringt kein Messer hervor, ohne ihn zu töten. Ich vermag es, und zwar mit Hilfe der magischen Worte meines Sihdi. Auswendig weiß ich sie, und weil ihr zur Stunde das Auge Allahs noch nicht mit dem Blute Unschuldiger betrübt habt, bin ich bereit, diese Worte zu sprechen. Gebt aber Raum, tretet zur Seite! Schafft mir Platz, damit ich wirken kann!«

Und tatsächlich, ob dieser flammenden Rede und der krönenden Verheißung wichen die wilden Kämpfer zurück. Erwartungsvoll schwiegen sie, und sogar der Verletzte vergaß sein Gejammer. Auch Faris Abbas schien gespannt auf das Kommende zu sein. Mißtrauisch beäugte er jede Bewegung Halefs.

---

1 Ungläubiger im moslemischen Sinne

Dieser ließ sich neben dem Verletzten nieder. Zu gut wußte er, daß ihm erst der kleinere Teil seiner List geglückt war. Nun mußte eine Tat folgen, eine rechte Schaufreude. Groß und eindrucksvoll genug mußte sie sein, daß sie Halef bei den Räubern in Achtung setzte. Deshalb schloß er sogleich an das Gesagte an:

»Dieser fast schon tote Mann wird sich wieder erheben. Mit den eigenen Händen wird er sich das Blut abwischen, auf die Füße springen und euch allen zeigen, daß er geheilt ist. Er mag dann nach Hause gehen, in sein Zelt, zu seinem Weibe und seinen Kindern, und er mag Allah preisen und den Propheten sowie die Heilkunst aller wahrhaft großen Ärzte, denn aufgepaßt, ich beginne!«

Um nur ja nichts zu versäumen, rückten die Räuber noch näher zusammen, wahrten jedoch respektvoll Abstand zu Halef, dem »wahrhaft großen Arzt«. Sogar die kampflos besiegten Männer der Karawane, die aus der Nähe alles mit angehört hatten, vergaßen ihr trauriges Los. Mit erhobenen Händen drängten sie heran, um gleichfalls Zeuge der angekündigten Wunderheilung zu werden.

Als das letzte Geflüster verstummt war, beugte Halef sich wichtig über seinen Patienten. Hände und Finger hielt er weit ausgestreckt, wie um zu zeigen: Seht her, kein Messer. Die Behandlung konnte beginnen.

»Namenloser!« schrie Halef, daß alles zusammenfuhr. »Namenloser, wünschest du, daß ich dich, vermöge der Heilkunst meines Sihdi, kuriere? Ist es dein Wunsch, auf Erden weiterzuleben und deine Schmerzen dahinzugeben, oder soll ich dich liegenlassen und dir einen letzten Trost aus dem Koran lesen, damit du nicht ohne die Worte des Barmherzigen verstirbst, wenn du zu ihm auffährst, in alle seine Himmel – du antwortest nicht? So mag die Sure der Auferstehung dich trösten. In ihr steht geschrieben: *Wenn die Augen vor lauter Licht geblendet sind, der Mond sich verfinstert und Sonne und Mond miteinander vereinigt werden – – –«*

Bei diesen Versen nun regte sich allerdings Leben in dem Verwundeten.

»Nein, o Hakim, nein! Nicht die ewigen Worte, noch nicht! Ich bitte dich, ich flehe zu dir, tue deine Pflicht, heile mich! Wirklich habe ich ein Zelt, wie du sagst, und wirklich erwarten dort Frau und Kinder meine Rückkehr. Wenn du nur irgend kannst, so hilf mir!«

Halef, berührt von der Einfalt seines Patienten, stellte sich ein wenig zögerlich, nachdenklich, als verlangte man von ihm eine allerhöchste Gunst, die ein Mann seiner Stellung nicht einem jeden gewährte. Doch die Gesamtheit der Umstehenden bedeutete ihm, mit dem Heilversuche fortzufahren. Einzig Sir Edward, der am Rande des Geschehens Aufstellung genommen hatte, hob eine Augenbraue. Das war sein Zeichen gelinden englischen Zweifels, zugleich eine Warnung, es nicht zu übertreiben.

Doch der »Hakim« blickte über diese Warnung hinweg. Wie ein Schauspieler auf großer Bühne war Halef darauf erpicht, aus jeder seiner Bewegungen etwas Grandioses merken zu lassen. Die kühlste, entschlossenste Miene bot er seinem Publikum; gar so dringlich gebeten, tat er, als gäbe er sich geschlagen. Behandeln, heilen, Unmögliches bewirken – nun gut, warum nicht?

Also setzte er seine Machinationen fort. Geheimnisvoll kreisten wieder die kleinen Hände über dem blutverschmierten Askari. Einem Schamanen gleich murmelte Halef eine Reihe immer gleicher Worte, undeutlich genug, daß niemand sie verstehen konnte, aber auch immer rapider und lauter, daß ein jeder die reimgezwungene Formel wahrnehmen mußte. Dabei verdrehte und verrenkte er seine Hände nach allen Richtungen. Als er genug exzelliert hatte und seinen Zauber für getan hielt, hopste er mit einem einzigen Satze fort von seinem Patienten, als ginge von diesem eine wahre Höllenglut aus. Um so selbstbewußter blieb dabei sein Gesicht, als stände der Erfolg der mysteriösen Prozedur bereits unerschütterlich fest.

Niemand sprach ein Wort. Nicht das kleinste Geräusch regte sich. Einzig Faris Abbas überglühte den Heiler mit finsteren Blicken. Für ihn handelte es sich bei Halefs Verrichtung um das freche Werk eines Scharlatans, zumal der Verletzte immer noch regungslos dalag – regungslos wie ein Toter.

Ein weiterer unfroher Blick traf Halef von Sir Edward. Mit einigem Recht mochte er befürchten, die Askaris könnten sich für den Versuch ihrer Nasführung an ihnen beiden rächen.

Doch was war dieser Blick gegen den von Halef!

Er hielt an seinem Gehabe des vielbeschäftigten Arztes fest, welcher die Toten gleich im Dutzend wiederauferstehen ließ. In schönster Gelassenheit rieb er sich die Hände und stapfte zu seinem im Sande ruhenden Kamel. Schon griff er nach den Zügeln, doch als er Anstalten machte aufzusitzen, rief es schneidend hinter ihm:

»Halt! Besteigst du das Kamel, schieße ich dich herunter!«

Es war Faris Abbas, der Halef gefolgt war. Ihm angeschlossen hatte sich die Elite seiner Armee.

»Dein Spruch, fremder Arzt, kommt ein wenig zu flink, ebenso die Genugtuung, die du darüber zeigst. Wer aber Augen hat und Verstandes genug, der muß sehen, daß unser Kamerad ob deiner Untätigkeit verblutet ist. Dein Lohn dafür kann nur der Tod sein, denn ich nehme dich beim Wort: Du bist ein großer Heiler! Erhebt unser Mann sich nicht augenblicklich, erleidest du für deinen Betrug Höllenqualen. Sieh noch einmal nach ihm, aber beeile dich mit deiner Kunst. Man rühmt meine Kampfeskraft, nicht meinen Langmut!«

Wieder blieb Halef ganz ruhig, und wieder tat er etwas Unerwartetes. Als hätte nichts anderes in seiner Absicht gelegen, rückte er von Kamel und Sattel ab und verbeugte sich gegen Faris Abbas, dem er einschließlich seines Turbans gerade bis zur Brust reichte. »Die Peitsche und das Schwert, die Folter und den Tod, Faris Abbas, alles das hast du mir schon beschieden. Was könnte deinen Spruch noch übertreffen? Damit du es nur weißt, dies war nur der erste Teil der Heilung. Der Verwundete ist nicht tot, er ruht nur und sollte eigentlich noch eine Weile schlafen. Aber da du gar so ungeduldig bist und da ihr alle tumb genug seid, nicht das geringste von Medizin zu verstehen, sage ich euch, daß ich eben ganz in der

Art meines Sihdi gesprochen habe. Er beherrscht eine jede Sprache der Welt, und so kann es geschehen, daß seine Worte schneller laufen als ein Rennkamel. Für euch Soldaten aber, die ihr es gewohnt seid, euch im Gange der Schildkröte fortzubewegen, werde ich also nochmals zu dem Manne treten und ihm die Verse meines Sihdi wiederholen. Befehlt aber euren Ohren, sich diesmal etwas weiter zu öffnen, denn jetzt mache ich den Mann endgültig gesund!«

Wieder ging Halef zu dem Regungslosen, wieder erhob er über ihm Hände und Stimme. Nun allerdings sprach er langsam und deutlich, weithin war ein jedes seiner Worte zu verstehen. In deutscher Sprache und nach unserem Versmaß lautete seine aus dem Stegreif phantasierte Beschwörung etwa so:

> *Dem Tod geweiht und doch gefeit*
> *vor der Kugel, die dich traf und dir*
> *Brust und Bauch zerschoß wie einem Stier.*
> *Das Blei muß heraus*
> *ohne Blut, ohne Graus,*
> *drum sage ich dir:*
> *Erhebe dich!*
> *Du lebst und bist geheilt dahier!*

Und um eines letzten überwältigenden Eindrucks willen wiederholte er seinen letzten Satz und gab ihm noch eine besonders magische Färbung mit:

»– – – du lebst und bist geheilt dahier!«

Diese Worte abermals gesprochen, wandte der Physikus, der ein Pfiffikus war, sich ab. Im Gehen befahl er dem »Geheilten« über die Schulter hinweg:

»Nun steh auf, und beeile dich, Allah zu danken. Er hat ein Einsehen mit dir und läßt dich noch ein wenig leben, damit du weiter Räuber sein kannst. Doch sieh dich vor – nicht jeden Tag schickt er dir einen Arzt wie mich.«

Und so nahm das Wunder in der Wüste seinen Lauf.

Geschmeidig wie aus Kautschuk sprang der sich eben noch verletzt wähnende Soldat in den Stand. Verrätselten Blicks stierte er umher, unfähig zu begreifen, daß er noch lebe und keineswegs tot sei. Immer wieder fuhr er sich über den blutverschmierten, aber durch Halef ja geheilten Bauch, welcher bis auf eine unbedeutende Wunde, die von der explodierten Büchse rührte, unverletzt geblieben war. Dem so wundersam Genesenen klappte der weißlippige Mund auf und zu, als er sah, daß Halef ihm zwischen Daumen und Zeigefinger ein Ding entgegenhielt. Es war, o weiteres Wunder, eine Gewehrkugel. Diese war von beträchtlichem Kaliber und konnte, mit viel Phantasie, dem Rohr der zerplatzten Waffe entstammen.

»Dies hier ist die nämliche Kugel«, zeigte Halef das Projektil umher. »Wie ihr alle mit angesehen habt, mußte ich nicht ein einziges Mal schneiden; allein mit der Formel meines überaus gelehrten Sihdi konnte ich das Geschoß aus Eurem Manne herauspraktizieren. Wer also ist der bessere Arzt, wer ist der größere Heiler – Yussuf oder ich? Darum merkt euch, ihr Kleinmütigen: Allah ist groß! Gefällt es ihm, so läßt er es zu, daß friedliche Menschen überfallen werden und jene, die ihnen beistehen, in Gefangenschaft geraten. Dennoch beklagen diese Helden sich nicht. Sie bleiben in ihrem Mute fest und werden sogar zu Mildtätern an ihren Feinden: Gott ist mit den Starken, und diese stehen vor euch. Hier, Soldat, nimm. Behalte dein Blei als Erinnerung!«

Und der Auferstandene, seiner Errettung endgültig gewiß, warf sich Halef weinend vor die Füße.

»Aller Segen Allahs für dich, o Hakim! Du hast mich ins Leben zurückgebracht. Ohne dich wäre ich verblutet, verendet, gestorben. Schon gab ich mich verloren, aber Allah wollte es nicht zugeben. Ihm verdanke ich, daß ich weiterleben darf, denn er hat dir Hände und Zunge geführt. Soeben warst du sein Werkzeug und bist dadurch mein Mildtäter geworden, mein Freund, mein Bruder! Ich heiße Walid und bin nur ein armer Soldat, doch nenne deinen Preis, und ich werde ihn entrichten!«

»Geld?« dehnte Halef angewidert. »Was ist einem Heiler Geld! Behalte, was du im Beutel hast. Ich verlange nichts. Alles, wonach mein Herz sich sehnt, ist, daß nicht weiter geschossen werde, erst recht niemand getötet. Keiner soll weiter behelligt werden und die Karawane friedlich ihres Wegs ziehen dürfen.«

»Gott ist groß, Gott ist groß!« Walid umklammerte Halefs Knöchel nur noch fester. »Alles könntest du von mir fordern, Edler, aber du bist großmütig und verzichtest, bittest anstatt dessen für die Besiegten! Ich bin es nicht wert, daß du – – –«

Das war zuviel für Faris Abbas. Sogleich war der Kommandeur heran und versetzte dem vor Freude Weinenden einen derben Tritt.

»Soldat! Danke dem Allmächtigen auf stillere Weise, und mache dich davon! Versieh dich mit einer neuen Waffe, und tue deine Pflicht! Und du, Fremder, der du dir als Hakim die Füße küssen läßt, bescheide dich mit der Wirkung dieses einen Kunststückes. Ich finde schon noch heraus, wer und was du wirklich bist. Was aber die Karawane betrifft: Ich gebe sie nicht frei. Sie wird mit uns nach Dschunet ziehen und dort unserem Emir Lösegeld entrichten. Euch werde ich ihm persönlich vorführen!«

So sprach der oberste Askari, und doch mußte er im nächsten Moment erleben, daß der überaus dankbare Soldat sich ein zweites Mal in den Sand warf. Diesmal freilich wandte er sich gen Osten, nach Mekka. Mit einem Schwall von Dankesworten pries er Allah, der ihn, wie er glaubte, vor dem sicheren Tode bewahrt hatte, mehr noch: vor der fürchterlichen Begegnung mit dem Messer.

Die anderen Räuber, welche Halefs Hokuspokus mit dem größten Staunen verfolgt hatten, fielen ebenfalls in diese Lobpreisung ein, desgleichen die leidgeprüfte Karawane, ist doch der Überschwang der einen immer auch die Hoffnung der anderen. Eine solche Heilung war Siegern wie Besiegten noch nie untergekommen; der Aberglaube, zu dem nachgerade Wüstenbewohner fähig waren, siegte über die wahren Verhältnisse.

Nicht so Faris Abbas. Er schraubte seine Augen geradezu in Halefs Gesicht, das so unschuldig wie ein Äpfelchen glänzte. Als zwar Gefangener, aber auch frischgebackener Held der Heilkunst wurde er von niemand daran gehindert, sich zu Sir Edward zu gesellen.

»*Miracles and wonders,* Rätsel und Wunder!« wurde er freudig begrüßt und umarmt. »Verehrter kleiner Sir, sagt, wie habt Ihr das zuwege gebracht? Niemals befand sich doch diese Kugel zwischen den Rippen dieses Mannes, das wißt Ihr!«

»Nun, Effendi«, lachte Halef. »Vielleicht nicht gerade dort, wohl aber hier, zwischen meinen Fingern, und davor in meinem Gürtel, und nochmals davor in meinem Beutel. Blut war ja reichlich an dem Manne, ein jeder hat es gesehen. Doch Gefahr bestand für ihn keine; das Erschrecken über das Zerknallen seiner Flinte war die schlimmste Verwundung. Uns aber, die wir jetzt Gefangene sind, wird seine Genesung helfen. Töten darf man uns nicht mehr, das wäre gegen das Gesetz der Wüste. Dieses gilt selbst unter Räubern, wie erst für den Geretteten. Wer uns jetzt etwas antäte, verginge sich auch gegen den Askari, der mir heilig seinen Dank geschworen hat. Die Thar, die Blutrache, gilt unter den Beduinen – fürs erste, Effendi, sind wir sicher.«

Tatsächlich verkündete Faris Abbas, an seiner Seite den ob seiner Niederlage zerknirschten Karwan Baschi:

»Hört! Es wird nicht mehr geschossen, und es wird auch nicht geplündert. Ihr alle, die ihr zu der Karawane gehört, seid Gefangene von Abu Saleh, dem Herrn der Oase Dschunet. Ohne Verstattung habt ihr euch auf sein Gebiet gewagt, und ihr würdet, hätten wir euch nicht daran gehindert, Wasser aus einem seiner Brunnen entlang dem Reisepfade gestohlen haben. Ihr wißt, was das bedeutet. Wir lassen euch leben, aber ihr müßt euch freikaufen, und den Preis wird euch unser Herrscher nennen. Auch dieser Hakim und dieser Fremde werden uns begleiten. Sie haben auf uns geschossen und sich dadurch ebenso gegen unseren Herrn vergangen. Gebt nun eure Waffen ab, alles andere dürft ihr einstweilen behalten. Leistet ihr Widerstand, gibt es für euch keine Schonung!«

Es geschah, wie Faris Abbas befahl: Die Besiegten fügten sich und übergaben ihre Waffen. Man spreche aber deshalb nicht gleich von Feigheit. Trägheit, wie sie oft dem arabischen wie dem türkischen Gemüte vorgeworfen wird, hat in gewissen Lagen ihr Gutes. Anstatt zu lamentieren oder sich unsinnig zu wehren, wozu wir Abendländer gern neigen, schickt der Orientale sich drein. Er rettet so zuallererst sein Leben und hofft ferner auf bessere Umstände, mithin auf Allahs Hilfe. Für den gläubigen Menschen, der seine Tatkraft einzusetzen weiß, kann eine solche Einstellung durchaus von Vorteil sein. Oft wappnet sich ja auch der Gegner mit solchem Gleichmut und läßt es folglich an Aufmerksamkeit fehlen. In Dutzenden von Situationen habe ich erlebt, daß sich in Gefangenschaft über lang oder kurz immer eine Gelegenheit bietet, jede noch so fatale Lage zu wenden.

Das Bemerkenswerte an der somit beendeten »Schlacht« war es, daß bis auf die unbedeutende Verwundung des Askari von niemand Blut geflossen war. Ohne das verwegene, fast selbstmörderische Eingreifen Halefs und Sir Edwards und ihre Ablenkung der Räuberbande wäre es zu dem üblichen Gemetzel gekommen. Sich darüber hinaus die Askaris mit Hilfe einer trickreichen Vorstellung günstig zu stimmen war ein rechtes Bubenstück. Halefs Gewitztheit hatte zahlreichen Menschen das Leben gerettet. Es galt nun, das Beste zu hoffen und das Weitere abzuwarten.

*

Eingefaßt von den Askaris, machte die Karawane sich zum Aufbruch bereit. Ehe es fortging, kniete alles noch zum *Dhur* nieder, dem gemeinsamen Mittagsgebet, denn den Regeln des Korans folgten Freund und Feind. Der ohne Waffengewalt besiegte Karawanenführer machte den *Muezzin,* den Ausrufer, und zur Verwunderung von Sir Edward sah man daraufhin Sieger und Besiegte dieselbe demütige Haltung einnehmen, hörte sie dieselben demütigen Gebete sprechen, denselben Gott um Schutz und Erlösung anflehen.

Die Sonne hatte ihren Höchststand überschritten. Dem dauerhaft fächelnden Winde zum Trotz war die Hitze unerträglich. Einen Schwenk in nordöstliche Richtung vollziehend, fort von der Linie an das ersehnte Ziel, Algier, ging es auf Dschunet zu, der einzigen Oase weit und breit. Jetzt wurde deutlich, was es mit der zuvor beobachteten Niedergeschlagenheit des Zuges auf sich hatte. Durch die Wüste marschieren zu müssen und auf Wasser angewiesen zu sein, das die Bewaffneten für sich beanspruchten, war schlimm genug. Jedoch die Oase und somit Wasser und Nahrung in der Nähe zu wissen und sie dennoch meiden zu müssen bedeutete eine noch viel schlimmere Pein.

Erbarmungslos trieb Faris Abbas Mensch und Tier zur Eile. Blieb einer zurück oder fiel aus dem Zuge heraus, kam rücksichtslos die Peitsche zum Einsatz. Den Gefangenen sollte die Härte vor Auge geführt werden, die sie erwartete, falls sie sich weigerten, das zu verhandelnde Lösegeld zu entrichten. Daß dieses sich auf einen empfindlichen Betrag belaufen würde, stand außer Zweifel.

Stunde um Stunde kroch der Menschenwurm dahin.

Nur für Minuten wurde haltgemacht, um den Menschen die Gelegenheit zur Notdurft zu geben oder Wasser aus den mitgeführten Vorräten zu trinken. Dann, kurz vor der Zeit des *Asr*, des Nachmittagsgebetes, war es soweit.

Erst blinzelten vereinzelt Grashalme aus dem Sande hervor, dann sprossen vermehrt Büsche aus ihm heraus. Sicheldünen wechselten mit Sterndünen; immer weicher und sanfter bettete sich die Wüste, vergaß Kies, Schotter und Dünen: Das Ödland wurde zur Landschaft. Kleinwüchsige Zypressen warfen ihre kümmerlichen Schatten und wechselten ab mit schüchternen Palmen, ehe die Farbe Grün sich ernsthaft behaupten konnte und sich mit anderen Farben mischte. Akazien blühten, Ginster und Hibiskus dufteten – Dschunet war erreicht.

Nun belebten sich selbst die Gesichter der Gequälten.

Von überall her krachten Flinten- und Pistolenschüsse; hinter Schanzungen gleichenden Palmenreihen stoben Haufen abenteuerlich aussehender Gestalten hervor, teils zu Fuß, teils auf Kamelen, sogar auf Eseln trabten sie herbei. Lärmend umströmten sie die Karawane. Deren Bedeckung deutete auf einen großen Fang, da wollte niemand abseits bleiben.

Wieder bewies sich die Autorität Faris Abbas'. Bevor nur die erste schmutzige Hand heran war, sorgte er für ein Innehalten der Meute, indem er mehrere Male in die Luft schoß. Dabei bediente er sich eines der Revolver Halefs, welche er sich, als seine bisher einzigen Beutestücke, einverleibt hatte.

Diese unmißverständliche Warnung wirkte.

»Geduld, Brüder! Ein jeder erhält, was ihm zusteht. Wieviel genau, wird unser Herrscher und Bewahrer festlegen. Preist unseren Emir! Preist Abu Saleh, genannt Abu Scheitan[1]!«

Das ohrenbetäubende Spektakel, das daraufhin einsetzte, huldigte ebendiesem einen Manne, dessen *Kunya*[2] allein schon eine fragwürdige war: »Vater des Teufels« – welch ein Charakter konnte Ehre darin finden, sich mit einem solch abscheulichen Titel zu schmücken?

Der Lobpreisung des Genannten zuliebe wurde allseits noch ein wenig die Luft durchsiebt. Sosehr bei dem Überfalle Munition gespart worden war, sosehr schien es nun nicht auf die Patrone anzukommen.

Bei den Gefangenen keimte so etwas wie Zuversicht auf, daß es vielleicht doch nicht zum Äußersten käme. Einem jeden Wüstenbewohner war ja die Furcht vor Mißhandlung oder Ermordung eingeboren, weil entfesselte Menschen zu den widerwärtigsten Taten fähig waren. Wer in dem Zuge nur ein wenig Geld oder Wertsachen besaß, schöpfte darum Hoffnung. Sich und den Seinen Leib und Leben zu bewahren, selbst wenn es die Preisgabe des gesamten Besitzes erforderte, würde womöglich auszuhandeln sein – welcher Beduine wäre kein geborener Händler?

1 Scheitan: Teufel, bildhaft für »Satan«
2 ehrenvoller Beiname im Arabischen

Und so, in der Glorie von Pulverdampf und Büchsengeknalle, hielt Faris Abbas Einzug. Sein Vorbeimarsch an den vielen zerlumpten, jedoch bis an die Zähne Bewaffneten geriet zu einer regelrechten Konkurrenz zwischen ihm, dem würdig zurechtgemachten Sieger, und seinem nicht weniger aufgeputzten Kamel. Als leibhaftige Trophäen hatten ihm Halef und Sir Edward zu folgen. Zum Zeichen seiner Souveränität hatte er die beiden ungefesselt gelassen. Derart aufrecht und selbstbewußt saßen sie in ihrem Sattel, daß man sie in der Oase zunächst für Potentaten, wenigstens für Gäste halten mußte: der kleine rundliche Haddedihn-Scheik, der freilich in diesen Breiten kaum auf Bekanntheit rechnen durfte, sowie der hochgewachsene Lord aus Großbritannien, welchem selbst in seinem strapazierten Beduinengewande etwas Herrschaftliches anhaftete.

Eifrig wandte sich die Schar der daheim gebliebenen Räuber den Dutzenden von Lasttieren und ihrer mutmaßlich kostbaren Fracht zu. Ihre vielen Arme und Hände langten jedoch nur symbolisch in die Luft, weil die Askaris die Anweisung hatten, jeden Zugriff mit der Waffe zurückzuweisen. Es war also nicht verwunderlich, daß die Siegesparade ihren Höhepunkt bald überschritten hatte und zwischen den Palmen vertröpfelte. Das Absitzen wurde befohlen, woraufhin die wunderliche Armee unverzüglich retirierte, das heißt, sich in alle Richtungen zerstreute. Während die Kamele mit ihrer Ladung hinter Palisaden aus kreuz und quer wachsenden Schößlingen gebracht, die Gefangenen aber hinter eine getrennte, stark bewachte Umzäunung getrieben wurden, befaßte Faris Abbas sich wieder mit Halef und Sir Edward:

»Den Vater des Teufels beeindruckst du nicht mit Worten und Gesten. Zähle dein Geld, und hoffe, daß dein Lasttier genug Kostbarkeiten trägt – alles dies verfällt an Abu Saleh!«

»Du bringst uns zu ihm?« begehrte Halef zu wissen.

»Ihr habt mir und meinen Askaris Widerstand geleistet. Unser Emir wird kaum so nachsichtig sein, wie ich es mit euch gewesen bin, vor allem nicht, wenn ich ihm von deiner Wundertat berichte.

Die einzige Strafe, die es für alles das geben kann, wird er euch nennen!«

»Aber du sagtest selbst – – –«

Weiter kam Halef nicht. Vor dem zum Schlage ausgeholten Säbel seines Feindes mußte er einsehen, daß es für den Augenblick besser war zu schweigen. Zudem war man vor dem Palaste des geliebten Emirs angelangt. Auch hier kannte die Freude der Vasallen keine Grenzen, doch aus Respekt vor dem siegreichen Feldherrn krümmte ein jeder untertänigst den Rücken.

Faris Abbas genoß diesen Anblick weidlich und wartete, bis ein Dutzend einigermaßen gleich gekleideter Gestalten vor ihn trat. Sie stellten offenbar die hiesige Leibgarde dar. Bewaffnet waren die Männer mit dem unglaublichsten Schießzeug seit Erfindung der Muskete, ja noch ihrer Vorgängerin, der Arkebuse. Jener Kämpfer, der im Range eines Feldwebels zu stehen schien, verneigte sich noch ein wenig tiefer als die anderen.

»Melde mich dem Emir!« befahl ihm Faris Abbas. »Reiche Beute bringe ich sowie diese Gefangenen!«

Der Unteroffizier verbeugte sich nochmals tiefer.

»Du wirst bereits erwartet, o Faris Abbas, ehrwürdiger Befehlshaber! Die Kunde deines Sieges ist dir vorausgeeilt; der Palast bebt vor Freude über deine Rückkehr, Glorreicher. Wir küssen die Erde, über die du wandelst, und wir loben den Tag deiner Geburt!«

Zum Zeichen der allgemeinen Zustimmung klapperten die sämtlichen anderen Helden mit ihren Lanzen.

Zwei seiner Adjutanten hinter sich, schritt Faris Abbas die dünnen Reihen ab. Halef und Sir Edward sowie einige Soldaten als Ordonnanz hatten zu folgen.

Was sich freilich Palast nannte, entpuppte sich als ein nüchterner, in die Mitte des Hains gequetscher Kasten. Die Mauern bestanden aus blanken, unverputzten Lehmziegeln, deren Transport in dieses Irgendwo unsägliche Mühen gekostet haben mußte. Behütet wurde er von einem Dache aus zufällig ineinandergeschobenen Wedeln, die schon der nächste stärkere Wüstenwind in einen fliegenden, ja davonfliegenden Teppich verwandeln mußte. Von einem reichlich verwegenen Architekten in die Höhe gepfuscht, mußte man das Gemäuer als jederzeit vom Einsturz bedroht ansehen. Fenster im eigentlichen Sinne gab es keine, nur zahlreiche Durchbrüche oder Schlitze in den Wänden, grob und schmal hineingehauen wie Schießscharten. Aus ihnen hingen gegenwärtig die allerliebsten Wäschestücke. Weil dieses Durcheinander von bunten Fetzen kaum als Beflaggung anzusehen war, blieb nur der Schluß, daß auch in einer Wüstenfestung Leib- und Tafelwäsche besorgt sein wollten.

Unausgesetzt strebten Menschen durch das Hauptportal in das Gebäude und wieder aus ihm heraus. Demnach mußten darinnen die wichtigsten Geschäfte locken. Sofern diese nicht die Menschen unter den Oasenbewohnern betrafen, waren es eben ihre Ziegen und Hammel, welche scharenweise in die kommode Stallung drängten. Dabei meckerten sie freudig und hinterließen sich auf beinahe jedem Quadratmeter in der eindeutigsten Weise. Auf dieses Idyll brannte die Nachmittagssonne hernieder, und so verbreitete der Wind ein Odeur, das keines Menschen Nase über gewisse, sehr spezielle Geheimnisse des Orients in Zweifel lassen konnte. Vom benachbarten See blökten die Kamele herüber. Die Tiere hatte man zuerst an die Tränke geführt, was über die Wertschätzung, die man dagegen den Gefangenen widmen würde, Bände sprach.

Doch nicht nur dieses Orchester stimmte sich ein. An vielen Stellen wurden Vorbereitungen für ein Freudenfest getroffen. Es verstand sich ja von selbst, daß es die neu eingebrachten Gefangenen sein würden, welche die Zeche für das Gelage zu bezahlen hatten.

Die Leibgardisten im Palastinneren störten sich nicht am geräuschvollen Kommen und Gehen. Der Abteilung von Faris Abbas vorausparadierend, kämpften sie sich durch die Menge, wobei sie großzügigst von den Stumpfseiten ihrer Waffen Gebrauch machten. Unzählige schmale und niedrigbauende Gänge waren zu durchlaufen, puppenstubenhafte Vorzimmer zu durchqueren, bröckelnde und schiefgesetzte Stufen mit Umsicht zu erklimmen. Erst vor zwei weltvergessen in den Angeln hängenden Pendeltüren wurde haltgemacht. Die Wachen teilten sich vor Faris Abbas und verbeugten sich abermals in glaubhafter Ehrfurcht. Derselbe winkte seinem Zuge, und man trat in den sogenannten Thronsaal ein.

Mit vielleicht zehn mal zehn Schritten war dieser der bisher größte Raum in der fragwürdigen Residenz, zugleich war er als bisher einziger mit Marmor ausgelegt. Das kostbare Material wurde jedoch überwiegend von Teppichen verdeckt, welche zwar die Schritte dämpften, dafür bei jedem Tritte Wölkchen gelben Staubes freigaben.

Eines dieser Meisterstücke arabischen Knüpfhandwerks hielt ein dicklippiger Schwarzer besetzt. Dem goldsamtenen Tone seiner Haut zufolge mußte der Mann aus dem Sudan verschleppt worden sein. Auf Grund seiner enormen Körpergröße und Masse schien er Glück gehabt zu haben. Ihm war unschwer anzusehen, daß er vom Sklaven zum Diener avanciert war; jedenfalls blitzte ihm der Stolz über seinen Aufstieg aus jedem Zuge seines einfältigen, vielfach von Kampfwunden gezeichneten Gesichtes. Barbrüstig und die massigen Schenkel zum Schneidersitz gezwängt, hielt er seinen Teppich besetzt. Sein Hinterteil, das so ausladend war wie ein Zweirumpfschiff[1], wurde von einer seidenen, safranfarbenen Pluderhose umfaßt, welche mit roten Paspeln verziert war. An den Füßen trug er ein Paar mit Goldfäden umsponnene Ledersandalen, doch mehr als dieser für einen Diener so unnütze wie ungewöhnliche Schmuck verwies sein Bauch auf die Freiheit, sich nach Herzenslust an der allabendlichen Reistafel gütlich tun zu dürfen. Demnach war Vorsicht im Umgang mit dem Domestiken geboten. Ob Sklave oder Diener, er war ein Leibeigener geblieben. Als ein solcher mußte er sich darauf verstehen, sich vermittelst hündischen Gehorsams das Wohlwollen seines Herrn zu erhalten.

1 Katamaran

Des weiteren fiel an dem Hünen eine seltsame Kurzatmigkeit auf. Immer wieder gab der ruhig Sitzende keuchende, fast asthmatische Laute von sich, daß man um sein Leben hätte fürchten können, wäre ihm nicht zwischendurch immer auch ein zufriedenes Grunzen entfahren. Als Faris Abbas mit den Gefangenen heranrückte, wurde deutlich, was es mit den Geräuschen auf sich hatte.

Der Mohr hatte nämlich eine äußerst wichtige Aufgabe zu versehen. Allein mit den Zehenspitzen seines rechten Fußes betätigte er gleichmäßig einen verwitterten, ausgefransten Blasebalg. Dieser war mit einem ingeniösen, vielfach gewundenen Schlauche verbunden, welcher aus rohem Tierdarm gefertigt war. Durch die Leitung gelangte der künstliche Atem in eine tönerne Schale, aus welcher sich wiederum stoßweise eine Fontäne erhob. Diese gierte zuweilen bis an die Zimmerdecke, verblieb aber während der meisten Versuche mehr dünner Strahl als gewaltiges Wasserspiel. Was als eindrucksvolle Kaskade, als Sinnbild für Macht über das Wasser gedacht war, glich einem, wenn letztlich auch kraftlosen, Geysir: Der Schwarze, mehr Faktotum als Majordomus, saß und pumpte und pumpte, und die Vorrichtung, sie ächzte und ächzte, und in dem Schlauche rappelte es, und in dem Innenleben des Gefäßes gluckerte es, und als finales Ergebnis dieses Zusammenwirkens von Mensch und Mechanik wurde der wahre Reichtum der Wüstenei sichtbar: die Kopie eines Springbrunnens, wie man ihn als ganz normalen Einrichtungsgegenstand in jedem türkischen Kaffeehause fand. In der Oase bedeutete allein das Vorhandensein einer solchen Apparatur allerdings einen unerhörten Luxus, blieb Wasser doch selbst in der Nähe zum quellengespeisten See eine Kostbarkeit. Es erlaubte keine Verschwendung, erst recht keine solch spielerische Herabwürdigung – eigentlich. Ein Herrscher aber, der seinen Diener in solch nutzloser Weise prunken ließ, mußte sich dem Zustand der Allmacht sehr nahe fühlen. Diese Allmacht war es, die Halef und Sir Edward sogleich zu spüren bekommen sollten.

»Aidschan!« rief Faris Abbas. »Erhebe dich, ich bringe zwei besondere Gefangene, einen Beduinen und einen Engländer!«

Erstaunlich war es, daß der Kommandeur dem Lakaien mehr wie einem Gleichgestellten zuwinkte. Dieser, die prall aufgeworfenen Lippen schürzend, machte keinerlei Anstalten, sich zu erheben. Seelenruhig verharrte er auf seinem Teppich und pumpte und pumpte, noch fleißiger als zuvor, wie um dem Offizier zu verdeutlichen, wessen Befehl mehr zähle – natürlich Salehs. Wenigstens winkte er, wenn auch ohne besondere Ehrerbietung, einen Gruß zurück.

Es mußte Gründe geben, weshalb ein hoher Militär wie Faris Abbas sich an dieser Geringschätzung nicht störte. Vielmehr blieb sein Ton vergleichsweise milde, als er anordnete:

»Genug mit der Kaskade! Eile, Aidschan, bereite deine Werkzeuge! Unser Emir wird dir diese beiden überantworten, nachdem ich sie ihm vorgestellt habe.«

In der Art, wie der Koloß nun doch seinen Dienst an dem Brünnlein quittierte und auf die Beine kam, lag zwar weiterhin Widerwille, aber er gehorchte. Beide Männer, der Kommandeur und der Mohr, waren ihrem Emir untertan; so unterschiedlich ihre Stellung bei Hofe jeweils sein mochte, es herrschte Rivalität zwischen ihnen.

Für eine Weile verschwand Aidschan hinter einem weiteren Vorhange, von woher alsbald Gewisper zu hören war. Als er zurückkehrte, wirkte er wie verwandelt. Mit unfaßbarer Eile schlug er die Gardine zurück. Die Hände bis zur Nasenspitze vors Gesicht gefaltet, marschierte er soldatengleich in den Saal, geradewegs auf Faris Abbas zu. Überflüssigerweise tat er dabei immer wieder ein paar Schritte rückwärts, als wiese eine unsichtbare Gewalt ihn zurück. Schließlich vollführte er einen ungelenken Luftsprung, woraufhin er sich zu Boden plumpsen ließ, auf den reichlich gepolsterten Bauch, Arme und Beine weit von sich gestreckt – ein Zeichen unbedingter Ergebenheit.

War der Anblick dieses Zeremoniells noch geeignet, trotz der widrigen Lage zum Lachen zu reizen, so konnte man ins Staunen darüber geraten, daß gerade diese Regung keinem der Anwesenden einfiel. Sehr zum Erstaunen nämlich von Halef und Sir Edward fand das Verhalten Aidschans unerwartete Fortsetzung. Auf ganz ähnliche Weise folgten ja auch alle anderen Lakaien dessen albernem Beispiele. Sie warfen sich ebenfalls zu Boden, selbst Faris Abbas, der Stolze, Ehrwürdige, zögerte nicht, es dem Mohren gleichzutun, so daß in der Tat an eine Art Hofsitte, wenngleich eine absonderliche, zu denken war.

Halef und Sir Edward blieben auf den Beinen. Sich vor irgendeinem Menschen in den Staub zu werfen konnte weder dem Moslem noch dem Christen einfallen.

Als die hohen wie niedrigen Diener Salehs allesamt also auf ihrem Bauche ruhten, ertönte hinter dem zurückgeschlagenen Vorhange der Klang eines Hornes. Eine Schar Sklaven flatterte in den Raum, jeweils mit nicht viel mehr als einem grobwollenen Leibtuche bekleidet. Leichtfüßig umschwärmten sie die Liegenden wie die Stehenden und verhängten nebenbei sämtliche Fensteröffnungen.

Als nächstes entzündeten sie eine Handvoll Fackeln, obgleich draußen noch heller Tag war. Einige trugen ein monströses Holzgestell herbei, auf dem ein polierter Messingkessel dampfte, andere mühten sich mit einem wohl vor Äonen brokatbezogenen Lehnsessel, welcher, abgeschabt wie der kuriose Springbrunnen, auf unergründliche Weise in die Einöde gelangt war.

Aidschans nunmehr nutzlos gewordenes Utensil mit sich führend, entfernten sich die Helfer. Lediglich vier von ihnen blieben zurück und nahmen hinter besagter Sitzgelegenheit Aufstellung. Zwei von ihnen schwenkten wuchtige Palmwedel als Fächer, die anderen taten desgleichen, indem sie sich je eine Fackel griffen und für ein wenig Illumination sorgten. Dieses unruhige Licht blendete einen jeden in dem sonst weithin verdunkelten Raume. Zweifellos war der nun folgende Auftritt auf einen Effekt größtmöglicher Einschüchterung berechnet.

In dem Pandämonium dröhnte das Horn zum zweiten Male, und ein ganz anderer Mann trat herein. Bewußt den Schatten der Fackeln nutzend, legte er die wenigen Schritte bis zu dem Stuhle im Dunkeln zurück. Mit einer huldvollen Geste setzte er sich zurecht, einen bedrohlichen Schlagschatten gegen die hinterseitige Wand werfend. Wohlgefällig blickte er auf die rings um ihn her Liegenden, mißmutig allerdings auf die beiden einzigen Stehengebliebenen. Finger schnippten, und eine bemerkenswert tiefe Stimme befahl:

»Alle Männer – auf!«

Augenblicklich sprang alles in die Höhe. Aidschan hastete, als gälte es sein Leben, um sich eilends zur Linken seines Herrn zu postieren; Faris Abbas hastete nicht minder und nahm die rechte Seite ein.

Ein weiteres Fingerschnippen, und zwei der Leibgardisten faßten Halef und Sir Edward, die Unbeugsamen. Sie wurden vor den »Thron« gezerrt und jeweils auf den Bauch gezwungen.

Der Mann in dem Fauteuil, von dem Halef und Sir Edward ahnten, daß er Abu Saleh sei, stieß einen koketten Seufzer aus. Als nächstes hob er zu einer bemerkenswerten Rede an. Leise, wie in sich gekehrt, doch so deutlich betonend wie ein Vorleser, sprach er zu den Gefangenen:

»Kein Feldherr und kein Reïs[1], kein Aga und kein Bey, kein Pascha oder Wesir, weder Kalif noch Sultan, nicht der Dey von Algier und nicht einmal der Padischah – kein Mann unter der Sonne ist mächtiger, als ich es an diesem Orte bin, in der Oase Dschunet. Ich bin Abu Saleh, den man auch Abu Scheitan nennt, den Vater des Teufels. Vor meinem Willen hat kein Messer Bestand, keine Lanze und kein Gewehr. Selbst die Kanonen der Engländer oder die Reiterheere der Türken könnten mich nicht besiegen. Ohne mein Wasser ist ein jeder verloren, wie erst eine Armee? Wem ich es nicht erlaube, sich an meinen Quellen und an

1 arabisch für »Kapitän«

meinen Brunnen zu laben, dessen Knochen müssen in der Sonne bleichen. Wer Streit hat mit seinem Nächsten, bittet mich um Schlichtung. Ich aber rufe jeweils auch den Kontrahenten zu mir, und nur wer mir den höchsten Preis entrichtet, darf auf günstigen Ausgang hoffen. Wer indes geizt, erfährt Gerechtigkeit, die den Tod bringt. Mit tausend Mann und mehr ist man schon gegen mich aufmarschiert, bis vor meinen Palast wagte man sich heran, und doch – nie wurde auch nur eine einzige Kugel auf mich abgefeuert. Der Vater des Teufels ist nicht nur besonders stark, er ist auch gefürchtet. Wer ihn angreift, attackiert zugleich die größte Kostbarkeit in der Tassili-Wüste: Dschunet gehört allein mir, die zuverlässigste Wasserstelle weit und breit. Und wenn der Regen ein Jahr lang ausbleibt, oder zwei Jahre, drei und noch mehr, meine Brunnen versiegen nicht! Sterbe ich, stirbt das Wasser mit mir, denn zuvor vergifte ich es! So wie ein jeder Herrscher Vorkehrungen trifft, seine Macht über den Tod hinaus zu erhalten, so habe ich die meinen getroffen. Ein gewaltsames Ende Abu Scheitans würde unbedingt das Elend von Tausenden bedeuten. Das ist gerecht, bedarf es doch Zehntausender, um einen Kämpfer wie mich aufzuwiegen. Niemand – hört, ihr Fremden! –, niemand, der in meine Hände gegeben ist, darf auf Hilfe hoffen; es gibt sie nicht. Weil kein Sterblicher meine Macht anzutasten imstande ist und weil niemand den Zugang zu meinem Wasser verlieren will, seid auch ihr, Unglückliche, in meine Hand gegeben. Ob mein Zorn euch zerquetscht oder ob ihr Gnade erfahrt, liegt an euch. Warum senktet ihr euren Kopf nicht, wie ein jeder es tut, wenn ich erscheine, selbst mein General und mein Hofmarschall? Warum flehtet ihr nicht sofort um euer Leben; warum muß ich meine Gardisten heißen, euch niederzuzwingen? Ich bin gespannt, von Faris Abbas zu vernehmen, was es mit euch auf sich hat. Seid ihr verständig, werdet ihr fortan arm sein, aber am Leben bleiben. Seid ihr aber klug und erweist ihr euch als stark, erlaube ich euch, in meine Dienste zu treten. Nicht wenige sind durch mich wohlhabend geworden und bekleiden höchste Ränge. Sehe ich euch aber weiterhin widerspenstig, so erwartet euch strengste Züchtigung, ausgeführt von diesem Meister hier, meinem treuen Aidschan. Am Ende seiner Arbeit steht für euch die Sklaverei – oder der Tod. Und damit willkommen, Fremde. Seid willkommen in der Oase Dschunet, im Reiche Abu Scheitans!«

Kaum war das gesprochen, wichen die Soldaten, die Halef und Sir Edward die ganze Zeit über niedergehalten hatten, zurück.

»Erhebt euch, und seht mich an!«

Halef und Sir Edward folgten der Anweisung, doch saß Saleh ja beinahe im Dunkeln, neben sich nur die schwarzrote Glut des Messingbeckens, aus dem die erstaunlichsten Aromen stiegen.

»Blickt einander an, auf daß euer Entsetzen sich verdopple!«

Weil sie immer noch an eine Posse denken mochten, gehorchten Halef und Sir Edward auch diesem Befehl. Allmählich wurde deutlich, weshalb man ihnen und den anderen Reisenden fürs erste sämtliches Eigentum belassen, ja nicht einmal den Versuch unternommen hatte, sie nach Geld oder Wertgegenständen zu durchsuchen. Allein dem »Vater des Teufels« waren etwaige Kostbarkeiten auszuliefern, ganz für sich allein beanspruchte er das Recht, die Hand nach jedem einzelnen Stück auszustrecken. Offenbar beargwöhnte er selbst jene, die angeblich so treu zu seinen Seiten standen: Aidschan, der feiste Mohr, sowie Faris Abbas, der undurchsichtige Räuberführer.

Halef hielt es für geboten, sich diesen Umstand nutzbar zu machen. Stolz rückte er seinen Turban zurecht, als befände er sich in der vornehmsten, heitersten Gesellschaft sowie in einem Palaste, etwa zu Kairo oder Damaskus oder in den lauschigen Gärten des Nils oder am Barada. Mit viel Grazie verbeugte er sich und ließ dabei seine Hand eine weltläufige Bewegung beschreiben, wie sie einem französischen Chevalier oder einem spanischen Caballero zur Ehre gereicht hätte. So ernst, geradezu gefährlich die Lage auch sein mochte, der kleine Scheik war entschlossen, sich mit dem »Emir« einen Hauptspaß zu machen.

»Der Friede Allahs sei mit dir, o Saleh! Wir danken dir für die

Einladung in deine Festung; gern sind wir ihr gefolgt. Doch fordert nicht der Koran, einem jeden Rechtgläubigen den Friedensgruß zu entbieten, geschweige denn ihn zu erwidern? Darum Friede für dich, o Saleh, der du, wie es scheint, nur der Stellvertreter des eigentlichen Herrschers bist.«

»Was wagst du!« rief Saleh aus seinem Halbdunkel. »Hat dir die Angst die Ohren verstopft? Mich selbst hast du sagen hören, wem die Oase und alles darin untertan ist! Es gibt hier keinen Stellvertreter und auch keinen uneigentlichen Herrscher. Ich allein bin der Gebieter, euer aller Gebieter!«

Halef lächelte zu diesen Worten so gewinnend, wie er hartnäckig blieb. »Abermals, o Saleh, entbiete ich dir den Friedensgruß, der Prophet hat ihn uns zusammen mit dem Koran geschenkt. Erinnere dich weiter, daß er wünschte, alle Rechtgläubigen möchten zusammenstehen. Feinde von außen gibt es genug – warum betrachtest und behandelst du uns als Eindringlinge? Eben noch rühmtest du dich deiner Unbesiegbarkeit. Du sprachst davon, als Kämpfer selbst Gewehren und Kanonen zu trotzen. Wie soll ich da glauben, daß es dich in Wallung bringt, wenn zwei Unbewaffnete vor dich gebracht werden? Man wird dir berichten, daß ich der Mann bin, welcher noch vor wenigen Stunden einem deiner Gardisten das Leben gerettet hat. Um so mehr verwundert es mich, daß du mir keine Dankbarkeit zu erweisen weißt. Anstatt mich zu loben, zürnst du mir – würde ein wahrer Souverän nicht nachsichtig sein? Würde er nicht abwarten, bis sein siegreicher Anführer ihm Rapport erstattet? Nochmals: Friede sei mit dir, o Saleh. Mein Gefährte und ich, wir freuen uns auf dich und sind bereit, aus deinen Händen die Gaben der Gastfreundschaft zu empfangen!«

Erst jetzt dämmerte es Saleh, daß er gefoppt werden sollte.

»Fremder, ich durchschaue dich! Reizen willst du mich, weil du dir einen schnellen Tod erhoffst. Die Aussicht auf Folter schreckt dich; du hast Angst vor dem Hunger, vor dem langen Dürsten in einer meiner Gruben. Du hoffst vergebens: Gerade weil du dich so schlau anstellen willst, sollst du nicht sterben, sondern möglichst lange leben. An jedem Tag, den Allah dir noch werden läßt, sollst du deine Kühnheit bereuen. Wenn es stimmt, daß du einem meiner Askaris das Leben bewahrt hast, schenke ich dir das deine; dasjenige deines Gefährten gebe ich dir noch mit dazu. Damit ist deine Tat aber vergolten – für alles Weitere mußt du bezahlen.«

»Ich glaube nicht, daß dies deine Pläne mit uns sind«, wiederholte Halef seine großartige Verbeugung. »Wohl stehen wir gefangen vor dir, aber wir werden es nicht lange bleiben. Recht bald schon wirst du uns freigeben und warm gegen uns sein, loben wirst du uns und reich belohnen, und Allah wirst du danken, daß du deinen Irrtum beizeiten eingesehen hast. Habe nur Geduld.«

Derart bestimmt hatte Halef gesprochen, daß Saleh es abermals versäumte hochzufahren. Sir Edward, der seinen verehrten kleinen Sir schon ein wenig kannte, sah diesen mit einem Blicke an, der den hohen Grad seiner Verwunderung verriet: Wie ein verwegener Spieler hatte Halef hoch gereizt. Aber würde sein Blatt auch stechen?

Erstmals wollte Faris Abbas das Wort ergreifen, doch Abu Saleh kam ihm zuvor. »Sage nichts, mein General! Längst weiß ich, daß dieser Gefangene nur vorgibt, Schacher mit seinem Leben zu treiben. In Wahrheit fürchtet er um sein Hab und Gut, darum rasch! Bringt herbei, was die beiden mit sich führen. Zudem mögen sie den Inhalt ihrer Taschen vorweisen!«

Faris Abbas winkte einige seiner Askaris herbei. Diese waren umsichtig genug gewesen, das wenige Gepäck Sir Edwards sowie die Packtaschen von Halefs Dromedar bereitzuhalten. Überhaupt wäre es für die Gefangenen töricht gewesen, sich hierin zu widersetzen. Sie zögerten darum nicht, all jene Dinge, deren man als Wüstenreisender bedarf, vor sich auf dem Boden aufzureihen. Verlust hatten sie kaum zu befürchten, handelte es sich doch um Sachen, die viel zu alltäglich waren, um für Saleh einen besonderen Wert darzustellen.

Mit seinem grob geschnitzten Stabe, der ein Zepter darstellen sollte, stocherte derselbe in den Gegenständen, beäugte auch das Fernrohr von Sir Edward, beließ es ihm jedoch.

»Was soll ich mit diesen Sachen?« knurrte er schließlich. »Ihr Besitz lohnt sich nicht. Aber öffnet die Pakete. Ich will sehen, was diese enthalten. Etwa Waffen?«

Mit vereinten Kräften machten sich die Soldaten an die Arbeit. Sie hatten große Mühe, die wohlverschnürten Bündel aufzuknüpfen, so daß Halef sich ein Grinsen nicht verkneifen konnte. Weil er dabei, um sich sein Vergnügen nicht allzu deutlich anmerken zu lassen, den Kopf senkte, mußte es wirken, als fürchtete er die Enttarnung großer Schätze.

»Habe ich dich, Fremder!« rief Saleh erfreut. »Dein Gold und dein Geschmeide wolltest du mir vorenthalten, im mindesten Silber oder auch Spezereien. Wisse, wer in meine Hand gerät und mir seinen Reichtum nicht sogleich offenbart, der verliert alles, nicht nur den Teil, welchen ich für mich beanspruche. Sieh ein letztes Mal auf deine Kostbarkeiten – gleich gehören sie mir!«

Die Askaris waren zum Inhalt der Körbe und Kisten vorgedrungen. Wie aber wurden ihre und Salehs Augen groß, als der Reichtum Stück für Stück ans Tageslicht kam.

»Hier sind nur Bücher, o Gebieter. Alle diese Pakete enthalten Bücher!«

Mit dem Ausdruck tiefster Zerknirschung hatte diese Worte einer der Soldaten gesprochen. Weil er ahnte, daß seine Mitteilung eine eher ungünstige war, zog er es vor, sich alsbald hinter dem Rücken seines Kameraden unsichtbar zu machen.

»Faris Abbas!« geiferte Saleh. »Wozu habe ich dir einst das Leben geschenkt und dich zu meinem Heerführer gemacht? Daß du mir einen Zwerg anbringst und einen Riesen, welche Bücher und nichts als Bücher mit sich führen? Was soll ich damit? Führe mir lohnendere Gefangene vor! Meine Oase ist eine Wohltat nur für den, der bezahlen kann. Geschriebenes, mit Ausnahme des Korans, ist nichts wert. Oder handelt es sich um Abschriften des heiligen Buches?«

Dem zweiten Soldaten, der den ersten verbarg, blieb nur, heftig zu nicken, also nach orientalischer Art die Frage seines Herrn zu verneinen.

»Nicht der Koran? Handelt es sich bei diesen Büchern gar um – – –?«

So sehr verpönt war das Wort Bibel, daß selbst Saleh es nicht aussprach, schon gar nicht der entsetzte Askari.

Neuerlich rief der »Vater des Teufels«:

»Sprich, Fremder! Was sind das für Bücher? Von wem stammen, worüber handeln sie?«

Halef, die ganze Zeit auf dem Sprung, stemmte die Ellbogen in die Hüften.

»Du fragst mich nach dem Schöpfer dieser wunderbaren Werke. Als Mann von Welt, o Saleh, mußt du ihn kennen, ein jeder preist seine Werke. Ihr Verfasser ist ein großer Arzt, ein strebsamer Gelehrter und ein gewaltiger Held. Schon viele Male hat er die Wüste bereist, denn er wohnt in einem Lande, das Alemanja heißt und Schönheit wie bei uns nicht kennt.«

»Alemanja, Alemanja«, überlegte Saleh. Mit einem Male war er neugierig geworden. »Worum geht es in diesen Büchern?«

Geschäftig machte Halef einen halben Schritt nach vorn.

»Diese Bücher, o Saleh, beschreiben bis in die letzte Kleinigkeit die Menschen und Gebräuche Arabiens, wie sie auch die Länder und die Menschen sowie die Gebräuche jenes Landes beschreiben, welches Amerika genannt wird. Berichte nämlich enthalten diese Bücher von weiten und gefahrenvollen Reisen jenes wunderbaren Mannes. Auch kommen darin Helden verschiedener Hautfarbe vor, ebenso Feiglinge und Verräter, Faule und Taugenichtse. Man findet auf diesen Seiten furchtbare Generäle und anmaßende Herrscher sowie – – –«

»Fremder! Was ist das für ein Ton?«

»Es ist der Ton der Verheißung, o Saleh. Er bekränzt ein jedes Wort, das in diesen Büchern enthalten ist. Durch sie vermögen alle Menschen einander besser kennen, lieben und achten zu lernen.«

»Dann ist es, wie ich sage!« rief Saleh aus. »Diese Bücher sind nichts wert! Daß die Kinder Allahs im Glücke leben, weiß ein jeder Rechtgläubige; wie hingegen die Ungläubigen hausen, welche Phantastereien sie sich ausdenken oder aufschreiben, das alles schert sie nicht. Was willst du mit diesem Zeug?«

Eine bestimmte, nicht schwer zu erratende Absicht verbarg sich hinter Salehs Worten, aber Halef hatte sich zu sehr aufs Schwärmen verlegt, als daß er seine Schlüsse gezogen hätte. Der Prahlhans in ihm wollte heraus, und weil Bescheidenheit nicht zu seinen ersten Tugenden zählte, fuhr er fort, seine unwillkommene Ware wie ein Schuhlitzenverkäufer zu preisen.

»Diese Bücher, o Saleh, sind weder unnütz, noch sind sie Zeug. Meine Absicht ist es, die Kunde von den Großtaten ihres Verfassers überallhin zu tragen. Ich selbst habe viele dieser Taten miterlebt und bin also Zeuge. Könntest du, o Saleh, diese Bücher lesen, du fändest Gefallen an ihnen.«

»So? Kann man sie denn lesen, vermagst du es? Sind sie in der einzig wahren Schrift, nämlich jener unserer Väter und Vorväter, abgefaßt?«

»Aber nein, o Saleh, nicht einmal in der Schrift unserer Ur- und Urgroßväter. Der Schreiber bevorzugt die eigene Sprache, eine uns leider unverständliche, nur in seinem Heimatlande gepflegte.«

Saleh hatte seinen gewaltigen Körper Halef während dessen Worten immer weiter zugebeugt. Sein Interesse an diesen Beschreibungen war mit Händen greifbar.

»Ein Poet aus Alemanja – aus Alemanja! Und er schreibt ausschließlich in seiner Zunge, berichtet von Abenteuern – nenne mir seinen Namen!«

»Sofort, o Saleh, ist es doch einer der denkwürdigsten und einprägsamsten, die du je gehört haben wirst, der reinste Nektar! Labe dich an ihm, wie so viele vor dir es schon getan haben: Der Verfasser dieser Schriften heißt Kara Ben Nemsi!«

»Kara Ben Nemsi? Wirklich er?«

Noch tiefer und rauher war Salehs Stimme geworden. Die fanatischsten Gefühle schienen in ihm aufzuwallen. Mochte Halef diese Reaktion zunächst für freudiges Erkennen halten, wurde er sogleich eines Besseren belehrt.

»Kara Ben Nemsi!« rief Saleh aus. »O ja, ich kenne diesen Mann, dieses Scheusal, dieses Ungeheuer! Ich kenne ihn, obgleich ich ihm nie begegnet bin – Fremder, als ich dich wie einen Liebenden von ihm schwärmen hörte, da ahnte ich sogleich, daß nur er gemeint sein konnte, er, dieser Verbrecher! Du hast dich schuldig gemacht, indem du nicht nur auf meine Soldaten geschossen und meinen Palast mit den Schriften eines Ungläubigen befleckt hast, du bekennst dich auch dazu, Zeuge der Untaten dieses Kara Ben Nemsi zu sein – weißt du nicht, daß er der größte Feind meiner Sippe ist? Ist dir nicht bekannt, daß er vor einiger Zeit den einzigen Sohn meines Bruders mordete, meinen Neffen? Er versetzte ihm einen solchen Hieb an die Schläfe, daß dieser niedersank und sich nicht wieder erhob. Sei nun du gespannt, wenn ich dir seinen Namen nenne, denn anschließend werde ich dich zerschmettern. Mein Neffe – er hieß Ayman at-Akaba! Ein großer Kämpfer war er und ein strenger Fürst. Mich, seinen Oheim, hatte er sich zum Vorbilde genommen, und gleich mir, dem Vater des Teufels, verehrten ihn seine Untertanen als Abd El Scheitan, den Diener des Teufels. Dem Vater sollte der Diener einst nachfolgen; allein Kara Ben Nemsi verhinderte es. Der Höllenschlund muß ihn zu sich hinabgerissen haben, daß ich ihn nirgends finden konnte. Nun wird Aymans Tod doch gerächt – durch deinen, Fremder, und den deines Gefährten!«

Das war eine fatale Neuigkeit für Halef.

Auf vielen meiner Streifzüge durch den Orient hat er mich, seinen geliebten Sihdi, begleitet, wenn auch beileibe nicht auf allen. Schon damals konnte ich mich ja angesichts der Menge meiner Abenteuer unmöglich über jedes einzelne mit ihm austauschen, weshalb bei unserem jeweiligen Wiedersehen leider manches unerzählt blieb, so auch meine Auseinandersetzung mit dem »Diener des Teufels«. Dieser hatte sich, trotz seiner Jugend, vor einiger

Zeit zum Herrscher von Akaba aufgeschwungen, jener Hafenstadt am Roten Meer und strategisch wichtigem Punkte des Osmanischen Reiches. Als ich von ihm empfangen wurde und ihm eröffnete, daß Malek, ein vermeintlicher Hirtenjunge, in Wirklichkeit ein als Säugling geraubter Herrschersohn sei und darum Ansprüche gegen ihn erheben dürfe[1], war ein Kampf auf Leben und Tod unausweichlich geworden. Wie sich denken läßt, entschied ich denselben zu meinen Gunsten. Wären Halef diese Geschehnisse bekannt gewesen, er hätte sich bestimmt zurückgehalten.

Dazu war es nun zu spät. Saleh sann auf Vergeltung.

Finster blickte er auf Halef und sagte:

»Lange Zeit, nur allzulang hat der Allmächtige mich geprüft, aber heute ist ein großer Tag. Mein sehnlichster Wunsch wird mir erfüllt, da du, Fremder, Kara Ben Nemsi nicht nur kennst, sondern dich auch seiner Freundschaft rühmst, dich an seinen Sudeleien berauschst. Der Verbrecher ist hinfort, du aber bist hier, in meiner Hand. Um Aymans Tod zu sühnen, halte ich mich an euch beide. Jeden Finger- und Zehennagel lasse ich euch ausreißen, jeden Zahn und jeden Knochen. Ehe ihr in meinen Gruben verendet, sollt ihr den Teufel lieben lernen, indem ihr Bekanntschaft mit seinem Vater schließt!«

Voll Ingrimm stieß Saleh mit dem Zepter auf den Boden, und im nächsten Moment hatte auch sein Mohr ein Utensil in der Hand, das er beziehungsvoll tätschelte. Dann schien er es spielerisch in die Luft werfen zu wollen, doch da war ein Fauchen, ein Knall, das nicht zu einem Spielzeug passen wollte – eine Nilpferdpeitsche hatte gesprochen! Wessen Haut mit dem *Sjambok* Bekanntschaft schloß, denn um nichts Gefährlicheres handelte es sich, der hatte die fürchterlichsten Verletzungen zu gewärtigen; meist führten ihre Liebesgaben zum Tode. Namentlich auf den afrikanischen Sklavenzügen waren unzählige Menschen diesem barbarischen Züchtigungsmittel zum Opfer gefallen. Wer es zur

1 siehe Karl Hohenthal, *Akaba*

Anwendung brachte, besaß kein Herz, keinen Charakter. Ihm führte wahrlich der Teufel die Hand.

Saleh winkte den Wachsoldaten. Sogleich machten sie sich bereit, Halef und Sir Edward abzuführen. Doch im selben Moment beugte Faris Abbas sich zu Saleh und flüsterte ihm einiges zu. Abwartend traten die Soldaten zurück, als Saleh voll Widerwillen verkündete:

»Fremder! Ich höre, daß es den Dankesschwur eines meiner Askaris auf dich gibt. Diesen Schwur muß ich anerkennen, ob du nun Arzt bist oder Betrüger und vor allem ein Freund dieses Hundes Kara Ben Nemsi. Jedoch, Aymans Ermordung liegt länger zurück als dein Beistand, auch wiegt jene Tat viel schwerer, so daß ich ihre Ahndung nicht aufgeben darf. Mein Urteil lautet daher: Dein Besitz, der überwiegend aus Büchern des Verbrechers besteht, wird verbrannt. Was ihr an Geld und Wertsachen bei euch tragt, habt ihr mir abzuliefern. Abgesehen davon will ich gnädig sein: Aidschan soll euch nicht totprügeln, sondern nur einem jeden dreißig Streiche auf den Rücken zählen. Zusätzlich wird er euch mein Zeichen auf die Stirne brennen, damit ihr fortan überall als meine Diener erkannt werdet. Freut euch meiner Milde! Die *Falaka*[1] könnte ich euch geben lassen und anschließend das Messer, aber ich habe anderes mit euch vor. Faris Abbas, stecke diese Wichte unter deine Soldaten! Lasse sie die niedrigsten, demütigendsten Arbeiten verrichten, auf daß sie sich bewähren. Abgestraft werden sie noch heute, in den Hütten, doch zuvor sollen sie meine Gastfreundschaft genießen. Ja, staunt nur, Fremde: Der Vater des Teufels läßt euch bewirten, damit ihr um so länger der Tortur standhaltet; er erlaubt es euch sogar, mit ihm und seinen Getreuen die Schönheit dieser Welt zu schauen – Aidschan, hole das Mädchen! Diener, sorgt für Tabak, Tee und Musik!«

Sogleich war der Mohr auf den Beinen und begann die vielfältigsten Anweisungen zu treffen. Danach entfernte er sich für eini-

---

1 Bastonade, Prügelstrafe auf die nackten Fußsohlen

ge Zeit. Halef und Sir Edward durften in dem finstern Saale verweilen, wurden aber unter strenger Bewachung in eine Ecke geführt, wo sie sich erstmals setzen konnten.

»*What a mess!*« murmelte Sir Edward. »Unsere Lage ist keine alltägliche. Welch ein ärmlicher Palast, welch ein widerlicher Hausherr! Ich dachte, die orientalischen Herrscher liebten den Prunk. Aber gegen das hier ist jedes Londoner Armenhaus reich.«

»Effendi, schließe nicht von den Habseligkeiten auf den Mann«, rügte Halef. »Sieh mich an, und blicke auf dich selbst – würde man dich in deinen Fetzen für einen Lord halten, mich für einen Scheik? Gewiß hat Saleh Gründe, seinen Reichtum nicht zu zeigen. Ich möchte gern herausfinden, welches diese Gründe sind.«

»Gern, sagt Ihr? Findet lieber heraus, wie wir uns die Peitsche ersparen. Ich bin in dieses Land gekommen, um Narben alter Zeit zu entdecken, nicht um mir selbst welche zu holen.«

»Ja, Effendi, du bist neu in meinem Lande. Immer noch nicht hast du gelernt, daß hier an einem einzigen Tage mehr geschehen kann als anderswo in einem ganzen Jahr. Ich fürchte die Peitsche nicht, und da du erst recht nichts von ihr zu befürchten hast, warte ab.«

Mehr Gelegenheit zum Sprechen gab es nicht, die Wachen drohten bereits mit ihren Lanzen.

Unterdessen war für Saleh eine Wasserpfeife bereitgemacht worden, ein gewaltiges Ding mit einem Kopf aus Meerschaum, an der auch Faris Abbas sich gütlich tun durfte. Aidschan hingegen, der zurückgekehrte Haushofmeister, durfte dem erlauchten Tabakskollegium nicht beitreten. Er hatte die leibtuchgeschürzten Sklaven zu kommandieren, die Minztee auftrugen, stark gesüßt und so betörend duftend wie der Tabak. Nachdem wiederum Saleh als erster gekostet hatte und Faris Abbas als zweiter, reichten die Sklaven die restlichen henkellosen Täßchen reihum. Wie Saleh gesagt hatte, wurden neben den Soldaten auch Halef und Sir Edward bedacht.

Als endlich alle versorgt waren, durfte Aidschan sich wieder in Salehs Nähe niederlassen, und die Sklaven zogen sich zurück. Sie versäumten es dabei nur scheinbar, den Vorhang zu dem Nebengelaß, in welches sie verschwanden, zu schließen. Leise und allmählich kräftiger werdend, drangen aus dem Zimmer nämlich zirpende Klänge. Sie rührten von einer *Ud,* einer fünfsaitigen Kurzhalslaute. Ihr hinzu gesellte sich ein *Rebab,* ein lediglich mit zwei Saiten bespannter Vorfahre unserer Geige. Während die Ud dunkle, arabische Harmonien anklingen ließ, kontrastierte der Rebab mit einer wehmütigen, eher europäischen Hörgewohnheiten entsprechenden Tonfolge. Ergänzt wurden diese beiden tonalen Instrumente von einem *Riq.* Dabei handelt es sich um eine mit Ziegenhaut bespannte Schellentrommel, welche mit einer Hand geschüttelt und mit den Fingern der anderen geschlagen wurde. Solchermaßen zum Trio vereint, schrummten, kratzten und klopften die unsichtbaren Musikanten nach Herzenslust, was die Spannung im Hauptraume noch erhöhte.

Während alles auf die klangvolle Türöffnung blickte, bemerkte Halef eine leichte Berührung an der Schulter. Er fuhr herum und blickte in die dunklen Augen von Faris Abbas. Nur für ihn und Sir Edward hörbar, sagte dieser:

»Gleich wird eine Gefangene für unseren Gebieter tanzen. Betragt euch still dabei, und euren Augen wird ein unvergleichlicher Genuß zuteil. Sprecht ihr nur ein einziges Wort oder bezeigt ihr ihr Respektlosigkeit oder versucht ihr zu fliehen, werdet ihr auf der Stelle erschossen. Nicht die Wachen, ich selbst tue es!«

Das war nicht so dahingesagt. Der oberste Askari unterstrich seine Drohung mit einem gezückten Revolver. Trotz der Dunkelheit erkannte Halef einen seiner beiden Remingtons.

So geisterhaft, wie er sich gezeigt hatte, verschwand Faris Abbas auch. Im nächsten Moment hatte er seinen Platz neben Saleh wieder eingenommen.

Im Schatten des rußenden Lichtes, das die beiden Fackelschwenker erzeugten, wippte der Wüstendämon auf seinem Stuhle vor und zurück. Genauso ungeduldig sog er abwechselnd am Mundstück seiner Wasserpfeife oder schlürfte seinen Tee. Mit der anderen, freien Hand ließ er beiläufig Harz in den glutroten Kessel neben sich rieseln. Jede dieser Gaben erneuerte die daraus aufsteigenden Wölkchen, und bald roch es weithin nach einer träge machenden Art von Heilkraut.

Da änderten Ud, Rebab und Riq unerwartet ihr Spiel. Aufreizend lockten sie mit einem Male, und zwar in einer so belebenden Weise, wie man sie vom Schwunge vieler unserer Ouvertüren kennt.

Ein Luftzug, nur ein kleiner Wind wehte herein, dem ein kurz aufblendender Lichtstrahl folgte. Offenbar war eine andere »Tür« geöffnet, mithin ein weiterer Vorhang zurückgeschlagen worden. Es erschien, unhörbar dahertrippelnd, eine barfüßige, sonst aber verhüllte weibliche Gestalt. Laut und immer lauter wurde dabei die Musik, immer stärker ihr Rhythmus, zu welchem die Diener die Fackeln nun mehr oder minder im Takte schwenkten. Jene Gestalt aber, abwechselnd in Schatten und Helligkeit getaucht, geriet vom Tippeln ins Tanzen. Als sie sich dem hellen Scheine des Metallkessels näherte, ließ sich mehr von ihr erkennen.

Umgeben vom Rauche der Würzwolke sah man ein überaus gerade und gewiß an die fünfeinhalb Fuß[1] hoch gewachsenes Mädchen, mit dem die Natur sich Umstände gemacht hatte. Kopf und Körper waren von einem wie dahingehauchten, zartblauen Gewande vollständig verhüllt. Es bestand aus mehreren Schichten eines beinahe durchsichtigen Gewebes. Unter diesem ragten feingeschnittene, fast zart zu nennende Gliedmaßen hervor, die Arme, Waden und Füße fast noch eines Kindes. Auffallend war ferner, daß jenes Fräulein keinerlei Schmuck trug, während doch Orientalinnen für gewöhnlich das Gepränge mit Ringen, Halsketten und Armreifen gar zu sehr liebten.

Ein Knall zerriß die Musik – Aidschans Peitsche gab das Zei-

---

1 circa 1,68 Meter

chen zum Beginn des Tanzes. Wild spielte nun die unsichtbare Kapelle los, und die hingegen sehr sichtbare Tänzerin gab sich dieser Wildheit hin. Als erstes warf sie den äußersten ihrer Schleier ab. Wie befreit drehte sie sich mehrmals um die eigene Achse, immer schneller und ohne ein einziges Mal ins Schwanken zu geraten. Eine Darbietung nahm ihren Lauf, die so recht eine orientalische war – und doch auch eine europäische.

Keineswegs nämlich wurde hier, im Palaste Abu Salehs, ein morgenländischer Bauchtanz vollführt, wie man von ihnen in den Salons unserer Hemisphäre oftmals schwärmen gehört, sie aber wohl kaum jemals zu sehen bekommen hat. Nein, die Verschleierte nahm alle die Rhythmen und Harmonien in sich auf, aber ihre Bewegungen folgten einer ganz anderen, unhörbaren Musik.

Ein paar Augenblicke lang verbarg sich das Geschehen hinter weiterem Rauch. Erst als durch die Ritzen der verhängten Fensterschlitze genug frische Luft hereingeströmt war, löste die Wolke sich auf.

Nun sah man die Elfe fast bewegungslos verharren, kaum daß ihr Leib noch Ehrgeiz zu gleichmäßiger Bewegung zeigte. Wie schlaftrunken kippte der verhüllte Kopf immer wieder nach vorn, bis auf den Ansatz der zarten Brust.

Bei diesem Anblick rutschte Saleh auf die Vorderkante seines fremdländischen Stuhls. Ein weiterer Knall – wieder hatte die Nilpferdpeitsche sich in Erinnerung gebracht, so daß die Tänzerin aufschreckte. Gleich einer angespannten Feder löste sie sich aus ihrer Andacht, und als wären die zerschlissenen Teppiche unter ihren Sohlen die feinst gewachste Bühne der Pariser Oper oder des Moskauer Bolschoitheaters, glitt sie mit der größten Anmut dahin. Zwei muskulöse Ballerinenschenkel drehten sich bald auswärts, bald einwärts; sie streckten, bogen, spannten und dehnten sich, indes die einmal angewinkelten und wieder ausgebreiteten Arme, aber auch Hände und Finger gegenläufig standen. Kräftige Zehen hoben und senkten und trieben das Mädchen an, das mit Aplomb die scharmantesten Ballettfiguren ausführte: Arabesque,

Pirouette, Battement, Croisé – je kühner der Tanz wurde, desto kühner wurden die Kapriolen der Musik.

Dann, mitten im wildesten Gezirpe und Getrommle, brach jeglicher Klang ab. Die Unbekannte strebte auf dem vorletzten Meter dem Throne zu, sank dort zu Boden und verblieb in ihrer Position, einer Grätsche. Noch ein angedeutetes Schütteln, ein letztes Zittern – wie eine ersterbende Blume sackte der biegsame Körper in sich zusammen.

Niemand im Saale getraute sich, Applaus zu spenden, obwohl es einen jeden dazu drängte. Alles wartete und blickte auf den Mann, dessen Hand wie gelangweilt immer neue Häufchen von dem Weihrauche in die Glut rieseln ließ.

Die Fackelträger und Palmenwedler wagten es nicht, in ihren gleichmäßigen Bewegungen zu ermüden. Weiterhin sollte ihrem Herrscher die zur Ruhe gekommene Gestalt der Tänzerin sichtbar bleiben. So weidete sich der Vater des Teufels an dem heftig atmenden, rauchumwaberten Engel.

»Komm!« tönte er begehrlich. »Blume des Abendlandes, hellster Stern an unserem Himmel. Komm, setze dich zu mir. Ich bin dein Gebieter und will dich reich belohnen!«

Anstatt aber Saleh zu Willen zu sein, hob die junge Frau den bislang gesenkt gehaltenen Kopf, und ihr Körper wuchs abermals empor zu jener lieblichen Gestalt, als welche sie zuvor von allen Seiten ausgiebig bewundert worden war.

In einwandfreiem Arabisch rief sie:

»Nein, o Saleh, ich setze mich nicht zu dir. Auch bist du nicht mein Gebieter, und einer Belohnung bedarf ich nicht, wenn du mich und die Meinen nur nicht länger strafst!«

Saleh, vom Zorn gepackt, schrie:

»Wie, du weigerst dich? Bist du nicht einem Manne in die Hand gegeben, den man nach allen Richtungen als Vater des Teufels fürchtet, dem Herrscher über diese Oase und alles Land, das daran grenzt? Weißt du nicht, daß mein Wille ein eiserner ist? Du wirst selbst gesehen und gehört haben, wie zwischen den Zelten die Unterhändler der Karawane stöhnen, weil der Tribut, den mein Schatzmeister fordert, ihnen nur die Wahl zwischen Verderben und Überleben läßt. Du weißt es, und dennoch sprichst du wie eine Herrin zu mir – eine Herrin, die für mich tanzt!«

»Ja, Saleh«, kam es unerschrocken zurück. »Ich füge mich. Denn erst gestern drohtest du, die Meinen bis zum Kopf im Sande zu vergraben, falls ich dir nicht zu Willen sei; tanzen muß ich für dich, an jedem Tag und oft noch in der Nacht, weil du uns mittelst Hunger und Durst dazu zwingst!«

»Und warum ist das so?« sagte Saleh wie gleichgültig, weiter sein Harz in die Glut streuend. »Warum zwinge ich dich? Weil du hoffärtig bist! Weil du zwar den Liebreiz eines Engels besitzt, dich mir aber verschließt und von deinen Wonnen nicht mehr gönnst als den Tanz! Deshalb habe ich bestimmt, daß allein du zu essen und zu trinken bekommen sollst, nicht jedoch deine Alten. Seit Tagen weist du meine Köche zurück, obwohl sie mit Respekt in dein Zelt treten und dir die ausgesuchtesten Köstlichkeiten bringen. Wenn du dich weiter störrisch zeigst und nichts zu dir nimmst, muß ich Aidschan befehlen, dich zu füttern. So sanft meine Blicke auf dir ruhen, seine Hände sind grobe. Merke: Ich bin es, der künftighin über dich bestimmt!«

»Nein, Saleh, allein Gott bestimmt, was mit mir geschieht!«

»Gott? Es gibt keinen Gott außer Allah!«

Über diese Worte empörte sich das Mädchen in der deutlichsten Weise. Sein Körper straffte sich, wuchs um ein ganzes Stück in die Höhe – die Tänzerin hatte sich auf die Spitzen ihrer Zehen gestellt; eine Kunstfertigkeit, die keiner der Palastbewohner je zuvor gesehen hatte. Dies geschah so rapide, daß dem Mädchen der Schleier vom Gesicht fiel. Ein ausnehmend hübsches, wenn auch sehr gefaßtes Antlitz wurde sichtbar. So jung dieses war, es ließen sich darin die deutlichsten Zeichen eigenen Willens und innerer Stärke erkennen. Ohne Scheu auf Saleh blickend, sagte das Mädchen:

»Ich spreche nicht von Allah, sondern von Gott, weil ich meinem Glauben, dem christlichen, anhänge. Von ihm mag ich nicht lassen, erst recht nicht in Gefangenschaft. Du hast uns der Freiheit beraubt, und so sind meine Gebete der einzige Schatz, der mir geblieben ist. Ich richte sie an meinen Schöpfer, den Vater Jesu, seines einzigen Sohnes. Von ihm ersehne ich Beistand und Erlösung.«

»Jesus?« lachte Saleh roh. »Ja, ich habe von ihm gehört. Zu den Propheten des Allmächtigen wird er gerechnet, doch kann er darum keineswegs als sein Sohn gelten. Jesus, sagst du – Isa, antworte ich! Mit etlichen seiner Gesandten steht er in einer Reihe, das ist wahr. Doch diese ist lang und reicht von Adam bis Zacharias. Sei also verständig, Mädchen, und gib deinen Widerstand dahin. Unterwirf dich Allah als deinem einzigen Gott, und erkenne mich als den Eigentümer deines Herzens an. Tu es, und deine Eltern sind zur Stunde frei. Sie dürfen ziehen, wohin sie wollen, und erhalten alle ihre Sachen zurück.«

»Und was, o Saleh, wird aus mir?«

»Du sollst die kostbarste Perle in meinem Harem werden: Ich mache dich zu meiner Hauptfrau!«

»Das will ich nicht.«

»Mädchen! Verweigere dich nicht Allahs Willen!«

»Und du, Saleh, verweigere dich nicht Gottes Gesetzen! Sage, warum bedarfst du eines Stuhles? Keinem Beduinen fiele es ein, sich auf einen solchen zu setzen. Weshalb also erhöhst du dich über andere? Ist es nicht seit jeher bei euch Sitte, daß selbst die Fürsten zu ebener Erde sitzen? Du spottest der Schöpfung, meidest Erde und Sonne, brennst Fackeln selbst bei Tage. Anstatt in einem Zelte zu wohnen, hast du dir aus Stein ein Haus erbauen lassen, in dessen Finsternis du dich verbirgst. Sage weiter, warum störst du den Frieden der Reisenden, warum verweigerst du ihnen Geleit und Frieden sowie Brot, Salz und Tee? Weshalb beköstigst du sie nicht, wie der Brauch es erfordert, mit Ziegenmilch, Datteln und Fleisch? Anstatt dessen überfällst und beraubst du die Menschen. Die Ärmsten verkaufst du als Sklaven, und von den Wohlhabenden erpreßt du Lösegeld. All dein Reichtum entspringt nicht ehrlicher Hände Arbeit oder klugem Verstande. Aus Not und Tränen raffst du Besitz. Falls du wirklich Beduine bist, Saleh, mußt du dich schämen!«

Das war schon nicht mehr nur allein mutig, das war todesmutig gesprochen.

Saleh sprang wütend auf, und man konnte sehen, daß er im Stande ein ähnlich hohes Maß erreichte wie Faris Abbas oder Sir Edward. Aufs schlimmste erregt, umrundete er die qualmende Schale und baute sich vor dem Mädchen auf. Dieses wich nicht im geringsten zurück, mußte es jedoch geschehen lassen, daß Saleh seine Hand um das kleine, trotzige Kinn legte. Mit einer Kraft, die zwischen Hingezogenheit und Brutalität noch unentschlossen war, drückte er zu, doch wie staunte er, als ihm eine unerwartete Stärke entgegenwirkte. Die Kräfte von Tänzern, weiblichen wie männlichen, waren mithin beträchtlich zu nennen.

Die Diener blickten unsicher drein – wie sollten sie wissen, ob sie Saleh gegen ein Weib beistehen oder sich schicklich fernhalten sollten? So schwenkten sie nur weiter ihre Fackeln, aus Verlegenheit wohl noch etwas eifriger als zuvor. In diesem unsteten Lichte konnten auch Halef und Sir Edward den Machthaber endlich genauer betrachten.

Sie bekamen ein Gesicht zu sehen, das zwar nicht unschön, aber wie auch das von Faris Abbas von einer Fülle widerstreitender Regungen gezeichnet war. Zwischen den schwarzbuschigen Brauen des Fünfzig-, vielleicht Sechzigjährigen nistete eine tiefe Querfalte, die keinen Widerspruch zu dulden schien. Über die linke Wange Salehs, bis hinauf zur Stirn und in den Haaransatz hinein, zog sich eine fingerdicke, bläulich glänzende Narbe. Sie entstellte den Mann, den vor Jahren ein schrecklicher Schlag getroffen haben mußte, wohl ausgeführt vom Hiebe eines Degens oder Säbels, auf jeden Fall von der Wucht einer außergewöhnlichen Klinge. Breit und flach war sie geführt worden; nicht getötet, aber gezeichnet hatte sie ihren Gegner. Somit trug er seinen Kriegsnamen zu

Recht – dem »Vater des Teufels« blieb nichts anderes übrig, als auf sein abstoßendes Äußeres stolz zu sein. Gleichzeitig mußte seine abstoßende Wirkung auf andere Menschen ihn peinigen. Hierin war der Grund zu vermuten, daß er sich selbst bei Tage im Dunkeln aufhielt.

Die junge Frau in ihren Schleiern indessen schreckte er nicht. Zwar hielt er ihr Kinn immer noch mit seiner harten Hand umfaßt, aber ihr Blick blieb gefestigt.

Darüber ärgerte sich Saleh und verstärkte den Druck.

»Mädchen! Nenne mich, der ich doch Targi[1] bin, nie wieder einen Beduinen. Anders als diese hüte ich nicht Ziegen. Auch züchte ich nicht Pferde und Kamele wie sie, sondern raube sie ihnen, ebenso ihr Salz und ihren Zimt und ihr Gold und auch alles andere. Ich schweife nicht in der Wüste umher, sondern ziehe es vor, in einem Hain zu wohnen, wo Sklaven um den See herum die Erde bebauen. Meine Passion ist die Jagd – die Jagd auf Menschen und Besitz. Die Beduinen, von denen du sprichst, sind dumm. Sie halten sich für Raubfische im Meer der Zeit. Mich hat Allah auserkoren, über dieses Meer zu herrschen, folglich sein Wasser zu sein. Ohne mich verdursten die Fische, ohne mich ersticken die Reisenden im Sand, zwischen den Felsen. Du aber, Zierde der Mädchen, erfreust mit deinem Anblick mein Herz. Nie sehe ich deine Füße fehlen, nie zittert dein Leib. Nach Aprikosen duftet deine Haut, nach Jasmin und Hyazinthen, und weiß ist sie wie Orangenblüten, und gewiß ist sie weich wie Basbusa[2] oder Muhalabia[3]. Mit deinem Liebreiz hast du einen Dschinn auf mich geladen, einen Geist, doch einen warmen, sanften, lieben. Er macht, daß mein Herz sich verzehrt, denn ich sehne mich nach dir wie die Erde nach dem Regen, und doch – du widersetzt dich! Du verhältst dich wie ein Fischlein, das glaubt, in der Luft schwimmen zu

1 Einzahl von Tuareg
2 arabische Grießspeise
3 Pudding

können. Du bist keine der Unseren, sprichst aber unsere Sprache. Wie kommt das?«

»Darüber kann nur verwundert sein, wer außer dieser Oase nichts von der Welt kennt«, sagte die Tänzerin, sobald Saleh seinen Griff gelockert hatte. »Ich stamme aus Alemanja. Dort sind alle Menschen gebildet, manche so sehr, daß sie viele Sprachen verstehen. Die deine zu erlernen fiel mir nicht schwer. Mein Vater ist Gelehrter und hat mich noch während der Überfahrt unterwiesen.«

»Ja, Mädchen, und Hochmut und Stolz hat er dich ebenso gelehrt. Oder schmückt man sich damit in deinem Lande, das so klein und so unbedeutend ist wie die silberne Ameise[1]? Täusche dich nicht! Ich weiß, wozu die Menschen eures Stammes fähig sind; eben wurde von einem der Euren gesprochen. Darum höre: Wie stets hat dein Tanz mich milde gestimmt. Ich lasse dich jetzt zu deinen Alten zurückbringen. Weil heute ein bedeutender Fang eingebracht wurde, soll am Abend ganz Dschunet reichlich essen und trinken, auch du und die Deinen. Für heute wird es euch an nichts fehlen. Du aber bedenke dich. Bald wirst du wieder vor mir stehen – als mein folgsames Weib oder als bedauernswerte Sklavin!«

Damit ließ Saleh von der jungen Frau ab.

Schon griffen die Wachen zu, doch streiften sie dabei den Haarschleier der Gefangenen, daß dieser abfiel. Und mit einem Male, im Schein der emporgerissenen Fackeln, glänzten goldene Locken. Saleh und seinen Untergebenen entfuhren Ausrufe der Bewunderung.

»Allah ist groß – wie schön du bist!«

»Nein, Saleh!« rief das Mädchen wütend. »Was für ein Schinder du bist!«

Halef in seiner Ecke hatte Mühe, an sich zu halten. Er befürchtete das Schlimmste und schickte sich an einzugreifen. Sir Edward,

---

1 Sahara-Silberameise, *Cataglyphis bombycina*

mit Blick auf Faris Abbas und den Revolver, setzte alles daran, ihn zurückzuhalten.

»Mädchen, dein Geschick verzeiht nicht alles. Als Ungläubige hast du demütig zu sein!«

»Daß du einer Christin keine Achtung widerfahren läßt, o Saleh, wundert mich nicht. Aber daß du die eigenen Glaubensbrüder und -schwestern gefangennimmst, sogar deren Kinder, daß du ihnen Lösegeld abpreßt oder sie versklavst, das ist schändlich! Oftmals mordest du sie am Ende doch; ich habe davon reden hören. Weißt du nicht, was eure vierte Sure zu deinesgleichen sagt? *Und wer einen Gläubigen mit Vorsatz tötet, dessen Lohn ist die Dschehenna, die Hölle; ewig soll er darin verweilen, und Allah zürnt ihm und verflucht ihn und bereitet für ihn gewaltige Strafe!*«

Diese Worte ließen seinerseits Saleh zurückweichen. Mit einer nur zu sichtbaren Geste der Verlegenheit strich er sich über die gleißende Narbe, drehte sich aber sofort ab und kehrte zurück zu seinem Stuhl.

Als er wieder in der Dunkelheit Platz genommen hatte, sagte er: »Schön bist du in deinem Zorne, noch viel schöner, als ich dachte. Und sogar unser heiliges Buch kennst du – du, die Christin. Noch sträubst du dich, weil mein Antlitz dich verstört. Bald aber wirst du es lieben lernen und mich Gebieter nennen – oder als den Vater des Teufels mehr fürchten denn je. Entferne dich!«

Wieder zerrten die Wachen an der Tänzerin, aber diese wehrte sich und kam aufs neue frei. Göttinnengleich trat sie zwischen den Gardisten hervor und schleuderte dem »Gebieter« entgegen: »Du dünkst dich mächtig in deinem armseligen Palast, Saleh, doch bedenke auch diesen Vers aus dem Koran: *Wo immer ihr seid, einholen wird euch der Tod, und wenn ihr wäret in ragenden Türmen!*«

Kaum ausgesprochen, bekreuzigte sie sich, wie jeder brave Christ in Gefahr es tut. In Gegenwart von lauter Moslems freilich bedeutete das Kreuzzeichen einen ungeheuren Frevel. Hatten die Soldaten dem Mädchen bisher Respekt, ja Bewunderung erzeigt, ließen sie nun Entsetzen hören. Sie verstummten erst, als Saleh sein Zepter ergriff und mehrfach gegen das Räucherbecken schlug. »Zwanzig Hiebe«, grollte er. »Aidschan wird deinem Vater zwanzig Hiebe aufzählen, als Strafe für die Lästereien seiner Tochter. Barmherzigkeit soll ihm nur widerfahren, falls ihr euch zur Lehre Mohammeds bekennt. Bis morgen gebe ich dir Zeit – für dies und alles andere!«

Eine mächtige Rauchschwade wallte auf, hinter welcher der Vater des Teufels abging. Faris Abbas, der Rätselhafte, hatte schnell eine Handvoll Harz in die Glut geworfen.

*

Die Soldaten führten die Tänzerin ab, und auch Halef und Sir Edward mußten ihren Bewachern folgen. Auf sie wartete die von Saleh angedrohte Peitsche, welche selbstverständlich nicht in dem herrschaftlichen Thronsaale zur Anwendung kommen sollte. Um von den Wachen nicht verstanden zu werden, flüsterte Sir Edward Halef auf englisch zu:

»*Well,* verehrter kleiner Sir, wollt Ihr nicht auch dem schwarzen Gentleman eine Wunderheilung angedeihen lassen? Ich weiß nicht, wie lange unsere Haut der Peitsche widerstehen kann, aber meine Knochen sind englische. Die zerbricht so schnell kein Nilpferd und kein Mohr.«

Halef jedoch hegte ganz andere Gedanken.

»Das Mädchen«, murmelte er vor sich hin. »Ich muß mit dem Mädchen sprechen.«

»*Good Lord,* Sir! Habt Ihr das Schicksal, welches auch das meine ist, nicht schon genug herausgefordert? Wir müssen etwas unternehmen, bevor man uns die Hände bindet.«

Aber der Engländer bekam keine Antwort. Vielmehr bemühte sich Halef, ihre Bewacher zur Eile anzutreiben. Gleich einem Delinquenten, den es förmlich vor den Richter zog, legte er einen geschwinden Gang vor. Den Gardisten, die darüber grinsten, blieb nichts anderes übrig, als mit dem offenbar verrückten kleinen Mann Schritt zu halten. Wieder ging es treppauf, treppab durch den Palast, wieder waren Zimmer und Kammern zu durchqueren, in denen sich, ohne ersichtlichen Grund, buntes Volk tummelte.

Alsbald waren die Askaris mit dem Mädchen in ihrer Mitte eingeholt. Als Halef der Abteilung gewärtig wurde, pfiff er kurz durch die Zähne. Damit war ihm auch die Aufmerksamkeit dieser Soldaten sicher. Die beiden Trupps machten in einem der verwinkelten Korridore halt. Halef verlor keine Zeit. Er faßte in sein Gewand und ließ auf seiner ausgestreckten Rechten einige Silbermünzen erglänzen.

»Ihr Männer, was ist euer Lohn, daß ihr uns wehrlose Reisende wie Feinde behandelt, gar dieses Mädchen wie eine Sklavin? Hier, nehmt! Laßt mich der Unglücklichen ein paar Worte des Trostes sagen; es schickt sich nicht, ein Mädchen seinen Tränen zu überlassen, selbst wenn es eine Ungläubige ist. Besinnt euch eine Weile, und überlegt, wie ihr von meinem Gelde prassen wollt!«

Und damit hatte Halef richtig spekuliert. Den gewiß nicht verwöhnten Soldaten war sein Bakschisch üppig genug, ihm das eigentlich Verbotene zu gewähren. Jeder griff sich gierig eine Münze. Dann rückten sie ein gutes Stück ab, hielten aber zur Warnung die Krummsäbel gezückt.

Sofort wandte sich Halef, so freundlich wie eindringlich, an das Mädchen. Dabei sprach er, wie zuvor Sir Edward, auf englisch:

»Schnell, sage mir, wie heißt du?«

»Mein Name ist Erna Grüner«, antwortete das Mädchen, nicht im mindesten geängstigt.

»Bei Allah, das ist ja ein ganz unaussprechlicher Name. Doch fürchte nichts, denn wir sind dir wohlgesinnt. Betrachte uns als Freunde.«

»Freunde? Soeben habt ihr die Wärter bestochen, um euch an mich heranzumachen.«

»Nein, du irrst! Das geschah, um mit dir zu reden und dir zu helfen.«

»Danke, aber eurer Hilfe bedarf ich nicht, ich schütze mich selbst. Wie Entschlossenheit auf Saleh und seine Schergen wirkt, habt ihr gesehen.«

»Vor allem haben wir gehört, welche Drohungen er gegen dich ausgestoßen hat. Gewiß wird er sie wahrmachen, denn er begehrt dich und will dich zur Frau; sogar in seinen Harem sollst du eintreten. Was willst du tun – wirst du gehorchen?«

»Niemals!«

Als wäre dieses eine leise und doch entschieden hervorgestoßene Wort nicht eindeutig genug, brachte das Mädchen aus seinem dünnen Gewande ein Säckchen hervor. Dieses war sorgfältig verknotet und bestand aus dünnem, ungegerbtem Ziegenleder.

Vorsichtig knüpfte Erna die Öffnung auf.

Halef und Sir Edward beugten sich darüber, wichen aber schleunigst zurück: Aus dem Behältnis spritzte eine noch junge, doch bereits mit Giftzähnen bewehrte Hornviper[1] hervor. Sandfarben geschuppt, spähte das Reptil kampfeslustig umher, zog sich aber sogleich in sein dunkles Versteck zurück.

»Dies, ihr Männer, ist mein Schutz! Kommt es zum Äußersten, weiß ich mir zu helfen.«

»Ja, du hast Mut«, sagte Halef achtungsvoll. »Um also deine Ehre zu bewahren, willst du dich nötigenfalls selbst töten?«

»Wie bitte? Mich selbst töten? Ich denke nicht daran! Um meine Ehre zu bewahren, töte ich Saleh. Mein Vater hat mich vor der Gefährlichkeit der Viper gewarnt, doch mir tut sie nichts; ich habe sie aus ihrem Ei befreit. Will jemand sich an mir vergreifen, wird sie mich verteidigen!«

»Höre, Tapfere, selbst wenn du Saleh bezwängest, bekämst du den Zorn Aidschans oder Faris Abbas' zu spüren.«

»Das macht nichts. Im Gegensatz zu ihnen allen vertraue ich auf Gott, selbst wenn sie ihn Allah nennen. Wir wollen sehen, welcher der stärkere ist.«

---

1 Wüsten-Hornviper, *Cerastes cerastes*

Halef äugte zu den Wachen, die ob der Unterbrechung ihrer Pflichten fröhlich scherzten und eine Pfeife kreisen ließen. Also fuhr er fort:

»Du sprachst von deinem Vater. Wo ist er?«

»Er und meine Mutter werden in einem Zelte gefangengehalten, drüben, bei den Dattelpalmen. In deren Nähe befinden sich auch die gefürchteten Gruben. Dort hinein steckt Saleh alle, die für ihre Freilassung nicht genug bezahlen wollen oder sich ihm widersetzen. Die Verhältnisse sind entsetzlich. Zu viele Menschen teilen sich jeweils eine winzige Grube, deren Höhe kaum hinreicht, um darin gerade zu stehen. Auch wimmelt es von Ungeziefer, und der Blick zum Himmel ist eine Qual, weil über jede der Gruben ein hölzernes Gitter gelegt ist. Darauf brennt den ganzen Tag die Sonne, aber Wasser gibt es nur zweimal, und auch nur für die, welche es sich leisten können, die Wärter zu bestechen. Saleh trägt seinen Kriegsnamen zu Recht, er ist wirklich der Vater des Teufels. Mehr noch, er ist der Schlimmste der Schlimmen!«

Halef drängte zur Eile.

»Beeile dich, Mädchen, und sage noch, wie ihr hierherkamt.«

»Es geschah vor einigen Wochen. Von Tamanrasset aus waren wir einer Handelskarawane beigegeben, zu unserem Schutze, wie wir dachten. Aber in dem Zuge befanden sich Verräter, welche die Reisenden nach Osten ablenkten. Eines Abends, unweit dieser Oase, wie wir später erfuhren, da betäubten sie meinen Vater und die anderen Männer mit Hilfe eines Schlaftrunkes. Somit wurde es den Mordbuben leicht, uns im Verbund mit Faris Abbas' Soldaten zu überwältigen. Wer erwachte und sich wehrte, wurde an Ort und Stelle niedergemacht; wer seinen Verletzungen nicht erlag, wurde in Fesseln geschlagen und als Sklave nach Algier verkauft. Etliche der jungen Männer gingen frei, indem sie zu Salehs Garde übertraten. Uns verschonte man, weil wir als Geiseln galten, wertvoll genug, vielleicht ausgelöst zu werden.«

»Hat man euch etwas zuleide getan?«

»Anfangs behandelte man uns ordentlich. Aber bald begann

Saleh, ein Auge auf mich zu werfen. Um ihn milde zu stimmen, beging ich den Fehler, einige Schritte für ihn zu tanzen. Seitdem verfolgt er mich. Er läßt mir die besten Speisen servieren, aber ich will nicht essen. Seine neueste Grausamkeit ist es, dafür meine Eltern hungern zu lassen. Also esse ich doch. Wie gut, daß meine Schwester nicht mitgefangen wurde.«

»*Thank God*, sie vermochte zu fliehen?« erkundigte sich erstmals Sir Edward.

»Aber nein. Das ist ja das Gute, zugleich auch das Traurige: Meine Schwester befindet sich ebenfalls auf Reisen. Mein Vater wollte als nächstes nach den Vereinigten Staaten. So ist sie, die ältere von uns beiden, vorausgereist. Sie erwartet uns, weiß aber nichts von unserem Schicksal und kann uns darum keine Hilfe senden.«

»Höre«, sagte Halef, nachdem er sich kurz bedacht hatte. »Willst du uns nicht auch verraten, was es mit deinem Vater auf sich hat? Wer ist er, daß er sich in die Wüste begibt und dich und deine Mutter mitnimmt, indessen seine zweite Tochter allein nach Amerika reist? Bitte, habe Vertrauen. Öffne dich uns, vielleicht vermögen wir euch zu helfen.«

»Warum nicht? Ihr habt ein ehrliches Gesicht und ehrliche Augen. Ich weiß zwar nicht, wie ihr uns beistehen wollt, seid ihr doch wohl selbst Gefangene. Aber gut: Mein Vater ist Archäolog.«

»*Goodness me*«, erhitzte sich Sir Edward. »Archäolog ist Euer Vater? Nennt mir seinen Namen, Miss. Vielleicht kenne ich ihn!«

»Falls Ihr Kollege seiner Wissenschaft seid, ist das denkbar. Er heißt Hans Gustav Grüner und stammt aus Dänemark. Aber meine Mutter sowie meine Schwester und auch ich, wir sind Deutsche. Wir kommen aus einer Stadt in Sachsen, welche Dresden heißt.«

»Hamdulillah!« jubelte Halef leise. »Mein Sihdi stammt auch aus Alemanja, aus ebenjener Stadt, die du nanntest. Wie oft hat er mir davon erzählt!«

»Welch ein Zusammentreffen!« freute sich nun auch Erna. Dem Engländer zugewandt, fragte sie: »Kennt Ihr denn meinen Vater?«

»Persönlich nicht, aber ich habe etliche seiner Berichte gelesen, die über seine Ausgrabungen in der Nähe von Kairo erschienen sind; ich selbst erforsche Altertümer.«

»Aber mein Sihdi wird ihn kennen!« triumphierte Halef. »Er kennt einen jeden wichtigen Mann, wie erst jemand aus seiner Heimat. Doch genug! Die Askaris haben ihren Tschibuk[1] geschmaucht. Mädchen, folge ihnen ohne Widerstand, damit man dich zu deinen Eltern zurückbringt und du ihnen zu berichten vermagst. Sage ihnen, daß sie hoffen dürfen. Saleh mag denken, er hätte leichtes Spiel mit uns; ich werde ihn eines Besseren belehren. Allah wird mir beistehen, und dann wird die Schlange in deinem Beutel bald zuschnappen!« – – –

*

Nun trennten sich die Wege der Gefangenen.

Die Soldaten hießen Erna, eine Sänfte zu besteigen, behandelten sie aber mit Respekt. Sie schlossen die Vorhänge, und im Laufschritt brachten sie die Tänzerin zu einem Zelte nahe dem schattigen Seeufer, zu ihrem milden Gefängnis.

Halef und Sir Edward stand die angekündigte Züchtigung bevor. Weit um den »Palast« herum wurden sie, entlang den Ufern des ausgreifenden, von Mensch und Tier umlagerten Gewässers, durch die Oase geführt.

Erst jetzt zeigte sich, wie groß und wunderbar diese Insel im Sande beschaffen war. Mochte Saleh auch räuberisch gegen Reisende auftreten, er versäumte es nicht, mit seinem Reichtum an Wasser zu wuchern. An ausgedehnten Feldern vorbei führte man Halef und Sir Edward, an Rabatten und Gärten. Überall blühte

1 Tabak

und gedieh es in diesem Eden, weshalb es ein Rätsel war, weshalb seinem Beherrscher die vielen zusammengeraubten Schätze nur solch traurige Verhältnisse wie in dem Thronsaale erlaubten.

Der Fußmarsch endete bei einer Ansammlung von Hütten. Diese waren, entgegen der Landessitte, seltsam hoch gebaut, Pfahlhäusern gleich. Noch seltsamer war es, daß sich in ihrer Nähe kaum mehr eine Menschenseele blicken ließ. Als Halef und Sir Edward schließlich in die letzte, vom Palaste am weitesten entfernt gelegene Hütte geschoben wurden, erkannten sie, weshalb ein jeder die Gegend mied. Das Obdach jener Behausung bestand nämlich nur aus einem einzigen großen Raume. Aus dessen nacktem, festgestampftem Boden ragten die Stämme dreier brutal geköpfter Palmen. Um sie herum hatte man die Hütte errichtet, sie wohl überhaupt nur aus diesem Grunde erbaut. In Kopfhöhe der Stämme befanden sich massive Haken, die ohne Zweifel Fesselungszwecken dienten. Sonst beschränkte sich die Ausstattung wie in Salehs Refugium auf das Allernotwendigste. So gab es als einziges Mobiliar nur einen weiteren unansehnlichen Polsterstuhl sowie ein weiteres metallenes Becken. Hierin hatte man anstatt aromatischer Räuchereien ein Bündel Scheite zum Glühen gebracht; Holz von Bäumen, die keineswegs in der Oase zu finden waren. Es mußte sich also um Beutegut handeln. Schwerlich diente das geworfene Licht zum Zwecke der Beleuchtung, denn noch blendete die späte Sonne durch den Eingang. Sie stand schon tief, rotgolden drückte sie auf den See herab. Auf diesem wurde soeben ein Nachen herangerudert, in welchem der Vater des Teufels saß. Saleh wollte der Bestrafung also beiwohnen.

Um die Pfähle herum hatte ein ordnungsliebender Geist die schönste Auswahl an Werkzeugen bereitgelegt. Auf den ersten Blick waren diese mit viel zu groß geratenem chirurgischem Besteck zu verwechseln, und doch wies das Instrumentarium einen so starken Befall von Rost auf, daß an eine menschenfreundliche Verwendung kaum zu denken war. Skalpellartige Messer befanden sich darunter, Schaber und Raspeln, Zangen in unterschiedlichen

Längen und Größen, ferner Widerhaken für wahre Haifischmäuler sowie stilettartige Feilen. Zweifelsohne sollten sie zur weiteren Vorbereitung in das schwelende Feuer gehalten werden.

Wie zur Bestätigung der schlimmsten Ahnungen drang aus der Nachbarhütte ein furchtbarer Schrei. Ihm folgte ein zweiter, dritter, vierter; immer kürzer wurden die Abstände zwischen den Schmerzensrufen, bis sie in ein einziges langgezogenes Geheul übergingen. Für Minuten hielt es an und war einem Tiere eher verwandt als einem Menschen.

Genauso jäh verstummte es wieder. Unschwer konnte man sich ausmalen, was nebenan gerade geschehen war.

Mit gespieltem Ehrgeiz lauschten die beiden Wachsoldaten in die Stille. Der eine warf dem anderen einen bezeichnenden Blick zu.

»Karwan Baschi!« hohnlachte er gegen die Gefangenen.

»O ja, Karwan Baschi!« bestätigte feixend sein Kamerad.

Karwan Baschi – an dieser Bezeichnung erkannten Halef und Sir Edward, daß nebenan der glücklose Karawanenführer gefoltert wurde. Warum man sich an diesem zwar wichtigen, aber zugleich harmlosen Manne vergriffen und ihn bis zum Zustande der Bewußtlosigkeit gequält hatte, war leicht zu erraten. Seine Pein sollte helfen, seine jedenfalls in Hörweite gehaltenen Gefährten mürbe zu machen; es war ja abzusehen, daß nach dem Alten nun die Reihe an seine Unterführer und überhaupt an jeden einzelnen kommen würde. Um so eher mußten sie darauf bedacht sein, auf die Forderungen des »Emirs« einzugehen.

Dessen Nußschale hatte das Ufer des Gewässers erreicht. Eilfertig sprangen die Ruderer an Land, gefolgt von Aidschan und Faris Abbas. Ihre nächste hochherrschaftlichste Aufgabe bestand darin, dem Tyrannen in dem leicht schwankenden Boote ein majestätisches Aussteigen zu ermöglichen.

Am Eingang der Hütte, von den Nobilitäten unbemerkt, geschah indes etwas Unerwartetes. »Ibrahim, Danda!« rief mit unterdrückter Lautstärke eine Stimme. »Ibrahim und Danda, heraus!«

Dieser Ruf galt Halefs und Sir Edwards Wachen. Diese, unbedingten Gehorsam gewohnt, zögerten nicht und traten vor die Hütte. Für einen Augenblick waren die Gefangenen allein – allein und immer noch ungefesselt.

»Sir, es gilt. Wir müssen fliehen!«

»Langsam, Effendi. Bedenke, es gibt nur diesen einen Ausgang. Draußen erwarten uns die Soldaten, und wir sind unbewaffnet. Saleh wird jeden Moment mit seinem Gefolge eintreffen. Selbst wenn wir entkämen, müßten wir doch erst den Weg zum Palast zurücklegen, um uns der Kamele zu bemächtigen. Was dann? Sollen wir in die Wüste fliehen, ohne Wasser, ohne Vorräte, Faris Abbas auf unserer Fährte? Nein, Effendi, über unsere Freiheit wird nirgends sonst als hier entschieden, hier in dieser Hütte. Vertraue nur auf Allah oder deinen Gott, oder falls dir das zu schwer fällt, vertraue auf mich. Mein Plan ist gut, und ich bin der Richtige, ihn zur Ausführung zu bringen.«

Bei aller Skepsis war Sir Edward lebenserfahren genug, die Schlauheit zu bemerken, die aus Halefs Gesicht leuchtete. Schon zuvor, in dem Gespräch mit dem Mädchen Erna, hatte Halef eine Andeutung gemacht, daß er eine List verfolge, über deren Gelingen er unbedingt Gewißheit zu hegen schien. So beließ Sir Edward es bei einem weiteren englischen Seufzer sowie einer Frage, die Halef freilich verblüffte:

»Sagt, verehrter kleiner Sir, seid Ihr denn nicht hungrig? Seit heute morgen hat es für uns nur Hitze und Aufregung gegeben. Rechnet jene paar Schlucke Wasser hinzu, welche wir unterwegs genießen durften, sowie vorhin, im Palast, den Minztee, so bleibt bei einem jeden von uns ein großes Loch im Bauch. Mir selbst macht das Hungern und Dürsten nichts aus; mein Klappergestell verträgt es gut. Aber Ihr, Ihr scheint mir vom Fleisch zu fallen.«

»Effendi, sprich nicht so mit mir!« empörte sich Halef leise. »Du denkst an Essen, während ich auf Rettung sinne – schäme dich! In alle meine Pläne habe ich dich einbezogen, gleichfalls das Mädchen sowie dessen Eltern, am Ende die ganze Karawane; das ist ein viel größeres Ziel als alle Gaumenfreuden des höchsten Himmels zusammen! Nein, an Essen und Trinken mangelt es mir nicht; als ein Mekkapilger bin ich, wie du weißt, ganz andere Entsagungen gewohnt. Bedenke aber, was der Koran zu einer Lage wie der unseren in der elften Sure sagt. Er sagt dort nämlich – – – «

Leider war es Halef nicht vergönnt, auf seinem steinigen Wege der Bekehrung Sir Edwards fortzuschreiten, welcher als Christ nicht unbedingt wissen wollte, was nämliche Sure zu besagen hatte. Anstatt der längst zurückerwarteten Wachen steckte nämlich just ein anderer den Kopf zum Eingange herein.

»*Bismillah!*« rief eine bekannte Stimme. »Hier also steckt mein Hakim! Und gefangen bist du und in Todesgefahr, und doch zitierst du fleißig aus dem Koran. O mein Retter, wie stark muß dein Glaube sein, wie groß deine Weisheit! Ich eile dir zu Hilfe – ich, Walid, den du in der Wüste so wundersam errettet!«

Halef erkannte den Askari sofort, obgleich dieser ganz anders als zuvor gewandet war. Seinerseits stürzte er dem unverhofft erschienenen Verbündeten entgegen; fürwahr stand sein »Patient« vor ihm, im Gesicht immer noch einen Ausdruck treuherziger, tief empfundener Dankbarkeit.

Sir Edward überspielte seine Verlegenheit über diese Szene, indem er mit seinem Fernrohr, das Saleh ihm unbegreiflicherweise gelassen hatte, über die Schultern der sich umarmenden Männer hinweg ins Freie spähte. Dort machten sich eben die beiden bisherigen Bewacher auf den Rückweg.

Walid drängte vollends in die Hütte, um nicht in den Blickwinkel des am See angelandeten Salehs oder seiner Begleiter zu gelangen.

»Hakim, o mein Retter!« gab er Halef frei. »Vor deinen Füßen habe ich gekniet und dir Dank gelobt. Wenige Stunden ist es her, und nun bin ich hier, dir deine Hilfe zu entgelten. Gemeinsam mit meinen Brüdern und Vettern will ich euch retten: Die Peitsche des Mohren ist berüchtigt, aber seine Messer und Zangen können tödlich sein!«

»Warte!« Halef zog die Augenbrauen zusammen. Bei aller Verbindlichkeit bewahrte er doch stets seine Umsicht. »Sage mir erst, Walid, woher du überhaupt weißt, was geschehen soll. Wieso nehmen unsere Wachen vor dir, einem einzelnen, Reißaus?«

Die Miene Walids blieb so unschuldig-rein wie zuvor.

»Denke nicht an Verrat, o Hakim. Den Wachen habe ich vorgegeben, einen Befehl Salehs zu überbringen. Einem solchen ist unbedingt Folge zu leisten, wo doch ein jeder weiß, wie sehr unser Herrscher Ungehorsam bestraft. Lasse dir berichten: Gleich nach unserer Rückkehr bin ich dir und deinem Gefährten gefolgt, das heißt, soweit es die Gardisten im Palast zuließen. In den Thronsaal wollten sie mich nicht lassen, doch hinter dem Vorhange, durch den das Mädchen eingelassen wurde, habe ich die ganze Zeit gehockt und gelauscht und auch euer Verhör mitverfolgt. Dann, während des Tanzes, entfernte ich mich. Ich suchte meine Anverwandten und Freunde auf und beschrieb ihnen das Geschehene. Mit ihrer Unterstützung ist mein Entschluß gefaßt: Ich bringe euch in Sicherheit, genau wie ich es geschworen habe, koste es mich Hab und Gut, Freiheit und Leben!«

Angesichts dieser aufrichtigen Worte tat Halef zweierlei: Er legte eine Hand auf Walids Schulter und tätschelte diese freundschaftlich. Weil er fühlte, daß dies noch nicht Anerkennung genug war, umarmte er seinen Patienten ein weiteres Mal und herzte ihn wie einen Bruder.

»Dein Tun und deine Worte machen mich froh, Walid! Ich sehe, daß du es ehrlich meinst und ich keinem Unwürdigen beigestanden habe. Du bist von falschen Menschen geleitet worden und hast dich als Räuber verdingt. Du sollst jedoch bessere Zeiten sehen – und in besseren Verhältnissen leben.«

»Sir«, unterbrach ihn der Engländer. »Wenn ich einwenden darf: Saleh naht! Wenn wir fliehen wollen, sollten wir – – –«

»Effendi! Wer sagt dir, daß wir fliehen wollen? Mir eilt es damit nicht. Gedulde auch du dich, und habe weiter Vertrauen. Du aber, Walid, gefährde nicht dein Leben und das deiner Sippe.

Wenn Faris Abbas uns auch nur zusammen sieht, durchschaut er deine Absicht. Bleibe aber in der Nähe, und halte dich zum Eingreifen bereit. In kaum einer Stunde wird sich alles fügen. Dann wird Saleh sehr freundlich mit uns sein. Dann wirst du sehen, wie ich sein Wohlwollen genieße!«

*

Kaum war der brave Walid aus der Hütte gehuscht, traten zwei fremde Soldaten herein. Es mußte sich um besagte Verwandte oder Freunde Walids handeln, jedenfalls zwinkerten sie Halef und Sir Edward verschwörerisch zu, so als wollten sie sagen: Ihr und wir, wir gehören zusammen!

Dieser Austausch hätte nicht einen Wimpernschlag später vonstatten gehen dürfen. Schon setzten Saleh und seine Eskorte über die Schwelle. Für sie mußte es so aussehen, als wären die Gefangenen die ganze Zeit über von denselben Männern bewacht worden.

Saleh schien niedergeschlagene Mienen erwartet zu haben, doch was er sah, deutete ganz auf das Gegenteil. Selbst noch im Innern der Hütte und unter dem löchrigen Parasol, den Aidschan für ihn aufgespannt hatte, hob sich die Schreckensnarbe im Gesicht des Despoten hervor. Gegen Halef und Sir Edward hämte er:

»Hat Allah euch nicht genug Verstandes eingegeben? Begreift ihr nicht, daß ihr als Krönung eurer Züchtigung selbst je ein Zeichen auf die Stirne bekommt? Wie ich sehe, glühen die Eisen kräftig – sinkt euch der Mut bei ihrem Anblick? Aidschan! Einen Piaster für jeden Schrei, den du diesen Männern entlockst! Doch bevor wir hier beginnen, laß uns nach nebenan gehen und sehen, ob dein Stellvertreter den Willen des Karwan Baschi gebrochen hat. Du, Faris Abbas, stelle diese Kerle an den Pfahl, und binde sie nur recht fest; das Blut soll ihnen aus den Adern spritzen. Wenn ich ihnen schon das Leben schenke, so sollen sie für den Rest ihrer Tage an mich denken!«

Damit verließ Saleh nebst seinem Gefolge sowie Aidschan die Hütte. Bis auf die eingeschmuggelten Wachen war Faris Abbas mit den Gefangenen allein.

Eine seltsame Spannung lag in dem Raume.

Noch waren Halef und Sir Edward ja ungefesselt, und der Kommandant wähnte sich im Schutze treuer Askaris. Ihn zu überwältigen und als Geisel zu nehmen wäre nicht unmöglich gewesen. Doch da drehte sich in Faris Abbas' Händen bereits ein Strick, dann ein zweiter – die Fesselung sollte beginnen. Wenn überhaupt, mußte jetzt zur Tat geschritten werden.

Halef beließ es dabei, dem »Feldmarschall« prüfend in die Augen zu sehen. Den drängenden Blick Sir Edwards, der schier auf ein Zeichen wartete, spürte er wohl, und doch zeigte er Faris Abbas willig seine Hände. Dieser band ihn und fesselte ihn an den linken der drei Pfähle. Seinem Beispiele folgte Sir Edward, nicht ganz so demütig wie der ihm unbegreiflich gewordene Haddedihn, doch auch er leistete keine Gegenwehr. Ihm wurde der äußere, rechte Pfahl zugewiesen, der mittlere blieb frei.

Als sie nun beide, dem Eingange abgewandt, in Wehrlosigkeit dastanden, zückte Faris Abbas das Messer. Mit ein paar rohen Schnitten zerteilte er jedem Mantel und Untergewand, bis jeweils der Rücken freilag, um so dem Sjambok ein sicheres Ziel zu bieten. Zuletzt nahm er Halef den Turban vom Kopfe und Sir Edward das Tuch.

Gebannt verfolgten die Wachen, die doch heimliche Verbündete waren, das Geschehen. Sie vermochten nicht zu begreifen, weshalb die bisher so Unbeugsamen keine Gegenwehr zeigten – war es zum Eingreifen nicht schon zu spät?

Faris Abbas trat einen Schritt zurück. Wohlgefällig betrachtete er sein Werk, ehe er sich dicht hinter Halef begab, ihn um zwei Haupteslängen überragend. Für die Wachen unhörbar, für Halef aber laut genug, so daß auch Sir Edward ihn verstehen konnte, sagte er:

»Ich weiß, warum du gelassen bleibst, falscher Arzt und Heiler.

Die Nähe zu Walid und seinen Abtrünnigen draußen und in der Hütte beruhigt deine Sinne. Du hoffst auf ihre Hilfe, wenn es zum Äußersten kommt, doch wie sehr täuschst du dich – denkst du wirklich, er hätte Zugang zum Palast erhalten, wenn nicht jemand Bestimmtes es so gewollt hätte? Denkst du des weiteren, der kurze Weg vom Ufer hierher hätte so lange dauern müssen, wie er gedauert hat? Ich weiß, immer noch wäre es dir lieb, wenn man dich und deinen Begleiter für Dummköpfe hielte, welche man nach ein paar Peitschenhieben davonjagt. Doch schon einmal habe ich dir gesagt, mich täuschst du nicht. Es wird dich überraschen: Ich habe Pläne – Pläne mit euch!«

»Und dich wird es überraschen, daß auch wir Pläne haben«, gab Halef ungerührt zurück. »Pläne mit dir, Faris Abbas.«

»Das sagst du nur, um mich irrezuführen.«

»Aber Faris Abbas, wie sollte mir das gelingen? Bist nicht von uns dreien du derjenige, der in dieser Kunst die größte Meisterschaft besitzt? Ein stolzer Mann wie du muß Gründe haben, sich vor Saleh auf den Bauch zu werfen, wie wir alle es vorhin, im Palast, sehen konnten; Gründe, die über Gehorsam und Ergebenheit weit hinausgehen; Gründe, die von hier bis nach Algier reichen – – –«

Faris Abbas stutzte.

»Was weißt du von Algier?«

»Etwa, daß hier so mancher dem dortigen Dey Rang und Besitz neidet – – –«

»Das tut ein jeder, das ist nichts Neues. Überhaupt, du redest irr. Mich lockt Algier nicht. Man kann mit dem Leben in der Oase zufrieden sein.«

»Ja, man kann aber auch sehr ärmlich in ihr wirken, wenn man nämlich seine Mittel für ein ganz anderes, viel größeres Ziel aufspart – – –«

»Du redest irr!«

»Das sagtest du bereits. Dabei vermeide ich es, Namen zu nennen. Einer allerdings könnte der deines Herrn sein, ein anderer der deine. Denn hier, in Dschunet, haust Saleh nur. In Algier wird er residieren – im Palaste des Deys; ja, er selbst wird Dey sein, wenn er sich gegen ihn empört. Denkst du nicht auch, daß dies sein größter Wunsch ist?«

Faris Abbas schwieg weiterhin, rollte aber mit seinen dunklen Augen.

Leise, mit der beschwörenden Stimme eines Sehers fuhr Halef fort:

»Ja, so könnte es kommen: Saleh rüstet zum Sturm auf die Stadt, was viel Geld kosten wird – Geld, das er Reisenden abpreßt. Zudem ist sein Herz entflammt – für eine Christin, für das Mädchen aus Alemanja.«

»Das Mädchen?« Faris Abbas löste sich aus der Starre. »Das Mädchen bedeutet ihm nichts. Erst müßte sie zum Islam übertreten, denn nur als Moslemin könnte Saleh sie freien.«

»Müßte – könnte – wie leicht kann dennoch alles dies geschehen. Nichts davon, o Faris Abbas, wäre zu deinem Vorteil. Vielleicht würdest du in Algier mehr Soldaten befehligen, auch höheren Sold erhalten. Aber herrschen würdest du nicht. Es sei denn – – –«

»Was meinst du, Hakim?«

»Ach, bin ich wieder Hakim? Das freut mich! Nun, als solcher sehe ich nur eine Kur für dein wundes Herz: Du selbst mußt Dey werden – und die Ungläubige heiraten, denn du liebst sie!«

»Was – was – – –?«

Offenen Mundes verfiel Faris Abbas wieder in sein abwesendes Schweigen.

Halef, der ihn weiter hinter sich wußte, faßte sich in Geduld, während ihm Sir Edward, der jenen wenigstens von der Seite sehen konnte, Kopf, Nase und Warzen zuneigte. Auch er hatte bemerkt, wie sehr es nach Halefs letzten Worten in dem Manne arbeitete.

»Gut«, sagte dieser. »Hast du dein Spiel also auch mit mir gespielt, wenngleich vergeblich. Wenig genug weißt du und spinnst dir dafür um so mehr zusammen. Dennoch will ich gnädig sein und dir einen Weg bezeichnen, auf dem ihr eurem blutigen Schicksale entrinnen könnt.«

»Nein, o Feldherr und Paladin, das will ich nicht. Ich ahne viel und weiß bereits mehr, als du denkst. Verschonen willst du uns, zu Verbündeten machen, damit du dich gegen Saleh erheben kannst. Daß zwei einzelne Männer sich an deine Truppe gewagt haben, hat dich von unserem Kampfeswillen überzeugt. Und doch sind auch wir für deine Zwecke noch nicht genug. Nach allem, was du im Palast gehört hast, hoffst du auf einen weiteren, einen dritten Kämpfer, einen noch viel schlaueren, gewitzteren, als wir zusammen es sind. Nur mit ihm, glaubst du, könntest du deine Pläne verwirklichen. Warte, schon in wenigen Augenblicken soll dir Gewißheit werden!«

*

Halef hatte diese Worte gerade gesprochen, da betrat Saleh wieder die Hütte.

An dem ärgerlichen Grunzen, welches er seinen ungeduldigen Schritten vorauswarf, wurde deutlich, wie wenig ihm der Zustand des nebenan gemarterten Karwan Baschi Freude bereitete. Entsprechend unterwürfig gab sich Aidschan, indem er sofort, Faris Abbas' Gegenwart nicht beachtend, an dem mittleren, unbesetzten Pfahl seine Peitsche, den Sjambok, ausprobierte. Etliche Male zischte und pfiff das entsetzliche Leder, unterbrochen von dem Knacken des gewiß nicht weichen Palmenholzes.

»Brav, Aidschan!« brummte der Vater des Teufels. »Solche Hiebe erwarte ich von dir. Nimm dir zuerst den langen Engländer vor, der in meinem Lande spioniert. Dann, wenn deine Gelenke warm sind, zählst du dem Kleinen, diesem Günstling Kara Ben Nemsis, sein Maß auf. Haben beide ihre Streiche erhalten, brennst du ihnen mein Zeichen auf die Stirn. Doch denke daran, gepeinigt will ich diese Männer sehen. Die Gnade der Ohnmacht, mit der dein Stellvertreter den Alten erlöst hat, verdienen sie nicht, denn sie sind – – –«

Jemand rief dazwischen:

»Nein, diese Reihenfolge gefällt mir nicht, mit mir muß angefangen werden!«

Saleh trat zu Halef, denn kein anderer hatte diese Worte gerufen.

»Sohn einer Hündin, sehnst du dich so sehr nach Schmerzen, daß du dir die Peitsche als erster wünschst?«

»Ja, das tue ich. Peitsche nur mich zuerst, damit ich gewahr werde, ob ich wache oder träume. Denn Saleh, du verwunderst mich. Die Herrschaft des Deys stellst du in Frage, indem du dich selbst Herrscher eines ganzen Landes nennst, das doch nur eine Oase inmitten von lauter Sand und Steinen ist. Auch drohst du mit dem Vergiften der Quellen, die du doch nur besitzt, die dir aber nicht eignen und gebühren. Sie gehören allen Menschen, allen, die den Mut besitzen, die Wüste zu durchqueren. Und gar die Felsen des Tassili! Wiederum der Dey von Algier, unter dessen langer Regentschaft gewiß auch du geboren wurdest, der Dey erlaubte den Ungläubigen, also auch den Deutschen, den Engländern, den Franzosen[1], dieses Gebiet, das du als das deinige bezeichnest, zu durchstreifen. Was sie fanden und was immer auch der Engländer neben mir finden wird, das gehört nicht dir, gehört überhaupt keinem Sterblichen, das gehört Allah. Willst du dich nach dem Dey auch gegen den Allmächtigen erheben, gegen den Barmherzigen und Erbarmer?«

»Der Dey geht mich nichts an«, sagte Saleh. »Algier ist weit, so weit wie der Mond. In meiner Oase bin ich selbst ein Dey, ein Dey der Tuareg, ein Sultan! Ich stamme von den Imanan ab, von denen man weiß, daß jeglicher Ruhm in der Welt von ihnen begründet wurde. Denn unser Urahn war ja niemand andres als der Prophet.«

»Wenn du zu den Tuareg gehörst, Saleh, weshalb trägst du dann keinen *Tagelmust,* den Gesichtsschleier? Und wenn du ihr Anführer

1 1850 durchforschte Heinrich Barth den Gebirgszug, 1860 Henri Duveyrier.

sein willst, wieso ähnelt deine Kleidung nicht im geringsten derjenigen dieses stolzen Volkes? Weshalb ist die Farbe deiner Haut um so vieles heller als die jener, auf die du dich berufst? Ich gebe dir die Antwort: weil du gar kein Tuareg bist. Diese sind wohl Kämpfer, ja, aber niemals würden sie Reisende angreifen, sie ausrauben und in die Sklaverei schicken. Niemals würden sie das Morden und Plündern dem Handel und der Gastfreundschaft vorziehen; niemals würden sie sich über andere erheben, indem sie das größte Geschenk, das Allah dem Menschen beschert, für sich allein beanspruchen. Einen Wegzoll würden sie fordern, so ist es Sitte. Doch eine ganze Karawane gefangenzusetzen, wie deine Patrouille es getan hat, zu einer solchen Tat würden sie sich nicht unterstehen.«

Mit diesen Worten schien zwischen Saleh, Aidschan und Faris Abbas ein Wettkampf darüber ausgebrochen zu sein, wessen Mund am weitesten offenstehen könnte. Dabei hatte Halef sich erst in Schwung geredet.

»Abu Saleh! Als einer, der viel herumgekommen ist, will dein Antlitz mich nicht recht an die Tuareg erinnern. Eher denke ich bei dir an einen Menschenschlag, wie er um Akaba[1] herum lebt, von woher auch dein Neffe stammt. Ja, mir ist, als hätte ich dich dort einmal gesehen. Der Allmächtige weiß, wie du dich in den Besitz dieser Oase gebracht hast. Er weiß aber auch, daß du verloren bist, wenn du weiter Seiner Gebote lästerst und Reisenden die Freiheit nimmst, sie quälst und ihren Besitz raubst. Saleh, gib diese Perle aller Oasen frei, desgleichen deine Gefangenen und also auch uns beide, oder du lädst untilgbare Schuld auf dich!«

Damit schwieg Halef vorerst.

Waren schon seine Worte ziemlich starke gewesen, so hatte er mit seiner Forderung nach Freilassung den Bogen überspannt; mit Absicht, wie seine entschlossene Miene zeigte. Entsprechend verwandelte sich Salehs Verblüffung in Zorn.

»Fremder, deine Mutter hat den Sohn eines Esels großgezogen!

1 Stadt am Roten Meer in Jordanien

Was mir gehört, gebe ich nicht wieder her; immer mehr muß es werden, noch viel mehr. Geld kauft Gold, und Gold blendet die Augen. Sein Besitz stählt das Herz des Menschen und hebt ihn über die Menge hinaus. Schon bald werde ich genug davon besitzen, um eine ganze Armee auszurüsten. Dann ist die Zeit reif, die Franzosen und ihre Speichellecker aus Algier hinauszuwerfen. Ein solches Ziel ist dir, Eselssohn, natürlich fremd. Davonjagen werde ich die gottlosen Besatzer, sie ins Meer treiben, zurück in ihr eigenes, verzweifeltes Land, aus welchem herüber sie uns Krankheit, Not und Elend brachten. Dann wird der Tribut eines jeden, der je meinen Weg gekreuzt, nur das Lösegeld für unsere Freiheit gewesen sein. Wie kannst du, Unwürdiger, es wagen, mich darum eines Verbrechens, gar mehrerer zu zeihen. Noch die Kindeskinder meiner Untertanen werden mich für ihre Freiheit preisen, und mein Name wird die Zeiten überdauern, denn ich bin gesund und werde älter als Methusalem und reicher als Nebukadnezar mitsamt seinen drei Nachfolgern. Ich sollte dich köpfen und anschließend dein Haupt pökeln lassen. Sollen sich die Hunde daran sattfressen!«

»Tue es, Saleh, so kommen wenigstens sie zu Kraft und Verstand. Mein Leben liegt in Allahs Hand, nicht in deiner. Peitsche mich also, geschwind, auf daß mir möglichst schnell entfällt, wann und wo ich deinen ärgsten Feind wiedersehen wollte.«

Nun stutzte Saleh.

»Wie, du sprichst von Kara Ben Nemsi?«

»Von ebendiesem«, sagte Halef schnell. »Noch erinnere ich mich an ihn – war er nicht unlängst in Akaba? Tötete er dort nicht deinen Neffen Ayman?«

»Erwähne Ort und Namen nicht; du bist es nicht wert! Kara Ben Nemsi – ist er denn nicht längst tot, verschollen, von der Hölle verschluckt?«

»Nein, o Saleh. Anders als dein unglücklicher Neffe ist er am Leben und befindet sich wohl. Allerdings, ihn niemals wiederzusehen wird mir größere Pein bereiten, als selbst der Sjambok Aidschans es vermag. Sobald du uns nämlich gezüchtigt und gebrandmarkt hast, haben wir Dienst in deiner Armee zu versehen, wie du es bestimmt hast. Kara Ben Nemsi wird also umsonst auf mich warten. Vergeht die kurze Spanne Zeit, um die herum wir uns vereinbart haben, zieht er seines Wegs – für immer.«

Diese Neuigkeit wirkte.

Hatte Saleh sich bisher als unantastbar gegeben, so verriet sein Zögern erstmals Zweifel. Sich des Gehörten vergewissernd, packte er Halef am Genick, vermied aber allzu große Härte.

»Wann und wo sollst du dem Christenhund begegnen?«

»Hier im Tassili-Gebirge ist es bereits zu spät. Weil wir kein Wasser finden konnten, versäumten wir die nämliche Woche, so daß Kara Ben Nemsi wohl weiterzog. Als wir den vereinbarten Ort erreichten, fanden wir lediglich Spuren seines Lagers. Jetzt gibt es überhaupt nur noch eine einzige Möglichkeit, ihn zu treffen, aber die ist leider ganz ausgeschlossen.«

»Was ausgeschlossen ist, bestimme ich. Nenne den Ort!«

Halef, mit der Unschuld einer Nachtigall, sagte nur ein einziges Wort, das aus drei Silben bestand:

»Amerika!«

Mit einer Bewegung, die Abscheu und Enttäuschung zugleich ausdrückte, stieß Saleh den Gefangenen gegen den Pfahl.

»Amerika!« wiederholte er finster. »Genausogut hättest du sagen können: die Sterne. Nun ist der Mörder meines Neffen für mich verloren, verloren, verloren!«

»Ja«, setzte Halef nach. »Das denke ich auch. Deshalb bat ich ja, mir zuerst die Peitsche zu geben. Laß uns gemeinsam Tränen vergießen, ein jeder über ein und denselben Mann. Vorwärts, Aidschan. Tue deine Pflicht, zögere nicht. Schlage tüchtig zu!«

Aidschans Mohrenkörper durchlief ein konvulsivisches Zukken, weil er es doch gewohnt war, einem jeden Befehl zu gehorchen, selbst wenn er von einem Fremden kam. Aber er beherrschte sich, weil er dieses Widerspruchs offenbar gewahr wurde. Nur ein zutiefst unglücklicher Seufzer kam von ihm, wie um seine und Salehs Stimmung geräuschvoll zu illustrieren.

»Wie weit ist es bis nach Amerika?« ließ sich da eine neue, ganz andere Stimme hören.

Soweit seine Fesseln es erlaubten, drehte Halef sich nach dieser Stimme um, aber als Sprecher dieser Worte erblickte er – Saleh. Für einen weiteren Moment nahm das sonst so machtvolle Organ des Despoten den Klang eines sehnsuchtsvollen Kindes an:

»Wie lange benötigt eine Dau[1] für den Weg nach Amerika?«

Halef, sich dem Pfahle zuneigend, lächelte still, was niemand sah. Zur Antwort gab er:

»Keines, o Saleh, keines unserer Schiffe kann eine solche Fahrt bestehen. Hätte man je von einem Araber, einem Beduinen, ja von einem Targi gehört, der unseren Kontinent verlassen und Amerika erreicht hätte, selbst nur England? Umgekehrt geschieht es jeden Tag. Seit den Kreuzzügen sind die Ungläubigen im Bunde mit dem Wasser – Wasser, das auch du, o Saleh, im Überfluß besitzt, welches in deinem Reiche aber gerade ausreichend ist, um mit einem Nachen überquert zu werden. Es sei denn – – –«

»Ja?« Salehs Augen leuchteten auf.

»Es sei denn, man verfügte über eines der fremden Schiffe, wie sie im Hafen von Algier liegen. Frage den Effendi neben mir. Er besitzt ein solches Schiff. Zwar kennt er Kara Ben Nemsi nicht, aber er ist tapfer und könnte die Reise wagen.«

»Unsinn«, wehrte Saleh ab. »Du allein bist mit Kara Ben Nemsi bekannt und vertraut. Lasse ich den Engländer gehen und behalte dafür dich, so segelt er mir auf und davon. Lasse ich euch beide gehen, verliere ich doppelt. Nein, es ginge nur andersherum: Er, der Engländer, müßte dir sein Schiff geben, aber er müßte in meinem Gewahrsam verbleiben. Du allein wärst der Mann, der eine solche Fahrt antreten könnte.«

»Selbst wenn ich es täte, o Gebieter, so müßte ich nach meiner Ankunft erst dies weite Land Amerika durchqueren, um an irgendeinem Punkte zu meinem Sihdi zu gelangen«, scharmierte Halef.

---

1 ein- oder zweimastiger Segelschiffstyp mit einer Traglast bis zu 80 Tonnen

»Viele Wochen wird es dauern und viele Piaster kosten, welche dort Dollars heißen und nach einem anderen Wert gerechnet werden. Meine Mittel sind erschöpft. Die Bücher Kara Ben Nemsis in deiner Oase zu verkaufen wird kaum möglich sein, du verbietest ihren Gebrauch. Ohne Geld indes – – –«

»Geld, Geld!« wiederholte Saleh knurrend. »Was immer es kostet, das Schiff des Engländers zu entsenden und dich durch das ganze Land der Ungläubigen zu schicken, ich würde es hergeben; meine Rache ist mir kostbarer als Geld. Doch selbst wenn ich es täte – wenn ich wollte – wenn ich mich entschiede – – –«

Saleh studierte, und Aidschan seufzte.

»Selbst wenn ich es wollte, es wäre doch vergebens. Träfest du nämlich Kara Ben Nemsi, er müßte sofort vor Angst erzittern. Sobald du mich ihm beschriebest, ihm meine Körpergröße nenntest und auf meine Muskeln und meine Kraft hinwiesest, würde er zu weinen beginnen wie ein Säugling, wenn ein Gewitter naht. Überall bin ich ja ein gefürchteter Held und Kämpfer, er aber ist nur ein Fremder und Meuchler. Hätte man je gehört, daß Kara Ben Nemsi über eine Oase herrscht?«

»Das ist allerdings wahr«, nickte Halef.

»Flüstert man seinen Namen mit Furcht und Schaudern?«

»Gewiß nicht«, pflichtete Halef bei.

»Und besitzt er für jedes Sandkorn, das zwei mal zehn Hände zu fassen vermögen, ein Goldstück – türkisches Gold?«

»Leider nein«, stimmte Halef wieder zu.

»Siehst du! Nie würde er dir folgen und hierherkommen. So sehr überlegen bin ich ihm, daß er sich von Anfang an verloren geben wird.«

»Doch Saleh, du vergißt, daß Kara Ben Nemsi ein Ungläubiger ist.«

»Nur daran denke ich! Furchtsam sind sie, die Ungläubigen, sobald ein Sohn Allahs das Schwert gegen sie erhebt.«

»Furchtsam, sagst du, ein Christ? Gerade ihnen erlaubt ihr Unglaube eine solche Regung nicht. In ihrem für heilig gehaltenen

Buch werden sie sogar zum Kampfe ermuntert, besonders dann, wenn er aussichtslos erscheint. Mein Sihdi sagt, ein Christ müsse gar, so der Feind ihn auf die eine Wange schlage, diesem die andere bieten.«

»Welch Narren doch die Christen sind«, fand Saleh zu seinem gewohnten Baß zurück, was Aidschan mit einem ebensolchen Seufzer komplimentierte. Und er sagte:

»Du meinst also, Kara Ben Nemsi würde das Schiff besteigen und sich hierherbegeben? Er würde sich in meine Klinge stürzen, nur weil die Verblendung seines Glaubens ihm Tapferkeit befiehlt? Ja, wenn ich es recht bedenke – was du sagst – wie du es vorbringst – es könnte wahr sein. Fanatisch sind die Giauren immer gewesen, genug Beispiele dafür hat man erlebt – – –«

Angestrengt sann Saleh weiter, und Halef hütete sich, ihn dabei zu stören, seinem Gegner die kunstvoll ausgelegte Leimrute fortzuziehen. Schließlich sagte der Vater des Teufels:

»Was, wenn ich dir befehle, die Reise zu unternehmen und mir Kara Ben Nemsi herbeizuschaffen? Ich müßte allerdings die Gewähr haben, daß du Wort hältst. Zur Sicherheit würde ich deinen Freund als Geisel behalten und ihn köpfen, falls du der Frist, die ich dir auferlegen müßte, nicht genügst. Und ich könnte dir einen weiteren Grund geben, mich nicht zu betrügen. Was, wenn ich die Bücher deines Herrn überall dort verteilte, wo im Kampfe Blut fließt, bei den Leichen unserer Feinde? Deren Angehörige müßten denken, Kara Ben Nemsi und du, ihr wäret Räuber, die sich über unschuldige Reisende hermachten. Unweigerlich müßtet ihr der Blutrache verfallen, bei einem jeden Stamme. Das wäre ein unbedingter Grund, dein Wort einzulösen – gibst du es?«

Hatte Halef bisher mit bewundernswertem Geschick und unglaublicher Geschwindigkeit auf sein Ziel hingearbeitet, Saleh mit seiner Rachgier zu übertölpeln, so durfte er nun nicht den Fehler begehen, dem Lauernden allzu schnell zuzusagen. In dem kunstvoll gespielten Zögern und Wägen, das er darum auf jene Frage zeigte, war die – selbstverständlich gespielte – Qual eines längst Entschiedenen, jedoch die Tragweite seines Tuns sehr wohl Erkennenden zu sehen. Allerdings hatte Halef auch Sir Edwards Lage zu bedenken. Dieser würde, wie von Saleh gefordert, als Geisel zurückbleiben müssen, viele Monate lang, während der Ausgang von Halefs Exkursion ungewiß war. Sir Edward, der »Effendi«, war jedoch, genau wie der »verehrte kleine Sir«, ein Mann der Tat. Wenn sein einstweiliges Verbleiben in Gefangenschaft der einzige Weg aus derselben heraus war, so würde er sich eben dreinschicken, darauf durfte Halef zählen. Und er tat es, denn er sagte:

»Ja, Saleh! Ich werde die Reise auf mich nehmen. Ich gebe dir mein Wort, alles zu versuchen, Kara Ben Nemsi in Amerika zu finden. Selbst wenn es mir mißlingt, ihn dort aufzuspüren, wirst du mich wiedersehen, denn die Haddedihn stehen zu ihrem Wort. Doch sieh – meine Kleidung. Soll ich in Fetzen nach Amerika ziehen?«

»Wie ein Pascha sollst du reisen«, verkündete Saleh begeistert. »Das neueste, feinste, beste Gewand aus meinen Truhen erhältst du. Bringe mir nur Kara Ben Nemsi!«

»Du sollst ihn kennenlernen, o Saleh. Aber mein Reittier ist abgetrieben, und das Dromedar lahmt bereits. Auf diese Weise wird es allein Wochen dauern, bis ich Algier und das Schiff erreiche.«

»Sorge dich nicht. Du wirst auf einem meiner vorzüglichsten Kamele reiten. Der Christenhund muß mein werden!«

»Jedoch Geld, o Saleh? Die Reise währt lange.«

»Aidschan wird dir zwei Beutel voll Piaster geben, nein drei, vier! Mache dir die Beschützer dieses feigen Kara Ben Nemsis mit Bakschisch gefügig, daß sie ihn dir ausliefern.«

»Gut. Und meine Waffen?«

»Auch diese bekommst du zurück, dein gesamtes Eigentum. Dagegen nicht die Bücher des lästerlichen Christen und auch nicht deine Revolver.« Er warf einen Blick auf Faris Abbas und die beiden Trophäen in seinem Gürtel. Sie ihm wegzunehmen wäre einer Degradierung gleichgekommen. »Nun, deine Revolver verbleiben als Pfand bei meinem Feldherrn, bis du wieder vor mir stehst, und zwar mit Kara Ben Nemsi an der Kette wie ein Raubtier. Ein Duell wünsche ich mir mit ihm, ein kurzes, schnelles, grausames!«

»So willst du dich also mit ihm messen. Das ist eine gute Idee. Was aber, wenn er dich besiegt?«

Da lachte Saleh, als hätte Halef etwas ganz Unvorstellbares gesagt.

»Daran ist nicht zu denken! Noch hat ein jeder meiner Feinde mein Messer zu spüren bekommen. Dein Kara Ben Nemsi ist unbedingt verloren. Ich steche ihn, lasse ihm aber noch für eine Weile das Leben. Die Ziegen sollen ihn zu den Ufern des Sees zerren, zu der Stelle, an der die Kamele saufen. Dort ertränke ich ihn.«

»So löse nur meine Fesseln, o Saleh, und ich spute mich, der Gerechtigkeit zum Siege zu verhelfen. Welche Frist gewährst du mir?«

Wie schon erwähnt, befand man sich im frühen Juli des nämlichen Jahres. Nach der komplizierten islamischen Zeitrechnung nannte Saleh einen Zeitraum, der etwa unserer Jahreswende entsprach. Halef hatte also weniger als sechs Monate Zeit, der Gerechtigkeit, wie er listig versprochen, zum Siege zu verhelfen.

Und er war noch nicht zufrieden.

»O Saleh, was wird aber aus den Menschen der Karawane, aus dem Karwan Baschi?«

»Sie? Ihr Leben kümmert mich nicht. Der Preis für ihren Kopf ist genannt; ein kleiner Teil der Männer mag mit dir nach der Stadt ziehen, um dort den fehlenden Rest auf das Lösegeld zu besorgen. Der Karwan Baschi lebt, kann aber nicht fort. Bis zu seiner Freilassung sollen seine Leute ihn pflegen.«

»Und schließlich«, versetzte Halef. »Was wird aus meinem Freunde?«

Nicht nur Sir Edward, auch Saleh und Faris Abbas bemerkten,

daß Halef erstmals nicht mehr nur von dem Engländer oder seinem Gefährten gesprochen hatte.

Saleh, in einem Tone aus löblichstem Großmut wie höchster Gier, sagte:

»Weil ich dich zuversichtlich stimmen will, befehle ich, daß dein Freund nicht zu den anderen hinab in die Grube muß. So er bezahlen kann, wird er gute Unterkunft haben, reichlich zu essen und zu trinken, und er wird sich frei bewegen dürfen. Falls er zu fliehen versucht, mag er wissen: Sein Gefängnis ist nicht die Oase, sondern die Wüste. Du aber bist jetzt mein Bote. Noch heute brichst du auf, säume keine Stunde! Es verlangt mich nach dem Blute von Kara Ben Nemsi!«

Damit war alles gesagt. Mit dem eigenen Messer durchschnitt Saleh die Fesseln Halefs; Sir Edward zu befreien war unter seiner Würde. So blieb es dem verdutzten Aidschan überlassen, dies zu tun. Als Haushofmeister hatte er sämtliche Befehle vernommen und sich umgehend danach zu richten, doch konnte er nicht umhin, nochmals einen Seufzer in dissonantestem Moll von sich zu geben, als er erkannte, daß seine Nilpferdpeitsche mitnichten gebraucht würde.

Kurz darauf strebten Herrscher und Troß wieder dem Gewässer entgegen, welches wie ein brennender Teich im Schein der kurzen Dämmerung lag. Wie sie gekommen waren, ruderten die Räuber zu dem nunmehr von Fackeln beleuchteten »Palast« zurück, in einem engen, schwankenden Bötchen, in das kein aufrechter Elbschiffer seinen Fuß gesetzt hätte.

*

Halef – mein Halef! So war er, dieser kleine unvergleichliche Kerl!

Obschon in ausweglos scheinender Lage, erschöpft und an den Händen gebunden und von Feinden umringt, blieb er doch unerschütterlichen Geistes und Gemüts. Anders ja als die meisten seiner Glaubensbrüder, die sich in Gefahr oftmals in den Fatalismus des Orients dreinschickten und Kismet riefen, wo beherztes Handeln noch Rettung bringen könnte, da trug der kecke Haddedihn in sich ein, ich möchte fast sagen: christliches Element, gleichwohl ohne es zu ahnen. Gewiß, als wir uns zum ersten Male begegneten, war er, der Moslem, einer der glühendsten Verehrer Allahs. Dennoch besaß dieser Naturmensch bereits zu diesem Zeitpunkt die schönsten Anlagen zu einem bedeutenden Stammesfürsten, der er seiner Sippe ja auch wurde. Will ich selbst neun von zehn Teilen seiner hier geschilderten Erlebnisse als Ausschmückung und somit Übertreibung streichen, es bliebe genug Wahres übrig, was kein Schriftsteller sich ausdenken könnte, und wäre er noch so phantasievoll.

Ist es denn vorstellbar, daß zwei Männer in der geschilderten Lage eben nicht verzweifeln, der eine von ihnen sogar jede Rettung ausschlägt, nur um im letzten Moment eine Züchtigung nicht nur abzuwenden, sondern die Wut seines Bezwingers in einen Triumph ohnegleichen zu verwandeln? Selbst der gewiefteste Diplomat hätte diese Sache nicht kunstvoller drehen, kein General einen glanzvolleren Sieg erringen können.

Überstrahlt wird diese Tollkühnheit Halefs von einem ganz bestimmten Gedanken. Wie wunderbar, gebe ich zu bedenken, wie wunderbar war es, daß er und ich einander überhaupt begegnet sind; wie wunderbar aber auch, daß ich es war, der zum Lehrer dieses begabten jungen Mannes werden durfte, und er, der vormalige Diener, mir recht bald zum treuen Freunde. Schon deshalb bleibe man mir fern mit der schon erwähnten orientalischen Schicksalshörigkeit. Unser christlicher Gedanke an Fügung erscheint mir als der zwingendere: Gottes Werk vollzieht sich für gewöhnlich in der Stille, er nimmt sich Zeit und schafft um so Erstaunlicheres.

So auch bei Halef, der nach unseren Maßstäben Heide war.

Fürs erste hatte er sich aus den Klauen Salehs befreit, seinen Gefährten wenigstens vor Mißhandlung bewahrt und sich nach Kräften für die Karawane eingesetzt. Nun sollte er, ausgerechnet mit Salehs Gelde, Gelegenheit erhalten, eine Fahrt zu unternehmen, die ihn in den Wilden Westen führte, zu Kara Ben Nemsi *und* zu Old Shatterhand – und zu Winnetou!

Aber ich will den Ereignissen nicht vorgreifen. Wenigstens nicht mehr, als ich sage, daß mein Erstaunen über Halefs Fähigkeiten nochmals gesteigert wurde, sobald ich ihn und mich selbst in einem Abenteuer wiederfand, für welches um so mehr das schon Gesagte gilt: Was das Leben für mutige, entschlossene Menschen bereithält, das kann der talentierteste Erzähler nicht erfinden.

*

Leer war es geworden in der Folterhütte. Selbst Walids Verbündete waren vor die Tür getreten, weil ja Saleh die Gefangenen nun gewissermaßen freigegeben hatte, ihre Bewachung also nicht mehr erforderlich war. Halef und Sir Edward, glücklich von ihren Fesseln erlöst, rieben sich die wunden Handgelenke, ehe sie einander, lange und wortlos, in die Arme fielen.

»*Thunderbolt and lightning,* Blitz und Donner! Verehrter kleiner Sir, wie hat sich alles verändert, nein, wie habt *Ihr* alles verändert! Wenn ich bedenke: Faris Abbas – ein heimlicher Empörer. Saleh – ein heimlicher Feind des Deys von Algier. Und Ihr – ein Intrigant erster Ordnung. *Miracles and wonders,* steckt der Kerl in der Klemme und soll aufs Blut gepeitscht werden, doch eine jede Hilfe schlägt er aus, nur um im allerletzten Moment seinem Peiniger die Freiheit abzuschwatzen, obendrein auch Kamel, Eskorte, Geld und Bekleidung. Sir, wie Ihr das gemacht habt, wie Ihr diesen Teufelsvater oder Vaterteufel herumgekriegt habt, daß selbst sein Mohr erbleichte – Sir, das war – das war – – –«

»Heldenhaft?« soufflierte Halef in Siegerpose.

»Nein, Sir, heldenhaft ist zuwenig. Eure List, aber auch der Scharfsinn, mit dem Ihr sie verfolgt habt, das war – – –«

»Epochal?«

»Das trifft es auch nicht.«

»Dann, Effendi, lobe mich nur als hervorragend, unwiderstehlich und hinreißend.«

»Nein, Sir, das wart Ihr bereits heute morgen. Jetzt, am Abend, nach all diesen Stunden, da denke ich, Ihr wart – wart – hm, englisch wart Ihr!«

»Was? Englisch soll ich gewesen sein?«

»*Most certainly,* unbedingt! Was Ihr Euch für Saleh ausgedacht habt, wie Ihr es anfingt, wie Ihr ihn einwickeltet und zuletzt die Ernte einfuhrt, Euch von ihm Obolus auf Obolus entrichten ließet – erlaubt, Sir, aber Eure ganz orientalische Souveränität ist englisch, ganz und gar.«

Halef, eben noch gebunden, kicherte.

»So bin also ich, der Beduine, englisch und deutsch zugleich? Du mußt wissen, Effendi, bei ähnlicher Gelegenheit nennt mein Sihdi mich gern deutsch, und für dich bin ich englisch. Wären die Stämme meines Landes nicht dauernd zerstritten, das einzig zutreffende Wort müßte lauten: arabisch.«

Doch da zuckten Sir Edwards liebliche Warzen.

»*Oh please,* Effendi! Die Araber und einig? Das fehlte noch! Dann seid lieber weiter heldenhaft und epochal, auch hervorragend, unwiderstehlich und hinreißend. Kommt gleich noch einmal an meine Brust. Laßt Euch so recht drücken und herzen von Eurem Effendi, so durch und durch englisch!«

Sir Edward, der Schlaks, umarmte ein weiteres Mal den kleinen Scheik, der es geschehen ließ. Ohnehin durfte das Gezärtel nicht lange währen; Saleh konnte sich anders besinnen und die Freilassung widerrufen. Außerdem nahte die Nacht, und Halef verlangte es, möglichst rasch in den Sattel zu kommen. So blieb sein Turban heil und sein Schnurrbart unzerzaust, und auch die Warzen auf Sir Edwards Nase wahrten sogleich wieder ihre übliche Distanz.

»Verehrter kleiner Sir, was wird nun aus dem Mädchen, während Ihr fort seid? Saleh ist ihm zugetan, ein wenig zu sehr, wie ich fürchte. Dann ist da noch Faris Abbas, der es mit dem Kinde ebenfalls auf zweifelhafte Weise gut meint.«

Schon war Halef wieder ganz geschäftig und erteilte seine Befehle.

»Effendi, habe mir ein Auge auf Erna und ihre Eltern sowie ein zweites auf die anderen Gefangenen. Mache dir Aidschan durch Geldgeschenke verpflichtet. Versprich ihm noch mehr für jenen Tag, an dem ich zurückkehre, um Saleh Gerechtigkeit widerfahren zu lassen. Noch fehlt es ihm an Truppen für einen Sturm auf Algier. Bis er sich die benachbarten Stämme geneigt macht, wird Zeit vergehen, ich aber eile!«

*

Von niemand mehr behelligt, machten sich Halef und Sir Edward ebenfalls auf den Weg zurück zum Palast. In dessen Nähe lag der Sammelplatz, auf dem die beiden Helden sich noch vor wenigen Stunden unter ganz anderen Umständen eingefunden hatten. Von hier aus sollte Halef gen Amerika ziehen, noch in derselben Stunde, denn es dunkelte bereits. Den englischen Lord, bemüht, mit dem eilenden Halef Schritt zu halten, drückte ein Anliegen.

»Sir, ich muß gestehen, als Ihr Walid fortschicktet, der uns unerwartet Rettung anbot, da überkamen mich ernstlich Zweifel an Eurem Verstande. Ich selbst pflege doch einiges zu wagen, im Bridge und auch beim Polo; nicht die höchste Pferdewette scheue ich, und ganz ohne Bedeckung reise ich durch die Welt. Aber eine solche Gelegenheit zur Flucht auszuschlagen, so etwas ist mir noch nicht untergekommen. Hoch wie ein Hasardeur habt Ihr in diesem Spiel gereizt. Aufrichtig: Mich überkam ein wenig Furcht.«

»Wirklich nur ein wenig?« erkundigte sich Halef.

»Sir! Wie konntet Ihr Euch sicher sein, daß Euer Plan aufgehen würde?«

»Du vergißt, Effendi, daß Allah mich schützt. Er ist es auch, der mir gute Gedanken eingibt, jedes einzelne Wort, das ich zu Saleh sprach. Ich konnte nicht scheitern, wir waren nie verloren.«

»Wenn aber doch? Wenn man uns nun gepeitscht und gezwickt und gebrandmarkt hätte wie den alten Karawanenführer?«

»So hätten wir gelitten und wären vielleicht gestorben. Immer aber hätten wir uns in Allahs Händen befunden, du, der Giaur, genauso, denn in meiner Gegenwart wacht Allah auch über dich. Vergißt du etwa, daß ich ein Hadschi bin? Ich habe Mekka gesehen und Medina!«

»Eben, verehrter kleiner Sir. Christ oder nicht, ich war mitgefangen und sollte mitgehangen werden. Da hättet Ihr mir Eure Pläne schon ein wenig entfalten dürfen.«

»Nein, Effendi. Zum einen war kaum Zeit, zum anderen hättest du doch nur gezaudert, wie es deinem Schlage zu eigen ist. Worüber beklagst du dich? Unser Peiniger von vorhin ist ab sofort dein Beschützer, denn er harrt meiner Rückkehr. Und nach den Anstrengungen unserer Reise kannst du glücklich sein, dich ausruhen zu dürfen, lange genug, daß du in den Eltern des Mädchens Freunde gewinnen kannst. Mit Ernas Vater kannst du über deine Wissenschaft disputieren, und weil du über Geld verfügst, wird für dich kein Mangel an frischem Wasser, fetten Hammeln und süßen Früchten bestehen. So wird dein dürrer Leib genesen, und sobald er sich wie der meine rundet, rücken wir auch schon an, mein Sihdi und ich.«

»Nicht etwa Ihr und er?« Sir Edward zeigte sein eigentümliches Lächeln.

Halef lächelte sphingenhaft zurück. »Das ist bei uns Helden einerlei.«

*

Saleh schien Wort zu halten, denn als der eine der »Helden« und sein Begleiter sich dem Sammelplatze näherten, herrschte dort schon der munterste Betrieb. In unglaublicher Geschwindigkeit trieben die Askaris von Faris Abbas Dutzende von Sklaven und Handlangern zwischen einem »Magazin«, das aus mehreren Zelten und Erdlöchern bestand, und einer Schar bereits gesattelter

Kamele hin und her. Eines stach heraus. Es war ein außergewöhnlich hochgewachsener, fast weißer Kamelhengst, der seinen kostbar aufgezäumten Kopf stolz in die Abendluft reckte. Auch in diesem Punkte hatte Saleh also nicht gelogen, er stellte für Halef eines seiner besten Tiere bereit.

Es war Faris Abbas höchstselbst, der die beiden so wundersam vor der Züchtigung Verschonten in Empfang nahm, und er war es auch, der Halef ein üppiges Bündel entgegenhielt. »Nimm, Hakim, und erkenne, welch Gnade unser Gebieter dir erweist. Ich selbst durfte aus seinen Truhen diese Kleider für euch wählen; diese mögen dir passen, jene anderen deinem Gefährten. Die Oase Dschunet beherbergt Menschen unterschiedlichster Statur – du jedoch bist der erste, der uns bereits nach kurzer Zeit wieder verläßt – – –«

Halef lächelte und retournierte diese Anspielung, indem er sagte:

»Ich danke dir, o Faris Abbas, für deine Gunst, zumal ich hoffe, daß während meiner Abwesenheit mein englischer Freund – und ich wiederhole dieses Wort: er ist mein Freund – sowohl den Schutz deines Herrn als auch deine ganz persönliche Aufmerksamkeit genießt. Zwar besitzt er Geldes genug, um einen jeden Handgriff zu bezahlen, doch bedenke, zu welchem Zwecke ich ausreite, auf diesem prachtvollen Tiere – – –«

Diesen Wink verstand Faris Abbas. Ein Schnalzen mit der Zunge, und mehrere seiner Offiziere setzten sich in Bewegung. Sie eilten zu dem nunmehr reisefertig gemachten Kamele, um es zu seinem neuen Besitzer zu führen.

»Fürwahr, kein schlechter Tausch«, lobte Halef, nachdem er Zähne, Hals, Flanken und Sehnen des Tieres mit Kennerschaft begutachtet hatte. »Auch du, Faris Abbas, wirst mit der Weise, wie alles gekommen ist und noch kommen wird, zufrieden sein. Bald wirst du Kara Ben Nemsi sehen – und er dich – – –«

Damit war es genug mit Zweideutigkeiten.

Faris Abbas reichte Halef vier Beutel, deren Inhalt fraglos feststand. Nach einem tiefen Blick in Halefs zuversichtliches Gesicht bedurfte es keiner weiteren Worte. Der Auftrag des Hakims, zu welchem der oberste Räuber ihn entsandte, diente auch seinem Herzenswunsche. Faris Abbas wandte sich um und ging.

Zwei Diener waren abgestellt worden, um Halef und Sir Edward mit ihrer Kleidung sowie ihrem im Palast verbliebenen Eigentume zu versehen. Danach klapperten Schüsseln und Tiegel, aus denen die vormaligen Gefangenen sich freudig bedienten. Zeit für ein richtiges Abendessen konnte es, im mindesten für Halef, nicht geben, obwohl die Einwohnerschaft sich zum Feste rüstete, weil noch der Sieg über die Karawane zu feiern war. Also nippte Halef, vornehm eingekleidet wie ein Scherif, nur hier und da. Im Geiste war er schon auf dem Weg.

»*What a day!*« seufzte Sir Edward, der sich weniger Zurückhaltung auferlegte. »Heute morgen hatten wir unser karges *breakfast*[1] zwischen den Felsen. Wir zogen los, und Ihr, verehrter kleiner Sir, beschriebt mir die Barttracht Winnetous, welche der Euren so sehr ähneln soll. Noch vor dem *lunch*[2], der leider ausfiel, ritten wir Attacke gegen die Räuberschar; danach heiltet Ihr einen kaum Verwundeten. Wir gerieten in Gefangenschaft, und zum Fünf-Uhr-Tee, der aus zwei Täßchen Minze bestand, gelangten wir in die Oase. Nacheinander bekamen wir einen fragwürdigen Palast zu sehen, einen Mohren, eine Fontäne, einen Blutmörder, eine Tänzerin, und fast hätten wir noch Bekanntschaft mit einer Nilpferdpeitsche geschlossen. Jetzt ist es hohe Zeit für *dinner*[3], da will ich nicht fehlen, aber Ihr müßt leider fort. Bereits mein *supper*[4] werde ich ohne Euch genießen müssen – daß Ihr es nur wißt: Ich bin traurig, Ihr werdet mir fehlen!«

1 Frühstück
2 Mittagessen
3 Abendessen
4 Nachtessen

Am Ende seiner Worte packte der Engländer Halef beim Kopfe, hob ihm den Turban ab und drückte auf die Stirn darunter einen recht ungefähren Schmatz. Anschließend gab er die ausladende Kopfbedeckung wieder zurück an ihren Platz und trat, wie es seiner Empfindung von Respekt entsprach, einen Schritt zurück.

Ergriffen von diesem weiteren Liebesbeweis, faßte Halef nach Sir Edwards Hand.

»Effendi, ich bin kein Stein, daß ich nicht spüre, wie schwer auch dir unser Abschied fällt. Als ein Mann, der schon oftmals über die Meere gefahren ist, wirst du wissen, wieviel Zeit vergehen kann, ehe ich zurückkehre. Denn ich kehre zurück, so es Allah gefällt, und ich löse dich aus, wenn er es will, und Kara Ben Nemsi wird den Vater des Teufels zum Kampfe herausfordern – und ihn, es kann gar nicht anders sein, besiegen. Weil du dich für einige Zeit in Geduld fassen mußt, habe ich noch eine große Freude für dich. Selbst hast du ja mit angehört, daß Saleh mir mein sämtliches Eigentum zurückgibt, und wie du siehst, es ist alles da. Sieh, meine Flinte, dein Gewehr; die Packen mit den Büchern meines Sihdi! Auf dem Ozean, erst recht in Amerika wäre mir Gepäck hinderlich. Was liegt näher, als dir mein Eigentum anzuvertrauen? Sei der Hüter meiner Schätze, und ich erlaube dir, den fleißigsten Gebrauch davon zu machen. Lies die Bücher meines Sihdi, lies und ergründe sie. Das Mädchen Erna soll dich in der Sprache Alemanjas unterweisen, so wie ich dich die Weisheit des Korans lehrte. Denn nichts mehr wünsche ich mir von dir, als daß du in der Zunge Kara Ben Nemsis frohlockst, wenn wir anrücken, um Saleh zu stürzen.«

Huldvoll senkte Sir Edward den Kopf, als wäre ihm soeben das größte vorstellbare Geschenk gemacht worden.

»Sir, eines noch. Ist es Euch nur deshalb um Euren Sihdi zu tun, weil Ihr auch ihn zum Islam bekehren wollt, oder verlangt es Euch nach seiner Nähe, weil Ihr gleichfalls nach irdischem Ruhme strebt?«

Da blickte Halef den Engländer sehr ernst und sehr überlegen an.

»Du täuschst dich da gleich dreimal, Effendi. Mein Herz sehnt sich deshalb nach meinem Sihdi, weil er mich einst als seinen Diener aufgenommen, mich aber nie wie einen solchen behandelt hat. Ruhm und Ehre sucht er nicht, sie finden ihn; er braucht gar nichts dazu zu tun. Nur um dem Mädchen und seinen Eltern zu helfen und nur um dich zu retten und der Gerechtigkeit willen, nur darum mache ich mich auf. Ich suche Kara Ben Nemsi, aber es drängt mich, Old Shatterhand zu finden.«

»Und, Sir, vergeßt nicht: Winnetou! Auch ihm werdet Ihr hoffentlich begegnen, dem Häuptling der Apachen. Wenn es geschieht, achtet auf seine Barttracht. Ich zähle nämlich die Stunden, bis Ihr sie mir neuerlich beschreibt – noch genauer als heute morgen.«

In dem Gewimmel und Geschiebe auf dem Platze konnte es nicht auffallen, daß ein kleiner Pulk sich an die beiden schmausenden Männer heranschob. Sie warteten, bis deren Diener abgerückt waren. Dann löste sich aus dem Trupp ein einzelner, dessen Gesicht bis auf die Augen von jenem berühmten Schleier der Tuareg bedeckt war. Als er Halef und Sir Edward nahe war, flüsterte er:

»Ibrahim und Danda, heraus!«

Dieser leise Ruf war, wie sich zeigte, kein Rätsel, sondern eine Parole.

»Walid!« freute sich Halef, weil es sich bei dem Geheimnisvollen ja um den dankbaren Askari aus der Wüste handelte; mit demselben Befehle war er zuletzt, in der Folterhütte, in Erscheinung getreten. Dennoch hielt er an seiner Tarnung fest. Er winkte die anderen Männer heran, die ihm folgten und auffällig mit allerlei Schuhwerk winkten, als wären sie Gerber, Leder- und Schuhmacher.

»Setzt euch und greift nach unseren Schuhen«, gebot Walid. »Man soll denken, Saleh habe uns als weitere Diener zu euch geschickt, um euch mit Sandalen zu versehen. In Wirklichkeit bringen wir einen Mann, den es nach eurer Bekanntschaft verlangt. Wird er entdeckt, ist er verloren und wir mit dazu.«

Einer der Schleierträger, der sein ungewöhnlich hohes Körpermaß durch einen gebückten Gang zu verkleinern suchte, schob sich in den Vordergrund. Für einen winzigen Augenblick lüftete er die Gaze.

Halef und Sir Edward erblickten die noblen Züge eines weißen, gewiß mehr als fünfzigjährigen Mannes – ein Europäer! In vornehmem Englisch sagte er:

»Ich bin Deutscher, genau wie der Mann, von dem seit einer Weile überall als Kara Ben Nemsi gesprochen wird. Gerüchte schwirren, und sowohl Walid als auch meine Tochter Erna haben mir von Euch beiden berichtet. Meine Herren, Ihr seid gegen Saleh aufgestanden, der Himmel wird es Euch lohnen!«

Halefs Hand fuhr in jene des Sprechers – sofort hatte er erkannt, daß diese Begegnung eine gute war. Er wußte jetzt, wer vor ihn getreten war.

»Ich bin Hans Gustav Grüner, Professor für Archäologie und Privatforscher zu Leipzig. Zusammen mit Erna und meiner Frau Edda wurde ich gefangen. Unser Zug sollte über eine bestimmte Stelle des Tassili führen, wo ich Grabungen beabsichtigte, aber das Gebirge ist groß, und einige unserer Führer erwiesen sich als bestochen. Alles andere wird Erna Euch schon berichtet haben. Von Eurem mutigen Angriff auf die Soldaten hat mir dann Walid erzählt, und daß er sich mit Euch verbünden will: ein einzelner, der sich mit seinem Begleiter an eine Übermacht wagt und medizinische Dienste leistet – ich sage Euch meinen Respekt!«

Der vorsichtige Halef, möglicher Beobachtung gewahr, deutete seine Verneigung nur an. »Ich habe getan, was von einem Scheik erwartet wird. Auch ihr sollt gerettet werden, doch müßt ihr geduldig sein.«

Der Professor nickte und zog seinen Schleier zu. Mit großer Geste warf er sich, weithin sichtbar, vor Halefs Füße und tat, als müßte er ihnen ein besonderes Ziegenleder anmessen. Bei dieser Verrichtung spürte Halef, wie sich ein flaches Päckchen unter eine seiner Sohlen schob.

»Herr, schlüpft jetzt in ein anderes Paar Schuhe, wir dürfen nicht verweilen. Ich erfahre, daß Ihr noch heute nach den Vereinigten Staaten abgeht. Just befindet sich meine zweite Tochter dort, Alma. Worum ich Euch bitte, mag vermessen sein, ich tue es dennoch: Ihr habt Ernas Gesicht gesehen? Ihre Zwillingsschwester gleicht ihr bis aufs Haar. Durch glückliche wie unglückliche Umstände mußte sie in der Heimat zurückbleiben. Sie wähnt uns wohl längst auf der Weiterreise, denn von unserer Gefangennahme kann sie nichts wissen. Nach meiner Exkursion wollte ich hinüber in die indianische Wildnis. Wie ich Alma kenne, wird sie wohl auf eigene Faust losreisen, um uns dort, wie geplant, zur Herbstzeit zu treffen. Man denke sich: ein einzelnes junges Mädchen in Amerika. Das sind meine Töchter!«

Warm und voll Zuneigung glühten die Augen des Deutschen. Halef blieb nichts anderes übrig, als den noch kaum formulierten, aber sich zwingend ergebenden Wunsch zu akzeptieren.

»Sei getrost, Effendi Grüner. Suche ich nach meinem Sihdi, suche ich auch nach deiner Tochter. Schon einmal habe ich heute ein Versprechen gegeben, und bei Allah, dies zweite gehört dir!«

Grüner verlor keine Zeit. »Dies Päckchen enthält Hinweise, wo Alma zu finden sein könnte, dazu einen Brief sowie eine Anweisung über einen bedeutenden Betrag. Mit Mühe konnte ich dieses Papier bislang verborgen halten. Auch daran mögt Ihr erkennen, wie sehr ich Euch vertraue. Mit Gott!«

»Mit Allah!« entgegnete Halef und stieß dabei, so sanft er es vermochte, den knienden Mann von sich – die Askaris rückten heran, und er mußte seine Rolle spielen und so tun, als hätte er seine Wahl neuer Schuhe getroffen.

Walid – der Professor – Halef – Sir Edward – verschworene Blicke flogen, dann waren die »Schuster« verschwunden.

Unbemerkt tastete Halef nach dem Päckchen und steckte es

ein. Zum vorerst letzten Male blickte ihm nun auch Sir Edward in die Augen.

»*Farewell,* verehrter kleiner Sir, es ist soweit. Berichtet in Algier meinem Kapitän, Mister Sunderland. Prägt Euch das Schlüsselwort gut ein: Victoria. Es öffnet Euch nicht gerade den Berg Sesam, macht Euch aber zum Herrn meiner Jacht und ihrer Besatzung. Geht als Muselman zu Schiff, und kehrt als Westmann zurück, wenn ich so sagen darf.«

»Und du, Effendi, bedenke, daß es Allahs Wille ist, daß wir getrennt werden. Bleibe auch als Gefangener immer nur stark und froh, und denke daran, was ich dir über das Kismet gesagt habe. Es steht bereits geschrieben, ob und wann wir uns wiedersehen werden. Ich glaube fest daran, daß du jene Höhlen noch sehen wirst, nach denen dein Herz sich sehnt. Sie liegen ganz in der Nähe, weil in dieser Gegend schon immer Menschen lebten. Wie froh bin ich, daß es uns vergönnt war, die Karawane vor dem Schlimmsten zu bewahren. Daraus kannst du ein Stück deines eigenen Kismets lesen: Wie sonst wären wir in Gefangenschaft geraten, aus der doch etwas Neues, Unerwartetes folgt; und wie anders hättest du die Gelegenheit erhalten, mit mir am Pfahle stehend dein Herz und deine Seele zu prüfen? Gleich zweimal an diesem Tage hat der Barmherzige dich bewahrt. Du kannst nicht anders, Effendi, du mußt zu ihm kommen. Lebe wohl und Allahs Segen!«

Dies gesprochen, bestieg Halef sein neues Reitkamel. Er gab ihm die Gerte an die Flanke, doch auch so richtete es sich zu seiner stattlichen Höhe auf. Mit sehr erhabenen Bewegungen schritt es davon, einer dünnen Gruppe Palmen entgegen, welche den Übergang in die Wüste markierten.

Die Askaris, vor kurzem noch Wächter und Gegner, neigten bei Halefs Vorbeiritt respektvoll den Kopf, was ihm sichtlich wohltat. Als wären sie seine und nicht Faris Abbas' Garde, schlossen sie den Weg hinter ihm und geleiteten ihn bis zur Baumgrenze. Dort, in der schon nachtkühlen Luft, röhrten und kollerten die vielen anderen Kamele und Dromedare; drei Dutzend gleichfalls Freigekommene warteten. Sie hatten ein erstes Lösegeld sowie Geiseln gestellt – Angehörige, Freunde, Sklaven –, und nun trachteten sie, dem Despoten alsbald zu entkommen, um andererseits so schnell wie möglich dessen Forderungen zu erfüllen. Zu diesem Zwecke sollte die ganze Nacht hindurch geritten werden, um das Ziel, Algier, binnen weniger Tage zu erreichen.

*

Es war etwas Merkwürdiges um den Auszug der Karawane aus der Oase Dschunet, dem gleichfalls merkwürdigen Reiche Abu Salehs oder Abu Scheitans. Pflegten sonst jedem Zuge die Alten und die Kinder eine Weile zu folgen, um sich die eine oder andere Gabe, sei es ein Geldstück, ein Brotfladen oder ein Stück Fleisch, zu erbitten, so verblieben an diesem Abend die Wüstenraben im Dämmerschatten der Palmen. Noch merkwürdiger war es, daß der Herrscher des Wüsteninselchens sich in einer Sänfte herbeitragen ließ, dieser entstieg und unter einem Baldachin das Abrücken mit eigenen Augen verfolgte. Zum ersten Male mochte es vorkommen, daß er Menschen noch am Tage ihrer Gefangennahme entließ, wenngleich gegen das Versprechen eines gewissen kleinen Mannes, ihm bei seiner Rache behilflich zu sein.

Die Reiter brachen auf. Weder Jubel noch fromme Wünsche begleiteten sie.

Als Mensch und Tier fast schon hinter dem letzten Leuchten des Horizonts verschwunden waren, konnte, wer gute Augen besaß, erkennen, daß ein einzelner innehielt. Er wandte sich um, und durch die frühe Nacht scholl sein Ruf:

»Abu Saleh, der du dich Vater des Teufels nennst und doch nur ein gewöhnlicher Blutsäufer bist, höre! Wärest du wirklich den Tuareg zugehörig und stammtest du tatsächlich aus Dschunet, dann müßtest du wissen, wen du soeben ziehen läßt. Meine Mutter Amareh *war* eine Targi, anders als du, und sie *hat* mich hier geboren, während du von irgendwoher kommst. Wem also gehören hier Wasser, Palmen, Luft und Sand? Doch danke ich dir für deinen Auftrag und für deine Piaster. Denke ja nicht, daß ich dir die Lieferung schuldig bleibe. Wo immer mein Sihdi im fernen Amerika stecken mag, ich finde ihn, und welche Gefahren auch immer ihn bedrohen, ich haue ihn heraus. Dann aber kehre ich mit ihm hierher zurück, wie ich es versprochen habe, und wir rechnen mit dir ab, du Schakal, du Skorpion, der du noch nie auf Pilger-fahrt gewesen bist und dich keinen Mekkapilger nennen darfst wie ich. Denn ich, das merke wohl, ich bin Hadschi Halef Omar Ben Hadschi Abul Abbas Ibn Hadschi Dawuhd al Gossarah!« – – – –

ZWEITES KAPITEL

Der Königlich Bayerische Mundkoch

*Wir können uns glücklich schätzen, daß dieser grausame Krieg
sich seinem Ende zuneigt. Ungeheure Opfer an Mitteln und Blut
hat er uns abgefordert. Er hat sich freilich auch als eine Stunde
der Bewährung erwiesen, doch sehe ich für die nahe Zukunft eine
Krise heraufziehen, die mich zutiefst beunruhigt und um die
Sicherheit meines Landes befürchtet sein läßt. Als eine Folge des
Krieges haben sich Unternehmen inthronisiert, die eine Ära
der Korruption nach sich ziehen werden. Alles werden diese
Geldkreise tun, um ihre Herrschaft zu erhalten; sie werden die
Voreingenommenheit des Volkes ausnutzen, bis aller Reichtum
sich in einigen wenigen Händen gesammelt hat und die Republik
am Boden liegt. Mehr denn je empfinde ich darum Sorge um
die Sicherheit meines Landes, selbst mitten im Kriege. Gebe Gott,
daß meine Befürchtungen sich als grundlos erweisen.*

Dieser Brief vom amerikanischen Präsidenten Abraham Lincoln
wurde kurz nach seinem tragischen Tode bekannt, ein Brief, mit
welchem er sich am 21. November 1864, also noch im Bürgerkrie-
ge, an den Colonel William F. Elkins gerichtet hatte. Kaum je ist
von seiten eines Staatslenkers deutlicher Sorge laut geworden, die
zumeist im Heimlichen agierenden Finanzkräfte eines Landes
könnten dasselbe zu übernehmen trachten. Daß ein Mann wie
Lincoln, als Anwalt mit Raffinessen vertraut, sich gegenüber
einem Militär – jenem Colonel Elkins – über besagte Geldkreise
ausließ, mag dem Leser als Beweis dienen, wie sehr gerade die Ver-

einigten Staaten von Amerika aus einem einzigen Ringen um Geld und Macht bestehen; sein Beispiel belegt aber auch, wie wenig leider selbst ein Präsident, und sei es ein so kluger, fähiger Mann wie Lincoln es gewesen, gegen das Kapital aufzukommen vermag. Wer waren diese Selbstinthronisierten, die Korrupten, die Volksaufwiegler, von denen der Sohn armer, gläubiger Auswanderer so vorsichtig, beinahe ängstlich gesprochen hatte? Er selbst, geboren und aufgewachsen in einer Blockhütte in Kentucky, für kaum länger als ein Jahr überhaupt auf einer Schule, Lincoln selbst verachtete das eigensüchtige Anhäufen von Geld, wohl weil dieser Mann ein so aufrechter, ehrlicher und gottesfürchtiger Mensch war, der den Irrweg des Dollars in noch mehr Blut und Rauch enden sah. Der Amerikaner verherrlicht ja geradezu seinen »amerikanischen Weg«, auf welchem, wie behauptet wird, ein jeder zu Glück und Reichtum gelangen könne, so er nur strebsam und fleißig genug sei.

Wie wenig jedoch dies für alle Bürger, um so mehr dafür für wenige der genannten Selbstinthronisierten zutrifft, kann ein jeder sich ausrechnen; selbst ein an Öl und Erzen reiches Land wie Amerika macht nicht aus jedem seiner Bewohner, sei er noch so strebsam, einen Millionär.

Und da ist es auch schon gefallen, dies kleine und doch so kostbare Wort: Erz!

Waren es bisher in unserem Jahrhundert Gold und Silber gewesen, welche die Spekulanten immer tiefer ins nordamerikanische Urland gezogen hatten, so wurden nun, fünf Jahre nach dem Ende des Krieges zwischen Nord und Süd, ganz andere Reichtümer entdeckt. Industrielle und Finanziers taten sich zusammen, gewaltige Konsortien entstanden. Mit Macht und Rücksichtslosigkeit warfen diese sich auf die Ausbeutung von Eisen-, Zink- und Kupfervorräten.

Überall auf dem Kontinent entstanden Minen, tiefe Wunden wurden in die Erde gebohrt, gesprengt, gegraben. Seither bildet der Bergbau, neben der Förderung des erst seit kurzem wertgeschätzten Öls, die sicherste Möglichkeit, verhältnismäßig rasch unermeßlichen Reichtum anzuhäufen. Daß dies auf Kosten der Landschaft sowie der Menschen und Tiere darin gehen muß, versteht sich von selbst, doch kümmert es raffgierige Gemüter nicht. Noch genügt das Wort Fortschritt, um jeden Kritiker zum Verstummen zu bringen, und wer sich dieser Gleichmacherei einmal »freiwillig« unterworfen hat, sei es als Arbeiter, als Miner oder als von beiden profitierender Geschäftsmann, der nimmt diesen schrillen metallischen Ton ebenfalls in sich auf und formt ihn sich um zu einem fröhlichen Pfeifen: Mir geht es gut, was kostet die Welt?

Schon umspannen die Vereinigten Staaten von Amerika den halben Kontinent. Derart groß ist dieser Verbund, daß er schon Abermillionen Flüchtlinge, Abenteurer und Glückssucher in sich aufnehmen konnte, ohne daß es darin eng würde. Denn üppiger als an Weite ist dieses Land ja an innerer Größe. Ohne Ansehen der Person und ohne Fragen nach dem Woher und Wohin, ohne in jemandes Geldbeutel zu sehen oder in ihm zu wühlen, kann ein jeder sich darin frei bewegen, und zwar nach allen Himmelsrichtungen, zu jeder beliebigen Zeit, in jeder beliebigen Weise – konnte je ein in deutschen Landen, in Frankreich, Italien oder Spanien lebender Mensch das gleiche von sich behaupten?

Seit einem knappen Jahrhundert erst wird man als Amerikaner weniger geboren als vielmehr dazu gemacht, und es gibt kaum jemand, der dieser Gunst nicht teilhaftig werden möchte, am wenigsten in unserem nun Alte Welt genannten Europa, wo jeden Tag der Hunger und die Armut, namentlich aber die Geißel der Unfreiheit die Menschen an die Überseehäfen und über den Atlantik treibt.

Das Wort Amerika, es klingt in den Ohren wie ein wahr gewordenes Märchen, es leuchtet in den Gedanken von früh bis spät als Inbegriff bislang vorenthaltenen Wohlstandes, es gilt als ein Schutzwort für Freigeister, es scheint sprichwörtlich auf seine Eroberung zu warten als das »Land der Freien«. So hofft ein jeder, seine Not, gleich welcher Art, an den Gestaden der »großen Verlockung« in Glück zu verwandeln. Nicht die schlimmsten Entbehrungen, nicht der schockierendste Bericht über das alltägliche Hauen und Stechen der Gegensätze an der »neuen Grenze« kann Neuankömmlinge schrecken. Wer in Amerika anlandet, empfindet sich von Stund an als ein Auserwählter, mögen noch so viele Löcher in seinen Schuhen und Kleidern klaffen. Wie von einem heiligen Glanze umgeben, wirken diese Unerschrockenen, und was der Geschichte, die sie von nun an selber in ihren Briefen fortspinnen, an Wahrheit fehlt, das fügen zu Hause deren Empfänger hinzu: Ame-ri-ka! – – – –

Zu den eigentlichen Häfen der Vereinigten Staaten waren die sogenannten Frontstädte geworden. Als solche bezeichnete man jene am schnellsten und am weitesten in die Wildnis vorgeschobenen Orte, die in ihrem kaum glaubhaft schnellen Wachsen von ein paar Blockhäusern zur Siedlung und von da an zur Stadt ungeheure Mengen an Menschen und Material anzogen.

Ich selbst war erst vor einigen Monaten, geradewegs aus dem Orient kommend, in das Land zurückgekehrt. Nun befand ich mich, nach einer Zeit fleißigen Schreibens in verschiedenen Städten entlang der Ostküste, auf dem Wege zu eben einer solchen Frontstadt. Vorausschicken muß ich, daß man vielerorts meinen zivilen Namen als Reiseschriftsteller schon kannte, unter welchem ich, des Broterwerbs halber, für gewöhnlich in Erscheinung zu treten pflegte. Warum ich es mir nicht leichter machte und meine Berichte nicht mit meinem sehr viel bekannteren, ja berühmten Westnamen, nämlich Old Shatterhand, zeichnete, was mir gewiß besseres Salär eingetragen hätte?

Lieber Leser, von jeher und mit Vorbedacht trage ich Sorge dafür, mir ein gewisses Geheimnis zu bewahren. Heutzutage, da der »singende Draht«, der Telegraph, alles mögliche an die Öffentlichkeit trägt, da ist dies letzte Gärtchen namens Privatheit der kostbarste Ort, den ein Mensch unserer Zeit überhaupt haben kann. Ich will nicht, daß ein jeder alles von mir weiß. Der Schriftsteller tut sich da leicht, ich gebe es zu. Als letzten Klecks unter sein Geschriebenes setzt er einen Namen, welcher immer ihm behagt. Wichtig ist allein, daß die ihm dafür gezahlten Geldscheine nicht in dem gleichen Gedanken gefertigt wurden. Nochmals betone ich, daß es mir dabei nicht um Geheimniskrämerei zu tun ist, nein. Ganz für sich sein zu können, obwohl man, durch seine Schriften, mit Zigtausenden sozusagen korrespondiert, das ist die wahre Freiheit, dies will ich gewahrt wissen. Womöglich wird, wer sich heute mit seinem guten Namen verschwendet, eines Tages genauso denken, ja meiner Überzeugung nach wird man spätestens in einhundert Jahren gelernt haben, wie wichtig die sprichwörtliche eigene Tür ist, hinter der gefälligst ein jeder selbst kehre. Es besteht für mich kein Zweifel, daß in folgenden Generationen jedem Individuum aufgehen wird, wie kostbar doch das Mysterium der ebenfalls sprichwörtlichen eigenen vier Wände ist.

Denn für mich, den damals ständig Reisenden, konnte es keine größere Sicherheit geben, als mich in persönlichen Dingen bedeckt zu halten. Ein so bekannter – ich darf auch sagen: beliebter – Westmann wie Old Shatterhand zu sein, das bedeutete eben auch, allerorten in Anspruch genommen zu werden. Als eine solche Figur findet man sich allzubald vereinnahmt. Pflichten werden an einen herangetragen, welchen man sich kaum entziehen kann, will man nicht als unhöflich gelten; Kleinkinder sollen geherzt, Veranstaltungen eröffnet werden. Jeden noch so hanebüchenen Anlaß muß der eigene Name überstrahlen. Irgendwann stellt man fest, nicht mehr Herr seiner Zeit zu sein. Der Leib schwillt einem, der Kamm auch, denn von allen Seiten kriegt man Löffel in den Mund gestopft. Der Kopf aber wird leer, denn über welche Nichtigkeiten bei derlei Gesellschaften geplappert wird, dies darzulegen erspare ich mir und dem Leser.

Dennoch – hätte ich geahnt, welche Folgen mein schriftstellerisches und westmännisches Doppelleben zeitigen würde, ich schwöre, ich hätte nicht gezögert, mir einen ganzen Strauß von Identitäten zuzulegen. Lieber wäre ich als ein Jakob Gustav Liebfrömmli aus Helvetien einhergegangen oder als ein Capitain Ramon Diaz de la Obscura, vielleicht auch de la Escosura, jedenfalls als ein weitgereister Spanier, dem man lieber nicht zu nahe kam. Oder ich wäre in Erscheinung getreten als ein Prinz Muhamêl Latréaumont, was nicht nur anmutig klingt, sondern auch den Vorteil aristokratischer Distanz böte, die gern eine bürgerliche sein darf, so man sie nur allseits respektiert.

Aber das sind Phantasien. Das wenigste, was uns im Leben widerfährt, erahnen wir, nichts von dem, womit das Schicksal uns prüft, können wir im vornherein wissen. Zum Zeitpunkt des hier Erzählten war ich noch nicht dreißig Jahre alt und fühlte mich doch – spätjugendlicher Überschwang! – auf dem Gipfel meiner Kräfte und Möglichkeiten. Was hätte ich Dunkles ahnen, wie wissen sollen, welche erschütternden Begegnungen mir bevorstanden?

Der Leser mag mir nachsehen, daß meine Vorrede gar so ausgreifend gerät; allein er wird feststellen, daß diese Warnung ihre Berechtigung hat.

Ich war also zurückgekehrt in den Westen, und keineswegs als ein Jakob oder Ramon oder Muhamêl. Kaum einer, der als Vornamen einen gewissen Karl unter meinen Artikeln wahrgenommen hatte, konnte daraus ersehen, daß ich in Wirklichkeit ein viel gewisserer »Scharlih« war, wie jemals nur mein über alles geliebter Winnetou mich nennen durfte. Und selbst wenn – beileibe nicht unter diesem Kosenamen war ich bekannt, sondern als Old Shatterhand, ein Name, der für Taten stand, welchen mein literarisches Ich kaum jemals gleichkommen konnte. Es versteht sich abermals von selbst, daß ich sehr darauf zu achten hatte, meine schriftstellerischen Spuren sorgfältig zu verwischen, wollte ich den Leitern der zahlreichen deutschen Blätter im Osten wie im Westen als ein ernsthafter Berichterstatter gelten und nicht für einen Lügenbold. Zwar liebt der Amerikaner das Prahlen und stürzt sich geradezu auf jede gedruckte Übertreibung, Erlebnisse aber, wie ich sie schon damals zu reportieren hatte, tarnte ich lieber als eine Art Märchen. Man wird nicht gern als ein Aufschneider wahrgenommen, obwohl man nichts anderes tut, als die Wahrheit zu sagen, diese vielmehr noch in einfachste, bescheidenste Worte zu kleiden.

Warum ich aber, anstatt den Westen in knalligsten Farben zu beschreiben, den Geldschneidern allenthalben nicht ins Gewissen redete oder vielmehr schrieb? Ich muß gestehen: Zum Politikus tauge ich nicht. Hätte ich etwa unseren vor ein, zwei Generationen herübergekommenen Landsleuten oder auch den Österreichern, Holländern und Dutzenden anderen mitteilen sollen, sie seien gar keine Amerikaner, um solche handle es sich ausschließlich bei den bald gänzlich ausgerotteten Indianern, also den Ureinwohnern und somit wahren Eigentümern des Kontinents, *ihres* Kontinents? Unverzüglich hätte man mich geteert und gefedert, wenn nicht gelyncht. Den »Pionieren« des Westens galten die Indianer nicht als gleichwertig; höchstens als ein Zwischending aus Mensch und Tier wurden und werden sie immer noch betrachtet und halbwegs höflich als »Indsmen« bezeichnet. Aus allen diesen Gründen zog ich es vor, in der Neuen Welt weiterhin als Schreiber und nicht als Westmann Eindruck zu machen. Was ich in den Blättern, für die ich korrespondierte, mitzuteilen hatte, half mir beim Überleben; gewiß, was Old Shatterhand zu sagen gehabt hätte, würde mich reich gemacht haben. Dann aber wäre es um das schöne Wort Bewegungsfreiheit geschehen gewesen; keiner von uns hätte sich mehr frei in den Territorien tummeln können, und nichts lag »uns« ferner.

Das erwähnte Cheyenne war eine junge Frontstadt im damals erst wenige Jahre alten Wyoming-Territorium. Dieses indianische Wort steht für »Große Ebenen«; »Great Plains« nennt sie der Amerikaner, am bekanntesten ist der Begriff Prärie. Nach Cheyenne also war ich gekommen, um mich mit dem Leiter einer Expedition bekannt zu machen, welche von dort nach den Rocky Mountains beziehungsweise dem Yellowstone-See abgehen sollte. Noch war schönster heißer August, und doch war es für einen Erkundungszug bedeutender Größe schon spät im Jahr, berücksichtigte man, daß in den Rockies der Winter oft schon im September Einzug hielt. Aber auch so ist der neue amerikanische Mensch ein immer umtriebiges, auf schnelle Ergebnisse erpichtes Wesen; hat er Zeit und Gelegenheit versäumt, so drängt es ihn um so mehr, dies Versäumnis wiedergutzumachen, was immer dafür an Widrigkeiten in Kauf zu nehmen ist. Dabei entwickelt er einen geradezu sportlichen Ehrgeiz, um sich selbst zu übertreffen, und wendet den Blick höchst ungern nach links und rechts, wo zuhauf Gefahren lauern.

Henry Dana Washburn stammte aus Montana und war dort oberster Surveyor[1] und Generalinspektor. Einer von ihm geführten Expedition sollte ich mich anschließen. Mir, der ich mich ungern verdinge, war die Rolle eines Beobachters zugedacht. Man betrachtete mich als Reporter, sogar einen leidlich namhaften. In dem Bureau in Washington, welches die Expedition abgesegnet hatte, war mir versichert worden, es werde hierbei nicht etwa um ein Projekt weiteren Landraubs gehen, wie ihn seit Jahren der Bau der transkontinentalen Eisenbahn darstelle. Wohin auch immer der weiße Mann seinen Fuß setzt, wird ihm ein roter Fuß weichen müssen, und ich hatte einst Winnetou versprochen, mich nie mehr an einer solchen Unternehmung zu beteiligen.

Bei der beabsichtigten Erkundung handelte es sich mitnichten um einen Diebstahl von Land. Noch nie zuvor in der kurzen Geschichte der Vereinigten Staaten von Amerika war es unternommen worden, einen Landstrich komplett vor seiner Besiedelung geschweige denn Ausbeutung zu bewahren. Vielmehr ging es um die Kartographierung der gesamten Yellowstone-Gegend, insbesondere seiner Wasserspeier, der sogenannten Geysire. Löblicherweise erwog die Regierung, diese Naturphänomene zu erkunden und sie womöglich für alle Zeiten unter Schutz zu stellen. Allmählich begann man auch in Washington einzusehen, daß die Geschwindigkeit, mit der die Moderne über den Kontinent walzte, bald die letzten weißen Flecken auf der Landkarte überrollt haben würde. Nur deshalb sollte es unternommen werden,

1 Land- bzw. Feldvermesser

einige letzte urwüchsige Gebiete vor Schloten, Gruben und dem Lärm von Maschinen zu schützen.

Getrost durfte ich einem solchen Vorhaben hilfreiche Hand leisten, wobei es mir gar nicht um die Bezahlung ging, welche mir für einen mehrteiligen Bericht versprochen worden war. Daß Winnetou, den ich in Cheyenne zu treffen beabsichtigte, genauso denken würde, war für mich ausgemacht. Es hat kein anderer Häuptling irgendeines anderen namhaften Stammes so weit vorausgedacht wie er, und so rechnete ich auf seine Zustimmung, den Plan zu unterstützen. Dieser bestand darin, mich »bürgerlich« der Truppe anzuschließen, aber – unsichtbar gefolgt von Winnetou – in einem Moment ernster Gefahr als Old Shatterhand einzugreifen. Für die Zugfahrt hatte ich meine allzu bekannten Gewehre, welche mich sofort verraten hätten, in mehrere Lagen Leders zu einem unförmigen Pakete eingeschlagen. Konnte ich als Berichterstatter nicht zugleich Zeichner und Landschaftsmaler sein, wozu ich übrigens ebenfalls Anlagen besitze?

Aber es sollte ganz anders kommen.

Mit der Union Pacific Railroad reiste ich bis zu deren vorläufigem Endpunkt in Wyoming, jenem Cheyenne, das bald Hauptstadt wurde. Winnetou hatte ich auf eine Weise, die an anderer Stelle dargelegt werden soll, über mein Eintreffen unterrichtet. Mit unseren Pferden und unserer üblichen Ausrüstung sollte er mich abholen. Alsdann wollten wir das Weitere beratschlagen.

Dazu war es notwendig, zuvor Mister Washburn kennenzulernen, um mir über seine Ehren- und Ernsthaftigkeit klarzuwerden. Wer sich im Leben bescheidet und nicht auf die Münze rechnen muß, kann es sich erlauben, seine Auftraggeber nach Sympathie zu wählen. Diese Freiheit habe ich mir stets zu bewahren gesucht. Sollte Washburn sich in irgendeiner Weise als unangenehmer Patron erweisen, würden Winnetou und ich keine Stunde auf ihn verschwenden.

Das Leben in solchen Vorposten glich schwerlich dem in besagten Städten des Ostens, beispielsweise New York oder Boston.

Man spricht gern vom unerschütterlichen Wagemut der Siedler, doch habe ich selbst mit angesehen, wie Neuankömmlinge, nach kräftezehrendem, tagelangem Geschüttel auf den Geleisen und oft nach nur wenigen Stunden Aufenthalt, die Nerven verloren und zurück in den Gegenzug strömten; sie gaben auf. In Dürrezeiten waren es auf den meist noch ungepflasterten Straßen die allgegenwärtigen Staubwolken, in den Wochen, manchmal Monaten des Regens der entsetzliche Morast, worin auch die hoffnungsvollsten Zukunftspläne versanken.

Sodann das »Stadtleben« selbst.

Die Gebäude solcher Orte waren nur selten schon aus Stein erbaut. Hier wurden Häuser noch gezimmert, gehämmert und geschreinert, also aus Holz gefertigt, denn an Handwerkern aus aller Herren Länder herrschte kein Mangel. Anders stand es um geeignete, haltbare Materialien, weil alles, vom Werkzeug bis zum Nagel, mit der Eisenbahn und zuvor noch mit dem Planwagen herbeigeschafft werden mußte. So erklärt sich auch die damalige Eigenart, Häuser möglichst in einer Behelfsweise zu errichten, die unserer gewohnten europäischen Solidität Hohn spricht. Mittels Seilen, Stangen und etlicher billiger Arbeitskräfte konnte man sein Domizil innerhalb weniger Stunden errichten und wieder demontieren; Häuserwände und Dach aus rohem, nur verleimtem Holze ermöglichten dies. Auch der Hausrat – wenige wirkliche Möbel, viel grobes, billiges Zeug – ließ sich kurzerhand auf eine Wagenpritsche oder einen Waggon laden. Ganze Siedlungen wurden so immer weiter nach vorn verlagert, oft binnen Tagen. Entsprechend ambulant war die ganze Lebensart der Menschen, die in diesen Häusern wohnten; ein fleißiger, Entbehrungen gewohnter Schlag, mit der Waffe so schnell bei der Hand wie mit der Bibel. Doch über die lästige Frömmelei in den Weststädten habe ich schon in anderen meiner Schriften berichtet.

Wer glaubt, in einer solch hingepflanzten Stadt reihte sich Kolonialwarenladen an Kolonialwarenladen, Hufschmied an Hufschmied und Kneipe an Kneipe, der irrt. Komfort und Luxus

folgen dem Menschen überallhin, oder er schafft ihn sich herbei, noch in die entlegenste Ödnis. So gab es bereits in Cheyenne, kaum daß der Name überhaupt auf dem Fahrplane erschien,
die tüchtigsten Schneider, Hutmacher und Schuster, auch Wä-
sche-, Bekleidungs- und Aussteuergeschäfte; es waren Tuchhänd-
ler ansässig geworden, ebenso Spezialisten für Brüsseler Spitzen,
selbstverständlich auch Bäcker, Chocolatiers und Konditoren; es
etablierten sich Wein- und Sekthändler, Spezialisten für Geschmeide, auch Banken und Pfandleiher und Wucherer, gerade diese. Sie
alle nährten und labten und mästeten sich an Durchreisenden und
Einwohnern.

Im genau bemessenen Abstand von 60 Fuß gab es Gaslaternen,
die unserer europäischen Straßenbeleuchtung in nichts nachstan-
den, und natürlich Verwaltung, Polizei und Gerichtsbarkeit. Der
Durchzug von Menschen der unterschiedlichsten Art hatte dem
Lande auch eine nie gekannte Freiheit der Taten und Gedanken
beschert. Während man erstere vor allem in Form von unter-
nehmerischen Werken kennt, beispielsweise vom Bau des Tele-
graphen- und Eisenbahnnetzes, ist letztere dem demokratisch-re-
publikanischen Streben des Amerikaners von Vorteil gewesen. Für
Wyoming ist zu sagen, daß hier das Wahlrecht für Frauen schon
seit 1869 besteht, wo doch wir, im fortschrittlich geglaubten Europa, uns immer noch dem Willen von Majestäten beugen.

Man tat aber zu jener Zeit gut daran, sich nicht gleich im erst-
besten »Hotel« einzuquartieren, sondern rechtzeitig Empfeh-
lungen auf ein schlichtes, redlich betriebenes Gasthaus einzuholen, am besten ein deutsches. Noch auf der Eisenbahn hatte ich
Erkundigungen eingezogen, und gleich mehrfach war mir ein
Landsmann ans Herz gelegt worden. Es handelte sich um einen
kinderlosen Witwer und Gastronomen namens Ewald Pfäffle, welcher, aus Stuttgart stammend, auf genug Biederkeit hoffen ließ, wie
sie für gewöhnlich auch in der Fremde mit Ordnung und Sauberkeit einherzugehen pflegt. Daß kein Yankee den schwäbischen
Namen »Pfäffle« richtig auszusprechen vermochte und man ihn

deshalb zu »Mister Faffle« vereinfachte, ließ mich zusätzlich hoffen. Bewunderung nämlich schwang in der Art, wie ich dies »Faffle« ein jedes Mal sagen hörte. Wer in diesem Maße die Achtung von Reisenden besaß, der mußte schon jemand sein. So war ich gespannt auf das »Boarding House«, als welches man mir seine Lokalität bezeichnet hatte, denn von einer Schenke oder einem Wirtshause oder einer Pension zu reden konnte »echten« Amerikanern noch viel weniger einfallen.

Wie es so geht im Leben, fügte sich eines zum andern, als ich auch noch erfuhr, daß bei »Faffle« schon seit einigen Tagen ein Mister Washburn mit seiner Gesellschaft verkehre: es stand sogar in der Zeitung, groß aufgemacht! Schon immer und beileibe nicht nur im Westen Amerikas war es Sitte, sich vor Beginn einer größeren Fahrt erst einmal gehörig zu stärken, was in den meisten Fällen nur einen übermäßigen Gebrauch, wenn nicht Mißbrauch von Alkohol bedeutete. Nie habe ich verstanden, weshalb es sich mit einem schwergetrunkenen Kopfe besser reiten sollte als mit einem »leichten«, aber die Geschmäcker sind bekanntlich verschieden. Washburns geheim geglaubte Expedition sprach sich also um, und zwar in einem solchen Maße, daß man in meinem Zugabteil gar ein Hoch auf ihn ausbrachte. Kaum an dem nur angedeuteten Bahnhof in Cheyenne angelangt, sprang ich vom Wagen, winkte mir zwei chinesische Kulis herbei und bedeutete ihnen, mein Gepäck nach besagtem Boarding House zu schaffen.

Mir selbst war nach dem vielen Geschüttel nach einem Fußmarsch zumute.

In meinem neuen, noch makellosen Reiseanzuge sowie dem dazu passenden Hute schritt ich dahin, froh, mir Bewegung verschaffen zu können. Bald jedoch mußte ich mich wundern. Denn zu meinem Erstaunen blickte man mir hinterher, an jeder Ecke flogen Köpfe herum, sobald ich passierte – was war das? Geradezu ehrfurchtsvoll wurden Hüte vor mir gelüpft, Knickse angedeutet – war ich schon erkannt? Wußte man, wer hier flanierte – kannte man mich bereits als Old Shatterhand?

Nein, das konnte nicht sein. Zuviel Sorgfalt hatte ich auf meine Erscheinung gelegt, zu gründlich alle Hinweise auf mein zweites Ich zu vermeiden gesucht. Doch es blieb dabei, man grüßte mich rücksichtsvoll, hielt aber auf Abstand, winkte wohl auch einmal schüchtern, ließ mich aber im übrigen unbehelligt.

Über dieses seltsame Gebaren der hiesigen Einwohnerschaft gelangte ich zu meinem Ziele, das übrigens nur eine halbe Meile von der Bahn, in der Mitte der *main road,* des Hauptboulevards, gelegen war. Früher Mittag war es, als ich vor der makellos verkleideten Fassade eines recht hübsch geschnittenen, zweistöckigen Gebäudes stand. Auch ohne die Aufschrift »Faffle's German Boarding House« hätte ich mich am Ziel gewußt. Nicht mehr als ein Handköfferchen an mir, trat ich durch die Pendeltür.

In einer übergroßen Puppenstube fand ich mich wieder. Alles in dieser »Kneipe«, dieser »Bar«, diesem »Restaurant« oder wie man derlei Etablissements sonst zu nennen pflegte, sah so unschuldig und niedlich und anheimelnd aus wie in der Kulisse eines solchen Kindertheaters, nur daß zwischen solchen Erinnerungen viele tausend Meilen und ein Ozean lagen, nämlich mein altes geheimnislos gewordenes Land und dieses neue wilde, ungezähmte.

Als erstes fiel mir ein verwaistes Klavier auf, dessen Deckel offenstand. Auf der Notenablage waren mehrere Blätter ineinandergeschoben – hatte ich es nicht eben, auf der Straße, klimpern hören?

Nein, ich hatte mich getäuscht. Ein solches Willkommen hatte ich mir nur gewünscht, sprich eingebildet. Denn in dem vor Sauberkeit blitzenden Gastraume war es auffallend ruhig. Kein Räuspern oder Hüsteln von den Gästen drang an mich, welche zu gut zwei Dutzend an einer aus mehreren Tischen zusammengeschobenen und mit einem bunt gemusterten Tuche bedeckten Tafel saßen; eine ungewöhnlich stille Zecherschar. Wohl sah man auf mich, in der gleichen verwunderten Art, wie ich schon zuvor, auf dem Wege hierher, gemustert worden war, aber niemand sprach mich an. Seltsam.

Stumm und höflich grüßte auch ich, indem ich nur an meinen Hut tippte, wie im Westen üblich. Ich durchquerte das Lokal der Länge nach und wählte mir einen leeren kleinen Tisch in einer Ecke. Von dort aus konnte ich bequem das Geschehen, falls sich eines entwickeln sollte, überschauen und gleichfalls bequem durchs Fenster auf die Straße sehen; eine meiner Angewohnheiten.

Unauffällig lugte ich zu den Gästen – hatte ich es in ihnen bereits mit Washburns Männern zu tun? Nur aufstehen, ein einziges Wort sagen, mich lediglich vorstellen hätte ich müssen, doch lag in dem Raume und über diesen Menschen eine so eigenwillige Stimmung, daß ich mir dies verkniff. Reichlich erwartungsfroh erschienen sie mir, diese Leute, die mit ihren unbewegten grobschlächtigen Gesichtern und in den steifen dunklen Anzügen wie verkleidet wirkten – erwartungsfroh, sage ich, weil sie mich an Kinder in den Minuten vor der Weihnachtsbescherung erinnerten, und verkleidet, weil ich Lebenserfahrung genug besitze, um Menschen außerhalb ihrer gewohnten Umgebung gerade dann zu erkennen, wenn sie sich in ein fremdes Habit zwängen. Oft genug hatte ich dies selbst schon getan.

Mein Blick fiel auf die Tafel: die wohlgefüllten Biergläser, sie waren unberührt, die Teller, sie leuchteten weiß und leer zur Decke, das Besteck, es wartete akkurat auf den makellos gefalteten Servietten – eine derart sonderbare Stimmung hatte ich noch in keiner Schenke angetroffen. Weiterhin schweigend, rieb sich das Mannsvolk den manierlich geschorenen Bart, faßte sich an die frisch gestutzte Frisur und was man sonst aus Verlegenheit so machte, wenn ein ungebetener Geselle in eine Runde platzte. Im übrigen wurde immerzu der Tresen fixiert, hinter dem jetzt allerdings jemand hervortrat.

Es handelte sich um ein bravgesichtiges, schnauzbärtiges Männchen schwer schätzbaren Alters, gewiß nicht mehr jung. Das kugelrunde Männchen nahm Kurs auf meinen Tisch; munter wetzten zwei Säbelbeine auf mich zu, und zwei Apfelbäckchen strahlten freundlich. Offensichtlich hatte ich es mit dem Wirte höchstselbst zu tun und also mit »Mister Faffle«.

Die Freundlichkeit schlug um, als ich den Kopf hob und dem Manne zulächelte. Die zuvor hellen Augen verdunkelten sich, und ein skeptischer, ärgerlicher Blick fiel auf mich:

»*Heigh-day,* Ihr schon wieder! Wünscht Ihr etwa zu speisen? Das ist bei mir künftig unmöglich, wie ich Euch schon gestern abend gesagt habe. Ihr wißt, daß mir Eure Kundschaft nicht länger angenehm ist. Am besten, Ihr verlaßt mich gleich wieder. Meine Stühle brauchen Eure Wärme nicht!«

Entschieden und doch leise hatte der Mann gesprochen; dabei war seine Haltung eher ängstlich, fast pardonierend. Offenbar wollte er vermeiden, daß die Gäste an der Tafel mithören konnten, denn nur deren gelegentliche Bewegungen oder Lautäußerungen sorgten für ein wenig Geräusch.

»Seid Ihr Herr Pfäffle beziehungsweise Mister Faffle?«

»Pfäffle oder Faffle, das wißt Ihr doch! Und ich weiß zu genau, wer Ihr seid, obgleich Ihr anscheinend dem *hairdresser*[1] ein Wunder abverlangt habt. Ihr wirkt heute sehr viel jünger!«

Wer mich kennt, der weiß, nichts bringt mich so leicht aus der Ruhe, niemand lockt mich unvermittelt aus der Reserve. Aber diese Stadt – diese Leute – dieser kleine Mann – seine Worte – – –

Tief bog er sich zu mir herab und flüsterte mir ins Ohr:

»Bitte, mein Herr, geht! Ich kenne Eure Meinung über Mister Washburn und sein Vorhaben; zur Genüge habt Ihr ihm diese gestern auseinandergesetzt. Ich erkläre, daß mein Haus bis auf ein einziges reserviertes Zimmer durch die Expedition belegt ist, welche Ihr als geschlossene Gesellschaft betrachten wollt. Es drängt mich nicht nach Gästen wie Euch, ich bin mit meinem neuen Koch geschlagen genug!«

»Was ist denn mit diesem?« fragte ich.

»Was mit ihm ist?« scholl es in mein Ohr. »Der Mann spinnt!«

1 Friseur

»Mister Faffle, bitte erlaubt, ich verstehe nicht. An Euren Tischen sitzen voll Erwartung diese vielen Gentlemen. Sicherlich wird bald gezecht und gespeist, und fast alle Eure Zimmer sind belegt, wie Ihr sagt. Trotzdem macht Ihr ein Gesicht wie drei Wochen Regenwetter. Freut Ihr Euch denn nicht auf die hohe Tageslosung[1]?«

»Eben, bester Herr«, trafen Faffles Worte auf mein Trommelfell. »Die vielen Gäste zahlen mir ja nichts!«

»Wie, Ihr haltet sie frei?«

»Nein, Ihr mißversteht mich.«

»Wie denn nun? Wird bezahlt oder geprellt?«

»Weder noch. Es verhält sich so: Mein gegenwärtiger Koch – den Chinesen davor hielt es nur ein paar Tage –, mein jetziger Koch also ist ein Deutscher, sogar ein Bayer.«

»Aber Mister Faffle, das ist doch wunderschön! Die bayerische Küche ist eine herzhafte. Ihrem Ruf kann das nur guttun.«

»Schon«, räumte Faffle ein. »Aber man hat in Bayern auch einen König, und um den geht es. Jener Mann, der gleich auftragen wird, ist ja nicht irgendwer. In meiner Küche fuhrwerkt kein anderer als der Hofkoch König Ludwigs von Bayern!«

Ich hörte diesen Namen – sah auf das Männchen – bedachte mich eine Sekunde – und hatte Mühe, mir ein lautes Lachen zu verkneifen! Von einem Moment auf den anderen wollte mir die Stimmung im Boarding House gar nicht mehr eigenartig erscheinen, viel eher heiter, komisch, entsetzlich närrisch! Doch eine solche Gemütsregung mußte ich mir verkneifen, wollte ich nicht Anstoß erregen. Ich bezwang mich und legte um so mehr Harmlosigkeit in meine Stimme:

»Ein Hofkoch, Mister Faffle? Dazu meinen Glückwunsch! Ein Königlich Bayerischer Speisenkünstler, hier in Cheyenne, an der Grenze zum Indianerland, wer hätte das gedacht.«

»Aber nein«, rappelte es schon wieder in meinen Ohren. »Das

1 Einnahmen, Umsatz

ist doch kein Grund zum Freuen. Versteht Ihr, der Koch hält alle meine Gäste frei.«

»Erlaubt ihm das denn seine Löhnung? Seid Ihr so spendabel, was das Gehalt betrifft?«

»Hm«, brummte der Wirt. »Das nun keineswegs. Könnte ich nicht haushalten, ich käme um Keller und Theke.«

»So nun?«

»Ja, so nun, so nun! Sir, denkt bloß, dieser Herr Hofkoch sieht wie ein armer Schlucker aus, aber er besitzt ein unglaublich dickes Portemonnaie, so daß er alle Kosten für das folgende Festmenü sowie für die Logis all dieser Herren übernommen hat, im voraus! Es scheint wohl so zu sein, daß heute drüben, in seiner bayerischen Heimat, der Geburtstag Seiner Majestät gefeiert wird. Wir haben den fünfundzwanzigsten August, und der Monarch begeht just sein fünfundzwanzigstes Lebensjahr. Er hat auch gleich noch Namenstag! Dieser Anlaß, sagt der Koch, müsse gewürdigt werden, also hält er alle frei. Was sind das für Zeiten, in denen der Koch den Wirt bezahlt!«

»Mister Faffle, habt Geduld mit mir, ich begreife es immer noch nicht. Eure Stube ist besetzt, Euren Gästen rinnt der Speichel, die Kasse stimmt, und Euer Koch versteht sein Metier – was gefällt Euch daran nicht?«

»Was mir nicht gefällt?« blies mir ein weiterer Luftschwall in den Gehörgang. »Ist das denn so schwer zu verstehen? Der König mag seinen Ehrentag haben, aber schon morgen, da hat ihn das normale Leben wieder. Wenn aber heute sein Hofkoch Platten und Terrinen auffährt, und zwar umsonst, was werden meine Gäste dann morgen von mir erwarten? Doch geradewegs das gleiche! An einem einzigen Tage verdirbt mein Koch mir das ganze Geschäft, indem er zu gut, zu viel und auch noch gratis kocht und für alles höchstselbst gut und teuer bezahlt. Der hohe Tag der Majestät ist der Tag meines Untergangs. Ich bin erledigt, ruiniert, ich, der kleine Ewald Pfäffle aus Stuttgart, der Mister Faffle, wie man mich nennt! Weg muß er, der Koch, noch heute aus dem

Hause! Gleich geht das Schlemmen wieder los. Seht Euch die Männer dort drüben an – bald sitzen sie wieder zwischen Felsen und Bäumen und freuen sich an halbgarem Waschbär oder an totgeschossener Schlange. Aber bei mir kriegen sie nicht genug von Bayerischem Zwiebelfleisch und Rindsrouladen, von Böhmer Eintopf und Wiener Mehlspeisen! Wenn sich erst ganz Cheyenne an solche Gerichte gewöhnt hat, bin ich geliefert, denn selber kochen kann ich so etwas nicht. Dann soll lieber wieder der Chinese am Herd stehen, den ich zuvor hatte. Bei dem gab es immer nur Steaks mit Bohnen oder Bohnen mit Speck. Und auf einen König schwor der auch nicht!«

»Ihr seid mir ein Rätsel, Herr Pfäffle. Einen derart loyalen und finanziell unabhängigen Menschen wie diesen Koch muß man im Gegenteile halten, ihn sich geneigt machen, ans Haus zu binden suchen. Mit ihm könnt Ihr in Cheyenne das erste Haus am Platze werden. Glaubt Ihr, es schneit solche Könner zur Türe herein?«

Meinem Vorwurf folgte ein langer, prüfender Blick des Wirtes.

»Ihr«, sagte er vorwurfsvoll. »Ihr seid doch auch zur Tür hereingekommen, ein Könner ganz anderer Art. Nochmals, an Eurer Anwesenheit liegt mir nichts!«

Da war sie wieder, diese obskure Anspielung. Dieser Punkt mußte jetzt geklärt werden.

»Mister Faffle, mir scheint, Ihr verwechselt mich. Noch keine Stunde befinde ich mich in der Stadt, noch viel weniger – und übrigens zum ersten Male – in Eurem Hause. Womöglich ähnelt ja mein Durchschnittsgesicht irgendeinem anderen, so etwas soll vorkommen.«

Anstatt mir daraufhin noch näher auf den Leib zu rücken als bisher, entfernte sich Faffle von mir. Er ging ein paar Meter zurück – trat einen weiteren nach links – ging nach rechts – bewegte sich wieder vorwärts – blieb und guckte – ging wieder – guckte mich an – – –

»*Heigh-ho,* Mister Faffle«, rief jemand. »So bringt unserem Mister Hayes doch ein Glas, uns kann er heute nicht stören!«

Einer der Männer aus der immer noch wartenden Runde hatte sich bemerkbar gemacht. Faffle faßte sich. Allerdings schritt er nun zurück hinter seinen Tresen, zapfte in der Tat aus einem Faß ein Bier und brachte es zu mir an den Tisch. Diesmal blieb er nicht stehen, sondern nahm mir gegenüber Platz.

»Ich habe mir Euch angeschaut, sehr genau, aber nein, Ihr seid nicht, wer ich dachte, aber glaubte, Ihr wärt es.«

»Ja«, lächelte ich zu dieser verzwickten Erklärung. »Ihr dachten an jenen Mister Hayes, von dem gerade die Rede war.«

»Mit ebendem habe ich Euch verwechselt. Ihr seid aber selbst schuld, eine solche Ähnlichkeit: Eure Züge, Euer Haar, Eure Barttracht; selbst die Art, wie Ihr auf dem Stuhle sitzt, Euch zurücklehnt, das Glas haltet – seid Ihr vielleicht ein Verwandter von Mister Hayes? Seid Ihr sein Sohn, sein Neffe?«

»Ah«, machte ich. »So scheine ich mich von dem Herrn wenigstens vom Alter her zu unterscheiden. Wie sonst könnt Ihr mich für seinen Sohn oder Neffen halten?«

»Stimmt, das hatte ich nicht bedacht. Er ist älter als Ihr, sogar bedeutend älter.«

Nochmals mußte ich mich eine Weile bestaunen lassen, was mich nicht bekümmerte. Ich ließ mir das Bier des putzigen Schwaben schmecken, das ich sofort als ein deutsches, über Meer und Kontinent gereistes erkannte.

Als ich mein Glas wieder auf den Tisch stellte, griff mir Faffle an den Arm.

»Sir, es mag Euch ungewohnt erscheinen, aber in meinem Boarding House gilt neben dem Gesetz der Gastfreundschaft die Regel, daß mir ein jeder seinen Namen nennt. Wollt Ihr die Freundlichkeit haben, mir Euren zu nennen?«

»Er lautet Karl Hohenthal«, sagte ich.

Das war nicht unbedingt gelogen. Zum einen lautet mein Vorname wirklich so, zum anderen hege ich, wie man weiß, eine nicht ungefähre Beziehung zu den Orten Hohenstein und Ernstthal im Erzgebirge. Wie man sich ebenfalls erinnern wird, hatte mir zuletzt der Dey von Algier[1] aus Dankbarkeit für seine Rettung aus der Hand des Piraten Ulunay Reisepapiere auf diesen Namen ausgestellt, welche auch hierzulande Geltung besaßen. Vielfach habe ich auf meinen Reisen die Erfahrung gemacht, daß es von Vorteil sein kann, über einen zweiten, selbst dritten Namen zu verfügen. Gerät man als der eine in Gefahr, entschlüpft man ihr als ein anderer.

Man bedenke auch, wie oft man zu Hause von Gendarmen und Wachtmeistern, Konstablern und Kondukteuren unserer reich variierenden Königlich- und Kaiserlichkeiten behelligt wird. Ein beizeiten zurechtgelegter Name nebst sicherem Auftreten reicht hin, um sich Respekt bei Amtsträgern und Subalternen zu verschaffen. Somit bediene ich mich gern diverser, frei geschöpfter Leihnamen und schone so meinen eigenen vor Abnutzung, und diese Möglichkeit wollte ich mir auch in Cheyenne, in der Gaststube von »Mister Faffle«, vorbehalten. Meinen Geburts-, erst recht meinen überaus bekannten Westnamen nannte ich erst einmal nicht, noch weniger die Tatsache, daß meine Auftraggeber hier für mich reserviert, aber die betreffende Person nicht näher bezeichnet hatten. Auch in dieser Hinsicht bewahrte ich mir alle Freiheiten.

»So, so«, brütete der Wirt. »Hohenthal, Hohenthal. Karl, Karl – nein, so jemand hat sich mir noch nicht vorgestellt, da waren jüngst ganz andere da. Zwar seht Ihr aus wie – zwar scheint Ihr zu sein wie – ach was, bleibt sitzen und trinkt Euer Bier. Ich verlasse mich auf meine Menschenkenntnis. Ihr habt einen freieren Blick als der andere, das muß genügen.«

»Wirklich?« faßte ich nach. »Wer ist denn nun der andere? Da ich Euch so bereitwillig Auskunft gebe, solltet auch Ihr Euch öffnen. Schon auf dem Weg von der Eisenbahn hierher, erst recht seit meinem Eintreten sieht man mir nach, als wäre ich der Leibhaftige. Wer ist dieser Mister Hayes?«

1 Dey = Statthalter des Sultans; siehe Karl Hohenthal, *In Algier*

In diesem Moment geschah es, daß ich zufällig durch das Fenster auf die Straße blickte. Dabei wurde ich eines Mannes gewahr, dessen Anblick mich sprachlos machte. Dieser schien ebenfalls das Boarding House zum Ziele zu haben und war im Begriff, durch ebenjenes Fenster in die Wirtsstube hereinzuspähen. Ein Wunder nahm seinen Lauf, aber kein gutes – – –

Beide, der Fremde und ich, schienen nämlich jeweils anstatt durch die Scheibe in einen Spiegel zu schauen. Was ich darin sah, war ohne Zweifel ich selbst, nur war ich älter geworden, um mindestens zwanzig Jahre. Kantiger war mein Gesicht, die Stirne nicht mehr glatt und schärfer meine Züge; auch war ich nicht mehr blond, sondern silbrig, eisgrau, wenngleich mein Haar und meine Barttracht, im Schnitte unverändert, immer noch als voll bezeichnet werden konnten. Meine Statur, lange geübt durch Turnen, Ringen, Schwimmen, Fechten und dergleichen mehr, hatte sich ihre asketische Haltung bewahrt; mein Spiegelbild ging ohne Stock, »ich« schwankte nicht, »ich« stand fest. Auch alles Nichtsichtbare, nichtsdestoweniger Wahrnehmbare war noch da. Die durch tausend Kämpfe erworbene Selbstsicherheit, die daraus resultierende, für jedermann spürbare Überlegenheit von Geist und Körper, der Ausdruck von Zuversicht in den Augen, die kaum je nachlassende Energie – das alles manifestierte sich in der mir eigenen Kraft, wie sie meinen gefürchteten Jagdhieb auszeichnet und mir aus diesem unglaublichen Glase, aus »meinem« Gesicht entgegenleuchtete – wie war das möglich?

Am meisten frappierten mich »meine« Züge. Denn in dem bereits dem Greisenalter zustrebenden Antlitz war doch noch der Jüngling von einst zu erkennen, der tatkräftige Recke, als der ich vor gar nicht so langer Zeit im Studierzimmer gesessen, und natürlich der gereifte Weltbereiser, welcher ich heute war, der Wüstendurchquerer, der Westmann, der Schriftsteller und was nicht alles aus mir geworden war: Ich sah durch das Fenster und sah praktisch mich selbst, sah mich durch die Jahre und Zeiten hindurch – gespenstisch!

»Heideblitz«, rief einer. »Des isch de Mischter Haysch!«
Erst diese schwäbischen Worte rüttelten mich wach.

Wie aus einem Traume gerissen und zurück in die Wirklichkeit spediert, blickte ich um mich her, wohl ziemlich tölpelhaft. Ich hatte Grund dazu: Die Männer von der Tafel, um mich und den Wirt herum geschart, waren gleichfalls an das Fenster geeilt. Wie wir hatten sie die wundersame Erscheinung jener beiden wahrgenommen, welche einander nicht nur wie die sprichwörtlichen Eier glichen, sondern, was aller Erstaunen noch vergrößern mußte, sich jeweils im anderen in einer jüngeren und einer älteren Ausgabe erkannten.

Der Leser verzeihe, daß ich die jenem Ereignis nachfolgenden Sekunden oder Minuten überschlage; sie fehlen mir in der Erinnerung, wiewohl mir meine damaligen Empfindungen nur allzu gegenwärtig sind. Es versagt mir dabei das sonst immer bereite Handwerkszeug den Dienst: Ich, der Schriftsteller, finde keine Worte, um meine damalige Verblüffung, zugleich meine Faszination zu beschreiben.

»Ha, des isch joh de Mischter Haysch!«

Weil er genauso gepackt war wie ich und wir alle, »schwätzte« der Schwabe Ewald Pfäffle plötzlich in seinem ureigensten Idiom und wiederholte seine Worte von vorhin.

»Mischter«, drang er sodann auf mich ein. »Bei mir könnet d'
Leut' veschpern, aber net d' Wirt ausbäffa – einen deutschen Namen haben Sie mir genannt, aber anstatt deutsch sprechen Sie mit mir englisch. Sind Sie am Ende gar kein Landsmann, legen Sie es auf Täuschung an? Mischter, Sie brauchen gar nicht so entgeistert dreinzusehen; ich habe Sie beide gesehen, den einen Hayes und den anderen – Sie!«

Ich faßte mich und trank einen Schluck. Die Männer um mich her, verlegen über den Disput, kehrten an ihre Plätze zurück, tauschten aber flüsternd ihre Meinungen aus über das Gesehene und Gehörte.

»Herr Pfäffle, einigen wir uns auf das Hochdeutsche«, sagte

ich dem Wirt in unser beider Heimatsprache. Dabei betonte ich jedes Wort so genau, daß über meine Herkunft kein Zweifel bleiben konnte. Als ich sah, daß genau dieser Kniff »Faffle« beruhigte, sprach ich weiter:

»Wer ist dieser Mischter Haysch?«

»Ja no, der Mischter – Entschuldigung, ich habe mich wohl getäuscht. Als ich Sie hereinkommen und dann so sitzen sah, hielt ich Sie doch für jenen, der gerade vor dem Fenster stand. Er hat sich über Ihren Anblick genauso erschreckt wie Sie sich über seinen, er ist verschwunden. Für ein kurzes habe ich nochmals gedacht, der Mischter, also der Mister, nun: Hayes, das wären Sie!«

»Und? Wäre das so schlimm?«

»Allerdings! Der Mann macht zwar gute Zeche und begleicht sie auch, ich kann ihm da nichts nachsagen. Aber seit neuestem bringt er auch seine Kumpane mit; von Gentlemen kann man da nicht sprechen. Jedesmal gibt es Streit. Hayes hat es auf Washburn abgesehen, mit seiner Kompagnie der dort drüben sitzt.«

»Wohl auch ein Mischter?« erkundigte ich mich.

»Nein«, lachte Faffle-Pfäffle erstmals. »Er und die anderen, das sind ehrenwerte Leute. Haben Sie nicht gelesen? Nach dem Yellowstone wollen sie, noch in diesem Sommer, dort oben alles vermessen und Karten zeichnen. Sie tun das nicht des Geldes wegen und auch nicht im Auftrag einer Mining Company. Das Gebiet soll unter Schutz kommen, aber nicht für die Rothäute und auch nicht für uns Weiße, sondern für alle Farben, die der Erdball zu bieten hat.«

»Und das also paßt Mister Hayes nicht? Warum?«

Ob dieser Frage schnitt der Wirt die durchtriebenste Miene, die ich jemals sah.

»Ahnen Sie es denn nicht? Milton Hayes ist in Wyoming Kupferkönig, ja weit darüber hinaus. Gold, Silber, Eisen, Stahl, das alles interessiert ihn nicht, selbst um Öl balgt er sich mit anderen Investoren nicht. Hayes geht es um immer mehr Indianerland. Er haßt die roten Männer, aber er liebt das rote Erz!«

Jetzt verstand ich. In den Vorabend der Expedition war ich geplatzt; bereits vor meinem Eintreffen mußte es unschöne Auftritte gegeben haben. Zwar wußte ich nicht, ob am Yellowstone mit Kupfervorkommen zu rechnen war; dafür schien es ein anderer zu wissen, und der hatte sich Washburn sowie den biederen Wirt zu Gegnern gemacht: jener Milton Hayes.

»Was ist er für ein Landsmann?« begehrte ich zu wissen, denn zu jener Zeit war so mancher erst kurz im Lande; die Herkunft eines Menschen sagte viel über ihn aus.

Faffle wiegte nachdenklich den Kopf.

»Die einen sagen, er stamme aus Boston; er gibt sich auch Mühe, gewandt wie ein Städter zu wirken. Seiner Aussprache des Englischen nach ist er aber Deutscher wie Sie und ich, sein Name könnte ein angenommener sein. Es kommen hier die abenteuerlichsten Geschöpfe vorbei. Vor ein paar Tagen erst hatte ich hier ein alleinreisendes junges Mädchen. Sprach kaum ein Wort, erwies sich aber als wehrhaft, als Mister Hayes zu nahe rücken wollte. Hui, wie das klatschte, wie das prasselte! Es kam dem Fräulein aber noch ein anderer Gast zu Hilfe, ich glaube, ein Mexikaner.«

»Ein Mexikaner?« zweifelte ich. »In Wyoming?«

»Ja, wir wunderten uns alle. Aber der Kleine trug einen grünen Sombrero, wenigstens sah seine Kopfbedeckung so aus. Und sein Gewand war kein richtiges, es bestand vollständig aus Tüchern – ich weiß nicht, wie ich es ausdrücken soll, mir ist noch nie ein Mexikaner untergekommen. Aber als er loslegte, um das Mädchen zu beschützen, das war ein Aufstand! Er rief seine Worte nicht, er gurgelte und ächzte sie heraus und tremolierte so sehr, daß ich fast meine eigene Sprache vergaß. Anderntags bezahlte er korrekt, genau wie das Fräulein, und dann zogen sie vereint weiter. Nur, mein Herr, ich denke, dieser Galan braucht selber Schutz, und zwar vor dem Fräulein – das hatte Haare auf den Zähnen!«

»Diese beiden«, sinnierte ich. »Und immer mit dabei: Ihr Mister Hayes!«

»Bester Herr, er ist nicht mein Mister Hayes, er ist überhaupt von niemand der Mister! Er scheint nur den Aufbruch der Washburn-Leute zu erwarten, dann bin ich ihn los. Aber seine Stimme, sein Ton – nichts für ungut, aber bei Ihnen klingt alles wie bei ihm, wobei Sie ein viel umgänglicheres Gemüt besitzen – Mischter!«

Die Wiederholung dieses nun wieder eingeschwäbelten »Mister« faßte ich als Scherz auf und tat gut daran: Aus dem Wirt namens Faffle und vor allem Pfäffle dröhnte jetzt ein helles, stuttgartliches Lachen, so laut und herzlich und befreit, daß ich nicht anders konnte, als einzustimmen. Und wir blieben nicht allein vergnügt, der Schwabe und ich Sachse; auch Washburn und seine Männer, die wir einander immer noch nicht vorgestellt waren und die immer noch des Festmahls harrten, stimmten mit ein, daß die Balken zitterten.

Plötzlich übertönte das gemeinsame Lachen ein Geräusch, wie ich es zuvor noch nie und auch späterhin an den Grenzen zu den *dark and bloody grounds* nicht mehr vernahm. Es war der schwingungsreiche Klang eines Gongs, wie er in europäischen Hotels und Salons – oder in deutschen Königspalästen – vornehm zum Speisen ruft. Diesem alles durchdringenden Ton folgte aus dem hinteren Teil des Gastraumes ein obertonreiches Klingen, wie man es allein von Silbergeschirr kannte. Die Männer, der Wirt sowie ich reckten den Kopf; schon flog die bisher geschlossene Tür zur Küche auf.

Und was bekamen wir zu sehen!

Ein schier babylonischer Turm aus über- und ineinander gestapelten Platten schob sich in die Stube. Blind balancierte das Gebilde vorbei an dem Tresen, auf die hungrig wartenden Westleute zu. An der Unterseite allerdings wurden zwei kurze Beine sichtbar, und zu den Seiten blitzte mal links, mal rechts eine mannshohe weiße Kochmütze hervor. Das schwankende Gebilde verströmte die verlockendsten Dämpfe und Dünste, und durch diesen Nebel rief es mit kernigem deutschem, nein, bairischem Akzent:

»Obacht, Leutl, paßts auf; Achtung, attention; voilà, messieurs – Mittagsmahl für fünfzehn Gedecke!«

Diese Mitteilung fuhr wie Sturmgebraus unter die Wartenden! Vorbei war es mit ihrer Geduld, ihrer Zurückhaltung. Von der Tafel her erwiderte freudiges Geklapper mit Geschirr, Besteck und Gläsern die Ankündigung, darüber schwoll ein vielstimmiges »Ah!« zu einem dissonanten Akkord.

Der Wirt, anstatt zu den Gästen zu eilen und sich um das Vorlegen der Speisen zu kümmern, lief an das Klavier neben dem Eingange und schlug auf dem allerliebst verstimmten Instrumente ein Liedlein an; wer nur einen Funken deutsche Musikalität in sich ruhen hatte, konnte darin das altwürttembergische »Muß i denn, muß i denn zum Städtele hinaus« erkennen. Indes vermochte diese Einlage kaum die nun aufgetragene Speisenfolge zu komplimentieren; ihrer Vornehmheit nach entstammte sie gewiß nicht einem »Städtele«. Denn der am Ziele angelangte »Turm« rief die schönsten Verheißungen einher:

»Kraftbrühe mit Kaiser-Eiern – *consommé aux œufs à l'Empereur!* Jagdsuppe mit wilden Tauben – *purée de pigeons sauvages à la chasse!* Ragout aus geräucherter Ochsenzunge mit Zwiebelsauce – *ragoût de langue à l'écarlate à la Clermont!*«

»Ah!« und »Oh!« frohlockte die Schar, und der Wirt schlug forte im »Städtele«.

Gang folgte auf Gang: »Kalbslendenstücke nach Pompadour – *filets mignons de veau à la Pompadour!*«

Die Silberplatten, Schüsseln und Terrinen hatten ihr Ziel glücklich erreicht. »Holla!« und »Yeehaw!« und »Yippie!« rief es zum Empfang. Alles riß, griff und faßte mit eigenen Händen nach den appetitlich arrangierten Speisen. Ein jeder sorgte eifersüchtig für sich selbst, ganz nach Westmannsart – oder vielmehr *à la manière d'un sauvage.*

Ein Schmausen hob an, wie ich es selten erlebt habe, und begleitet wurde es von einer Festmahlsmusik, wie ich sie nie wieder hören möchte. An genüßlichen Lautäußerungen war kein Mangel. Der Witwer Pfäffle, endlich doch von der Eßlust seiner freigehaltenen Gäste befeuert, riß ein »Schelmeliedle« nach dem anderen herunter. Dazu sang er, selbstverständlich im Dialekt seiner süd-deutschen Heimat, und durch das Boarding House klang es:

Will nix von deim Butter
Will nix von deim Käs
Will nix von deim Schätzle
Han selbscht a recht a schöns!

Lieber Leser, wer mich kennt, weiß, daß ich nicht zum Gaffen neige, aber in jener Runde, die ich in diesem »amerikanischen« Wirtshause vorfand, konnte ich nicht umhin, mir einen jeden ein-zelnen genauer zu besehen. Doch dazu war keine Gelegenheit, mein Blick saugte sich an jenem kuriosen Menschen fest, welcher nach und nach hinter dem feinen Geschirr sichtbar wurde. In ihm, so viel stand fest, erblickte ich den Urheber dieser Huldigung an Lukullus.

Wie schon bei dem Wirte handelte es sich eher um ein Männ-chen als um einen Mann. Höchstens einen Inch über fünf Fuß[1] messend, schien er aber über enorme Kräfte zu verfügen; die Last des aufgestapelten Silbers ließ keine schwächliche Physis zu.

Dann, als alle Köstlichkeiten die Tafel ausfüllten und der Küchenmeister frei zu sehen war, bestätigte sich meine Einschät-zung. Ein noch jungenhaftes, fröhliches Gesicht signalisierte Unbekümmertheit, andernteils verriet eine unübersehbare Quer-kerbe über der Nasenwurzel auch Entschlossenheit, wie sie die Vielfalt eines Festmahles wohl erforderte; eine Mischung, die auf noch bedeutsamere Anlagen hinweisen konnte. Es stand ja zu vermuten, daß dieser recht schlanke und bewegliche Kerl die vie-len Gerichte ohne fremde Hilfe zubereitet hatte, minutiös auf diesen Auftritt hin, welcher ohne herausragende Koordinations-fähigkeit gar nicht zu denken war. Dennoch wirkte dieser Mensch nicht angestrengt. Bei ihm fühlte ich mich an einen Zirkusdirek-

---

1   circa 1,55 Meter

tor erinnert, der in der Manege einen Schwarm Rösser in Formation kreisen ließ, um seine Dressur zugleich zu kommandieren und zu kommentieren. Das grundehrliche Gesicht des Kochs, die friedvoll darin ruhende Naivität, beides erinnerte sofort an die Menschen gewisser europäischer Naturvölker, an Bayern, Österreicher, Tiroler. Zu diesem Eindruck trugen auch die hellen, verschmitzt dreinblickenden Äuglein bei, der rabenschwarze, sorgfältig gezogene Scheitel, die spöttisch gekräuselten Lippen, welche ein gewaltiger, stolz gezwirbelter Schnurrbart umwogte, wie er in deutschen Landen bei Offizieren oder Beamten zur Manneszier gehörte. Ein respektables Bäuchlein wölbte sich unter dem schlichten, uniformgleichen Kochgewande, erblühte dabei aber so weiß und unschuldig, als lägen hinter dem Manne nicht Stunden um Stunden konzentriertester Arbeit.

Das also war der umstrittene Koch. Mit gebührendem Abstand auf die hastig Schlingenden blickend, genoß er die Wirkung seines Schaffens, um im Abstand von jeweils ein paar Minuten kurz zu verschwinden und wiederzukehren, stets aufs neue mit Platten beladen, die verheißungsvollsten Speisebezeichnungen im Munde.

Bald bemerkte ich etwas Eigentümliches.

Anstatt der weiter herrschaftlich ausgerufenen »Hühnerbrüstchen à la royale« oder von »Wachteln à la financière« brachte der Mann nun immer öfter nur noch Schüsseln voll gewöhnlicher, gebratener Kartoffeln. Anstatt des annoncierten Hummersalats oder der englischen Taubenpasteten kam plötzlich nur noch derbes Bullenfleisch auf den Tisch, riesige Stücke und Scheiben, wenngleich weiterhin alles unwiderstehlich duftete. Es kamen und gingen die »Wildentchen mit Zitronen«, hinter welchen sich nun gewöhnliche grüne Bohnen verbargen; und es entpuppten sich die jungen Hühner, »gebraten mit englischer Eiersauce«, als eine Schüssel simpler, scharf angebratener Zwiebeln. Ich verstand: Ein ehrgeiziger Koch beugte sich im stillen den Wünschen dieser wenig verwöhnten Zungen, doch fiel es ihm deshalb nicht ein, auf sein erlesenes Küchenfranzösisch zu verzichten. Dieses ließ er wie

Konfetti über das Geschmatze der Männer und das Geklimper des Wirtes regnen.

Wie ich dies alles schildere, mag man an ein stundenlanges Gelage denken, aber man täusche sich nicht. Ein Schwung West-männer wird in Windeseile mit einem Ochsen fertig, so auch Mister Washburn und seine Gefährten. Als ich mich endlich der Physiognomie der eiligen Esser zuwenden wollte, paradierte der Koch letztmalig auf. Wehmutsvoll rief er die Dessertfolge auf:

»Englischer Kastanienpudding! – Ananassülze mit gemisch-tem Obst! – Butterteigringchen mit Mandeln! – Rahmgefrorenes mit Madeirawein!«

Solchermaßen verlockt, ließ »Mister Faffle« seine Tasten im Stich. Er nahm wieder seinen Platz hinter der Theke ein und ver-kündete seinerseits:

»Englisches Lager! – Schottischer Whisky! – Badisches Ver-reißerle!«[1]

War sein Piano zuvor nur verstimmt gewesen, war es jetzt ver-stummt. Das war auch notwendig, denn aus der Menge der feudal Gesättigten taten sich nun die mitteilsamsten Sänger und Redner hervor. Überhaupt schien erst jetzt aufzufallen, daß sich die Tafel gebogen hatte, indes mein Tischlein leer geblieben war. Mir selbst machte das nichts aus. Nach der Eisenbahnfahrt war mir nicht nach üppigem Essen zumute; schon seit Tagen bereitete sich der Westmann in mir auf die bevorstehenden Entbehrungen vor, indem ich öfter fastete.

Der Koch freilich nahm mich nun doch in meiner Ecke wahr. Er winkte höflich Zeichen, eilte nochmals in seine Küche, und hast du nicht gesehen, kehrte er zurück, einen hübsch dekorierten Porzellanteller in der einen, ein Glas Weißwein in der anderen Hand. Nun gedachte er also auch mich zu beglücken – mich, der ich in ihm schon die dritte denkwürdige Begegnung an diesem Tage haben sollte.

1 Weinhefebrand

»Bitte sehr, eine Auswahl der feinsten Stücke vom Rind«, wartete er mir auf. »Gekocht, gesotten, gebraten, gegrillt und fritiert – wünsche wohl zu speisen, Mister Hayes!«

Schon wieder dieser Name?

Da fiel mir ein, daß der kleine fleißige Kerl von meinem Gespräch mit Faffle so wenig mitbekommen hatte wie von dem Erlebnis an der Fensterscheibe. Ich beeilte mich, ihn aufzuklären, und nannte ihm zusätzlich meinen Reisenamen.

»Bin i a Bayer, oder bin i a Preiß! Ihr seid nicht Mister Hayes, obwohl Ihr Euch so tragt und gebt wie dieser! Mein Herr, ich bitte vielmals um Verzeihung. Es liegt natürlich wieder an mir, an meinen alten, dummen, kranken Augen; Verzeihung, Verzeihung, Verzeihung!«

Ich nickte zu dieser umständlichen Entschuldigung und mußte denken, was hier zusammenkam: ein Koch, der exquisit vorlegte und wie Pfäffle gern in seinen Heimatdialekt verfiel; ein noch so junger Mensch, der dabei das altmodische Ihr und Euch verschwenderisch gebrauchte, anstatt sich auf deutsch des modernen, schlichteren Sie zu befleißigen. Beides waren deutliche Hinweise auf seine, wie ich verstand, frühere Tätigkeit am Hofe des bayerischen Königs. Ferner die Eigenheit, Fehler anderer ganz auf sich zu beziehen, genau wie Höflinge es taten, tun mußten, weil das Zeremoniell sie dazu zwang. Selbstverständlich war jener nicht schuld an der Verwechslung, zudem hatte er keine alten, sondern vielmehr die gesündesten, glänzendsten und auch freundlichsten Augen.

So entgegnete ich ihm, seine Marotte mit dem Ihr aufnehmend:

»Wie ich höre, kommt Ihr aus Bayern, wo Ihr zuletzt in höchsten Diensten standet. Darf ich Euren Namen erfahren?«

O wie riß und zog es da in dem Männchen, wie wuchs es durch diese Frage empor zum Riesen, der da ausrief:

»Johann Rottenhöfer!«

»Angenehm, Herr Rottenhöfer«, gab ich zurück. »Ich habe vorhin – – –«

»Halten zu Gnaden, ich heiße nicht Rottenhöfer.«

»Aber diesen Namen habt Ihr doch eben genannt?«

»Schon, aber deshalb braucht es nicht mein eigener zu sein. Wißt Ihr, ich habe es mir zur Gewohnheit gemacht, der Vorstellung meiner Person jeweils den Namen meines wichtigsten Ausbilders voranzustellen. Dies geschieht allein aus Dankbarkeit. Ohne ihn wäre ich nichts, nicht vorhanden, nicht in der Welt. Mein Herr Rottenhöfer hat mich zum Koch gemacht!«

»Das freut mich«, sagte ich, angetan von so viel Zuneigung und Respekt. »Aber wie heißt nun Ihr selbst?«

»Ja«, seufzte der kleine Riese und schrumpfte schon wieder bedenklich. »Ich *besitze* natürlich einen Namen, gleichzeitig *habe* ich noch keinen – versteht Ihr?«

Ich verstand den gemeinten Unterschied: Der Lehrling von damals hatte sich von seinem Lehrherrn zwar gelöst, sich aber noch nicht, bildlich gesprochen, von ihm entfernt. Vor mir stand ein überaus ehrgeiziger, bescheidener Mensch, der mir durch seine Demut immer sympathischer wurde.

»Nur zu«, ermunterte ich ihn. »Nennt mir immerhin den Namen, den Eure Eltern Euch mitgegeben haben. Ich zweifle nicht daran, daß Eure Kochkunst ihn bald überall bekannt machen wird.«

»Mein Herr, ich danke Euch für diese großzügige Einschätzung. Wirklich habe ich es bereits zu einem Beamten Seiner Majestät, König Ludwigs von Bayern, gebracht.«

»Ja, Ihr wart bei ihm Hofkoch.«

»O nein, das stimmt schon zweimal nicht! Ich stehe ja nach wie vor in Diensten; Majestät höchstselbst hat mich beurlaubt und hierhergeschickt. Zum anderen gibt die von Euch gebrauchte Bezeichnung Hofkoch nicht einmal die Hälfte meiner Pflichten und auch nicht die wahren Verhältnisse wieder. Denn nicht als Hofkoch diene ich unserem Regenten, sondern als Mundkoch, sogar als Erster Mundkoch! Als Küchenknabe habe ich mich hochgedient, mein Lehrmeister und Vorgänger war der berühmte

Johann Rottenhöfer – erwähnte ich ihn schon? Gewiß kennt Ihr sein vorzügliches Buch ›Anweisung in der feineren Kochkunst‹?«

Bedauernd schüttelte ich den Kopf – konnte man sich Old Shatterhand oder Kara Ben Nemsi zwischen Töpfen und Tiegeln vorstellen?

Ganz ungezwungen setzte sich mir der Königlich Bayerische gegenüber, auf denselben Stuhl, den vorhin Pfäffle innegehabt hatte, und erklärte voll Stolz:

»Mit Eurer Erlaubnis! Bereits der Titel Hofkoch klingt nach Höherem, und doch kommt diese Bezeichnung daher, daß ein solcher – ich bin es selbst einmal gewesen – nur für die Bediensteten kocht. Ihm zur Hand sind dabei Unter-, Neben-, Reise- und Feldköche, des weiteren Brat-, Back- und Garköche, so daß man den Begriff Koch nicht leicht nehmen darf. Schlagt nur einmal nach bei meinem großartigen Johann Rottenhöfer oder auch in der Oeconomischen Encyklopädie für Staats-, Stadt-, Haus- und Landwirtschaft von Johann Georg Krünitz. Ihr werdet hier wie dort erfahren, daß sich der Hofkoch zum Mundkoch etwa so verhält wie der Geselle zum Meister oder der Graf zum König. Ähnlich steht es mit dem Unterschied zwischen Mundbäcker und Hofbäcker, nicht zu vergessen der Mundschenk, welcher häufig mit einem einfachen Sommelier verwechselt wird. Bitte nochmals, mich nicht mißzuverstehen: Unsere Hofköche sind alles fleißige, ordentliche Männer, aber keiner von ihnen – – –«

»– – – keiner von ihnen ist ein Mundkoch, ein *Erster* Mundkoch!« setzte ich eine Spitze.

»Jawohl, so ist es. Nur der Erste Mundkoch, welcher das Vergnügen zu sein ich habe, kocht für die Majestät, nur er darf die Tafel versehen, die Speisen darreichen und noch um das letzte Geschmacksgeheimnis wissen, nicht nur um die feineren. Diese Vorrechte ersehnen sämtliche Hofköche.«

»Verstehe. Und ein jeder trachtet danach, dem Ersten Mundkoch den Rang streitig zu machen.«

»Nein, mein Herr, da habe ich mich wohl neuerdings falsch

ausgedrückt, Verzeihung! Man ringt als Küchenniedriger natürlich um die Ehre, einmal selbst zum Mundkoch vorgeschlagen zu werden, doch ist das etwas anderes. Der König ernennt denselben nicht etwa selbst; dies geschieht auf Empfehlung seiner höchsten Hofbeamten. Mehr Gerechtigkeit wird man nirgendwo finden: Wer nicht schon für seine Kollegen aus den einfachsten Ingredienzien die besten Speisen zuzubereiten versteht, bleibt der königlichen Tafel sein Lebtag fern; der kocht vom Hofsekretär hinunter bis zum Pferdeknecht!«

»Wenn das so ist«, legte ich interessiert mein Besteck beiseite. »Wer bekocht dann Euren König, während Ihr Euch hier, in den Vereinigten Staaten, befindet? Ihr sagtet selbst, Ihr ständet weiter in Diensten.«

»Gewiß, aber Seine Majestät muß darum nicht darben. Natürlich hat ein Erster Mundkoch auch Stellvertreter, ich zähle sie Euch gern auf.«

»Nein, nein, laßt nur. Ich ahne, daß es auch hier eine wohlnumerierte Folge gibt.«

»Richtig, mein Herr, richtig. Gerade als Erster Mundkoch bedarf man würdiger Vertretung. Denkt Euch, man könnte erkranken, sich verletzen oder versterben; es soll vorkommen. Niemals darf durch einen solchen Lapsus der Gaumen Seiner Majestät betroffen sein!«

»Niemals!« pflichtete ich bei.

»Und dennoch, mein Herr, muß ich mich sputen. Länger als sechs Monate darf meine Abwesenheit nicht währen. Die Königlich Bayerische Küche ist schon jetzt eine delikate, doch soll sie weiter aufrücken. Zur ersten und besten Europas muß sie werden! Dann ist mein Name gemacht und mir nicht nur gegeben. Aus diesem Grunde habe ich alle Vorkehrungen getroffen, heute selbst hier, in Cheyenne, den Geburtstag Seiner Majestät zu zelebrieren, und doch quittiere ich noch heute abend meinen Dienst bei Herrn Pfäffle, denn, mein Herr, ich ziehe in den Wilden Westen! Der König wünscht, daß ich die Kochgewohnheiten der Indianer erkunde. Darüber werde ich ein Buch zu verfassen haben, welches hoffentlich im gleichen Maße Anklang und Verbreitung finden wird wie dasjenige Johann Rottenhöfers – sagt Euch dieser Name etwas?«

»Inzwischen wohl, nur der Eure ist mir weiter fremd«, lächelte ich. »Mir scheint, er köchelt in irgendeinem vergessenen Topfe – – –«

»Sakrament!« fuhr der Verdutzte hoch. »Schon wieder ein Fehler von mir, ein ganz unverzeihlicher dummer Fehler. Mein Herr, ich heiße Theobald Hirtreiter, bin i a Bayer, oder bin i a Preiß!«

Ich kam nicht umhin, mich ebenfalls zu erheben und dem Mann mit dem schwergeborenen Namen die Hand zu schütteln. Wie zuvor der bürgerlich-schwäbische Wirt mich, so besah nun ich mir diesen Herrn Hirtreiter sehr genau, welcher kaum Zweifel zu hegen brauchte, ob er nun bayerischer oder preußischer Herkunft war. Kaum jemals war mir mehr Harmlosigkeit in Verbindung mit Gewitztheit und Schläue als in diesem Kraftwort begegnet. Dieser Erste Mundkoch mochte leichtfertig sein, aber er besaß Schalk und Hintersinn. Meine Inaugenscheinnahme seiner Person ließ er sich gefallen, als ob ich sein Meister Rottenhöfer wäre oder gar sein geliebter König. Er wartete einfach, bis ich eine entsprechende Geste machte, und wir setzten uns wieder.

»Herr Hirtreiter, ich wundere mich. Ein in Küchengeheimnissen firmer Mensch wie Ihr glaubt, er könnte genausogut in die Geheimnisse der Prärie eintauchen? Ich enthülle Euch gleich das erste: Schon am ersten Tag im Sattel würdet Ihr Euch einen entsetzlichen Wolf zuziehen!«

»Verzeihung, da ist mir neulich ein Irrtum unterlaufen; es ist ja immer das Gesinde, das sich irrt. Falls Ihr nämlich auf das Reiten oder das Lenken eines Planwagens anspielt, mit Pferden bin ich aufgewachsen. So schnell wirft mich nichts vom Bock oder aus dem Sattel. Die Beinkleider, die ich trage, bestehen nicht etwa aus weichem Atlas oder Samt. Sie sind genäht aus dickstem, festestem

Hirschleder, von einem kapitalen Zwölfender unserer bayerischen Wälder – von dort kommen Jäger und Wilderer, aber keine Hänflinge und Memmen. Daher ich und mir einen Wolf reiten? Den Klepper will ich sehen! Ich kann auch schießen, habe Dienst getan im Vierten Regiment der Chevauxlegers, der Leichten Bayerischen Kavallerie Seiner Majestät. Bevor ich zum Ersten Mundkoch avancierte, stand ich im Felde. Die Ebersberger Schilddragoner habe ich mit Gulasch versorgt, und den Feind mit Blei. Darum Pulverdampf und den ganzen Tag reiten – nein, das macht mir nichts aus.«

»Und doch ist die Prärie keine Heidelandschaft, und die Menschen darin sind keine Unschuldslämmer«, sagte ich. »Wenn Ihr an Indianer geratet oder Banditen, werden bei Hofe ganz andere avancieren.«

»Daß Gefahr bei meinem Vorhaben ist, weiß ich. Viel lieber würde ich nicht allein, sondern mit Kapazitäten wie Old Shatterhand oder Winnetou reisen; sofort würde ich sie engagieren, meine Börse reicht hin. Aber wann kommen solche Leute schon einmal hier vorbei?«

»Ja«, stimmte ich zu. »So etwas kommt wohl nur einmal im Leben vor.«

»Eben, mein Herr! Und nur deshalb habe ich mich bei Herrn Pfäffle verdingt, in der Hoffnung, mein Küchenruf möge bis zu diesen beiden Helden schallen. Ihnen wäre es ein leichtes, mich zu den Indianern zu führen, mir wenigstens Brief und Siegel auszustellen. Als Echo zweier solcher Majestäten der Wildnis würde ich doch überall mit offenen Armen empfangen, und in kürzester Zeit wäre mein Auftrag erfüllt. Aber so? Im Boarding House? Herr Pfäffle zürnt mir, weil ich Mister Washburn und seine Begleitung zu dem Festmahl einlud. Er versteht nicht, daß der Geburtstag Seiner Majestät unbedingt gefeiert werden muß, egal wo und unter welchen Verhältnissen. Zu diesem Zwecke hat man mich gut ausstaffiert.«

Majestäten der Wildnis? Dieser Ausdruck gefiel mir. Dennoch hob ich warnend den Zeigefinger, daß Hirtreiter leiser sprechen solle, obwohl Washburns lärmende Gesellschaft für genug Geräusch sorgte.

»Bitte, mit gut ausstaffiert meint Ihr wohl Euren Geldvorrat«, sagte ich. »Behaltet diesen noch besser unter Verschluß als Euren Auftrag, vor allem hütet Eure Zunge! Ihr könntet sonst noch früher in die Verlegenheit kommen, auf Menschen anstatt auf Hirsche schießen zu müssen. Warum wendet Ihr Euch nicht an Mister Washburn, er will doch in den Westen?«

»O nein! Wollte ich das tun, müßte ich den ganzen Tag auf einem seiner Wagen sitzen und Essen zubereiten. Er sieht in mir nur den Koch, wenn auch einen besonderen; er und die Seinen loben mich unentwegt.«

»Ja«, lächelte ich. »Sie loben den Ersten Mundkoch Seiner Majestät!«

»Als solcher bleibt mir wohl nichts anderes übrig, als auf eigene Faust aufzubrechen.«

»Dann seid Ihr schon so gut wie tot.«

»Und ich sterbe in Erfüllung meiner Königlich Bayerischen Pflichten.«

»Unsinn! Beraubt werdet Ihr sterben, vielleicht sogar skalpiert, gemartert.«

»O nein, denn eine solche Schandtat würde man zu bereuen haben!«

»Denkt Ihr, die bayerische Gerechtigkeit reicht bis in den Wilden Westen?«

»Nein, aber in meinem Gepäck befinden sich Gewürze, die hierzulande nirgends feil sind. Wer außer mir wüßte sie zu handhaben – Banditen, Indianer? Nur lebend ist ein Erster Mundkoch ein Wert an sich.«

»Bitte«, wurde ich ernst wie nie. »Nehmt Vernunft an! Euer König wird Euch nie wiedersehen.«

»Er wird, wie ich hoffe, mich in guter Erinnerung behalten.«

»Und Eure Frau, Eure Kinder?«

»Ich stehe ganz allein in der Welt.«

»Dann eben Eure Eltern und Großeltern?«

»Verzeihung, aber ich stehe wirklich in jeder Hinsicht allein.«

»So kapituliere ich. Aber bedenkt Euch noch einmal. Die Hitze Eurer Hofküche ist nicht zu vergleichen mit der Hitze eines Kampfes, wie sie Euch dort draußen zu Dutzenden erwarten.«

»Kämpfe habe ich in Cheyenne bereits gesehen, erst neulich, in dieser Stube.«

»Ich habe davon gehört«, sagte ich. »Ein stilles Mädchen und ein kleiner Mexikaner, nicht wahr?«

»Auf keinen Fall ein Mexikaner! Das glaubt nur Herr Pfäffle, weil er ein Schwabe ist und kaum je etwas von der Welt gesehen hat. Wir Bayern aber haben keine Zipfelmützen, sondern Zwiebeldächer auf unseren Kirchtürmen, und unser König liebt das Licht aus dem Osten – mein Herr, ich bin mir sicher, dieser Fremde war ein Orientale; bin i a Bayer, oder bin i a Preiß!«

Ich bemerkte nichts zu dieser Einschätzung. Zu den schon recht vielen Gedanken in meinem Kopfe gesellte sich gerade ein neuer, wenn auch sehr ungefährer. Ich versuchte es, aber es war mir unmöglich, ihn zu greifen, vielleicht weil er mir gegenwärtig noch zuviel Vorstellungskraft abforderte.

Aber es war ja auch alles gesagt. Gedämpft, vielleicht auch nur erschöpft von der vielen Arbeit, räumte Hirtreiter das Geschirr auf ein Tablett, wohl selbst nicht ahnend, weshalb er sich gerade mir, einem Fremden, anvertraut hatte. Was konnte ihm ein namenloser Gast sein, dem er so vieles über sich, dieser hingegen ihm nichts über sich selbst erzählt hatte? Woher dieses Zutrauen – oder war es nur Leichtsinnigkeit?

Während der Konversation hatte ich kaum einen Bissen zu mir genommen, den Wein ganz unberührt gelassen. Das tat mir leid, um des Essens und des Mannes willen. Daß er so genau wußte, was er wollte, beeindruckte mich; ähnlich strebsam und voller Flausen war ich selbst gewesen, als es dereinst mich zum ersten Male in den Westen gezogen hatte. Aber es gab keinen Zweifel, wohin der Bayer am ehesten gehörte, und das hatte ich ihm sagen müssen.

Mit einigen Verbeugungen und im übrigen rückwärts gehend, wie es bei Hofe wohl üblich war, trat der wundersame Koch den Rückzug in Ewald Pfäffles Küche an, aus welcher er sich noch an diesem Abend zu verabschieden gedachte.

*

An der Tafel der Washburn-Leute war auf das fröhliche Schlemmen ein fröhliches Zechen gefolgt. Runde um Runde trug der Wirt auf, sein Koch bezahlte ja, und mit jeder Lage wurden die Männer lauter, vergnügter. Ich habe nichts gegen Allotria und war als Student gewiß kein Kind von Traurigkeit. Nur ist mir das viele nutzlose Trinken als Zeichen von Geselligkeit stets fremd geblieben, weshalb ich es bis heute vermeide, Teil solcher Gelage zu werden. Lieber paßte ich Faffle-Pfäffle bei einer Zapfpause ab. Freimütig gab ich mich nun als der Gast zu erkennen, für den jenes letzte freie Zimmer reserviert worden sei. Ich freute mich nicht wenig, als der Erstaunte mir eröffnete, es handle sich dabei um eine im Rückgebäude gelegene Schlafstätte, fernab von dem lärmumtosten Schankraume.

Draußen warteten schon seit mindestens einer Stunde die beiden Chinesen mit meinem Gepäck. Ich entlohnte sie, sparte auch nicht an Trinkgeld, bestand aber darauf, alles selbst die Stiege hinaufzutragen; wer mich kennt, weiß, daß ich dies immer so halte, schon meiner Waffen wegen.

Das Zimmer war im Obergeschoß am Ende eines Korridors gelegen. Darin fand ich alles sauber und geräumig, und sogar die Holzwände waren tapeziert. Geschwind verstaute ich meine Habseligkeiten und war damit eingezogen. Als nächstes widmete ich mich dem Henrystutzen und dem Bärentöter. So gründlich ich sie getarnt hatte, jetzt unterzog ich sie einer ebensolchen Inspektion und machte sie schußfertig. Die Gewehre einfach unters Bett oder auf den Schrank zu legen, wo noch der dümmste Spion sie hätte finden müssen, kam für mich nicht in Frage. Vielmehr versteckte ich sie hinter den jeweils links und rechts bis zum Boden herabreichenden Shawls der Übergardinen; die zur Befestigung an der Wandseite nötigen Haken führe ich immer mit, sie lassen sich in Holzwänden leicht ein- und aus diesen wieder herausdrehen. So hielt ich es auf allen meinen Reisen. Den Schnüffler will ich sehen, dem es einfiele, die Vorhänge abzutasten!

Ich hätte mich nun hinlegen und ein wenig über das just Erlebte nachsinnen können, doch denken konnte man auch im Gehen, und weil mein Fußmarsch von der Bahn zu meinem neuen Domizil ein so kurzer gewesen war, beschloß ich, von meinen Reiseschuhen in die Stiefel zu wechseln und die Straßen der Stadt abzuwandern.

Wie zu erwarten, traf ich auf wenig Überraschendes. Zu sehr glichen die Ortschaften des Westens einander, und der Amerikaner ließ es sich auch nicht nehmen, alle seine *roads* und *avenues* möglichst dem Muster des Schachbrettes anzugleichen, was zusätzlich zur Gleichförmigkeit beitrug.

Schon befand ich mich auf dem Rückwege, als ich an einer Stallung für eher betuchte Kundschaft vorbeikam. Weil es den Pferdenarren in mir gar zu sehr verlockte, das hiesige Angebot zu studieren, betrat ich das Geschäft, welches natürlich nicht mehr als eine Scheune für die Tiere war. Keine Menschenseele hielt sich gegenwärtig hier auf.

Es war früher Nachmittag und drückend heiß, so daß die Stallknechte wohl gerade Pause machten oder noch ihr Schläfchen hielten. Jedenfalls wähnte ich mich allein und folgte dem vertrauten Schnauben und gelegentlichen Wiehern, bis ich plötzlich menschlicher Stimmen gewahr wurde. Aus einem Impuls heraus sprang ich zur Seite und drückte mich hinter eine der hölzernen Trennwände, deren Zwischenraum gegenwärtig kein Tier barg. Ich hörte, wie auf der anderen Seite eine Männerstimme sagte:

»– – – und kann schon deshalb nicht lauter sprechen. Die beiden Tölpel, die ich nach dem Drugstore geschickt habe, müssen bald zurück sein.«

Eine andere Stimme antwortete:

»Du hättest mich im Boarding House treffen können, wo es bequemer ist; mußte es gerade hier sein? Mein Anzug ist neu, ich werde nach Pferd riechen.«

Man denke sich meine Überraschung! Weniger das Gehörte als die Art, wie es gesagt wurde, elektrisierte mich. Obgleich ich jene Stimme durch die Holzwand nur schwer verstand, erinnerte mich ihr Klang – ihr Klang – – –

Wieder hatte der andere das Wort.

»Ich dachte, ins Boarding House zieht es Euch nicht mehr? Wir haben dort nur immerzu das Gezeter Faffles, dann dieser Mexikaner, zuletzt dieses Mädel – – –«

»Rede nicht von dem Mädel! Ein verrücktes Huhn war das, ein hübsches, ungezähmtes Biest. Ganz allein den Weg nach Westen zu machen, was für eine Unvorsichtigkeit! Und ab sofort in Begleitung dieses fremdländischen Wichtes – sage, was du willst, aber es war richtig, die beiden zusammenzustecken. Einfältig, wie sie sind, haben sie jedes deiner Worte geglaubt, auch daß du angeblich Streit habest mit mir und dich deshalb auf ihre Seite schlagest. Nicht übel, wie du es angestellt hast, sie in die Irre zu leiten. Ich weiß bestimmt, daß sich in dem alten Fort kein einziger Soldat mehr befindet. Wenn das Mädchen seine Eltern dort vermutet, wird es sehr enttäuscht sein, und wir gewinnen ein paar Tage bis zum Wiedersehen – Höllenbiest oder Engel, das schöne Kind schnappe ich mir!«

»Gut, Hayes, so weit das Mädchen. Aber den Mexikaner, der ihm bei Faffle gegen Euch beisprang, den habt Ihr gründlich unterschätzt. Seinen Dolch möchte ich nicht an der Brust gefühlt haben, so wie Ihr.«

»Unfug. Ich habe nur so getan, als ob ich mich besiegen ließe. Noch nie habe ich einen echten Kampf verloren, wer wüßte das besser als du. Aber sage nicht immer Mexikaner, nichts weniger war er als ein solcher.«

»So? Was dann?«

»Alle habt ihr euch in ihm getäuscht. Der tumbe Koch kam der Sache noch am nächsten, indem er von einem Mauren sprach, doch auch das trifft es nicht; die Hautfarbe dieses Kerls war heller. Nein, Kilmer, ich sage dir, wir hatten es mit einem Beduinen zu tun.«

»Hier im Wilden Westen?«

»Na und? Wir beide, du und ich, sind doch auch jenseits des Meeres geboren.«

»Schon, aber wir sind keine Beduinen und Moslems. Europäer sind wir und Christen.«

»Christen? Du und ich?«

Einmütig gaben beide Männer ein unterdrücktes, schmutziges Lachen von sich, wie sie überhaupt ihr Gespräch mit Ausdrücken würzten, die ich nicht wiedergeben will. Gleich war Hayes wieder obenauf:

»Von überallher drängte es die Menschen nach Amerika, weshalb nicht einen aus dem Norden Afrikas?«

»Aber was will so einer hier? Er trug noch nicht einmal Westkleidung!«

»Ja, Kilmer, da staunst du. Anstatt Fransen und Gamaschen trug er Wüstentracht, einmal Pluderhosen, ein andermal einen Kaftan. Beides schützt tags vor Hitze wie nachts vor Kälte. Denke an Faffles Koch. Unter seiner Schürze trägt er bayerisches Leder – hat man dir in Hamburg immer nur die dümmsten Heringe vorgesetzt, daß du dir einen Beduinen nicht im Wilden Westen vorstellen kannst?«

»Und Ihr, Hayes? In Dresden gab es für Euch nicht viel zu lachen – – –«

»Vorsicht, Kilmer! Wenn ich abermals finde, daß du mich erpreßt, müßte ich – – –«

»Was müßtet Ihr dann, Milton Hayes alias Walter Heise? Mich töten, wie Ihr es drüben schon einige Male geübt habt und auch ich es für Euch üben mußte? Oder mich anzeigen, unschädlich machen?«

»Was du redest!« keuchte Hayes. »Verwarnen müßte ich dich! Wenn du nämlich noch ein einziges Mal – – –«

Ich stand weiter hinter der Bretterwand und hielt mein Ohr daran gepreßt. Für den Moment hörte ich die Männer weitersprechen, aber den Inhalt ihres Disputs nahm ich nicht mehr wahr, so verwirrt war ich.

Diese Stimme – diese Stimme – – –

Das Aussehen eines Menschen mag sich mit dem Alter verändern; der Dünne legt an Leibesumfang zu, der Dicke legt ab; allerhand Zipperlein vergraulen uns die letzten Jahre und lassen uns gebeugt gehen oder schleppenden Schritts – aber eines bleibt doch bei einem sein Lebtag fast unverändert: die Art, wie er spricht. Tonfall, Timbre, ein bestimmter Akzent, Ausdrucksweise, Färbung – was der Mensch ist, ist er am meisten durch seine Stimme, viel weniger durch sein Gesicht. Gewiß, diese Stimme hier, in dem von mir zufällig aufgesuchten Stalle, diese Stimme hinter den dünnen Latten und den Balken – so unglaublich es klingt, ich hätte schwören können, meine eigene zu hören! Aber ich durfte mich jetzt nicht in Überlegungen verlieren; nebenan ging es nicht gerade um Zahnschmerzen. So zwang ich mich zur Konzentration, denn eben sagte Kilmer:

»– – – dann möchte ich nur wissen, weshalb Ihr vorhin so blaß geworden seid, als Ihr durch das Fenster zum Boarding House den Wirt beim Biere sitzen saht.«

»Idiot! Es war mir nicht um Faffle zu tun, und er trank auch nicht selbst.«

»Möglich, von meinem Platz aus sah ich nur diesen.«

»Ja, aber ich stand näher als du und betrachtete mir seinen neuen Gast.«

»Und wart darüber erschrocken. Sagtet Ihr nicht, er ähnle Euch?«

»Er ähnelt mir sogar sehr. Was ich aber zudem sagte, war, daß er mir nicht geheuer ist. Daß ein Fremder hier auftaucht, kurz bevor die Expedition abgeht, gibt mir zu denken – ob man ihn geschickt hat, um ein Auge auf uns zu haben? Ein Geheimer vielleicht?«

»Das wäre etwas!«

»Kilmer, die Regierung ist weniger dumm als du. Sie weiß, daß sie sich entscheiden muß. Naturpark oder Kupfermine – was will Washburn sonst am Yellowstone?«

»Natürlich das Kupfer!«

»Blödsinn! Große zusammenhängende, unberührte Gegenden gibt es in den Staaten bald nicht mehr, schon gar nicht im Dreieck Wyoming-Montana-Idaho. Daß es in den Rockies Kupfer gibt, ist noch kaum bekannt. Aber hast du nicht gehört? Es befinden sich auch Geologen unter Washburns Leuten. Soll ich warten, bis ihnen das Erz beim ersten Pickelhieb entgegenspringt?«

»Legen wir sie um!« ereiferte sich Kilmer.

»Tausendfacher Idiot! Wenn wir es sind, die diese Leute töten, gibt es eine Untersuchung, und wir würden schlechtere Tage sehen. Nein, meine Seidenweste ist zu kostbar, sie mir zerreißen zu lassen, und deine Birne zurück an den Baum zu hängen, das lohnt nicht. Aber ich denke, um ein paar Indianerhäute ist es nicht schade – erinnerst du dich an Donnerwolke? Seit man die Sioux und die Cheyenne, die Schwarzfüße und die Krähen aus ihren Stammesgebieten vertrieben hat, sind auch seine Schoschonen zu Vagabunden geworden. Ich habe den Schlaukopf aufgesucht. Es war gar nicht schwer, ihn auf unsere Seite zu bringen. Die Aussicht, an moderne Waffen zu kommen, hat ihn überzeugt.«

»Hayes«, sagte Kilmer bewundernd. »Ihr seid zwar ein Schuft, aber auch ein Teufelskerl! Sagt, was habt Ihr vor?«

»Nicht jetzt, nicht hier! Warte den heutigen Abend ab. Ich werde hinübergehen ins Boarding House und mir Washburn und seine Blase vorknöpfen. Will sehen, ob ich sie aus der Reserve locken kann. Du weißt, woran ich denke – dem Spielzeug unter meinem Jackett ist niemand gewachsen, meinen Fähigkeiten in seiner Handhabung ebensowenig.«

»Und der Fremde heute mittag?«

»Ja, der – der – – –«

Die unglaubliche Stimme zögerte, fuhr dann aber fort:

»Dem Fremden fühle ich selber auf den Zahn. Vielleicht kommt er abends wieder zu Faffle oder wohnt sogar bei ihm. Sollte er das sein, was er mir zu sein scheint, so muß auch er – – –«

»Ja?«

»Du weißt, was dann geschieht, also frage nicht. Habe nur ein Auge auf Faffle, und halte deine Männer bereit. Dieser Trottel schießt verdammt gut.«

»Habt Ihr nicht Hausverbot bei ihm?«

»Pah, noch mehr als an Prinzipien hängt er am Gelde. Mit mir wird er es sich nicht verscherzen wollen. Er denkt immer noch, ich wolle seinen Laden kaufen. Dann könnte er zurück in sein Stuttgart und sich brüsten.«

»Oh, Milton Hayes! Wenn ich Euch so reden höre – in Dresden damals hättet Ihr das nicht gekonnt, im Vorübergehen ein Boarding House zu kaufen.«

»Dafür hast du, John Kilmer, es in Hamburg nicht einmal zum Taschendieb gebracht. Hätte ich mich nicht als falscher Polizeikommissar für einen gewissen Johann Friedrich Killinger ins Mittel gelegt, der Taugenichts wäre im Zuchthaus gelandet – – –«

»– – – wo Ihr Euch schon bestens auskanntet. Im Gegensatz zu mir verbrachtet Ihr dort Jahre, werft mir also nicht ständig jene Begebenheit vor. Die Passage nach den Staaten sowie das wenige, mit dem Ihr mir zur Flucht verhalft, habe ich längst abgedient.«

»Durchaus nicht! Merke dir, Loyalität kann man nicht einfach abdienen, selbst dann nicht, wenn man sich duzen läßt und andere untertänigst mit Euch anspricht. Aber laß uns Waffenstillstand schließen, zum wiederholten Male, wir brauchen einander: Du hältst den Mund über mein Dresden, und ich schweige über dein Hamburg.«

»Ach ja? Also auch kein Wort mehr über Eure Betrügereien, Eure Einbrüche, Eure Hochstapeleien, Eure Verkleidungen und falschen Namen?«

»Schweig! Das waren alles Mißverständnisse, unglückliche Verkettungen.«

»Ketten, das trifft es – Uhrenketten!«

»Dummkopf! Stelle dich lieber gut mit mir. Wenn Washburn und Konsorten am Marterpfahl enden, werde ich die Schürfrechte erlangen. Mit dem Geld meiner Financiers erkaufe ich die nötigen Stimmen in Washington, und dann wird aus dem Kupferbaron der Kupferkönig. Im Augenblick bin ich wohlhabend, bald aber werde ich reich sein! Stell dir vor, wenn nun auch das Mädel mein würde – – –«

»Und ich, wo bleibe ich? Meine Männer zusammenzuhalten kostet ein Vermögen, und Ihr haltet mich hin, Tag um Tag.«

»Kilmer, ich halte dich nicht hin, vielmehr halte ich zu dir. Das ist ein bedeutender Unterschied. Nochmals, vergiß die alten Tage. Wenn dieser Coup gelingt, kommen neue, strahlende, glänzende Zeiten, wenn du klug bist, auch für dich. Jetzt kein Wort mehr davon – die beiden Trottel kehren zurück. Trennen wir uns, ich habe für heute abend Vorbereitungen zu treffen. Denke nur an das Paket. Und wähle für uns die besten Tiere, die du kriegen kannst; noch heute nacht werden wir sie brauchen. Sage, Mister Hayes akzeptiere ihren Preis, aber er zahle erst nach seiner Rückkehr. Man kennt mich in Cheyenne als großzügig, die Gier wird den Rest besorgen – sie hat noch jeden blind gemacht!«

*

Fragte man mich heute, wie ich damals unbemerkt aus meinem Versteck zurück ins Freie gelangte, ich wüßte es nicht zu sagen. So sehr verloren in Überlegungen war ich, daß ich mich mit einem Male auf der Straße wiederfand, allerdings ziemlich abseits von jenem Stalle; ich mußte also weit ausgegriffen haben.

Was waren das für Männer, vor allem dieser eine, Hayes? Was waren das für Pläne, die sie schmiedeten und welche mir durch Zufall und andeutungsweise bekannt geworden waren? Aber was sage ich – so etwas wie Zufall gibt es nicht. Eher an Fügung ist zu denken, wenn einem Christenmenschen die Gelegenheit zuteil wird, ein Verbrechen zu verhüten, wenngleich ich sogar Kenntnis von mehreren Untaten genommen hatte, wohl auch Morden, bevorstehenden und offenbar schon lange zurückliegenden.

Milton Hayes und John Kilmer – wie hatten die Kerle gelacht, als dem einen das Wort »Christen« herausgerutscht war. Nein, nichts weniger als gottesfürchtige Menschen waren sie. Und die genannten Städte Dresden und Hamburg – es handelte sich um Landsleute, leider, vor allem aber um ausgemachte Dunkelmänner.

Das Nächste, was ich tat, war banal: Ich suchte einen Bartscherer auf. Der plötzliche Drang in mir, mein Äußeres zu verändern, war übermächtig geworden; tunlichst wollte ich dem Manne, der mir nun schon zum zweiten Male begegnet war, nicht allzusehr gleichen. Daß bei dem Barbier etliche Gentlemen vor mir auf Bedienung warteten, war mir recht; um so besser konnte ich mein Gesicht hinter einer Zeitung verbergen und meinen Gedanken Audienz erweisen.

Vieles ging mir durch den Kopf, etwas ganz besonders.

Ein Beduine war erwähnt worden. Zu jener Zeit war es ja noch ungewöhnlich, daß ein Orientale nach einem anderen Kontinent reiste. Auf ihrem eigenen, zwischen der Wüste und ihren uralten Städten, da bewegen sich die Kinder Allahs routiniert hin und her wie auf Flüssen, Seen, Meeren; nicht umsonst spricht man von ihren Kamelen als von Wüstenschiffen. Aber eine Reise von Nordafrika nach Nordamerika, das war etwas gänzlich anderes.

Auch war die Rede von einem einzelnen Manne gewesen. Was für ein verwegener Mensch aber mußte das sein, sich allein und so weit in den Westen zu wagen, in eine Sphäre, die man nur unter Vorbehalt als zivilisiert bezeichnen konnte – was hatte ein Beduine da zu schaffen? Dieser eine Tapfere war sogar, um ein weißes, wohl kaum moslemisches Mädchen zu schützen, in Streit mit Hayes geraten und hatte sich mit einem Dolche zur Wehr gesetzt – eine hierzulande ungewöhnliche Waffe.

Jenes Mädchen – auch es war eine Alleinreisende.

Zweifellos hatte sich Hayes an das Fräulein herangemacht und war abgeblitzt, woraufhin Kilmer, sein Spießgeselle, allerlei Lügen aufgebracht hatte, um eine falsche Fährte zu legen. Ein junges Mädchen in die Wildnis zu schicken, nach einem verlassenen Militärposten, das war schändlich. Ob der wehrhafte Wüstenmann dem Kinde eine Hilfe sein konnte, bezweifelte ich. Beide waren sie doch ortsunkundig und mit den Gebräuchen und Gefahren des Westens unvertraut.

Als ebenso beunruhigend empfand ich die mitgehörten Äußerungen hinsichtlich der Washburn-Expedition. Zwar war mir ein Schoschone namens Donnerwolke noch nie untergekommen, aber daß ein roter Häuptling sich für die Ränke eines weißen Geschäftsmannes hergab, erschien mir vorstellbar. In ihrer Verzweiflung taten sich die Roten schon einmal mit Weißen zusammen, die doch ihre schärfsten Gegner waren. Ihre Vorteile waren diese: das Überraschungsmoment, die bessere Kenntnis des Geländes, ihre ungleich größere Zähigkeit. Man brauchte den Erkundungstrupp nur an der richtigen Stelle in einen Hinterhalt zu locken. Wählte man den Ort gut, würden nicht einmal die Leichen zu finden sein.

Dann waren da die Anspielungen der beiden Mordbuben auf ihre jeweilige Vergangenheit. Hayes oder Heise war Deutscher, wie Pfäffle schon gemutmaßt hatte. Aus Dresden stamme er und solle sich dort, wie sein abgefeimter Genosse ihm vorwarf, verschiedener Delikte schuldig gemacht haben – vielleicht war zu Hayes' Gunsten tatsächlich an Mißverständnisse oder unglückliche Verkettungen zu denken. Niemand wird als Gesetzloser geboren; wie leicht gerät ein Mensch auf die schiefe Bahn, wenn andere ihn stoßen. Ein solches Leben kann hart machen, und nicht ein jeder hat das Glück, festen Halt im Glauben an Gott zu finden – ist es nicht die Pflicht eines jeden aufrechten Christen, einem Gestrauchelten aufzuhelfen, freilich auch, Verbrechen zu verhindern? Beides kann nur geschehen, wenn man möglichst viel über das Vergangene erfährt. Falls gar Mord im Spiele ist, wird man noch größere Sorgfalt anzuwenden haben.

Wie man sieht, genügt es nicht, beim Lauschen ein paar Worte aufzuschnappen; selbst ganze Sätze sind zuwenig, wenn man sie nicht einzuordnen weiß. Die eigentliche Aufklärung beginnt immer hinterher, wenn man Einkehr hält mit sich selbst und alles noch einmal genau durchgeht. Trotz des Kopfzerbrechens also war ich froh, bei jenem Pferdehändler spontan recognoscirt zu haben. Noch wußte ich nicht, was anfangen mit diesen vielen Einzelheiten, zu verworren war dies alles. Aber daß wir nicht zusehen durften, wie Menschen am Yellowstone ins Verderben geführt werden sollten, das stand bereits fest, und mit wir meinte ich niemand anderes als Winnetou und Old Shatterhand.

Als ich am Abend den Schankraum wieder betrat, hatte sich mein Aussehen gründlich verändert. Für die in Grenzstädten nicht unübliche Zivilisierung konnte man das halten, jedenfalls hatten Bart- und Brennschere ganze Arbeit geleistet, und den letzten kleinen Rest hatte ich bei einem Schneider erledigen lassen. Mit meinem ganz anderen Anzug und ebensolchem Hute konnte man mich wiedererkennen, sollte es jedoch schwer finden, mich nochmals mit Hayes, der auch kommen wollte, zu verwechseln.

Das Bild indes, welches sich mir bot, glich dem vom Mittage. Eingerahmt von seinen Gefährten, saß Mister Washburn immer noch oder schon wieder an der Tafel. Weil kein einziger Teller und kein einziges Besteck mehr zu sehen war, mußten die Schlemmereien ein Ende gefunden haben. Aus der Küche duftete es nicht mehr, dafür klapperte es um so vernehmlicher: Der Mundkoch höchstselbst besorgte den Abwasch.

Ein Fiedler war angeheuert worden. Er stand neben dem unbemannten Piano und mühte sich redlich, aber so ausgelassen wie vor Stunden wollte die Stimmung nicht mehr werden – hatte Hayes nicht Pferde für den morgigen Tag besorgen lassen? Er schien also zu wissen, wann Washburn aufbrechen wollte. Das mußte der Grund sein, weshalb man sich inzwischen mit dem Trinken zurückhielt.

Zu meiner Verwunderung wurde ich auch in meinem neuen Gewande sofort wiedererkannt. Wohl zuckte es in mir, mich den freundlich winkenden Herren endlich vorzustellen, doch riet mir etwas in mir, damit lieber noch zu warten. In dem Stalle hatte Hayes nämlich eine Provokation erwähnt sowie ein gewisses Spielzeug. So beschränkte ich mich auch jetzt darauf, höflich zurückzugrüßen, separierte mich aber im übrigen an jenen Tisch, welchen ich heute schon einmal innegehabt hatte.

Der Wirt trug das unverzichtbare Bier auf und gab meiner Virginia Feuer, denn in Städten rauche ich gern einmal ein dickeres Blatt. Diesmal »schwätzte« der Schwabe nicht mit mir. Er starrte mich nur fragend an, wohl wegen jener gewissen Veränderungen an mir. Mir selbst war unbegreiflich, wie er und Hirtreiter das Boarding House zu zweien in Schwung halten konnten. Nicht einen einzigen der im Westen üblichen *hands*[1] sah ich bei ihm, keinen der zahllosen Chinesen, wie sie mein Gepäck besorgt und für jede noch so schwere Arbeit um ein geringes zu haben waren. Hayes hatte offenbar das Richtige getroffen, als er auf Pfäffles Geiz wie Gier angespielt hatte.

Keine zehn Minuten saß ich, als die Eingangstür aufflog. Ein einzelner Mann trat herein, und als Pfäffle ihn sah, faßte er eilig nach seinem Tablett, um sich hinter seinen Tresen zurückzuziehen, nicht ohne mir zuzuflüstern:

»Da hent Se Ihr Original, sel isch d'r Mischter Haysch! Und i Säckel hent denkt, Se selbscht send d'r Kerle!«

Es wurde nicht gerade still in dem Raume, aber doch ruhiger. An dem »Mischter« waren keine Waffen zu sehen, doch war es etwas ganz anderes, womit er für Aufsehen sorgte: Gleich mir hatte er sich Haar und Bart stutzen lassen, und er trug auch einen neuen Anzug, selbe Farbe, selber Schnitt, und sah wiederum ganz so aus wie ich: Hayes hatte sich exakt den gleichen Veränderungen unterzogen!

1 Handlanger

Damit nicht genug, suchte er kurz nach mir. Als er mich entdeckte, kam er sofort auf mich zu.

Ich habe schon erwähnt, daß er in einem viel höheren Alter stand als ich. Aus der Nähe nun ließ er sich besser schätzen. Ich rechnete ihn auf deutlich über fünfzig, meinen eigenen Jahren also gut um das Doppelte entsprechend. Seinen Bewegungen merkte man diesen Unterschied nicht an; selbst im Gehen federte der Mann voll Jugendlichkeit. Dem feinnervigen Vibrieren seiner Muskeln und Sehnen zufolge hatte er wie ich ein Vorleben in jenen Disziplinen gehabt, die ich wohl an anderer Stelle schon einmal aufgezählt habe: Laufen, Schwimmen, Turnen, Ringen. Hayes' Gesicht war natürlich schärfer und kantiger gezeichnet als mein noch junges; unübersehbar hatte das Leben seine Kerben eingeritzt. Auch trug er, wie ich erst jetzt bemerkte, auf der zierlichen, immer ein wenig gerümpft wirkenden Nase eine monokelhaft dünn gearbeitete Brille, während mir damals eine Sehhilfe allenfalls bei langen nächtlichen Arbeiten am Pulte vonnöten war.

Auch Hayes trug einen Hut. Dieser besaß die gleiche Form wie meiner, nur mußte er für den seinen erheblich mehr Dollars hingelegt haben als ich; bei ihm bestand das Hutband nicht aus gewöhnlichem Leder, sondern aus einem Streifen seltener Krokodilshaut. Zwischen einem der Knopflöcher seiner schwarzen Seidenweste und einer der Seitentaschen führte ein mehrreihiges Silberkettchen mit Knebel und Schiebern zu einer Taschenuhr, die meinen Augen leider verborgen blieb. Gar zu gern hätte ich das gute Stück einer kleinen Inspektion unterzogen, gab sie ihm doch ein Gepräge von Wohlanständigkeit, das ich längst als unangemessen empfand. Auch in diesen, eigentlich läßlichen Kleinigkeiten zeigte sich, daß sich Hayes seine Ausstattung weit mehr kosten ließ als ich. Nun, ich hatte mit eigenen Ohren gehört, wie er seine Finanzen auf Kosten anderer im Lot hielt.

Wie er aber vor mir stand, auf den Zentimeter mein eigenes Maß, meine eigene Haltung, mein eigener Blick, da wollten zwei Dinge mich irritieren.

Das erste war ein aufkommendes Lächeln in seinen Mundwinkeln – lächelte ich genauso? An meinen alten lieben Buchhändler Udolph mußte ich denken. Jener stammte aus Colditz, betrieb sein Geschäft aber in Dresden, in der Münzgasse. Wohl in derselben Weise, wie er mir einst als Antiquar so manch betagtes Exemplar anzupreisen pflegte, würde er wohl auch Milton Hayes oder vielmehr Walter Heise beschrieben haben: nicht im geringsten angeschmutzt und ob seines Alters nur leicht berieben; geringe Schabspuren, sonst unbestoßen; eine beginnende Gilbung, an Ecken und Kanten jedoch heil.

Aber Hayes war nun einmal kein Foliant. Er war auch kein Lexikon und ganz gewiß kein gemütlicher Schmöker, und deshalb gab mir jene zweite Irritation weit mehr zu denken. Mir fiel nämlich auf, daß sich die linke Brustseite seines Jacketts ungleich stärker wölbte. Wenn ich dabei nicht an eine physische, etwa kampfeshalber beigebrachte Deformation denken sollte, so doch an die Möglichkeit, daß sich unter dem Stoffe das schon angesprochene Spielzeug befand. Falls dies so war, konnte es sich keinesfalls um eine Schußwaffe handeln; derart flach waren kein Magazin und keine Trommel für die Munition vorstellbar.

Dann bekam ich zu sehen, worauf ich insgeheim gewartet hatte. Es mochte ja noch so viele äußere Übereinstimmungen zwischen Hayes und mir geben, aber in einem Punkte konnte er mir nicht gleichen – wie sehr irrte ich mich auch da.

Denn Milton Hayes klopfte mit seiner unbehandschuhten Hand, es war die rechte, einen ziemlich direkten Gruß auf die Tischplatte. Ich konnte also auch seine Finger und Knöchel sehen, geballt zu einer angedeuteten Faust, und wie erschrak ich da, wie entsetzte mich dieser Anblick – es war meine »Schmetterhand«!

Mir blieb nur, meine Erschütterung auch über dieses identische Merkmal hinter einer Maske von Gleichgültigkeit zu tarnen. Meine einzige Hoffnung war, daß es dem anderen bei meinem Anblicke ebenso erging. Auch ihn konnte es nicht kaltlassen, praktisch seinem Spiegelbilde zu begegnen.

Allerdings, wie Hayes die zum Klopfen nötige Bewegung gemacht hatte, war sein ja aufgeknöpftes Jackett ein wenig verrutscht. In dem Profil, das er selbst mir dabei bot, konnte ich nun doch einen Blick darunter werfen, wenngleich nur für eine winzige Sekunde. Diese reichte meinem geübten Westmannsblick, um deutlich ein Futteral zu erkennen.

Es war ein kupferfarbenes, wohl makellos vernähtes Stück Kalbsleder, groß und breit und doch auch flach genug, um an eine Klinge zu denken, aber eine gewaltige. Hier endeten meine Beobachtungen; mein Forschen war zu augenfällig worden. Mit einem mokanten Lächeln, wie man es auch mir nachsagt, übrigens der ersten Gemütsregung, die ich jemals an Hayes sah, schlug dieser sein Jackett zur Seite. Ungehindert, zur Gänze sah ich darunter jenes Leder. Eine etwas klein geratene, nichtsdestoweniger todbringende Klinge von der Art einer Machete steckte darin. Ich ahnte, wie Hayes, so viel älter als ich, sich damit im Kampfe Schmetterhand und Jagdhieb ergänzte: Wer mit dem Werkzeuge eines Macheteros, wie auf Kuba die Zuckerrohrarbeiter heißen, umzugehen versteht, der verschafft sich auch beim widerständigsten Feinde Respekt. Hätte ich in diesem Moment gewußt, wie sehr diese Waffe mich noch beschäftigen und auf welch abseitige Wege sie mich noch führen würde, ich wäre sofort aufgestanden und ohne ein Wort davongegangen.

So aber sagte ich, nein, sagten *wir* zugleich:

»Guten Abend, mein Herr!«

Auf deutsch fielen diese simplen Worte, und ein wenig prallten wir deshalb beide voreinander zurück – wie konnte der eine vom anderen wissen, daß er ein Deutscher war? Ich faßte mich, Hayes faßte sich, und ohne eine Aufforderung abzuwarten, ließ er sich einfach auf einem der Stühle nieder. Nicht mir gegenüber saß er, wie zuvor an diesem Tage Pfäffle oder Hirtreiter, nein: kühn neben mich, als wären wir Freunde oder gar Brüder, plazierte sich der Finsterling.

Im weiteren sprachen wir nicht deutsch, sondern englisch. Auf

Grund der beschriebenen Ähnlichkeit unserer Stimmen klang das, als führte ich ein Selbstgespräch, einen mit einem Hauch Elbflorentinisch eingefärbten Monolog. Ich sagte: »Für gewöhnlich stellt man sich vor, ehe man Platz nimmt.«

Und Hayes antwortete: »Mister, für gewöhnlich unterläßt man es, einem anderen so sehr zu ähneln, daß man dauernd Gefahr läuft, verwechselt zu werden.«

»Ihr Lamento beruht leider auf Gegenseitigkeit. Man kann sich aber nun einmal nicht aussuchen, an welchem Kopfe die Natur ihr Werk wiederholt.«

»Sie stimmen mir zu, Mister, daß es sich dabei um ein Meisterwerk handelt?«

»Beziehen Sie dies bitte ganz auf sich allein. Dies in meinem Falle zu bejahen, würde bedeuten, mir Eitelkeiten zu leisten.«

»Haben Sie so sehr Angst davor? Oder befanden Sie sich schon einmal in Konflikt mit dem Gesetz?«

»Ich? Nicht daß ich wüßte. Ein paar Lausbubereien vielleicht, Kirschbäume, eine ungemolkene Kuh – ehrlich währt am längsten, wie es so schön heißt.«

Hayes blickte stolz an sich herab:

»Ich zähle gewiß die zweifache Zahl Ihrer Jahre, aber Kirschbäume und Euter sind mir fremd. Aber Sie – Sie haben so angelegentlich die Scheide meines Messers betrachtet – in dem Stahl darin befindet sich zu beiden Seiten je eine Rille. Ahnen Sie, wozu?«

»Jedenfalls zum Abfluß von Tunke, wenn man Braten damit schneidet?«

Hayes antwortete mit meinem Lachen:

»Tunke, Braten? Mister, ich spreche von Blut! Andere Westmänner polstern sich den Gürtel mit Skalpen. Mir genügt der rote Saft an meinem Messer!«

»Der rote Saft von roten Männern«, sagte ich vorwurfsvoll.

»Ja«, lachte Hayes abermals. »Doch pflege ich hinsichtlich der Hautfarbe keine Unterschiede zu machen. Sie bleiben länger in Cheyenne?«

»Habe es nicht vor.«

»Daran tun Sie gut. Ich werde nämlich nicht gern verwechselt, schon gar nicht mit einem Manne, bei dem der Schneider geschlampt hat.«

»Ich wüßte nicht, was ihm vorzuwerfen wäre.«

»Dann suchen Sie einmal unter Ihrem eigenen Jackett!« sagte Hayes und sprang auf. »Was Ihnen zum Überleben in der Wildnis fehlt, schützt mich noch in der Zivilisation – Mister, es wird das beste sein, wir sehen uns nie wieder.«

»Das wünscht sich niemand mehr als ich«, antwortete ich.

Hayes, auch in dieser Beziehung ganz Deutscher, schob artig den Stuhl zurück. Ohne weiteres ging er ab und tat, was ich längst selbst hätte tun sollen, nämlich hinüber zu Washburn zu gehen. Damit war überhaupt erst der Anfang zu dem gemacht, was mir eine der spannendsten Stunden meines Lebens eintragen sollte.

Doch zunächst wagte sich Pfäffle-Faffle wieder herbei. Mich auszufragen, schien er große Lust zu haben. Zum Tanze gehören aber wenigstens zwei, und ich tat ihm den Gefallen nicht, mich auffordern zu lassen; meine Gedanken gehörten mir ganz allein. Trotzdem wurde mir ein frisches Glas zuteil sowie abermals Feuer für die während des Gesprächs mit Hayes verlöschte Zigarre.

In ihren Rauch hinein mußte ich denken, was meinen Doppelgänger bewog, sich an ein Mädchen wie jene geheimnisvolle Durchreisende zu machen. Wollte ich die naheliegendsten, aber abscheulichsten Beweggründe außer acht lassen, kam nur eine Möglichkeit in Frage: Im Vorgriff auf den Coup, von welchem Hayes zu Kilmer gesprochen hatte, der Aneignung der Schürfrechte für das Erz, sah der »Kupferkönig« sich auf Freiersfüßen. Allen Ernstes schien er dem Mädchen hinterhertippeln zu wollen, das sich längst auf dem Wege zu dem verwaisten Militärlager befand. Wahrscheinlich sah Hayes sie schon neben sich sitzend, in der Rosenlaube, vor den Geldbündeln seines an sich gerissenen Reichtums dahinschmachtend, den Nachthimmel überspannt von einem kuppelnden Mond. Es kam mir vor, als hätte ich damit das

Richtige getroffen, die schwache Seite dieses Menschen erkannt. Wie froh war ich, derlei Schwäche an mir selbst nie entdeckt zu haben. Meine ganze Kraft gehörte meinen Büchern und Artikeln, meine ganze Zuneigung einem Menschen, für den wie für mich kein Getändel existierte.

Milton Hayes – gespannt beobachtete ich, wie er damit begann, Washburn in ein Gespräch zu verwickeln. Leider wehte nur ein Bruchteil der Unterredung zu mir herüber, weil im Vorraum der Fiedler kratzte. So viel aber verstand ich, daß der eine dem anderen Vorstellungen über die Gefahren der Expedition im allgemeinen sowie den Weg hinauf an den Yellowstone im besonderen machte. Erst als der Mann mit der Geige eine Pause einlegte, konnte ich die ziemlich laut disputierenden Männer Wort für Wort hören:

»Was wollt Ihr nur da oben, Washburn? Noch kein Weißer hat sich je in diese Gegend gewagt.«

»Das sagt Ihr, Mister Hayes, und irrt doch sehr. Vor uns waren bereits die Herren Folsom, Cook und Peterson dort, vor etwas mehr als einem Jahr. Wie Ihr in der Zeitung lesen konntet, haben sie allen Fährnissen getrotzt; ihre Erfahrungen weisen uns den Weg. Im übrigen sind wir eine Partie mutiger, unabhängiger Männer, erfahren und gut vorbereitet. Wir sind Westmänner, allesamt, aber auch Beamte, Geologen, Wissenschaftler, Bankiers und Händler, Doktoren und Ingenieure, wenngleich Ihr diesem Umstand wenig Bedeutung beimeßt.«

Hayes lachte gönnerhaft. »O ja, Beamte, Wissenschaftler, Bankiers! Und als solche wollt ihr es euren Vorgängern gleichtun? Ich sage euch: Sie hatten Glück, ihr aber könntet Pech haben. Zum Beispiel: Am Yellowstone wimmelt es nur so von Wölfen, vor allem aber von Grizzlys – habt Ihr nie gehört, daß die Biester mit Vorliebe das Mark aus den Knochen ihrer Opfer saugen, oftmals noch aus deren lebendigem Leib? Oder: Wir stehen tief im August. Ihr mögt das noch Sommer nennen, und in der Ebene trifft das auch zu. Aber geht nur in die Berge, erklimmt Höhen von mehr als sechstausend Fuß, und ihr findet euch im Schnee wieder. Selbst den Indianern geschieht es, daß sie eingeschneit werden und bis zur Schmelze oben bleiben müssen. Überhaupt diese! Hat man Euch nicht gesagt, daß die Schlangenindianer – oder für Eure Zunge: Schoschonen – auf dem Kriegspfad sind? Seit man die Namensgeber dieser hübschen Stadt, die Cheyenne, in Reservate gepfercht hat, fürchten sie dasselbe Schicksal. Es ist der Yellowstone nicht eigentlich ihre Gegend, aber wessen ist sie es überhaupt? Ausgerechnet zu solcher Zeit wollt ihr los. Seid ihr für Kampf präpariert? Denn, meine Herren Wissenschaftler, ihr tragt euch wie Westmänner, ich gebe es zu, aber die Hände eines jeden von euch sind mir zu sauber. Euer Haar erscheint mir zu sorgsam gekämmt, und ihr duftet weniger nach Pferd als nach Seife. Eure Stiefel sind so blank, daß sie kaum je Staub unter die Sohlen gekriegt haben können, und wie eure Nase glänzt, habt ihr ordentlich gebechert.«

Siegesgewiß blickte Hayes von einem Expeditionsteilnehmer zum nächsten, um zu sehen, ob seine Warnungen die beabsichtigte Wirkung hätten. Da fuhr einer der Männer von seinem Stuhle hoch und fixierte Hayes mit stechenden Augen.

»Was Ihr da sagt, beweist nur, daß Ihr selbst wenig vom Leben in der Wildnis versteht. Ein Westmann mag vieles gewesen sein, ehe er zu einem solchen wird, eben Arzt oder Wissenschaftler. Ich selbst bekleide den Beruf des Schriftstellers, was mich nicht zu einem Schwächling macht. Ich heiße Nathaniel Langford und weiß Büchse und Messer wohl handzuhaben – wollt Ihr mich prüfen? Was unsere Kleider betrifft: In den Rockies trägt man sie nicht wie ein Geck, das wißt Ihr doch, weshalb also nicht die Gelegenheit nutzen, heute mit sauberem Gewande an einem sauberen Tisch zu sitzen, wenn es morgen über Stock und Stein geht? Der Koch dieses Hauses hat uns zum Ehrentag seines Königs auf ein Festmahl eingeladen, das den ganzen Tag währte. Unser Wirt hat fast alle seine Zimmer zu unserer Verfügung gestellt, er hält auf Ordnung. Vielleicht hält er auch auf Ruhe und sorgt dafür, daß seine Gäste unbelästigt trinken können!«

Diese Zurechtweisung schmeckte Hayes nicht. Unwillkürlich tat er einen Schritt nach vorn und griff dabei an sein Jackett, nahm die Hand aber gleich wieder weg. Er sah nämlich, daß ein weiterer Mann den Gastraum betreten hatte. Kilmer war es, und während er sich am Tresen postierte, warf er seinem Herrn einen Blick zu, den auch ich auffing. Für Hayes' geplanten Auftritt waren die letzten Vorbereitungen getroffen worden. Also beließ er es dabei, sich mit gespreizten Beinen in Positur zu stellen und Langford zu antworten:

»Wäre ich so zartbesaitet wie Ihr, Mister, könnte ich in Euren Worten eine Beleidigung erkennen. Wie Ihr hoffentlich wißt, wird eine solche im Westen mit Blut abgewaschen, doch bin ich nicht hierhergekommen, weil ich mit euch streiten will. Im Gegenteil, ihr alle dauert mich! Zum Yellowstone ziehen wollen, schon derart spät im Jahr – habt ihr eine Vorstellung, welche Anstrengung es kostet, überhaupt dort oben anzulangen?«

»Ihr müßt uns nicht belehren«, sagte Washburn. »Wir haben alles genau erwogen und nehmen, was die längste Etappe betrifft, die Eisenbahn in Anspruch. Die Modernität ist unser Helfer, darin liegt der Unterschied zu früheren Versuchen. Wir werden Zeit und Kräfte sparen, desgleichen unsere Tiere. Denkt Ihr, wir sind Tölpel und ermüden uns bereits im Anmarsch auf dieses riesige Gebiet?«

»Was ich denke oder nicht, ist meine Sache«, gab Hayes zurück, gereizt durch so viel Standhaftigkeit. »Daß aber die Eisenbahn nicht bis in die Berge reicht, werdet Ihr mir zugeben. Und selbst wenn ihr euer Ziel erreichen solltet, müßt ihr irgendwann wieder umkehren. Oder wollt ihr zwischen all den Bären, Bisons und Kojoten überwintern?«

»Mister Hayes«, hob ein Dritter an. »Ich bin, obgleich heute in Zivil, Lieutenant Gustavus Doane. Die Abteilung steht unter dem Patronat meiner Soldaten, also tut bitte nicht, als wären wir Kinder. Wollt Ihr uns etwas ausreden, verhält es sich so?«

»Bestimmt nicht, Lieutenant. Wem sein Leben wenig wert ist,

der mag es hingeben. Wären andererseits Eure Schützlinge richtige Westmänner, würden sie die Vergeblichkeit ihres Beginnens einsehen. Der Ehrgeiz stachelt sie an, Großes zu leisten; das ist durchaus ehrbar. Doch das Leben in den großen Städten, in denen sie jedenfalls zu Hause sind, ist viel anders als das Leben in Cheyenne, wie erst am Yellowstone. Meine Absicht, euch alle zu warnen, ist daher eine gute. Da ihr aber um keinen Preis Rat oder Vernunft annehmen wollt, soll es mir recht sein. Nehmt es mir nicht übel, Gents, aber beim besten Willen kann ich mich euch nicht in der Wildernis vorstellen, von diesem gewiß sehr erfahrenen Offizier einmal abgesehen. Warum bleibt ihr mit eurer Gesellschaft nicht hier unten und gründet ein wissenschaftliches Büro? Wißt Ihr denn nicht, Mister Langford, daß sogar Old Shatterhand Eure Profession teilt, wenn er nicht gerade die Prärie durchstreift? Wirklich, wenn er nicht die rote Rasse dezimieren hilft, bekleckst er Papier! Nur dürft Ihr Euch mit diesem sagenhaften Freunde Winnetous nicht vergleichen, sonst wäre die Enttäuschung, welche Euch bevorsteht, größer als ohnedies. Denn Winnetou und Old Shatterhand, diese beide Männer sind Hirngespinste, Phantasiegestalten. Es hat sie nie gegeben!«

Ich sah von meinem Biere auf – was redete dieser Mann? Winnetou und Old Shatterhand Hirngespinste, es solle uns nie gegeben haben?

Der Ton von Hayes war zuletzt immer herablassender geworden; die Anwesenheit Kilmers in seinem Rücken machte ihn kühn. Hatte der Washburn-Abteilung schon seine Kritik nicht geschmeckt, so stieß die Herablassung, mit welcher er sich Old Shatterhand und Winnetou gleichzusetzen suchte, auf Unverständnis, auf Empörung. Alles aber übertraf die Leugnung der Existenz dieser wohl berühmtesten Gestalten des Wilden Westens. So groß war das Mißfallen, daß Langford sagte:

»Mister Hayes! Wir, die wir aus Ohio kommen, aus Indiana und Montana und also keine Greenhorns sind, wir würden niemals auf die Idee kommen, uns in der Nähe eines Old Shatterhands zu wähnen. Ihr aber scheint nichts dabei zu finden, Euch an diesem legendären Manne zu reiben. Daß er nicht nur seine Gewehre zu halten, sondern auch die Feder zu führen weiß, ist hinreichend bekannt, und wohl jeder hier am Tische darf behaupten, seine Reiseberichte gelesen zu haben. Aber wer seid denn eigentlich Ihr, daß Ihr so abschätzig von ihm sprecht, gar von dem vielleicht noch viel größeren Manne, Winnetou? Heraus mit der Sprache, rechtfertigt Euch!«

Es war interessant zu beobachten, wie bei allen Anwesenden eine Veränderung vor sich ging. Ein jeder rückte ab von seinem Glase, straffte sich, richtete sich im Sitzen auf; Füße wurden vorgestellt, bestmöglicher Halt eingenommen, man war bereit zum Aufspringen. Das war schönste Westmann-Manier; spätestens jetzt mußte Hayes seinen Irrtum einsehen. Dabei hatte er Glück: Noch wußten alle sich zu beherrschen, weder knackte der Hahn eines Revolvers noch blitzte eine Klinge. Im Wilden Westen war bei Meinungsverschiedenheiten immer gleich die Waffe zur Hand. Jetzt ging mir auf, daß Hayes vielleicht deshalb keine Revolver im Gürtel stecken hatte; er wollte die übliche Reaktion vermeiden. Auch verstand ich, daß er noch nicht am Ziele war, vielmehr seine angekündigte Provokation gerade erst ihren Anfang nahm.

Weitere Männer drängten in das Boarding House. Sie stellten sich neben und hinter Hayes, mittels Augenzeichen dirigiert von Kilmer.

Der Geigenkratzer klemmte sich die Fiedel unter den Arm und eilte zur Tür hinaus.

Ein Seitenblick von Hayes in die Richtung Kilmers fiel mir auf – galt er nicht auch meiner Person? Ich irrte mich nicht, denn schon hörte ich Hayes sagen:

»Gentlemen, ich bitte um Vergebung. Wie ihr, so stecke auch ich meine Füße gelegentlich in Stiefel anstatt in Lackschuhe, deshalb dürft ihr mir mir ein offenes Wort über Old Shatterhand nicht verübeln. Dieser Mensch hat es euch also angetan – nun gut, so werde ich euch ein paar Wahrheiten über ihn sagen. Vielleicht erkennt ihr dann, daß euer angelesenes Wissen euch keine Meile voranbringt.«

Washburn, Langford, Doane und alle die anderen blickten auf den eleganten Mann, der, um seine Lässigkeit zu unterstreichen, in den Schaum eines ihm gereichten Bieres blies und dann ausrief:

»Old Shatterhand – wie großartig das klingt! Gemeint ist damit wohl die alte, höchst erfahrene Schmetterhand, und das, Gentlemen, ist nur sein Name. Von diesem Titan der Wälder und Prärien heißt es aber ferner, daß er ein *Dutchman* sei, und er – – –«

»Entschuldigt«, unterbrach ihn Langford. »Ein Holländer ist Old Shatterhand gewiß nicht. Oder übersetzt Ihr *Dutchman* schlicht mit Deutscher? Wenn Eure Darlegungen noch mehr solche Fehler enthalten, wird es besser sein, uns damit zu verschonen!«

Herzliches Gelächter begleitete diese Zurechtweisung, die Hayes aber nicht aus dem Konzepte brachte. Er machte eine wegwischende Gebärde und fuhr fort:

»Gentlemen, lest ihr Spuren so gründlich, wie ihr auf meine Worte achtet? Dann werdet ihr dem Yellowstone nicht einmal nahe kommen. Ich sagte, es heiße von Old Shatterhand, daß er ein *Dutchman* sei; ich selbst habe das nicht behauptet. Gerade wollte ich schildern, wie es sich wirklich verhält, da zogt Ihr, Mister Langford, es vor, mich zu unterbrechen. Tut dies immerzu, wenn Ihr nicht die Höflichkeit besitzt, einen anderen aussprechen zu lassen. Was wieder Old Shatterhand betrifft, so muß ich Euch sagen, daß er, falls man ihn überhaupt zu den Lebenden zählen darf, noch niemals im Wilden Westen gewesen ist, Holländer hin, Deutscher her.«

Die gespannteste, angestrengteste Stille hing in der Stube.

Wie wir den Begriff Angler- und Jägerlatein kennen, so kennt der Westmann die Übertreibung. Gern macht er aus einem Scharmützel eine Schlacht, oft wächst mit seinen Worten ein Biberfell zum Bärenpelz. Doch Hayes' Behauptungen schienen einfach zu hoch gegriffen zu sein, sosehr Westleute derartige Schnurren auch liebten.

Washburn, der anfangs so Ruhige, Überlegene, fing nun Feuer. »Mister Hayes! An Vorposten wie diesem ist es Brauch, einander ins Bockshorn zu jagen, sich gegenseitig an Anekdoten zu überbieten, man kennt das. Aber was Ihr da sagt, geht zu weit. Wenn es überhaupt eine Realität gibt, so lebt Old Shatterhand in ihr. Wenn Ihr weiter so von ihm sprecht, wird es nicht lange dauern, und Ihr verkündet uns, daß selbst Winnetou nie geboren wurde!«

Schallendes, zustimmendes Gelächter löste die starr gewordenen Mienen.

Aber als sich alles wieder beruhigt hatte, prostete Hayes der Runde freundlichst zu. »Von dem Apachen später. Verbleiben wir bei Old Shatterhand. Ihr sagt, Mister Washburn, ihr alle wüßtet über ihn Bescheid. Doch was wißt ihr wirklich? War nur ein einziger von euch bei nur einem seiner sogenannten Abenteuer dabei? Sprach jemand von euch mit nur einem der zahlreichen Männer, die sich angeblich in Old Shatterhands Dunstkreis befinden? Wo stecken sie denn alle, Sam Hawkens, Dick Stone und Will Parker, das sogenannte Kleeblatt, sodann Dick Hammerdull und Pitt Holbers, der Hobble Frank und die Tante Droll, der dicke Jemmy und der lange Davy? Seit mehr als zwanzig Jahren durchstreife ich die Wildnis, und ja, immer wieder habe ich diese Namen gehört, und ich habe von ihnen gelesen. Doch diese Herrschaften auch nur ein einziges Mal leibhaftig anzutreffen, das war und ist mir nicht vergönnt. Seltsam, nicht? Desgleichen Old Shatterhand. Was rühmt man seinen Jagdhieb, doch wer hätte je diese Schmetterhand gedrückt? Ja, da werdet ihr ganz leise, Gentlemen – so ist das, wenn ein echter Westmann zu euch spricht! Mag sein, daß selbst meine Kleidung heute abend für den Trapper, als der ich doch lange Jahre meinen Unterhalt verdiente, zu fein ist. Mag auch sein, daß mein Name in Montana, Indiana, Colorado oder Neu-Mexiko unbekannt ist. Aber ich lebe, es gibt mich! Erlaubt darum, daß ich bis zum physischen Erscheinen jenes Phantoms mit Namen Old Shatterhand zweifle, ob ein solcher Mensch überhaupt jemals gelebt hat. Ich sage: Dieser

Mythos ist ein Märchen, eine Erfindung, eine Illusion – ich werde ihn zerstören!«

So sprach Milton Hayes. Obgleich mir seine Worte kaum gefallen konnten, mußte ich zugeben, daß er seine Sache nicht übel anfing. Wie man Zweifel säte und Stimmung machte, das wußte er. Mehr noch, er ließ sich nicht aufhalten.

»Gentlemen«, fing er wieder an. »Denkt nur einmal an jene beiden Gegenstände, welche den Namen Old Shatterhand so bekannt gemacht haben, daß man drüben, im alten Europa, überall von ihm spricht. Was man über ihn liest, sind spannende Geschichten, das gebe ich zu. Aber sind sie auch *wahr*? Ein jeder von uns kennt Old Shatterhands Gewehre, den Bärentöter und den Henrystutzen. Nun, ich werde darlegen, daß diese Waffen die reinste Erfindung sind, wie auch ihr angeblicher Eigentümer. Macht es euch nur wieder bequem, Gentlemen, ich bin erst am Anfang.«

Somit hatte Hayes wieder Oberwasser, alles hing an seinen Lippen. Zwar schien man Old Shatterhand hier aufrichtig zu lieben, aber dennoch konnte niemand der Versuchung widerstehen, seiner Entzauberung beizuwohnen. Es läßt sich denken, daß gerade mich dieser umgekehrte Hokuspokus interessierte. Die Situation war bizarr: Im Wirtshause eines Außenpostens im Wilden Westen stand Milton Hayes, ein Deutscher und Sachse wie ich, ein mir in Gesicht und Statur unglaublich ähnelnder Mann. Umringt war er von Westmännern und beseelt von dem Gedanken, ihnen weiszumachen, niemand anderes als ich, der ich unerkannt ein paar Tische weiter saß, sei eine erfundene Figur, noch nicht einmal meine bekannte Ausrüstung solle es gegeben haben. Warum ich selbst jetzt noch nicht aufstand, mich endlich vorstellte und den »Irrtum« kurzerhand aufklärte? Ich hätte nur die Narbe von jener Stichwunde an meinem Halse vorweisen müssen, die von dem erbitterten Kampfe damals mit Winnetou rührte, weil wir uns ursprünglich ja als Feinde begegnet waren.

Eine weitere Narbe aus diesen Tagen befindet sich bekanntlich an meinem rechten Handgelenk beziehungsweise Vorderarm. Auch sie wäre ein sicherer Beweis für meine Existenz gewesen, denn aus dieser Wunde war das Blut geflossen, welches den Häuptling und mich als Blutsbrüder verband. Jeder wußte, daß es wahr war, denn ich hatte es so geschrieben.

Nicht zuletzt hätte ich hinauf in mein Zimmer gehen können und das frech in Abrede gestellte »Schießzeug« einfach herunterholen, zudem die ganze Blase nach draußen, auf die Straße, bitten können, um dort ein paar Wunderschüsse zu tun.

Allein – ich tat es nicht. Ich wollte ganz einfach nicht. Ich dachte nicht daran, mich vor Hayes, diesem unverschämten Doppelgänger, zu rechtfertigen. Es geschieht bestimmt nicht allzu oft, daß ein Mensch sich erdreistet, einen anderen schlichtweg für erfunden zu halten, während er ihm doch zum Verwechseln ähnelt. Wie Hayes dieses Kunststück anfangen wollte, welche Spitzfindigkeiten er zu bemühen gedachte, offen gestanden, das forderte mich heraus. Er wollte mich widerlegen, mit Haut und Haar, und deshalb tat ich – nichts. Gelassen blieb ich sitzen und wartete ab. Mochte dieser Großsprecher nur den Beweis führen, daß es mich nie gegeben habe, daß ich gar nicht vorhanden sei; ich war bereit, mir seine »Beweise« anzuhören; ich, der vorgeblich nie gewesene Old Shatterhand!

Wie es so ist, schätzen die Menschen es nicht besonders, wenn man ihnen ihre Legenden rauben will. So mancher Wissenschaftler, vom Altertume bis in die Neuzeit, mag gestöhnt haben, als seine jeweils neuen Erkenntnisse auf Widerstand stießen. Für den Astronomen beispielsweise ist der Mond nur eine zufällige Krateransammlung. Aber steht deshalb der Erdtrabant bei Liebenden weniger hoch im Kurs? Jedes Bekenntnis zur Macht der Sterne ist Aberglaube, gewiß. Doch warum nicht daran festhalten, daß es dennoch etwas so schwer Faßbares und nur allzuleicht Spürbares wie Herzeleid und Liebesglück gibt, zwei allzumenschliche, allzu tiefe und, wie jeder bestätigen wird, allzu reale Empfindungen?

Wie erfreut war ich daher, als sich nun doch Stimmen erhoben und Hayes entgegenhielten: »Hirngespinste, Old Shatterhand lebt! Er ist so echt wie meine Zähne!« Oder: »Sir, unterlaßt diese Albernheiten, warum sich am größten aller Westmänner reiben?«

Ja, warum?

Aber Hayes hatte nun einmal sein Spiel begonnen, und er wollte es zu Ende führen. Ich glaubte absehen zu können, was seine Absicht war: Old Shatterhand, den gewiß größten Befürworter der Idee eines Nationalparks, in Mißkredit zu bringen. Liebte nämlich Hayes sein Kupfererz und damit Geld, so hatte ich mich edleren Zielen wie dem Fortbestande einer der schönsten Landschaften der Erde verschrieben. Gelang es ihm, mich als Schimäre hinzustellen, mußte auch alles sonstige, was je in meinem guten Westnamen gesagt, erzählt und geschrieben worden war, als Lüge erscheinen. Das durfte ich nicht zulassen.

»Mesch'schurs, bitte! Hört mich weiter an!«

Hayes war auf einen Stuhl gestiegen, um für alle im Boarding House weithin sichtbar zu sein. Sein Eigentümer, Mister Faffle, blickte so fasziniert auf den ungeliebten Gast, daß er das Servieren vergaß, und selbst der Mundkoch, jener Herr Hirtreiter, kam aus der Küche heraus, verschränkte die Arme und lauschte wie gebannt.

»Mesch'schurs«, rief Hayes noch einmal. »Gestattet, daß ich als erstes über das Wundergewehr des Wundermannes doziere, den sogenannten Henrystutzen. Welche Sorte Gewehr, frage ich, soll das sein, ein Repetierer, der bis zu fünfundzwanzig Schuß ohne Nachladen feuern kann? Zunächst ließe sich einwenden, daß jede Winchester beinahe ganz dasselbe leistet. Überhaupt, diese beiden Namen – jener Mister Henry, auf den der so mysteriöse, unsichtbare Old Shatterhand sich beruft, war noch gar kein selbständiger Büchsenmacher, als der ehrenwerte Oliver Winchester ihn zum Leiter seiner Waffenmanufaktur erkor. Ich weiß das genau, denn ich bin von uns allen hier der Älteste. So konstruierte Mister Henry bereits vor Jahren, 1860 und damit noch vor dem Ausbruch des Sezessionskrieges[1], ein Gewehr, dessen Munitionsvorrat die

---

1 Gemeint ist der amerikanische Bürgerkrieg von 1860–65.

unglaubliche Zahl von fünfzehn Patronen umfaßte. Aus dieser Waffe wurde die Winchester. Old Shatterhand aber, wird uns weisgemacht, will ein ganz ähnliches Gewehr besitzen, eben seinen Henrystutzen. Dieser soll beinahe die doppelte Anzahl Patronen aufnehmen, aber nicht in einem Magazin, nein, in einer Trommel. Gentlemen – was für ein Riesending müßte das sein, Kaliber .44 vorausgesetzt? Und um einen Stutzen soll es sich auch noch handeln, also um ein stark verkürztes, wenn nicht gar abgesägtes Gewehr! Liegt es daran, daß Old Shatterhand, wie gesagt wird, ein Deutscher sein soll? Übersetzt man *rifle* nicht mit Flinte, sondern unrichtigerweise mit Stutzen? Und so einer will ein Kenner, ein Westmann sein; einer, der obendrein sämtliche Sprachen und Dialekte aller Indianerstämme Nordamerikas beherrscht? Da haben wir schon die erste Lüge enttarnt, und beileibe nicht die letzte. Ein solches Monstrum von Gewehr, und dann nur ein Henrystutzen – wer hat dafür eine Erklärung?«

»Ich habe eine!«

Derjenige, der diese Worte mit kühlem Selbstvertrauen ausgerufen hatte, war natürlich ich selbst. Geduldig hatte ich dem Schwätzer zugehört. Immer noch nicht lag es in meiner Absicht, mich dem Publikum als jener, der ich war, zu offenbaren. Aber diesen Unsinn länger mit anhören wollte ich auch nicht, also hatte ich mich zu Wort gemeldet. Alle reckten den Kopf und drehten sich nach mir um – der einsame Gentleman an dem fernen Tische hatte etwas zu sagen?

»Seht dort, ein Waffen- und Menschenkenner!« rief Hayes herüber.

»Gewiß kein besserer als Ihr«, gab ich zurück.

Ohne mich zu erheben oder vor das geneigte Auditorium zu treten, sprach ich weiter:

»Gents, es braucht der Mann, von dem hier so abfällig gesprochen wird, gar keinen Übersetzungsfehler begangen zu haben. Sein mutmaßlicher Irrtum erklärt sich aus einer bekannten Tatsache: Vor Mister Henrys genialer Erfindung waren sämtliche Gewehre ungefähr so lang oder hoch wie ihre Schützen. Das erste Modell der Winchester wurde vom amerikanischen Militär beinahe abgelehnt, weil es vergleichsweise kurz war – so kurz, daß sich daran nicht wie bei einem Vorderlader ein Bajonett aufpflanzen ließ.«

»Oh« und »Ah« und andere Seufzer tönten zu mir herüber. Meine Erklärung schien plausibel zu sein. Ich lächelte, denn ich hatte einen Punkt für Old Shatterhand gemacht.

»Vielen Dank diesem gebildeten Gentleman«, riß Hayes das Wort wieder an sich. »Das war ein origineller Einwand, der uns aber nicht abhalten soll, uns nun dem anderen der beiden Gewehre von Old Shatterhand, dem Niegewesenen, zuzuwenden. Knöpfen wir uns den Bärentöter vor!«

Ich staunte: So einfach machte sich dieser Lästerer sein Werk? Anstatt auf mein wohlbegründetes Argument einzugehen, schritt er einfach zum nächsten Anklagepunkt? Da half nur Gelassenheit. Was gab es schon gegen meinen guten alten Bärentöter zu sagen?

»Überhaupt der Bärentöter!« rief Hayes. »Das wäre ein schöner Westmann, der einen angeblichen Fünfundzwanzigschüsser einer zweiläufigen Kanone vorzieht! Hat man überhaupt je einen solchen Prügel zu Gesicht bekommen oder in Händen gehalten? Hat je, Gentlemen, einer der Ihren einmal versucht, einen solchen Zentner Eisen auf die Schnelle hochzureißen, damit anzulegen, zu zielen und mindestens einen einzigen guten Schuß abzugeben, erst recht deren zwei? Der Grizzly ist kein besonders höflicher oder geduldiger Geselle; seinen Angriffen schickt er kein Avis voraus. Taucht ein solcher Riese vor einem auf, geschieht dies ziemlich unvermittelt. Wer deshalb behauptet, er ziehe in der Not ein solches Geschütz einem leichten, modernen Repetiergewehre vor, der lügt!«

Washburn und Konsorten blickten betreten drein.

Dafür wanderte Hayes Gesicht für Gesicht ab, voll Hochmutes über die Wirkung seines »Argumentes«. Die Gesellschaft schien jetzt durchaus geneigt zu sein, seinen Behauptungen Glauben zu schenken. Er selbst indes spürte, daß er noch einmal nach-legen müßte. Sein Sieg über den Mythos Old Shatterhand war noch nicht vollkommen, und es sollte doch ein großer, vernichten-der, endgültiger sein.

»Nur noch eines, Mesch'schurs, eine simple Überlegung. Neh-men wir an, es gäbe tatsächlich jenen mildherzigen weißen Freund der roten Rasse, die überwiegend aus Pimos[1] zu bestehen scheint, will man den Schriften glauben, die ihn und Winnetou zum Gegenstande haben. Was also ist der Bärentöter Old Shatterhands, sobald dessen beide Läufe abgeschossen sind? Was ist diese Waffe, wenn sich das gewünschte Ergebnis nicht einstellt und Meister Petz sich bloß den Pulverdampf aus den Zotteln klopft? Dann, Herrschaften, ist der Bärentöter nur noch das, was er immer schon nur war: ein Bärenkitzler, ha, ha!«

Wieder durchlief eine Welle der Erheiterung und Zustimmung das Lokal; Hayes stand kurz vor dem Sieg. Hurtig sprang er von seinem Stuhle, ging sporenklirrend von einem Ende der Tafel an die andere, um vereinzelt die Hände seiner neuen Jünger zu schüt-teln. Mitten in der Bewegung aber wendete er sich um. Seine dunklen Augen fielen auf mich, der ich weiterhin allein und unbe-wegt an meinem Tische saß. Entschlossen stapfte Hayes auf mich zu, und abermals zum Gruße auf die Tischplatte klopfend, wie es seine Art war, blickte er auf mich herab. Ich mußte es hinnehmen, daß er mich abermals ansprach:

»Mister, der Ihr Euch als solch ein unglaublicher Waffenkenner erwiesen habt – wollt Ihr uns nicht die Freude tun und uns sagen, wozu ein leergeschossenes Gewehr taugt? Habt Ihr einen Einfall, wie man sich eines solchen Untiers, wie es ein Grizzly ist, erwehren könnte, sobald die zweischüssige Büchse leer ist?«

Ich wartete, bis einigermaßen Ruhe eingekehrt war.

Dann sagte ich: »Diese Frage ist zu ungefähr, um sie präzise zu beantworten.«

---

1 Schimpfwort für Apachen

»Ich finde, sie ist ziemlich präzise«, versuchte Hayes mich mit seinem Blick niederzuringen.

»Präzise oder nicht, einem Westmann bleibt in solchen Fällen nur eine Wahl«, sagte ich. »Er muß das Tier angreifen! Versucht er nämlich zu fliehen, ist er auf jeden Fall verloren. Der Bär ist immer schneller und kann viel höher klettern als jeder Mensch, namentlich wenn dieser in Panik verfällt. Bleiben nur die Pistolen oder Revolver, mit denen ein jeder, der in der Wildnis überleben will, sich versehen wird. Oder – ein Messer!«

»Ah, da haben wir es!« freute sich Hayes wie über ein langerwartetes Stichwort. »Der wahre Wildläufer greift also zu der wirksamsten Waffe überhaupt. Meinen Dank für diesen Hinweis, Mister, nun kommt die Sache ins richtige Geleis. Wo Old Shatterhand den untauglichen Bärentöter ansetzt, tut ein echter Westmann das einzig Richtige: Er springt dem Vieh mannhaft vor die Tatzen. Ich jedenfalls würde es tun!«

»Aufschneider, der Ihr seid!« entfuhr es mir.

»Westmann, der ich bin!« beharrte Hayes.

Im Hintergrund rückten die Männer der Washburn-Kompagnie eilends Tafel, Stühle und Bänke, während Kilmers Leute schon die Revolver entsicherten. Es roch nach Kampf.

Voll Genugtuung verkündete Hayes:

»Da haben wir es, nicht eine Ungestalt wie Old Shatterhand muß sich beweisen; ich, der Westmann, soll mich zur Wehr setzen! Gentlemen, denkt von mir, was ihr wollt, aber denkt nicht, Milton Hayes würde flunkern. Ihr alle seid in Gefahr, die ihr zum Yellowstone hinauf wollt; die Indianer werden es nicht dulden. Schon dies wollt ihr mir nicht glauben, erst recht nicht, daß es keinen Old Shatterhand gibt, wohl aber Leute, die es mit dem Grizzly aufnehmen, und zwar ohne Schußwaffen. Leider gebricht es uns hier an einer solchen Bestie, darum schlage ich einen Wettbewerb vor. Seht nur, Gents, ich habe eine Überraschung für euch – – –«

Genauso schnell wie sie in Deckung gegangen waren, kamen die Männer wieder hervor; den Amerikaner, der sich eine Darbietung mit Waffen entgehen läßt, gibt es nicht. Genüßlich schlug Hayes sein Jackett zurück, diesmal zur Gänze, und so sah man sie frei um seine Herzgegend hängen, jene perfekt seiner Brust angepaßte Lederscheide, aus der ein perlmuttbesetzter Knauf schimmerte. Nachdem die Art seiner Überraschung deutlich geworden war, zog Hayes das Messer heraus und zeigte sich damit reihum.

Bislang war mir Theobald Hirtreiter im Boarding House nicht wieder begegnet. Nun aber, Tagwerk und Festmahl zu einem glücklichen Ende gebracht, verließ er die Küche, schon nicht mehr angetan mit der Kluft eines Königlich Bayerischen Mundkochs, sondern ganz bürgerlich. Er trug eine dunkle, pantalonskurze Lederhose aus kräftigem Hirschleder, verlängert durch grobwollene Socken, welche bis zu den Waden hochgezogen waren und in klobigen, aber robust wirkenden, rehbraunen Schnürschuhen steckten; unter den Hosenträgern steckte ein leuchtend weißes, korrekt geknöpftes Hemd; um die breiten, an Gewichte gewohnten Schultern hatte der stämmige Mann sich einen grauen Filzjanker gelegt; von seinem Halse winkte ein blaues Tüchlein, vom Kopfe ein mit Gamshaaren geschmückter, wetterfester Stülphut – auffälliger konnte zwischen all den gleich gekleideten »Gents« auch jener Beduine nicht gewirkt haben. Hirtreiter wirkte über den Lärm in der Schenke erstaunt, vor allem über Hayes, wie er mit seinem gezückten Riesenmesser vor den Washburn-Leuten paradierte. Er trat pfeilgerade vor diesen und sagte, die Hände in die Hüften gestemmt:

»Mister Hayes, gerade will ich meinen Abschied von Mister Faffle nehmen, und was sehe ich? In seinem Boarding House und schon gar an einem Tage wie diesem wird nicht gekämpft, das laßt Euch gesagt sein. Gebt das Messer weg!«

»Ihr – Ihr«, schnaubte Hayes, der sich seinen Auftritt nicht verderben lassen wollte. »Wer seid denn Ihr? Ein Koch, nichts weiter!«

»Königlich«, betonte Hirtreiter streng, »Bayerischer«, betonte er weiter, und dann: »Sowie Erster – Mundkoch – am Hofe – König Ludwigs von Bayern!«

Dieser unerschrockene Mensch war gänzlich unbewaffnet, und Hayes überragte ihn wenigstens um Kopfeslänge, aber da war etwas im Tone des Kleinen, was keinen Widerspruch duldete. Man übersieht leicht, daß so ein Erster Mundkoch gewöhnlich ganze Heerscharen von Lakaien befehligt, also grundsätzlich über Durchsetzungskraft verfügen muß.

»Habt Euch nicht«, lenkte Hayes ein. »Es gibt hier lediglich eine kleine Darbietung, von der auch Ihr etwas lernen könnt, Mister Rottenhöfer.«

»Bitte zu vermerken: Ich heiße Theobald Hirtreiter.«

»Wie? Nanntet Ihr nicht unlängst einen anderen Namen?«

»Es ist meine Eigenheit wie Pflicht, bei jeder Vorstellung meiner Person den Namen meines geliebten Lehrherrn und Meisters vorauszuschicken: Johann Rottenhöfer. Ohne ihn wäre ich nichts und auch nicht hier. Ihm freilich schicke ich stets meinen Theobald Hirtreiter hinterher. Vermutlich habt Ihr dies nicht bemerkt?«

»Rottenhöfer oder Hirtreiter, Lehrherr oder Meister, das ist mir gleichviel«, erwiderte Hayes. »Jedenfalls will niemand Euch oder den Männern hier Böses. Aber um einen Hauptspaß geht es, um einen Wettkampf. Gerade Euch lade ich dazu herzlich ein. Als ein Bayer seid Ihr doch auch Deutscher, genau wie angeblich Old Shatterhand, den ich für eine Märchengestalt halte. Ihr werdet also diese ganz andere Geschichte kennen, welche auch nur dem Reich der Fabel entsprungen ist, diese Sache mit dem Mann und dem Apfel auf dem Kopfe.«

»Ja, Mister Hayes«, lächelte Theobald Hirtreiter fein; ein Lächeln, das ich bei ihm noch öfter sehen sollte. »Deutscher bin ich wohl, doch vor allem bin ich Bayer. Ihr hingegen scheint alles mögliche zu sein, denn Ihr kennt Euch mit Geschichten und Geschichte nicht aus. Der Mann mit dem Apfel war Schweizer, nicht Bayer oder Deutscher!«[1]

1 der Schweizer Freiheitsheld Wilhelm Tell

»Egal, egal. Unseren Wettbewerb kann das nicht behindern. Bleibt bei uns. Für das Kommende seid Ihr der Richtige – he, ihr Männer, packt mit an!«

Es stand für mich außer Zweifel, daß Hayes ein Messerwerfen inszenieren wollte. Um leidlich sicheren Raum zu schaffen, hieß er Washburns Leute, einige der Sitzbänke sowie ein paar leere Tische zu einer Wurfsperre aufzubauen, ferner wurden zwei weitere Tische hochkant an die Wand gestellt, als Messerfang. Ohne Zögern und Murren folgten ihm die sonst so stolzen Männer, denn im Wilden Westen giert ein jeder nach Abwechslung, und was sich hier anbahnte, versprach ein Erlebnis zu werden, von dem man an vielen Lagerfeuern erzählen würde.

Darf ich verschweigen, daß auch ich von Neugier gepackt war?

Ich darf es nicht, denn wie ich Hayes glich oder vielmehr er mir, waren wir uns anscheinend auch ähnlich, wenn es um Wettstreit ging. Weil ich meinen Tisch nun aufgab und nach der Auseinandersetzung vorhin einen gewissen Respekt genoß, hielt man Abstand zu mir; das allgemeine Gedränge und Geschiebe, das in der Gruppe der Expeditionsteilnehmer entstanden war, betraf mich nicht. Ohne Widerworte ließ man mich in die erste der sich bildenden Reihen vor.

Da stand auch Kilmer, breitbeinig und in seiner Anverwandlung an seinen Herrn, Milton Hayes, fast genauso gekleidet wie dieser, also letztlich wie ich.

Hayes wirkte sehr sicher. Genau schien er zu wissen, welch hohes Maß an Konzentration von ihm erwartet wurde, um sich durch mehrere Runden des Werfens zu behaupten, geschweige denn unverletzt zu bleiben. Auch an Mut fehlte es ihm nicht, dies muß ich anerkennen. Überhaupt kannte ich diese Ausstrahlung gut; es war die Gewißheit eines Mannes, der sich des Beifalls sicher war, für den es keinen Zweifel am erfolgreichen Ausgang seiner Darbietung geben konnte. Diese Festigkeit ließ auf einen gewieften Jäger schließen.

Noch genauer besah ich mir Theobald Hirtreiter.

Bisher war er mir nur als Koch bekannt; Anforderungen, wie sie etwa an einen Jäger gestellt wurden, durfte ich bei ihm nicht unbedingt voraussetzen. Sicherlich würde er wissen, wie man einem Kaninchen das Fell abzog oder eine Barbe ausnahm. Doch wenn es ans Werfen halber Schwerter ging, konnte er da bestehen? Was etwa, wenn er fehlte und Hayes traf; nein: wenn dieser fehlte und jenen, den arglosen Koch, verletzte, tötete?

Herr Pfäffle, ebenfalls hinzugekommen, dachte genauso, ich sah es ihm an. Doch ungerührt schob er sich in die erste Reihe, postierte sich neben mich, ohne Anstalten zu machen, das Vorhaben zu verbieten. Insofern war er also auch schon ganz Amerikaner geworden.

Vorerst kam noch einmal der Schwabe in ihm durch, als er zu mir sagte:

»Haltet Se mich ned für en Dippel[1], aba jetzt hilft dem Birschle grad no d'r Herrgodd!«

»Den lieben Gott lassen wir aus dem Spiel«, konnte ich gerade noch sagen; schon reckte Hayes seinen Arm in den Dunst aus Schweiß, Rauch und Gespanntheit.

»Gentlemen, wir werden drei Durchgänge sehen. Dazu habe ich hier einen Apfel und mein Messer. Der Apfel ist groß, rot und frisch, da gibt es nicht viel zu erklären. Anders mein Messer. Es ist kein gewöhnliches, seht nur – seine Klinge ist länger, breiter und auch dicker, als es selbst bei einem Bowiemesser der Fall ist; sie ist dreimal härter geschmiedet als ein solches, härter noch als Damaszenerstahl. Obendrein bildet es in der Mitte eine Wölbung, seht ihr? Ein Stich ins Herz eines Grizzly, welcher aufgerichtet einen Menschen zwar überragt, aber in dieser Stellung auch das beste Ziel bietet, ein solcher Stich ist unbedingt tödlich!«

Um diese Aussage zu unterstreichen, faßte Hayes sich mit der anderen Hand an den Kragen. Um diesen trug er, genau wie ich oder Kilmer oder überhaupt alle von uns, ein Halstuch. Er zog den

1 dummer Kerl

Knoten auf, und da blitzte es um seinen Hals – eine Kette säuberlich aufgereihter Grizzlyzähne!

Nun mag man einwenden, daß sich eine solche Trophäe auch käuflich erwerben ließe; einem Trapper könnte sie abgeschwatzt, einem Indianer abgenommen worden sein. Doch man glaube mir und meiner Westmannserfahrung, daß Hayes bei seiner Demonstration so sicher und überzeugend wirkte, daß ich in dieser Hinsicht seine Worte nicht bezweifelte, so unangenehm der Mann mir sonst war. Dieser tat zwar, als ob er einem jeden sein Messer vorzeigte, in Wirklichkeit ließ er es aber nicht zu, daß jemand auch nur länger als einen Wimpernschlag darauf blicken konnte. Man kennt solch Gebaren von Roßtäuschern.

»Es wird nun dreimal geworfen werden«, fuhr er unbeirrt fort. »Je einmal stelle ich mich selbst zur Verfügung, wobei ich mir den Apfel nicht etwa auf den Kopf setze, was noch einfach wäre. Viel schwerer werde ich es mir machen, denn zwischen die Zähne klemme ich die Frucht – hört ihr, zwischen die *Zähne!* Mein Kontrahent wird natürlich das gleiche tun, und jeweils einer von uns unternimmt dann jeweils einen Wurf. So fahren wir fort, bis der Apfel vollständig zerkleinert ist und kein Ziel mehr hergibt, was für gewöhnlich drei Anläufe erfordert. Verlierer ist, wer sich bewegt oder danebentrifft; Sieger folglich der andere. Seid ihr damit einverstanden?«

Aber ja, alle waren einverstanden, auch Pfäffle. Nur zu einem Punkte hatte Hayes noch nichts gesagt, und dieser war der entscheidende: Wer würde das sein, der Kontrahent? Ich brauchte nicht lange auf die Antwort zu warten.

»Tretet noch einmal hervor, Mister oder Herr Hirtreiter«, rief Hayes, auf dessen Herkunft anspielend. »Von allen Gentlemen seid doch wohl Ihr derjenige mit der größten Erfahrung, was Messer betrifft, habe ich recht?«

Zustimmendes Gemurmel erhob sich reihum – jedermann wußte, wie üppig der Koch aufgetischt hatte, was ohne Kunstfertigkeit mit Schneiden aller Formen und Größen nicht denkbar war.

Hayes fuhr fort:

»Noch eben, Mister Hirtreiter, habt Ihr Euch mir mit viel Mannesmut dargestellt. Da müßtet Ihr schon ein ziemlicher Feigling sein, vor unserem kleinen Wettstreit zu kneifen, nicht wahr?«

Wieder erntete er Applaus, wenn auch weiterhin nicht von mir – und von Hirtreiter? In ihm täuschte ich mich nicht, denn schneidig, wie es Menschen seines Schlages entsprach, trat er vor:

»Zum Duell fordert Ihr mich, Mister Hayes, mich, einen Königlich Bayerischen Bediensteten? Wenn das der Herr Johann August von Eisenhart wüßte, einer unserer Kabinettssekretäre! Er würde Euch die einzig mögliche Antwort geben, denn Ihr gefallt mir nicht, daß Ihr es nur wißt. Aber heute hat meine Majestät ihren Ehrentag, da will ich nicht kneifen. Ihm zum Ruhme werde ich Eurem Apfelmesserchen standhalten, aber es dann, wie Ihr sagtet, gleichfalls schleudern. Außer daß ich das Obst zwischen Euren Zähnen zu Mus zerspalte, wird Euch nichts geschehen, Mister Hayes, bin i a Bayer, oder bin i a Preiß!«

Diese Zusage wurde von den Gästen heftig beklatscht, heftiger als Hayes' Vorschlag selbst. Mir war dabei anders zumute. Ich sah nicht allein die Herausforderung, ich sah auch die möglichen Folgen. Es fehlte nicht viel, und ich wäre dazwischengegangen: Weshalb rieb Hayes sich an unser beider Landsmann; was wollte er nur von ihm, wieso wählte er nicht einen anderen – zum Beispiel mich? Anders, als er angekündigt hatte, wollte Hayes anscheinend doch nicht den Anfang machen; Hirtreiter sollte als erster nach sich werfen lassen. Ich sagte mir jedoch, daß diesem zunächst wohl kaum Gefahr drohte. Hayes, wie ich ihn bereits kannte, setzte auf Effekte. Würde der Koch gleich bei seinem ersten Wurfe ausfallen, indem er auswich oder getroffen wurde, so war es auch schon um die eigentliche Wirkung des Wettstreites geschehen. Diese schien mir darin zu liegen, sich in der letzten Runde als Meister aller Werfer hervorzutun. Vielleicht würde man dann im Washburn-Lager an Hayes' Worten nicht mehr zweifeln. Was aber, wenn nun einer von Hirtreiters Würfen danebenging? Es wurde ja nach dem Gesichte gezielt, und der Treffer einer solch gewaltigen Klinge, von der niemand wußte, wie gut sie sich überhaupt werfen ließ, mußte schwerste Verletzungen nach sich ziehen, ja das Leben konnte sie kosten. Wofür nahm Hayes dieses Risiko in Kauf – hatte er überlegt, was er tat?

Aber da war auch Theobald Hirtreiter! Als hätte er nicht den ganzen Tag schwer »geschafft«, wie Pfäffle es nannte, also gearbeitet, und als wäre nicht die geringste Gefahr dabei, nahm er von Hayes das Zielobjekt, den Apfel, entgegen. Auf deutsch rief er ein herzhaftes »Mit Gott!« in die Stube, biß in die Frucht und behielt sie ab da fest zwischen den Zähnen. Schon sah man ihn, wie er sich seitlich gegen den Fang aus Tischen und Wand stellte, also ins Profil, und im nächsten Moment nickte er, zum Zeichen, daß er bereit sei. So bewegungslos wie regungslos bot dieser Mensch sich dar als lebende Zielscheibe!

Auch Hayes mit seinem Mordinstrument von Messer war ein Anblick für sich.

Breitbeinig, das rechte Bein vorgestellt, stand er fünf große Schritte von Hirtreiter entfernt. Für eine Weile wog er den Knauf prüfend in der Hand, was dem Verschmelzen des Werfers mit der Waffe diente. Hirtreiters Unversehrtheit zuliebe konnte so viel Sorgfalt nur gut sein.

Wie die Uhr in Hayes' Westentasche, so verlangte es mich, auch einmal dies sagenhafte »Bärenmesser« in die Hand zu nehmen. Westleute messen untereinander nicht nur gern ihre Fähigkeiten; man rechnet es sich als Ehre an, auch die Bewaffnung eines anderen mit der eigenen vergleichen zu dürfen. Ich habe Männer erlebt, und keine namenlosen, die für die Inspektion eines bestimmten Schießprügels sogar zu bezahlen bereit waren.

Und wieder Hayes: Genau um die Höhe, welche der Länge seines Messers entsprach, warf er es probehalber in die Luft. Zweimal drehte es sich um die eigene Achse, ein drittes, viertes Mal, und jedesmal landete es, mit der Klinge nach oben, zuverlässig in seiner Hand. Aber das war auch nicht anders zu erwarten. Angesichts dieser ersten, noch recht einfachen Kostprobe mußte ich denken, wie oft er sich schon mit diesem Kunststück hatte sehen lassen, womöglich gegen Geld, jedenfalls immer zu seinem Vorteil.

Da rief er auch schon:

»Aufgepaßt!«

Ein Luftzug, ein Zischen – mit einem harten knarrenden Geräusch bohrte sich das schwere Bärenmesser in den hölzernen Fang, kaum daß ich Wurf und Flug hatte verfolgen können. So schnell war es gegangen, daß alle verwundert den Kopf drehten: War überhaupt etwas geschehen?

Es war durchaus etwas geschehen.

Hirtreiter stand immer noch unbeweglich da, aber an der Stelle, an der zuvor der rote Apfel aus seinem Mund gewachsen war, blinkte nur noch ein Stück helles Fruchtfleisch. Mehr als die Hälfte lag abgespalten zu seinen Füßen – keine Frage, ein Meisterwurf!

»Vielen Dank für den Anfang«, rief Hayes dem Koch zu.

Der schüttelte sich in der gleichen Weise, nahm den Apfelrest in die Hand und gesellte sich bescheiden zu der wartenden Runde, welche ihn mit warmen Worten empfing. Hayes jedoch ging an ihm vorbei und würdigte ihn keines Blickes. Unwillig zog er das Messer aus der hochgestellten Tischplatte. Dann folgte er Hirtreiter und sah ihm nun doch ins Gesicht, denn jene Gegenstände mußten getauscht werden, der Apfel und das Messer.

»Seht ihr«, wandte sich Hayes an die Menge. »Selbst ich, der beinahe Unbekannte, vollbringe einen solchen Wurf. Also sind die vielen Wundertaten, welche man sich von Old Shatterhand und Winnetou erzählt, nichts Besonderes. Doch was ich wie ein Kunststück aussehen ließ, fällt nur einem Westmanne leicht. Es ist dies eine von zahllosen Fähigkeiten, auf die man sich verstehen muß, wenn man in die Rocky Mountains gehen und lebend aus ihnen zurückkehren will. Euch, Mister Washburn, zieht es mit einer ganzen Armee in die Berge, als ob es dort feste Straßen oder gestampfte Pfade gäbe. Aber wartet nur ab. Wenn ihr erst die Eisenbahn hinter euch gelassen habt, erwartet euch nur noch Wildnis – diese und natürlich die Schoschonen. Geratet ihr an sie, bezahlt ein jeder von euch seine Unwissenheit mit der Kopfhaut; niemand behaupte später, ich hätte euch dies nicht auseinandergesetzt. Wie steht es also, glaubt ihr weiter an Märchen, oder glaubt ihr einem Manne, der es gut mit euch meint?«

Ich sah Washburn an, daß er in Verlegenheit geraten war. Nicht nur hatte Hayes seiner Großsprecherei die Tat folgen lassen; Washburn als Expeditionsleiter mußte sich fragen, ob von Fertigkeiten wie der eben gezeigten nicht das Gelingen seines Vorhabens abhing. Trotzig gab er zurück:

»Ich danke für diese Vorstellung, Mister Hayes. Wenn Ihr Euch damit im Varieté oder im Zirkus sehen laßt, werdet Ihr viel Geld verdienen. Nur nehmt bitte anstatt des Äpfelchens lieber eine Pflaume oder eine Rosine, damit Euer Hut sich noch schneller füllt. Was Ihr uns auch sagt, meine Männer und ich werden den Yellowstone sehen, auch ohne solcher Kabinettstückchen fähig zu sein. Die Tage solcher Demonstrationen sind gezählt. Mit der Dampfmaschine, mit der Eisenbahn, mit dem Telegraphen und der Elektrizität kommen weitere Segnungen ins Land. Wir werden für eine ordnungsgemäße Verwaltung sorgen, für ein Schul- und Sozialwesen, für Justiz und Finanzen, auf daß alle Waffen dorthin gelangen, wohin sie gehören: in den Schrank!«

Hayes verzog keine Miene. Er setzte auf die Neugier der anderen sowie auf den nachfolgenden Durchgang in dem Wettbewerb. Denn nun war es an Hirtreiter, mit Hayes gleichzuziehen und seinerseits das Bärenmesser zu schleudern.

Nichts wollte ich lieber, als daß ich das Weitere beobachten könnte. Ein starkes Gefühl aber befahl mir, mich nun doch mit meinen Waffen zu versehen. In der Zwischenzeit hatte ich nämlich auch ein Auge auf Kilmer und seine Begleiter gehabt. Ihre Unruhe verriet nicht nur Teilnahme für Hayes, sondern auch eine immer stärker werdende Ungeduld hinsichtlich ihrer zu erwartenden Mitwirkung – wollte Hayes etwa ausbüxen, bevor er sich Hirtreiter zur Verfügung stellen mußte, sollte Kilmer seine Flucht decken? Nach Washburns Rede war kaum noch zu vermuten, daß dieser, selbst nach einem zweiten oder dritten Durchgange, seine Meinung ändern werde.

Es mußte gehandelt werden.

»Herr Pfäffle, ich glaube, die Herrschaften verlangt es nach einer Stärkung, ehe das nächste Werfen beginnt«, raunte ich dem Wirt auf deutsch zu. »Wir werden, fürchte ich, keine drei Runden sehen, so viel gibt der Apfel nicht mehr her. Seien Sie so gut, und liefern Sie noch eine Lage; falls Herrn Hirtreiters König nicht dafür aufkommt, bezahle ich. Verschaffen Sie mir ein paar Minuten, damit in Ihrem Hause kein Blut fließt!«

Pfäffle blickte verwundert auf mich, folgte aber meiner Bitte. Durch die Menge drängte er sich zurück an die Theke, wo er eine Kuhglocke zog, die dort von der Decke an einem Kälberstrick hing: »Gentlemen! Wir alle freuen uns auf die Fortsetzung dieser spannenden Darbietung. Doch nehmt erst ein weiteres Bier zu euch, es kostet nichts!«

Die lautstarke Zustimmung der Stube im Rücken, entschlüpfte ich zu der Treppe, die hinauf ins Obergeschoß, zu meinem Zimmer führte.

Wie immer, wenn ich reise, hatte ich auch hier am Türgriff ein feines, kaum sichtbares Roßhaar angebracht. Verschaffte sich jemand Zutritt, konnte ich dies bei meiner Rückkehr bemerken. Ich sah nach dem Haar – es befand sich noch an der ursprünglichen Stelle.

Schnell trat ich ein und schloß die Tür.

Ohne Licht zu machen, auf meinen Tastsinn vertrauend, holte ich aus dem Schrank die beiden Revolver hervor. Eines besonderen Verstecks hatten sie nicht bedurft, weil doch niemand in einer solchen Gegend auf solches »Werkzeug« zu verzichten pflegte, man also bei einer Entdeckung nicht darüber verwundert sein konnte. Dennoch betastete ich die Remingtons und prüfte, ob sie schußfertig waren. Schließlich steckte ich sie mir in den Gürtel. Sie unter der Weste zu verbergen war ja nutzlos, sogar gefährlich; die zünftige Apfelprobe unter meinen Füßen würde nicht lange dauern, davon war ich überzeugt, und dann mußten sie mir zur Hand sein.

Ich ging weiter zum Fenster, wo ich eine Seite der Gardinen zurückschlug. Dahinter hatte ich, wie man sich erinnern wird, das Futteral mit dem Henrystutzen verborgen. Niemand hatte es entdeckt oder berührt.

Seiner eigenwilligen Form und Größe entsprechend, verwahrte ich das Gewehr meist in einer Hülle, welche aus hellem, speziell zugerichtetem Wapitileder bestand, zugerichtet nach bester Indianerart. Darin war eine jede Waffe auf das beste geschützt, gegen Staub ohnehin, am wirkungsvollsten gegen Wasser. Es ist leider ein Irrtum zu denken, der Westmann halte seine Büchse allzeit in Händen. Gewiß tut er das, aber doch nur unmittelbar vor einem Kampfe oder wenn er auf die Jagd geht. Die meiste Zeit ist es angebracht, einen so schweren als auch empfindlichen Gegenstand füglich unter Verschluß zu halten – wer möchte schon, wenn es darauf ankommt, einen Fehlschuß tun oder sich über Ladehemmung ärgern, weil Schmutz oder Feuchtigkeit in den Mechanismus geraten sind?

Mir war bewußt, daß der Moment meiner Enttarnung ganz nahe war; der Fremde mit dem deutschen Namen mußte dem überall bekannten Old Shatterhand weichen. Aber nicht sogleich. Den letzten Teil des Wettstreits wollte ich nicht unten, im Gewühl, sondern von hier oben, von der Empore aus verfolgen. Dort überblickte ich alles am besten und hatte zudem ein gutes Schußfeld, denn etwas sagte mir, daß es mit Stichwaffen bald nicht mehr getan sein würde.

Vor meinem Zimmer, auf dem Korridor und auch entlang der Treppe sah ich niemand. Kilmer hatte die Leichtsinnigkeit begangen, sich mit seinem Gesindel gerade nicht auf der Etage zu postieren. Diese Torheit konnte ich mir nur mit der Sensationslust dieser Kerle erklären; sie wollten dem Geschehen so nahe wie möglich sein und vernachlässigten darum ihre Deckung. Man soll sich jedoch nicht über die Dummheit seiner Gegner beschweren.

Dem wieder aufkommenden Gejohle zufolge war das Freibier weggeschäumt, die Partie an Hirtreiter gegangen. Ich nahm den Henrystutzen auf, beließ ihn aber bis auf weiteres im Futteral. Hinter dem Übergang von der Wand zum Geländer kauerte ich nieder, um von unten nicht gesehen zu werden. So konnte ich alles gut überschauen, ohne den Kopf vorzustrecken. Übrigens war der Schein der tief hängenden Petroleumlampen in dem Gastraume so stark, daß man mich selbst bei einem zufälligen Heraufsehen schwerlich hätte bemerken können.

Unten, unweit des Messerfangs, stand Hayes.

Mit der ihm eigenen Verzinktheit hatte er bisher ruhiges Blut bewahrt. Jetzt schien er mir unruhig zu sein. Während Hirtreiter Gelassenheit zeigte, mochte Hayes sich vergegenwärtigen, daß nun er selbst an der Reihe war, die Zähne zu blecken, was kein kleiner Unterschied war.

Es gab aber noch einen weiteren Grund für seine Nervosität.

Washburn hatte sich als zäher Brocken erwiesen. Nach außen wirkte er zwar bieder, schien aber dennoch über viel innere Stärke zu verfügen. Bestimmt war er deshalb zum Leiter der Expedition ernannt worden. Die Argumente von Hayes hatten ihm zugesetzt, doch abbringen von seinem Vorhaben vermochten sie ihn nicht. Wozu, schien Hayes zu denken, sollte er sich dem Risiko auch nur des ersten von drei beabsichtigten Würfen auf ihn aussetzen.

Anders konnte ich mir seine Unruhe nicht erklären. Ich war darum gespannt, wie er sich herauswinden wollte. Daß ich mich nicht irrte, zeigte sich sogleich.

Hayes, sich ungezwungen gebend, reichte jenen Teil des von ihm selbst gespaltenen Apfels umher. Dieser sollte längst in seinem Munde stecken und Hirtreiters Geschicklichkeit ausgesetzt sein, doch noch einmal tönte es groß:

»Gentlemen, gebt mir nun den Apfel zurück. Was es zu sehen gibt, hat schon vorhin ein jeder gesehen; ein echter Westmann muß eine Klinge zu handhaben wissen! Dies war bestimmt auch unserem verehrten Mister Hirtreiter bewußt; nur deshalb hat er sich doch zur Verfügung gestellt. Es kann aber niemand wollen, daß er, der kein Westmann, sondern nur ein Küchenmann ist, Schaden anrichtet – was anderes könnte durch seinen Wurf geschehen? Deshalb, Gents, trinkt die nächsten beiden Runden auf mich. Milton Hayes lädt euch ein und wünscht eine gute Reise nach dem Yellowstone!«

Schon drehte Hayes sich auf dem Absatz um, weg von den Zuschauern, die für einen Augenblick nicht zu begreifen schienen, daß das Duell vorbei sein sollte, kaum daß es begonnen hatte.

Aber dann: »Schiebung!« wurde skandiert, auch »Feigling!« und »Weitermachen!«.

Mit seinem Abgangsversuch hatte Hayes den Bogen überspannt. Ein Gerangel zwischen Washburns und Kilmers Leuten setzte ein, das leicht in eine Schlägerei ausarten konnte. Damit war niemand gedient.

Pfäffle dachte genauso. Der kleine Schwabe sprang auf einen Tisch und bat sich Ruhe aus, und ja, die Männer gehorchten.

»Mister Hayes«, schalt der Wirt von seinem Podest. »Ihr habt einen Ehrenmann herausgefordert, nämlich meinen Koch, der er zur Stunde immer noch ist. Er, der Unerfahrene, wie Ihr sagt, hat sich Euch, dem Westmanne, wie Ihr behauptet, gestellt. Drei Durchgänge habt Ihr ihm und meinen Gästen versprochen, drei! Jetzt, wo gerade ein halber absolviert ist und Ihr selbst Standfestigkeit beweisen müßt, drückt Ihr Euch – nicht bei mir, nicht im Boarding House von Ewald Pfäffle!«

»Gut gesprochen«, rief es umher. »Der Wirt hat recht!«

Hayes wirkte verlegen. Schnell tauschte er ein paar Blicke mit Kilmer, aber seine Karten standen schlecht. Inmitten des Gewühls, in dem er sich befand, konnten seine Komplizen ihn nicht herausschießen, und bei einer Keilerei hätten sie, schon auf Grund ihrer Minderzahl, den kürzeren gezogen. Dem »Westmann«, falls er denn einer war, blieb nur, das Werfen fortzusetzen, mit sich selbst vor dem Messerfang. Als wäre nichts gewesen, biß er also in die Apfelhälfte, freilich so knapp, daß ein möglichst großes Stück aus seinem Munde schaute. Dabei sah er auf das Bärenmesser in den Händen des Mannes, den er herausgefordert hatte – Theobald Hirtreiter.

Der wog nun selbst fachmännisch die Klinge, und ich atmete auf: Seit Hayes damit renommiert hatte, wollte ich sie mir ausführlich betrachten. Zwar befand ich mich auf einer Art Hochstand und in gehöriger Entfernung, zwar flimmerte der Qualm unzähliger Zigaretten und Zigarren in dem fahlen Lichte über den Männern, doch sind glücklicherweise meine Sehwerkzeuge scharf genug, um Einzelheiten selbst unter solchen Umständen genau auszumachen.

Das kam nicht von ungefähr.

Wie man vielleicht weiß, war ich als Kleinkind fast blind. Von einer schlimmen Krankheit betroffen, lüfteten sich meinen Kinderaugen die Schleier erst spät, so daß ich nicht eher als im Jugendalter wenigstens einigermaßen sehen lernte. Später dann, im Aufwachsen, trat das genaue Gegenteil dieses zeitweiligen Unvermögens ein, und als Erwachsener bekam ich geradezu Adleraugen. Es ist, wie man erraten wird, ein Trick dabei, so scharf zu sehen. Wieder ist hierbei Winnetou mein Lehrer gewesen; auch diese Fertigkeit hat er mit mir geübt, bis ich sie beherrschte. Daran ist nichts medizinisch Wunderhaftes; einem jeden, der mich danach fragte, könnte ich zeigen, wie leicht man seine Sehkraft vervielfachen kann. Aber es war dies Winnetous Unterweisung, und ich bezweifle, ob ich das Recht habe, sie weiterzugeben.

In der Spanne Zeit, während Hirtreiter das Bärenmesser durchexerzierte, fielen mir genug Details auf, um mir ein ungefähres Urteil darüber bilden zu können.

Da war zunächst einmal die Größe des Ungetüms.

Man hat auf dem Alten Kontinent schon von dem legendären Bowiemesser gehört, wie es auch Hayes erwähnt hatte. James Bowie, gerufen Jim, hatte es sich einst als Werkzeug und Waffe für den Nahkampf fertigen lassen. Noch bei der Verteidigung der Alamo-Mission in Texas bestritt der Trapper, Jäger und Soldat sein

letztes Gefecht mit dieser Klinge; zehntausendfach kursieren seither in den Staaten Nachfertigungen desselben.

Das Bärenmesser war noch viel größer. Mindestens zehn Zoll in
der Länge und bestimmt zwei Zoll in der Breite maß es, eingebettet
in ein daumendickes Heft. Das schon beschriebene Schmuckwerk
an dem Griff aus Perlmutt außer acht gelassen, konnte nur ein
besonders fähiger Schmied eine solche Arbeit vollbringen. Doch
wozu? Welchem Zwecke diente ein Messer, das ein halber Degen,
eine dreiviertel Machete war? Sollte ich glauben, Hayes gehe wirklich damit auf Bärenjagd, wenn er nicht gerade in den Städten seine
Kupfer- und andere Geschäfte betrieb? Besaß er solche Kräfte, so
viel Gewandtheit? Falls er überhaupt je diese Klinge ins Fleisch
eines Grizzlys getaucht hatte, diente sie ihm jetzt allein der Angeberei, wie auch die Grizzlyzähne an seiner Halskette? Es stand fest,
daß die Herstellung eines solchen Einzelstücks aufwendig war.
Aber so wenig ein Koch, erst recht ein Erster Mundkoch, ein Festmahl zu improvisieren vermochte, also im Gegenteil viel der Vorbereitung bedurfte, so wenig würde der beste Schmied geneigt sein,
ein derartiges Trumm einfach so daherzuklopfen.

Indes war es mir unmöglich, weiter nachzudenken. Es galt –
jetzt oder nie!

Mehrmals hatte Hirtreiter das Schwergewicht inzwischen auf
und ab geworfen, um ein Gefühl für dessen Schwere und damit
Flugeigenschaften zu gewinnen, mehr der Vorbereitung bedurfte
er nicht. Anfänglich waren es ein paar Zentimeter gewesen, doch
jedesmal waren ein paar mehr hinzugekommen, so daß er zuletzt wie ein professioneller Werfer wirkte. Ich für meinen Teil
hatte Mühe, mir einen anerkennenden Pfiff zu verkneifen: Der
Mann verstand sich auf Messer.

Trotzdem war das Ziel, auf das er sich kaprizierte, unfaßbar
klein. Wie Hayes mußte er genau dieselbe Anzahl Schritte zurückweichen, was das Objekt, das schon beim ersten Wurfe dezi-
mierte Äpfelchen, nochmals verkleinerte. Inzwischen war es an der
Luft oxidiert und somit braun geworden; ein Umstand, der den

Wurf nochmals erschwerte. Das kleine Etwas verschmolz nun mit den Farben seiner Umgebung und war dadurch noch weniger deutlich zu erkennen.

Atemlosigkeit: Hayes, aufrecht, ohne erkennbares Zittern, stand vor dem Messerfang aus den hochkant gestellten Tischen. Weit schob er den Kopf nach vorn; zusätzlich das Kinn, um Hirtreiter den Apfelrest so prominent wie möglich darzubieten. An den von ihm erwähnten Wilhelm Tell mußte ich denken und auf wen dieser mit seinem Bogen angelegt hatte – Hayes, in Dresden als Heise geboren, trug als Deutscher denselben Vornamen wie einst Tells Sohn: Walter.

Wie anders Hirtreiter!

Schon die Weise, wie er das schwere Messer wurffertig machte, nahm mich weiter für ihn ein. Das war, wenn noch nicht Westmannsart, so unbedingt die Klasse eines erfahrenen Jägers. Da war noch mehr, beispielsweise seine Ruhe, welche auf starke Nerven schließen ließ. Keinem anderen in Pfäffles Gasthause hätte ich zugetraut, was Hirtreiter jetzt zu leisten hatte; auch mir selbst wäre ein solcher Wurf nicht leicht geworden. Unwillkürlich wollte ich dem Beispiel der Zuschauer folgen und dem Geschehen nochmals näher rücken, aber das ging nicht, ich hatte die Nase bereits durch das Treppengeländer gezwängt.

Die Spannung war unerträglich – würde Hirtreiter *überhaupt* etwas treffen? Keinen einzigen Probewurf hatte Hayes ihm zugestanden; auch sonst war niemand auf die Idee gekommen, so etwas zugunsten des Kochs zu fordern. Würde also Hirtreiter den Apfel treffen? Würde er dabei Hayes verletzen, ihn schlimmstenfalls töten? Die Obrigkeiten in Europa wissen, weshalb sie Duelle verbieten.

Und dann! Nicht an der metallenen Spitze, am Knaufe faßte Hirtreiter das Messer. Diesen besseren Fühlens wegen zwischen Daumen, Zeige- und Mittelfinger geklemmt, setzte er zum ersten und entscheidenden Wurfe an. Auch er stellte das linke Bein vor, um die Standfläche zu vergrößern, und auch er ließ einmal, zweimal, ein drittes Mal den Oberkörper vor- und zurückwippen. Dann tat er seinen Schlachtruf, mit dem er sich die Anspannung aus dem Leibe schrie:

»Bin i a Bayer, oder bin i a Preiß!«

Die Klinge sauste aus seinen Fingern. Schneller, als meine Augen es erfassen konnten, schwirrte das Bärenmesser davon und federte in die Holzplatte.

Alle blickten wie gebannt auf Hayes. Er war nicht etwa tot oder wälzte sich blutend am Boden; immer noch stand er kerzengerade an seinem Platze, allerdings schweißüberströmt und mit aufeinandergepreßten Kiefern. Der Apfelrest vor seinem Mund war allerdings verschwunden, nur eine Andeutung des Stiels ragte noch hervor. Mochte Hayes auch schwer atmen, er befand sich ohne erkennbare Verwundung, es war ihm nicht das Geringste geschehen.

Ein unbeschreibliches Getöse brach los:

»Hoch, hoch, was für ein Wurf!«

Ein Dutzend Hände griff sich den Bayern, der Großes geleistet hatte. Seine Joppe fiel zu Boden, sein Hütchen ebenfalls. Die Männer hoben den Wehrlosen auf und drehten ihn auf den Rücken. Voll Freude und Anerkennung warfen sie ihn auf und nieder.

»Hoch, hoch, hoch!«

Schon wollte ich mich hinabbegeben, um dem Favoriten, wenn nicht bereits Sieger meinen Respekt auszusprechen. Der Wettbewerb sollte ja vorbei sein, sobald von dem Apfel nichts mehr übrig war, so hatte Hayes die Regeln vorgegeben. Da bemerkte ich freilich, wie derselbe sich aus seiner Starre löste. Als erste Regung gab er ein Zeichen, aber nicht an Kilmer, sondern an drei seiner Männer. Ihnen oblag die Sicherung des Haupteinganges. Damit war klar, daß der Verlierer auf Verrat sann. Weil alles sich auf den Helden des Abends gestürzt hatte, sah niemand außer mir die drei Revolverläufe, welche sich, heimlich und über alle Köpfe hinweg, jeweils dasselbe Ziel suchten – Hirtreiter!

Mit meinen Revolvern war dagegen wenig auszurichten; wie

leicht konnte beim mehrmaligen, schnellen Abfeuern ihr Pulver verkleben. Aber ich durfte auch keine Zeit verlieren, erst den Henrystutzen aus dem Futteral zu ziehen. So fuhr meine Rechte reflektorisch unter sein Leder, während meine Linke den umhüllten Lauf umfaßte und das ganze Paket schlicht über die Balustrade riß: Freihändig mußte ich schießen. Nach Hirtreiters einzelnem Meisterwurf waren hier drei Meisterschüsse auf einmal zu tun!

Zunächst, wenn auch ziemlich ungefähr, zielte ich schräg nach unten, fast senkrecht unter mich. Dort lauerte der erste Bambuse. Auf ihn feuerte ich, kümmerte mich aber nicht weiter um ihn, sondern lud stattdessen blitzschnell durch. Schon zielte ich grob auf den zweiten Revolvermann, der nächst dem Haupteingange lauerte, und schoß abermals. Sofort lud ich wieder durch und hielt auf den dritten Schützen an. Auch dieser mein Schuß krachte, und man glaube mir, daß alles schneller geschah, als es sich erzählen läßt.

Drei Schreie mischten sich ineinander, denn dreimal hatte ich gefeuert und natürlich jedesmal getroffen. Dennoch war keiner der drei Meuchler tot; es hielt nur keiner mehr eine Waffe in seiner jeweils blutenden Hand. Ich hatte sie nicht töten wollen, denn ich bin Christ und achte das Leben. Mir ging es lediglich darum, ihnen mit meinen Kugeln die Finger oder das Handgelenk zu zerschmettern, ähnlich meinem gefürchteten Knieschusse, den einst der intrigante Kiowa-Häuptling Tangua gleich zweifach zu spüren bekommen hatte.

Schreckensbleiche Gesichter starrten zu mir herauf. Durch den Pulverdampf hindurch suchte man nach dem unerwarteten Schützen und entdeckte – mich!

Eine Stille trat ein, in der das einzige Geräusch das Verschlußklicken meines Henrystutzens war. Denselben, weiterhin durch sein Leder verdeckt, riß ich, der Vorkehrung halber, ein viertes Mal in Anschlag. Aus dem vorderen Ende des zerfetzten, weil durchschossenen Futterals drohte rauchend der Lauf.

Als ich aber meinen Fuß auf die erste Stufe setzte, rief irgendein Neunmalkluger:

»Seht, der Henrystutzen! Seht, das Gewehr von Old Shatterhand!«

Nun war es geschehen!

Der Ausruf dieser beiden Namen zeitigte eine Wirkung, die ich eigentlich hatte vermeiden wollen – ich war erkannt. Als hätte ein Wassermüller den Schleusenhebel umgelegt, ergoß sich die Menge zur Treppe hin. Alles drängte heran, um auch mich gebührend in Empfang zu nehmen, den armen Herrn Hirtreiter weiter in der Horizontalen wiegend. Jeder wollte als erster einen Blick auf den berühmten Schützen und seine berühmte Waffe erhaschen. Es waren meine drei Schüsse derart schnell und sicher gefallen, daß man sie beinahe wie einen einzigen wahrgenommen hatte. Ein solches Kunststück vermochten nicht viele, eigentlich nur einer. Dieser eine aber war und ist keine Erfindung, wie Hayes behauptet hatte, diesen einen gab und gibt es wirklich!

Ich hatte also das Versteckspiel satt und rief:

»Ja, ihr Leute, ich bin Old Shatterhand!«

Und so, von den Stufen herab, enthüllte ich Pfäffle, Hirtreiter sowie Washburn und den Seinen mein Geheimnis – allerdings auch Hayes, Kilmer und seiner Bande. Die Flucht der Letztgenannten war nicht mehr zu verhindern, weil der letzte Meter zwischen Treppe, Eingangstür und den anstürmenden Menschen nun geschlossen war. Nochmals zu feuern hätte das Leben Unschuldiger gefährdet. Das Gangstervolk, seine Verwundeten unterfassend, verschwand in die Küche und von dort hinaus in die Nacht. Alsbald war wildes Pferdegetrappel zu hören, begleitet von Schüssen jenseits der *main road* – Milton Hayes war entwischt.

Es dauerte schier ewig, bis ich mich zu Hirtreiter durchgekämpft hatte. Ein jeder in der Washburn-Truppe und natürlich auch dieser selbst sowie Herr Pfäffle wollten mich nach Kräften herzen und umärmeln und mir die Schmetterhand schütteln, was ich nicht ablehnen durfte.

Als man mir wieder einigermaßen die Herrschaft über meine Arme und Beine gestattete, begab ich mich zu der Stelle, an der gerade noch Hayes gestanden hatte. Mit ihm fehlte auch sein Bärenmesser, das nicht mehr in dem Holze steckte, aber ein Spektakel verursacht hatte, welches noch die weitreichendsten Folgen haben sollte. – – – –

DRITTES KAPITEL

Die Goldene Squaw

An dieser Stelle muß ich dem Leser ein Geständnis machen.

Wem meine eben beschriebenen, aus der Hüfte gejagten Meisterschüsse allzu abenteuerlich erscheinen, der hat natürlich recht, mir allein wäre eine solche Großtat nicht möglich gewesen. »Mir allein«, sage ich, obwohl ich mich kenne und weiß, was ich vermag; oft genug habe ich bewiesen, wie kaltblütig ich in gewissen Situationen zu schießen und zu treffen weiß.

Indes, bei der geschilderten Leistung war mir Hilfe zuteil geworden. Ich will dies ohne Umschweife eingestehen; ja, ich hatte Unterstützung gefunden, als ich dort oben, am Treppengeländer im Boarding House, stand und feuern mußte, obwohl es mir kaum möglich war, die Unholde richtig anzuvisieren – und doch schoß ich, schoß einmal, zweimal, dreimal, und immer traf ich ins Ziel.

Wie das möglich war?

Man erinnere sich der Schilderung meines »Adlerauges«. Dieses war es gewesen, welches mich kurz zuvor nicht nur das Bärenmesser hatte examinieren lassen. Distanz und Lichtverhältnissen gespottet, erkannte ich nämlich rund um die Kampfstätte eine weitere Besonderheit. Durch eines der Fenster in der Wirtsstube und trotz der Dunkelheit, die draußen herrschte, aber auch trotz der Anspannung, alles blitzschnell zu erfassen, war mir der Schemen einer Gestalt, die ihrerseits in die Stube hereinspähte, nicht entgangen. Für höchstens eine Sekunde sah ich einen samtschwarzen Schopf, ein Paar dunkle, kriegerisch und doch unfaßbar weise blickende Augen, und ich sah eine Stirn, hinter der die freiesten, nobelsten Gedanken wohnten – Winnetou, mein lieber, lieber Winnetou!

Keinem anderen im Raume und gewiß auch nicht auf der Straße hatte er, der Wunderbare, sich sichtbar gemacht, nur mir wollte er anzeigen, daß er bereits in der Stadt sei, wie zwischen uns vereinbart. Es glaube bitte niemand, ein solch einzigartiger Mann wie der Apachenhäuptling berechne nicht, wem er sich zu welcher Gelegenheit zeige. Bei mir, seinem Blutsbruder, durfte er darauf bauen, daß ich nicht gerade meine Nase putzte, wenn er durch die Scheibe lugte, und wenn es nur für die Zeit eines Wimpernschlages war. Indes schien er zwar zu wissen, daß ich mich in dem Gasthause befand, kaum aber, wo darin genau. Aber das war auch nicht nötig. Immer erahnten wir einander mehr, als daß wir uns sahen; wie hätten wir es sonst vermocht, jeweils über lange Zeit getrennt zu sein?

In jenem Moment also war keine Zeit, die Glückseligkeit in meiner Brust auszukosten. Gleich sollte das Bärenmesser geworfen werden, und seitens Hayes' war mit Tücke zu rechnen, wie sehr, hatte sich ja dann erwiesen. Nun, Winnetou so nahe wissend, hatte ich keinen Grund mehr, besorgt zu sein, wenn ich es überhaupt gewesen war. Noch entspannter war ich, beruhigt, gelassen, denn ER war ja wieder um mich, und keine Hinterlist der Welt würde ER gestattet haben, die mich oder andere zu Fall gebracht hätte. Dieses Wissen um Winnetous Anwesenheit war es, was den Westmann in mir auf die einzig richtige Weise handeln ließ, nämlich vollkommen meinen Instinkten folgend. Ich wußte, was zu tun war, also zielte ich, wie es sich vielleicht darstellt, nur ins Ungefähre, aber es waren die Liebe und die Fürsorge des mir wichtigsten Menschen, welche mir die Sicherheit eingaben, ein jedes Mal zu treffen: drei Meisterschüsse!

Hinterher, umfangen von einer Vielzahl Gratulanten, konnte es mir nicht schnell genug gehen, Winnetou zu begrüßen – allein, versteht sich. Dazu mußte ich aber erst einmal frei werden, denn man stürzte sich auf mich wie Falken auf die Reiher. Darum überließ ich Hirtreiter nur zu gern allen mir zugedachten Ruhm. Er verdiente alle Bewunderung für seinen Wurf, erst recht für seine stundenlange Aufwartung mit dem Festmahle. So gelang es mir, mich zu absentieren, und weil ich ahnte, wo Winnetou zu mir stoßen wollte und wir ungestört sein würden, verlor ich keine Zeit, mich ebendorthin zu begeben. Mein Zimmer schied als Treffpunkt aus, weil dort die Wände Ohren haben konnten. Es gab vielmehr einen anderen Ort, der gerade jetzt mit hoher Wahrscheinlichkeit verlassen war. Ich duckte mich weg und schlich hinter den Tresen, duckte mich wieder und kroch unbemerkt die wenigen Meter zu dem anschließenden Raume – in die Küche! Hier war zuvor Hayes durchgekommen, und doch wurde mir hier das schönste Tedeum zuteil, als ich nämlich eintrat, die Tür hinter mir schloß und im Halbdunkel auf die andere, offenstehende Tür blickte, welche hinaus zum Hofe führte. Da nämlich stand er schon, da stand Winnetou, und nie vergesse ich seine Worte:

»Mein Bruder Scharlih ist das Licht, das die Nacht nicht zurückhalten kann; wie Strahlen am Morgen dringt die Freude, ihn wiederzusehen, in Winnetous Herz. Dort wohnt die Sehnsucht seit so vielen Monden[1], die fast eine große Sonne[2] währten, doch nun ist mein Bruder zurückgekehrt, howgh!«

Was nur sollte ich Winnetou auf diese herzlichen Worte entgegnen?

Am besten gar nichts. Wir eilten aufeinander zu, umarmten, herzten und küßten uns, und damit war der Begrüßung auch schon Genüge getan; die weiteren Erfordernisse zwangen uns zum Handeln. Wir wußten nebenan Menschen, es war geschossen worden, und ein weiter, gefährlicher Ritt lag vor uns.

Erst jetzt fiel mir auf, daß die überraschend kleine, blitzsauber gescheuerte Küche festlich dekoriert worden war. An jeder Wand, von Besteck, Koch- und Serviergeschirr sowie allerhand Viktualien

---

1 Monate
2 Jahr

füglich getrennt, hingen Wimpel in den Farben Bayerns; von der Decke herab grüßte die königliche Wappenfahne. Alles war so drapiert, daß während des Kochens nichts schmutzig werde konnte – Hirtreiter liebte seine Heimat und seinen König glühend!

Winnetou beobachtete mich natürlich, und wie immer las er in meinen Augen, was ich dachte. Er sagte:

»To-na-ka-pah ist neu im Lande der roten Männer, und doch hat er es meinem Bruder bereits angetan. Hätte Old Shatterhand nicht von seinem Verstecke aus über ihn gewacht, die weißen Männer hätten ihn erschossen.«

Was hatte Winnetou da gesagt?

Jene vier Silben stammen aus der Sprache seiner Mescalero-Apachen. Es liegt ihnen ein besonderer Klang zugrunde, eine Mischung aus Wertschätzung und durchaus auch ein wenig Spott, weshalb man sie nur ungefähr übersetzen kann, am besten mit »Herrscher über die Töpfe« oder auch »Herr der Töpfe« – da hatte Hirtreiter ja bereits seinen Indianernamen weg!

Ich sagte:

»Weiß mein roter Bruder, wer jene weißen Männer sind?«

Und Winnetou, der nie etwas äußerte, ohne sich zuvor gründlich Gedanken gemacht zu haben, berichtete mir in seiner knappen Weise, was er während seines nächtlichen Schleichens in der Stadt gehört und gesehen hatte.

Jetzt verstand ich: Während uns Hayes im Boarding House ein Messerwerfen geboten hatte, beschützt von Kilmer und einigen seiner Leute, hatte eine halbe Meile weiter der Rest der Bande eine ganz andere Vorstellung inszeniert. In den Lagern der Eisenbahn hatten die Verbrecher sich zu schaffen gemacht, wo die Ausrüstung von Washburns Expedition wartete. Und ein Weiteres sei geschehen, fuhr der Häuptling der Apachen fort:

»Winnetou sah, wie die weißen Männer etliche Fässer und Lederbündel davontrugen, aber zwischen dem Rest Federn und weitere Gegenstände hinterließen, welche man von den Schlangen kennt.«

Schlangen – damit waren die Schoschonen gemeint. Hayes hatte ja fallen lassen, daß er sich mit ihrem Anführer, Donnerwolke, verbündet habe.

Umgekehrt schilderte ich nun Winnetou, was ich am Nachmittage in dem Stalle, bei dem Gespräche zwischen Hayes und Kilmer, vernommen hatte. Ersterer beabsichtigte demnach ein Doppelspiel: Einerseits hatte er die Schoschonen gegen Washburn aufgebracht, andererseits legte er zu ebenjenen eine falsche Fährte, die bis in die Stadt hineinreichte. So konnte er später, wenn man Washburn und sein Gefolge ermordet fände, um so glaubhafter die Schuld auf die Indianer schieben. Für sich selbst hatte er ein perfektes Alibi geschaffen. Daß sich nämlich zum Zeitpunkt des Einbruchs er selbst, ja sogar seine Kumpane bei »Mister Faffle« befunden hatten, dafür gab es zwei Dutzend Zeugen – darunter sogar mich, Old Shatterhand.

Aber wir konnten nicht weitersprechen. Obwohl ich spürte, daß Winnetou mir noch etwas Wichtiges mitzuteilen hatte, fuhren wir auseinander.

Aus dem Gastraume nahten Schritte, und bis auf weiteres war es besser, wenn die Anwesenheit des Häuptlings nicht bekannt wurde. Er schien genauso zu denken, denn es bedurfte keines Wortes, und er schob sich durch die Tür nach dem Hofe.

Ich selbst machte mich schnell an einem Kasten zu schaffen, welcher mit übriggebliebenen Speisen von dem Festmahle übervoll war. Man hatte tagsüber mit angesehen, daß ich kaum etwas gegessen hatte, und niemand würde Old Shatterhand einen Dieb nennen, nur weil er sich nach vollbrachter Rettung des Kochs ein wenig in dessen Küche bediente.

Denn niemand anderes als dieser kam nun herein.

»Old Shatterhand, wirklich – Ihr seid es!«

Der bescheidene Mann trat über die Schwelle und schloß leise die Tür.

»Endlich! Endlich sind wir allein, endlich kann ich mit Euch sprechen – ich sehe, Ihr seid hungrig? Verzeihung! Ich Tölpel habe übersehen, daß Ihr viel zuwenig zu Euch genommen habt. Das darf so nicht bleiben; Ihr sollt nicht wie eine Katze mit Resten vorliebnehmen müssen. Wartet, sofort lege ich meine Kochkleidung wieder an und heize den Ofen! Pfannen und Töpfe setze ich auf, den Bräter fülle ich und die Tiegel! Das Festmahl beginnt aufs neue, mitten in der Nacht, und es beginnt zu Ehren Old Shatterhands!«

»Wartet, wartet!« bremste ich diesen Eifer. »Als Westmann esse ich nur wenig, und dieses wenige habe ich mir gerade verschafft. Aber wolltet Ihr nicht bei Herrn Pfäffle abheuern?«

Wir hatten, muß ich hinzufügen, vom Eintritt des Kochs an nicht englisch, sondern deutsch gesprochen. Ich weiß nicht, warum das geschah, denn Hirtreiter beherrschte das Englische einwandfrei. Jedenfalls ahnte ich, was ihn anstachelte und worauf er abzielte. Wie oft habe ich solche Reaktionen erlebt, wo immer ich als Old Shatterhand in Erscheinung trat. Es ist wohl etwas an mir, was selbst in grundrealistischen Naturen etwas Romantisches weckt. So wie man immerzu herauszufinden trachtet, wer und wie ich sei, so große Scheu schlägt mir entgegen, sobald ich mich so zeige. Hirtreiter hatte mir zu seinen weiteren Lebensplänen schon vor ein paar Stunden etwas gesagt, und ich hatte ihm ehrlich zugeraten. Ich war kein bißchen verwundert, daß er nun, da er Old Shatterhand kennengelernt hatte, einen neuen Anlauf nahm:

»Master Shatterhand – o bitte gestattet, daß ich Euch ab sofort so nenne! Ohne Zweifel seid Ihr im Wilden Westen das, was daheim, in Bayern, mein Lehrherr Johann Rottenhöfer mir gewesen ist: ein Meister, ein Master!«

»Haltet ein, lieber Herr Hirtreiter!« bat ich nochmals. »Ob ein Westmann wie ich, der gerade seine Finger in Eure Tunken stippt, sich mit diesem schon so oft genannten Küchenchef vergleichen darf, sei dahingestellt. Außerdem hegte ich während des Naschens eine Befürchtung. Erratet Ihr, welche?«

»Ihr könntet Euch verschlucken, Master?«

»Schlimmer, Herr Hirtreiter.«

»Meine Würze bekommt Euch nicht?«

»Viel schlimmer.«

»Es ist mir etwas angebrannt?«

Mir entfuhr ein Seufzer. »Ich sehe, daß Ihr das nämliche nicht erratet, aber wohl trotzdem an mich herantragen werdet.«

Da seufzte nun Hirtreiter seinerseits, und zwar ein derart bängliches, erbarmungswürdiges, hilfloses Seufzen, wie man es von einem Kinde kannte, das sein Lieblingsspielzeug verloren hatte und keine Hoffnung mehr hegte, es jemals wiederzufinden.

»Master Shatterhand, es muß heraus: Schon zuvor, an Eurem Tische, als ich zu dem mir Unbekannten von meinen weiteren Absichten sprach, da war etwas an Euch, was mir Zuversicht gab. In Eurer Gegenwart habe ich mich sofort sicher gefühlt, so daß ich jetzt, wo ich weiß, wer Ihr seid, keinen Grund, zu zögern habe.«

»Zögern womit?«

»Euch geradeheraus zu bitten: Nehmt mich mit!«

»Euch mitnehmen, Herr Hirtreiter – wohin? Ihr seid längst am Ziele. Hier steht Ihr, in Eurer Küche, umgeben von den Heroldszeichen Seiner oder vielmehr Eurer Majestät!«

»Ach, Master, treibt keinen Spott mit mir. Ihr wißt längst, daß mir die Küche Herrn Pfäffles nicht reicht. In den Westen will ich, hinauf zum Yellowstone-See, in die Rocky Mountains, wo die schönsten Abenteuer auf mich warten! Noch nie hat einer den Versuch unternommen, ein Kochbuch der *dark and bloody grounds,* wie Ihr sie nennt, zu verfassen. Ihr wißt doch, daß ich mir zu Hause und überhaupt in der Welt erst noch einen Namen machen muß. Dies ist die Gelegenheit, und Ihr, Master Shatterhand, seid der Mann, der mir alles Weitere ermöglichen kann.«

»Alles Weitere? Damit meint Ihr wohl, daß das Greenhorn, welches Ihr jenseits von Eurem Ofen seid, in derart viele Fettnäpfchen treten wird, daß selbst Old Shatterhand nicht ohne Schürze auskommen wird, um Euch herauszuhauen.«

»Ja!« rief Hirtreiter begierig. »Haut mich heraus, befreit mich, rettet mich! Helft mir, in möglichst viele Gefahren zu geraten und darin zu bestehen. Ein Kochbuch des Wilden Westens und ein Reisebericht, eine solche Mixtur war noch nie da!«

»Bitte, wünscht Euch nicht in Gefahren«, wehrte ich ab. »Und auch das Reiseerzählen überlaßt hübsch mir. Dafür vergreife ich mich nicht an Euren Fasanenbrüsten auf königliche Art und fülle auch keine Schnepfen mit Trüffeln.«

Hirtreiter spitzte die Ohren. »Was sagt Ihr? *Filets de faisan à la royale? Bécasses farcies aux truffes?* Ja, Master, Ihr seid ja ebenfalls ein Kenner der feineren Küche, wie es bei Johann Rottenhöfer heißt. Habt Ihr etwa sein Werk gelesen?«

»Dazu ist es noch nicht gekommen.«

»Aber James Fenimore Cooper kennt Ihr und seine Lederstrumpf-Erzählungen? Genau wir Ihr beschreibt er die Freundschaft zwischen einem Weißen und einem Häuptlingssohne.«

»Man hat davon reden hören.«

»Oder das Buch ›Le Coureur de Bois‹ von Gabriel Ferry, was soviel bedeutet wie ›Der Waldläufer‹; der Mann war Franzose.«

»Haben mir beide noch nicht die Hand geschüttelt.«

»Master Shatterhand! Sowohl bei dem einen als auch bei dem anderen handelt es sich um Literaten! Wenigstens Mister George Catlins Buch über die Indianer Nordamerikas müßt Ihr verschlungen haben.«

»Warum gerade dieses?«

»Weil es die genauesten Beschreibungen über die rote Rasse enthält. Es ist bereits 1841 erschienen, also vor fast dreißig Jahren. Wer dieses und all die anderen genannten gründlich studiert hat wie ich, darf wohl behaupten, eine Vorstellung vom Wilden Westen zu haben – so gut, daß man fast glaubt, gar nicht mehr reisen zu müssen, sondern von daheim aus selbst darüber schreiben zu können.«

Ich schüttelte den Kopf. »Herr Hirtreiter, wann findet Ihr nur die Zeit, etwas zu lesen, erst recht, selber etwas zu schreiben? Ich dachte, Ihr hättet einen König zu bekochen – Eure Phantasie geht mit Euch durch. Das Tintenklecksen ist mit dem Blutvergießen, ohne welches es hierzulande nur selten abgeht, nicht zu vergleichen. Seht mich nicht so bekümmert an. Ich weiß, was in Euch vorgeht.«

Ich wußte, wie er fühlte. Schon einmal, vor noch gar nicht langer Zeit, war ich von einem anderen jungen Deutschen gefragt worden, ob er mich begleiten dürfe. Damals hatte ich dem Wagnis zugestimmt, das am Ende mich und Winnetou zur Weihnachtszeit eingeschneit gefunden hatte. Danach hatte ich beschlossen, es bei diesem einen Mal bewenden zu lassen. Für einen in der Wildnis unerfahrenen Menschen waren einfach zu viele Eventualitäten dabei, man konnte unmöglich – – –

»Master«, unterbrach Hirtreiter meine Überlegungen. »Wenn Ihr mir nicht vertraut, vertraut auf meine Ausbildung. Sie ist der Grund, weshalb ich mich für alle Eventualitäten gerüstet sehe. Meine Lehrjahre bei Hofe – unter Johann Rottenhöfer, Ihr erinnert Euch – haben mir nicht nur Wissen beschert, sondern auch Eigenschaften in mir geweckt, die in jedem Lebensbereich nützlich sind.«

»So? Übertreibt Ihr da nicht ein wenig? Daß Ihr großartig kochen könnt, weiß ich. Aber für eine Exkursion in die Wildnis bedarf es noch ganz anderer Fähigkeiten.«

»Welcher denn? Ihr habt mich das Bärenmesser werfen sehen!«

»Ja, aber ein Messer ist keine Schußwaffe.«

»Ich weiß, und darum belege ich beim Preisschießen auf der Ebersberger Kirchweih Jahr für Jahr den ersten Platz!«

»Aber wie steht es mit der Handhabung des Lassos? Eines Speeres, einer Axt oder eines Tomahawks? Mit dem Umgang mit Revolvern?«

»Auch da weiß ich mitzuhalten, sobald Ihr es mir zeigt. Außerdem werde ich die Westmannskunst erweitern helfen. Ihr müßt nämlich wissen, im Fingerhakeln, auf der Ebersberger Kirchweih, da bin ich seit dem zwanzigsten Geburtstag Seiner Majestät unbesiegt, und heute feiern wir bereits den fünfundzwanzigsten! Auf jedem Maibaum zwischen Töging und Trudering, zwischen

Ampfing und Halfing findet man mich ganz oben, und das Schuhplatteln ist mein Lieblingstanz. Von mir können sich die Indianer etwas abschauen!«

So ging es in einem fort. Immer neue, immer drolligere und aus seiner Sicht absolut zwingende Vergleiche zog Hirtreiter heran; er war eben, wie vor Jahren noch ich selbst, ein völliger Neuling und als solcher nicht zu belehren oder umzustimmen.

Einigermaßen ratlos kratzte ich mich an der Stirn. »Lieber Herr Hirtreiter, das alles habt Ihr mir schon auseinandergesetzt. Euer Schwung und Eure Beharrlichkeit gefallen mir ja. Aber selbst wenn Ihr das größte Talent besäßet – jede andere Gesellschaft als Winnetous ertrage ich schlecht. Auch will und kann ich nicht Euer Aufpasser sein. Der Wilde Westen heißt auch deshalb so, weil es in ihm keine Straßen und Wege gibt, kaum Pfade. Woher kommt wohl das Wort *Scout,* Pfadfinder? Selbst dem hervorragendsten Reiter sind schnell Grenzen gesetzt. Denkt nur an reißende Wasser, Schluchten und Felsen.«

»Ich denke daran, Master, und höre es und habe das alles bedacht. Und doch hoffe ich, daß es nicht allzu sehr auf den Yellowstone zutrifft. Ich habe mir nämlich eine Pritsche angeschafft. Der Sattler liefert mir dazu eine Plane nebst einem Gestell, worauf diese gezogen wird. Ein Pferd habe ich auch schon, die Liesl. Die wird mir das Ding über Stock und Stein hieven. Unser Herr Richard Hornig, Oberbereiter und sicherlich bald Königlicher Stallmeister, hätte mir kein besseres Tier erwählen können.«

»Dann, lieber Herr Hirtreiter, bleibt mir nur, Euch Glück zu wünschen. Wißt Ihr was, macht einen schönen Tagesausflug! Erkundet die Umgebung der Stadt; folgt ein wenig den Geleisen der jungen Eisenbahn. Aber haltet Euch fern von der Prärie und dem Yellowstone, in Eures Königs Namen, denn diese Gegend bedeutet Euren Tod!«

Ich machte mich los, um das Gespräch zu beenden, denn ich wollte Winnetou, der hinter der angelehnten Hoftüre stand, nicht länger warten lassen. Obwohl der enttäuscht dreinblickende Bayer mir leid tat, blieb ich fest und machte Anstalten, ihm die Tür zur Wirtsstube zu öffnen, weil ich befürchtete, daß er den totdiskutierten Gegenstand sonst wiederbeleben würde. Ein Koch, der in den Wilden Westen wollte, das war ganz und gar unsinnig. Genausogut hätte ein Beduine auf die ulkige Idee kommen können, von Nordafrika nach Nordamerika zu reisen – – –

Da war es wieder, dieses Wort: Beduine!

Ich habe schon beschrieben, wie konsterniert ich nach dem Belauschen von Hayes und Kilmer gewesen war, ebenso nach den Auskünften von Pfäffle und Hirtreiter. Heute, aus der Entfernung der Jahre, erscheint es mir lachhaft, daß ich auf den einen wesentlichen Gedanken, den gewiß ulkigsten, aber doch nachvollziehbarsten nicht gekommen bin. Ich wiederhole, es war wohl meine Ähnlichkeit zu Hayes und umgekehrt, was mir im Unterbewußten zu schaffen machte. Außerdem war etwas im Blick von Hirtreiter, das dem Auge eines Rehkitzes glich, welchem man die Mutter weggeschossen hatte. Ich konnte nicht anders. Ganz sanft fragte ich Hirtreiter:

»Ist dies denn Eure erste Reise nach Übersee?«

»Ja, Master, und vielleicht auch meine letzte. Der Hofküche darf ich auf Jahre nicht mehr fehlen. Das Buch zu schreiben wird lange dauern, da ich diese Arbeit in meiner Freizeit leisten muß.«

»Und dennoch habt Ihr Euch schnurstracks nach Westen gewandt, nach Cheyenne, in das Boarding House von Mister Faffle oder vielmehr Herrn Pfäffle?«

»Stimmt, Master. Irgendwo mußte ich doch anknüpfen. Ich war noch nie in Amerika, und noch nie habe ich einen der Ureinwohner gesehen. Deren Kochkunst soll ich studieren, so lautet mein Auftrag, das ist Euch bekannt. Was läge näher, als dies von der Grenze zum Indianerland aus zu versuchen?«

Ob so viel naiven Freimuts mußte ich lächeln.

»Herr Hirtreiter! Laßt Euch gesagt sein, daß sie alle recht verschieden sind, die Ureinwohner. Sie teilen sich in über zweitausend Stämme, von denen bereits die meisten ausgerottet sind. Auch dürft Ihr nicht denken, die Ureinwohner glichen einander aufs Haar. Wie ist das denn bei uns in Europa? Der Spanier, der Franzose, der Italiener, der Grieche und natürlich der Deutsche, wir alle haben weiße Haut, und doch sind wir, allein was das Temperament betrifft, höchst verschieden – so sehr, daß wir einander seit Ewigkeiten bekriegen. Wie erst die Indianer! Die gefährlichen von den weniger gefährlichen zu unterscheiden bedarf großer Erfahrung. Für den Neuling, welcher ich freilich auch einmal war, sehen sie alle gleich aus. Ihr würdet glatt einen Komantschen für einen Kiowa und einen Schoschonen für einen Sioux halten!«

Über meinen Darlegungen neuen Mut schöpfend, machte Hirtreiter eine abwehrende Gebärde. »Mag alles sein, Master, aber wenigstens einen Indianer würde ich erkennen: Winnetou. Unter tausend Häuptlingen finde ich ihn heraus!«

»So?« sagte ich gedehnt, an einen ganz bestimmten Mann hinter einer ganz bestimmten Hoftür denkend.

»Ja, Master, ich erkenne Winnetou«, fuhr Hirtreiter, der mit dem Rücken zu jener Tür stand, fort. »In jeder Eurer Erzählungen habt Ihr den Apachen aufs genaueste beschrieben, jedesmal mit ziemlich den gleichen Worten. Weil Ihr zudem Eure Leser nie mit photographischen Abbildungen belästigt, stattdessen der Vorstellungskraft Raum gebt, war auch ich gezwungen, diese Stellen so oft zu lesen, bis ich sie auswendig konnte. Winnetou braucht gar nicht hier zu sein; mir ist er so gegenwärtig, daß ich ihn jederzeit beschreibe!«

»Vorsicht, Herr Hirtreiter, daß ich Euch nicht beim Wort nehme.«

»Da ist keine Vorsicht zu üben. Auf Grund Eurer Reiseberichte darf ich behaupten, daß mir der Häuptling bis in die letzte Einzelheit vertraut ist: seine Gestalt, sein Gesicht, seine Kleidung, Augen, Nase, Mund, Wangen, Stirne, Haar – – –«

Ich ließ den Bayern weiterreden, in seiner Schwärmerei war er nicht aufzuhalten. Was hätte ich ihm auch entgegnen sollen, der ich, mehr als jeder andere, meinen Blutsbruder *wirklich* kannte.

Dennoch freute ich mich, daß Hirtreiter von sich behauptete, sich jedes meiner geschriebenen Worte über Winnetou einzuprägen. Stets bin ich der Auffassung gewesen, der Leser solle durch meine Texte nicht nur unterhalten werden, sondern mit ihrer Hilfe auch sein Wissen erweitern. Wenn also einer sich gar die Mühe macht, meine Zeilen auswendig zu lernen, so freue ich mich darüber wie jeder Dichter oder Romancier, der ein Jahrhundert und noch länger im Herzen der Menschen bleiben will.

Hier kam noch ein anderes hinzu.

Während Hirtreiter über Winnetou sprach, sah ich, wie dieser lautlos durch die angelehnte Tür geglitten kam. Mit warnend auf den Mund gelegtem Zeigefinger bedeutete er mir, über seine unmittelbare Gegenwart zu schweigen, und weil ich den Häuptling der deutschen Sprache mächtig wußte, ließ ich Hirtreiter einfach weitersprechen:

»– – – und Ihr über den Häuptling ja auch schreibt: ›Er trug einen aus Elkleder gefertigten Jagdanzug von indianischem Schnitt, an den Füßen leichte Mokassins, welche mit Stachelschweinborsten und seltengeformten Nuggets geschmückt waren. Eine Kopfbedeckung gab es bei ihm nicht. Sein reiches, dichtes, bläulich schwarzes Haar war auf dem Kopf zu einem hohen, helmartigen Schopf geordnet und fiel von da aus, wenn er im Sattel saß, wie eine Mähne oder ein dichter Schleier fast bis auf den Rücken seines Pferdes herab. Keine Adlerfeder schmückte diese indianische Frisur. Er trug dieses Abzeichen der Häuptlinge nie, es war ihm ohnedies auf den ersten Blick anzusehen, daß er kein gewöhnlicher Krieger sei‹ – stimmt das alles bis hierhin, Master?«

»Ihr sagt es. Ich habe es geschrieben, also muß es so sein.«

Hirtreiter nahm mein Lächeln wohl als Aufforderung, sich noch mehr ins Zeug zu legen, jedenfalls deklamierte er über Winnetou:

»›Wer auch nur einen einzigen Blick auf ihn richtete, der sah sofort, daß er es mit einem bedeutenden Manne zu tun hatte. Um den Hals trug er die wertvolle Friedenspfeife, den Medizinbeutel und eine dreifache Kette von Krallen der Grizzlybären, welche er mit Lebensgefahr selbst erlegt hatte. Der Schnitt seines ernsten, männlich schönen Angesichtes, dessen Backenknochen kaum merklich vorstanden, war fast römisch zu nennen, und die Farbe seiner Haut war ein mattes Hellbraun, mit einem leisen Bronzehauch übergossen – – –‹«

»Lieber Herr Hirtreiter«, unterbrach ich ihn. »Ihr klingt wie ein Mann, der von seiner Geliebten schwärmt, wißt Ihr das?«

»Genauso will ich klingen, Master Shatterhand! In welchem anderen Tone als in diesem dürfte man von Winnetou sprechen, er ist unbedingt – – –«

»Bitte, es ist schon spät«, wandte ich ein. »Wollt Ihr nicht mit *meiner* Beschreibung fortfahren?«

»Sehr wohl, Master. Wie ich Eure Worte über den Häuptling lese, mag es für mich ein Schwärmen sein, aber wie Ihr ihn beschreibt, ist es unbedingt mehr. Es ist Liebe, allertiefste Zuneigung. Überhaupt nähern wir uns jetzt meiner Lieblingspassage; noch in Generationen wird man sich der Huldigungen erinnern, die Ihr Winnetou da widerfahren laßt: ›– – einen Bart trug er nicht; in dieser Beziehung war er ganz Indianer. Darum war der sanfte, liebreich milde und doch so energische Schwung seiner Lippen stets zu sehen, dieser halbvollen, ich möchte sagen, küßlichen Lippen, welche der süßesten Schmeicheltöne ebenso wie der furchterweckendsten Donnerlaute, der erquickendsten Anerkennung gleichso wie der schneidendsten Ironie fähig waren. Seine Stimme besaß, wenn er freundlich sprach, ein unvergleichlich ansprechendes, anlockendes gutturales Timbre, das ich bei keinem anderen Menschen gefunden habe und welches nur mit dem liebevollen, leisen, vor Zärtlichkeit vergehenden Glucksen einer Henne, die ihre Küchlein unter sich versammelt hat, verglichen werden kann; im Zorne hatte sie die Kraft eines Hammers, welcher Eisen zerschlägt, und, wenn er wollte, eine Schärfe, welche wie zersetzende Säure auf den festesten Gegner wirkte – – –‹«

»Halt, halt!« rief ich. »Ihr sprecht da regelrecht mit der Kraft eines der Schauspieler, von deren Künsten, wie es heißt, auch Euer König nicht genug bekommen kann.«

Hirtreiter warf sich in die Brust:

»Von ebendiesen Schauspielern gucke ich mir etwas ab, wann immer Seine Majestät Lesungen oder Szenenproben abhalten läßt. Aber auch der Rest meiner Schilderung Winnetous, welche natürlich ganz die Eure ist, mag wie ein Loblied klingen, wie eine Hymne. Master, über Winnetou schreibt Ihr auch: ›– – – wenn er, was aber selten und dann nur bei hochwichtigen oder feierlichen Veranlassungen geschah, eine Rede hielt, so standen ihm alle Mittel der Rhetorik zur Verfügung. Ich habe nie einen besseren, überzeugenderen, hinreißenderen Redner gehört als ihn und kenne nicht einen einzigen Fall, daß es einem Menschen möglich gewesen wäre, der Beredsamkeit des großen, unvergleichlichen Apachen zu widerstehen. Beredt auch waren die leicht beweglichen Flügel seiner sanft gebogenen, kräftigen, aber keineswegs indianisch starken Nase, denn in ihren Vibrationen sprach sich jede Bewegung seiner Seele aus – – –‹«

»Herr Hirtreiter – – –«

»›Das Schönste an ihm aber waren seine Augen. Diese dunklen, sammetartigen Augen, in denen, je nach der Veranlassung, eine ganze Welt der Liebe, der Güte, der Dankbarkeit, des Mitleides – – –‹«

»Herr Hirtreiter?«

»›– – – der Besorgnis, aber auch der Verachtung liegen konnte. Solche ehrliche, treue, lautere Augen, in welchen beim Zorne heilige Flammen loderten oder aus denen das Mißfallen vernichtende Blitze schleuderte, konnte nur – – –‹«

»Herr Hirtreiter!«

»›– – – konnte nur ein Mensch haben, der eine solche Reinheit der Seele, Aufrichtigkeit des Herzens, Unwandelbarkeit des Charakters und stete Wahrheit des Gefühls besaß wie Winnetou – – –‹«

»Herr Hirtreiter«, versuchte ich ein weiteres Mal, den Eifer dieses Bewunderers Winnetous einzufangen, doch ließ er von seinem Objekt, in welches auch er geradezu verliebt war, nicht ab:

»›– – – von seinen breiten, kräftigen Schultern hing sein von seiner schönen Schwester Nscho-tschi gefertigter Lasso in Schlingen über Brust und Rücken bis auf die Hüften herab, wo er um die schmale, elastische Taille eine buntschillernde Santillodecke als Shawl gewunden hatte, welcher – – –‹«

»Sal-til-lo-Decke[1]«, unterbrach ich ihn silbengenau. »Herr Hirtreiter, nun ist Euch doch ein Fehler unterlaufen.«

»Aber Master, in allen Euren Schriften ist doch von einer Santillodecke die Rede. Ich weiß es genau, weshalb verbessert Ihr mich?«

»Weil es sich von selbst versteht, daß es sich dabei um die Läßlichkeit eines so unbekannten wie ungenau arbeitenden Schriftsetzers gegenüber einem durchaus bekannten und genau arbeitenden Schriftsteller handelt. Auf gedrucktem Papier mag eine solche Torheit nicht zu ändern sein, doch wenn derlei Ungenauigkeit in meiner Gegenwart laut wird, erfährt sie Korrektur, das werdet Ihr verstehen. Dieser gute Mann und Setzer, was immer sein Name, hat sich da einen Schnitzer geleistet, der seither durch meine Erzählungen geistert wie ein Gespenst durch den Llano Estacado[2]. Übrigens, und ohne Euch schulmeistern zu wollen: Ich verbessere nicht, ich berichtige Euch. Durch eine Verbesserung würde sich ja die leidige Santillodecke nur um so fester um Winnetous schmale, elastische Taille schlingen. Das kann ich nicht zugeben. Deshalb mag sie so bleiben, wie sie sich unter die Millionen von Schriftzeichen gemischt hat.«

»Aber dann könnte – dann könnte – – –«

»Herr Hirtreiter, Ihr werdet Euch doch nicht ob dieser Zurechtweisung das Stottern angewöhnen?«

---

1 ponchoartiges Wolltuch, wie noch heute in Saltillo, im mexikanischen Bundesstaate Coahuila, gefertigt
2 über 100 000 Quadratkilometer große Ödnis zwischen Texas und Neumexiko

»Nein, Master. Ich muß nur daran denken, daß jene Santillo- oder meinethalben Saltillodecke Geschwister haben könnte. Es könnten also weitere, noch viel ärgere Druckteufel und Satzfehler in Eurem Werke stecken, welche zu weiteren Mißverständnissen, wenn nicht Mißdeutungen führen könnten. Was würde dann aus Winnetou, aus Euch selbst?«

Ich knuffte den vorwitzigen Mundkoch gegen die ungestählte Brust.

»Weitere oder größere Schnitzer hat jener unbekannte Setzer sich meines Wissens nicht geleistet. Solltet Ihr dennoch fündig werden, sendet Ihr mir nur ein Avis. Das Weitere wird sich dann finden, versteht Ihr?«

Aber Hirtreiters Entgeisterung zeigte mir, daß er eben nicht verstand.

»Master, ich verspreche, sollten mir künftighin Fehler in Euren Schriften auffällig werden, Euch diese im strengsten Vertrauen mitzuteilen. Mein Ehrenwort darauf als Königlich Bayerischer Beamter!«

Ich beließ es dabei, Hirtreiters Ehrenwort entgegenzunehmen. Mit einem wohlmeinenden Lächeln ermunterte ich ihn zum Fortfahren, denn Winnetou stand nun schon geraume Zeit bewegungslos hinter ihm, und an seiner Miene konnte ich ablesen, wie schwer es ihm fiel, seine Mundwinkel noch länger im Zaume zu halten – der stets so gefaßte Häuptling war im Begriff, lauthals loszulachen!

»Also, Master Shatterhand, komme ich mit Eurer Beschreibung Winnetous zum Ende: ›– – – bis auf die Hüften herab, wo er um die schmale, elastische Taille eine buntschillernde Santillodecke als Shawl gewunden hatte, welcher Messer, Revolver und alle die Gegenstände enthielt, die der Westmann in oder an seinem Gürtel zu tragen pflegt. Auf seinem Rücken hing ein doppelläufiges Gewehr. Das war die weitberühmte Silberbüchse, deren Kugeln nie ihr Ziel verfehlten. Man sah nur sein Gewehr, denn sein Tomahawk, übrigens ein Meisterstück der Waffenschmiedekunst, steckte unsichtbar in einer Scheide von Opossumfell, welche links an seiner Hüfte hing. Und doch wirkte seine Erscheinung so unbedingt kriegerisch, daß es wohl niemand eingefallen wäre, an ihm eine derjenigen Eigenschaften zu bezweifeln, welche er als oberster Kriegshäuptling sämtlicher Apachenstämme besaß − − −‹«

Und mit diesen ganz und gar wahren Worten verträpfelte das berühmte Rezitat.

Fast wollte ich um Hirtreiter besorgt sein, denn mit den letzten Worten seiner oder vielmehr meiner Worte hatte sich ein derart verzücktes, fast heiliges Leuchten um sein Gesicht gerahmt, wie wenn ein Hagestolz doch noch die Hand eines Weibes ergriff. Es war höchste Zeit, ihm die Überraschung seines Lebens zu bereiten. »Kompliment, Herr Hirtreiter! Wie ich Euch nun die ganze Zeit schwelgen und Winnetou loben hören habe, da erstand er mir so recht vor Augen. Derart plastisch habt Ihr ihn dargestellt, daß zu glauben war, er befände sich gerade hinter Euch und spähte förmlich über Eure Schultern. Habt doch die Güte und dreht Euch einmal um − − −«

Ganz langsam, meiner Aufforderung folgend, drehte Hirtreiter den Kopf zur Seite. Dabei wich zunehmend jenes Leuchten in seinem erhitzten Gesichte einer erschrockenen Blässe. Denn da stand Winnetou, aus Fleisch und Blut!

»Seht Ihr«, lachte ich. »Alles habt Ihr herbeizitiert, und nun ist alles da: der Jagdanzug aus Elkleder; die leichten Mokassins; das reiche, dichte, bläulich schwarze Haar; die wertvolle Friedenspfeife; der Medizinbeutel; die dreifache Kette von Krallen der Grizzlybären; kein Garnichts fehlt. Ja, seht Euch den Häuptling genau an. Er lebt, und Ihr findet ihn eben so, wie Ihr sagtet. Da ist auch der von Nscho-tschi gefertigte Lasso und die mit Silbernägeln beschlagene Büchse; selbst die buntschillernde Santillodecke fehlt nicht, nur deren drittes ›l‹. Herr Hirtreiter, vor Euch steht Winnetou, der Häuptling der Apachen!«

Es ist der Mensch, sagt man, in geistiger Hinsicht dem Tiere voraus; sogar der Affe, von dem wir, wie es ebenfalls heißt, in direkter Linie abstammen, kann mit dem Verstande eines Menschenkindes ab dessen zweitem, drittem Lebensjahr nicht mehr mithalten. Um so schmerzlicher wirkt es, wenn eines von uns Menschenwesen auf Grund einer Gemütserschütterung vorübergehend seiner Verstandeskräfte beraubt wird; mehr noch, wenn sich die uns so erhaben machende Geistesgegenwart vollständig aus dem eigenen Gesichte zurückzieht. Der Schmerz für den Betrachter eines solchen Gesichtes liegt eben auch darin, daß ein solches dann einen wahrhaft äffischen Ausdruck annimmt.

In einer solchen Lage befand sich der brave Theobald Hirtreiter.

Wie einem meiner Bücher entstiegen, erglänzte vor dem Königlich Bayerischen Mundkoch eine fürwahr malerische Gestalt: Winnetou! Sein plötzliches Erscheinen war zuviel für Hirtreiter. Dem armen Mann vereiste das Gesicht, seine Lippen schwollen, seine Augen glotzten, sein Atem stockte – diese Wirkung Winnetous auf andere habe ich häufig beobachtet. Wo immer er sich zeigte, verstummte und verzwergte man augenblicklich. Dies war sein sagenhaftes Charisma, die Summe seiner unzähligen Eigenschaften. Hinzu kam, daß Hirtreiter von ihm mit einer solchen Leidenschaft gesprochen hatte, daß ihm dieser Überschwang nun doch ein wenig peinlich war. Wie ein Liebender bei sich die Schamesröte aufsteigen fühlte, wenn er voll Wonne den Namen der fern gewähnten Geliebten wiederholte, sie dann aber vor sich sah, so wußte mit einem Mal auch Hirtreiter nicht mehr ein noch aus.

Aber Winnetou wußte, was zu tun war. Herzlich wie ein langjähriger Freund bot er Hirtreiter die Hand, die er bislang zum Gruße erhoben hatte. Er schüttelte diejenige Hirtreiters in der herzlichsten, umgänglichsten Weise. Er tat dies um so mehr, als er unser Gespräch von Anfang an verfolgt hatte und also auch wußte, daß wir Landsmänner waren und ich mir doch ein wenig Sorgen um jenen machte: Feinsinn und Takt, das waren weitere herausragende Eigenschaften meines Winnetou.

Allmählich floß das Blut wieder in Hirtreiters Adern. Er löste sich aus seiner Starre, fühlte und genoß die starke Hand des Häuptlings und hielt sich an ihr geradezu fest, in der Hoffnung, daß dieser Moment der Erfüllung seines schönsten Traumes nie vorübergehen möge. Ich weiß nicht, ob Winnetou je das Wort »delikat« vernommen hatte, daß aber das gedrungene, staunende Bleichgesicht vor ihm eine Art »Häuptling der Kochtöpfe« war, dies schien er zu spüren. Er nahm denselben beiseite, und leise, selbst ich konnte es nicht hören, flüsterte er ihm etwas zu. Mir blieb nur, aufmerksam das Gesicht Hirtreiters zu betrachten. Von seinen Lippen las ich die stumm nachgesprochenen Silben jener Mitteilung Winnetous: »To-na-ka-pah!«

Prompt erblaßte und errötete Hirtreiter, und auch seine Äuglein quollen schon wieder, und seine Backen plusterten sich, und weil auch der hofbeamtete Mund sich auftat und immer weiter klaffte, vermeinte ich fast, in dessen Tiefe die bayerischen Alpen zu erblicken. Schließlich stammelte Hirtreiter, durchaus hörbar, zurück:

»Jo-hann Rot-ten-hö-fer!«

Wie mußte ich lachen: Selbst bei seiner Begegnung mit Winnetou war dem Koch der Name seines vergötterten Ausbilders wichtiger als der eigene!

Für diese Gemütsäußerung traf mich ein strafender Blick.

»Master! Ich bitte sehr, sich über den größten Könner am Königlich Bayerischen Hofe nicht zu erheitern. Ich bitte aber auch, hinfort Euch und nun auch Winnetou mit Euch und Ihr ansprechen zu dürfen, sich aber mir gegenüber auf das landläufige Sie zu beschränken. Mehr Achtung verdient mein Name noch nicht, welcher, wie Ihr wißt, erst durch ein großes Wildwestkochbuch gemacht sein kann. Wollt Ihr mir diese Bitte erfüllen?«

»Ja, ich erfülle sie Ihnen«, sagte ich mit heiligem Notarsernst. »Aber was wird aus Ihren anderen Plänen?«

»Ich verwirkliche sie, Master! Nun ich Euch gesehen und mir von Winnetou etwas zuflüstern lassen durfte, kann mir nichts mehr geschehen. Auf der Stelle verabschiede ich mich von Herrn

Pfäffle und Mister Washburn. Dann lege ich mich aufs Ohr, obwohl ich kaum Schlaf finden werde. Im Morgengrauen ziehen wir los, die Liesl, die Pritsche, mein Geschirr und ich!«

Ich erkannte, daß Hirtreiter nichts umstimmen konnte, also schwieg ich und reichte dem wackeren Kerlchen nur meine Hand. Von ihm fiel ein letzter bewundernder Blick auf mich, ein allerletzter auf Winnetou – wie im Traume wandelte Hirtreiter. Rückwärts bewegte er sich von uns fort; diese Manier hatte ich schon einmal bei ihm gesehen. Ohne Fehltritt erreichte er aber die Tür zur Gaststube, faßte mit gleichfalls geübter Hand hinter sich, nach der Klinke, und drückte diese. Im nächsten Moment war er verschwunden.

Aber dann!

Ein ganz und gar weißblauer Juchzer schallte durch das ruhig gewordene Boarding House, danach ein Freudenschrei, dessen nachfolgende Worte keiner vergaß, der ihn hörte:

»Sakra-, Himmi-, Pfundsschlawutzi, bin i a Bayer, oder bin i a Preiß!«

*

Vielleicht wird einmal erzählt werden, daß nach diesen Ereignissen das folgende geschah: Theobald Hirtreiter bollerte anderntags mit seiner Pritsche und seinem Königsgeschirr hinaus in die Wildnis und nie zurück; Hayes wurde von mir und Winnetou verfolgt und in einem blutigen Kampfe mit den Schoschonen besiegt; infolgedessen gelangte Washburn an sein Ziel, aber die amerikanische Regierung entschied letztlich gegen ihn und gab einem mächtigen Konsortium das Recht, in diesem letzten Stück unberührter Wildnis eine Kupfermine neben die nächste zu setzen – Abraham Lincolns Befürchtungen bewahrheiteten sich.

Ja, vielleicht wird der Fortgang dieser Begebenheiten einmal so erzählt werden, doch warne ich: So war es nicht! Einen Romanschriftsteller kümmern ja Personen, Geschehnisse, die Wahrheit nicht besonders. Ich dagegen, der Reiseschriftsteller, bin allein der

245

Wahrheit und nicht dem Gelde verpflichtet. Den Leser in ein eingebildetes Geschehen zu locken und ihm dann, wenn die künstlich erzeugte Spannung am höchsten ist, in ein paar dürren Sätzen Zusammenfassung zu geben und Lebewohl zu sagen, das darf ich mir nicht erlauben. In einem Roman, ja, da darf drauflosphantasiert werden, da spielen beispielsweise Entfernungen nicht die geringste Rolle. In einem Roman, wenn der Autor es so will, sterben die Handelnden wie die Fliegen, und gegen Ende, verlegen um einen guten Schluß, da schiebt er vielleicht noch einen Zwischenakt ein und denkt sich schnell noch ein paar überraschende Wendungen aus.

Nicht so der Reisebericht oder vielmehr die Reiseerzählung.

Beide haben sich, bei allenfalls vorsichtiger Ausschmückung und selbst dies nur der besseren Lesbarkeit willen, an das *wirkliche* Geschehen zu halten, um so mehr, als sie beim Leser Geduld und Kraft voraussetzen. Man erinnere sich, einige Seiten zuvor habe ich ein Geständnis abgelegt. Winnetous Unterstützung bei meinen Schüssen in Herrn Pfäffles Herberge – seine Hilfe wurde mir, wie man weiß, sozusagen vom »Großen Geist« zuteil. Nun muß ich den geneigten Leser sogar um Verzeihung bitten, weil das folgende nur zu verstehen ist, wenn man – – – Ich zögere.

Jawohl, ich zögere, weil ich ein weiteres Mal etwas Bestimmtes eingestehen muß. Es ist sogar für den Mann, den jung und alt mit Old Shatterhand in Verbindung bringen, nicht leicht, eine Eselei zuzugeben, in aller Öffentlichkeit. Hätte ich damals, nach meinem Belauschen der beiden Schurken Hayes und Kilmer, nur ein wenig mehr nachgedacht, wieviel Aufregung, welche Kämpfe wären mir und anderen erspart geblieben, so daß ich in wenigen Seiten hätte darstellen können: Dies und dies erwies sich noch als so und so, und alles andere fügte sich recht bald zu einem glücklichen Ende – und damit adieu, lieber Leser.

Es war aber, ich wiederhole mich, alles ganz anders. Das Wort Verzeihung ist darum das richtig gewählte. Anders nämlich als der Romanautor, der es sich herausnimmt, seine Hirngespinste über

Hunderte Seiten zu jagen, werde ich mit der Wahrheit nicht Schindluder treiben, wieviel oder wiewenig Platz dies auch bedarf. Dieser Vorsatz bringt mich zu der peinlichen Einsicht, daß sich mein Denken damals, ob bei dem Barbier in Cheyenne oder anschließend in der Wirtsstube im Boarding House, weniger an jenem mir genannten Beduinen entzündete als vielmehr an jenem fremden Mädchen, von welchem mir noch die geringste Beschreibung fehlte. Nur deshalb, ich kann es mir nicht anders erklären, waren meine sonst so scharfen Sinne verwirrt oder abgelenkt, wenigstens eingetrübt. Es war mir unmöglich zu erkennen, was jeder andere – der Leser! – sofort erkannt hätte: der Schlüssel zu allem Folgenden war in der Gestalt des Beduinen *und* des Mädchens zu suchen!

So kam alles, wie es kommen mußte, und so kommt, auf Grund der schon angedeuteten Entwicklungen, mein Bericht erst jetzt richtig ins Traben, und bald schon wird er galoppieren. Denn nicht besonderer Fähigkeiten, allein der Unzulänglichkeit eines für unfehlbar Gehaltenen ist es zu verdanken, daß sich im weiteren Verlauf dieser Erzählung der Unterschied zwischen Roman- und Reiseschriftsteller schneller verunklaren wird, als mir lieb sein kann, der Unterschied zwischen zusammengesponnenen und wahrheitsgetreu erzählten Ereignissen, zwischen willkürlich erzeugter Spannung und dramatisch Erlebtem – kann der Leser mir das verzeihen?

Es war vielmehr so gewesen: Über das Messerwerfen und meine Schüsse sowie das Gespräch mit Hirtreiter in der Küche war es Mitternacht geworden. Nach dem Abgang des Kochs war zwischen Winnetou und mir auch nicht mehr viel gesprochen worden; er und ich sind keine Schwatzbasen. So kurz wir einander begrüßt hatten, so rasch nahmen wir auch schon wieder Abschied; es war ja nur für ein paar Stunden, ehe unser Ritt beginnen würde. Auf diesem wollte ich zunächst nach jenen beiden Reisenden forschen, die Hayes und Kilmer in jenem aufgegebenen Fort in einen Hinterhalt zu locken beabsichtigten. Winnetou davon im einzelnen zu berichten war nicht erforderlich; wie keinen anderen Menschen kannte er mich und wußte, daß ich für jede meiner Handlungen gute Gründe hatte, genau wie er. Wir pflegten uns aufeinander zu verlassen und einander zu vertrauen, wie nur Blutsbrüder es taten.

Durch die Ereignisse dieses Tages änderten sich auch anderer Leute Pläne.

Zur Stunde wußte Mister Washburn noch nichts von der Plünderung seiner Vorräte, was Winnetous Augen mit angesehen hatten. Erfuhr er es, würde er dennoch der Diebe kaum habhaft werden, aber mindestens ein weiterer Tag würde vergehen, bis er sich neu ausgerüstet hätte. Also war getrennt zu reisen und sich an einem bestimmten Punkte unserer jeweiligen Routen zu vereinigen; erst ab diesem Punkte würde man den Rest des Weges zum Yellowstone gemeinsam zurücklegen.

Überhaupt hatte bezüglich der Expedition nun Old Shatterhand in seine Rechte zu treten. Das sollte in dieser Nacht nicht mehr geschehen, denn nur noch kurz ließ ich mich in der Gaststube blicken.

Dort war die Enttäuschung der von dem Festmahle und dem Wettkampf ermüdeten Washburn-Leute groß. Old Shatterhand erwies sich als ungesellig, lehnte sogar ein »letztes« Bier ab. Ich dankte für die Ehre, bat aber, sich anderntags in Ruhe zu besprechen. Schnell genug entbehrte man meiner, als nun doch Kunde von dem Einbruch in das Vorratslager eintraf:

»Indianer!«

Im Nu fegte alles davon, so daß ich mit Pfäffle allein zurückblieb. Doch auch ihm eröffnete ich Winnetous und meine Beobachtungen nicht, eine gewisse Eingebung hieß mich schweigen. Der Wirt aber war köstlich. Gleich einer Skulptur in einem Museum begutachtete er mich, der sich als Karl Hohenthal eingeführt hatte und nun als Old Shatterhand entpuppte. Gleich einem Manne, der noch nie in den heiligen Hallen eines Museums gewandelt, wirkte Pfäffle auf die liebenswürdigste Weise befangen.

Ihm, dem sonst so Gesprächigen, fiel es sichtlich schwer, einen Anfang zu finden. Mich jedoch verlangte es nach Ruhe und Schlaf, also sagte ich, um die Sache abzukürzen:

»Herr Pfäffle, Sie sehen mich so eigentümlich an. Fehlt Ihnen etwas?«

»Fählen?« kam es schwäbisch zurück. »Des fraget Sie? D'r Winnätu fählt! Sähen möcht ich den Kerle, sofort!«

Ich lachte – der Gastronom hatte den einzig richtigen Schluß gezogen: Wo Old Shatterhand war, konnte Winnetou nicht weit sein. »Wenn Sie mir versprechen, es nicht weiterzusagen, vertraue ich Ihnen ein Geheimnis an: der Kerle kommt nicht mehr, er war schon da! Hier nebenan, in Ihrer Küche, da befand sich eben noch Winnetou, gemeinsam mit mir und Ihrem vorzüglichen Koch, der aber wohl schon seinen Abschied genommen hat. Mir tut das leid, denn so sauber und geschmackvoll es bei Ihnen zugeht, der Mann ist Besseres gewohnt.«

»Moinet Sie jetzt des Köchle oder den Indschmän?« kräuselte sich Pfäffles Stirn.

»Indschmän? Sagen Sie einfach Apache, da steckt das ›sch‹ schon drin. Nein, ich meine Herrn Hirtreiter. Daß Sie ihn auszanken, nur weil er so fleißig für Sie arbeitet und auch noch dafür bezahlt, das will mir nicht in den Kopf.«

Zum Dank für meine Offenheit wurde mir eine rechte Tirade zuteil: der nimmermüde Königsbedienstete, dieser »Zornigl«! Er habe sich herausgenommen, für einen weit entfernten König, überdies keinen schwäbischen, ein Festmahl zu bereiten, zudem unter Verwendung eigenen Geschirrs, weil ihm das vorhandene zu profan erschien; Dutzende von Gängen hatte er aufgetischt und darauf bestanden, hinterher die Küche selbst zu wischen, keiner könne das gründlicher als er selbst! So viel Verschwendung von Arbeitskraft und Geld zugunsten einer Majestät, die hierzulande kaum einer je zu Gesicht bekäme, das reimte sich für den sparsamen Mann und Wirt einfach nicht zusammen:

»In Zukunft verwöhnet mer die Leut wied'r mit moine Köschdlichkeide, mit Buabaschbizzdle und Kuddla, mit Roschdbrooda und Nierla![1] Der bayrisch' Dackel hätt oifach z'viel Schaffgoischd[2]. Im Wilde Weschd'n brauchet m'r koi solchene Brunneputz'r, koi Majeschdäd und koi Maulköchle!«

Pfäffle meinte natürlich »Majestät« und »Mundkoch« und manches andere, doch seine Aufregung war mir recht, weil er es darüber versäumte, mich zu fragen, wo Winnetou nun eigentlich sei; ich hätte dem Manne sonst eine weitere Enttäuschung bereiten müssen. Wie jeder Indianer vermied Winnetou es, in einem Hause, einem »festen Tipi« zu schlafen. Er hielt sich nicht einmal gern in einem auf, wie erst in einer Ansammlung solcher Tipis, einer Stadt. Längst saß er wieder auf dem Rücken seines Pferdes, um sich in der nahen Wildnis, unter den Sternen, zu betten. Pfäffles Monolog abkürzend, fragte ich:

»Wie war das nun mit dem Mexikaner und dem Mädchen?«

Und der Wirt, von seinem Schwäbisch und meinem Winnetou umschwenkend auf unser Hochdeutsch und jene beide Personen, berichtete mir folgendes:

Vor einer Woche sei mit der Eisenbahn ein Fräulein angekommen: jung, bildschön und elegant gekleidet; resolut, selbstbewußt und sehr, sehr katzenäugig. Das Fräulein hatte Logis im Boarding House genommen, weil es erfreulicherweise Deutsche war und der Wirt ja auch. Den Namen hatte er sich als Alma Grüner aus Leipzig notiert. Ausgezeichnet englisch sprechend, begann der weibliche Gast Erkundigungen einzuziehen: Ob letztens ein älterer Herr durchgekommen sei? Nebst Gattin sowie vielleicht einem Mädchen, welches ihr, Alma, ähnlich sehe wie ein Zwilling? Ob derlei Gäste sich wenigstens angekündigt hätten? Möglicherweise sei von einem ganzen Troß Wissenschaftler gesprochen worden, man denke bitte genau nach; um Herrschaften müsse es sich handeln, welche jener Herr Grüner anzuführen gedenke, übrigens ein

1 Schupfnudeln, Kutteln, Rostbraten, Nieren
2 Schaffensgeist

renommierter Archäolog, Privatforscher und ihr Vater. Also, hatte man von diesen Leuten gehört?

Aber niemand in Cheyenne, auch nicht Herr Pfäffle, hätte dem Fräulein Grüner weiterhelfen können. An Mister Washburn habe man sie verwiesen, der aber hatte diese Namen ebenfalls noch nie gehört.

Dann war jener Mexikaner aufgetaucht.

Ihn beschrieb mir Pfäffle als groß und ausgesprochen schlank, dabei muskulös und sehnig gebaut, ein ansehnlicher Schnurrbart – was wollte das heißen? Der Wirt selbst war ja klein und ausgesprochen dick, dabei wenig muskulös und sehnig gebaut, er selbst verfügte über einen ansehnlichen Schnurrbart. Menschen seiner Statur neigten leider dazu, einen jeden, der auch nur um einen Zentimeter größer und um ein Kilogramm leichter war, für einen Übermenschen anzusehen. Daher hatte ich mir den Mexikaner wohl eher gegenteilig vorzustellen.

Von dem Streit, den Hayes durch sein Heranpirschen an das Fräulein Alma hervorgerufen hatte, wußte ich schon, daß sein Kumpan Kilmer sich darin eingemischt und mittels einer Lüge alles »geschlichtet« hatte. Endlich aber erfuhr ich, welches angebliche Ziel Fräulein Grüner genannt worden war: der Green River. Auf dem Weg dorthin lag zwar das nahe Laramie, danach aber begann eine Abfolge von Flüssen, Ebenen und Hügeln, in der sich jeder Gegner meist schon von weitem ausmachen ließ; dieser Teil des Ritts würde wenig Gefahr bergen. Dann jedoch, ab den Zuläufen des Green River, würde sich die Landschaft verändern. Ab hier war es mehr oder weniger eine gerade Linie zu einer Reihe von Gebirgszügen, die zur Yellowstone Range[1] führten. Daß sich am Green River ein aufgelassenes Armeelager befinden sollte, erschien mir nicht unbedingt als eine Lüge, daß nach dorthin jener Herr Grüner, Almas Vater, unterwegs sei, um so mehr.

Für Winnetou und mich mußte es sich darum drehen, dort vor

---

1 nachmals Absaroka Range

Hayes und Kilmer anzulangen, noch besser: das Mädchen und seinen Begleiter unterwegs einzuholen. Das würde, trotz des Vorsprungs der beiden, keine Unmöglichkeit sein, selbst wenn unsere Gegner sich bereits vor uns gesetzt hatten. Da Hayes mit Donnerwolke, dem Häuptling der Schoschonen, im Bunde war, würde er gewiß zuerst diesen aufsuchen, so daß wir spätestens in dem Fort mit einem Kampfe rechnen mußten, dann allerdings gegen eine Übermacht von Indianern.

Dies alles beschäftigte mich in jener Nacht, doch was mich schier ratlos machte, war die letzte Bemerkung Pfäffles, als ich mich in mein Zimmer verabschiedete und er mir, anstatt eines Schlummertrunks, die folgenden Worte mitgab:

»Denket Sie, Mischter Schätterhänd, d'r Säckel mit dem grün' Sombrero hätt dem Mädle beig'stande, dabei hätt der ned amol an richtigen Namen g'hätt. I hent ihn nie recht verstande, aber g'hoiße und g'schwätzt hätt des Bürschle grad a so, wie wann unseroins Erkältung hätt!«

*

Zwei Tage nach den Ereignissen im Boarding House und nachdem es mir gelungen war, Mister Washburn von den Vorteilen getrennten Reisens zu überzeugen, war ich mit Winnetou allein – endlich! Wir befanden uns nahe dem Zusammentreffen des Cheyenne River, von welchem die Stadt ihren Namen hat, mit dem Lightning Creek, der kurz vor dem North Platte ausläuft. Zunächst waren uns flußabwärts noch allerhand Wagen und Reiter begegnet, dann wurde dieser Verkehr schwächer, ehe er, nach weiteren Stunden, fast verebbte. Seit dem Morgen bis jetzt, um die frühe Nachmittagszeit, war uns kein Mensch mehr begegnet: Die Wildnis hatte begonnen.

Noch hielten wir uns auf der rechten Seite des Flusses, wollten aber bei nächster Gelegenheit hinüber auf die andere, um erst recht Distanz zwischen uns und den Rest dessen zu legen, was man

Zivilisation nannte. Zu jener Zeit waren in dieser Gegend noch kaum Brücken geschlagen, also mußten wir nach einer Furt suchen oder wenigstens nach einer Stelle, die es unseren Pferden erlaubte, durch das recht munter bewegte Wasser des Cheyenne zu waten. Unser Suchen galt freilich nicht nur einem geeigneten Übergange, von nun an bestand überhaupt die Notwendigkeit, sich auf jedem unserer Schritte vorzusehen.

Wie sehr, zeigte sich, als Winnetou leise »Uff!« ausrief.

In diesem Ausruf, der kaum ein Wort bildete, steckten Warnung, Erklärung und Anweisung zugleich. Es gab darum für mich kein Zögern, als Winnetou sein Pferd in das hohe Flußgesträuch lenkte, das biegsam genug war, um sich hinter ihm sofort wieder zu schließen und so einen ganzen Reiter vollständig zu verbergen. Ich folgte ihm und war genauso verschwunden wie er.

In dem Verstecke sprang Winnetou ab, und weil ich es ihm auch in dieser Hinsicht gleichtat, knieten wir alsbald nebeneinander. Vorsichtig, selbst für ein geübtes Auge unmerklich, schob der Häuptling ein paar Halme auseinander. Jetzt erfuhr ich, was seine Aufmerksamkeit erregt hatte und ihn so umsichtig handeln ließ.

Einen halben Steinwurf von uns entfernt kauerte seinerseits ein junger Indianer. Mit uns zugewandtem Rücken strich er, die Finger seiner jeweils ausgestreckten Hände gespreizt, über das Gras, offenbar suchte er etwas. Hin und her bewegte er sich, geschickt, aber nicht ganz unhörbar und vor allem nicht unsichtbar, denn wir beobachteten ihn ja. Er suchte und suchte, wollte aber nicht fündig werden.

Winnetou und ich verfolgten dies Bestreben eine Weile, und als der Indianer sich erhob, um wohl seine Suche einzustellen und noch weiter dem Ufer zuzustreben, klappte Winnetou neben mir seine Hand auf. Was ich sah, ließ mich schmunzeln: Ein dünner, kurzer Lederriemen, dessen Rehfarbe allen uns umgebenden Gräsern weitgehend glich, war dem Auge des Apachen aufgefallen. Mehr noch, selbst ich, der doch neben ihm ritt, hatte nicht bemerkt, wie er sich nach dem verräterischen Fundstück vom

Pferde gebeugt und es aufgehoben, zugleich aber schon nach demjenigen ausgespäht hatte, der es verloren haben mußte.

Dieser war der Indianerknabe, den wohl wir bemerkt hatten, er aber nicht uns. Ohne daß wir uns erst hätten abstimmen müssen, sogen wir mit unseren scharfen Sinnen jedes weitere Geräusch, alle Gerüche, die Bewegungen des Windes ein. Dann waren wir uns sicher: Außer dem Jungen, der so unvorsichtig gewesen war, beim Durchstreifen der Flußseite einen Schnürsenkel seiner Mokassins zu verlieren, befand sich niemand sonst in nächster Nähe.

Schon wollten wir uns erheben, um aus dem Versteck zu treten und den Knaben anzurufen, als Winnetou mich zurückhielt. Der Knabe nämlich stand im Begriffe, einen weiteren Fehler zu begehen. Erstmals konnten wir sein Gesicht von der Seite sehen, welches unbemalt war. Da er auch keinerlei Federn im Schopfe trug, nicht einmal ein Stirnband, hatten wir es kaum mit einem Krieger, mithin nicht mit einem gefährlichen Gegner zu tun. Doch als gälte es, einer ganzen Reiterabteilung den Weg zu ebnen, stob er plötzlich durch das ihn überragende, das Flußufer einsäumende Gras davon. Er verschwand darin, tauchte kurz wieder auf, verschwand abermals – und ließ einen Schrei hören.

Bis auf einen Lendenschurz war der Rote nackt, mithin hatte er, sofern er überhaupt etwas besaß, Kleidung, Ausrüstung und sein Pferd zurückgelassen. Wo, war nicht schwer zu erraten – auf der anderen Flußseite, nach der es ihn jetzt wieder zog. War er ein Kundschafter, ein Späher?

Wir sprangen aus der Böschung hervor, hinein in den Grassaum, der den Jüngling verschluckt hatte – mit welchem Resultat, war leicht zu erraten: Er war auf dem unsichtbaren Boden ausgerutscht und in das schnellfließende Wasser geschlittert.

Da sahen wir ihn auch schon: Erschrocken über sein Ungeschick, versuchte er, Grund unter seinen Füßen zu gewinnen, und eben wollte er zu den ersten Schwimmbewegungen ansetzen, als ihn die Strömung fortriß.

Hochgewachsene Pferde wie das meine oder das von Winnetou

hätten, schon wegen ihres Gewichtes, der Flußkraft bestimmt widerstanden, nicht aber dieser junge Mensch. In einem stehenden Gewässer mochte er, wie die meisten Roten, ein guter Schwimmer sein, hier jedoch, an diesem von Stromschnellen gespeisten Abschnitte, war der Versuch einer pferdelosen Überquerung verhängnisvoll, wie erst, wenn man an einer noch ungeeigneteren Stelle in den Fluß fiel.

Anstatt sich nun in dem Gebraus treiben zu lassen und allmählich die andere Seite anzustreben, tat der Knabe abermals das Falsche. Er versuchte, gegen die Strömung zu halten, widersetzte sich also der Wasserkraft, anstatt von dieser zu profitieren. Es war abzusehen, daß auf diese Weise seine Kräfte rasch erlahmen würden und er Gefahr liefe zu ertrinken. Da durfte nicht gezögert werden.

Ich riß mir das Wams vom Leibe und löste den Gürtel. Befreit vom Gewichte meiner Handwaffen sowie den Patronen, streifte ich auch meine Stiefel ab und warf meinen Hut hinter mich. Dann sprang ich in das um diese Jahreszeit bereits eiskalte Wasser.

Mehrere beherzte Stöße brachten mich dem mehr dahintreibenden als schwimmenden Indianer entgegen. Ich verbündete mich mit der Strömung, weil ich ihr eben nicht auswich, sondern sie vielmehr als zusätzlichen Antrieb nutzte. Um dem Wasser noch weniger Widerstand zu bieten und noch schneller voranzukommen, tauchte ich mehrmals. Bei den wenigen Gelegenheiten, Luft zu holen, hielt ich beständig Ausschau nach dem Knaben. Er befand sich jetzt ernstlich in Schwierigkeiten, schien die Orientierung verloren zu haben.

Da war ich auch schon bei ihm. Ein letztes Mal Luft holend, tauchte ich neben ihm auf, die Augen aufgerissen, denn unter Wasser erlaubte mir das aufgewühlte Flußbett so gut wie keine Sicht. Mein erster Griff fehlte, ich versuchte einen zweiten – es gelang! Ich umklammerte die Brust des verzweifelt Strampelnden. Der Widerstand, den er mir leistete, mochte seinem Irrtum geschuldet sein, ein Strudel habe ihn erfaßt und drohe ihn endgültig nach unten zu ziehen. Mich dem Knaben mit Worten mitzuteilen war in dem Lärme um uns her unmöglich. So tat ich, was in dieser Lage nur zu tun war: Ich kümmerte mich nicht um den zappelnden, geschmeidigen Körper in meinen Armen, sondern drehte mich mit ihm in Rückenlage, was meinen Schützling wenigstens für eine Sekunde an die Oberfläche bringen sollte, um ihm Gelegenheit zum Luftschnappen zu geben. Gleichzeitig versuchte ich, so schnell das aufgebrachte Wasser es mir erlaubte, dem Ufer zuzustreben, wo ich Winnetou mit unseren Tieren vermuten durfte.

Leider wehrte sich der Bursche in meinen Armen mit ungeahnter Zähigkeit. Inzwischen hatte er begriffen, daß keine Naturgewalt, sondern schiere Menschenkraft es war, die ihn festhielt. Eher instinktiv erfaßte ich, daß er zu seiner Verteidigung das Messer aus dem Schurze gezogen hatte, neben dem Tomahawk die gefährlichste Indianerwaffe im Nahkampf.

Im nächsten Augenblick verspürte ich einen Fußhieb gegen meinen Unterleib, gedämpft zwar durch das Wasser, doch geriet ich nun selbst aus dem Gleichgewicht. Ich fing mich zwar wieder, meinen jungen Freund nicht aufgebend, aber keinesfalls durfte ich zulassen, daß dieser einen zweiten solchen Versuch ausführte. Er unternahm eine Drehung, um sich mir zu entwinden. Ließ ich ihn gewähren, würde er Raum gewinnen und eine Gelegenheit finden, mich abermals zu attackieren, diesmal vielleicht nicht mit dem Fuße, sondern mit seinem Messer.

Diesem unfreundlichen Bestreben galt es zuvorzukommen.

Wie man weiß, ist meinem Jagdhieb niemand gewachsen. Sein ganzes Geheimnis liegt gleichermaßen in der Geschwindigkeit wie auch in der enormen Kraft, die ich jeweils für den Bruchteil einer Sekunde in ihn lege. Wem so meine Faust ans Schädelbein fährt, der ist außer Gefecht gesetzt. Es versteht sich aber von selbst, daß dieser Kraft im Wasser oder gar darunter die bekannten physikalischen Gegebenheiten entgegenwirken. Indes habe ich mit den Jahren eine spezielle Technik entwickelt, die es mir erlaubt, im Notfall – und dies war ein solcher – das gewünschte Ergebnis dennoch zu erzielen. Es ist natürlich ein Kniff dabei, allerdings einer, welcher sich zwar leicht zeigen, aber nur schwer beschreiben läßt. Gern führte ich ihn dem Leser einmal vor, doch bedürften wir dazu eines gläsernen Beckens, um alles deutlich zu machen, ferner eines Freiwilligen, der bereit wäre, sich als Anschauungsbeispiel von mir in Morpheus' nasse Arme schlagen zu lassen. Ich bitte deshalb, sich mit der Beschreibung des Folgenden zufriedenzugeben.

Ich zögerte keine Sekunde. Den sich auf und über mir Schlängelnden mit einem einzigen solchen Wasserhieb auszuschalten wurde mir leicht, denn ich umfaßte, dies vorausgeschickt, mit einem Arm beinahe seinen Oberkörper, welchen ich mit einer einzigen ruckartigen Bewegung halb aus dem Wasser hob und dabei selbst hinterhersetzte. Exakt am Scheitelpunkt unser beider Aufsteigen, kurz vor dem unvermeidlichen Wiedereinsinken in das nasse Element, ließ ich aber von dem Verdutzten ab. Diese kaum halbsekündige Freiheit nutzte ich, um sozusagen auf dem Trockenen mit der Faust auszuholen.

Die Wirkung dieser List war buchstäblich niederschmetternd.

Im Nu erschlaffte der angespannte Körper meines Gegners und glitt mit mir zurück ins Wasser. Den nunmehr Bewußtlosen mit mir führend, tauchte ich wieder auf. Ich brachte mich aus der Rücken- in die Brustlage und ging in ein halbes Kraulschwimmen über, wie ich es in Schuljungentagen oft geübt hatte.

So gelangte ich, ungefähr eine Meile flußabwärts, ans Ufer, wo Winnetou schon wartete, um meinen Fang mit eisernen Händen entgegenzunehmen.

*

Eine Weile später fanden wir uns auf einer Lichtung wieder.

Diese war, dem Flusse zu, mit angeschwemmtem Treibholz eingefaßt, doch nach der Ebene hin von einem Mischwäldchen aus Espen und Birken umgeben. In den Rücken konnte uns also niemand fallen, Zugang zum Wasser hatten wir auch, und wer immer sich uns näherte, würde von uns schon von weitem bemerkt werden – ein idealer Lagerplatz.

Unseren Pferden hatte sich ein drittes hinzugesellt, was mich wenig überraschte: Während ich den jungen Indianer sowohl gerettet als auch unschädlich gemacht hatte, war Winnetou auf die Suche nach dessen Tier gegangen. Rasch hatte er es aufgespürt, und nachdem er zusätzlich die Umgebung nach womöglich weiteren Indianern abgesucht, aber nur Spuren dieses einen hatte finden können, war er circa eine Meile flußabwärts gezogen, keinen Augenblick darüber im Zweifel, daß ich mich dort wie zu einem Rendezvous einfinden würde.

Und tatsächlich, wir standen wieder traut nebeneinander. Die Sonne trocknete mich zügig, und ich begann bereits wieder mit dem Ankleiden.

Nachdenklich ruhten unser beider Blicke auf dem bewußtlosen Jüngling.

In fast vollständiger Blöße, hingestreckt auf dem Rücken, lag er vor uns im Grase und dämmerte noch. Nun erst sah ich, daß er von der Ausgestaltung seines Körpers her schon nicht mehr unter die Knaben zu zählen war, zu den Männern aber auch noch nicht; in seinem ebenmäßigen, noch etwas weichen Gesichte schien er auf dem Wege dorthin zu sein. Auch ihm leckte die nur mittags noch kräftige Sonne das Wasser von der geschmeidigen, hellbronzenen Haut. Die bereits ansehnlich gewölbte Brust hob und senkte sich dabei gleichmäßig, indes die konkav eingeschnittene Magengrube sich jeweils tief öffnete.

Sowohl die schmalen Hüften als auch die strammen, sehnigen Schenkel zeigten nicht eine Spur von Fett – dies war ein Körper, wie er zu jener Zeit für die männlichen Eingeborenen Nordamerikas noch typisch war, nebenbei bemerkt auch für viele der Siedler und Trapper unter den »Bleichgesichtern«. Einem Roten glich der Torso eines Weißen aber nur dann, wenn man, wie ich, zu den gleichen Entbehrungen, den gleichen Anstrengungen, den gleichen Schmerzen bereit war, wie das Leben in der Wildnis sie nun einmal forderte. Die Natur nährt ein jedes ihrer Geschöpfe nach Kräften, doch verwöhnt oder mästet sie kein einziges. So etwas wie einen dicken Kojoten, einen schwergewichtigen Bären oder einen fettleibigen Indianer gab es im Wilden Westen nirgends zu sehen. Welch ein Jammer heute, die von Alkohol und schlechter Nahrung gezeichneten Nachkommen der Eingeborenen zu sehen, die sich in den Reservaten und in den endgültig von den Weißen okkupierten Naturräumen herumdrücken, falls man überhaupt noch von echten Indianern sprechen kann.

Jener nun, der noch keine Feder in seinem bläulich schimmernden, langen schwarzen Haar trug, keinen Schmuck um den schönen langen Hals oder an den feinen Armgelenken, nicht den Hauch von Kriegs- oder Jagdfarben in dem ganz glatten Gesichte zeigte, jener mochte in seinem fünfzehnten, allenfalls sechzehnten Sommer stehen; die Angehörigen von Naturvölkern reiften schnell. Winnetou, der mit dem kleinsten Gegenstande indianischer Nähkunst vertraut war, flüsterte mir mit Blick auf Material, Form, Naht und Machart des Lendenschurzes, welchen der Schlafende nur trug, zu:

»Upsaroka!«

Mehr brauchte ich nicht zu wissen, den Rest erahnte ich, genau wie mein Blutsbruder: Dieser junge Kräheninidianer – ein Crow oder Upsaroka – hatte sich ganz allein auf den Pfad der Schoschonen gewagt, die ihrerseits immer öfter ihre angestammten Gebiete verließen. Infolgedessen hatte er sich in unvertrautes Gewässer gestürzt, einer Absicht wegen, die nur eine kriegerische sein konnte. Dies alles für sich war schon bemerkenswert, aber dieser Indianer war auch sonst ein Prachtknabe. Unbedingt entstammte er dem edelsten Geblüt seines Volkes, war einer Reihe hervorragender Ahnen gefolgt und von deren anderen Nachkommen auf das vortrefflichste in allen typischen Fertigkeiten unterrichtet worden, wenngleich der letzte Schliff noch fehlte. Sich diesen selbst zu verschaffen, hatte er sich auf einen Einsatz gewagt, mit nichts mehr als einem einfachen Messer bewaffnet: Vor uns lag ein Häuptlingssohn.

Bald öffneten sich die lang bewimperten Augen, zwar nur um ein geringes, doch wir sahen es. Ein unauffällig sein wollendes Blinzeln war zu bemerken, dem ein mehrmaliges, kaum wahrnehmbares Zucken der feingeschwungenen Lippen folgte – Anzeichen, daß unserem Freunde das Bewußtsein zurückkehrte.

Und plötzlich dehnte sich der inzwischen wieder ganz getrocknete Körper; Muskeln und Sehnen zogen sich konvulsivisch zusammen. Diese kurze, so heimlich wie geschickt aufgebaute Spannung genügte dem Kerl, sich mit einem einzigen Satze aus der Rückenlage in den Stand zu federn; ein Kunststück, das sonst nur Zirkusartisten beherrschten.

Gar nicht verwirrt oder zaudernd wirkend, ging der Wiedererwachte in Kampfstellung über. Dazu faßte er sich an die Seite seines Lendenschurzes, wo er immer noch seine Klinge vermutete, doch wie verblüfft war er, als sein Griff ins Leere ging! Erst da schien er sich zu erinnern: abgetrieben worden war er – schwimmen hatte er müssen – fast ertrunken war er – und ja, einen Kampf hatte es gegeben – doch er lebte! Hatte er demnach gesiegt?

Die Schlaufe an dem Lendenschurz, denn eine Messerscheide gab es nicht, war jedoch leer; keine drei Manneslängen von dem Jungen stand ich mit meinem Blutsbruder, und beide lächelten wir – gewitzt genug war ich gewesen, dem bloßhäutigen Schwimmer das gegen mich gezückte Messer zu entwinden. Jetzt zog ich es langsam und bedeutungsvoll aus meinem bereits wieder angelegten Gürtel. Aus der Verblüffung des Roten wurde jähes Erschrecken.

Trotz der sprichwörtlichen Selbstbeherrschung der Indianer verriet uns sein Gesicht seine Gedanken: Er befand sich einem fremden Bleichgesicht und einem ebensolchen Indianer gegenüber; beide waren bewaffnet, er nicht. Schwerlich konnte man von ihm etwas anderes wollen als seinen Tod. Bei dieser Erkenntnis schüttelte der Junge seinen fast wieder trockenen Schopf, dessen Besitz ihn in diesem Moment ein fraglicher dünken mochte.

Ich aber wollte den Tapferen nicht länger erschrocken sehen. Kurzerhand warf ich ihm sein Messer zu, wie man es unter Freunden tat, und zwar mit dem Knauf voraus, er, gesegnet mit den Reflexen eines Raubtieres, fing es auf und steckte es weg, erleichtert über dieses friedliche Zeichen. Er brachte ein Lächeln zustande, als ob meine und seine Geschicklichkeit etwas ganz Selbstverständliches wären, überhaupt zwischen uns dreien das beste Einvernehmen herrschte.

Dabei war meine Geste noch mehr als ein Vertrauensbeweis; sie machte die Anerkennung deutlich, die Winnetou und ich dem jungen Manne zu zollen bereit waren. Eine solche Haltung, wie man sie im Mittelalter Ritterlichkeit nannte, ist im Grunde einem jeden Menschen eingegeben, gar dem Abkömmling eines alten Indianergeschlechts. Aus dem hübschen, entspannten Knabengesicht strahlte es:

»*Asch't no pa-ti* – ich heiße Vogel.«

Mehr gab er nicht preis, der junge Mann, aber in dieser knappen Auskunft schwang neben einigem Selbstbewußtsein eine Erklärung mit, in welcher Absicht er unterwegs sei – Vogel, ohne jedes Attribut, so konnte kein Krieger heißen. Hier war einer unterwegs, der sich einen ehrenhaften Namen und eine Stellung unter den Seinen noch verdienen mußte. Sein vorsichtig schweifender Blick fiel auf, welcher erst nach mir und Winnetou, dann nach den Pferden ging. Zuerst wollte ich denken, Vogel sei es um sein eigenes Tier zu tun, das zwischen den unseren graste und »mitgefangen« war. Doch das Forschen galt mehr den Schäften unserer Gewehre, die jeweils noch am Sattel von Iltschi beziehungsweise Hatatitla hingen: die Silberbüchse mit ihrem Silbernagelschaft, der Henrystutzen mit dem ausladenden Repetierhebel, der Bärentöter mit dem ellenlangen Doppellauf – die Wirkung unserer Waffen auf Vogel war bemerkenswert.

Anstatt in seinem – übrigens sehr melodischen – Idiom fortzufahren, welches den Sioux zuzurechnen ist, wechselte er ins Englische, wohl um mir, dem Weißen, zu imponieren. Es war ihm anzumerken, wie stolz er war, diese für einen Indianer vergleichsweise schwierige Sprache bereits fließend und sogar mit nur kaum merklichem Akzent zu sprechen.

»Uff, uff!« rief er aus. »Es ist der Häuptling der Apachen und sein weißer Bruder, welche den Sohn Adlerkralles gefangen haben.

Obwohl sie ihn töten könnten, geben sie ihm sein Messer und die Freiheit zurück und verzichten darauf, ihm den Skalp zu nehmen. Es stimmt also, was man über sie sagt; sie töten nicht blindlings und üben Großmut mit ihren Feinden. Für Vogel ist es keine Schande, sondern eine Ehre, von Winnetou und Old Shatterhand besiegt worden zu sein!«

Eine solch markante Rede hatte ich dem jungen Mann nicht zugetraut. Er war also nicht nur mutig, er war auch schlau. Zwar selbst noch ohne richtigen Namen, hatte er geschickt den seines Vaters erwähnt und sich gewissermaßen zusätzlich unter dessen Schutz gestellt. Dessen freilich bedurfte es nicht; Winnetou und ich entboten Vogel den Friedensgruß, indem wir jeder die flach ausgestreckte rechte Hand erhoben, was er sogleich erwiderte. Um der Situation den letzten Ruch von Feindseligkeit zu nehmen, ließen Winnetou und ich uns auf dem bemoosten Boden nieder. Auch diesem Beispiel folgte Vogel.

Nach einer kurzen Weile, während der geschwiegen wurde, übernahm Winnetou das Reden.

»Winnetou erinnert sich an Adlerkralle. Schon lange ist er der Friedenshäuptling der Upsarokas. Stets hat er um Frieden zwischen den roten und den weißen Männern gerungen und war auf Einheit bedacht. Daß Vogel sein Sohn ist, läßt Winnetou hoffen, dieser möge neben Adlerkralles Tapferkeit auch dessen Klugheit geerbt haben. Sie kann auch ihn zur Weisheit führen.«

Das war ein hochmögend formuliertes Willkommen von seiten des Apachenhäuptlings.

Die Wirkung zeigte sich dahingehend, daß Vogels Körper noch im Sitzen um ein Fingerbreit wuchs; der Wohlklang und die Bedeutung von Winnetous Worten ließen ihn sich innerlich auf die Zehenspitzen stellen. Damit war klar: Nicht der Upsaroka hatte sich bei uns eingeführt, wir waren es, welche die letzten Bedenken des jungen Häuptlingssohnes zerstreut hatten. Damals ahnten wir noch nicht, daß diese Reverenz einmal ein Leben retten würde.

Aller indianertypischen Zurückhaltung zum Trotz berichtete

Vogel nun, daß er sich, wie von uns vermutet, auf Kundschaft befunden und sich deshalb in die Nähe der Schoschonen gewagt habe. In jener Zeit, da die Weißen bei der Eroberung neuer Territorien gezielt die Entzweiung der roten Völker betrieben, war solches Kundschaften zwischen den Stämmen alltäglich; immer kürzer währende Friedensperioden wechselten immer häufiger mit blutigen Kriegszügen ab, Rot bekämpfte Rot. Während sie sich metzelten, schlugen die Weißen ungestört Eisenbahnschienen durch heilige Berge und über ewige Schluchten; auf den Bohlen ganzer Wälder fuhr der hemmungslos geplünderte Reichtum in die wuchernden Städte des Ostens. Gegen den sogenannten Fortschritt der Weißen kamen die Roten mit ihren Pfeilen und Mustangs nicht an. Schließlich sagte der Upsaroka:

»Vogel strebt nach einem Namen, der eines Mannes würdig ist. Auch strebt er nach einer Medizin, die den Brustbeutel füllen wird, welcher im Tipi seines Vaters für ihn bereitliegt. Erst wenn Vogel beides gefunden hat, wird er zu seinem Stamm zurückkehren, und wenn der Große Geist ihm gnädig ist, wird er ein Totem[1] sein eigen nennen!«

Damit war es an mir, dem Indianerjungen etwas Aufmunterndes zu sagen.

Das war nicht einfach, weil ich es ja gewesen war, der ihn überwältigt, wenngleich dadurch vor dem Ertrinken gerettet hatte. Anders als man denken möchte, durfte ich ihm das keinesfalls ins Gesicht sagen, es nicht einmal andeuten, weil es eine Schmach für ihn bedeutet hätte. Doch wie viele weitere Fährnisse lauerten auf Vogel, dessen Sinne für Gefahren noch nicht vollständig geschärft waren. Wurde er von den Schoschonen gefangen, würde er ihnen als Faustpfand zu dienen haben, was ihn bei den Seinen kaum in Ansehen bringen konnte. Schlimmstenfalls würde man ihn töten, da er nur ein Messer bei sich trug, das gegen die meisten anderen Waffen im Nachteil war.

1 rituelles Tiersymbol

Darum sagte ich:

»Vogel ist mutig, sich an die Schlangenindianer zu machen. Doch wie viele Male müßte er seine Hände erheben, um ihre Köpfe zu zählen, denn sie sind nicht mit wenigen Kriegern zur Jagd, sondern mit dem ganzen Stamme unterwegs. Wird Vogel Winnetou und Old Shatterhand versprechen, umsichtig zu sein, auf daß er findet, wonach sein Herz sich sehnt? Noch besitzt er kein Gewehr, wie ich sehe, nicht einmal einen Bogen oder ein Gewand.«

»Die Schoschonen«, sagte der Junge da und dehnte den Mund zu einem Lächeln. »Die Schoschonen fertigen sehr gute Bogen, und sie haben sehr gute Pfeile, die weit tragen. Manch einer besitzt gar eine Büchse – Vogel wird nicht lange unbewaffnet bleiben. Bevor der Winter naht, schmückt ihn längst ein Gefieder!«

Nach diesen Worten sprang er auf, nahm Anlauf und hechtete auf sein Pferd, das nach Indianerart nicht gesattelt und von uns nicht angehobbelt worden war. Mit nicht mehr als seinem Messer, aber dem Besten, was ein Mensch – gleich welcher Hautfarbe – haben konnte, nämlich Zuversicht, jagte er davon, hinaus in die offene Prärie, die das Meer der Indianer war. Daß wir ihn wiedersehen würden, daran bestand für Winnetou und mich kein Zweifel, selbst auf der unendlichen Prärie bleibt es nicht aus, daß man seinen »Nachbarn« begegnet.

Als der Hufschlag von Vogels Pferd verklungen war, machten wir uns daran, die Spuren unseres Aufenthalts zu beseitigen. Dann setzten wir unseren Weg fort, den Fluß hinüber und weiter dem alten Militärposten entgegen, auf der Hut vor dem Stamme, der sehr gute Bogen und Pfeile fertigte.

*

Lieber Leser, ehe ich mit den weiteren Geschehnissen fortfahre, muß ich etwas Bestimmtes vorausschicken. Die Fragen nämlich nach Winnetou nehmen kein Ende. Ob in Briefen oder in Telegrammen, ob auf Reisen, bei Begegnungen mit großen und kleinen, jungen und alten Freunden dieses herausragendsten aller

Indianer, stets umfangen mich Menschen, die von Gedanken an und über den großen Apachen getrieben sind. Ob es stimme, daß Winnetou über noch viel feinere Instinkte verfüge, als man sie ohnedies bei Angehörigen von Naturvölkern anzutreffen pflege? Ob seine Wahrnehmungen so empfindsam seien, wie ich, sein Blutsbruder und Chronist, sie beschrieben hätte? Ob es zutreffe, daß Winnetou meist nur ein flüchtiger Blick in Gesichter oder auf Fährten von Freund und Feind genüge, um seine Schlüsse zu ziehen, stets die richtigen?

Was immer ich auf solche Fragen antworte, sie ziehen weitere nach sich, noch viel intimere. Die wichtigste von allen: Hatte Winnetou Humor, konnte der Häuptling *lachen?*

Was soll ich darauf antworten?

Dieser Mann, Mensch und Krieger war ja von einer derartigen Einfühlungskraft, daß er Vergangenes wie Kommendes förmlich zu erriechen vermochte. Wie oft habe ich es erlebt, daß Winnetou in den Stunden vor einer bedeutenden Entscheidung nur einen einzigen Satz, manchmal nur ein einziges Wort sprach. Stets aber klang das, was er sagte, wie eine Vorahnung, die sich alsbald bewahrheiten sollte. Er besaß Feingefühl in überreichem Maße. Hatten wir uns beispielsweise auf die Jagd begeben und blieb ich, der von Winnetou doch in unzähligen Fähigkeiten Unterwiesene, einmal hinter dem Gelernten zurück, zum Beispiel beim Fischen mit dem Speer, so konnte es geschehen, daß über Winnetous männlich-anmutiges Gesicht ganz kurz ein heller Schatten zuckte. In unserem Sprachgebrauch würde man sagen: Ihm blitzte der Schalk aus den Augen. Derlei Beobachtungen machte ich manches Mal, doch nie kam es so weit, daß Winnetou eine zum Lachen auffordernde Bemerkung geäußert hätte. Anekdoten oder gar Witze erzählte er, der Würdige und stets Gefaßte, ohnedies nie.

Man denke sich darum meine Verwunderung, als einige Stunden nach unserer Begegnung mit dem Indianerjungen Vogel – wir waren am Ausfluß des Lightning Creek in den North Platte River angelangt und wandten uns den Plains zu – die frische Spur eines

Wagens unseren Weg querte. Bis zum Horizont und dahinter erstreckte sich ja die Ebene, die vor uns lag, doch war sie nur auf den ersten Blick eine solche zu nennen. In Wirklichkeit schmiegte sich eine grasbesprenkelte, mannstiefe Senke an die nächste, zu Dutzenden, zu Hunderten, wenn nicht Tausenden. Doch eine jede war von üppig wachsendem *Panicum virgatum,* Rutenhirse, bestanden, so daß sich oberflächlich das Bild einer durchgehend begrünten Fläche bot.

Um so mehr stach jene Spur heraus – ein einzelner Wagen, in dieser Wildnis?

Das mußte unsere Aufmerksamkeit erregen. Siedler würden hier kaum den richtigen Boden zum Ackerbau finden; die Weiden der Rinderzüchter lagen in der Nähe der Bahnstationen. Warum also dieser Wagen, dem, der Spur zufolge, auch nur ein einziges Pferd vorgespannt war?

Ein ganz bestimmter Erster Mundkoch fiel mir ein – war er so unvorsichtig gewesen und hatte sich, gegen meinen mehrfachen Rat, auf den gefährlichen Weg zu den Indianern gemacht? Wollte er ihnen ernsthaft Rezepte und Zubereitungsweisen für seinen König abschwatzen? Welch unglaublicher Leichtsinn!

Noch ehe ich zu Winnetou eine Bemerkung darüber machen konnte, sah ich, daß er suchend in die Ferne blickte, wie aus Stein gehauen standen er und sein Tier da. Alsbald glitt über die unbewegte Miene des Häuptlings jener Schatten, von dem ich einleitend sprach, vielleicht noch ein wenig heller und schalkhafter, als ich es je bei ihm bemerkt hatte. Natürlich hütete ich mich, Winnetous Antlitz in diesem Moment genauer zu betrachten; mit Blicken visitiert zu werden, schätzte er zu keiner Zeit, allein aus den Augenwinkeln sah ich zu ihm hinüber. Über seine Entdeckung schien er keineswegs besorgt zu sein, vielmehr amüsierte er sich über etwas oder jemand, vielleicht beides, und erst jetzt, da auch ich suchend über die sich vor uns ausbreitende Ebene blickte, erkannte ich, was seinem Gemüt dieses ungewöhnliche Mienenspiel verschafft hatte.

Von dem Hügel aus, auf dem wir uns befanden, bot sich uns ein Fernblick, wie ihn allenfalls ein Schiffsreisender auf weiter See genießen durfte. Viel näher bei unserem Standorte aber, etwa eine halbe Meile voraus, vollzog sich ein unglaublicher Vorgang. Mitten in der Prärie, umrauscht von Büffelgras und dem ewig singenden Wind, im allmählich ersterbenden Tageslicht, sahen wir einen kleinen Mann mit einer Kochschürze um die Lenden. Er hatte die Ladeluke seines Planwagens heruntergeklappt, bedeckte diese gerade mit einem Damasttuche und sang dazu:

Der Herrgott schafft 's Vieh,
der Herrgott schafft 's Fleisch,
und trennt ma ois zwoa,
gibt's a sakrischs Gekreisch!

Ein bairisches »Gstanzl«! Ein aus dem Stegreif gesungener Vierzeiler, dem ein übermütiges »Holladiri-ah, Holladi-ho!« folgte. Zu diesem ungewöhnlichen Gesang klapperte der Sänger mit Porzellantellern, denen feines Silber folgte, blinkendes Kristall und das Weiß akkurat gefalteter Servietten. Zwei, drei, vier Gedecke legte er auf und sorgte für noch mehr Gesang:

A Pfund in mei Pfann,
a Pfund in mein Topf,
vom Rest mach i Sülz,
bind mir 'n Schwoaf an mein Schopf!

Sofern ich diesen Spottgesang richtig deutete, ging es um die Aufteilung eines just geschlachteten Rindes, wobei nach Suppe, Braten und Sülze auch die Schwanzspitze des Tieres zu Ehren gelangte, als Schmuck für die Haartracht oder den Hut des Metzgers oder – Kochs!

Also hatte der sturköpfige Bayer es doch gewagt; völlig auf sich gestellt, war er hinaus in die Prärie gefahren, und jetzt, in der beginnenden Dämmerung, schien er um nichts mehr besorgt zu sein als um einen hübsch dekorierten »Tisch«!

Ich nahm mein Fernrohr zur Hand. Nach allen Himmelsrichtungen hielt ich Ausschau nach möglichen Feinden, doch niemand war zu sehen. Wären wir Feinde gewesen, hätte es nur eines einzigen guten Schusses bedurft, den unvorsichtigen Mann vor uns zu töten. Er aber hatte Glück. In leichtem Trab, um ihn bei unserem Näherkommen nicht zu erschrecken, hielten wir auf ihn zu.

»Guten Abend!« rief er uns, ehrerbietig wie zuletzt, entgegen. »So habe ich doch nicht umsonst gedeckt, wenigstens nicht diesen Abend. Ich hoffe, Master, Euren und Winnetous Geschmack mit meinem kleinen Dinner zu treffen!«

Ich sprang aus dem Sattel. »Aber Herr Hirtreiter, was machen Sie denn für Sachen? Beabsichtigen Sie etwa, hier draußen einen Ausschank oder einen Imbiß zu begründen?«

»Allerdings, Master. Wo sonst als unter Gottes freiem Himmel sollten die Indianer schneller zu mir finden? Der Wohlgeruch meiner fahrbaren Küche wird sie anziehen. Etwas anderes liegt nicht in meiner Absicht.«

»Dann, lieber Freund, sollten Sie neben Seiher und Schöpflöffel auch Ihre Flinte bereithalten – Sie besitzen doch eine?«

Anstatt uns eine solche vorzuzeigen, beendete der Koch seine Vorbereitungen. Er nahm die Schürze ab, legte sie weihevoll zusammen, und darüber sagte er:

»Mögen sie immer kommen, meinetwegen in Haufen, die Indianer. Mich schrecken sie nicht, ich erwarte sie ja. Als Königlich Bayerischer Mundkoch spreche ich eine universale Sprache. Von jedem Menschen, der mit einem Gaumen ausgestattet ist und die Laute Ah und Oh hervorzubringen vermag, wird sie gesprochen und verstanden. Warum sollten ausgerechnet diese Naturkinder ihr nicht lauschen wollen? Zumal ich nicht mit eigenen Creationen zu renommieren gedenke; vielmehr meinen Lehrmeister, Herrn Johann Rottenhöfer, möchte ich hier draußen zitieren! Kommt man nämlich Theobald Hirtreiter mit Waffen, so kommt er seinen Gegnern mit dessen ›Anweisung in der feineren Kochkunst‹. Wie Ihr wißt, Master, kenne ich diese auswendig, Seite für Seite.«

»Nun gut«, schickte ich mich ins Unvermeidliche. »Sie wollen also den Indianern die nämliche Rezeptesammlung entgegenhalten, wenn Sie entdeckt werden?«

»Besser als meine Doppelläufige, mit welcher ich mich natürlich versehen habe. Man hat von Friedens- und Kriegshäuptlingen gehört; auch schätzen die Roten ihre Medizinmänner – weshalb nicht auch mich als Koch? Vieles werde ich sie lehren! Wußtet Ihr, daß der König von Bayern die Renaissance-Küche liebt? Dabei war in früheren Jahrhunderten Fleisch gar nicht sonderlich beliebt. Die Bauern schlachteten die Kuh erst, wenn sie schon alt war und keine Milch mehr gab. Aber die Herrschaft bekam natürlich zu allen Zeiten das Beste! Master, die Rezepte aus jener Zeit sind unvergleichlich, ich kann es Euch beweisen. Zum Beispiel: Jungrindkappe mit karamelisiertem Gemüse! Es beginnt mit einem schönen Stück Rindfleisch; ich verwende Lende ohne Knochen oder gleich die kräftigere Hochrippe. An Gemüse brauche ich Wirsing, Mangold, Zwiebeln, ferner Kohl und Spargelstangen – – –«

»Nichts leichter als das«, bemerkte ich mit Blick auf die gräserne Einfalt um uns her, aber Hirtreiter war nicht mehr einzufangen.

»– – – dazu Kräuter der Saison, aus einem hübschen Mönchsgärtlein oder aus dem Haus eines tüchtigen Stadtgärtners – – –«

»Wir verfügen nur über getrockneten Wapiti.«

»– – – ferner Pflaumen und Walnüsse, Champagner und reichlich Madeira für das Sorbet – – –«

»Wasser gibt es in den Flußläufen genug.«

»– – – und zuletzt: Schlehenschnaps, selbstgebrannt! Ah, Master, das Kochen und alles Drumherum ist eine einzige Freude, die Indianer werden mich lieben!«

Und mit dem gewitzten Lächeln und der bajuwarischen Ungezwungenheit, die ihm zu eigen war, setzte Hirtreiter zu einer denkwürdigen Rede an:

»Rote Messieurs und Gentlemen, wo immer ihr steckt! Wir befinden uns in der Heidelandschaft eures unermeßlich weiten Landes, und wie ihr strebe auch ich nach Frieden. Da wird es das Beste sein, wir delektieren uns an dem Köstlichsten, was der Herrgott oder Manitou dem Menschen zu geben haben: der Küche Frankreichs und Bayerns! Voilà, auf geht's – ich bereite uns, wie neulich im Boarding House, eine zünftige Jagdsuppe mit wilden Tauben, *purée de pigeons sauvages à la chasse!* Die Zubereitung nach Rottenhöfer ist leicht: Nachdem man auf die Person je drei Wildtauben gut gereinigt, flammiert, ausgenommen und rein ausgewaschen hat, werden die Brüstchen herausgelöst, die Haut abgezogen und von diesen eine feine, aber haltbare Farce gemacht; das Gerippe von den Tauben wird etwas gehackt und mit einem guten Kilo in Stücken geschnittenem Rindfleisch sowie einem weiteren Kilo Kalb- und einem Pfund magerem Hammelfleisch vermengt, ferner – – –«

»Warten Sie!« unterbrach ich ihn. »Wo soll denn ein Wildläufer, rot oder weiß, exakt diese Fleischsorten und solche genauen Mengen hernehmen? Die Täubchen gibt die Prärie vielleicht her, aber sehen Sie hier ein einziges Stück Rind, erst recht ein Kalb oder einen Hammel? Außer Bisons werden Sie kein solches Tier finden, doch deren Besuch wünschen Sie sich lieber nicht.«

Hirtreiter lächelte höflich, ließ sich aber nicht beirren. »Eure Einsprüche, Master Shatterhand, in Ehren, aber ich bin mit der Zubereitung keineswegs schon fertig. Ferner, sage ich, wird das vermengte Fleisch mit einer ganzen Zwiebel, in welche man eine Gewürznelke drückt, einer halben gelben Rübe, einer viertel Sellerie, einem halben Porree, einigen Petersilienwurzeln, einem Stückchen Lorbeerblatt und mit dem nötigen guten Fette oder einem Stück Butter eine halbe Stunde auf Kohlenfeuer gut braun abgeröstet und sodann – – –«

»Landsmann und Mundkoch! Das sind ja noch viel mehr Unmöglichkeiten, die Sie den von Ihnen so bezeichneten Naturkindern abverlangen. Gewürznelken, Sellerie, Butter – solche Ingredienzien verschafft sich auch der verwegenste Krieger nicht hinter jedem Strauche. Wie erst soll er ein Kohlenfeuer entzünden, wo man auf der Prärie höchstens Gestrüpp zur Feuerung kennt?«

»Master, ein klein wenig Geduld! Ich bin mit Herrn Rottenhöfers Rezept immer noch nicht fertig. Erst kommt noch eine abgeschäumte Brühe, sodann zwei geviertelte Mundbrote – – –«

»Nein, Herr Hirtreiter, erst kommen die Indianer, jeden Augenblick können welche hier sein. Man kann in dieser Heidelandschaft, als welche Sie die Prärie bezeichnen, nicht einfach so herumstehen und nach Gusto Kochrezepte austauschen. Was tun Sie, wenn Pfeile heranschwirren?«

»So ändere ich den Menüplan und bereite Schaschlik! Dazu braucht es lediglich – – –«

»Oder wenn ein Beil fliegt, ein Tomahawk?«

»So nehme ich diesen als Küchenwerkzeug und spalte leckere Karrees aus dem Rippenstück von Schwein, Kalb oder Lamm, nämlich Koteletts!«

»Zum Letzten und zum Allerletzten, Herr Hirtreiter: Es könnte geschossen werden!«

»Womit wir wieder bei der Jagdsuppe und den wilden Tauben wären, Master Shatterhand.«

»Ich weiß: *purée de pigeons sauvages à la chasse.*«

»Ihr sagt es! Doch die Zubereitung braucht Zeit, wie jeder Eingeborene zugeben wird.«

»Nichts wird er zugeben, der Eingeborene, etwas wegnehmen wird er Ihnen: den Skalp, zum Beispiel. Und damit genug des Küchenlateins. Ich kenne Sie erst ein wenig, lieber Freund, schätze Sie aber bereits und mag Sie am Ende gar. Doch wenn es etwas werden soll mit Ihnen und Winnetou und mir und wenn wir Ihnen erlauben sollen, sich uns anzuschließen, worauf die Chose doch hinausläuft, so wird nach unserer Cuisine gekocht. Winnetou und ich bestimmen, was auf den Tisch kommt, und desweiteren, wann und wie und ob überhaupt gespeist wird. Zuvorderst wird nämlich bei uns geritten und der Mund gehalten, verstanden?

Wollen Sie sich diesen unseren Anweisungen in der feineren Überlebenskunst fügen, so folgen Sie uns. Falls nicht, wünsche ich gute
Nacht und guten Appetit!«

Demonstrativ sprang ich auf mein Pferd und wendete mich
nach der Richtung, aus der wir gekommen waren; Winnetou
genauso. Natürlich fiel mir nicht ein, Hirtreiter zu verlassen. Ihn
aber ein wenig zu foppen und über Winnetous Gesicht noch mehr
»Schatten« gleiten zu lassen bereitete mir Spaß.

Für den Koch war das zuviel. Derart nahe seinem Ziele, sich uns
anschließen zu dürfen, aber von mir vor ein unbarmherziges Ulti-
matum gestellt, das brachte ihn aus der Fassung. Er lief uns nach
und sprang um unsere Pferde herum, führte überhaupt einen Tanz
wie aus dem Tollhause auf. An meinen ledernen Leggins zerrend,
flehte er:

»Old Shatterhand, Winnetou, Masters, ich eile doch schon!
Etwas anderes, als in der Wildnis aufzukochen, blieb mir doch gar
nicht übrig. Es war auch nur gut gemeint; mein Herr Rottenhöfer
war ein solches Genie! Ich denke, seine Worte verdienen, gehört
zu werden.«

»Die unseren, Herr Hirtreiter, verdienen es noch mehr. Schnell!
Nehmen Sie die wichtigsten von Ihren Sachen, und hinauf auf
Ihr Pferd. Der Wagen bleibt zurück, Ihre Equipage desgleichen. Die
Indianer werden ihre Zelte damit füllen.«

»Wie bitte? Mit meinem teuren Geschirr, meinem Nymphen-
burger Porzellan?«

»Schneller als Sie wird es seinen Weg in die Tipis machen.«

»Und das Silber? Alles kostbares Einhunderter und unverzichtbar?«

»Hilft künftig, Löcher in den Boden zu graben.«

»Aber mein Damast, mein Leinen!«

»Gibt prächtige Windeln für die Säuglinge der Squaws – was
ist nun, kommen Sie?«

Welche Verzweiflung, welche Not, in die ich den armen Mann
gestürzt hatte! Doch diese Härte konnte ich ihm nicht erspa-

ren, wenn ich schon, ohne Winnetou zu fragen, meine oder unsere Erlaubnis zu Hirtreiters verwegenem Wunsche gegeben hatte.

Eine Weile verging, und die Liesl wurde abgeschirrt, dafür aufgezäumt und gesattelt. Ein vergleichsweise bescheidenes Bündel auf ihrem Rücken verriet, daß Hirtreiter aus seinen »unverzichtbaren« Kostbarkeiten nur das Nötigste gewählt hatte. Als eine Stunde später die Sonne sank und die Ebene in ein versöhnliches Licht tauchte, sagte ich ebenso versöhnlich zu Hirtreiter, den Winnetou und ich in unsere Mitte genommen hatten:

»Ich freue mich, daß Sie vernünftig geworden sind, aber vielleicht wäre mir die Entscheidung, Sie von Ihrem Küchenrat zu trennen, schwerer gefallen, wenn Sie mit dem Kochen schon begonnen hätten – wo waren denn die Täubchen, das Rind, das Kalb, der Hammel?«

»Ach Master, Ihr spottet über mich. Allein esse ich nur kalt. Wie man sich vieles imaginiert, so habe ich mir manches von meinem König abgeschaut. Gedeckt hatte ich ja für die vier größten nur denkbaren Ehrenmänner, selbst wenn ein jeder absent war: für Seine Majestät, für Euch, für Winnetou und nicht zuletzt für einen, ohne den ich nicht hier wäre.«

»Ich nehme an, dieser vierte wäre niemand anderes gewesen als Ihr legendärer Johann Rottenhöfer?« sagte ich spitz.

Das war das Zauberwort! Mit der Nennung dieses Namens löste sich aller Kummer über den Verlust von Wagen, Porzellan, Silber und Tafelwäsche auf, und frei nach der alten österreichischen Weise jauchzte der Bayer:

»Verkaufts mei Gwand, i reit in' Himmel – Master, ich habe Euch und Winnetou an meiner Seite! Die Liesl hat ihren Kopf noch einmal in den Hafersack gesteckt, meine Gewürze konnte ich retten, und die Spitze meines Hutes zeigt in die richtige Richtung: Führt mich in den Wilden Westen! Helft mir, die Küche der Indianer zu entdecken, und Euer Ruhm soll in allen Töpfen schmurgeln!«

Weil wir uns vor Einbruch der Dunkelheit noch möglichst weit von der weithin sichtbaren, zurückgelassenen Pritsche entfernen mußten, gaben wir unseren Tieren die sporenlosen Fersen in die Flanken. Hei, wie wir dahineilten! Wohl eine Viertelstunde ging es gestreckt über die Prärie, in die nahe Nacht hinein, ein jeder den Körper tief nach vorn geduckt, mit dem Gesichte beinahe in die Mähne seines Pferdes tauchend; gleich Pfeilen flogen wir dahin.

Als Winnetou und mir eine genügende Strecke zurückgelegt worden zu sein schien, gaben wir den Galopp auf. Im letzten Büchsenlicht war in einer Senke, die von den Scheitelseiten dreier dichtbewachsener Hügel begründet wurde, ein geeigneter Lagerplatz gefunden. Hier durften wir uns erlauben, ein Feuer anzuzünden, denn obgleich wir kaum auf »Täubchen« rechneten, sollte Hirtreiter doch die Gelegenheit erhalten, uns ein wenig mit seinen Künsten zu verwöhnen. Dies Kalkül hatte ich auch, um Winnetou zu beweisen, daß er seine Nachsicht an keinen Unwürdigen verschwendete.

Dann kam die Nacht.

Am Firmament hatte der, der alles lenkt, tausend Kerzen für uns angesteckt, just darunter saßen wir. Ich blickte über die Flammen unseres nur niedrig brennenden Feuers und sah auf Winnetou, dem gegenüber der Mundkoch Platz genommen hatte, so daß wir ein Dreieck bildeten.

Was da zwischen uns gesprochen wurde, was wir uns zu sagen hatten?

Menschen, die gemeinsam die Prärie durchstreiften, bedurften nicht vieler Worte, weder in dem kehligen Mescalero-Dialekt, welcher Winnetous ureigenster war, noch in dem weichen Bairisch, dessen Hirtreiter sich befleißigte, noch in der gewiß schönsten aller Sprachen, meinem geliebten Hochdeutsch.

Wir schwiegen also und genossen, dankbar zu den Sternen aufsehend, einen Zustand reinsten Glücks.

*

Ein paar Tage waren vergangen.

Nachdem Hirtreiter zu uns gestoßen war, hatten wir uns mehr denn je von den Flußufern ferngehalten, was in Wyoming, diesem flußreichen Territorium, kein leichtes war. Dieser war von einem ganzen Aderngeflecht von Flüssen durchzogen, auf unserer Strecke waren das, wie schon erwähnt, zunächst der Cheyenne River und der Lightning Creek, diesen folgte der North Platte River und der Sweetwater. Nun, nach einer längeren gewässerarmen Etappe, hielten wir bereits auf den Bitter Creek zu. Ihm würden wir an den Green River bis zu dessen Zufluß in den sich wiederum teilenden Big Sandy River folgen, den Ocean Lake berühren, um uns mit Washburn zu vereinigen, und dann gemeinsam den Wind River bis an die Ufer des Yellowstone Lake hinaufziehen.

Seit unserem Aufbruche hatte sich das Klima merklich verändert. Zwar waren die Tage immer noch heiß, aber die Abende empfingen uns bereits mit empfindlicher Kühle, und die Nächte fanden uns eingeschlagen in unsere Decken. Ich muß bemerken, daß Theobald Hirtreiter sich als ausdauernder Reiter und angenehmer Reisegenosse erwiesen hatte. Seine widerstandsfähigen Lederhosen bewahrten ihn vor den schlimmsten Folgen dauerhaften Reitens, und seine oft kindlichen Fragen oder Plaudereien, die unvermeidlich in Exkurse über die Kochkunst im allgemeinen sowie über den ehrwürdigen Herrn Rottenhöfer im besonderen mündeten, erheiterten mich im stillen. Nur gegenüber Winnetou hielt er ehrerbietigst Abstand, so daß keiner von uns Anlaß zu Klagen hatte. Ohne daß er sich bitten ließ, machte der Koch sich bei jeder Rast nützlich, und ich darf sagen, daß ich niemals zuvor und auch niemals mehr danach so gut gespeist habe wie in jener Zeit. Wann immer sich eine Gelegenheit bot, sprang er unterwegs von seiner Liesl, die, obgleich ein Wallach, mich an Sam Hawkens' klappriges, aber höchst kraftvolles Maultier Mary erinnerte. Dann sammelte er Kräuter und Pflanzen, zusätzlich zu seiner Ausstattung an Spezereien. Sie halfen ihm, noch das einfachste Stück Fleisch in eine Delikatesse zu verwandeln, selbst im kalten Zustande. Denn je weiter wir nun vordrangen, desto seltener durften wir es uns noch erlauben, Feuer zu brennen. Spätestens mit dem Bitter Creek, der sich in den Green River, unser erstes eigentliches Ziel, ergoß, erreichten wir Schoschonengebiet und hatten mehr denn je unsere Schritte zu wägen.

Trotz fleißigen Spähens fanden sich bisher keinerlei Spuren anderer Reiter, schon gar nicht jener beiden, um deren Rettung es uns ging. Das bedeutet freilich nicht, daß wir uns etwa allein in dieser Gegend befunden hätten. Weil wir, wie gesagt, die Flußufer zu meiden hatten und auch niemals für längere Zeit einen geraden Weg einschlugen oder beibehielten, war es nicht ausgeschlossen, daß sich Reiter zu unserer Linken, hinter uns oder vor uns befanden, wie ja auch wir selbst offenbar unentdeckt geblieben waren.

So kam es, daß gegen Abend, in den Ausläufern der dem Sweetwater River nachhängenden Hügellandschaft, Winnetou sein Pferd anhielt. Gewöhnlich ritt er uns ein Stück voraus, so auch heute. Tief beugte er sich von Iltschis Rumpf bis fast zum Boden hinab, stieg aber nicht gleich ab. Dies jedenfalls, um eine Spur, die er entdeckt hatte, nicht durch eigene Fußabdrücke zu zerstören. Angelegentlich forschte er in den Zeichen.

Während wir nur langsam näher rückten, um seine Untersuchung nicht zu stören, richtete er sich wieder auf. Uns zur Warnung wies seine Hand querab, nach Südwesten. Meine und Hirtreiters Augen folgten dieser Blickrichtung.

Und wirklich, eine Viertelmeile in unserer rechten Flanke sah man in einer Senke eine Gestalt dahintorkeln, quer über die Prärie! Es handelte sich um einen kleinen, weißbärtigen Menschen. Mal ging er ein paar Schritte nach vorn und schwenkte dabei nach der einen, mal nach der anderen Seite. Wann immer er die richtige Bahn gefunden zu haben schien, machte er aber wieder kehrt und stapfte um genau die gewonnene Entfernung wieder zurück. So kam es, daß binnen der wenigen Minuten, die wir uns diesem Schauspiel widmeten, jenes Männchen nicht einen Yard gewonnen hatte. Sein nutzloses Wandern wirkte um so drolliger, als es dazu ein Liedchen krächzte, dessen Worte der beständig wehende, leichte Wind herübertrug:

> *Yankee doodle went to town*
> *Riding on a pony.*
> *Stuck a feather in his hat*
> *and called it maccaroni!*

Diese Melodie war allgemein bekannt. Selbst nach dem vor ein paar Jahren zu Ende gegangenen Sezessionskrieg sang man im Norden immer noch dieses Schlachtlied, während man es im Süden, der bekanntlich unterlegen war, dazu nutzte, ihm immer neue Spottverse über die Sieger beizugeben. Da hier die ursprünglichen Zeilen gesungen wurden, mußte es sich bei dem Kauz mit dem Bart um einen Yankee handeln, wie die einstigen Feinde des Südens bis heute genannt werden:

> *Yankee doodle, keep it up,*
> *Yankee doodle dandy.*
> *Mind the music and the step*
> *and with the girls be handy!*

Unablässig wiederholte der Dahinirrende diesen Refrain im Wechsel mit der einzigen Strophe, die er von dem Liede wohl nur kannte.

Ich war nun neben Winnetou angelangt, wir tauschten Blicke. Es war allzu deutlich, daß hier jemand, trotz des Gegröles, Hilfe benötigte. Außer dem Manne und uns war weit und breit niemand zu sehen, wir mußten also keinen Hinterhalt fürchten. Ohne uns auszutauschen, trieb Winnetou sein Tier zu leichtem Gang, und Hirtreiter und ich folgten.

Von unserem Anblick oder dem Getrappel unserer Pferde ließ der Sänger sich keineswegs stören; unbeirrbar setzte er seinen unsinnigen Marsch fort. Allmählich aber litt sein Liedchen, welches von klar unterscheidbaren Noten immer mehr in ein nur noch tiefes, ungleichmäßiges Brummen herabfiel – dieser Mensch mußte dem Verdursten, auch dem Verhungern nahe sein. Ich rief ihn an:

»Bester Sir! Euer Yankee Doodle Dandy mag sich gedulden, bis Ihr uns sagt, was Ihr hier treibt. Wir beobachten Euch schon eine ganze Weile, werden aber aus Eurem Treiben nicht klug.«

Keine Antwort.

»Sir?« vergewisserte ich mich.

Da verstummte das Gebrumm, und der torkelnde Mann blieb stehen. Horchend wandte er sich nach uns.

Ich ahnte, daß es besser sein würde, wenn wenigstens ich vom Pferde stieg, und tat dies auch. In diesem Augenblick brach der Fremde zusammen. Ich zupfte meine Wasserflasche vom Sattel, eilte zu dem Manne, hob ihn an und gab ihm zu trinken. Wie ein Kleinkind sog er sich mit seinen aufgerissenen Lippen am Ausguß fest.

Als die Flasche leergetrunken war, sprang der Schrat, wundersam erquickt, in die Höhe. Aber was war das? Als müßte er mich, der ich genau vor ihm stand, erst suchen, warf er prüfend seinen Kopf hin und her. Da begriff ich, daß er ganz oder nahezu blind war.

Ganz nahe stellte ich mich vor ihn. Vielleicht konnte er nun mein Gesicht erkennen? In dem seinen hatte das Sonnenlicht die schlimmsten Verbrennungen angerichtet. In Fetzen hatte die Haut sich gelöst, ebenso auf dem rot flammenden Kopf, wo der letzte Haarrest schlohweiß gebleicht war. Auch die Kleidung hing in Stücken. Sie mochte einmal die eines Offiziellen, eines Beamten gewesen sein; jetzt starrte sie vor Dreck, war durchlöchert und von oben bis unten mit Disteln und Dornen übersät. Dennoch verlieh dieser Aufzug seinem Besitzer immer noch einen Habitus, der mich ihn, ohne zu überlegen, mit ausgesuchter Höflichkeit begegnen ließ.

»Sir, was fällt Euch ein, ohne Kopfbedeckung durch die Prärie zu laufen? Die Sonne hat Euch anscheinend blind gemacht. Noch ein wenig mehr, und Ihr wäret tot.«

»Tot, ich?« kicherte der Alte. »Das bin ich längst!«

»Sagt, wo habt Ihr Euer Pferd? Habt Ihr es verloren, wurde es Euch gestohlen? Ihr könnt unmöglich zu Fuß hierhergekommen sein.«

Das Kichern wiederholte sich. »*Unmöglich,* was für ein Wort! Nicht ich habe das Pferd, das Pferd hat *mich* verloren. Der dumme Gaul ist mit mir durchgegangen, stob und eilte mit mir eine halbe Nacht hindurch. Irgendwann warf er mich ab, und ich war allein, allein, allein! Was tut man in einer solchen Lage? Man marschiert! Aber wer seid denn Ihr, Mister? Habt Ihr Euch ebenfalls verirrt? Wenigstens habt Ihr Wasser!«

Wieder suchte das rotunterlaufene Augenpaar nach mir. Da kam mir ein Verdacht: »Entschuldigt, Sir, könnt Ihr überhaupt mein Gesicht erkennen?«

Der Blinde neigte sich ungefähr in meine Richtung, verfehlte mich aber um zwei Handbreit. »Schade! Wie Ihr ausseht, kann ich nicht erkennen. Aber daß Ihr ein Herz habt, spüre ich. Seid Ihr allein? Es sind Schatten hinter Euch. Ich stelle mich vor: Truman C. Everts, Steuerbeauftragter von Montana, Mitglied der Washburn-Expedition. Ich befinde mich auf dem Weg zum Yellowstone!«

»Was?« rief ich. »Ihr gehört zu Mister Washburns Leuten?«

»Allerdings!«

»Ach, Mister Everts, Ihr seid das! Noch vor ein paar Tagen, in Cheyenne, da saßt Ihr bei Mister Faffle zu Tische – ich bin es, Old Shatterhand! Mit mir befinden sich Mister Hirtreiter und Winnetou.«

»Winne – – – !«

Bei diesem Namen verschlug es dem Alten die Sprache.

»Daß Ihr überhaupt noch lebt«, wunderte ich mich. »Die Indianer sind das eine, aber das andere sind wilde Tiere, nicht zu reden von den unzähligen Entbehrungen. Erzählt, Ihr müßt Schreckliches durchgemacht haben.«

»Richtig, Mister«, berappelte sich Everts. »Die Tage waren entsetzlich, und erst die Nächte! Meine Brille ging bei dem Teufelsritt verloren, ich kann kaum noch sehen. Um vor Mensch und Tier sicher zu sein, kletterte ich mitunter auf Bäume, ich, ein Halbblinder!«

»Bäume, gut und schön, aber was hättet Ihr getan, wenn ein Grizzly gekommen wäre?«

»Ein Grizzly? Ich befand mich doch auf einem Baume! Wißt Ihr nicht, wie hoch dieselben hierzulande zu wachsen pflegen?«

»Ich weiß es, Sir, aber Ihr könnt nicht sehen, daß Ihr Euch aus der Gegend, in der es Bäume gibt, entfernt habt. Wir haben Euch beobachtet, Ihr lieft immerzu im Kreise. Außerdem, der Grizzly ist ein vorzüglicher Kletterer. Nicht Sicherheit hattet Ihr auf Eurem Baume, nur Glück – und den Schutz Gottes!«

»Oh, geht mir mit Gott! Wie habe ich seinen Schutz eingefordert, erst höflich, dann eindringlich. Gedroht habe ich ihm, mir unverzüglich seine Hilfe zu erstatten, ihn sogar angeschrieen, zu ihm hinaufgetobt in seinen vermaledeiten Himmel! Daß Ihr hier seid, hat mit ihm nichts zu tun.«

»So, meint Ihr?«

»Ja, das meine ich. Old Shatterhand, ich verdanke Euch meine Rettung; der Staat Montana wird sich erkenntlich zeigen. Ich ersuche Euch, mich schnellstmöglich zu Mister Washburn zu bringen, ohne mich kommt er nicht zurecht. Selbstverständlich wird Euch Euer Aufwand ersetzt. Doch zunächst, habt Ihr nochmals Wasser, vielleicht auch etwas zu kauen?«

Man sieht mich nicht leicht verlegen, aber hier war ich es.

Mit welch groben Worten lästerte dieser Mensch dem Schöpfer, was nahm er sich heraus, ihm wie einem säumigen Schuldner zu drohen! Von sich selbst, der auf Grund seiner Ungeschicklichkeit nur noch Haut und Knochen war, hatte er die irrige Meinung, ohne ihn könne jemand wie Washburn sowie seine Begleiter nicht zurechtkommen, und auch mich, einen freien Mann, der ihm zur Rettung geeilt war, fertigte er ab wie einen Dienstboten! Das konnte ich nicht zugeben, so schwächlich der Mann auch war. Buchstäblich ins Gesicht sagte ich ihm:

»Sir, falls Euch nur wenig über mich und Winnetou bekannt ist, so hoffentlich dies, daß wir freie Leute sind. Auf unsere Hilfe darf ein jeder in Not Geratene zählen, doch nicht, damit ein Staat sich erkenntlich zeige, wie Ihr sagt, oder man uns irgendwelchen Aufwand ersetze! Über mich werdet Ihr gehört haben, daß ich gottesfürchtig bin. Eure Ausdrucksweise finde ich daher abscheulich, denn eine größere Hilfe konnte der liebe Gott Euch gar nicht senden als Winnetou und Old Shatterhand, die wir uns Euren Schutz angelegen sein, aber nicht befehlen lassen, dies merkt Euch!«

Damit ließ ich Everts stehen und ging zurück zu meinem Pferd, nicht jedoch, wie man denken könnte, um auf und davon zu reiten und den Alten seinem Schicksale zu überlassen. Vielmehr löste ich auch noch die zweite Wasserflasche und brachte sie dem vor Erregung oder auch Schwäche Zitternden.

Wie schon die erste, trank er auch diese meine zweite Flasche auf ein paar Züge leer. Die letzten Tropfen kippte er sich in die aufgehaltene Hand und fuhr sich damit über das sonnverbrannte Gesicht. Zudem zupfte er mit einigen unbeholfenen Bewegungen am Rest seines Gewandes, jedenfalls um sich »offiziell« zu machen. Wie tief mußte das Beamtentum in diesem Menschen stecken, daß er sich, kaum dem Tode entronnen, schon wieder dienstlich gab. Ruhiger, »gemessener« als zuvor sagte er zu mir:

»Daß ich Kontributionen einsammle, wißt wiederum Ihr von mir?«

»Ja, Ihr sagtet es schon. Steuereintreiber seid Ihr.«

Everts' Gesicht wurde noch röter.

»Gefällt Euch meine Tätigkeit nicht? Euer Ton legt das nahe!«

»Wenn man hört, wie das Einsammeln vielerorts vonstatten geht, kann man schwerlich Gefallen daran finden.«

»Mister Shatterhand, spart Euch das Geschraube! Steuern müssen sein; wer sie nicht oder unpünktlich bezahlt, soll sehen, was er davon hat!«

»Wie gut, daß Ihr bei mir keine solche Pflichten zu versehen habt.«

»Meint Ihr?« Auf dem von Anstrengung und Entbehrung gezeichneten Gesicht erschien ein verächtlicher Blick.

»Mister Everts, nehmt zur Kenntnis, ich bin Deutscher oder vielmehr Sachse.«

»Oho, Mister Shatterhand, und da glaubt Ihr, der hiesigen Gesetzgebung nicht genügen zu müssen? Bitte nehmt zur Kenntnis, daß auch Ihr für jeden Dollar, den Ihr einstreicht, Steuern zu entrichten habt. Wie man weiß, schreibt Ihr Bücher und Artikel, auch reist Ihr durch die Lande, das muß man sich leisten können. Eure Revenuen[1] würde ich gern einmal prüfen! Ich habe nämlich die Aufgabe übernommen, das fiskalische Element in die Wildnis zu bringen, weil sie erst dadurch zur Zivilisation wird. Der Steuereintreiber, wie Ihr sagt, ist überhaupt viel wichtiger als der Sheriff, der Anwalt, der Richter, wichtiger auch als Bäcker und Schneider, Weber und Maurer, Steinmetz und Tischler! In mir seht Ihr nur die Vorhut, meiner Person folgt ein Schwarm tüchtiger Beamter, die genauso denken. Alles in diesem Land, bis hinauf zum Yellowstone, werden wir aufzeichnen. Jedes einzelne Haus kartieren wir, noch die letzte Scheune, den kleinsten Schuppen, denn ich bin das Auge des Steuergesetzes, ohne das kein staatliches Gefüge bestehen kann. Erst wer Steuern eintreibt, verhilft dem Gesetz zur Geltung. Da habt Ihr meine Bedeutung, Old Shatterhand. Indem Ihr mich gerettet habt, macht Ihr Euch verdient, aber Steuern zahlen müßt Ihr trotzdem!«

Hatte ich richtig gehört – Everts wollte mir Steuern abpressen? Er bezeichnete sich als Auge des Gesetzes, war aber mindestens gegenwärtig blind? Ärgerlicher, als ich es zeigen wollte, entgegnete ich ihm:

»Sir, vielleicht zieht Ihr es vor, ein wenig auszuruhen, ehe wir über solche Belange sprechen. Meine Revenuen, wie Ihr sie nennt,

1 Einnahmen

sind seit jeher Sache des sächsischen beziehungsweise des Dresdner Schatzamtes. Dieses gehört wohl kaum zu Eurem Sprengel.«

»Werdet nicht schmallippig«, grinste Everts. »Dazu habt Ihr keinen Grund. Glaubt Ihr, ich wäre undankbar? Ich weiß Eure Hilfe zu schätzen und sichere Euch deshalb zu, daß Ihr zum Ausgleich bis auf weiteres unbehelligt bleiben sollt. Verdient Euch meinetwegen eine goldene Nase, von mir habt Ihr nichts zu befürchten.«

Ich konnte nicht anders, als mir Everts' Grinsen zu borgen.

»Nehmt wiederum meinen Dank, Sir, daß ein Mann, der den Henrystutzen und den Bärentöter, zwei Revolver sowie ein Messer bei sich trägt, von Euch nichts zu befürchten hat.«

»Ist das eine Drohung? Wollt Ihr einem Beamten der Regierung der Vereinigten Staaten böse Worte geben?«

»Ob Regierung, ob Beamter, das ist einerlei. Ich gebe nur das Echo zurück, welches Eure Worte in mir auslösen. Ihr habt vom Gelde angefangen, nicht ich.«

»Ich habe Euch doch gesagt, daß ich zum Dank für Eure Hilfe über alles andere hinwegsehen werde!«

»Alles andere? In dieser Weise habt Ihr es nicht gesagt. Ich wundere mich, was für ein erstaunliches Amt Ihr bekleidet. Es scheint Euch zu erlauben, nach Gutdünken Steuern zu erheben oder unter den Tisch fallen zu lassen. Da möchte ich nicht derjenige sein, dessen Tisch zu niedrig ist, denn die Steuern, welche Ihr mir zu ersparen gedenkt, gehören doch, wenn alles mit rechten Dingen zugeht, dem Staate. Bei mir wollt Ihr großzügig auf Abgaben verzichten, um Euch von Eurer persönlichen Schuld freizukaufen!«

»Mister Shatterhand!«

»Mister Everts!«

Aus den Ohren und aus der Nase des Alten dampfte es geradezu. Er war nicht nur ein widerwärtiger Zeitgenosse, er hatte auch einen Charakter, der es ihm selber schwermachte aufzustecken. Aber er besann sich oder tat wenigstens so:

»Ach, wozu streiten? Ihr habt Eure Aufgabe zu erfüllen und ich die meine. Beiden geht es uns um den Erkundungsauftrag von Mister Washburn. Mag bei Euch Kontributionen eintreiben, wer will; Truman C. Everts läßt sich nicht nachsagen, ein undankbarer Tropf zu sein. Was ist nun? Wollt Ihr mich hier stehenlassen, oder darf ich auf Eure Hilfe hoffen?«

»Es versteht sich von selbst, Mister Everts, daß Ihr mit uns kommt. Aber bei nächster Gelegenheit trennen sich die Wege.«

Auf meinen Hatatitla wollte ich den Kerl nicht nehmen. Hirtreiter übernahm es, ihn hinter sich, auf die knochige Liesl zu setzen, wo er sich an ihm festzuhalten hatte. Von Winnetou hörte ich zu dem Vorgefallenen kein einziges Wort, nicht einmal sein typisches »Pshaw!«, wenn er etwas oder jemand verachtungswürdig befand. Wie ich selbst schickte er sich in die Notwendigkeit, Everts mitzunehmen. Auf besonderes Entgegenkommen durfte er aber nicht rechnen.

So ritten wir weiter, Winnetou wieder voraus.

Kurze Zeit später, unweit der Stelle, an der wir Everts gefunden hatten, stießen wir auf einen günstig gelegenen, dicht bewaldeten Bachlauf, an dem wir die Nacht lagern konnten. Allerdings steigerte sich der Widerwille von uns dreien gegen Everts, als deutlich wurde, daß er, der seine Gier mit einem Regierungsamt bemäntelte, sich als unfähig erwiesen hatte, Wasser und damit Rettung in einem Umkreise von kaum zwei Meilen zu finden.

Als erstes wurde beschlossen, daß ich Hirtreiters Wache übernehmen würde, denn er war zu unerfahren, um etwaige Anzeichen von Gefahr zu erkennen. Zusätzlich ging Winnetou auf Spurensuche rund um das Lager. Die Dämmerung und die schnell hereinbrechende Nacht waren ihm dabei nicht Hindernis, sondern Vorteil, weil er im Dunkeln seinen Spürsinn erst richtig ausspielen konnte, ohne selbst gesehen zu werden. Der Häuptling war noch nicht lange verschwunden, als mir zugleich ein Wink Hirtreiters sowie ein Seufzer zeigten, daß Everts erwacht war.

»Seid Ihr es immer noch, Old Shatterhand?«

»Schon die ganze Zeit, Mister Everts.«

»Dann ist dies immer noch die gute alte Mutter Erde, noch nicht der Himmel?«

»Schön, daß Ihr doch auf diesen hofft und Euch nicht vor dem Gegenteile fürchtet.«

»Pah, die Hölle! Wollt Ihr Euch einen Augenblick lang zu mir setzen?«

»Gern, Sir.«

»Genug mit dem Sir, Mister reicht völlig! Am liebsten wäre es mir, Ihr nenntet mich einen Unglücksraben, noch besser einen Narren, denn alles habe ich falsch gemacht, was man in der Wildnis nur falsch machen kann!«

Zu diesen sehr berechtigten Selbstvorwürfen sagte ich nichts, strich Everts aber über die Stirn, welche zu meiner Beruhigung keine Anzeichen von Fieber zeigte. Trotz seines Zustandes mußte er über enorme Widerstandskraft verfügen, und obwohl er, in der aufkommenden Dunkelheit sowie kurzsichtig wie ein Maulwurf, mein Gesicht nicht sehen konnte, spürte er meine Besorgnis. Jedenfalls zeigte sich auf seinem Munde ein Lächeln, diesmal kein böses, irrwitziges, wie bei unserem Zusammentreffen, sondern mehr eines der Erleichterung.

»Hört, Old Shatterhand, daß ausgerechnet Ihr es wart, der mich gefunden hat, zusammen mit Winnetou, das allein ist für einen Zahlenschmied wie mich schon eine Freude. Daß Ihr mich zudem nicht einfach mit ein wenig Wegzehrung liegen laßt, das ist mehr als anständig. He, wer ist denn der da?«

Erstmals hatte Everts bemerkt, daß noch jemand anderes um mich war. So sehr verwirrt war er zuvor gewesen, daß er jetzt Hirtreiter nicht erkannte, auf dessen Pferd er doch den Weg hierher zurückgelegt hatte.

»Dieser Gentleman ist Mister Hirtreiter, einer der besten Köche meiner deutschen Heimat«, erklärte ich.

»Deutscher seid Ihr?« wurde Everts vollends lebendig.

»Man hat mich schon für alles mögliche gehalten«, lachte ich. »Für einen Engländer, einen Franzosen, auch für einen Österreicher. Zuletzt …« Ich dachte an Hayes. »Zuletzt nannte man Old Shatterhand auch einen *Dutchman,* einen Holländer.«

»Ein Deutscher, ein Holländer«, kaute Everts meine Worte nach, wie es wohl seine Art war. Ich wollte mich abwenden und ihn weiterschlafen lassen, doch seine Finger krallten sich in meine Hand.

»Nicht so eilig, Old Shatterhand, Mann aus Deutschland! Ich will wissen, woran ich bin. In der Expedition bin ich der Älteste, hoch in den Fünfzigern. Man hat mich nicht gern mitgenommen; Leute wie ich sind gefürchtet, stehen aber nicht in hohem Ansehen. Dazu meine Ungeschicklichkeit – ich weiß nicht mehr, weshalb ich überhaupt auf mein Pferd gesprungen bin, war wohl ein Reflex. Zuvor war ich eingedöst. Auf einmal wurde ich wach, dunkel war es, und im Lager herrschte Lärm.«

»Ihr seid überfallen worden?«

»Mit Gewißheit kann ich es nicht sagen, aber vorgefallen ist etwas. Mir fehlt die Erinnerung. Und jetzt – nicht einmal Euer Gesicht kann ich richtig erkennen. Meine Gläser sind dahin, der einzige Ersatz befindet sich in meinen Satteltaschen, aber die sind verloren wie mein Pferd, und ich bin – ach – ach – – –«

Everts weinte.

Hatte zuvor meine Hand keinen Schweißtropfen auf seiner Stirn gefühlt, so wurde sie nun von Tränen benetzt – Tränen tiefstempfundenen Schmerzes.

Mir kam ein Einfall. »Mister Everts, nun Ihr mir indirekt gesagt habt, wie ich über Euch *nicht* zu denken habe, drängt es mich, Euch umgekehrt um das gleiche zu ersuchen. Ihr wißt, daß ich über meine Erlebnisse schreibe, daß ich als Autor meinen Lebensunterhalt verdiene?«

»Ich hab davon gehört«, sagte Everts, wieder gefaßt und auf das Weitere gespannt.

»Dann wißt Ihr auch oder könnt Euch vielmehr denken, daß einem Schreiber nichts nötiger ist als sein Augenlicht. Stimmt Ihr mir da zu?«

»Ja, aber – – –«

»Deshalb, Mister Everts, führe ich, der bald dreißig wird, stets ein gewisses Sammelsurium mit mir. Dies für den Fall, daß ich eines Morgens aufwache und feststelle, daß meine Sehkraft nachzulassen beginnt. Der Schriftsteller mag sich ein wenig tiefer über das Papier beugen, doch was soll Old Shatterhand tun? Das Wild bitten, ein Stück näher zu kommen, oder den Feind ersuchen, sich gefälligst aus etwas größerer Nähe bezwingen zu lassen?«

»Old Shatterhand!« rief der halbblinde Everts aus, den wunderhaften Sinn meiner Worte erahnend.

»Ja, Mister Everts, freut Euch! Sobald Ihr gegessen habt, dürft Ihr Euch aus meinem Vorrat etwas Passendes aussuchen. Es wird sich kaum die Stärke der Augengläser finden, wie sie Euch verlorengegangen sind. Aber Euch wieder sehend zu machen, dazu wird es reichen.«

Wer wie ich von früher Kindheit an an den Augen sich gewesen ist, mühsam das Sehen erlernen und allerhand Quacksalbereien über sich ergehen lassen mußte, der wird ermessen können, wie groß die Freude des Alten über meine Worte war. Gerettet worden zu sein war das eine und brachte ihm bereits spürbar Kraft und Zuversicht zurück; nun aber aus seinem Zustande blinder Hilflosigkeit in die Welt mit ihren unzähligen sichtbaren Wundern zurückkehren zu dürfen, das ging beinahe über sein Fassungsvermögen hinaus.

Ich stand auf und ließ ihn allein, denn es gab Momente, ob in Glück oder Not, da mußte der an sich darbende Mensch für sich sein; diesen Moment Everts' wollte ich nicht stören. Auf schlimme Weise hatte er heute Gott gelästert; man mag mich empfindlich schelten, aber ich leide solchen Zorn nicht. Überhaupt schien mir die eigentliche Ursache für das beständige Unglück des Alten in ihm selbst zu liegen. Wer sich von seinem Schöpfer oder meinetwegen auch nur von der Schöpfung abwendet, verliert in Folge die Achtung für alles andere, selbst für scheinbar unwichtige Dinge. Bei Everts war dies erst sein Pferd gewesen, sodann seine Brille, ganz zu schweigen von seiner Ausrüstung und sogar seiner Wasser-flasche. Ohne die Himmelskraft vermag kein Mensch in der Wild-nis zu überleben, das ist meine feste Überzeugung.

Eine Stunde später war Everts von Hirtreiter versorgt worden, so trat ich zu ihm, um mein Versprechen einzulösen. »Ihr sollt von mir eine Brille bekommen, als Provisorium, bis Ihr Euch ander-weitig versehen könnt – ist Euch bekannt, daß das Los der Fehl-sichtigkeit oder Blindheit immer öfter auch die rote Rasse betrifft? Ihre zunehmende Vertreibung, der Tod so vieler gesunder Män-ner und Frauen, die aufgezwungene Änderung in ihren Eß- und Lebensgewohnheiten, all das ist schuld daran und ein weiterer Grund, weshalb ich dieses kleine Paket hier immer mitreisen lasse. Brillen sind klein und wiegen wenig, seit man sie aus einem neuen Material fertigt, welches Zelluloid genannt wird. Sie kosten nicht mehr die Welt, und stellt Euch die Freude vor, die man einem Indianer bereiten kann, dessen müde oder krank gewordene Augen ihn an sein Zelt fesseln. Manch roten Mann habe ich jubeln hören, weil ihm das Sehen wieder möglich wurde; einem jubeln-den Indianer begegnet man nicht alle Tage. Vor einiger Zeit ver-meldeten die Zeitungen den Namen eines Nez-Percé-Häuptlings, der sich jetzt Looking Glass[1] nennt. Ihr müßtet von ihm gehört haben; sein Stamm ist auch in Montana beheimatet. Ratet, wer ihm zu diesem Namen verholfen hat und womit – – –«

Everts, erpicht auf meine Hilfe, antwortete nicht, nickte aber zu jedem meiner Worte. Er war ganz begierig auf die versprochene Brille. Wer mich kennt, ahnt, daß ich ihm diese Vorrede nicht ohne einen bestimmten Zweck hielt. Weil er gar so entschieden seinen Widerwillen gegen alles Geistliche geäußert hatte, hatte ich ihn in Verdacht, auch kein Menschen-, erst recht kein Indianer-freund zu sein. Es war in diesen Tagen nichts Ungewöhnliches, daß an sich verständige Männer im Auftrage der Regierung durchs Land streiften, um, jeder auf seine Weise, die schlimmsten Über-

1 engl. Spiegel, »Der durch das Glas blickt«

griffe gesetzloser Gestalten zu verhindern oder zu mildern. Selbstverständlich hatte dabei auch ein tüchtiger Beamter seine Berechtigung, welcher Steuern beizutreiben hatte. Aber die Härte, mit der das Leben irgendwann einen jeden anfaßt, verschont auch den nicht, der eigentlich Gutes will. Ich verhehle nicht, daß ich mich selbst an jedem Morgen und an jedem Abend befrage, ob ich »gerecht« bin. So wollte ich den Versuch unternehmen, die zuvor bei dem Alten verspürte Weichheit zu verstärken, um seinen Starrsinn aufzubrechen.

Dieser faßte, durchaus liebevoll, nach meiner Hand, sagte aber zugleich:

»Ich habe schon von ihm gehört, und wer wüßte nicht, daß Old Shatterhand ein so großer Freund der Roten ist. Mir ist das ganz unverständlich. Die meisten Indianer, die mir zu Gesichte gekommen sind, waren Feiglinge.«

»Vielleicht waren sie gar keine Feiglinge, sondern nur vorsichtig«, wandte ich ein. »Die meisten Indianer haben nur Waffen, die für den Nahkampf taugen, Pfeil und Bogen ausgenommen. Ihr aber und die meisten anderen Weißen habt ein Gewehr, das viel weiter trägt, Euch also ihnen überlegen macht. Womöglich ist es klug, mitunter für feige gehalten zu werden.«

»Old Shatterhand, lassen wir das Disputieren, ich will Eure Gefühle nicht verletzen. Winnetou habe ich natürlich nicht gemeint mit dem, was ich eben gesagt habe. Er ist, wie mir berichtet wird und wie ich bald selbst zu sehen hoffe, ein ganzer Kerl. Man sagt, er trage an seinem Gürtel keines einzigen Menschen Skalp, ja, er töte überhaupt nur, wenn ihm keine andere Wahl bleibe. Was sind gegen ihn alle anderen Indianer? In den Siedlungen und Reservaten könnt Ihr sie sehen: krummgebeugte, kriecherische Gestalten. Anstatt Federn tragen sie Hüte, und ihr Haar ist kurzgeschoren, des Ungeziefers auf ihrem Kopf und in ihrer Kleidung wegen. Sogar die Lendenschurze haben sie mit Hosen und Jacken vertauscht, die ihnen entweder zu weit sind oder zu kurz am Körper hängen, weil sie nicht auf Eleganz halten. Ihr Schuhzeug tauschen sie untereinander, aber der eine trägt zwei linke, der andere zwei rechte Schuhe, und die Farben kommen durcheinander. Den ganzen Tag über lungern sie bald in dieser Ecke, bald in jener; ein paar Schritte auf und ab, mehr tun sie nicht, und doch sehen sie allesamt aus wie Kulis nach der schwersten Arbeit. Vom Morgen an kreist bei ihnen die Flasche, und der Rauch ihrer Pfeifen schläfert sie ein – wißt Ihr, mein ›Yankee Doodle‹ mag nicht der allerfeinste Kunstgenuß sein, aber habt Ihr schon einmal dies stumpfe Pack singen hören? Nein, das sind keine Kämpfer oder Jäger mehr, kaum daß man noch von Menschen sprechen mag, so sehr vertiert sind diese Roten. Wie könnt Ihr da denken, mit Euren Brillen ein Geschäft zu machen; wie könnt Ihr glauben, von diesem Gesindel auch nur einen einzigen Cent zu erlösen?«

Das war allerdings ein Mißverständnis: Everts, der Steuereintreiber, konnte sich nicht vorstellen, daß ein Mensch einem anderen, gar ein Weißer einem Roten, einen Gegenstand ohne Bezahlung überließ. Es war aber weniger dieser Irrtum als vielmehr der Ton, in welchem der aus höchster Not Gerettete abermals mit mir sprach. Dessen ungeachtet packte ich die erste meiner Brillen aus und setzte sie ihm auf die verbrannte Nase, denn was ich verspreche, halte ich auch. Nur kam ich nicht umhin, Everts zu sagen:

»Krumm und kriecherisch nennt Ihr die Indianer in den Reservaten? Stumpf und elend dünken sie Euch – wie kommt das nur? Eure Kopfhaut, Mister Everts, Euer Skalp ist nach Eurem Herumirren ziemlich verbrannt, aber doch immer noch an Ort und Stelle. Habt Ihr denn jemals schlechte Erfahrungen mit Indianern gemacht?«

Everts streifte sich die erste meiner Brillen ab, welche wohl zu schwach war, damit im Licht von Mond und Sternen schon etwas zu erkennen. Dafür nahm er mir gleich das ganze Päckchen aus der Hand, in welchem ich die Gläser verwahrte, und bediente sich tastend selbst an meinem Vorrat. Eine zweite Brille versuchte er, eine dritte, und dabei sagte er:

»Hat nie was getaugt, das Indianerzeug! Ich brauche keinen

Roten zu kennen, um zu wissen, daß keiner etwas taugt. Den Süden beschäftigt immer noch der Schwarze, den Norden zunehmend der Rote. Aber, Old Shatterhand, fragt Euch einmal, was Washburn wirklich am Yellowstone will. Nein, wartet; ich sage es Euch, weil Ihr so freundlich zu mir seid. Die Geysire will er ausfindig machen, die Wasserspeier, und ihnen Schutz vor den Menschen bieten – doch jedenfalls den weißen Menschen vor den roten! Was wüßten sie schon anzufangen mit dem Reichtum, den die Natur ihnen gegeben hat? Das Kupfer aus dem Felsen schlagen, womit beispielsweise Mister Hayes sich beschäftigt, oder Gold, Silber, Zink und Eisen, das könnte den Indianern doch genauso möglich sein wie uns. Aber sie sind zu faul, zu dumm, zu träge dafür. Wartet, ich probiere auch noch *diese!*«

Nacheinander hielt Everts sich eine jede Brille aus meinem Vorrat vor die leeren Augen, kaum daß er sich die Zeit nahm, sie überhaupt aufzusetzen. Schweigend gesellte sich Hirtreiter zu mir; er hatte uns zugehört. Sein Gesicht brauchte ich nicht zu sehen, um zu spüren, wie sich darin Unmut breitmachte.

Auf einmal wandte Everts den Kopf erst zu mir, dann zu Hirtreiter. Er schien unsere Züge gut genug zu erkennen, denn er rief:

»Diese Gläser sind gut! Damit werde ich vom Maulwurf wieder zum Luchs!«

Er warf die Decke von sich und sprang auf, reckte und streckte sich und fing an, wie ein Tanzbär um uns zu kreisen.

»*Zounds,* ich kann wieder sehen! *Hally-ho,* der alte Everts wird wieder jung!«

»Sieh an«, sagte ich. »So habt Ihr also Ersatz für Eure verlorene Brille gefunden?«

»Ersatz, Old Shatterhand? Diese hier besitzt viel schärfere Gläser als mein altes, verkratztes Binokel! Drückt mir ein Gewehr in die Hand, und ich schieße Euch ein Ästlein vom Baum, auf tausend Yards! Habt tausend Dank, ich bin Euch verpflichtet und Euer Freund, denn Ihr habt mich wieder sehend gemacht. Was nun Eure Indianerliebe betrifft, die trage ich Euch nicht nach. Ihr seid um so vieles jünger als ich, kennt darum den Westen und das Leben noch nicht gut genug. Aber bringt mich nur zu Washburn! Ich werde ein Wort für Euch einlegen, daß er Euch ein Regierungsamt verschafft und Ihr die Welt mit unseren Augen zu sehen lernt. Ich habe wieder Augen, ich kann wieder sehen!«

Everts führte weiter seinen gespenstischen Tanz auf, aber ich war fassungslos.

Wir hatten diesen Wirrkopf in der Prärie aufgelesen, ihn gefüttert, versorgt und gebettet; und zuletzt hatte ich ihm, ohne von Bezahlung zu sprechen, freie Auswahl aus meinem Eigentum gewährt. Er aber wurde nicht müde, mir von den Indianern vorzulästern, in Abwesenheit von Winnetou, der ihn in der Wildnis überhaupt erst entdeckt und ihm so das Leben gerettet hatte. Nun, da er mit einem Paar neuer Gläser schon wieder obenauf war, vergaß er seine Not, besaß gar die Frechheit, mich unerfahren zu nennen. Ich hatte schon manchen verbohrten Dummkopf erlebt, aber ein solcher Grad von Undank war mir noch nie untergekommen. Gerade wollte ich zu einer Entgegnung ansetzen, als überraschend Winnetou zurückkehrte und zwischen uns trat. Er mußte, weil der Alte zuletzt laut gesprochen hatte, alles mit angehört haben, denn er packte Everts mit einer solchen Kraft am Handgelenk, daß dieser aufschrie und zum Stillstand kam.

»Bleichgesicht, das du dich Everts nennst! Der Hochmut hat dir den Blick verdunkelt, nicht das zerbrochene Glas! Wäre Winnetou nicht gewesen, dessen Augen der Gute Geist auf dich richtete, du wärst ein Fressen für die Kojoten geworden! Und mein Bruder Scharlih – er bot dir Hilfe, und To-na-ka-pah, der Herr der Töpfe, versorgte dich mit Nahrung, damit du wieder zu Kräften kämst! Während du schliefst, durchforschte Winnetou die Umgebung nach Feinden, damit du auch sicher seist. Dann erwachtest du, und deine Hände kreisten wie Geier über dem Besitz Old Shatterhands, der dich aus seinen sehenden Gläsern[1] wählen ließ. Wie aber dankst

1 Indianerwort für Brille

du es ihm, dankst du uns allen? Du beleidigst die roten Völker, denen Winnetou angehört, und du beleidigst Old Shatterhand, welcher unter den Bleichgesichtern den berühmtesten aller Kriegs- und Ehrennamen trägt, keinen solch unbekannten wie du. Everts, Everts – wer soll das sein, was soll das sein? Bist du ein Köter, der die Hand seines Herrn beißt, selbst wenn dieser ihm einen Knochen bietet? Bist du ein Staubkorn, das der Stein für eine Ewigkeit unter sich birgt, ehe es ein einziges Mal im Lichte blinken darf? Als die Sonne sank und wir dich fanden, warst du ein hilfloser alter, blinder Mann. Jetzt zeigt sich, was du bist: ein dummer Mann. Mit unserer Hilfe kannst du weiterleben und sogar wieder sehen, und damit genug, verschwinde! Winnetou leidet dich nicht in seiner Nähe. Du hast gegessen und getrunken und von Old Shatterhand das Kostbarste überhaupt erhalten. Aber es wird dich nicht glücklich machen, denn in dir wohnt ein böser Geist. Dein Kopf ist irr, und dein Herz ist krank. An beidem wirst du zugrunde gehen, howgh!«

Das war Winnetou!

So barsch er Everts zurechtwies, so sehr wußte er sich zu beherr- schen. Es wäre ihm ein leichtes gewesen, dem undankbaren Alten die Brille zu entreißen, die immer noch mein Eigentum war; nie- mand konnte von mir verlangen, mich für meine Hilfsbereitschaft auch noch verspotten zu lassen. Während ich leider einräumen muß, mit diesem Gedanken gespielt zu haben, erwies sich Winne- tou abermals als der gerechteste Mensch, der sich denken ließ. Selbst Everts, diesem Widerling, der die rote Rasse und somit auch Winnetou mit Unflat beworfen hatte, letztlich auch mich, seinen Blutsbruder, selbst diesem erklärten Feind gönnte er die Freude an dem wiedererlangten Sehvermögen. Daß er ihn des Lagers verwies, war hart, aber verständlich, denn auf einen groben Klotz gehört ein grober Keil.

Der Alte, kaum erholt, mit nicht mehr Habseligkeiten als sei- ner zerrissenen Kleidung am Leibe, machte Anstalten, sich zu trol- len. Jedoch rief ich ihm nach, er solle stehenbleiben, und er tat es. Nicht wenig gute Worte kostete es mich, Winnetou davon zu überzeugen, daß Everts ohne unsere Hilfe verloren sei. Wie hätten wir ihn zurücklassen dürfen, nun wir ihn einmal gerettet hatten? Man mag mich töricht für so viel Rücksichtnahme nennen, aber ich tat, was mein Gewissen mir auftrug, und das hieß, Winnetou zu bitten, Everts bei uns zu behalten, bis wir auf die Expedition stoßen würden. Über einen Punkt ließ Winnetou nicht mit sich handeln: Auf seinem Iltschi würde der Indianerfeind nicht zu sitzen kommen. Weil Hirtreiter zwar ein passabler Reiter war, aber auf Dauer mit einem zusätzlichen Manne auf seinem Pferd nicht zurechtkommen würde, blieb mir am nächsten Morgen nichts anderes übrig, als abwechselnd doch den Uneinsichtigen hinter mich, auf den Rücken Hatatitlas, zu nehmen. Was immer er gesagt hatte, wäre durch eine aufrichtige Entschuldigung aus der Welt zu schaffen gewesen. Doch eine solche unterblieb.

Wenn ich zuvor sagte, daß ich selten so viel Undank erlebt hätte, muß ich hinzufügen, daß sich schon in Kürze zeigen sollte, wie sehr eine jede Tat, ob gut oder schlecht, den Keim bedeutsamer Auswirkungen in sich trägt. Zunächst aber gebot ich Everts, sich an mir festzuhalten. Dann folgten wir zusammen mit Hirtreiter der Fährte Winnetous. Er hatte nach mir Wache gehalten und war, um Everts' nicht mehr ansichtig zu werden, gleich bei der Dämmerung vorausgeritten.

*

Die Rettung unseres neuen unangenehmen Begleiters bedeutete für uns einen Rückschlag. An ein zügiges Vorankommen war nicht mehr zu denken, weil wir nun zu viert waren, aber nur über drei Pferde verfügten; überdies war Everts angeschlagen, den Strapazen eines schnellen Rittes, gar Galopps, durften wir ihn nicht aussetzen.

Ein Weiteres beunruhigte mich: Washburn hatte offenbar seine Pläne geändert. Anstatt von Cheyenne aus die Eisenbahn nach Laramie zu nehmen und von dort zu Pferde dem Verlauf des South beziehungsweise North Fork River zu folgen, um bereits auf dieser Etappe den Weg zum Yellowstone zu kartieren und sich dann mit uns etwa auf Höhe des Ocean Lake zu vereinen, mußte er den gleichen Weg eingeschlagen haben wie wir. Dennoch waren wir einander nicht begegnet. Auch hatte er ein weit höheres Tempo vorgelegt. Wenn Everts, wie er behauptete, Tage und Nächte umhergeirrt war, bedeutete dies, daß man bereits um dieselbe Spanne diese Gegend passiert hatte – warum? Weshalb ließ Washburn schon jetzt die Pferde zuschanden reiten? Auf Ersatz war unterwegs nicht zu hoffen.

Noch weniger verstand ich, weshalb er nicht gründlich nach dem Vermißten hatte suchen lassen. Weit war Everts nicht gekommen – wieso hatte man ihn sozusagen preisgegeben? Ich konnte ihn nicht ausstehen, aber er war ein in Not geratener Mensch und im übrigen tatsächlich ein wichtiger Teil der Expedition.[1]

Unterwegs tauschte ich mich mit Winnetou aus. Wir waren einer Meinung: Gleichzeitig mit Everts' Verschwinden mußte die Abteilung in Gefahr geraten sein; vielleicht war das Scheuen seines Pferdes die Folge eines Überfalls. Dafür kamen in erster Linie Indianer in Frage – die von Hayes aufgestachelten Schoschonen?

In der folgenden Nacht schlief ich schlecht.

Dies war nicht allein deren Kürze beziehungsweise dem Umstand geschuldet, daß ich mir ja die Wache mit Winnetou teilte, schließlich durften wir Hirtreiter und erst recht Everts nicht mit dieser überlebenswichtigen Aufgabe betrauen. Nein, ich befand mich weiterhin in einer eigentümlichen Verfassung. Noch hatte sich keine passende Gelegenheit gefunden, mit Winnetou über Hayes und seine Ähnlichkeit mit mir zu sprechen. Diese mußte auch ihm aufgefallen sein, als er jenen in Cheyenne durch das Fenster beobachtet hatte. Aber so war Winnetou: Nie drang er auf ein Gespräch; er wußte am besten, daß manche Dinge sich erst in der Stille entfalteten.

Hayes also war das eine.

---

1 Nach Truman C. Everts wurde bei Mammoth Hot Springs der Mount Everts benannt.

Das andere waren meine Gedanken an die beiden Fremden, denen wir nun schon einige Zeit folgten, ohne bisher Spuren entdeckt zu haben. Dieser Umstand beunruhigte mich nicht; jederzeit konnten wir auf erste Anzeichen ihres Passierens stoßen. Vielleicht ist der Begriff Beunruhigung nicht der zutreffende, weshalb ich lieber das Wort Anwandlung wähle. Solche sind es oft, die uns Hinweise auf tief in uns arbeitende Vorgänge geben. Dieses Grübeln mag manchem lästig sein, ich pflege mich eben solchen Anwandlungen zu stellen.

Das Verstörende daran war, daß sich zu Anfang meine Überlegungen nur auf jenen Mexikaner, der offenbar ein Beduine war, konzentriert hatten, zuletzt aber fast ausschließlich auf das Mädchen Alma. Beileibe war ich nicht der einzige, der sich mit ihr beschäftigte; wie hatte Pfäffle von ihr geschwärmt, wie hatte Hayes, der kühle Rechner, sich zu ihr hingezogen gefühlt, so sehr, daß er darüber in Streit mit dem vermeintlichen Mexikaner geraten war. Schon drehten sich meine Gedanken abermals im Kreise – wie konnte vor meinem inneren Auge das Bild einer Person entstehen, die ich noch niemals gesehen hatte, von der mir nicht mehr als eine dürre Beschreibung des Wirtes bekannt war? Was interessierte mich jene Person über die wohl verständliche Absicht hinaus, sie vor den Ränken dieses Schuftes Milton Hayes zu bewahren? Dachte ich, fühlte ich, kaprizierte ich mich wie er auf dieses Mädchen, nur weil er mir auf eine gewisse Weise ähnelte, ja ähnelten wir uns auch in unseren Gefühlen, ähnelte er mir oder ich ihm?

Aber das war ja Unsinn. Die Ähnlichkeit war zwar nicht zu übersehen, aber eben doch ein Zufall, wie er sich vielfach unter den unzähligen Menschen auf dem Planeten ereignete. Mindestens vom Charakter her hatte sich doch wohl bereits erwiesen, wie verschieden wir waren, trotz all der physiognomischen Übereinstimmungen und sogar unserer beider sächsischen Herkunft. Er war ein in der Heimat Gestrauchelter, aus ihr Geflüchteter, der seinen Namen gewechselt hatte und zum Verbrecher geworden war; ich hingegen war – nun, ich war zu Kara Ben Nemsi im Orient und auf dem Balkan geworden und zu Old Shatterhand im Wilden Westen. Konnte es größere, deutlichere Unterschiede geben? Aber alle meine Gegenwehr half mir nichts. Sah ich ins Feuer, sah ich in die katzenhaften Augen, welche schon Pfäffle bewundert hatte; blickte ich hinauf zu den Sternen, leuchteten sie in ihrer Gesamtheit so hell, wie ich mir wohl das Haar des Fräuleins vorzustellen hatte. Nun drohte die allerhöchste Gefahr, und das schöne Kind wußte es womöglich nicht einmal. Der einzige Schutz, den es hatte, der einzige, der im Moment an ihrer Seite war – – –

Noch heute denke ich, daß ich damals gut daran tat, derart tief in mich hineinzuhören. Aus dem Abstand der Zeit, die seitdem vergangen ist, erkläre ich es mir so, daß ich längst ahnte, wer jener Beduine nur sein konnte: Halef, nur er! Die Vorstellung, daß er zu mir herüber nach Amerika gereist kam, hätte mich kaum in Unruhe versetzt. Doch so bizarr sein Erscheinen hierzulande wirken mußte, so eigentümlich konnte nur der Anlaß seiner Reise sein. Obwohl ihn jede meiner Erzählungen zum Beispiel über Winnetou brennend interessierte, war es ihm bisher nie eingefallen, seine angestammte Umgebung, wie weit man diesen Begriff auch fassen mochte, zu verlassen oder gar übers Meer zu reisen, er, der Wüstenmensch!

Also saß und wachte ich auch in dieser Nacht. Ich sann, und selbst als ich ein weniges schlief, arbeitete mein Gehirn. Wenn Halef es war, dem ich in Kürze begegnete, so konnte sich sein Hiersein durch etwas Unerfreuliches in seiner Heimat erklären. Einzelheiten konnte ich weder wissen noch erahnen, ich halte nichts von Hellseherei. Aber auf meine Sinne konnte ich mich verlassen, damals wie heute. Sie warnten mich bereits, blieben mir aber die Gründe vorerst schuldig.

Ob der Erfolglosigkeit meiner Gedankenfischerei mißmutig, saß ich anderntags schweigend auf meinem Pferd. Hirtreiter folgte mir, Everts hinter sich im Sattel, und man mußte nicht abgezehrt und erschöpft sein wie dieser, um das stundenlange, kaum von Pausen unterbrochene Reiten als anstrengend zu empfinden. Zwar sagte er kein Wort, genau wie Winnetou es ihm aufgetragen hatte, aber sein andauerndes Stöhnen und Ächzen vergällte mir zusätzlich den Morgen.

Wie aber staunte ich, als mit einem Male Winnetou, die üblichen Pferdelängen voraus, haltmachte und seine Silberbüchse hervorzog. Er tat dies nicht, um sie zum Schusse bereitzuhalten, vielmehr senkte er sie wie eine Lanze oder einen Spieß in das wadenhoch stehende Gras hinab. Im nächsten Moment hob er das berühmte Gewehr wieder an, und nun baumelte an ihrem Laufe eine Art Stoffrolle, welche in der Farbe zarter Rosenblätter leuchtete. Ich wies Hirtreiter an zurückzubleiben und legte die wenigen Meter zu Winnetou allein zurück. Von Pferd zu Pferd warf er mir den aufgefundenen Gegenstand zu, welcher ihm offenbar rätselhaft war. Dieser war in der Tat ein so außergewöhnlicher, daß selbst mir ein verwundertes »Zounds« entfuhr.

Schon von weitem hatte ich erkannt, worum es sich handelte; unablässig hatte ich auf meinen Reisen durch den Orient ein solches Utensil zu sehen bekommen. Ich legte mir darum das gute Stück über dem Sattelknauf zurecht und entrollte es sodann. Ein typischer Gebetsteppich entfaltete sich, der wertvollste Besitz, ja das Heiligtum eines jeden Moslems. Dieser hier, Seggadeh oder auch Musallah genannt, maß fünf bis sechs Fuß in der Länge und gut vier in der Breite. Er bestand aus bester, sorgfältig gefärbter Wolle und mußte seinen Besitzer eine Menge Piaster gekostet haben. Wie ich das Gewirk drehte und wendete, wurde ein unglaublich feingesticktes Muster sichtbar. Dieses mochte für die Augen eines Nichtmoslems nach beliebiger Manier entstanden sein, einem Jünger Mohammeds hingegen mußte sein Anblick die höchste Wonne verschaffen. Im Zentrum jenes Teppichs nämlich war die Nachbildung eines Mihrāb, einer Gebetsnische, wie man sie in jeder Moschee vorfand. Die Darstellung ihrer Umrisse dient mitnichten künstlerischer Gestaltung; vielmehr gibt sie die Gebetsrichtung vor, weil bekanntlich ein jeder betende Moslem sein Haupt gen Osten, nach Mekka, richtet. Sowohl auf der Vorder- als auch auf der Rückseite war der Teppich blitzsauber, was wohl auf zweierlei zurückzuführen war. Zum einen wird ein sogenannter Rechtgläubiger seinen Gebetsteppich tunlichst nicht im Freien benutzen, gilt ihm doch der Erdboden als unrein oder wenigstens verunreinigend. Zum anderen konnte dieser Teppich erst seit sehr kurzer Zeit hier draußen liegen, denn weder Witterung noch irgendwelches Getier hatten darauf Spuren hinterlassen.

Wieder arbeitete es in mir, noch stärker als die ganze Zeit zuvor: Halef, Halef, Halef!

Die Überfahrt von Afrika nach den Vereinigten Staaten war letztlich nur eine Frage von Zeit und Geld; über beides verfügte mein kleiner treuer Freund, wenn auch nicht im überreichen Maße. War ihm oder seiner lieblichen Hanneh, war seinem Stamme, den Haddedihn, Ungemach geschehen? Hatten sich die stets bedenklichen Verhältnisse in seiner Heimat in einer Weise zugespitzt, die sich als bedrohlich für seine Existenz und die der ihm anvertrauten Menschen entpuppte?

Es war mir unmöglich, über diese Möglichkeiten nachzudenken, weil Winnetou ja einen Grund gehabt hatte, nicht gleich von seinem Pferde zu springen und jenen Fund mit den Händen aufzunehmen. Erst jetzt gewahrte ich, daß in einem sträucherbestandenen Einschnitt gelagert worden, sogar Feuer entzündet worden war. Gemeinsam mit Winnetou suchte ich den niedergetretenen Grund nach Spuren ab, doch man bemerkt schon an dem von mir gewählten Wort »niedergetreten«, daß der gesamte Platz eine einzige Spur war. Wenn Halef es gewesen war, der hier vor kurzem gelagert hatte, so entschuldigte sich seine Unvorsichtigkeit, nicht alles sorgsamst verwischt zu haben, mit dem Umstand, daß er eben kein Mann aus dem Westen, sondern aus der gegenteiligen Richtung war.

Weil wir mit den Hufen unserer Pferde sowie mit unseren Füßen kaum mehr etwas zerstören konnten, winkte ich Hirtreiter heran, der in höchste Aufregung geraten war. Er sprang von seiner Liesl, half Everts abzusteigen, und als er diesen gegen einen Baum gelehnt hatte, schritt er zu mir heran. Er tat dies unwillkürlich so leise und behutsam, wie man es in der Wildnis am besten tat, was mich freute.

Zunächst ohne ein einziges Wort zu sprechen, knieten wir an der Stelle, wo zuvor der Gebetsteppich gelegen hatte. Ein Blick von mir bedeutete Hirtreiter, daß er sich den Teppich wohl besehen, aber ihn oder den Fundplatz bis auf weiteres nicht berühren dürfe.

Wie ich schon in anderen Erzählungen ausgeführt habe, bedarf ein guter Spurenleser vieler Fähigkeiten, wobei die entscheidende ist, nicht zu früh seine Schlüsse zu ziehen, ähnlich einem Kriminalbeamten oder einem Richter. Genau wie sie muß man versuchen, sich ohne Voreingenommenheit einen Überblick zu verschaffen. Tritt man nämlich in eine Spur, mit Absicht oder aus Versehen, oder unternimmt es, an einer aufgefundenen Sache auch nur die kleinste Einzelheit zu verändern, so ist der, ich möchte sagen: natürliche Erzählfluß unterbrochen. Die Zeichen, die für sich selbst sprechen könnten, verstummen dann für immer.

Deshalb verharrten wir eine Weile still im Grase, ehe wir vorsichtig der recht geschickt angelegten, klein gehaltenen Feuerstelle näher rückten.

Winnetou und ich versuchten uns dabei in die Lage jener Unbekannten zu versetzen, welche hier übernachtet hatten und des Morgens anscheinend recht unbekümmert aufgebrochen waren. Dies mußte nach dem ersten Morgengebet – durfte ich schon sagen: Halefs? – geschehen sein, jedoch noch in der Zeit vor dem zweiten, sonst hätte der Verlust des Gebetsteppichs auffallen müssen. Überhaupt war es verwunderlich, weshalb sein Besitzer dies immer noch nicht bemerkt hatte, seit dem Morgen jedenfalls konnte er noch nicht weit gekommen sein.

Der Leser wird verstehen, daß mich bei diesen Erwägungen ein Fieber ergriff: Halef, womöglich er und so nahe, zum Begrüßen und Umarmen nahe!

Winnetou riß mich aus meinen Gedanken.

»Zwei Bleichgesichter haben hier gelagert. Sie waren vorsichtig genug, nur ein kleines Feuer zu brennen, und dennoch unvorsichtig, viele Zeichen ihrer Anwesenheit zu hinterlassen. Winnetou liest in ihnen wie mein Bruder Old Shatterhand in seinen Büchern.«

Hirtreiter hing geradezu an Winnetous Lippen. Zum ersten Male in seinem Leben bekam er ja Gelegenheit, einen so unvergleichlichen Fährtenleser wie den Apachenhäuptling bei der Ausübung seiner Kunst zu beobachten. Allerdings stand in seinem Gesicht eine Frage geschrieben, die er sich nicht auszusprechen getraute, also kam ich ihm auf deutsch zu Hilfe.

»Sie möchten wissen, weshalb Winnetou die Unbekannten unvorsichtig nennt? Nun, anstatt eines niedrigen Feuers durften sie überhaupt keines anzünden. In der Ebene ist selbst eine kleine Flamme, ja noch die Glut auf Meilen zu sehen, von Riechen will ich gar nicht sprechen. Erinnern Sie sich an unser Wiedersehen in ganz ähnlicher Lage? Winnetou meint, die beiden – denn die Spuren sprechen von nur zwei Personen – hätten sich die Mühe machen müssen, entweder noch die wenigen Meilen bis zu den Gebirgsausläufern vorzurücken, zwischen deren Felsen sich Feuerschein verbergen läßt, oder sie wären lieber in der Nähe des Flusses geblieben, den sie jedenfalls genauso passiert haben wie wir und wo bei einem Überfalle genug Wasser für eine längere Verteidigung vorhanden wäre.«

Über diese Fülle von Überlegungen staunte Hirtreiter, doch war dies erst der Anfang.

»Wie Sie sehen, bedarf es auf diesem Flecken nur jeweils eines Schützen aus jeweils einer Himmelsrichtung, um hier eine ganze Kompanie in Schach zu halten«, fuhr ich fort. »Wer nachts auf Grund des Feuers nicht sofort anvisiert und abgeknallt wird, verliert bei einer Belagerung während der Tageshitze den Verstand. Klingt das überzeugend?«

»Voll und ganz, Master Shatterhand.« Hirtreiter nickte ergriffen. »Warum aber verhielten diese beiden sich auf diese Weise?«

»Weil hier keine Westmänner kampierten, sondern Menschen

aus ganz anderen Verhältnissen. Ich sage nicht, daß es unerfahrene Zeitgenossen sind; sie wissen es nur nicht besser. Aber wer eines Morgens nicht in den ewigen Jagdgründen aufwachen will, tut gut daran, sich hier draußen nach Möglichkeit unsichtbar zu machen, desgleichen unhörbar. Man kann sich Nahrung auch mit der Hand verschaffen, ohne einen Schuß abzufeuern. Doch selbst eine ausgelegte Falle vermag den Jäger zu verraten. Man kann nie vorsichtig genug sein.«

Ich nahm Hirtreiter am Arm und ging mit ihm zurück an die Stelle, wo der Teppich gelegen hatte. Sie war von uns noch nicht examiniert worden.

»Sehen Sie einmal genau auf das Gras, die Mulde, den Boden. Fällt Ihnen etwas auf?«

»Nein, Master. Ihr habt in solchen Dingen Übung, aber ich starre mir die Augen aus dem Kopf. Ich weiß nicht, was Ihr meint. Wollen wir nicht weiterreiten? Es gibt doch hier nichts mehr zu entdecken.«

»Das glauben Sie«, lächelte ich. »Aber warten Sie noch einen Augenblick.« Ich sah, daß Winnetou sich nicht daran störte, wie ich unserem Gefährten ein wenig Unterricht erteilte, und fuhr fort:

»Das Gras vor und hinter uns ist zwar niedergetreten, und unterhalb des Teppichs sind, durch dessen Gewicht, sogar etliche Halme umgeknickt. Aber sie beginnen sich bereits wieder aufzurichten. Daraus läßt sich zweierlei schließen: Zeit und Ursache.«

»Wie, aus diesen wenigen Büscheln schließt Ihr Tatsachen?«

»So wie Sie aus Petersilie das würzigste Grün hacken. Wenn man in Betracht zieht, welcher Art und Gattung diese Halme sind, sich zudem ihre Länge, Breite und Schwere vergegenwärtigt, an die Wetterverhältnisse denkt und berücksichtigt, wie stark etwa der Tau auf sie eingewirkt hat, wie groß und schwer wohl die Pferde waren, die hier des Nachts angepflockt waren, und wenn man zudem überlegt, daß – – –«

»Ja, bin i a Bayer, oder bin i a Preiß! Master, das ist ja ein ganzes Privatissimum, das Ihr mir da haltet! Mit derart vielen Faktoren macht Ihr Eure Rechnung auf? Gräserarten, Krafteinwirkung, Wetter, Zeit, Pferde bei Tag und bei Nacht – daraus kann niemand schlau werden!«

»Oh, man kann es nicht nur, man muß es sogar. Mit allen diesen und sogar mit noch viel mehr Einflüssen muß ein Westmann kalkulieren, und doch handelt es sich bei den bisher aufgezählten Punkten nur um die augenfälligsten. Aber ich will Sie nicht länger auf die Folter spannen. Winnetou hat seine Beobachtungen abgeschlossen. Er wird uns sagen, was er über die Vorgänge an diesem Ort denkt.«

Und Winnetou, der uns zugehört hatte, stellte fest:

»Uff, diese beiden wurden jeweils von Sorgen geplagt!«

Damit war es um Hirtreiters Verständnis endgültig geschehen. An mich gewandt, flüsterte er:

»Nein, so etwas! Sogar auf das Gemüt dieser Leute versteht Winnetou zu schließen? Das ist Zauberei!«

»Sie übertreiben. Es ist vielmehr alles sehr menschlich, fast möchte ich sagen: allzu menschlich. Rekapitulieren wir: Zunächst saßen unsere beiden Unbekannten am Feuer, obwohl sie keine Beute auszunehmen hatten, weder gebraten noch gekocht wurde – oder sehen Sie eine einzige Feder, einen Knochen, wenigstens ein Stück Sehne? Derart gründlich, daß sich nicht das geringste mehr findet, vermag kaum ein Indianer ein Tier zu zerteilen, wie erst ein Weißer. Wenn also dieses Feuer nicht zum Zwecke der Speisenzubereitung entfacht wurde, wozu dann, etwa zum Wärmen? Dafür brannte es zu niedrig und auch nicht lange genug, sonst müßte sich bedeutend mehr Asche finden. Und hierin liegt der Schlüssel zu Winnetous Folgerung: Ein unnützes Feuer mitten in der Wildnis, so etwas macht kein Westmann.«

»Und deshalb denkt Ihr, ein jeder Nichtwestmann müsse von schwerer Sorge geplagt sein?«

Ich antwortete Hirtreiter:

»Ihre Prämisse stimmt zwar nicht, aber der Schluß trifft zu. Nochmals: Hier wurde ein Feuer abgebrannt. Dies geschah aber lediglich, um in die Flammen zu blicken. Ein jeder der beiden Anwesenden war also mit eigenen Gedanken oder Sorgen beschäftigt – haben Sie nicht unlängst selbst bemerkt, wie leicht man sich beim Blick in das Gezüngel verlieren kann, am Abend unseres Zusammentreffens? Weiter! Mal ist hier der eine aufgestanden, um längere Zeit, womöglich für Stunden, im Kreise zu gehen – sehen Sie, dort drüben. Dann wieder hat der oder die andere das getan; achten Sie auf die unterschiedlichen Fußspuren, sie weisen auf völlig verschiedene Absätze hin, welche sich auch unterschiedlich tief in den Boden eingeprägt haben und somit Schlüsse auf ein ungleich geringeres Körpergewicht zulassen, einmal Stiefel, einmal Sandalen. Gegen Morgen wurde dann der eine wie der andere vom Schlafe übermannt, auch dafür gibt es Beweise. Anstatt nämlich sich an das wenig wärmende Feuer zu legen und dort weitere Spuren zu hinterlassen, hat wenigstens der eine sich nahe den Pferden gebettet; das war der Erfahrenere. Warum? Nun, weil die Tiere sich bei der kleinsten Gefahr bemerkbar machen und so den Schläfer wecken. Ein Mensch, der öfter einmal im Freien übernachtet, weiß das.«

»Aber ein Westmann, Master, würde ganz anders handeln?«

»Allerdings. Er würde sich nicht der Gefahr aussetzen, im Schlafe etwa von den Hufen eines ausschlagenden Pferdes verletzt oder getötet zu werden. Es gibt Wandervölker, die ihre Tiere entsprechend abrichten, doch das sind Menschen eines anderen Kontinents.«

»Und dieser eine Mensch, glaubt Ihr, stammt von dort?«

Ich ließ diese Frage Hirtreiters offen, sagte aber:

»Die andere Person jedenfalls ist wenigstens einmal in die Prärie hinausgegangen, das zeigt uns dieser kaum mehr sichtbare dunkle Streifen – das Gras entlang dem Pfad hat sich fast vollständig wieder erhoben.«

»Aber Master, ich bitte Euch! Wer macht denn so etwas, in tiefster Nacht in die Prärie hinauszulaufen!«

»Wohl jemand, dessen Kopf und Herz schwer von Sorgen sind«, sagte ich mit meinem schönsten Sonntagslächeln.

Bei Hirtreiter klappte das Kinn herunter, dabei war ich immer noch nicht fertig.

»Das größere Rätsel ist nun, weshalb die beiden nicht miteinander redeten, jedenfalls nicht genug. Auch dieses Mirakulum will ich auflösen. Falls es sich nicht, wie vermutet, um Menschen aus ziemlich gegensätzlichen Kulturkreisen handelt, so um noch viel gegensätzlichere, und zwar um einen Mann und eine Frau!«

Wie zu Tode erschrocken faßte Hirtreiter meinen Arm, und mit aller Kraft drückte er den Mann, der soeben sein Gemüt erschüttert hatte.

»Sakra-, Himmi-, Pfundsschlawutzi, das übersteigt meinen Verstand! Master Shatterhand, Eure Darlegungen erscheinen mir so zwingend, daß es nur so sein kann, wie Ihr sagt. Ich bin am Ende meines Küchenlateins, unfähig, auch nur Eier zu pochieren, Kuchenteig zu kneten oder Knödel zu rollen! Ein Mann und eine Frau, sagt Ihr? Und sogleich habt Ihr die Ahnung deren ganzer Lebens-, ja Leidensgeschichte parat? Soll ich glauben, all dies erzählten Euch Wind, Gras, Erde, Luft und Sterne?«

»Diese und viele weitere«, lachte ich und tätschelte die Hand des außer Fassung geratenen Mundkochs. »Die Beobachtungen von Winnetou und mir sind freilich nur das eine, die richtigen Folgerungen daraus zu ziehen, ein zweites. Alles richtig zusammenzubringen ist wiederum ein drittes. Bedenken Sie, wieviel Unheil den Menschen erspart bliebe, wenn ein jeder nur seine Augen weit genug öffnen und seine Gehirnmuskeln kräftig genug anstrengen wollte. Merken Sie sich: Eine noch so unscheinbar wirkende Lagerstelle zu inspizieren ist fürwahr eine Kunst. Herr Hirtreiter: Hier lagerten Ihre Gäste aus dem Boarding House, das Fräulein Alma und ihr Begleiter!«

Es war genug, Winnetou saß schon wieder zu Pferde.

Weil die weitere Spur der beiden Nachtlagernden ohnehin in jene Richtung wies, in welche wir gleichfalls strebten, war klar, daß wir dieser folgen würden. Von nun an hielten wir unsere Gewehre tatsächlich schußbereit.

Es war nun Hirtreiter, der zu brüten hatte, und so duldete ich es, daß er mit Everts ein wenig hinter uns zurückblieb.

Winnetou sprach mich an:

»Auf den Geist von Scharlih haben sich Schatten gelegt, seit ich ihn in der Stadt traf – darf Winnetou diese Schatten zu vertreiben suchen?«

Meinem Blutsbruder Rätsel aufzugeben oder ihm Beschwichtigungen zu sagen konnte mir nicht einfallen. Frei heraus erklärte ich, was mich bedrückte:

»Viele Male habe ich meinem Bruder von einem lieben Freunde erzählt. Er hat mit mir in den Wüsten Nordafrikas Not und Entbehrungen geteilt, er verfolgte und bekämpfte mit mir manchen Feind und hat mich in keiner Gefahr im Stich gelassen. Er heißt Hadschi Halef Omar, aber sein voller Name ist ein noch viel längerer, weil er sich zahlloser Ahnen rühmt.«

»Winnetou erinnert sich. Ist er der Mann, dessen Spuren wir gefunden haben?«

Der Häuptling zeigte auf den zinnoberroten Gebetsteppich, den ich mir inzwischen quer vor den Sattel geschnallt hatte. Doch antwortete ich nicht. Wieder fiel ich in mein Sinnen zurück.

Amerika – wie viele Menschen aus den unterschiedlichsten Kontinenten und Ländern hatte dieses Gefäß in sich aufgenommen! Ins »Land der Freien« strömte, wer in seiner Heimat Not und Unterdrückung litt, Armut und Unfreiheit. An das »Ebenholz« mußte ich denken, die Schwarzen Süd- und Ostafrikas, um deren Versklavung sich der amerikanische Süden mit dem Norden einen vierjährigen Bürgerkrieg geliefert hatte. Die unzähligen Chinesen fielen mir ein, die sich als Kulis in den Bergwerken, beim Eisenbahnbau oder in den unzähligen Wäschereien totschufteten, die Zehntausende Bauernsöhne und Tagelöhner, die von geldgierigen deutschen Potentaten noch an den britischen König Georg III. »ausgeliehen« worden waren, um die Rebellion der Dreizehn Kolonien niederzuschlagen – in fast sämtlichen Bundesstaaten der Neuen Welt war ich gewesen und hatte die unterschiedlichsten Menschen, die eigenwilligsten Charaktere getroffen, doch erst jetzt, in dieser Minute, kam mir zu Bewußtsein, daß mir dort nie, kein einziges Mal, ein Moslem begegnet war, erst recht kein Beduine. Bevorzugt aus dem Orient kannte ich den Anblick von in Demut zu Allah flehenden Menschen, und zwar so gut, daß ich Mühe hatte, jenen aufgefundenen Gebetsteppich sowie die Möglichkeit von Halefs Anwesenheit mit der Landschaft des Wilden Westens in Einklang zu bringen.

Der Teppich – die Landschaft – Winnetou – die ganze Zeit hatte ich wohl den Häuptling angestarrt, vertieft in meine Überlegungen. Indes, feinfühlig, wie er war, hatte er meinem Blick standgehalten und geduldig auf Antwort gewartet.

Erst jetzt bemerkte ich, daß unsere Pferde zwar immer noch Schritt gingen, wir aber doch bereits eine ziemliche Strecke hinter uns gebracht hatten – wie recht hatte Winnetou, als er von Schatten sprach. Wirklich hatten solche sich auf meinen Geist und auf mein Gemüt gelegt.

Verlegen rekelte ich mich und gab mir Mühe, zurück in die Wirklichkeit zu finden.

Winnetou kam mit Iltschi ganz nahe an mich heran. Liebevoll streckte er seine Linke zu mir herüber, welche ich in meine Rechte nahm und innig drückte.

»Scharlih tut gut daran, seine Gedanken zu versammeln. Er wird sich weiter mit ihnen beraten und mag zu Winnetou darüber sprechen, wenn er die Zeit für gekommen hält.«

So sprach Winnetou, und da war es auch schon vorbei mit Besinnlichkeit – Schüsse peitschten, denen wie ein verkehrtes Echo Indianergeheul folgte!

Alarmiert, doch auch irritiert, blickte ich umher, zum einen der Schüsse wegen, von denen ich nicht wissen konnte, ob sie uns galten, zum anderen weil ich eine gänzlich veränderte Umgebung vorfand. Als ob die Prärie pausieren wollte, glich sie nun, wenn auch in ganz anderem Maßstabe, einer Gegend, die mir vertraut war, nämlich dem kroatischen Paklenica, was soviel heißt wie

»kleine Hölle«, und mit ihrem Karstfelsen nicht unähnlichen Gestein sah sie ein wenig dem Velebit-Gebirgszug gleich. Ich behaupte, hätten wir nicht auf den Green River zugehalten, es hätte auch der Zrmanja-Fluß sein können.

Dies also war die Landschaft, in der jene Schüsse gefallen waren, denen in kurzen Abständen weitere folgten. Schnell drängte ich Hirtreiter und Everts hinter eine Baumgruppe, wies ersteren an, sein Gewehr hervorzuholen, aber tunlichst nicht zu schießen, und letzterem schärfte ich ein, sich einfach ruhig zu verhalten, was immer auch geschehe. Denn schon erklommen Winnetou und ich mit unseren Pferden eine Anhöhe, von der aus sich uns folgendes Bild bot:

Keine Meile entfernt unter uns ereignete sich eine ziemlich ungleiche Jagd. Das Verhältnis zwischen Jägern und Gejagten hätte nicht ungünstiger sein können, weil wenigstens zwei Dutzend Rote zwei Reitern nachsetzten, deren Pferde zusehends zurückfielen. Das Vorgelände stieg merklich an, aus den Gebirgsausläufern wuchsen erste, übermannshohe Felsen. Für Winnetou und mich als Beobachter dieses Wettgaloppierens war klar, daß es sich bei den Verfolgten um die beiden Gesuchten handelte. Sie befanden sich bereits im Hintertreffen, aber fielen sie noch weiter zurück oder holten ihre Verfolger ungehindert auf, waren sie in den nächsten Minuten verloren.

Ein Blick zwischen mir und Winnetou – der Apache hielt die Silberbüchse in Brusthöhe und setzte auf die Flanke der Indianer an.

Und ich? Ich blieb, wo ich war, und nahm die Hand von Hatatitlas Zügel, für ihn ein gelerntes Zeichen, nun unter allen Umständen ganz ruhig zu stehen. Während Winnetou einen Ablenkungsangriff unternahm, wollte ich ebensolche Schüsse tun. Welches von meinen beiden Gewehren ich zu wählen hatte, um der beinahe sicheren Beute der Roten zu Hilfe zu kommen, war daher keine Frage. Anders als man vielleicht erwarten könnte, wählte ich gerade nicht den Henrystutzen. Diese Entscheidung mag verwirren, bot mir mein Schnellfeuergewehr mit seinen fünfundzwanzig Patronen doch genug Gelegenheit, Mann für Mann der Indianerhorde abzuschießen. Doch was wäre mit einem solchen Gemetzel erreicht worden? Auch wollte ich nicht unnütz Munition verfeuern, weshalb mein Bärentöter genau die richtige Waffe war. Das überschwere Gewehr mit dem extragroßen Kaliber 22 Millimeter – wie der Henrystutzen ein Geschenk meines lieben Mister Henry aus St. Louis – würde den Effekt erzielen, auf den es mir ankam: Ich wollte die Indianer abschrecken, sie aber möglichst nicht töten.

Den Zweiläufer im Anschlag, reckte ich mich im Sattel empor, so daß ich in den Steigbügeln fast stand. So konnte ich Winnetou besser sehen und seinen Abstand zu den Reitern einschätzen. Keinesfalls sollte mein erster Schuß zu früh, aber auch nicht zu spät erfolgen.

Jetzt war der Apache auf Sichtweite zu den Feinden heran, bei welchen es sich offenbar um Schoschonen handelte. Dies war bereits der rechte Augenblick. Ich ließ mich wieder in den Sattel sinken, um mir nun möglichst festen Halt zu verschaffen; der Rückstoß des Bärentöters kann einen Mann sogar im Stehen umwerfen.

Hatatitla aber stand ehern wie ein Denkmal. Feuer!

Der Hall dieses Doppelschusses brach sich an den Felswänden. Seiner Wirkung gewiß, lud ich unverzüglich nach.

Und wirklich, die Indianer zeigten sich zutiefst erschrocken. Verstört blickten sie in die Richtung, aus der überraschend auf sie gefeuert worden war, zudem sahen sie einen einzelnen Reiter auf sie zuhalten. Über seine Person brauchten und sollten sie nicht raten; wo eines von Old Shatterhands Gewehren sprach, mußte sich auch Winnetous Silberbüchse zu Wort melden.

Der vorderste Reiter der Schoschonen, ein massiger, großgebauter Mensch, riß den Arm in die Höhe – war das Donnerwolke, ihr Häuptling? Unverzüglich folgte man seinem Befehle. Die Roten ließen sich zurückfallen, fielen ab zur Seite, fort von den Felsen und wieder der Ebene zu. Schließlich verschwanden sie in die

Richtung des Horizonts, kurz bevor Winnetou zu dem Gestein aufgeschlossen hatte und sein Pferd anhielt.

Wie aber stand es um die beiden Verfolgten?

Jenen unerwarteten Schuß hatten sie, wie ich bemerkte, wahrgenommen, nicht jedoch den zusätzlichen Reiter, also Winnetou. Ihn konnten sie nicht erkennen, da ihre Aufmerksamkeit ganz auf ihr Entkommen gerichtet war. Um so mehr wurde ihnen nun bewußt, daß die Gefahr fürs erste abgewendet war. Ihre Feinde verschwanden in der Weite der Prärie.

Ich gab den Bärentöter beiseite und faßte in eine meiner Satteltaschen. Das Reisefernrohr herausgenommen und ans Auge gesetzt, wollte ich mir nun doch die Gesichter jener knapp dem Tode Entronnenen besehen. Allein, in diesem Moment erreichten sie eine von Geröll umschlossene Anhöhe, so daß sie meinem Blicke schon wieder entzogen waren.

Ein Schwenk, und ich sah Winnetou, der sich immer noch im Schutze des Felsengezacks hielt. Auch er spähte erst eine Weile, ehe er Iltschi, anstatt zu traben, munter tänzeln ließ – aus ihrer Deckung sollten unsere Schutzbefohlenen sehen, daß sich ihnen zwar ein weiterer Indianer näherte, doch in einer für deren Pferde ganz unüblichen Gangart. Sobald der Häuptling auf Rufweite heran wäre, würde er sich zu erkennen geben – wer wurde nicht gern von Winnetou und Old Shatterhand gerettet?

Doch es kam anders. Gerade als ich gleichfalls Hatatitla vorantreiben wollte, brach zwischen den Felsen, genau über den beiden just Geretteten, neues Unheil hervor. Wieder waren es Schoschonen, wie der Angriffsschrei verriet, ein zweiter Trupp, der gleichzeitig mit dem ersten, aber von der anderen Seite her vorgerückt war. Die Schüsse hatten sie gehört, sich das Ihre gedacht oder erhofft, aber wegen der Felsen den unerwarteten Verlauf nicht beobachten können.

Seitens ihrer Gegner schlug ihnen heftiges Gewehrfeuer entgegen – ich ritt noch nicht los, sondern setzte abermals das Fernrohr ans Auge.

Es war etwas in mir, was man Eingebung nennen kann, etwas, was mich zwang, mir inmitten des Schußwechsels endlich die Gesichter der Verteidiger anzusehen. Jedoch nicht eine, gleich zwei Überraschungen waren es, die mich erwarteten. Noch heute fühle ich jene Starre, die mich damals ergriff und für eine Weile lähmte.

Was ich sah, war in doppelter Hinsicht unglaublich.

Da war zunächst ein kleiner, ein wenig rundlicher Mann, von dem kaum der Oberkörper, mithin kaum seine Kleidung zu erkennen war. Doch einen Revolver in der einen, einen Krummsäbel in der anderen Hand, sprang er quick in dem Felsenverstecke hin und her, um den mit Pfeilen und Gewehren schießenden Indianern kein festes Ziel zu bieten. Auf seinem Kopfe aber prangte ein riesiges grünes Etwas, dem man durchaus Ähnlichkeit mit einem mexikanischen Sombrero nachsagen konnte, und weil der wackere Kämpfer sich fortwährend drehte und wendete, konnte ich nun deutlich sein Gesicht erkennen. Trotz der Anspannung durch das Gefecht wies es die mir allzu bekannten, so pfiffigen wie gutmütigen Züge auf, daß ich einfach keinen Zweifel mehr haben konnte: Ja, hier focht Halef, mein lieber, lieber Freund! Er befand sich hier, in Nordamerika, an einem Orte, wie er verwegener und gefährlicher gar nicht sein konnte: Hadschi Halef Omar war in den Wilden Westen gekommen!

Sogleich richtete ich das Fernrohr auf den anderen Schützen, der allerdings kein Mädchen, wie erwartet, sondern ein Mann zu sein schien oder vielleicht, ob seiner zarten Gestalt, ein Jüngling. Er trug einen schon reichlich mitgenommenen Anzug und als Kopfbedeckung einen Stetson. Auch er wehrte sich beharrlich, gegen die nun zu Fuß über die Felsen vorrückenden Indianer, vielleicht sogar mit noch mehr Vehemenz. Jener Verteidiger war, wenn nicht groß zu nennen, so doch höher gewachsen als Halef. Anstatt eines Revolvers sah ich in seinen behandschuhten Händen eine ordentliche Büchse, die er zu handhaben wußte und aus welcher er, wie Halef um eine ständig veränderte Position bemüht, Schuß um Schuß feuerte und blitzschnell nachlud.

Bei diesem Umherspringen auf engstem Raume geschah es, daß die beiden zusammenrempelten. Der Hut des Unbekannten rutschte in den Nacken, und da! Wie hellster Weizen quoll und lockte es über Gesicht und Schultern, und ich sah – ich sah – eine Frau, ein Fräulein, ein Mädchen: Alma!

Ja, sie war es. Es war die Alleinreisende, die im Boarding House zu Cheyenne für Tumult gesorgt hatte, der resolute junge Gast von »Mister Faffle«. Zum Spähen blieb keine weitere Zeit, der ungleiche Kampf spitzte sich zu. Hinüberzueilen, dafür war es zu spät. Abermals nahm ich eines meiner Gewehre zur Hand, diesmal jedoch den Henrystutzen.

Wieder stand Hatatitla wie aus Stein gemeißelt da – ich legte auf eine Gruppe von Schoschonen an, die sich bereits so weit an Halef und das Fräulein herangewagt hatten, daß es jeden Augenblick zum Handgemenge kommen mußte. Bisher hatte es, soweit ich sehen konnte, weder Tote noch Verletzte gegeben. So faßte ich als meine Ziele in der Sonne blitzende Gewehrläufe ins Auge sowie die Steinblätter mehrerer zum Schlage erhobener Tomahawks.

Sieben Mal schoß ich, ohne Unterbrechung. Um noch deutlicher als Verstärkung wahrgenommen zu werden, drehte ich mich um einen Winkel von ungefähr fünfundvierzig Grad, wählte mir ein paar weitere Indianer und gab eine zweite Salve jeweils auch auf deren Waffen ab, nochmals sieben Schüsse.

Es fiel ein zusätzlicher Schuß, aber aus einer anderen, ebenso bekannten Waffe: Die Silberbüchse hatte sich in die freundliche Konversation gemengt! Wie so oft hegte Winnetou zur selben Zeit denselben Gedanken wie ich. Auch er zog es vor, die Angreifer lieber abzuschrecken, anstatt sofort ihr Blut zu fordern.

Denn schon hatten unsere Schüsse die Situation verändert. Als deren direkte Folge standen zahlreiche Schoschonen ohne Waffen da und mußten Schlimmeres gewärtigen. Notgedrungen ließen sie von Halef und Alma ab; langgezogene, enttäuschte Indianerrufe flirrten durch die Luft. Im Nu zogen die Angreifer sich zurück, und mit dem Ausrollen des letzten Echos unseres Gewehrfeuers verebbte der Kampf in den Schründen der Felsen.

In jenem Augenblick, ich will es nicht leugnen, vergaß ich darauf, zu Hirtreiter und Everts zurückzukehren und die beiden nachzuholen. Zu groß war meine Freude, Halef, meinen Gefährten aus unzähligen Wüstenabenteuern, wiederzusehen: Der Mexikaner hatte sich endgültig als ein Beduine erwiesen, und auch sein grüner Sombrero durfte endlich sein, was er war: ein prachtvoller, obgleich ziemlich ramponierter Turban, welcher die Ausdehnung der Sahara, aber auch die strahlende Farbe des Islams besaß. Wer beschreibt die Freude, mit der ich Halef entgegeneilte, wer den Jubel, mit dem wir uns in die Arme fielen:

»Sihdi!«

»Halef!«

»Hamdulillah!«

»Gott sei Dank!«

Er war aus seinem steinigen Versteck hervorgekommen, sobald er mich auf Hatatitla hatte heranpreschen sehen. Die Besonderheiten meines Rappens im Vergleich zu Rih hatte ich ihm so oft beschrieben, daß für ihn eindeutig war, wer jener Reiter sei. O wie herzten und drückten wir uns:

»Der Friede sei mit dir und die Gnade Allahs!«

»Und Friede sei mit dir und ebenso Gottes Gnade und Segen!«

Wir schämten uns unserer Freudentränen nicht, obgleich ich wußte, daß Winnetou uns beobachtete, mit dem ich mich auf gemessenere Weise wiederzusehen pflegte.

»Allah akbar, Gott ist groß!« sprudelte Halef, in seinem recht ordentlichen Englisch weiter. »Daß du lebst, Sihdi, und gesund bist, läßt mein Herz hüpfen. Viel zu lange mußtest du meines Schutzes entbehren, aber du hast alle Gefahren überstanden. Wiewohl du ein Ungläubiger bist, stehst du doch in Allahs Huld!«

»Und ich, Halef, danke dem Himmel, daß weder ein Pfeil noch eine Kugel dich verletzen konnte. Wie Löwen habt ihr euch gewehrt, und wie Berserker sind wir unter die Indianer gefahren, hast du es gesehen?«

»Ja, Sihdi, ich habe es gesehen; alle miteinander sind wir große Helden und Krieger! Aber sage mir, vermißt du nicht die Wüste, fehlt dir nicht ihr Wind? Beobachtest du das Fasten, den Verzicht auf Alkohol? Rauchst du mäßig, doch nie zuviel? Sind deine Tage glücklich, deine Nächte friedlich? Grünen deine Weiden, lohnt dein Schreiben? Entrichtest du die Armenspende, und zollst du genug deinem Herrscher? Lebst du frei, und wirst du geachtet, und bist du – – –?«

»Ja, Halef, ja und abermals ja«, beantwortete ich summarisch alle diese sehr orientalischen Fragen.

»Und wie steht es um dein Heim, deinen Herd, deine Zelte? Reift die Hirse, trägt deine Kuh? Schere das Schaf nur bei Vollmond, und kupiere den Hammel, sobald er zu häufig springt!«

»Alles reift und trägt, Halef, und es wird kupiert, wo nötig. Ob Pflanze oder Tier, es ist alles wohlauf!«

Welch morgenländische Seufzer und welche abendländische Schluchzer erhoben sich da zwischen den nordamerikanischen Felsen! Und wie Halef aussah, wie er sich zurechtgemacht hatte!

Man stelle sich den kleinen und doch recht muskulös gebauten Manne in einem schwarzen Gesellschaftsanzug letzter Façon vor, das Ganze aber aus grobem Stoffe gewirkt, daß er noch den härtesten Beanspruchungen genüge. Gleichzeitig war dieser Anzug so eng geschnitten, daß ein Mann von Eitelkeit sich darin vorteilhaft auszunehmen vermochte. Als Leibriemen hatte sich Halef durch die Schlaufen seiner Hose, welche ihm beinahe bis an die Brust reichte, die rot-weiß gewürfelte Stoffbahn eines Keffije, der traditionellen Kopfbedeckung der Beduinen, gezogen. Darin steckten nun wieder zwei Revolver, welche jenen glichen, die ich ihm einst geschenkt hatte. Aus der Mitte dieses Arsenals blinkte ein reich verzierter Krummdolch, welcher in einer ebensolchen Metallscheide ruhte. Um die Schultern trug der Scheik einen Burnus, den Kapuzenmantel der Wüstennomaden, auf den zu verzichten er auch in Amerika keinen Anlaß sah. Dieser Mantel war gleichfalls als ein schwarzer gewählt, was ihn von der Seite oder rückwärtig wie einen Opernbesucher aussehen ließ, kaum noch wie einen Araber.

Auf dem Kopfe jenes Scheibenrad von einem Turban, der schon so vielen Menschen in diesem Lande zu denken gegeben hatte. Von vielerlei Schmauchspuren mehr geschmückt als beschmutzt, sah man immer noch, daß er vor noch gar nicht langer Zeit neu gewesen war und jedenfalls nicht billig.

Aber das Schuhwerk! Anstatt sich mit einem ordentlichen Paar Lederstiefel zu versehen, am besten mit gehärteten Spitzen, der Klapperschlangen, Vipern und Ottern wegen, trug Halef seine üblichen Sandalen. In ihnen steckten seine nackten Füße ohne jeden Schutz; ein Bild von Unbekümmertheit!

Kaum hatte ich Halef gemustert, wurde mir dieselbe Widmung zuteil. Unablässig die schwarzen Äuglein rollend, klatschte er, nach Wüstenart, in die Hände, was bei den Beduinen Erstaunen ausdrückte.

»Aber Sihdi, in welche Kostümierung hast du dich geworfen! Bist du es, bist du Kara Ben Nemsi, der Züchtiger des Reïs Effendina, der Retter Mohammed Achmeds, des Fakirs el Fukara, sowie der Sieger über Ibn Asl, den grausamsten Menschenjäger des Sudans[1]? Deinen wundervollen Körper sehe ich gegürtet und geschnürt mit Fransen und Tierborsten, mit schwerem Leder und dicker Wolle. Was hat erst dieser Strick um deine Brust zu bedeuten? Wozu die Krallen und Zähne, die deinen Hals umkränzen, all diese Gegenstände in deinem Gürtel, die dir doch zum Schießen nicht notwendig sind? Und wo ist dein Fez, Sihdi, wo dein schönes türkisches Gewand, wie ein Bey oder Aga[2] es nicht feiner tragen könnte?«

»Dies alles, Halef, wird dir deutlich werden, wenn ich einen Schritt zurücktrete«, lachte ich und tat es. Dabei sah ich an mir

---

1 siehe *Im Lande des Mahdi* (1896)
2 türkische Titel

hinab: das tiefbraune Elkleder mit seinen roten Fransen, das Leinen, der Filz, dies alles bildete meinen Trapperanzug und verlieh mir allerdings ein ganz anderes Gepräge als die Wüstenkleidung, welche Halef an mir gewohnt war. Würdevoll, wie ich meinte, streckte ich darum die Arme aus, drehte mich einmal um die eigene Achse und sprach:

»Sieh mich an, Scheik der Haddedihn, vor dir steht nicht Kara Ben Nemsi, sondern Old Shatterhand. Mein Gewand ist von feinster, haltbarster indianischer Machart. Das Leder etwa stammt von Tieren, die ich selbst erjagt habe, nicht weniger diese Zähne und Krallen eines Bären. Der Strick ist kein Strick, wie du glaubst, sondern ein Lasso. Mit ihm fängt man zwei- oder vierbeinige Störenfriede. Die vielen Dinge an meinem Gürtel mögen dir fremdartig erscheinen, doch einem Westmanne sind sie vertraut und unentbehrlich; ich werde dir ihren Nutzen und Gebrauch noch erklären. Und anstatt eines Fez trägt man hierzulande Hüte wie diesen. Er besteht aus Kaninchenfilz, hält den Wind und die Sonne ab, kühlt oder wärmt, je nachdem, den Kopf, und man kann damit Wasser schöpfen. Gern verschaffe ich dir auch solch eine Kostümierung.«

Heftig nickend, nach arabischem Brauch also verneinend, antwortete Halef:

»Sihdi, deine Rede verwundert mich. Sind nicht Kara Ben Nemsi und Old Shatterhand ein und derselbe? Ich weiß ja, du sprichst die Sprachen aller Völker, du benennst ein jedes Ding bei seinem Namen; alle Wissenschaften kennst du und bist ein großer Arzt, dazu ein unfehlbarer Schütze, ein gewaltiger Ringer, ein ausdauernder Läufer, ein tüchtiger Schwimmer, der beste Reiter, den ich jemals sah, aber auch ein unerhörter Streiter mit Messer, Säbel, Lanze sowie – – –«

»Halte ein, Halef, halte ein! Zuviel Lob verdirbt den Menschen. Für jetzt nur soviel: Wenn Kara Ben Nemsi aus der Wüste deiner Heimat nach dem Wilden Westen kommt, übernimmt Old Shatterhand, und umgekehrt. Die Kleidung wechselt, denn sie hat jeweils anderen Anforderungen zu genügen, ebenso Waffen, Ausrüstung, Pferd und Sattelzeug. Der Mann aber, da sei unbesorgt, bleibt immer derselbe – ich bin auch hier dein lieber Freund und Sihdi! Aber hast du nicht bemerkt, wer sich neben dir befindet, um dich gleichfalls zu begrüßen?«

Bislang schien Halef tatsächlich nicht der Gegenwart Winnetous gewahr worden zu sein, obwohl er doch schon eine Weile an seiner Seite stand. Jetzt spürte er die Nähe des Apachen, spürte sie mit allen Anzeichen von Ehrfurcht, wie ich sie zuletzt bei Hirtreiter erlebt hatte. Seine Bewegungen verlangsamten sich, er erstarrte geradezu. Er blinzelte wie geblendet in Winnetous Augen, aus denen es ihm warm und sanft entgegenglänzte. Als schließlich Halefs Arme wie nicht länger zu seinem Körper gehörend matt und schlaff von ihm herabhingen, da war er in eine Tagträumerei gefallen, die gewiß der schönsten Fata Morgana gleichkam.

Und doch bewegten sich Halefs Lippen. Wie wenn ein Kind mit seinem Sprachwerkzeug um die Ausformung einzelner Silben rang, so kämpfte Halef mit ein paar Worten, die er schließlich doch bezwang und aus seinem offenstehenden Munde herauspurzeln ließ:

»Aber – du – hast – ja – gar – keinen – Schnurrbart!«

Wie auch immer Halef sich Winnetou vorgestellt hatte, dieser stand nun vor ihm. Der Apache faßte nach einer der herrenlosen, arabischen Hände und drückte sie sanft. »Der Mann namens Halef fürchtet sich nicht. Er ist der Bruder Scharlihs und also auch Winnetous Bruder. Sein Herz ist beglückt, der Wüstenseele von Old Shatterhand zu begegnen. Er ist mir als tapferer Krieger beschrieben worden, und Winnetou hat selbst gesehen, wie ausdauernd er zu kämpfen vermag. Mein Bruder Halef mag uns begleiten, auf daß wir einander beistehen und liebgewinnen!«

Wie war ich stolz auf Winnetou – »Wüstenseele« hatte er Halef genannt, wohl um auszudrücken, wie sehr er dessen Treue zu jenem Kara Ben Nemsi schätzte, welcher Old Shatterhand in Arabien war, seine Treue zu mir, zu »Scharlih«.

Gewärmt von so viel Güte, kehrte Halefs Wachheit zurück.

Sein Gesicht blieb zwar noch für einige Zeit Ausrufe- und Fragezeichen, aber um seiner Gefühle Herr zu werden, wollte er irgend etwas tun, und so begann er, zwischen den Felsen hin und her zu laufen, immer zwischen mir und Winnetou. Als er sich dabei einmal von uns abwandte und gegen die Felsen blickte, bemerkte er, daß das Fräulein Alma, welches sich bisher ferngehalten hatte, neugierig zu uns dreien herübersah. Erlöst lachte er, und stolz wie ein Wiener Kaffeehausbesitzer machte er eine gönnerhafte Gebärde, indem er eine seiner gerade noch teilnahmslos gewesenen Hände auf die junge Frau richtete und sie mit der anderen einlud, uns näher zu treten:

»Sihdi, Winnetou, darf ich vorstellen: Das ist das Fräulein Alma!« – – – –

VIERTES KAPITEL

Ma-ta-weh

Ein guter Erzähler, heißt es, darf nichts vor der Zeit verraten. Wie beim Galopp eines Pferdes muß er den Leser von Anfang an in Atemlosigkeit versetzen und mit allen Mitteln in diesem Zustande halten, weil sich nur so das Lesevergnügen steigern läßt – heißt es. Ich halte nichts von solchen Regeln. Old Shatterhand wie Kara Ben Nemsi, beide reiten wir, wohin unsere Nase zeigt. Deshalb beschreibe ich alles genau so, wie es sich zugetragen hat, und werde nicht unnötig Salz und Pfeffer in die Suppe streuen. Dem Leser sage ich ganz offen, daß sich nach Halef nun auch auf meinem Gesichte Frage- und Ausrufezeichen ausprägten, als nämlich das Fräulein Alma auf uns zugeschritten kam, auf Winnetou und mich.

Wie sehr werde ich ja gelobt und wieder getadelt für meine so genauen und dann wieder in keiner Weise genügenden Beschreibungen, doch wie wenig war ich seinerzeit und bin ich noch heute in der Lage, dem Leser wenigstens eine annähernd zuverlässige Beschreibung von dem Fräulein Alma zu geben. Welchen Goldton etwa ihre schulterlang getragenen Locken aufwiesen, um wie vieles sie größer war als Halef, wie der derbe, aber praktische Männeranzug, den sie trug, verfertigt war und aus welchem Stoffe und welcher Farbe dieser bestand, ob unter seinem Saume nun Stiefelabsätze hervorlugten oder die Sohlen älpischer Berg- oder holländischer Holzschuhe, altväterlicher Galoschen oder löchrig gelaufener Wanderersohlen, man frage mich bitte nicht nach solchen Unwichtigkeiten; ich weiß es nicht, ich habe nicht darauf geschaut, ich kann mich nicht erinnern und also nichts darüber sagen.

Was meine Gefühle, meine Gedanken so sehr bewegte?

Nun, Old Shatterhand sagt dazu nichts, und auch Kara Ben Nemsi schweigt.

Was ich allein über jenes Donnerrühren zu berichten vermag, welches mich in jenem Augenblick getroffen hatte, ist etwas zutiefst Menschliches, etwas, was ich einem jeden Gemüt von Herzen wünsche. Noch war ja zwischen uns oder vielmehr zwischen mir und dem Fräulein kein einziges Wort gefallen; es war mir noch nicht möglich geworden, auch nur die einfachsten Gesten der Kavaliere, Gentlemen, Chevaliers oder Caballeros zur Anwendung zu bringen; in der Wildnis galt alles Gezierte nichts. Gleichwohl gelang mir ein, wie ich dachte, aufmunterndes Nicken, was mir einen interessierten Blick Almas bescherte, welcher, wie so vieles an ihr, mich allerdings in Verzückung versetzte – mich in meinem Leder und in meiner Wolle, mit all meinen Fransen und Tierborsten und meinen Revolvern im Gürtel, meinem Lasso über der Brust und dem achtbar gefalteten Hut auf dem Kopfe.

Wie verzaubert und also wie im Traume mag ich auf dem Felsengrunde gestanden haben, aber an eines erinnere ich mich genau: Bei Alma blickte ich in ein so freimütiges Gesicht, daß sich mir darin sogleich ein anderes zu spiegeln schien. An Nscho-tschi mußte ich denken, an den »Schönen Tag« – wie grausam war dereinst Winnetous liebliche Schwester aus ihrem jungen Leben gerissen worden. Hier blickten er und ich in ein ganz ähnliches, wenn auch weißes Gesicht, geschwärzt noch vom Pulverdampf des Scharmützels, und auch zu einer ganz anderen Zeit und an einem ganz anderen Ort. Dennoch hätte ich schwören können – – –

Ich schweife ab. Es fällt mir leichter, von Kämpfen um Leben und Tod zu berichten, von Verrat und Mordlust, Habsucht und Neid, als die Schemen einstmals gehegter Gedanken noch einmal zu erhaschen und aufs Papier zu zwingen, gerade wenn es um Menschen geht, für die ich einmal tief empfunden habe. Damals stand sie zum ersten Male vor mir, Alma, das Mädchen aus Deutschland, aus Sachsen wie ich. Begeistert war von ihr in Cheyenne die Rede gewesen, dort hatte sie sich – Kismet, Fügung! – mit Halef zusammengefunden, und mit ihm war sie bis hierher, an den Rand des Yellowstone-Gebietes vorgedrungen, wo sie sich soeben mit Bravour ihrer Feinde erwehrt hatte! Wie leicht hätte sie dabei umkommen können, wie leicht hätte sie das Schicksal ereilen können, welches Nscho-tschi betroffen hatte, und wie schauderhaft war der Gedanke, daß diese Gefahr wiederum von einem Weißen erzeugt worden war – was anderes sollte ich denken, als daß Milton Hayes es war, der hinter dem Angriff steckte? Mit hoher Wahrscheinlichkeit hatte er während der Verfolgung eine Gelegenheit gewittert, den Ritt der beiden zu dem Militärfort abzukürzen, durch einen Überfall auf offener Strecke Halef von den Schoschonen töten zu lassen und dabei Alma als wohlfeile Beute an sich zu reißen. Oder wollte er gar, Gipfel der Verworfenheit, sich ihr als Retter in höchster Not präsentieren? Das würde erklärt haben, weshalb kein einziger der Pfeile und keine einzige der Kugeln, die doch reichlich verschossen worden waren, getroffen hatte.

Daß ich, um von Alma auch nur eine oberflächliche Beschreibung zu liefern, Phantasie und Einbildung nicht zu Hilfe nehmen werde, habe ich bereits deutlich gemacht. Was mir ohnehin viel stärker als Äußerlichkeiten an ihr auffiel, war ihr Selbstbewußtsein, ich sage: ein noch aus der Distanz spürbarer, natürlicher Stolz. Erst dieser verlieh dem schönen Kinde seine unwiderstehliche Anmut, und ich denke, daß es weniger die Makellosigkeit ihrer Züge war, die mich sogleich für sie einnahm, dieses Antlitz, in dem noch kein einziges Fältchen eingegraben war, was im Grunde ein unverdientes Geschenk der Jugend ist. Nein, es war dieses Leuchten aus ihrem Innersten heraus, über dessen Fehlen bei gewöhnlichen Personen kein noch so hübsches Lärvchen hinwegzutrösten vermag.

In Almas Gesicht gab es keine Spur von erlittener Niedertracht oder Boshaftigkeit. Weder sah ich bei ihr Kummer über Zurücksetzung oder Demütigung, wie sie etwa ein unverdient arm geborener und in Armut aufgewachsener Mensch erdulden muß; Schutz und Sicherheit spendende Menschen mußte sie als Eltern haben. Wie sehr anziehend wirkte sie allein auf Grund dieser Reinheit, so ungefähr muß ich gedacht haben und auch, daß es noch keiner Seelenqual gelungen war, Zweifel in diese kluge glatte Stirn zu ritzen. Wie ja Entbehrung von Kindesbeinen an für Unruhe in der Physiognomie sorgt, so verleiht ein stets gedeckter Tisch dem Menschen von klein auf einen Ausdruck von Zuversicht, welchen kein spät erworbener Reichtum erzeugen kann. Es ist meine feste Überzeugung, daß bereits eine gute regelmäßige Kost – neben Liebe, Wärme, Zuwendung – ein jedes Geschöpf zu seinem Vorteile prägt, während das Gegenteil, der beständige Hunger nach all diesem, den Menschen versauert und ihm das Dasein zu einem einzigen, stärkenden oder vernichtenden Kampfe macht.

»Sihdi, Winnetou, darf ich vorstellen: Das ist das Fräulein Alma!«

Dies waren Halefs Worte gewesen. Anstatt aber beiseite zu treten, um eine Begrüßung zu ermöglichen, setzte er an zu der umständlichsten Vorstellung. Dabei wechselte er in sein blumenreiches Arabisch, dessen geschwind abfolgende Gurgellaute er auf uns herniederschneien ließ wie weichste Daunen:

»Allah, der Erbarmer, der Barmherzige, der Weltenherr, und Allah, der König am Tag des Gerichts, welcher – – –«

Es half nichts, ich mußte dem Freunde ins Wort fallen. Wollte ich ihn gewähren lassen, wäre wohl erst die Welt neu erschaffen worden. So trat ich auf das Fräulein zu, entbot ihm, an Halef vorbei, meine Hand und sagte auf deutsch:

»Hier steht Winnetou, der Häuptling der Mescalero-Apachen, und ich bin Old Shatterhand, Sachse wie Sie und also Landsmann.«

Mitnichten wurde meine Hand entgegengenommen. Das Fräulein erhob vielmehr sein Gewehr und sagte warnend:

»Nein, Sie sind nicht Old Shatterhand! Sie wirken jünger als neulich bei Herrn Pfäffle, das ist wahr, und Sie tragen sich in anderer Kleidung, aber ich erkenne Sie: Sie sind Milton Hayes!«

Bei anderer Gelegenheit hätte ich über diese Verwechslung wohl gelacht, hier war mir nach Späßen nicht zumute. »Fräulein, ich bin Old Shatterhand, wenngleich man mich schon mehrfach auf meine Ähnlichkeit mit diesem Menschen angesprochen hat. Bitte, fragen Sie nur Hadschi Halef Omar. Er mag bestätigen, wer ich bin.«

Und eilends versicherte Halef:

»Dieser Mann ist mein Sihdi und bester Freund. Überall ist er als Kara Ben Nemsi bekannt!«

»Ah!« rief Fräulein Alma. »Ein weiterer Name!«

»Schon, aber mein Sihdi hat noch viel mehr Namen. In seiner Heimat zum Beispiel heißt er – – –«

Noch ehe Halef meinen bürgerlichen Namen aussprechen konnte, trat Winnetou hinzu. »Mit welchem Namen man von meinem weißen Bruder spricht, ist gleich. Die einen nennen ihn so, die anderen so, aber der Häuptling der Apachen nennt ihn Scharlih. Da kennt nun meine weiße Schwester gleich noch einen weiteren seiner Namen, den schönsten, allerliebsten, der jedoch nur für ihn und Winnetou bestimmt ist, howgh!«

Noch mehr als diese Worte selbst war es die Bestimmtheit, mit der sie gesprochen worden waren. Die Befangenheit, welche auf so unerklärliche Weise zwischen das Fräulein und mich getreten war, löste sich.

»Also sind Sie, neben vielen anderen, wirklich Old Shatterhand und nicht Milton Hayes – es liegt hier eine unglaubliche Ähnlichkeit vor. Ich gebe zu, mich geirrt zu haben; Sie sind ein anderer, obwohl Sie sich genauso bewegen, so sprechen und auch so klingen wie Hayes.«

»Fräulein Alma«, sagte ich besänftigend. »Ist Ihnen denn die Bekanntschaft mit jenem in guter oder schlechter Erinnerung?«

»Was soll ich sagen? Mister Hayes verfügt gewiß über die

besten Manieren, nur hat er sie mir an jenem Abend nicht vorgezeigt.«

»Stelle dir vor, Sihdi«, sagte Halef. »Meinen Dolch mußte ich ihm an den Hals setzen, ehe er abließ, das Fräulein Alma zu bedrängen. Wie ein Löwe habe ich – – –«

Mir kam mir ein Gedanke. »Halef, ist dir nicht auch meine Ähnlichkeit mit jenem Manne aufgefallen? Nach Winnetou kennst du mich wie kein anderer. Du müßtest über diese Gleichheit gestutzt haben.«

»Nein, Sihdi, das habe ich nicht. Bedenke, ich bin ein Rechtgläubiger, sogar ein Hadschi, denn ich habe Mekka und Medina gesehen. Dieses Land hingegen ist voller Ungläubiger. Ich möchte dich nicht verletzen, aber wie wir in euren Augen einer dem anderen gleichen, so gleicht ihr einander in unseren. Außerdem war die Kleidung dieses Giaurs kostbarer als deine. Er trat auf wie ein Wesir, während du immer bescheiden wie ein Nomade bist.«

Man wird verstehen, daß mir wenig daran lag, diesen Gegenstand weiter zu vertiefen. Ich wies darum auf die Ebene, wohin sich die Angreifer fürs erste zurückgezogen hatten.

»Wir dürfen nicht verweilen, die Indianer könnten zurückkommen. Außerdem finden wir hier kein Wasser, und einige Meilen zurück warten Gefährten auf uns. Mein Fräulein, wir sprechen später. Jedoch Halef, eines duldet keinen Aufschub. Sieh einmal, was ich gefunden habe – – –«

Wie die Freude beschreiben, die ich mit der Rückgabe des verloren geglaubten Gebetsteppichs bei Halef auslöste! Daß ich, der Christ und wiederum »Ungläubige«, es war, der ihm hier gegenüberstand, schien ihm schon Wunders genug, daß ich ihm zudem den wichtigsten Besitz eines jeden »Rechtgläubigen« zurückbrachte, überwältigte den Freund.

»O Sihdi, wie habe ich meinen Teppich vermißt! In meinem Gepäck fand er sich nicht, umkehren durften wir nicht, denn da waren die Feinde. Inschallah, jetzt erst bin ich gerettet! Dabei muß ich dir berichten, weshalb – – –«

»Hebe deinen Bericht für später auf, Halef. Ich bin gespannt, welche Neuigkeiten du bringst.«

Nach einem weiteren Dutzend Umarmungen, Schulterklopfen und anderen Herzereien gab es für Halef kein Halten mehr. Trotz der Eile, zu der ich gemahnt hatte, entrollte er seinen wiedererhaltenen Teppich und richtete ihn gen Osten aus, nach Mekka. Demütig kniete er nieder und begann das übliche Gebetsritual, während wir anderen beiseite traten, um ihn nicht zu stören.

Ich muß überhaupt erwähnen, daß Halef während unseres gesamten Beisammenseins und wann immer es die Umstände erlaubten, stets seinen *Salaat,* die täglichen fünf Pflichtgebete, verrichtete. So mancher Christ, dem selbst nur ein gelegentlicher Blick in die Bibel, ja das Falten der Hände zuviel ist, könnte von dieser Inbrunst lernen.

Almas Wirkung auf Winnetou war mir nicht entgangen. Sobald sie sich abwandte, um nach ihrem Pferd zu sehen, nahm er mich beiseite. Ganz leise, ganz der immer noch um Nscho-tschi trauernde Bruder, sagte er:

»Der Schöne Tag war Winnetous einzige Schwester. Dieser Tag währte kaum bis zur Mittagssonne. Ich habe die Ähnlichkeit der Goldenen Squaw gesehen und die Blicke, die mein Bruder Scharlih ihr gegeben hat. Möge ihm ein neuer schöner Tag leuchten. Sein Glanz soll ihn erfreuen und auf ihm ruhen, auf daß er bis zu einem Abend voller Frieden währe und in eine Nacht münde, die meinen Bruder nicht betrübt!«

Damit, und ohne sein gewohntes »Howgh!«, ließ Winnetou mich stehen. Die Worte, die er eben gesprochen hatte, waren ihm schwergefallen, das spürte ich, aber er hatte mich damit gewissermaßen von dem Versprechen freigegeben, das ich vor Jahr und Tag für Nscho-tschi abgelegt hatte. Und wieder, wie schon bei Hirtreiter und Halef, hatte er unvergleichlich poetische Worte gefunden. »Goldene Squaw« – wahrscheinlich hatte der Apache noch nie ein blondlockiges Mädchen gesehen. Doch er säumte nicht. Den Erfordernissen entsprechend, schwang er sich aufs Pferd, den

Schoschonen hinterher, um ihre weiteren Absichten zu erkunden. Anschließend, das wußte ich, würde er auf unserer Spur zurückreiten und Hirtreiter und Everts nachholen. Bis auf weiteres würden wir auf den Green River zuhalten, obgleich wir bereits Alma und mit ihr Halef gefunden hatten.

Dieser war fertig mit seinem Gebete und machte sich ebenfalls reisefertig. Mit Freude stellte ich fest, daß er und Alma außer ihren Pferden jeweils mit einem Maultiere versehen waren. Das Gepäck, das ein jedes zu tragen hatte, war kein umfangreiches. Mit Leichtigkeit würde es sich auf ein einziges vereinen lassen, wodurch wir Everts beritten machen konnten.

Während ich noch überlegte, stand auf einmal Alma neben mir. Gewiß weniger aus Verlegenheit als um der Sorgfalt willen inspizierte sie ihr Gewehr. Ich wollte die Gelegenheit nutzen, sie auf manches anzusprechen, also sicherte ich meinerseits den Henrystutzen, hängte ihn mir über und sagte zu ihr:

»Beide sind wir Landsleute, sogar Sachsen. Sprechen wir also für den Augenblick weiter auf deutsch – ich nehme an, man hat Ihnen auch sonst von mir erzählt?«

Kurz von ihrer Verrichtung aufsehend, sagte Alma:

»Nie hätte ich gedacht, Old Shatterhand und zugleich Kara Ben Nemsi zu treffen. O ja, Herr Halef hat von Ihnen erzählt, sozusagen von Ihnen beiden – nein, das ist zuwenig: vorgeschwärmt hat er mir!«

Ihre Stimme war, ungeachtet ihrer Jugend, eine unerwartet tiefe, ein warmer und runder Alt, während ich mich an Nscho-tschis als einen ans Falsett reichenden Sopran erinnere. Dem Part in einer gemeinsam gesungenen Kantate ähnlich, kam ich diesem Alt mit meinem Tenor entgegen.

»Geschwärmt, sagen Sie? Vergessen Sie nicht, Halef ist Orientale. Sowohl das Erzählen als auch das Schwärmen ist ihm eingeschrieben, Fräulein Grüner.«

»Wie, Sie kennen meinen Nachnamen?«

»Herr Pfäffle in Cheyenne nannte ihn mir.«

»Noch ein Landsmann«, seufzte sie. »Seltsam, daß es so viele Deutsche in die Fremde zieht.«

»Und doch wieder nicht, liebes Fräulein. In der Heimat sind die Zeiten schwer. Es gibt zuviel Not und zuwenig Arbeit, aber genug Geschäftemacher. Ist es da nicht vernünftig, auf Schusters Rappen in die Welt hinauszuziehen?«

Ein allerliebstes Lächeln flog Almas Antwort voraus. »Mir scheint, Old Shatterhand gibt sich nicht mit einem solchen Rappen, mit Schuhsohlen, zufrieden – ein wunderschönes Tier reiten Sie.«

Ihr Blick fiel auf Hatatitla, der unterhalb der Felsen auf mich wartete.

»Ein Geschenk Winnetous!« erklärte ich stolz.

Sogleich reckte mir Alma ihr Gewehr entgegen. »Ein Geschenk meines Vaters!«

Ich war so frei, nach der mir gewissermaßen angebotenen Waffe zu greifen, um sie mir genau anzusehen. Schon aus der Ferne war mir ihre hohe Schußfolge aufgefallen. Nun, aus der Nähe, interessierte mich ihre ungewöhnliche Bauweise. Es handelte sich um ein dem Henrystutzen verwandtes Gewehr. Allerdings war es bedeutend kleiner und mit einem viel schmäleren, versilberten und aufwendig ornamentierten Verschlußkasten versehen. Angesichts dieses Zierrates sowie des achtkantigen Laufes vermutete ich ein eher kleines Kaliber, wie es häufig bei Jagdbüchsen für Damen verwendet wurde.

»Sie frönen dem Waidwerk, Fräulein? Pirschen Sie in den Elbniederungen nach Rebhühnern und Füchsen?«

»Mitunter. Und hierzulande auf Indianer, wenn sie mir ans Leben wollen.«

Ich lächelte gleichfalls und reichte die Waffe zurück.

»Das muß ein besonderer Mann sein, der seiner Tochter eine Hunt & Jennings zum Geschenk macht. Diese Ziselierungen oder Reliefs an den Seiten wurden wohl nachträglich gemacht?«

»Ja«, wurde Alma mitteilsamer. »Man weiß nur nicht, was sie

bedeuten. Ich habe unterwegs manchen Schützen getroffen, der sich für einen Waffenkenner hielt. Aber keiner vermochte mir zu sagen, was es mit diesen Mustern auf sich hat.«

»Hat denn Ihr Vater nichts zu seinem Geschenk gesagt?«

»Er hat mir das Gewehr gar nicht persönlich übergeben. Es wurde mir überbracht, vor etlichen Wochen, übrigens ohne jeden Brief oder besondere Nachricht, was mich beunruhigte. Er ist Archäolog, aber noch nie so lange ausgeblieben wie diesmal. Zuletzt befand er sich auf einer Forschungsreise durch die Sahara, zusammen mit meiner Mutter sowie Erna, meiner jüngeren Schwester.«

Ich antwortete nicht sogleich. Auf die heftigste Weise meldete sich Kara Ben Nemsi in mir: die Sahara, Nordafrika, dieser Wissenschaftler – das waren ja eigentümliche Familienverhältnisse. Herr Grüner, Privatforscher und mutmaßlich wohlhabend, auf jeden Fall unabhängig, befand sich mit Frau und Tochter auf Studienfahrt; eine weitere Tochter war zu Hause geblieben und von unterwegs beschenkt worden, mit ebendieser Flinte, die ein Fünfzehnschüsser war. Nochmals erbat ich sie mir, und jetzt, bei der zweiten Durchsicht, wog ich sie in meinen Händen. Ich fand sie beinahe leicht wie einen Revolver; nichtsdestoweniger hervorragend ausbalanciert. Mit ihrem kunstvoll geformten Schaft schmiegte sie sich geradezu zwischen Arm und Achsel. Aber es ging mir nicht um das Schießzeug an sich. Was mich neugierig machte, war jenes Relief.

»Sie sehen«, verfolgte Alma mein Studieren, »daß es sich um ein verschlungenes Muster handelt. Vielleicht hat es gar keine besondere Bedeutung. Vielleicht ist es nicht mehr als eine Gravur, ähnlich dem ausschmückenden Trallala in unseren Heimatliedern.«

»Ein ziemlich kurioses Trallala. Vor gar nicht langer Zeit, liebes Fräulein, brachte ich ein indianisches Leder zum Sprechen[1], wel-

1 siehe *Weihnacht* (1897)

ches für einen wertlosen Fetzen gehalten worden war. Es entpuppte sich aber als ein Brief, ein richtig ausführlicher, wie ihn kein
Weißer, sondern nur ein Roter zu verfertigen vermag. Ein andermal, drüben in Südamerika, hatte ich einen sogenannten Kipus,
eine Inka-Knotenschrift, zu enträtseln, welche auf einen sagenhaften Schatz hinwies[1]. Wieder ein andermal, nur ein paar Monate
ist es her, wurde mir in Shanghai ein antikes Schwert gereicht, dazu
ein Scherben. Letzteren erachtete man als Teil eines mit einer
Dschunke untergegangenen Teegeschirrs. Es war aber ein Täßchen
aus konfuzianischer Zeit, ein Einzelstück, welches ebenfalls ein
Geheimnis[2] barg – wir wissen beide, daß ein Student auf einem
sächsischen Seminar ganz nebenher Dinge lernt, die jedes indianische Oberhaupt, den pfiffigsten Chinesen, den gewieftesten
Nachfahren der Altperuaner staunen machen.«

Spätestens mit diesem Hinweis genoß ich die ungeteilte Aufmerksamkeit Almas. Ihr mochte aufgegangen sein, was die Schlauheit eines Dresdner Studiosus, vor allem aber die Kombinations-
gabe eines Westmannes zu ermöglichen wußte.

»Sehen Sie diese beiden silbernen Metallblenden?« fuhr ich
darum fort. »Problemlos scheinen sie in das Blechunterstück zu
passen, welches den eigentlichen Verschlußkasten bildet. Doch
blicken Sie etwas schärfer – bemerken Sie diese winzigen Unge-
nauigkeiten? Das liegt an der Nacharbeit, die hier ausgeführt wurde, an der erst später vorgenommenen Veredelung der Waffe. So
gründlich hierbei zu Werke gegangen wurde, es läßt sich nicht
übersehen, daß sie ihr Dasein als eine von Hunderten ein und derselben Bauweise begonnen hat. Der Käufer oder Besitzer mag erst
später einen geschickten Kunsthandwerker mit den Silberarbeiten
beauftragt haben. Fräulein Alma – ich glaube, Ihr Vater hat dieses
Gewehr nie in seinen Händen gehalten.«

»Wie bitte? Er muß es doch auf irgendeiner Station seiner Rei-

---

1   siehe *In den Cordilleren* (1894)
2   siehe Karl Hohenthal, *Die Opiumhöhle*

se ausgesucht und gekauft haben, wenngleich er es aus der Ferne zu mir spedieren ließ. Wie sonst hätte die Sendung mich gefunden?«

Ich konnte nicht umhin, über diese kindliche Vorstellung zu lächeln.

»Liebes Fräulein Alma, an ebendieser Stelle endet nicht, sondern beginnt erst das Rätsel – und wohl auch die Gefahr!«

Da erblaßte das schöne Wesen.

Weil mir an nichts weniger gelegen war, beeilte ich mich zu erklären:

»Niemand, schon gar nicht ein auf Reisen befindlicher liebender Vater, schickt seinem Kinde eine solche Waffe ohne ein paar begleitende Zeilen. Eine solche Depesche, so es sie gab, mußte jedoch unbedingt zusammen mit dem Geschenk reisen; eine separate Zustellung wäre nicht sinnvoll gewesen. Ihrem Vater muß daran gelegen haben, Sie wenigstens über die Vorzüge und Besonderheiten der Büchse in Kenntnis zu setzen, was Ihre Freude daran überhaupt erst begründen konnte. Des weiteren zeigen die Reliefs nicht etwa Muster, wie Sie denken oder die von Ihnen befragten Leute gedacht haben. Ich bin kein Fachmann, kann aber sagen, daß es sich um ägyptische Hieroglyphen handelt. Diese bestehen aus Laut-, Deut- und Bildzeichen. In dieser sogenannten Schrift der Gottesworte geht es vorwiegend um geistliche Belange; im Altertum pflegte man damit so ziemlich jeden alltäglichen Gegenstand zu verzieren. Man müßte sich die Mühe machen, die Zeichen auszudeuten.«

»Old Shatterhand, wenn Sie es könnten!« rief Alma und faßte nach meiner Hand.

»Ich, der Mann, der Ihrem Feinde, Milton Hayes, so ähnlich sieht?«

»Nein! Sie, Old Shatterhand, und Sie, Kara Ben Nemsi! Sie auch, der Schüler aus dem sächsischen Seminar, und Sie, ein umfassend gebildeter Mensch – meen Gudster, Sä gönn rumbäbln, wie Sä wolln, aber backn Sä dä Hiehroglieffn am Schlawiddschn un läsen Sä se, ich bitt' Sä!«

Sächsisch! Das schöne Mädel sprach sächsisch mit mir! In ihrer Begeisterung und vielleicht auch Seelennot war sie in unser beider vertrautes Idiom verfallen. Wie wunderbar klangen diese lieben Laute aus ihrem schönen Munde! Vorsichtig, um mich keiner Dreistigkeit verdächtig zu machen, entzog ich mich der festen schlanken Hand.

»Ja, liebes Fräulein, für ein Sachsenmädel wie Sie würde ich es wohl unternehmen, ein wenig *rumzubäbln,* mich einer solch vertrackten Aufgabe zu widmen.«

»Ich saach's doch, Sä Gudster! Duhn Sä's, duhn Sä's!«

So jubelte Alma, und es fehlte nicht viel, und sie wäre mir um den Hals gefallen. Dies verhinderte leider besagte Waffe, die ich immer noch in Händen hielt. Sie war geladen und trennte uns damit um so mehr.

»Nein, nein; ich verspreche nichts«, blieb ich sachlich und dem Hochdeutschen verhaftet. »Winnetou und ich haben einen Auftrag. Dieser duldet keinen Aufschub, denn Menschenleben hängen davon ab und etliches andere. Uns ist eine Frist gesetzt, die der nahe Winter bestimmt. Solche Hieroglyphen aber zu lesen oder vielmehr zu deuten ist eine zeitraubende Angelegenheit. Auch braucht man dazu Bücher, welche ich besitze, aber hier draußen nicht zur Hand habe.«

»Das macht nichts, Old Shatterhand! Sofern es mit Geld zu tun hat, soll es Ihnen an nichts fehlen. Ich verfüge über genug Mittel, und sollten diese nicht reichen, wird uns von anderer Seite Hilfe zuteil. Mein Vater ist eine Kapazität. Jede Universität wird sich glücklich schätzen, ihm und damit mir behilflich zu sein!«

»Liebes Fräulein Alma, ich sage es nochmals: Dies ist weniger eine Frage des Geldes als der Zeit. Für den Augenblick kann ich nur sagen: Sie haben hier ein prächtiges, komfortables, aufwendig gefertigtes Jagdgewehr. Aus einem Grunde, den Sie und ich nicht kennen, hat Ihr Vater es Ihnen zugedacht, aber jene Schriftzeichen – Reliefs, wie Sie sagen – erst im nachhinein anbringen lassen. Warum das geschah und zu welchem Zwecke, was er Ihnen damit sagen will, das herauszufinden bedarf einer Menge Gedankenarbeit. Diese hier draußen zu leisten, in der Wildnis, ist unmöglich.«

Damit wollte ich Alma stehenlassen, doch gab sie das nicht zu.

»Old Shatterhand, ich bin ein Mädchen, kein Mann. Aber ich habe bewiesen, daß ich reiten und schießen kann. In vielerlei Hinsicht könnte ich mich als nützlich erweisen. Nicht weit von hier befindet sich ein Militärposten. Dort soll, dem Vernehmen nach, mein Vater auf mich warten. Wenn ich ihn finde, löst sich das Rätsel ganz schnell.«

Es tat mir weh, diese Vorfreude zerstören zu müssen, aber durfte ich lügen?

»Liebes Fräulein, so leid es mir tut, man hat Sie betrogen. Der Mann, der Ihnen die Grille mit dem Fort eingab, ist ein Komplize von Mister Hayes. Ich habe die beiden reden hören. Man will Sie in eine Falle locken, aus der selbst eine Hunt & Jennings Sie nicht befreien kann. Keineswegs befindet Ihr Vater sich in der Nähe, das hat man Ihnen nur weisgemacht. Sie sollten aus der Stadt verschwinden, wo man Ihnen nichts unbemerkt antun konnte. Weit weg indes, auf Indianergebiet, gedachte man sie zu überfallen, was nun auch geschehen ist. Doch getrost. Winnetou und ich lassen nicht zu, daß Sie in die Hände dieser Verbrecher geraten. Unser Weg führt allerdings weniger an den Green River als hinauf zum Yellowstone. Dort hat Mister Washburn, den Sie ebenfalls kennen, eine wichtige Aufgabe zu versehen.«

»Aber danach, hinterher?« drängte das Fräulein. »Im Anschluß kehren Sie doch bestimmt in die Zivilisation zurück und könnten sich meiner Bitte widmen – verzeihen Sie, daß ich einfach so über Sie verfüge, aber Sie sind Old Shatterhand, sogar Kara Ben Nemsi. Wenn nur die Hälfte stimmt, was Herr Halef mir über Sie erzählt hat und was ich über Sie gelesen habe, so ergänzt es sich vortrefflich mit dem, was ich sehe, was Sie mir sagen und so vortrefflich darzulegen wissen. Darf ich Sie und

Winnetou nach dem Yellowstone begleiten, und werden Sie mir anschließend behilflich sein?«

Herrje! Während meines Sprechens hatte ich noch mit Zweifeln gerungen und war mit mir selbst unentschieden gewesen, da schob sich jene schöne ringlose Hand abermals über meine Rechte, die immer noch das fremde Gewehr umfaßt hielt. Kriegerisch und doch sanftmütig, amazonen- und doch mädchenhaft stand Alma vor mir, in der stolzesten, aufrechtesten Haltung und mit bebenden, vollen Lippen, eine weiße Nscho-tschi oder, wie Winnetou gesagt hatte, eine Goldene Squaw. Große Augen von der Farbe eines Waldsees blickten mich an:

»Old Shatterhand – – –«

Es stand fest, daß Winnetou und ich Alma vor Hayes und den Indianern beschützen mußten, aber ihrer Bitte, ihr im Anschluß zur Verfügung zu stehen, konnte und durfte ich nicht entsprechen. Wie hatte ich mich gefreut, meinen Blutsbruder wiederzusehen, und umgekehrt, und unter welch turbulenten Umständen war dies geschehen. Wie wenig, fast gar keine Zeit war uns seither geblieben, wie wenig hatten wir uns ausgetauscht, und nun sollte ich, da noch nicht einmal das eine Abenteuer hinter uns gebracht war, mich schon auf ein anderes einlassen, ohne Winnetou zu fragen? Nein, das war unmöglich, ausgeschlossen! Ich mußte dem Liebreiz der Schönen widerstehen und ihr leider absagen, und darum hörte ich mich mit fester Stimme sagen:

»Ja, liebes Fräulein, ich verspreche Ihnen, Ihren Vater zu suchen und das Rätsel zu lösen!«

*

Wir ritten Stunde um Stunde. Fort ging es von der natürlichen Felsenburg, welche uns, wie schon gesagt, besten Schutz, aber kein Wasser bieten konnte. Die Zeit, nach verborgenen Quellen zu suchen oder zu jagen, »Fleisch zu machen«, hatten wir nicht. Schnell konnten die Indianer sich sammeln, um wieder anzugreifen. Wenn sie entdeckten, daß wir abgerückt waren, würden sie uns unbedingt nachsetzen. Mit ein paar unverbindlichen Schüssen würde es dann nicht mehr getan sein.

Mir kam die knifflige Aufgabe zu, mit Halef und Fräulein Alma sowie den Lasttieren eine möglichst große Strecke zwischen uns und die Schoschonen zu legen, dabei aber keine Spuren zu hinterlassen, das heißt, diese gründlich zu verwischen. Kompliziert wurde dies, weil ich Winnetou gleichzeitig die Gelegenheit geben mußte, unserer Fährte folgen zu können, ihm darum heimliche Zeichen machte, die für ihn selbst in der Dämmerung sichtbar sein würden. Inzwischen mußte er zu Hirtreiter und Everts zurückgekehrt sein. Diese teilten sich immer noch ein einziges Pferd, so daß auch wir uns nicht zu schnell bewegen durften. Des ungeachtet war auch noch ein Lagerplatz zu suchen und nach den Feinden Ausschau zu halten – das Wort »knifflig« hatte seine Berechtigung.

Warum ich dennoch guter Dinge war?

Ich hatte Halef gefunden! Dadurch war ich einer unbestimmten Sorge enthoben, welche die ganze Zeit, wie ich erkannte, in mir gearbeitet hatte.

Außerdem war da die Bekanntschaft mit Alma Grüner. Diesem Wildfang beim Reiten zuzusehen war eine Freude. Nicht nur, daß sie dabei Beinkleider trug, was ihrer zierlichen Gestalt das Gepräge eines Jünglings gab, sie ritt auch wie ein solcher und saß nicht etwa im Damensattel zu Pferde. Offenbar von einem guten Kavalleristen unterrichtet, hatte das Fräulein sich jene vorgebeugte, ein wenig wie erschöpft aussehende, in der Tat aber ungemein kräftesparende Haltung angewöhnt. Diese zeichnete auch den Westmann aus, ob sie das wußte? Mit ihr und Halef, der sowieso ein geborener Reiter war, über die Ebene zu fliegen war ein Vergnügen, wann immer wir uns einen Galopp erlauben durften. Mir lag daran, weiter dem Verlaufe des Bitter Creek zu folgen, wenn auch zunächst in gehörigem Abstand zu seinen Ufern, und zur Nacht hin erreichten wir dessen Einmündung in den Green River. Im letzten Licht forschte ich und fand eine Stelle, an der sich der Fluß in die Landschaft abgezweigt und eine Art Überflußbecken geschaffen hatte. Trotz dessen unbewegt wirkenden Wassers bemerkte ich, daß es über regen Zu- und Abfluß verfügte. Im Verbund mit seinen dichten Reihen hoch und niedrig gewachsener Laubbäume schien mir dieser Platz das geeignete Versteck zu sein, um dort die Rückkehr Winnetous und der anderen zu erwarten. Wir würden uns beraten müssen. Nun, da wir mit den beiden Gesuchten vereint waren, hatten wir keinen Grund mehr, weiter nach jenem Fort zu streben. Selbst wenn wir es erreichten, was wäre dadurch gewonnen gewesen? Almas Vater, den Gegenstand von Kilmers und Hayes' Lüge, würden wir dort bestimmt nicht treffen, und wir wollten uns ja auch nicht an einem Platze festkrallen. Nein, so schnell wie möglich mußten wir zu Washburn stoßen, falls er nicht, wie zu befürchten stand, bereits vor Tagen überfallen worden war – warum hatten sich keinerlei Spuren gefunden?

Uns blieb nur, unseren Weg schnellstmöglich fortzusetzen, wie geplant nach dem Ocean Lake zu reiten. Es war sicher, daß Winnetou denselben Gedanken hegen würde. Die Gegend um den See war ureigenstes Stammesgebiet der Schoschonen. Hatten sie Washburn und seine Männer in ihre Gewalt gebracht, würde man sie sicherlich dorthin bringen. Wir konnten uns jede weitere Suche sparen. Auf Washburn würden wir stoßen, so oder so.

Zur großen Enttäuschung von Halef ließ ich nicht zu, daß ein Feuer entzündet wurde. Anders als in der Wüste konnte man das Nahen von Freund oder Feind nicht meilenweit sehen. Er verstand diesen Einwand und schickte sich drein, aber ich sah ihm an, daß er eine eigene Vorstellung vom ersten Abend unseres Wiedersehens hegte. Immerhin versprach ich, vielleicht nach Winnetous Rückkehr etwas Holz abzubrennen. Erst mußte sichergestellt sein, daß uns die Feinde nicht gefolgt waren.

Es dauerte gar nicht lange, ehe es zwischen den Bäumen und Zweigen knackte, nur ganz leicht, aber ich wußte, wer da kam: Winnetou. Er kam zu Fuß, und ihm folgten Hirtreiter und Everts. Letzterer war es, der durch seine Ungeschicklichkeit die Geräusche verursacht hatte. Vorsichtig, wie der Häuptling stets war, hatte er die Pferde ein Stück zurückgelassen. Nur so hatte er sich mit den beiden ungeübten Männern überhaupt durchs Unterholz bewegen können. Wir besprachen uns kurz, und er ging noch einmal fort, die Tiere zu holen.

Unterdessen verkündete ich, daß wir für die Nacht als sicher gelten durften. Freudig begab sich Halef auf die Suche nach geeignetem Brennmaterial. Wie man ein wärmendes Feuer bei geringster Rauchentwicklung anlegte, brauchte ich ihm nicht zu erklären, und bald ersetzten die ersten Flammen das wenige Mondlicht.

Entspannt beobachtete ich Hirtreiters Vorbereitungen für das Nachtmahl. Ihm schien unser Zuwachs an Personal die wenigsten Probleme zu bereiten. Unsere eigenen Vorräte reichten für alle hin, und was man aus dem wenigen zaubern konnte, darüber brauchte ich wiederum Hirtreiter nicht zu belehren.

Erstmals kam es mir in den Sinn, daß sich hier wohl zwei sehr ungleichnamige Magneten begegnen würden. Wie seit Stunden wieder Halef um seinen Sihdi, kämpfte auch der Koch, wie es ihm zur Gewohnheit geworden war, um die Aufmerksamkeit seines »Masters«, mit jeder Menge Ihr und Euch, die er mir ständig zuteil werden ließ. So kam es, daß Halef, fertig mit Feuermachen, sich Hirtreiter zuwandte, welcher seinerseits Vorbereitungen für unser Abendessen getroffen hatte. Wie von den bekannten magnetischen Kräften angezogen, traten sie aufeinander zu. Der kleine Beduine faßte an seinen Turban, der kleine Bayer lüftete seinen Stülphut, und zu ihrer Verständigung wählten sie die englische Sprache, jeweils mit typischem Einschlag:

»Salam aleikum, Effendi.«

»Grüß Gott, der Herr.«

»Du rittest also bisher an der Seite Kara Ben Nemsis? Das ist nicht länger erforderlich. Ich tue das nun wieder.«

»Nein, mein Herr. Ich ritt stets neben Old Shatterhand und gedenke, das weiterhin zu tun.«

»Daß du ihn so nennst, ist einerlei und nicht von Belang. Mir ist er Kara Ben Nemsi und noch vieles mehr. Aber merke, vor allem ist er mein Sihdi.«

»Das ist wenig genug, denn bei mir ist er sogar Master.«

»Ungläubiger! Ich bin der oberste Scheik der Haddedihn!«

»Und ich bin Christ und Erster Mundkoch!«

»Was bedeutet letzteres?«

»Ungefähr den gleichen Unterschied wie zwischen Effendi und Sihdi«, rief Hirtreiter. »Noch höher steht freilich der Meister oder Master. Meiner hieß Johann Rottenhöfer und war – – –«

Halef unterbrach ihn:

»Nein, nein, nein! Noch höher und wichtiger ist allein der Name. Je länger dieser ist, desto mehr Ehre macht er seinem Träger. Höre darum den meinen und präge ihn dir ein. Er lautet: Hadschi Halef Omar Ben Hadschi Abul Abbas Ibn Hadschi Dawuhd al Gossarah. Was ich in der Welt bin, habe ich dir bereits gesagt!«

»Fürwahr ein schöner Name«, grinste Hirtreiter. »Und so einprägsam in seiner Kürze. Mich freilich haben meine Eltern mit ein paar Buchstaben mehr in die Welt geschickt. Ich heiße Theobald Nepomuk Franz Josef Karl Anton Georg Johannes Horatius Andreas Hirtreiter, und ich bin Erster Mundkoch bei Seiner Majestät. Diese trägt den Namen und die Titel Ludwig II. Otto Friedrich Wilhelm, von Gottes Gnaden König von Bayern, Pfalzgraf bei Rhein, Herzog von Bayern, Franken und in Schwaben, ist der ältere Bruder von Otto Wilhelm Luitpold Adalbert Waldemar von Wittelsbach und rühmte sich vieler zusätzlicher Oheime und Muhmen, Vettern und Basen, Neffen und Nichten sowie weiterer Verwandter – genügt das zur Vorspeise, oder soll ich bis zum Dessert fortfahren, gefolgt von Käse, Süßwein, Pralinés und Fiaker?«

»Theobald – Otto – Herzog – Pfalz – – –«

Halef versuchte das Gehörte zu wiederholen, doch im Königlich Bayerischen Geläuf war er ohne Orientierung.

»Sihdi, hilf mir doch! Bist du ebenfalls von so vielen Ahnen umzingelt?«

»Nein, Halef. In meiner Familie gibt es weder einen Ludwig noch einen Herzog.«

»Du treibst Scherze, genau wie dieser schreckliche Mensch!«

»Ich freue mich nur, daß du bei Herrn Hirtreiter an einen Mann geraten bist, der ebenso auf Ehre hält wie du. Keineswegs ist er ein schrecklicher Mensch. Es ist vielmehr sicher, daß ihr euch gut verstehen werdet, um so mehr, als er sich auf die Zubereitung von Gerichten versteht, mit welchen Allah den Gaumen der Gläubigen streichelt.«

»So ist dieser Mann mit den zahllosen Namen und Titeln auch Herr über Fleisch und Suppe, Hammel und Fisch? Aber, Sihdi, meidet er das Schwein? Ist er gerecht zu seinen Dienern und Sklaven? Und selbst dann reicht er nicht im entferntesten an mich heran, einen Scheik der Haddedihn, noch nicht einmal an den geringsten Angehörigen der Schammar, meines Volkes!«

»Halef!« mahnte ich ihn. »Vergiß nicht, daß du als mein Diener begonnen hast. Kochtest du nicht für mich, bereitetest du nicht den Tee? Versahst du nicht die Wasserpfeife, bukst du nicht Fladenbrot und Hammelhoden, striegeltest und füttertest du nicht Rih[1], ja oder nein? Bedenke weiter, daß Allah dir einst die Gnade erwies, dich auf Pilgerschaft zu schicken, wo du zum Hadschi wurdest, dies freilich bevor du jemals den Glanz der heiligen Städte sahst. Hat angesichts eines solchen Wunders nicht auch mein Landsmann das Recht, mit seinen Verdiensten zu prahlen?«

»Prahle ich denn, Sihdi?«

»Du tust es, im Wilden Westen wie im fernen Arabien.«

»Ich will doch nur, daß ich dir vertraut bin wie stets.«

»Das bist du, Halef, ohne Einschränkungen.«

»Aber ist dieser Mann schon an die Stätte seiner Heiligen gepilgert wie ich?«

Da ereiferte sich Hirtreiter, der, wie ich schon bemerkt habe, ein gottesfürchtiger Mensch war, und zwar auf deutsch:

---

1 Kara Ben Nemsis berühmter Hengst in den Wüstenabenteuern

»Herrschaft, bin i a Bayer, oder bin i a Preiß! Ich und noch nie bei meinen Heiligen gewesen? Da hört sich doch alles auf! Damit kann ja nur eine einzige Stätte gemeint sein, nämlich unser liebliches kleines Altötting. Jawohl, mein Herr aus dem Morgenlande, ich habe mich in unser bayerisches Mekka begeben, und nicht nur ein einziges Mal: Als Ministrant bin ich in der Gnadenkapelle gestanden, vor dem Bilde der Schwarzen Muttergottes, als Pastoralassistent habe ich das Gestionsprotokoll geführt und meine Hände gefaltet vor der Silberurne des Feldherrn Tilly, und die fünf Bronzeglocken der Stiftspfarrkirche habe ich schlagen hören, als ich in den Dienst bei Hofe eintrat, und meine Stimme flog in der Sankt-Magdalena-Kirche, als man mich zum Ersten Mundkoch ernannte. Das alles habe ich getan, und zwar in jener Demut, die einem Christenmenschen ansteht. Wir sind uns also gleich, mindestens!«

Zwar zuckten bei dem Worte »Christenmenschen« Halefs Mundwinkel bedenklich, auch wußte ich, daß sein missionarischer Eifer sich jederzeit daran entzünden konnte, doch tat ich sogleich das Meine, um weiteren Zank zu vermeiden, indem ich mich zwischen die Kontrahenten stellte und sie beide an den Schultern umarmte:

»Somit ist alles gut! Ihr steht einander in nichts nach: Halef, das Wohlgefallen Allahs und des Propheten ruhen auf dir; Herr Hirtreiter, unser Herrgott sowie die Mutter Maria blicken auf Sie. Einander die Hände gereicht und Freundschaft geschlossen!«

»Ja, Sihdi«, sagte Halef artig, denn trotz seiner Geltungssucht war er ein guter Charakter.

»Und Sie, Herr Hirtreiter?«

»Meine Hand darauf, lieber Herr Hadschi Halef Omar und so weiter.«

»Nein, Effendi, nicht und so weiter. Nenne mich nur Halef, denn wir wollen Freunde sein. Über diesen Beschluß laß uns Tschibuk schmauchen. Allah hat ihn den Menschen geschenkt, damit sie sich durch Rauch und Entspannung in Frieden verbinden.«

Das ließ Hirtreiter sich nicht zweimal sagen. Als Bayer war ihm der Tabak gut vertraut, freilich auf eine Weise, die Halef nicht fremder sein konnte. Aus seiner Joppe nämlich zog sein neuer Freund ein silbernes Tabaksdöschen. Er entschraubte den Verschluß und nahm das Behältnis hochkant in die Rechte. Sodann ballte er die Linke zur Faust, auf deren Oberseite er zwei ansehnliche Häufchen zurechtklopfte. Über das eine hielt er seinen Riecher und sog die gesamte Menge mit einem Zuge und ohne jede Regung ein. Das andere Häufchen hielt er Halef unter die Nase.

»Schmalzler«, sagte er knapp zur Erklärung.

Halef verstand dieses Wort nicht, wohl aber die Aufforderung, die damit verbunden war. Also folgte er dem Beispiele des Bayern und inhalierte gleichfalls das schwarze Kraut. Aber dann! Eine orientalisch-dröhnende Kanonade barst aus seinem Zinken, der ein ganz und gar wehrhaftes Niesen und Schneuzen folgte, und endlich bog und krümmte sich Halef wie bei einem Schlangenbiß.

»Tausend Teufel, man meuchelt mich!«

»Hilf dir Gott, daß 's wahr ist!« lachte Hirtreiter nur.

Ich aber lachte nicht, verstand ich doch plötzlich, was Herr Pfäffle mit seiner Bemerkung gemeint hatte, der Name und die Sprache des Mexikaners habe den Lautäußerungen einer Erkältung geglichen. Ich »Säckel« – das vielmalige Hatschi während eines Schnupfens, nichts anderes hatte der Wirt gemeint! Dieses Geräusch war es, das Halefs Titel als Hadschi glich. In tausend Richtungen hatte ich gedacht, nur nicht in die naheliegendste!

»Tiefste aller Höllen, schlimmster aller Teufel«, keuchte Halef immer noch. Gern hätte er wohl geschrien, aber unter dem Eindruck des kernigen Krauts war er dazu nicht in der Lage.

Letztlich erwies sich Hirtreiter als klug und auch feinfühlig genug, seinen neuen Freund nicht zusätzlich zu beschämen. Er hatte seinen Spaß gehabt. Nun klopfte er Halef tröstend den Rücken. Dennoch fragte er, als er die Schnupftabaksdose weggesteckt und Halef sich einigermaßen erholt hatte:

»Ist etwa mein Tabak zu stark?«

»Wie nennst du deinen Knaster – Tabak? Der Scheitan mag seine Freude daran haben, aber kein Rechtgläubiger! Frage nur meinen Sihdi, welch erlesene Blätter der Allmächtige in meiner Heimat wachsen läßt. Wann immer wir zusammen die Wüste durchstreifen, über die Felsen eines Gebirges steigen oder unsere Füße in den Tümpel einer Oase senken, wir rauchen und schmauchen, daß es eine Freude ist, aber wir niesen nicht! Erheben soll der Tabak den Menschen, nicht ihn erniedrigen; nur so hat er Genuß daran und erhält eine Ahnung auf die Freuden der Sieben Himmel. Laß uns dennoch Freunde werden, Effendi Hirtreiter. Aber versprich mir, nie wieder in meiner Gegenwart diesen Dschinn[1] hervorzuholen!«

*

Diese Septembernacht unter dem nordamerikanischen Himmel wurde so kalt wie in der nordafrikanischen Wüste. Für Fräulein Alma bereitete ich aus mehreren Lagen Blättern und dünnen Zweigen eine schützende Schlafstelle, abseits genug von den Pferden, die wir, möglicher Feinde wegen, zwar anbanden, aber gesattelt ließen. Wir anderen schlugen uns in unsere Pferdedecken und lagerten uns nach Belieben.

Trotz der Anstrengungen war für manchen unter uns nicht an Schlafen zu denken. Ich etwa hatte die erste Wache übernommen, und Halef durfte ich nicht abschlagen, sich neben mich zu setzen. Über unser Wiedersehen in diesem ihm so fremden Land war er immer noch hochgestimmt, und ich empfand genauso. Durchströmt von unseren Empfindungen und Erinnerungen, lehnten wir Schulter an Schulter und richteten die Augen hinauf zum Sternenzelt. Noch ein wenig höher wohnte unser beider Schöpfer, den Halef Allah nannte und ich Gott. Was uns auf jeden Fall verband, war unser Flüstern.

---

1 Ungeist

»Sihdi«, machte Halef sich verbindlich. »Sihdi, hast du schon einmal geliebt?«

»O ja«, gab ich zu dieser doch sehr direkten Frage zurück. »Nur weil ich mich zumeist in der Wildnis aufhalte, ist mir das vornehmste Gefühl des Menschen nicht fremd.«

Ich tat, als ob ich in mein Schweigen zurückfallen wollte, denn ich ahnte, was Halef mit dieser Frage bezweckte.

»Wenn die Liebe dir nicht fremd ist, Sihdi, so beschreibe mir einmal, wofür oder für wen du dein Herz zu öffnen bereit wärst. Denke aber nicht, daß ich neugierig sei; ich frage nur, um dich auf ein Geschenk einzustimmen, das ich dir zu machen gedenke, das Geschenk eines wahren Freundes. Darum sage, wie du es mit der Liebe hältst, ich muß es wissen!«

»Nun«, zögerte ich ein wenig. »Nimm etwa Rih oder hierzulande Hatatitla, die beiden klügsten und treuesten Hengste, die es nur geben kann. Sie etwa liebe ich sehr.«

»Nein, Sihdi, so meine ich es nicht. Gewiß gehört dein Hoffen und Sehnen dem Wohlergehen deiner Tiere, wertvoll genug sind sie. Ich aber spreche davon, ob du schon einmal einem Weibe dein Herz geschenkt hast, heiße sie Ghada, Rabia, Shazadi oder Lubna, oder Dschamila, Hawwa, Khalisa, vielleicht auch Wahida oder sogar Aischa, wie die Tochter Abu Bakrs, die am engsten an den Propheten gebundene Frau. Denn bedenke, Sihdi, obwohl wir uns in diesem durch und durch ungläubigen Amerika aufhalten, lehnst du dich an einen Mann, der dir als Mekkapilger weit voraus ist! Mit meiner Hanneh, du kennst sie, habe ich die Zierde der Frauen zum Weibe gewonnen. Weil ich dein Freund bin, der beste von allen, gönne ich dir die Wonne eines solchen Glücks im gleichen Maße.«

»Halef«, sagte ich mit einem Lächeln in der Stimme, das ihm aber nicht aufzufallen schien. »Ich spüre allzusehr, worauf deine Frage abzielt. Denkst du, ich hätte nicht bemerkt, wie unruhig dein Blick geworden ist, als ich das Mädchen zum ersten Male sah? Ich verstehe nun, was dich bedrückt, doch sei getrost: Der Koran gestattet dir die Freuden vieler Frauen!«

»O Sihdi«, seufzte Halef wie unter einer schweren Last. »Du täuschst dich sehr in mir! Nicht die, von der du sprichst, erregt meine Aufmerksamkeit. Du bist es, du ganz allein, an den ich bei ihrem Anblick denken muß.«

»Wie, Halef, du siehst eine Frau und denkst an *mich?*«

»Ja, Sihdi, das tue ich. Denn ich muß dir sagen, du dauerst mich. Seit Jahren schon durchquerst du die Weiten dieses Landes Amerika. Bist du nicht hier, so weilst du in deiner Heimat oder kehrst zurück in mein Land, in seine Wüsten, seine Täler, seine Gebirge. Oder du fährst über die Meere und besuchst Länder, deren Namen niemand interessiert, weil sie nicht im Koran verzeichnet stehen. Doch wann immer wir zusammen sind, bringst du mein Herz zum Jubeln. Wohin aber gehst du, wenn ich zu meinen Haddedihn zurückkehre, in mein Zelt, welches mir Hanneh mit ihrer Anmut, ihrer Liebe und ihrer Herzlichkeit schmückt? Darum geht es mir: Wie einsam mußt du dich fühlen, wenn du nach mir auch Winnetou entbehren mußt, sobald du dich nach deiner Heimat wendest. Kommt dich nicht manchmal der Gedanke an, du seist ganz allein auf der Welt? Denkst du, der Allmächtige sähe es mit Wohlgefallen, daß du der herrlichsten aller Freuden, die er zu geben weiß, entsagst, du, im besten Mannesalter? Sihdi, liebe und heirate endlich! Errichte dir ein Zelt für deine Trophäen, deine Waffen, deinen Besitz. Binde vor diesem Zelt deine Pferde an, gleich neben dem Brennholz, welches nie ausgehen möge, und gleich daneben baue eine Hütte mit einem Vorrat an Ziegen- oder Hammelfleisch, welches dir ebenfalls nie mangeln soll. Tue also, was ein jeder Mann tun soll: Führe das Weib, das du dir erkoren, in dein Zelt und lebe mit ihm glücklich und gerecht, dem Barmherzigen zur Freude und zum Wohlgefallen, auf daß du alt werdest und zufrieden seist im Glanz der Herrlichkeit, die allein Allah den Seinen zu schenken weiß!«

Ich vernahm diese Worte und erkannte, daß selbst der Wilde Westen nicht weit genug entfernt war, als daß Halef ihn mit seinem Missionarsdrang nicht hatte erreichen können. Dennoch tat

ich, um den lieben Kerl nicht vor den Kopf zu stoßen, als wäre ich
für seine Segenswünsche überaus dankbar, und sagte:

»Jeden deiner Ratschläge will ich zu beherzigen versuchen.
Aber glaube mir, zwischen meinem und deinem Dasein gibt es
einen großen Unterschied: Du hast deine Hanneh bereits gefunden, mir ist die meine noch nicht einmal begegnet. Darum denke
ich nicht ans Heiraten und bleibe weiterhin dein Sihdi!«

Daraufhin sah Halef mich beschwörend an:

»Sihdi, öffne deine Augen! Ich will dir zeigen, von wem ich
spreche, weil du an deinem Glücke sonst vorbeigehst: Schön ist
die, die ich meine, schön und dabei klug, und ein starkes Herz hat
sie, und furchtlos ist sie, und ganz in deiner Nähe ist ihr Aufenthalt, und es ist sicher, in dieser Nacht bebt ihr Herz nach dir. Wie
kannst du da sagen, ein liebendes Herz sei dir noch nicht begegnet! Du willst dir nur nicht eingestehen, daß deine Augen zu glühen beginnen, wann immer sie auf der Gestalt der Schönen zu
ruhen kommen; du leugnest, daß du ein anderer geworden bist als
der, den ich kannte, seit nämlich sie sich in deiner Nähe befindet,
und du willst mich, deinen einzigen Halef, glauben machen, du
lebtest wie zuvor, als dieser Engel des Siebenten Himmels noch
nicht in dein Leben getreten war? Effendi, das mag ich gar nicht
hören – und doch freut es mich. Denn diese Verwirrung deiner
Sinne kann nur einen einzigen Grund haben: Du liebst! Und ja,
du wirst wiedergeliebt! Allah überschüttet dich mit dem größten
Reichtum, den ein Mann sich nur ersehnen kann: Sihdi, du wirst
einer Frau angehören, und diese Frau hast du dort drüben selbst
gebettet!«

Wie zuletzt in Herrn Pfäffles Boarding House, als Milton Hayes
durch die Scheibe und ich sozusagen in mein eigenes Gesicht
geblickt hatte, war ich sprachlos. Ich, der Prärien, Wüsten, Savan-
nen, Wälder und Dschungel durchmessen und Berge und Ozeane
überquert hatte; ich, den man in Nordafrika als Kara Ben Nemsi
kannte und hierzulande als Old Shatterhand; ich, der in so vielen
Lebenslagen von Feinden bedroht und in Fesseln geschlagen wor-

den war; ich, der ich mit einigem Recht sagen darf, mich nicht mit geringem Maß an Gewitztheit unter Menschen jeglicher Farben und Herkunft zu bewegen – in jener Nacht saß ich, Old Shatterhand, auf einem Flecken im Wyoming-Territorium, neben mir Halef, dessen vor Spannung glühendes Gesicht sich wie ein Holzschnitt gegen den Feuerschein abhob, saß und wußte nichts zu sagen. Halef nämlich, ganz in seiner Lieblingsrolle des Lehrers, welcher seinem allzu begriffsstutzigen Schüler mit Aufmunterung entgegenblickte, Halef hatte einen Dreisprung gewagt: Westmann – Wüstengänger – Junggeselle! Zur Missionierung in Glaubensdingen hatte er noch Herzensangelegenheiten gepackt – und mich buchstäblich entwaffnet!

Scheinheilig beteuerte er, mir noch von angeblich wichtigen Dingen von seinem letzten Streifzuge durch die algerische Sahara berichten zu müssen, Unaufschiebbares, Lebensnotwendiges, aber ich winkte ab. Es war spät, er solle ausruhen, und ich würde wachen, damit gab er sich zufrieden. Zärtlich drückte er mir einen Schmatz auf die eine und auf die andere Wange, so daß meine Nase von seinem Schnurrbarte gekitzelt wurde wie zuvor die seine von Hirtreiters Schmalzler. Dann verließ Halef mich und ging zu seinem Pferd. Dieses war ein Araber, natürlich, und »aus dem Südwinde geschaffen«, wie der Koran schwärmt, ein feuriger schwarzer Hengst. In dessen Nähe ließ er sich nieder, zog die Decke über den Kopf und tat, was mir nicht vergönnt war: Er schlief sogleich ein.

Nachdem es still geworden war, verfiel ich in jenes Dösen, das dem Westmann eigen ist. Man schläft dabei nicht, ist vielmehr wach und konzentriert, wie man es sich vorgenommen hat. Zugleich ist man ganz in sich zurückgezogen, in seiner Aufgabe von keinem Reize abgelenkt. Der Körper wird mit den Stunden natürlich steif, weil alle Sinne des Schlafwachenden auf die Umgebung ausgerichtet sind.

Alle Sinne, das umfaßt auch die Augen. Diese reißt man während des Wachens aber nicht etwa auf, was in der Dunkelheit fatal wäre. Nicht nur würde man da seine Sehorgane unnötig ermüden, man böte auch ein hervorragendes Ziel. Daß scharf spähende Augen im Dunkeln leuchten, beinahe phosphoreszieren, weiß ein jeder. Um von keinem möglichen Feinde als hellwach erkannt zu werden, hielt ich zwar den Kopf gesenkt, doch verdeckte ich meine Lider mit meinem Hute. Unter dessen Krempe hervorlugend, war es mir möglich, das wenige Meter gegenüberliegende Blattwerk der Bäume und Sträucher genau zu inspizieren.

Warum ich das gerade in dieser Nacht so eifrig tat?

Ich weiß es nicht – Eingebung, Instinkt.

Daß diese meine Vorsicht berechtigt war, zeigte sich bald. Es mochte um die zweite Stunde nach Mitternacht sein, kurz vor meiner Ablösung mit Winnetou, als ich auf ein winziges Glimmen aufmerksam wurde. Da, noch einmal blitzte es im Gebüsch, ein drittes Mal! Dann war es dort wieder dunkel.

Ich brauchte nicht zu überlegen, ich wußte, was dieses Glimmen war: die Augen eines Menschen, der sich zwar unhörbar, jedenfalls nach indianischer Art, zwischen Ästen und Blättern verborgen hatte, aber zugunsten seiner Unhörbarkeit eine andere Vorsichtsmaßnahme vernachlässigt hatte: Für einen Augenblick, für zwei, sogar drei hatte er mich fixiert – das Lager wurde beschlichen!

Wer jetzt denkt, ich wäre aufgesprungen, hätte meine Gefährten rufend geweckt oder gar um mich geschossen, der irrt sich sehr. Laut zu werden oder mich alarmiert zu zeigen wäre ja das Verkehrteste überhaupt gewesen. Zum einen konnte ich nicht wissen, ob jenes Augenpaar Freund oder Feind gehörte; erstere konnten in der Wildnis durchaus Anlaß haben, sich erst einmal nicht zu zeigen. Zum anderen mußte ich herausfinden, ob es sich um einen einzelnen Menschen oder mehrere handelte, mithin mich selber anschleichen. Dazu war es nötig, den Anschein von Unbekümmertheit vorzugaukeln. Ich reckte mich ein wenig in dem Lichte, das von der Glut unserer Feuerstelle noch ausging, gleich jemand, den das lange Sitzen ermüdet hat. Diesem Recken fügte ich noch ein gespieltes Gähnen hinzu, bei dem ich mir absichtlich wenig Mühe gab, das ein solches meist begleitende Geräusch zu unterdrücken.

Sofort glimmten jene Augen auf, nur ein einziges Mal und nur ganz kurz. Ich aber sah es, und es war nun sicher, daß ich es mit einem einzelnen zu tun zu hatte. Dieser konnte kein erfahrener Westläufer sein. Ein solcher hätte es vermieden, sich eine Blöße zu geben. Ich entschied mich, die anderen auch weiterhin nicht zu wecken, mir aber den Schleicher vorzunehmen.

Als überkäme mich ein gewisses Rühren, erhob ich mich mit einem Seufzer, ließ absichtlich mein Gewehr zurück und verschwand meinerseits im Dunkeln. Wieso ich die Waffe zurückließ? Auf die Nähe hätte sie mir allenfalls als Schlagwerkzeug genützt. Im Gürtel aber hatte ich meine Revolver, doch die wichtigste Waffe hier war wohl das Messer. Doch glaubte ich nicht an einen Kampf.

Erst machte ich einen Laut mit einem kleinen Aste, den ich, um den Gegner wiederum zu täuschen, von einer ihm fern gelegenen Stelle knacken ließ. Danach aber machte ich drei schnelle Sätze an den Ort, an dem ich den nächtlichen Besucher vermuten durfte. Ein schneller fester Griff mit der einen Hand, ein weiterer mit der anderen – schon war die Überrumpelung geglückt! Die Kehle meines Opfers zugedrückt, um diesem das Schreien zu wehren, zog ich aus dem Busche – den Indianerjungen Vogel!

Müßig zu sagen, daß über diesem so gut wie lautlosen Vorgang Winnetou erwacht war, seine Sinne waren selbst im Schlafe ungemein scharf. Als wäre es nichts, stand er gleich neben mir, das Messer gezückt. Jedoch erkannte er genauso schnell wie ich, mit wem wir es zu tun hatten, und weil Vogel offensichtlich allein war, durften wir es wagen, das Lager für kurze Zeit zu verlassen. Dort ein Gespräch zu beginnen hätte bedeutet, alle anderen zu wecken. Das war nicht erforderlich.

Wortlos zogen wir den Knaben mit uns, ein weniges von unseren schlafenden Gefährten fort, ans dunkle Seeufer. Nachdem wir uns vergewissert hatten, daß uns kein Hinterhalt drohte, gab ich Vogel frei. Flüsternd sagte ich:

»Unser junger roter Bruder setzt seine Füße leise wie der Fuchs. Wenn er nun noch lernt, wie dieser auf seine Augen zu achten, wird auch er ein großer Jäger werden.«

Vogel nickte zu dieser Ermunterung, die bereits die ganze Begrüßung darstellte, aber einen Tadel enthielt. Nach schönster Indianerart nicht darauf eingehend, entgegnete er:

»Winnetou und Old Shatterhand sehen, daß Vogel zu ihnen zurückgekehrt ist. Er hat mit angesehen, wie sie heute in den Überfall von Donnerwolke eingriffen, denn wie ein Adler befand er sich auf dem höchsten Felsen. Noch nie ist es geschehen, daß so viele Kämpfer ohne Blutvergießen zurückgeschlagen wurden. Der Henrystutzen und die Silberbüchse haben gesprochen, doch sie töteten oder verletzten keinen einzigen roten Mann, uff, uff!«

»Ja«, sagte ich. »Wir vermeiden das Töten. Doch sprich! Du bist uns gefolgt?«

Nun berichtete Vogel, wie er sich seit unserer Begegnung am Flusse auf unsere Fährte gesetzt hatte, zu unserem Schutze, wie er in seiner Unerfahrenheit dachte.

Winnetou und ich hörten das nicht gern. So gut der Häuptling und ich es verstanden, uns trotz unserer vier Mitreisenden in der Wildnis zu verbergen, so wenig war unser junger Freund mit dieser Kunst vollends vertraut. Hayes oder die Schoschonen konnten auch uns finden, sobald sie auf seine Spur stießen.

Und doch, wir erfuhren etwas, was für uns von größtem Interesse war. Vogel hatte sich mehrmals zwischen uns und einem Reitertrupp der Schoschonen hin und her bewegt. Weil wir uns, wie schon berichtet, von Flußufern ferngehalten hatten, waren die Indianer und wir uns sozusagen aus dem Weg gegangen. So hatte Vogel mit angesehen, wie die »Schlangen« sich aufteilten. Er bemühte mehrmals seine Hände, um uns seine Schätzung wissen zu lassen. Demnach waren ungefähr zweihundert Rote mit einem Häuflein Gefangener – Bleichgesichter nebst deren reichlichem

Gepäck – zum Hauptlager am Ocean Lake unterwegs. Also doch: Im Schlafe war Washburns Expedition überfallen worden, so daß wohl auch hier kein Blut geflossen war. Ein weiterer Trupp in etwa gleicher Stärke hatte sich ebenfalls geteilt. Die eine Hälfte, angeführt von Donnerwolke, war direkt der Spur von Halef und Alma gefolgt; sie hatte ich als erstes unter Feuer genommen. Die andere Hälfte hatte indes versucht, die beiden zu umgehen, um sie von den Felsen her unter Feuer zu nehmen. Auch das hatten wir vereitelt.

Die Überraschung in Vogels Bericht war jedoch eine andere.

Bei dem Anführer des genannten Trupps solle es sich um einen Weißen handeln, was ich zunächst kaum glauben konnte – rote Krieger unter dem Kommando eines Weißen? Selbst wenn dieser sich in dem Gefecht zurückgehalten hatte, denn wir hatten keinen Weißen gesehen, war so etwas ungewöhnlich. Wann hätten sich je Prärieindianer unter die Führung eines Bleichgesichts gestellt?

»Unser junger roter Bruder hat sich also im Schleichen geübt«, sagte ich. »Vieles hat er in Erfahrung gebracht, aber weiß er auch, wer jenes Bleichgesicht ist, das den Schlangen gebietet?«

Es war seltsam zu sehen, wie Vogel auf diese Frage reagierte, denn er schwieg zunächst und betrachtete mich lange. An dem wenigen Mondlicht, das mein Gesicht nur beschien, mochte es liegen, daß er mich gar so durchdringend ansah. Dann aber wurde deutlich, weshalb er so verunsichert gewesen war, frei auf uns zuzukommen und unser Lager und insbesondere mich stattdessen so umständlich zu beschleichen. Der Indianerjunge wich zurück, als er sagte:

»Vogel kennt den weißen Mann nicht, welchem die Schlangen den Namen Ma-ta-weh gegeben haben. Aber er hat ihn beobachtet und sprechen hören und sich sehr gewundert. Wenn Old Shatterhand bei Tage auf das Wasser des Sees sieht, wird er nicht weniger verwundert sein, denn er wird darin Ma-ta-weh erblicken!«

*

Vogel ritt nicht mit uns. Trotz seiner Jugend sah er sich bereits als Kundschafter, als Einzelgänger, der sich seinen Weg allein bahnen mußte. Uns blieb nur, ihn zur Vorsicht zu ermahnen, und er versprach, jeden Leichtsinn zu vermeiden.

Noch vor Morgengrauen weckte ich die Gefährten. Ohne von dem nächtlichen Besucher zu erzählen, eröffnete ich ihnen, daß wir nun endgültig unseren Weg ändern und das Fort nicht aufsuchen würden. Es läßt sich denken, daß Alma und Everts darüber nicht erfreut waren; das Mädchen, weil es insgeheim immer noch dachte, dort womöglich den Vater anzutreffen, und der Alte, weil er sich einige Tage der Ruhe erhofft hatte. Er sah leidend aus, schlimmer als je zuvor. Doch wir konnten ihm und auch Alma die eilige Weiterreise nicht ersparen. Vorrang hatte die Rettung der Washburn-Männer und damit der Expedition, was nichts anderes bedeutete, als daß wir ihnen zu Hilfe eilen mußten. Wenigstens freute sich Everts, als er nach der Brille nun auch noch eines der Maultiere bekam.

So verließen wir den Green River, kaum daß wir auch nur eines seiner Überflußbecken erreicht hatten, und wandten uns dem bisher gefährlichsten Teil unserer Reise zu, indem wir, unter vielfältigen Vorkehrungen, nach der Lagerstätte der Schoschonen strebten, dem Ocean Lake zu.

*

Zwei weitere Tage vergingen ohne nennenswerte Ereignisse. Wir hatten das Glück, einen vergleichsweise unkomplizierten Weg zu finden, so daß wir zügig vorankamen. Es hatte sich eingespielt, daß Winnetou uns zumeist vorausritt oder als Nachhut unsere Fährte verwischte.

Sosehr Hirtreiter und vor allem Halef es gefallen hätte, sich jeweils an meiner Seite zu halten, so willig schickten sie sich in meine Anweisung, dies zu unterlassen. Wir durften keine unnötigen Spuren erzeugen, wie es sich beim Nebeneinanderreiten kaum vermeiden ließ.

Von Everts, dem kranken Steuereintreiber, hörte ich kaum ein Wort, auch Fräulein Alma hielt sich zurück. Erst gegen Mittag des dritten Tages, als wir an einer besonders ruhig fließenden Stelle des ohnehin gemächlichen Big Sandy River anlangten, wurde sie lebendig. Hier erlaubte es der felsige Untergrund, daß sie ihren Appaloosa zu mir heranlenkte.

Ich muß erwähnen, daß sie Pferdeverstand besaß. Sie hatte sich einen nicht zu hohen sogenannten Schabracktiger gewählt. Er war ordentlich bemuskelt und wies eine weiße Decke über Rücken und Hüften sowie schwarze Flecken an den Flanken auf. Das Tier schien mit einem indianischen Mustang eingekreuzt worden zu sein; die Art, wie es tänzelte, wenn seine Herrin ihm begütigend ins Ohr flüsterte, erinnerte mich an die Feinfühligkeit meines Hatatitla oder an Winnetous Iltschi, ohne daß es zu deren Klasse aufgeschlossen hätte.

Alma lächelte mich an: ob sie mir und Winnetou Umstände bereite?

Mir schien dies die Einleitung zu einer ganz bestimmten Wunschäußerung zu sein. Angesichts der Wassermassen unter uns war es ja nicht schwer zu erraten, worum es dabei nur gehen konnte, so daß ich ihr antwortete:

»Liebes Fräulein Alma, Sie sind eine Bereicherung für uns und bereiten nicht die geringsten Umstände. Planen Sie denn, es künftig zu tun?«

»Ach, Old Shatterhand! Sie sind nicht das ganze Jahr über Westmann. Als jemand, der wenigstens bisweilen die Zivilisation zu schätzen weiß, sind Sie als Gentleman verständig genug, daß eine Frau auch in der Wildnis auf sich achten muß – gerade dort. Verstehen Sie, was ich meine?«

Ich verstand. Also hielt ich an, desgleichen taten Fräulein Alma, aber auch Halef, Hirtreiter und Everts.

Wo wir uns befanden?

Man denke sich ein dicht bewaldetes Felsentrumm, in das ein Riese mit seinem Daumen mehrere Stufen gezogen hatte, so wie ein

Menschenfinger durch weichen Ton fuhr. Auf der untersten dieser Stufen zog breit der Big Sandy dahin. Wie der Name verrät, ist dessen Bett ein felsiges oder steiniges, er führt überwiegend Sand mit sich, grobkörnig zerriebenes, Millionen Jahre altes Geröll.

In die Steilseite der zweiten Ebene hatte der Riese etliche, mit dem bloßen Auge erkennbare Felsnischen gedrückt, deren es zahlreiche weitere geben mochte, je weiter man in dem Gelände vorstieß.

Auf der dritten Stufe nun, die beinahe ein natürlicher Balkon war, standen wir mit unseren Pferden und blickten über das Land, dem weiteren Verlauf des Wassers entlang. Jener Riese mußte ihn mit einem fröhlichen Lied auf den Lippen geformt haben, denn in zärtliche weiche Schlingen gelegt, verringerte der Fluß nochmals seine Geschwindigkeit, so daß man sich an einem stillen See wähnte. Das Fräulein hatte recht getan, auf die Besonderheit dieses Ortes hinzuweisen; grundsätzlich war kein schönerer Lagerplatz denkbar. Ein besonders sicherer schien er aber nicht zu sein; der viele Wald bot zwar Schutz, doch umgekehrt würde man das Herannahen von Feinden nicht so leicht bemerken. Sie aber drängte:

»Old Shatterhand, eine Stunde Rast, eine einzige. Sie müssen es erlauben!«

»Eine Stunde nur, Fräulein? Da wird Ihr Schlaf ein kurzer sein.«

»Aber ich denke nicht an Schlaf. Bewegen will ich mich, schwimmen, tauchen!«

Sie lächelte verlegen – war es Absicht oder Zufall, daß ihr dabei, just wie bei dem Kampf gegen die Indianer, der Hut vom Kopf rutschte? Einzig von dem Kinnbande gehalten, glitt er in ihren Nacken, so daß die goldenen Locken wieder zur Geltung kamen. Nur wenig derangiert von dem langen Ritt, umflorten sie das anmutige Gesicht. Bei diesem Anblick blieb mir nur zu kapitulieren.

»Ach, ein Bad wollen Sie nehmen? Sofern Sie mir gestatten, eine geeignete Stelle dafür zu finden, soll es sein. Diese Maßnahme geschieht übrigens weniger aus Zartgefühl als der Indianer wegen.

Daß sich noch keine gezeigt haben, heißt nicht, daß sie uns vergessen hätten. Bitte sehen Sie sich vor!«

Länger, als ich gedacht hatte, fast eine halbe Stunde, zog sich der Abstieg zum Ufer dahin. Später mußten wir diesen Weg in umgekehrter Richtung noch einmal machen, so daß mich fast ein schlechtes Gewissen überkam, wenn ich an Winnetous Arbeit dachte, die ihm unser Abstecher bereiten würde.

Wenig später traf er selbst ein. Auf dem Felsplateau hatten sich die Hufe unserer Tiere nicht abgezeichnet; er sah also, daß wir es wagen durften, der »Goldenen Squaw« ihren sehr nachvollziehbaren Wunsch zu erfüllen, welchen er natürlich sofort erriet. Jeder nach einer Richtung spähend, zogen er und ich los, doch entlang dem Wasser sowie in der Umgebung schienen sich keine Gegner aufzuhalten, weshalb wir zu unserem Ausgangspunkte zurückkehrten.

Inzwischen hatten Halef, Hirtreiter und Everts sich auf die ungeplante Rast eingestellt. Für ein Bad waren sie nicht zu haben, aus Respekt für das Fräulein. Sie versorgten aber ihre Tiere und lagerten sich im Schatten der Bäume, denn wenigstens die Tage waren noch heiß.

An mir glitt ein Feenhauch vorüber – Alma!

Ihren derben Reitanzug hatte sie abgelegt, dazu Waffen, Stiefel und Hut. In einem kurzen weißen Kleide, das einem Nachthemde glich, strich sie über das Gras ans Ufer. Dabei tippelte sie nicht etwa zaghaft oder stakste wie eine Konfirmandin, es drängte sie förmlich zu dem Gewässer, dem sie auf den letzten Metern einen kleinen Freudenschrei entgegenrief. Schon kräuselten sich Wellen.

Für Minuten hörten wir fröhliches Geplätscher und immer wieder auch ein gleichmäßiges Ziehen – das Fräulein schwamm! Muß ich betonen, daß wir fünf Männer es an Schicklichkeit nicht fehlen ließen, nämlich unsere Blicke vom Ufer abgewandt hielten?

Nur als just an der Stelle, wo Alma ins Wasser gestiegen war, der flötenähnliche Ruf des Westlichen Lerchenstärlings, *Sturnella neglecta,* ertönte, war es an uns, unverzüglich unsere Augen dorthin zu richten. Immerhin befanden wir uns in der Wildnis, auf Indianergebiet, da war jedes Geräusch, selbst jener unverdächtig anmutende Gesang des gelbbrüstigen kleinen Kerls, Anlaß, seiner Herkunft mit den Ohren und eben auch mit den Augen nachzuspüren. Einem jeden genügte aber ein einziger flüchtiger Blick auf das munter planschende Fräulein, um zu erkennen, daß keine Gefahr drohte.

Als der Lerchenstärling freilich ein zweites Mal tirilierte, diesmal aus einer anderen Richtung und mit veränderter Tonart, sahen Winnetou und ich zugleich auf. Beim dritten Male faßten wir nach unseren Gewehren, aber es war schon zu spät: Kriegsgeheul erscholl! Gellend brach eine Horde Indianer zwischen den Bäumen hervor – wir waren entdeckt!

Winnetou erfaßte ihre Anzahl als erster. Für mich zum Zeichen schüttelte er zweimal die ausgespreizten Finger seiner linken Hand: fünf Finger – fünf Mann. Auf einen Streich würde er diese Anzahl kampfunfähig machen, dieselbe Menge mußte ich auf mich nehmen. Zehn Feinde für uns zwei – das war kein ungünstiges Verhältnis.

Warum wir aber nicht schossen, sondern unsere Büchsen, mit den Kolben nach vorn, nur als Schlagwerkzeuge benutzten?

Selbsternannte Wildwestkenner behaupten, bei jedem Aufeinandertreffen von Rot und Weiß hätten immer gleich Schußwaffen gesprochen. Dieser nicht auszurottende Unsinn verkennt, daß der Einsatz von Langwaffen nur auf mittlere bis große Distanzen sinnvoll ist; ich habe dies bereits im Zusammenhang mit der Auseinandersetzung im Boarding House dargelegt. In einem Handgemenge, wie es sich jetzt anbahnte, nützt eine raumgreifende Waffe wenig bis nichts. Im Nu wachsen ja einem niedergeschossenen Feinde weitere nach, spätestens dann gerät der mit Laden beschäftigte Schütze in Nachteil. Sind es mehrere Angreifer, bewirkt auch ein Repetierer wie mein Henrystutzen nicht viel. Spätestens nach dem dritten Nachladen sind die überlebenden Gegner heran und entreißen einem das Gewehr. Dann geht es Mann auf Mann, und zwar mit Revolver, Messer und Beil. Die Überlebenskunst eines Westmannes besteht eben auch darin, blitzschnell den Grad der Bedrohung sowie die Verhältnismäßigkeit der Mittel abzuschätzen, gleich zu Beginn eines Angriffes. Gar nicht so selten kommt es ja vor, daß sich ein Fähnchen Jungkrieger an ein Häuflein Weiße wagt, um sich auszuprobieren und sich erste Meriten im Kampfe zu verdienen. Wer da nicht kühles Blut bewahrt und vorschnell indianisches vergißt, bringt in Folge einen ganzen Stamm gegen sich auf oder löst unter Umständen einen ganzen Indianerkrieg aus.

Die Angreifer ließen es gewiß nicht an Härte fehlen, doch blitzschnell erfaßten Winnetou und ich, daß sie uns nicht töten wollten – überwältigt sollten wir werden, gefangengenommen, nur deshalb prasselten keine Pfeile oder Kugeln auf uns ein. Aus den Augenwinkeln sah ich, daß Everts schreckensbleich an einem Baume lehnte und nichts zur Verteidigung beitrug, jedoch Hirtreiter und Halef sich tapfer wehrten. Rücken an Rücken standen sie da, einer dem anderen Deckung gebend, so war es richtig; und sie verhielten sich genauso umsichtig wie wir, denn auch sie machten keinen Gebrauch von ihren Schußwaffen. Vielmehr riß Hirtreiter eine schmale Fichte aus dem Boden, als wäre sie ein Halm, und handhabte das Bäumchen als Knüppel, während Halef seine orientalische Flinte wirbeln ließ wie eine Windmühle ihre Flügel. Gelegentlich wehrten sich die beiden Kämpen auch mit blanken Fäusten, doch sie hielten stand.

»Rotzbankert, indianischer, da hast eine Watschn!«

»Beim Barte des Propheten, ihr Ungläubigen sollt mich kennenlernen!«

Hin und her wogte der Kampf. Noch hatte keine Seite die Oberhand gewonnen, aber was unsere Angreifer unterschätzten, war, daß sie es in der Mehrheit mit geübten Ringern zu tun hatten. Gleich dem ersten auf mich eindringenden Roten verschaffte ich Gewißheit über meine Kampfesstärke, indem ich ihm meinen Jagdhieb an die Schläfe setzte. Dieser nicht gerade kinderhaft gebaute Mensch ging zu Boden wie ein nasser Sack.

Dem nächsten erging es nicht besser. Meine Schmetterhand umfaßte seine Gurgel, die ich nur zuzudrücken brauchte, um ihn für eine Weile in Schlummer zu versetzen. Sodann nahm ich mir die drei anderen vor, die mir von Winnetou sozusagen zugeteilt worden waren. Auch unter diesen Unentwegten verteilte ich freigebig einen ganzen Korb Handgreiflichkeiten.

Winnetou erwies sich als wahrer Ökonom der Kriegskunst.

In halbgeduckter Stellung, die Beine für einen festen Stand leicht gegrätscht, dabei das rechte ein wenig vorgestellt, um nach allen Seiten hin beweglich zu sein, wirkte der oberste Mescalero-Apache wie im Boden festgeschraubt. Es hätte schon mehr als seiner fünf – im übrigen nicht besonders hochgewachsenen – Gegner bedurft, um ihn zu werfen, geschweige denn niederzukämpfen. Während die Feinde auf ihn einstürmten, ließ er mit unglaublicher Schnelligkeit die Fäuste fliegen. Waren seine Gegner nur halbnackt, um möglichst wenig Angriffsfläche zu bieten, und hatten sie sich zudem die Körper gründlich mit Talg und Asche eingerieben, so suchte er sich eben ihre unbehandelten Münder, Nasen, Augenhöhlen und Stirnseiten als sicheres Ziel für seine Hiebe. Gleichzeitig arbeiteten unentwegt seine leggingsgeschützten Beine, indem sie Tritte austeilten, mal in die Leistengegend eines Roten, mal ins geographische Gegenteil. Zügig mähte er sie nieder, ohne sie wirklich zu verletzen, so daß es schien, als hätte sich um ihn eine unsichtbare Mauer gebildet, an der jeder anlaufende Feind abprallen mußte, sooft er auch zum Sturme ansetzte.

Doch immer ärgerlicher schrillten die Kampfschreie der »Schlangen«, immer verbissener mischte sich ihr Keuchen und Stöhnen mit dem Knirschen des dünnen Waldbodens. Die Vergeblichkeit ihres Angriffs war deutlich geworden, die Schmach ihrer Niederlage absehbar. Mir war klar, daß ihre bisher geübte Zurückhaltung jede Sekunde in brutale Gewalt umschlagen konnte.

Eben noch hatte ich mir von zwei besonders hartnäckigen Kerlen den Kopf links und rechts unter die Achseln geklemmt, als mir der Gedanke an das Fräulein ins Bewußtsein schoß. Befand sie sich immer noch im Wasser? War sie zuletzt nicht hinausgeschwommen und hatte so das Kampfgetümmel womöglich gar nicht mitbekommen? Wenn sie jetzt zurückkehrte, mußte sie in die Hände des Feindes fallen, das durfte nicht geschehen! Mich mitsamt meinen Gegnern um die eigene Achse und somit dem Flusse zudrehend, trabte ich los. Dabei schrie ich aus Leibeskräften:

»Fräulein Alma! Bringen Sie sich in Sicherheit!«

Doch was ich als Wirkung meines Rufes zu sehen bekam, ließ mir den Atem stocken: In dem niedergetretenen Schilfe am Ufer wälzte sich ein Schoschone. Von der Stirne troff ihm Blut, doch offenbar von einer Platzwunde, denn Skalp und Schädel schienen unversehrt zu sein. An seinem Armgelenk hing in einer Lederschlaufe sein Tomahawk, dessen Blatt blutverschmiert war, und hinter ihm, ja beinahe über ihm stand, in ihrem dünnen und nassen Unterzeug – Alma!

Ich erriet, was geschehen war: Nichts ahnend war sie aus dem Wasser gestiegen, da hatte sich der Indianer ihr in den Weg gestellt. Geistesgegenwärtig war sie zur Gegenwehr übergegangen, dabei hatte der Rote sich die Flachseite des eigenen Beils gegen den Kopf geschlagen. Für den Augenblick war er zwar kampfunfähig, aber noch keinesfalls ausgeschaltet. Doch was tat Alma?

Kaltblütig machte sie sich über die Waffen des Feindes her. Sie schnappte sich den Bogen, hängte sich den Köcher um, riß einen ersten Pfeil heraus und spannte ihn in die Sehne. Sie tat dies nicht zu früh, denn nun sprengte ein Trupp Reiter heran – weitere Indianer, noch mehr Kriegsgeheul!

Das also war die Absicht unserer Gegner. Eine kleine Abteilung sollte sich an uns machen und uns müde kämpfen, dieweil der Haupttrupp den Fluchtweg verlegen und uns in die Zange nehmen wollte; derselbe Plan, der neulich fast aufgegangen wäre. Angesichts dieser Überzahl war für Winnetou und mich der Augenblick gekommen, doch zu Henrystutzen und Silberbüchse zu greifen. Nichts verabscheuten wir so sehr wie den Kampf auf Leben und Tod, aber jetzt schien er unvermeidlich zu sein.

Ich versuchte mich zurück zu Winnetou und unseren Gewehren zu kämpfen. Weiter mit den ausdauernden Kerlen unter meinen Armen ringend, sah ich, wie Alma, den Bogen schußbereit, rückwärts in den See watete. Ich erschrak, denn dies mußte ihr Untergang sein. Sobald die Indianermeute die einzelne Gestalt entdeckte, welche im Getümmel kaum als Frau auszumachen war, würde man sie niedermähen. Unglücklicherweise war ich einige Mannessprünge von ihr entfernt. Nichts konnte ich für sie tun, gar nichts – einen Wimpernschlag lang war ich nicht umsichtig genug gewesen, und das konnte sich nun rächen. Doch kam es anders.

Kaum hatte nämlich Alma Abstand zum Ufer gewonnen und in dem zunächst nur knietiefen Flußwasser Halt gefunden, da legte sie auf die vordersten der Indianer an. Ihr Pfeil schnellte von der Sehne – und ging knapp über die Köpfe der Heranpreschenden hinweg: eine deutliche, unmißverständliche Warnung.

Und das Unglaubliche geschah: Die Schoschonen sahen auf den Schützen, sahen Alma und erkannten, daß das vermeintliche Bleichgesicht eine Frau war, eine Squaw – und was für eine! Zu einem einzigen Knäuel verwirrten sich ihre Rosse und Reiter. Die Feinde zwangen sich selbst zum Halt, ihr Angriff brach in sich zusammen.

Da begriff ich: Noch nie hatten diese Naturmenschen eine solche Gestalt gesehen. Jung, schön, kriegerisch, weiß und umflossen von goldenem Haar, den Bogen schon wieder gespannt, so stand das furchtlose Fräulein im Wasser, eine leibhaftige Jagdgöttin. Ihr Anblick bedeutete für die Roten eine Sensation, die sie zugleich entsetzte und faszinierte. Damit hatte sich die Situation verändert, der Kampf zwischen uns Männern, rot und weiß, verebbte. Leiber wichen zurück, Arme und Hände senkten sich, die Parteien trennten sich voneinander.

Dann breitete sich Stille über den Platz. Alles blickte auf die junge Frau im Wasser, die gebieterisch rief:

»Zurück!«

Nur dieses eine Wort rief sie und auf deutsch, sogar auf sächsisch, denn es klang wie »Zarick!«. In großer Not und Gefahr wurde der Mensch ursprünglich; Alma Grüner machte da keine Ausnahme. Natürlich kannten die Feinde dieses Wort nicht, aber seine Bedeutung konnten sie nicht mißverstehen.

Klug genug, ihre Anweisung nicht zu wiederholen, tat Alma ein Zweites, ebenso Richtiges: Sie verharrte in ihrer einmal eingenommenen Stellung. Der mit einem neuen Pfeil belegte Bogen blieb gespannt und weiterhin auf die Indianer gerichtet – ein einziger Pfeil auf eine Gruppe von gut zwanzig Reitern, und diese rührten sich nicht? Man vergegenwärtige sich die Kraft, welche nötig ist, einen Indianerbogen zu spannen. Ein solcher entspricht etwa zwei Dritteln der Körperhöhe eines ausgewachsenen Mannes, also der gesamten Größe einer Frau. Zusätzlich muß man sich vorstellen, daß Alma im Umgang mit dieser Waffe ja nicht geübt war, und zuvor war sie geritten und geschwommen, hatte also schon viel ihrer Reserven verbraucht. In jener Situation aber schien ihr die Anstrengung nichts auszumachen. Halbnackt stand sie in dem niedrigen Wasser und verströmte einen solch heiligen Zorn, daß die Indianer vor ihr kehrtmachten. Die Schlacht entschied – ein Mädchen!

Lautlos verschwanden die Indianer zwischen den Bäumen. Kein Schuß war gefallen, niemand war ernsthaft verletzt worden, selbst der von seinem Beile betäubte Schoschone machte sich auf und taumelte den Seinen hinterher.

Erleichtert atmete ich auf – Alma hatte die Lage geklärt.

Zum Jubeln war trotzdem nicht der richtige Zeitpunkt. Ehe wir uns zusammenfinden durften, um uns über den wundersamen Sieg zu freuen, mußte die Umgebung abgesucht werden. Da sie so heldenhaft gefochten hatten, wies ich Halef und Hirtreiter einen Abschnitt zu, den sie erkunden sollten. Von jetzt an würden wir die Indianer nicht mehr loswerden. Sie ahnten, aus welchem Grunde wir gegen ihr Hauptlager zogen. Bestimmt war dort schon jene Abteilung eingetroffen, welche die Expedition gefangengenommen hatte. Wir mußten also umgehend die Prärie zurückgewinnen; nur dort, in der Weite, aus der man jeden Gegner nahen sehen konnte, waren wir vor einem weiteren Überraschungsangriff sicher.

Kurze Zeit später kehrten wir aus allen Richtungen zurück, bis auf Winnetou. Er hatte den Schoschonen nicht zu Fuß nachgespürt, sondern war ihnen zu Pferd gefolgt. Nun endlich war Gelegenheit, Alma zu beglückwünschen. Inzwischen hatte sie sich wieder angekleidet, und bis auf Everts, der immer noch zitternd an derselben Stelle wie zuvor stand, beglückwünschten wir das Mädchen zu seiner Tat.

»So ein kuraschiertes Dirndl, und ein so fesches!« freute sich Theobald Hirtreiter.

»Du Glückliche, du Auserwählte, du Tochter Chadidschas[1]!« freute sich Halef nicht minder.

»Und ich, ich muß Abbitte leisten«, sagte ich und nickte Alma gleichfalls anerkennend zu. »Ich glaubte Sie schon verloren, weil ich für einen Augenblick zu sehr mit dem Kampf beschäftigt war. Aber Sie bedurften meines Schutzes nicht, denn Sie kämpften wie ein Mann – ich sage: wie ein Westmann. Freut Sie das?«

Natürlich freute es sie! In ihren Augen glänzte und funkelte es, und ihr Mund zeigte das wärmste, glücklichste Lächeln. Weil wir Männer uns niedergesetzt hatten, um einander die kleinen Wunden, die ein jeder davongetragen hatte, zu verarzten, setzte auch sie sich zu uns, den erbeuteten Bogen in den zarten, unberingten Händen, die eben noch so fest zugepackt hatten. Ob ihr bewußt war, was für ein Mordinstrument diese Indianerwaffe war?

Natürlich hatte ich nicht im Kalkül, sie zu schulmeistern, aber ich fühlte mich verpflichtet, ihr ein paar erklärende Worte zu sagen.

»Dieser Bogen besteht aus Hickory, aus dem Holze der Haselnuß«, begann ich. »Die Sehne ist aus fünfzehn bis zwanzig miteinander verzwirbelten Tiersehnen gedreht. Für gewöhnlich

---

1   Ehefrau des Propheten Mohammed

stammt sie vom Rothirschen, aus dessen Haut auch der Köcher gefertigt ist. Es bedarf schon einer Zugkraft von vierzig bis fünfzig Pfund, einen solchen Bogen zu spannen – erstaunlich, Alma, wieviel Kraft Sie haben. Für die Enden der Pfeile werden Bussard- oder Habichtfedern verwendet, für die Spitzen mit Rindenpech eingeklebter Feuerstein. Wo möglich, nimmt man aber Eisenblech, wie hier. Es wird glattgehämmert, um damit zu jagen und den Pfeil mühelos aus dem Fleisch der Beute herausziehen zu können. Der Besitzer dieser Waffe hatte es freilich auf menschliche Beute abgesehen. Trotz allem eine wundervolle Arbeit und eine wertvolle Trophäe. Sie werden sich das gute Stück daheim aufhängen wollen, in der Nähstube, über dem Harmonium, über dem Spinnrad, über der Frisierkommode.«

»Und warum nicht über dem Waffenschrank?« sagte Alma und lächelte nicht mehr. »Oder über der Hochzeitstruhe? Sie ist schon wohlgefüllt – – –«

Was sollte ich sagen? Vor kaum einer Stunde hatte dieses Mädchen einen Indianer entwaffnet; jetzt fühlte ich mich selber so, insbesondere weil Alma hinzufügte:

»Waffen! Mein Vater sammelt sie seit Jahren. Aus aller Herren Länder bringt er sie von seinen Ausgrabungen mit: Schwerter, Säbel, Degen, Macheten, Streitkolben, Wurfäxte, Schilde. Überhaupt sind Hieb-, Stich-, Schlag- und Stoßwaffen seine Leidenschaft, dazu Blasrohre und Armbrüste. Ständig kauft er Gewehre wie das meine und Flinten mit Lunten-, Stein-, Schnapp-, Rad- und Perkussionsschlössern, auch primitive Schleudern, Lanzen und Speere oder Bogen wie diesen. Inmitten solch freundlicher Gerätschaften sind wir aufgewachsen, meine Schwester Erna und ich – erschreckt Sie diese Aufzählung, Old Shatterhand? Sie ist keineswegs vollständig. Zu erwähnen wären auch – – –«

»Fräulein Alma, gestatten Sie, daß ich Ihre Hand drücke? Mich erschreckt tatsächlich etwas. Etwas, was mich gleichzeitig erfreut. Erraten Sie, was ich meine?«

Da schwieg nun sie, die Siegreiche, und die Gefährten widmeten sich eifrig ihren Wunden. Vielleicht war sie auch nur enttäuscht, hatte sich der Ort, auf den sie sich gefreut hatte, doch als wenig romantisch erwiesen. Mehr denn je mußten wir uns sputen und aufbrechen, ehe der Nachmittag zum Abend oder gar zur Nacht wurde. Deshalb stand ich auf und reichte den Bogen zurück.

»Lassen Sie uns das Gespräch ein andermal fortsetzen. Ob Lunten-, Stein-, Schnapp-, Rad- oder Perkussionsschloß, allzubald werden wir unsere eigenen Waffen gebrauchen müssen. Sie dürfen nicht denken, daß es nächstens auch so günstig für uns abgehen könnte wie neulich und heute. Nur eines wird bestimmt nicht mehr geschehen: daß ich Sie unterschätze.«

So sprach ich zu Alma, und sie verstand. Obwohl wir uns in Feindesland befanden und bereits Kostproben von den Gefahren erhalten hatten, die noch auf uns warteten, schlug mein Herz wie zwischen Singvögeln und Festtagsglocken: einem solchen Mädel zu begegnen, einer solchen Heldin! Schon die Leichtigkeit, mit der sie sich, als wäre nichts geschehen, auf ihr Pferd schwang, machte mir die Welt zum Theater, zur Oper. Auf dieser Bühne den Heldenbariton zu schmettern anstatt nur den Schusterbaß, das konnte eine Aufgabe sein: Das Projektil des Fräuleins hatte keinen Indianer, wohl aber mich getroffen. Der Pfeil Almas war der Pfeil Amors.

*

Ein paar Stunden später fanden wir uns auf der Prärie wieder.

Zuvor hatten wir an dem Flusse noch ausgiebig unsere Tiere getränkt und unsere Wasservorräte ergänzt. Die Prärie war durchsetzt von größeren und kleineren Wasserstellen, aber ich wollte in dieser Beziehung kein Risiko eingehen.

Die bisherige Aufgabe Winnetous, unsere Spuren auszumerzen, versah ich nun selbst, da er noch nicht zu uns zurückgekehrt war. Halef, lernbegierig wie immer, war mir zur Hand; Hirtreiter traf seine Vorbereitungen für unser Essen im Sattel, eine Fähigkeit, die zu bewundern mir leider die Zeit fehlte.

Als der Tag sich neigte, durfte ich unseren Abstand zu den Feinden für bedeutend genug halten, um wieder auf eine Linie zu unserem nächsten Ziele, dem Ocean Lake, einzuschwenken. Die Suche nach einem Lagerplatz für die Nacht kostete keine Mühen; wir machten einfach halt und blieben, wo wir waren, mitten auf der Ebene, irgendwo zwischen verkrüppelten Fichtenstämmen und von Wind und Sonne gebräuntem Grase.

Jetzt zeigten sich bei einem jeden doch die Folgen der Anstrengungen dieses Tages, so daß ich mich erstmals wieder um Everts kümmern wollte. In den letzten Stunden hatte er nicht einmal mehr das von ihm bekannte Wehklagen von sich gegeben, was man für verdächtig oder besorgniserregend halten konnte.

»Wie geht es Euch, Mister Everts?«

»Könnte nicht besser sein«, sagte der Alte unwirsch. »Ich stelle fest, man gönnt mir keine Ruhe und zum Reiten nur ein Maultier; nach wie vor bin ich unbewaffnet und heute nur durch Glück dem Tode entronnen.«

»Glaubt Ihr das wirklich? Ihr verdankt Euer Leben weniger dem Glück als dem Umstand, daß vier Männer auch für Euch kämpften. Nehmt Euch ein Beispiel an Herrn Hirtreiter. Er war noch nie im Wilden Westen und genauso überrascht von dem Angriff wie wir alle. Aber er hat sich ein Bäumchen ausgerupft, mit dem er sich der Indianer erwehrte. Hättet Ihr Euch nicht auch einen Knüppel finden und ein wenig mit austeilen können?«

»Wo denkt Ihr hin, ich bin Steuereintreiber! Meine Profession ist das Einnehmen, nicht das Austeilen. Meinen Kopf in einem unnützen Gefecht hinzuhalten hätte nichts gebracht.«

»Danke, Sir, für Eure Aufrichtigkeit. Was nun Euer Reittier betrifft – ist Euch nicht aufgefallen, daß jenes einem anderen gehört, nämlich Mister Halef? Daß er und Fräulein Alma ihr gesamtes Gepäck auf ein einziges schnüren mußten, damit Ihr wieder beritten seid? Daß wir überhaupt das wenige, was wir besitzen, mit Euch teilen? Was seid Ihr nur für ein Mensch, daß Ihr das überseht.«

»Tut Euch nicht so groß, Old Shatterhand. Im Gegensatz zu Euch habe ich mich von Anfang an als der ausgewiesen, welcher ich bin: ein Staatsbeamter. Daß Ihr mir Eure Hilfe nicht versagt, ist kein Samariterdienst, sondern Eure Pflicht. Aber da wir schon einmal miteinander sprechen, eine Ehre, die Ihr mir seit Tagen verwehrt: Ich habe über unsere Lage nachgedacht und einen Entschluß getroffen.«

»Wirklich? So habt die Güte, mir diesen mitzuteilen, am besten auch den Gefährten. Wartet, ich rufe sie zusammen.«

Ich bat Halef, Hirtreiter und Alma hinzu, die verwundert waren, daß ich mich mit Everts überhaupt noch abgab. Ihnen allen, selbst dem Fräulein gegenüber, hatte er sich in keiner Weise als Kamerad erwiesen. Nun warf er sich auf einmal in die Brust und vergaß auch nicht, wichtigtuerisch an dem Gestell der von mir geopferten Brille zu rücken.

»*Gentlemen, young lady* – ich bin Truman C. Everts, noch vom Präsidenten Abraham Lincoln zum obersten Steuerbeamten von Montana ernannt! Aus Gründen, die hier nichts zur Sache tun, übe ich dieses Amt gegenwärtig nicht aus. Ich bin aber beauftragt, Mister Washburn auf seiner Expedition nach dem Yellowstone zu begleiten. Wie es scheint, hat man ihn und seine Männer überfallen und in das Indianerlager verschleppt. Demnach ist Mister Washburn seiner Handlungsfreiheit beraubt. Dennoch besteht sein Wille fort, den ihm anvertrauten Auftrag zu erfüllen. Als deren einziger Teilnehmer in Freiheit kommt mithin nun mir die Aufgabe zu, für deren Verwirklichung zu sorgen. Ich habe darum entschieden – – –«

»Wie bitte?« fiel ich Everts streng ins Wort. »*Ihr* habt entschieden?«

»Ja, Old Shatterhand. Meine Entscheidung lautet, das Kommando zu übernehmen – kraft der mir von der Regierung der Vereinigten Staaten verliehenen Vollmachten übernehme ich hiermit die Befehlsgewalt. Ihr, Old Shatterhand, seid ab sofort meine rechte Hand und reportiert direkt an mich; Winnetou ernenne ich in Abwesenheit zu meinem und Eurem Stellvertreter. Ihr seid jetzt beide, was Ihr von Anfang an nur wart: die Scouts in unserer Unternehmung.«

Das war unerhört: Der Alte schwang sich zum General auf! Wäre sein Vorhaben nicht derart lächerlich gewesen, ich hätte ihn geohrfeigt. Zunächst versuchte ich es noch mit einem Argument:

»Mister Everts, nehmt zur Kenntnis, daß niemand unter den Anwesenden den Vorzug genießt, Bürger dieses Landes zu sein. Herr Hirtreiter stammt aus Bayern, ist demnach Deutscher, genau wie Fräulein Alma und ich, die wir gebürtige Sachsen sind. Hadschi Halef Omar kommt aus einem arabischen Lande; er ist ein Haddedihn und Scheik derselben. Und Winnetou gar ist Indianer, Apache und Häuptling. Wir sind unabhängige, freie Menschen. Niemand hat uns zu befehlen.«

»Papperlapapp! Und wenn Ihr vom Mond kämt – wer immer in diesem Land seinen Aufenthalt nimmt, hat zu gehorchen. Old Shatterhand, als erstes befehle ich: Händigt mir Euer Gewehr aus, denn ich bin unbewaffnet, und Ihr habt zwei!«

Fordernd streckte der Alte seine knochigen Hände nach meinem Henrystutzen aus, den ich seit unserem Erlebnis am Big Sandy River nicht mehr weggelegt hatte.

»Seid Ihr toll? Ich leihe Euch eine meiner Brillen, nicht aber eine meiner Waffen!«

»So vergeht Ihr Euch gegen das Gesetz, welches hier von mir verkörpert wird. Weigert Ihr Euch oder handelt Ihr zuwider, lasse ich Euch arrestieren. Her mit der Waffe!«

Er machte einen kläglichen Versuch, mir den Stutzen zu entreißen. Obwohl ich ihn mit sanfter Gewalt zurückstieß, ließ er nicht von seinem Vorhaben ab.

»Old Shatterhand, zum letzten Male: das Gewehr!«

»Nein, Mister Everts. Ihr zwingt mich, Euch zu binden, wenn Ihr nicht verständig werdet.«

»Binden, mich? Einen Staatsbeamten?«

»Allerdings. Und wenn Ihr vom Mond kämt, wie Ihr sagt, ich höre mir Eure Albernheiten nicht länger an.«

Diese Zurückweisung brachte Everts so sehr in Rage, daß er sich mit unerwarteter Kraft gegen mich stemmte. Ich ahnte, daß er im Begriff war, zu Schaden zu kommen, denn zwischen uns war immer noch mein Gewehr, und es war geladen, sogar entsichert.

Da geschah es – ein Schuß löste sich! Dumpf rollte sein Knall über die Ebene. Vor Schreck wich der Alte zurück und verstummte. Niemand von uns war zu Schaden gekommen, aber das Geräusch mußte über Meilen hinweg zu hören gewesen sein.

Stille trat ein. Niemand bewegte sich oder sprach etwas, selbst der Wind hatte aufgehört zu wehen. Wir standen, horchten, spähten, denn ein jeder von uns wußte, was dieser Schuß anrichten konnte.

Zunächst kaum wahrnehmbar, dann ganz leise, allmählich aber stärker werdend, vernahmen wir ein Geräusch. Gleichzeitig begann der Boden zu erzittern, die Luft bewegte sich wieder – unsere Befürchtung wurde zur Gewißheit: Ein weiteres Mal waren wir entdeckt worden.

Die Abendsonne im Rücken, erblickten wir aus gar nicht so großer Ferne einen Reiterpulk. Dutzende Männer, durch ihre Hüte schon von weitem als Weiße zu erkennen, schwärmten über die Breite der Prärie aus, einer Büffelherde gleich, die alles niederwalzen oder mit sich reißen würde, was sich ihr in den Weg stellte. Hinter diesen Reitern, auch das war bereits zu erkennen, folgte eine noch viel größere Schar – die vorderste Linie wurde demnach von Hayes und seiner Bande gebildet, als Hauptstreitmacht folgten ihnen die Schoschonen. Gegen eine solche Armee kam auch mein Vielschüsser nicht auf.

»Da habt Ihr die Quittung für Euren Starrsinn«, sagte ich zu Everts, der vor Angst wieder verzwergt war. »Unser größter Vorteil, nämlich in der Prärie unbemerkt zu bleiben, ist durch Eure Dummheit zunichte gemacht. Selbst Ihr mit Euren Maulwurfsaugen könnt diese Reiter nicht übersehen. Euer Spatzengehirn wird Euch sagen, daß es uns nun an den Kragen geht. Die Feinde befanden sich zwar in unserer Nähe, hätten uns aber kaum entdeckt, wenn wir Ruhe gehalten hätten. Damit ist es nun vorbei.«

Everts warf mir einen geringschätzigen Blick zu. »Wo ist nun Eure Gottheit, Old Shatterhand, die Himmelsmacht, auf die Ihr Euch immer beruft? Ihr mögt in Christo ergeben sein, aber seid Ihr auch über Zweifel erhaben? Erinnert Euch, was Hayes in Cheyenne über Euch sagte – eine Schimäre seid Ihr, sonst nichts. Betet schnell zu Eurem Gotte, daß er uns bewahrt!«

»Das tut er schon«, sagte ich. »Wenn diese Reiter über uns hinweg sind, werdet Ihr nirgends mehr Steuern erheben.«

Uns blieben höchstens noch Minuten. Die einzige Chance war, sofort aufzusitzen und uns in die drei verbleibenden Himmelsrichtungen zu zerstreuen. Nur so konnten vielleicht zwei oder drei von uns entkommen, wenigstens das Mädchen.

Aber Everts tat noch etwas viel Wahnwitzigeres. Wieder drang er in mich, noch vehementer als zuvor. »Old Shatterhand, ich habe eine Idee! Stellt Euch Hayes und den Indsmen in den Weg. Ihr kennt ihn, und Ihr sprecht die Sprache der Wilden, verhandelt mit ihnen! Versprecht ihnen Geld, aber nicht zuviel. Ich werde alles bis zu einer Höhe von, sagen wir, eintausend Dollar decken!«

»Wie großzügig Ihr unser Leben taxiert«, sagte ich und schüttelte den Kopf.

Hirtreiter war weniger zurückhaltend und ließ bairische Schmähungen in sein Englisch einfließen. »Depp, depperter! Talk, talkerter! Gerettet hat Euch Old Shatterhand, sogar eine Brille hat er Euch geschenkt!«

Und Halef zürnte:

»Was für ein Tor du bist! Glaubst du, diese Reiter bildeten eine Fantasia[1]? Lasse dich von ihnen schlachten, wenn du willst, mit ihnen kann man nicht verhandeln. Dein Blut wird freilich der

---

1 wildes Reiterspektakel der Berber, ursprünglich eine Angriffsform

geringste Preis sein, den wir für deine Unvorsicht zu bezahlen haben!«

Als einzige von uns saß Alma schon im Sattel, wo sie ihre Hunt & Jennings durchlud: »Old Shatterhand, sehen Sie doch – erkennen Sie den vordersten Reiter?«

Dieser Hinweis war berechtigt. Wer uns da vorneweg entgegenstob, war mitnichten jener Milton Hayes, der sich in Cheyenne mit seinem Bärenmesser aus dem Staube gemacht hatte. Der Anblick, den er jetzt bot, mit seinem Hut, seinem Fransengewande, den blitzenden Revolverknäufen – es schien, als ritte ich mir selbst entgegen; wie zuvor die Indianer von Alma, so war ich nun von Hayes gebannt.

»Old Shatterhand, worauf warten Sie?« drängte das Fräulein.

»Sihdi, schnell!« rief Halef.

»Master, aufs Pferd!« schrie Hirtreiter.

Ich aber verharrte und blickte weiter stumm auf die Stampede der Reiter. Aus Dutzenden Kehlen ertönte ihr Kriegsruf:

»Ma – ta – weh, Ma – ta – weh!«

Diese Silben hatte ich schon einmal gehört. Ein Wort bildeten sie, ein ganz bestimmtes Wort, einen Namen. Der Indianerjunge fiel mir ein, Vogel, er und sein Bericht von dem Überfall der Schoschonen auf Washburn. Mit einem Male verstand ich die Bedeutung seines Hinweises, ich möge im Wasser mein Spiegelbild jenes Mannes erkennen, der dafür verantwortlich sei: Hayes! Als »Ma-ta-weh« mußte er unter den Schoschonen sein, was ich als Old Shatterhand für die Apachen sowie viele andere Stämme war, wenn auch, da ich noch nie von ihm gehört hatte, in kleinerem Maßstabe. Wenigstens meine äußere Entsprechung lag in dem anderen, und umgekehrt lag die seine in mir.

Wie an diesem Tage schon einmal, zögerte ich einen entscheidenden Moment zu lange. Schon war es zur Flucht zu spät. Vielleicht hatte ich mich innerlich auch nur anders entschieden und deshalb zugewartet, aber was sollten wir jetzt tun? Doch noch losreiten und unter dem gestreckten Galopp unserer Feinde zerstampft werden? Ihnen ein paar Salven hinüberschicken und so viele wie möglich töten? Oder die Hände heben, uns ergeben?

Es kam anders.

Unmittelbar bevor die Flut aus Reitern und Pferden unsere Insel in der Prärie überschwemmen mußte, teilte sie sich plötzlich. Ohne wahrnehmbares Signal drehte der eine Teil der Reiterei sich nach links und begann, einen Bogen um uns zu ziehen. Bald beschrieb dieser einen Kreis von vielleicht hundert Schritten Durchmesser. Die anderen Reiter aber wendeten sich nach rechts und hielten sich außen. Damit waren wir von zwei gegenläufigen Strömen umspült, eine lebende, galoppierende Brandung, durch die kein Rettungsboot mehr durchstoßen konnte.

Mit jeder Umdrehung schloß der Kreis sich enger. Staub und Sand umwirbelten uns, nahmen uns fast die Sicht, doch einen Reiter konnte ich immer wieder zuverlässig ausmachen:

»Ma-ta-weh, Ma-ta-weh, Ma-ta-weh!«

In der Sprache der »Schlangen« bedeutete das soviel wie »Mann der Steine«, im übertragenen Sinne auch »Mann des Erzes«[1] – Erz wie Kupfer? Wenn man Hayes einen solchen Namen verliehen hatte, ließ sich daraus zweierlei schließen. Erstens, daß die Schoschonen ihn seit langem kannten und schätzten, er sich also um die Geschicke des Volkes verdient gemacht haben mußte, zweitens, daß auch ihnen sein Hang zu Metallen bekannt und sogar angenehm war, denn sie unterstützten ihn, erlaubten ihm, mit ihnen auf Kriegszug zu gehen.

Der Ring war geschrumpft, um bereits die Hälfte seines Ursprungs. Immer mehr Reiter strömten aus ihm ab, weil in dem beständig kleiner werdenden Radius immer weniger Pferde ihre Bahn ziehen konnten. Halefs Wort von der Fantasia hatte also hohe Berechtigung – potzblitz: Kannte denn Hayes arabische Gepflogenheiten, war er nicht nur Westmann, sondern auch eine Art Kara Ben Nemsi? Als ich ihn belauscht hatte, waren von seiner

---

1 Geologe, Mineraloge, Geognostiker

Seite einige Erklärungen zu den Beduinen gefallen – aber das konnte doch nicht sein?! Sah dieser Mann nicht nur aus wie ich, lebte er auch so ähnlich? Ich zweifelte: In Kilmer, seinem Kumpan, hatte Hayes kaum einen Hadschi Halef Omar, erst recht keinen Winnetou. Anstatt meines Henrystutzens oder Bärentöters besaß er nur sein Bärenmesser, um sich ein ganz eigenes Gepräge zu geben. Aber was wußte ich sonst von ihm? Womöglich barg dieser Mensch noch weitere Geheimnisse?

Es verdient Erwähnung, daß ich nicht als einziger konsterniert war, so sehr, daß ich das Schießen und überhaupt jede Gegenwehr unterließ. Meine vermeintliche Tatenlosigkeit erstreckte sich auch auf die Gefährten. Noch verfügten wir über unsere Waffen und hätten sie durchaus benutzen können, allein wir taten es nicht. Es war klar, daß die eigentümliche Schlacht gleich vorüber und es uns diesmal nicht möglich sein würde, den Feinden zu entschlüpfen. Denn auch so ist der Mensch: Noch der Wehrhafteste schickt sich drein, hat er die Unsinnigkeit seines Kämpfens erst einmal erkannt. Mehr weiß ich von den Gedanken, die mich in jener Lage bewegten, nicht zu berichten. Die Augen wegen des Staubes zugekniffen, sah ich fast nichts mehr, und zu hören im eigentlichen Sinne gab es ebenfalls nichts, weil der geballte Lärm der Hufe und das Gejohle der Männer jedes unterscheidbare Geräusch übertönten:

»Ma-ta-weh, Ma-ta-weh!«

So traf mein Schicksal mich nicht unerwartet, aber kraftvoll – ein Schlag ließ mich taumeln, dann brach ich nieder.

*

Anders, als man es gemeinhin zu beschreiben pflegt, fühlte ich mich nicht in ein tiefes, schwarzes Loch fallen. Im Gegenteil, hinan schien es mich zu ziehen, in eine Höhe, die mir das Überschauen unserer »Insel« möglich machte, als wäre ich ein Vogel – winkte mir nicht ein Indianerjunge hinterher?

Immer höher ging es, vorbei an tausend Gestalten, die mit

gezückten und ungewöhnlich breitschneidigen Messern ein Spalier bildeten. Durch dieses mußte ich hindurch. Gesichter blickten streng gegen mich, und alle führten wie anklagend dasselbe Wort auf den Lippen:

»Ma-ta-weh, Ma-ta-weh!«

Eine Kraft ließ mich weiter steigen und steigen, immer weiter, und als das Licht, welches mich umfing, schon nicht mehr hell, sondern nur noch grell zu nennen war, da fielen die Fremden zu meinen Seiten zurück, und ich fand mich allein. Das Tempo, in dem es aufwärts gegangen war, verringerte sich, bis ich im Äther Halt fand. Das war eigentlich unmöglich, aber im Traume oder im Moment des Sterbens war nichts ausgeschlossen.

Endlich langte ich vor einer Türe an. Sie war ohne Rahmen oder umgebende Mauern. Bequem hätte ich an ihr vorbei- oder über sie hinweggäugen können, aber das tat ich nicht. Vielmehr klopfte ich höflich und trat ein.

Da war ein Stuhl, der jenen im Boarding House glich. Darauf saß ein Mann, dessen Gesicht mir vertraut war. Es war, obwohl um Jahre gealtert, das meine.

Vor diesen Mann, dessen Hand mich näher winkte, mußte ich treten und vor ihm stehenbleiben; für mich war keine Sitzgelegenheit vorgesehen. Ich wollte etwas sagen, wurde aber verwiesen, denn gerade schwebte ein Engel an uns vorbei. Erst wagte ich es nicht, einen Blick auf sein Antlitz zu werfen, getraute mich dann aber doch. Ich erkannte die himmlische Gestalt, welche in ein lichtes Gewand anstatt Hosen gekleidet war.

»Alma!« wollte ich rufen, aber da verflimmerte der Engel und mit ihm mein Ebenbild, und ich hörte nur noch eine Stimme, die der meinen glich und die doch höhnisch lachte, was ich niemals tat, und ich vernahm Worte, die ich schon einmal gehört hatte, und erschrak darüber zutiefst:

»Höllenbiest oder Engel, das schöne Kind schnappe ich mir!«

Da erwachte ich.

*

Ja, ich erwachte. Weniger die Indianer, die ich als erstes erblickte und die mich mit großen Augen ansahen, begründeten meine Verwunderung. Mit einem Male wußte ich wieder, was geschehen war:

Aus der zirkushaften Umkreisung der Reiter war plötzlich ein einzelner ausgeschert. Unwillkürlich hatte ich mich, genau wie meine Gefährten, zu Boden geworfen, um nicht von ihm zermalmt zu werden. Jener Reiter war aus dem Sattel heraus auf mich gestürzt. Seines riesigen, breiten Messers konnte ich mich durchaus erwehren, wiewohl ich nicht dazu kam, mein eigenes zu zükken. Durch geschicktes Drehen gelang es mir aber, jedem seiner Stiche, die eigentlich Hiebe waren, zu entkommen. Aber da war auf einmal ein Schatten hinter mir gewesen. Ich hatte noch wahrgenommen, daß jemand mit der Breitseite eines Gewehrs auf mein Gesicht zielte. Ducken hatte ich mich wollen, mich zur Seite werfen, indes traf der Kolben meinen Hinterkopf. Hätte er dies nicht mit der Flachseite, sondern mit der Kante getan, mein Schädel wäre zerschmettert worden. So fühlte ich, außer einem bösen Brummen zwischen den Ohren, keinen nennenswerten Schmerz.

Seither konnte nicht viel Zeit vergangen sein, denn zwischen den Beinen der Indianer, die mich umstanden, sowie zwischen ihren Köpfen schimmerte noch Tageslicht. Man hatte dennoch bereits Feuer angebrannt, wie ich bemerkte, doch von Halef, Hirtreiter und Everts und obendrein von Alma sah ich nichts. Falls sie mit mir gefangen worden waren, hatte man sie nach einem anderen Orte verbracht.

Erstmals gewahrte ich auch, daß ich gefesselt war. Ich lag auf dem Rücken im Präriegras, derart an Händen, Füßen, Armen, Beinen und sogar quer über die Brust sowie an den Hüften verschnürt, daß ich mich kaum zu bewegen vermochte. Allenfalls um die eigene Achse hätte ich mich drehen können, und ich war noch kapabel genug, den Kopf zu heben oder zu senken, aber was konnte mir das nützen. Weil mein Blick durch die halbgeöffneten Augenlider so klar und fest war wie stets und der Schein der Fackel, die man über mich hielt, mich nur wenig blendete, war ich beruhigt: Der Hieb hatte mich zwar betäubt, aber keinen Schaden angerichtet. Alles andere würde sich finden.

Man bemerkte mein Blinzeln, und einer der Indianer sagte: »Old Shatterhand ist erwacht. Ruft Donnerwolke!«

Eine Handvoll nicht mehr ganz junger Krieger hatte sich über mich gebeugt. Diese Edlen ihres Stammes teilten sich in das hohe Vergnügen, einen so berühmten Westmann wehrlos vor sich liegen zu sehen. Um ihnen ihre Freude nicht unnötig zu vergrößern, unterließ ich jeden Versuch, an meinen Stricken zu rütteln. Wie man weiß, ist die Aufmerksamkeit für einen Gefangenen in der Anfangszeit am größten. Es muß also gelingen, die Aufmerksamkeit seiner Bewacher nach und nach einzuschläfern. Dazu war es noch zu früh. Also schloß ich fürs erste die Augen wieder, um mich zu schonen, und überließ es den Roten, mit ihrem Selbstlob über ihre Fesselungskunst eine recht einseitige Konversation zu bestreiten.

An einem feinen Luftzug bemerkte ich, daß jemand hinzugetreten war. Nun öffnete ich die Augen wieder – würde ich jetzt Donnerwolke, den Häuptling der Schoschonen, kennenlernen?

Wirklich, er war es. Kurz und nur von weitem hatte ich ihn schon einmal gesehen, vor ein paar Tagen, als Anführer desjenigen Indianertrupps, der Halef und Alma in die Enge getrieben hatte. Durch mein Fernrohr war er mir als großer, massiger Mensch aufgefallen. Jetzt, wo ich ihn aus der Nähe, aber aus einer noch viel weniger erfreulichen Perspektive, nämlich am Boden vor ihm liegend, sah, wirkte er noch größer, noch breiter, aber das beeindruckte mich nicht. Seinem Gesicht nach zu schließen, war er älter als ich, aber bedeutend jünger als Ma-ta-weh, Milton Hayes, der sich seit dem Angriff noch nicht wieder gezeigt hatte.

Das Gesicht Donnerwolkes hatte nichts Grausames, wie man es bei einem Kriegshäuptling vielleicht vermuten könnte. Diese Stellung war ja kein Beruf. Man wurde es nicht, weil man sich unbedingt als bester Kämpfer hervorgetan hatte. Die Weisen des

Stammes betrauten einen Krieger nur dann mit ihrer Sicherheit, wenn sie ihn für am schlauesten, gewiegtesten und idealerweise auch am diplomatischsten von allen anderen Männern halten durften. Donnerwolke hieß also nicht unbedingt so, weil er besonders laut und polternd aufgetreten wäre. Vielleicht war er einst im Geschützdonner angreifender weißer Soldaten geboren worden, vielleicht hatte er während eines Gewitters eine Heldentat vollbracht oder, je nachdem, eine Schurkerei begangen; nach dem Grunde für seinen Namen durfte man einen Indianer niemals fragen, wenn er ihn nicht von selbst preisgab. Aber neben aller Härte, die sich natürlich in seinem Gesicht eingeprägt hatte, bemerkte ich einen wehmütigen Zug. Einen solchen kannte ich auch von Winnetou. Alle großen Indianerführer jener Zeit hatten ihn. Sie waren eben Männer, welche binnen weniger Jahre die einschneidendsten Veränderungen für ihre Völker hinnehmen mußten, trotz einzelner gewonnener Feldzüge.

Doch das herausragendste Merkmal im Gesicht des Häuptlings der Schoschonen waren Narben – Blatternarben. In jungen Jahren, vielleicht noch als Kind, mußte er die schreckliche Krankheit gehabt und überstanden haben. Mir blieb zwar kaum Zeit, den Mann genau zu betrachten, geschweige denn ihn zu mustern, aber ich glaubte bei Donnerwolke zu erkennen, daß er ein zweifelnder Mensch war. Wie gesagt, es war die Zeit der größten Umwälzungen in der kurzen amerikanischen Geschichte. Schon jetzt war für die Ureinwohner nur noch weniges so, wie es immer gewesen war. Mit Eigenschaften wie Vertrauen, Zuversicht und Hoffnung war es nicht anders, auch innerhalb des eigenen Stammes. Sofort dachte ich, daß, wenn es mir gelänge, menschlichen Zugang zu Donnerwolke zu finden, das Unmögliche doch möglich werden könnte, nämlich mich und die Gefährten zu befreien, erst recht Washburn und seine Männer.

So öffnete ich vollends die Augen und blickte dem Häuptling unbefangen entgegen.

»Old Shatterhand kann mich sehen, aber kann er mich auch

verstehen? Er hat im Kampf mit Ma-ta-weh einen schweren Hieb erhalten.«

»Donnerwolke mag unbesorgt sein. Ich kann ihn sehen, und ich kann ihn hören. Wenn ich mich nicht sogleich erhebe, um ihn zu begrüßen, wie es einem großen Kriegshäuptling wie ihm zukommt, so liegt es an den Fesseln, welche eure Knaben mir angelegt haben.«

»Wieso spricht Old Shatterhand von Knaben?«

»Weil es nur solche gewesen sein können. Sie werden sich fürchten vor mir, selbst wenn ich einen Hieb erhalten habe und all meiner Waffen beraubt bin. Würden sie sonst mehr Stricke aufwenden, als nötig sind, um eine ganze Herde Mustangs aneinanderzubinden?«

»Uff!« rief der Schoschone. »Old Shatterhand spricht stolz, dabei ist er ein Gefangener der Nimi[1]. Er hat sich in die Jagdgründe der Schlangen geschlichen, um sie zu verderben.«

»Was du sagst, Donnerwolke, bestätigt das, was ich denke: Mit Knaben habe ich es zu tun, die schon vom Rauschen des Windes Gefahr befürchten – hätte man je gehört, daß Old Shatterhand und Winnetou auch nur einem einzigen roten Manne Verderben gebracht hätten? Sind sie nicht die Brüder und Freunde aller Menschen, besonders der roten?«

Mit Vorbedacht hatte ich die Sprache auf Winnetou gebracht. Falls auch er in Gefangenschaft geraten war, wollte ich das wissen.

Donnerwolke ließ sich hinreißen, denn er sagte:

»Dies ist ein großer Tag für die Schlangen! Old Shatterhand wurde in Fesseln geschlagen, bald wird auch Winnetou es sein. Wir wissen, daß er der Fährte Ma-ta-wehs gefolgt ist, welcher wiederum durch einen Krieger der Krähen auf Old Shatterhand stieß.«

»Ja, Donnerwolke, so ist das mit den Knaben anderer Stämme. Die Upsarokas senden die ihren aus, um Gefahren zu bestehen

1 Eigenbezeichnung der Schoschonen

375

und um zu kundschaften; aber die jungen Söhne der Schlangen lassen sich nachsagen, an den Feuern zu warten, bis ein weißer Mann einen anderen niederschlägt. Es war ja keiner eurer Krieger, der mich niederschlug.«

Da verfinsterte sich Donnerwolkes Gesicht, und seine Stimme klang heiser.

»Sprich nicht in dieser Weise von Ma-ta-weh! Er ist ein Bleichgesicht, aber ganz anders als du. Einst rettete er das Leben von Donnerwolkes Vater, dem Gelben Blitz, als zwei andere, feindlich gesinnte Bleichgesichter ihn gefangenhielten und einen Bären anlockten. Ma-ta-weh verhinderte diese Tat. Allein mit seinem Messer, ohne seine Büchse, rang er das Untier nieder, und obwohl er ein friedlicher Mann ist und durch die Berge zieht, um Steine zu sammeln, die für die Schlangen keinen Wert besitzen, rühmt man ihn an jedem unserer Feuer als tapferen, mutigen Krieger.«

Das war ja wunderbar! Da bekam ich ja gleich die ganze Geschichte geliefert: So also hatte sich Hayes ins Vertrauen der Schoschonen eingeschlichen, durch eine angebliche Lebensrettung. Keine Sekunde lang indes zweifelte ich daran, daß Donnerwolke beziehungsweise sein Vater plump getäuscht worden war. Ich vermeide zwar Wetten, denn ich bin kein Freund von Glücksspielen, aber in diesem Moment hätte ich wetten mögen, jene beiden anderen Weißen seien weitere Ganoven von Hayes gewesen. Diese Annahme erklärte auch, weshalb ich außerhalb des Stammesgebietes noch nie diesen Kriegsnamen vernommen hatte; anscheinend war es bei dieser einen Wohltat geblieben, und die erschien mir übertrieben oder erfunden. Freilich hätte ich gern gesehen, wie Hayes mit der Bestie gerungen hatte – einen Grizzly zu erschießen war eine Leistung. Ihn nur mit einer Klinge anzugehen, und sei es einer so breiten und langen wie der des Bärenmessers, hätte allerdings eine außergewöhnliche Tat bedeutet.

Nun wußte ich schon allerhand, aber ich war noch nicht zufrieden. Was war mit Halef und den anderen geschehen, mit dem Mädchen?

Gerade wollte ich zu einer diesbezüglichen Frage ansetzen, als jener zu uns trat, von dem zuletzt gesprochen worden war: Milton Hayes. Sein Westanzug glich dem meinen bis auf die letzte Franse, aber er war, trotz des ebenfalls verwendeten dicken Elkleders, an vielen Stellen aufgerissen. Dieser Anblick brachte mich endgültig zur Ruhe – ich hatte Hayes dem Anschein nach heftige Gegenwehr geboten, ehe man mich heimtückisch außer Gefecht gesetzt hatte.

Als erstes sah ich bei dem Schurken ein Lächeln. Man hätte es für gutmütig halten können, wären ihm nicht Worte gefolgt wie diese:

»So sieht man sich wieder, Old Shatterhand! Leider konntet Ihr es nach Eurem Auftritt bei Mister Faffle nicht lassen, mir zu folgen. Ich habe mich bereits mit Euren Waffen und Eurem Gepäck beschäftigt. So eilig hattet Ihr es in den letzten Tagen, daß Ihr nicht einmal Zeit fandet, Aufzeichnungen für Euren nächsten Reisebericht anzufertigen; kein Wort habe ich gefunden. Wer schreibt Euer nächstes Buch? Ein Phantom?«

»Ich blicke zuversichtlich nach vorn, daß ich dies tun werde«, gab ich zurück. »Mein Aufenthalt bei Euch wird nur ein ganz kurzer sein.«

»Das denke ich auch, Old Shatterhand. Von jetzt an habt Ihr nicht mehr lange zu leben.«

»Ihr noch viel weniger als ich, Hayes, denn Ihr sind älter, aber nicht weiser. Ob die Altersspanne, die uns trennt, Euch noch einmal vergönnt sein wird?«

Das war, zumal in meiner Situation, heftig geantwortet. Ich gebe zu, ich hatte mich hinreißen lassen. Aber die Ironie oder vielmehr der Zynismus dieses Kerls ärgerte mich.

Wie nicht anders zu erwarten, leistete Donnerwolke ihm Schützenhilfe:

»Ma-ta-weh braucht darauf nicht zu antworten, denn er hat bereits wahr gesprochen. Old Shatterhand hat sich an uns vergangen, deshalb werden er und seine Begleiter in unser Lager an den

Großen See¹ geschafft. Dort werden sie am Marterpfahl stehen, zusammen mit den anderen Bleichgesichtern, und dort werden sie sterben, um Donnerwolke und die Seinen in den ewigen Jagdgründen zu bedienen.«

»Und warum soll das geschehen?« fragte ich, mich eisern disziplinierend. »Mit welchem Recht fordert Donnerwolke unseren Tod?«

»Weil ich dem Häuptling von Eurer Absicht erzählt habe«, antwortete Hayes anstelle von Donnerwolke. »Ihr, Old Shatterhand, und Washburn unternehmt den Zug zum Yellowstone nur, um dort die heiligen Stätten der Indianer zu entweihen!«

Ich kam nicht dazu, mich über eine solche Verdrehung zu entrüsten, weil der oberste Schoschone dem Lügner beipflichtete: »Abermals spricht Ma-ta-weh die Wahrheit. Er hat uns alles erzählt. Die Bleichgesichter, die wir gefangennahmen, führten Kisten mit sich, Stangen und Planen, die einen bösen Zauber ausbringen sollen.«

»Ja«, grinste Hayes. »Sie wollen Old Faithful vernichten!«

Kisten, hatte Donnerwolke gesagt, sowie Stangen und Planen – ich erriet, daß damit die technische Ausrüstung gemeint war, Meßund photographische Gerätschaften. Allein mit dem Namen Old Faithful konnte ich nichts anfangen.

Milton Hayes oder vielmehr Ma-ta-weh erriet wohl meine Überlegungen. Salbungsvoll, wie an jeden Grashalm einzeln gerichtet, sprach er:

»Man kennt den Namen Old Shatterhand, wenn auch kaum den Mann dahinter. Man kennt auch den Namen Old Surehand, und man hat von Old Firehand gehört, ebenso von Old Wabble. Gleichviel, der Name Old Faithful ist viel besonderer als sie alle miteinander. Ich habe Mister Washburn davon fabulieren hören, als er in Cheyenne von seinem Vorhaben sprach. Jener Name benennt keinen Menschen, sondern die eigenartigste Naturerschei-

1 Name des Ocean Lake bei den Schoschonen

nung, welche man sich nur vorstellen kann: Old Faithful ist ein Wasserspeier!«

Mein Gesicht schien in diesem Moment nicht den klügsten Ausdruck aufzuweisen, jedenfalls fühlte Hayes sich veranlaßt, weiter auszuführen:

»Die heißen Quellen, Geysire genannt, sind seit jeher Heiligtümer der Indianer. Im Yellowstone speisen sie riesige Becken mit Wasser, das schwefelt und an dem man sich verbrühen kann. Die Urkraft aus dem Innersten der Erde stößt sie hervor. Dabei ist der älteste dieser Wasservulkane auch der kräftigste. Er meldet sich getreu mehrmals an jedem Tage und immer zur selben Zeit, weshalb man ihm diesen Namen verlieh: Old Faithful – nun, Old Shatterhand, verdient Ihr den Eurigen? Vermag Eure Hand es überhaupt noch, jemand oder irgend etwas zu zerschmettern?«

»Nur zu«, sagte ich. »Bindet mich los, und stellt mich auf die Probe, Hayes.«

Über meine Antwort ergrimmte sich der »Mann des Erzes« so sehr, daß er für einen Augenblick die Maske des allzeit gelassenen Spötters fallen ließ:

»Nennt mich nicht Hayes! Ihr wißt, daß auch ich einen roten Kriegsnamen führe. Respektiert ihn: Ich bin Ma-ta-weh, versteht Ihr? Ma-ta-weh!«

Er versetzte mir einige kräftige Tritte mit seinen sporenbewehrten Stiefeln, und selbstverständlich nahm ich die Züchtigung hin, ohne den geringsten Laut von mir zu geben. Mochte Hayes aus der Rolle fallen, ich würde meine Selbstbeherrschung im Zaume halten. Vieles hatte ich nun schon in Erfahrung bringen können, nur eines noch nicht: Was war aus Alma geworden, was hatte man mit ihr vor? Hier half nur List. Ich mußte versuchen, Hayes oder Donnerwolke noch weiter aus der Reserve zu locken. Mir den Anschein schönster Unbefangenheit gebend, lächelte ich und sagte:

»Old Faithful oder Old Painful[1], das ist mir einerlei. Nun da

1 »Der alte Schmerzvolle«

ich höre, daß man seine Zehen in eine solche Brühe lieber nicht tunkt, werde ich meinem Fräulein Grüner empfehlen, sich möglichst an einen Waschzuber zu halten.«

Jetzt verlor Hayes endgültig die Beherrschung. Er stampfte mit dem Fuße auf und schrie mich an:

»*Euer* Fräulein Grüner? Schweigt, Old Shatterhand! Ihr habt Alma lange genug nachgestellt. Zuerst habt Ihr vereitelt, daß wir sie zu dem verlassenen Militärposten lotsen konnten, dann fingt Ihr mit ihr zu tändeln an – denkt Euch nur, ich habe Euch am Flusse beobachtet! Immer war ich ganz in der Nähe. So weiß ich, daß Alma von Winnetou Goldene Squaw genannt wird, denn auch Euer lieber Blutsbruder ist ganz vernarrt in sie. Und als Ihr Alma die Beschaffenheit des Indianerbogens erklärtet, lag ich hinter Euch im Gebüsch. Jedes Wort Eurer Säfteleien habe ich mir gemerkt, denn Ihr wollt aus dem Prachtmädel ein Hausmütterchen machen – – –«

Und meine Stimme nachäffend, aber in einem besserwisserischen Tone, wie ich ihn selbstverständlich nie anschlagen würde, keifte Hayes:

»›Sie werden sich das gute Stück daheim aufhängen wollen, in der Nähstube, über dem Harmonium, über dem Spinnrad, über der Frisierkommode‹ – sagtet Ihr das oder nicht?«

»Ja«, sagte ich, denn in diesem lächerlichen Verhör zu leugnen, fiel mir nicht ein.

»Habt Ihr demnach ein Auge auf Fräulein Alma geworfen, ja oder nein?«

»Sogar zwei«, sagte ich, denn seit dem Vorfall am Big Sandy River »bräutelte« ich ungemein.

»Old Shatterhand, geradeheraus: Liebt Ihr Fräulein Alma?«

»Ja – Ma-ta-weh und Milton Hayes, der Ihr Euch zu meinem Richter aufschwingt.«

Was darauf folgte, läßt sich kaum beschreiben. War es meine Offenheit, mit der ich mich zu meinen Gefühlen für das schöne Mädchen bekannte, war es die weitere Erwähnung von Ma-ta-wehs bürgerlichem Namen, jedenfalls wütete der Mann, der gern so gefaßt und überlegen wirkte, in der derbsten, hier nicht wiederzugebenden Weise. So sehr ließ er sich gehen, daß Donnerwolke seinen weißen »Bruder« besorgt und irritiert zugleich ansah; die roten Männer schätzten keine Gefühlsausbrüche.

Zum Dank für meine Aufrichtigkeit erhielt ich einige weitere Fußtritte, ehe der Häuptling seinen Verbündeten zur Räson brachte.

»Ma-ta-weh mag einhalten! Donnerwolke hat versprochen, daß die Goldene Squaw ihm angehören soll. Old Shatterhand befindet sich in unserer Gewalt; er wird den ersten Schnee nicht mehr fallen sehen. Er mag geschont werden, um möglichst lange die Martern zu ertragen. Was er darüber hinaus mitzuteilen hat, mag er Donnerwolke sagen, wenn das Lager erreicht ist. Bis dahin schweige er!«

Damit faßte der Häuptling Hayes am Ärmel, und die beiden entfernten sich. Aus der Entfernung mußte er noch einen Befehl erteilt haben, denn die Wachen, welche mich die ganze Zeit beobachtet hatten, lockerten zwar meine Fesseln nicht, hoben mich aber auf, um mich etliche Schritte fortzutragen. In der Nähe eines Feuers, an dem die gewöhnlicheren Gemüter unter den Schoschonen lagern mochten und das sich fernab der Pferde befand, sah ich einige menschengroße Bündel liegen – meine Gefährten!

Mit diesem, wenn auch traurigen Wiedersehen war ich gegenwärtig meiner schwersten Sorge enthoben. Obzwar nicht weniger streng gebunden als ich, freuten sich Halef und Hirtreiter, daß ich lebte, und umgekehrt. Everts lag mit ihnen auf dem nackten Boden, doch bewegte er sich nicht. Offenbar war er immer noch bewußtlos, und ich muß zugeben, es war mir in diesem Moment auch egal.

Alma indes sah ich nicht, aber hatte ich das erwarten dürfen?

Die Szene, die Hayes sich geleistet hatte, konnte mich nicht in Zweifel darüber lassen, wie heiß er sie begehrte – von Donnerwolke hatte er sich die Gefangene ausgebeten, also schien er sie ganz als seine Beute aufzufassen! Wie sie selbst dazu stand, konnte ich nicht sagen, doch wenn ich ein weiteres Mal wetten wollte, so hätte ich darauf getippt, daß ihm eine Abfuhr sicher war. Gewiß war Alma keine, die sich von Glanz und Geld blenden ließ. Zumindest für den Augenblick brauchte ich um sie nicht besorgt zu sein. Gegenwärtig würde Hayes, beschäftigt mit neuen Ränken, ihr kaum Gewalt antun.

Man legte oder vielmehr warf mich zwischen Halef und Hirtreiter, während Everts ganz außen lag. Meine Fesseln schmerzten zwar, aber das war zu ertragen. Ich wußte, daß die Indianer niemals unterwegs jemand marterten, sondern nur im Beisein des ganzen Stammes. Man würde uns also nach dem Hauptlager der Schoschonen am Ocean Lake schaffen. Dorthin hatten wir sowieso gewollt, wenn auch nicht unter solch unkomfortablen Umständen.

Zum Zeichen ihrer Caritas kehrten ein paar meiner neuen Bewacher zurück und verpaßten uns allen ein paar aufrichtig gemeinte Fußtritte, ehe sie sich, wie sämtliche anderen Krieger, an den Feuern die Bäuche vollzuschlagen begannen; wir bekamen selbstverständlich nichts. Aber ich beklagte mich nicht, wozu auch? Ich war wieder mit Halef und Hirtreiter vereint, und die beiden befanden sich leidlich wohl, was war mehr zu wünschen? Bis auf die Wachen, die Abstand zu uns hielten, weil sie mit Kauen und Schlingen beschäftigt waren, beachtete man uns nicht weiter. An Flucht war augenblicklich zwar nicht zu denken, gleichwohl zog ich es vor, nur zu flüstern. Zunächst an Hirtreiter gewandt, sagte ich auf deutsch:

»Lieber Freund, nun sind Sie in der Küche der Roten gelandet, dorthin wollten Sie doch. Falls Sie es sich anders vorgestellt haben: Dies ist der Wilde Westen!«

»Danke, Master, daß Ihr mich erinnert«, flüsterte der Koch. »Mein Lehrgeld habe ich nun entrichtet – der letzte Rest meines Geschirrs ging zu Bruch, selbst meine Töpfe und Pfannen kamen unter die Hufe der Pferde.«

»Sie aber zum Glück nicht. Und Ihre Gewürze?«

»Bis auf einen kleinen Rest zerstoben in alle Winde. Das einzige, was mir geblieben ist, ist meine Schnupftabaksdose. Die hat man zum Glück übersehen. Nur, wie herankommen und eine Prise nehmen? Das Ding steckt gut verwahrt in einem meiner Stiefel.«

»Herr Hirtreiter, erlauben Sie die Frage: Haben Sie Angst?«

»Angst, ich? Ein bayerischer Bub? Niemals! Schon als Kind habe ich Indianer und Trapper gespielt. Mich schützt die Heilige Muttergottes, und aus Euren Büchern weiß ich, wie alles ausgehen wird.«

»Demnach zählen Sie auf Winnetou?«

»Ja, denn er ist nicht mitgefangen und wird uns heraushauen.«

»Täuschen Sie sich nicht. Er wird mit sich selbst beschäftigt sein. Die Feuer brennen hoch, weil man ihn hindern will, sich anzuschleichen und uns zu Hilfe zu kommen. Daß man ihm nachspüren wird, mit aller Kraft, versteht sich von selbst.«

»Schon, aber Winnetou ist kein beliebiger Indianer. Um ihn mache ich mir keine Sorgen. Falls er freilich zu spät kommt oder ihm etwas zustößt, ist es wohl um uns geschehen?«

»Um uns bestimmt, aber nicht um das Mädchen.«

»Ja, wo ist Fräulein Alma? Ich habe mit ansehen müssen, wie man auch sie gefangennahm, aber seitdem ist sie verschwunden.«

Ich erzählte kurz von dem, was ich erfahren hatte, und dachte, Hirtreiter würde damit zufrieden sein. Aber es beschäftigte ihn etwas, was über unsere Lage hinausging. Eifrig fragte er:

»Master, in Euren Erzählungen habt Ihr bisher immer obsiegt, darum fehlt noch die Schilderung eines langen, qualvollen Martertodes. Man wird es Euch und uns nicht leichtmachen, wie?«

»Denken Sie es sich nicht wie ein Festbankett. Für gewöhnlich bringen die Roten sich mit Tanzen und Geheul in Stimmung, ehe sie, ab der Dämmerung, ihre Jüngsten zum Zielwerfen antreten lassen, mit Messern und Beilen. Erst dann beginnt das eigentliche Martern. Weniger wertvollen Gefangenen wird rasch ein Ende gemacht, weil auf ihre Schmerzen niemand Wert legt und ihr Gejammer keine Ehre macht. Bei Gefangenen wie uns wird man sich mehr Mühe geben. Wir haben mit Raffinessen zu rechnen.«

»Zumal Ihr, Old Shatterhand!«

»Danke, daß Sie mich daran erinnern. In der Tat, mir wird man am wenigsten ersparen. Darüber kann es Morgen werden.«

»Aber irgendwann muß doch auch einmal geschlafen und geruht werden.«

»Dafür ist keine Zeit. Die Indianer kennen Pilze, mit deren Hilfe sie sich berauschen und munter bleiben, bis sie ihre Gefangenen hinreichend gequält haben.«

»O bitte, unterlaßt dieses Wort: hinreichend! Die unangenehmsten Vorstellungen plagen mich dabei.«

»Herr Hirtreiter, ich verstehe, daß Sie nun doch Angst überkommt. Sicherlich werden die Torturen – – –«

»Nein, so meine ich es nicht. Bei einer solchen Zeremonie werden doch gewiß mehrere hundert Personen zugegen sein. Ich frage mich, wer den Ermatteten zwischendurch auf die Beine hilft.«

»Lieber bayrischer Freund, wollen Sie sich darüber ernsthaft den Kopf zerbrechen? Es geht um Leib und Leben.«

»Schon, aber für andere geht es um Leib und Genuß. Nach dem Marterfeste werden die Indianer auf einen Réveillon bedacht sein – kennen Sie diesen Begriff? Bei Meister Rottenhöfer habe ich gelernt, daß sich eine Gesellschaft am Ende eines Festes am besten durch Kraftbrühe erfrischt. Bei den Schoschonen muß man da mit mehreren hundert Gedecken rechnen, mit etlichen Kesseln Suppe. Danach wird schwarzer Kaffee zu reichen sein, ferner Rheinpfälzer und Mosel, gefolgt von Dessertweinen. Auch wird Bedarf bestehen an Pasteten und sauer Eingelegtem, verschiedenen Kompotten sowie – ach, Master, es ist ein Jammer.«

»Herr Hirtreiter, grämen Sie sich, weil Sie für unsere lieben Peiniger nicht tätig werden können?«

»Nein, ich gräme mich, weil kein Réveillon gehalten werden

kann. Derselbe muß ja von Gekochtem, Gebratenem, Gebeiztem und Gegrilltem begleitet werden.«

»Nun, in dieser Hinsicht kann ich Ihre Besorgnis zerstreuen. Zu sämtlich Genanntem werden wir selbst werden. Am Marterpfahl wird man uns räuchern wie Westfälischen Schinken.«

»Ihr meint wohl Bayonner Schinken, denn der ist zarter. Oder vielleicht wie – – –«

»– – – Wacholderschinken?«

»Nein, diesen meine ich wiederum nicht, der ist nur eine Abart des Westfälischen. Aber der Bayonner, korrekterweise *jambon de Bayonne* genannt, der könnte – – –«

»Lieber Freund, täusche ich mich, oder dürfen die Schoschonen auf Ihr Verständnis hoffen?«

»Bitte nicht zu übertreiben. Ihr müßt mir nachsehen, Master, daß ich unsere Lage, so mißlich sie auch ist, von der Warte des Mundkochs aus betrachte. Die uns bevorstehenden Qualen – – –«

»Entschuldigung, daß ich Sie abermals unterbreche, aber Ihr Lehrherr würde schwerlich Verständnis dafür aufbringen, daß sein vorzüglichster Schüler als Speise endet.«

»Im Gegenteil, gerade Meister Rottenhöfer hätte Verständnis für meine Überlegungen. Sofern man uns fachgerecht verarbeiten wollte, wäre er bestimmt mit allem einverstanden. Man müßte uns nur auf appetitliche Weise glacieren, filetieren, desossieren – – –«

»Das bedeutet entbeinen, nicht wahr?«

»– – – und degorgieren – – –«

»Also Fleisch und Knochen lauwarm wässern, bis beides sich voneinander löst?«

»– – – panieren und legieren, ferner flambieren und – – –«

»Genug! Ist Ihnen, was die Kulinarik betrifft, noch nichts aufgefallen?«

»Allerdings. Die Rothäute pflegen sich zu kasteien. Jene Crème, die sie zu sich nehmen, riecht freilich übel, wie verdorbenes Fleisch.«

»Das ist keine Crème, sondern eine Paste. Sie heißt Pemmikan und besteht aus gestoßenem, gedörrtem Büffelfleisch. Für Verzärtelung *au bavarois* ist der Rote nicht zu haben. Kunstfertigkeit im Kochen nützt hier draußen nichts.«

»Ihr meint – – –?«

»Das Glacieren, Desossieren, Filetieren – – –«

»– – – auch das Degorgieren, Panieren, Legieren?«

»Alles, lieber Freund. Wir werden schlicht geschunden und gequält. Danach kommt nicht ein Réveillon, sondern der Tod.«

»Schrecklich!«

»Ja, auf Raffinesse ist bei unserer Zubereitung nicht zu hoffen.«

»Entsetzlich!«

»Wir sterben als Geierfraß, als Hundemahl, als Hasenfutter, als Fischmehl – – –«

»Degoutant!«

»– – – als Knochenspende für die Wölfe, für die Kojoten, für – was ist, Sie sagen gar nichts mehr?«

»Nein, Master, ich sage nichts mehr. Es hat mir die Sprache verschlagen. Uns hinterrücks zu überfallen, das gehört sich nicht, uns derart zu behandeln, noch viel weniger. Fragt nur den Eduard Peter Apollonius von Bomhard.«

»Ein weiterer Mundkoch?«

»Ich spreche von unserem ehemaligen Justizminister! Er wird Euch bestätigen, daß Gewalt nicht verstattet ist, denn diese Schoschonen – einstecken würde er sie, der Bomhard, dieses ganze Geschwerl[1], dieses mistige, diese Hundsbuben, diese miserabligen!«

»Aber Herr Hirtreiter, Sie wollten mich doch unbedingt begleiten. Wollen Sie immer noch die hiesigen Bräuche kennenlernen?«

»Nein, leben will ich, frei will ich sein. Und heim will ich, zurück zu meinem König, in seine Schlösser, in die Berge und Täler und in mein Ebersberg. Den Schnee will ich rieseln sehen aus dem

1 Pack

weißblauen, bayerischen Himmel, nicht aus diesem Wildwestgrau. Noch nie in meinem Leben war ich gebunden. Alles, was mir zu diesem Begriffe einfällt, sind überhaupt nur Saucen oder Suppen, aber nicht derart ungustiöse Vorkommnisse. Bei jeder Küchenschlacht bin ich ganz vorn dabei, aber für Gemütserschütterungen wie diese bin ich nicht gemacht: Master, bei nächster Gelegenheit reise ich!«

»Und das, obwohl von den Indianern noch niemand zu sagen weiß, ob Sie ein Bayer sind oder ein Preuße?« versuchte ich einen Scherz.

Doch es war vergebens. Es gelang mir nicht, Hirtreiter aufzuheitern. Also drehte ich mich in meinen Fesseln zu Halef, der kaum einen halben Meter von mir entfernt lag und ganz still war. Auf arabisch flüsterte ich:

»Halef, suchst du Trost im Gebet?«

»Sihdi«, kam es matt zurück. »Nun ist mir mein Gebetsteppich abermals verlorengegangen. Zwar vermag ich Allah auch ohne diesen anzurufen, selbst wenn ich gefesselt bin, aber was ist mit den vorgeschriebenen Verneigungen, den rituellen Waschungen? Haben die Ungläubigen, die uns gefangen haben, kein Herz?«

»Es steht zu befürchten, daß dem so ist. Aber ungläubig sind sie deshalb nicht. Du sprichst von Allah, ich spreche von Gott, sie glauben an Manitou.«

»Sihdi, es gibt nur einen Gott, und der heißt Allah! Was für ein schreckliches Land ist dieses Amerika, was für Menschen leben hier! Effendi Hirtreiter hat mir erzählt, daß du es warst, der Effendi Everts das Augenlicht rettete. Dennoch hintergeht er dich und bringt uns alle in eine solch mißliche Lage. Und Amerika ist noch viel schlimmer: Anstatt Kamele hat man hier nur Mustangs, für meine Piaster will mir niemand Dollars geben, keiner verneigt sich gen Osten, aber alles strebt gen Westen. Und siehst du über uns Sterne? Ich sehe nur Wolken, sie können jeden Moment niederregnen. Wir bekommen nichts zu essen, man schlägt uns, niemand bietet uns Schutz. Trotzdem, Sihdi, bin ich gelassen, da du bei mir bist. Wie alles weitergeht, brauche ich nicht zu wissen; es steht geschrieben. Ich erinnere mich der Geschichten, wie du sie mir in unseren Nächten immer erzähltest. Stets war es in vergleichbarer Lage so, daß man dich ins Lager der Indianer schaffte. Dort bedrohte man dich mit einem grausamen Tode, doch jedesmal fandest du Wege, den Feinden zu entrinnen.«

»Halef, erinnere dich bitte vollständig: Zwar kam ich frei, doch zuvor mußte ich jedesmal um mein Leben kämpfen.«

»Das tut nichts zur Sache. Immer waren deine Gegner Häuptlinge, die sich zu wichtig nahmen. Kein Wunder, daß du sie besiegtest, einen wie den anderen.«

»Na, ganz so einfach war es nicht. Es gehörte schon etwas mehr dazu.«

»Denkst du, man wird dich wieder kämpfen lassen?«

»Es scheint so Brauch zu sein, wenn man Old Shatterhand heißt.«

»Beim Allmächtigen und Erbarmer, du besiegst einen jeden! Da ich mit dir gefangen bin, wird Allah auch mich retten, weil du sein Werkzeug bist.«

»Ja, Halef. Allahs Werkzeug sein zu dürfen habe ich mir immer gewünscht.«

»Sihdi, noch etwas. Willst du gar nicht wissen, weshalb ich zu dir nach Amerika gekommen bin?«

»Sicherlich will ich das. Du wirst Gründe haben.«

»Ja, und ich muß dir von unerhörten Dingen erzählen. Die kurze Zeit, die wir erst wieder beisammen sind, hat nicht gereicht, dir zu berichten, was – – –«

»Schon gut, Halef. Wir dürfen jetzt nicht weitersprechen, wir müssen ruhen. Wenn du kannst, schlafe, die Nacht wird lang und kalt sein. Ich werde mich eng an dich und Herrn Hirtreiter schmiegen; wir wollen einander wärmen, so gut es geht. Träume von der Wüste und den Sternen, und glaube mir, du wirst alles, alles wiedersehen!«

*

388

Am nächsten Morgen, noch in der Dämmerung, wurden wir auf unsere Pferde gebunden. Reiter vor und hinter uns sowie zu unseren Seiten hatten die Aufgabe, uns streng zu bewachen. Meinem Hatatitla wurde eigens ein Lasso um den Hals geworfen, denn man hatte gehört, daß ich ein außergewöhnlich guter Reiter sei und in der Lage, selbst mit auf den Rücken gefesselten Händen auf und davon zu jagen. Doch warum hätte ich fliehen sollen, wo wir dem Ocean Lake hurtig näher rückten und ich Winnetou auf unserer Fährte vermuten durfte?

Von Alma sah ich weiterhin nichts. Falls man sie schlecht behandeln sollte oder ich erführe, daß etwas gegen ihre Ehre geschehe, war ich zum Äußersten bereit. Wie bei Hirtreiter der Schmalzler übersehen worden war, so hatte ich ein zweites kurzes Messer in meinem rechten Stiefel stecken, das erste war mir natürlich abgenommen worden.

Anders als wir in den letzten Tagen mußten sich die Schoschonen bei ihrem Vormarsch keine Rücksichten auferlegen. Das Gebiet, auf dem sie sich befanden, war das ihre. So gab es aus ihrer Sicht keinen Anlaß, Spuren zu vermeiden oder zu verwischen, was einem so umfangreichen Zuge auch schwer geworden wäre. Ich schätzte, daß Donnerwolke hier zweihundert Reiter befehligte, hinzu kamen Hayes' und Kilmers Männer.

Nur einmal an diesem Tage wurde gerastet, wobei man uns endlich zu essen und vor allem zu trinken gab. Für diese kurze Zeit wurden uns sogar die Fesseln gelockert. Wäre es nach Hayes gegangen, wir hätten schwerlich Erleichterung erfahren. Bemerken muß ich, daß den Indianern die Ähnlichkeit zwischen uns nicht auffiel – Halefs Worte kamen mir in den Sinn, wonach Menschen fremder Kulturen derlei Dinge unsichtbar sind.

Gegen Abend wurde bereits das Ufer des Little Wind River erreicht.

Dieser schwillt in seinem Verlaufe an, bis er sich in zwei Richtungen teilt. Dabei wird der kräftigere Abschnitt zum Wind River und speist über unterirdische Zuflüsse den Ocean Lake; wir waren

also, wiewohl nicht Galopp geritten wurde, ordentlich voran-
gekommen.

So verwunderte es mich auch nicht, als am nächsten Nachmittag eine merkliche Unruhe unter unseren Bewachern aufkam.
Immer wieder trennten sich kleinere Abteilungen von der Hauptstreitmacht und kehrten nicht zurück. Zwar war dies ein Verhalten, das bei jeder militärischen Einheit als Disziplinlosigkeit
geahndet worden wäre, doch nahm ich es als sicheres Zeichen, daß
wir das Schoschonenlager bald erreichen würden. Selbst Donnerwolke, der seither kein Wort mit mir gewechselt hatte, wirkte ner-
vös. Immer öfter drehte er sich jetzt nach uns um, vermeintlich die
Wachsamkeit seiner Krieger sowie die Umgebung prüfend. Ich
aber durchschaute ihn: Mit aufgesetzter Teilnahmslosigkeit versuchte er herauszufinden, was wohl in mir, seinem wichtigsten
Gefangenen, vorging.

Ich mußte ihn enttäuschen. Je näher wir dem einstweiligen
Endpunkt unserer Reise rückten, desto gelassener wurde ich. Wie
oft hatte ich mich in vergleichbaren Situationen befunden, und
jedesmal war es mir gelungen, einen Ausweg zu finden; der Mensch
sollte überhaupt in keiner Lage allzuviel grübeln oder besorgt sein.
Für den Gläubigen ist es die göttliche Weisheit, welche ihm
Gewißheit gibt. Im Grunde geht es darum, die Gnade des Schöpfers in einem seiner vielen Fingerzeige zu erkennen – und jede sich
bietende Gelegenheit beim Schopfe zu ergreifen.

Es gab noch weitere Gründe, entspannt zu bleiben.

Da war zum einen Winnetou. Bislang hatte Donnerwolke seiner nicht habhaft werden können, worüber er heimlich grollte.
Welche Mühe es ihn kostete, seine Wut über das Versagen seiner
Krieger, letztlich aber über sein eigenes Unvermögen nicht zu zeigen, das kann nur ermessen, wer jemals einen Weißen wie Hayes
über etwas toben, aber einen Roten gelassen bleiben sah. Es arbeitete in Donnerwolke, daß er einstweilen nur die eine Hälfte des im
ganzen Wilden Westen bekannten Duos hatte einstecken können,
nicht jedoch auch die andere, den berühmten Apachen. Ich war

mir sehr bewußt, daß der Schoschone seinem Ingrimm freien Lauf lassen würde, sobald es ihm die Verhältnissse erlaubten. Es kam also darauf an, ihn nicht zusätzlich zu reizen oder herauszufordern. Wenn ich ihm nur Gelegenheit verschaffte, hinter die wahren Absichten von Ma-ta-weh, seinem angeblichen Bruder, zu schauen, würde der längste Weg zur Freiheit bereits zurückgelegt sein.

Dann war da – in unregelmäßigen Abständen – jener mal zögerliche, mal heitere Ruf eines Kolkraben, *Corvus corax*, wie er bevorzugt in den Bergregionen Wyomings nistete. Ich hörte jedesmal genau hin, doch weder Donnerwolke noch seinen Kriegern schien aufzufallen, daß ein und derselbe Schreier uns unmöglich die ganze Zeit begleiten konnte, seit Stunden schon. Sie kannten offenbar das Habitat dieses Singvogels weniger gut als ich, der Fremde, das Bleichgesicht. Ich ahnte, wessen Stimme mich beziehungsweise uns aufzumuntern versuchte – der junge Indianer Vogel war das. So verwegen wie vorsichtig folgte er uns, ob zu Pferde oder, um mit uns Schritt zu halten, auf seinen unermüdlichen Beinen, wußte ich nicht zu sagen. Falls er nicht übermütig wurde und gleichfalls in die Hände der »Schlangen« fiel, würde man in der einen oder anderen Weise auf ihn zählen dürfen.

Schließlich war es soweit.

Zunehmend war die Ebene felsig geworden, hatte sich aber auch immer stärker mit dunklem Tannengewächs bekränzt. Dann war der Felsenuntergrund weicher schwarzer Erde und saftigem Grase gewichen, und zugunsten lichter Birken traten die Tannen zurück. Eine sanft geschwungene Seelandschaft tat sich vor uns auf.

Hirtreiter, so gedrückt er zuletzt gewesen war, flüsterte mir zu: »Master, kneift mich am Ohr, wenn Ihr könnt – entschuldigt, Ihr könnt ja nicht. Aber dieser Ocean Lake ist der reinste Würmsee[1]. Der eine gleicht dem andern wie Ihr dem Mister Hayes. Nun will ich sehen, ob man mich nicht in Bälde wieder einen Koch-

---

1 früherer Name für den Starnberger See, einen der Lieblingsorte von Ludwig II.

löffel schwingen läßt. Den Indianern werde ich aufwarten, bis sie unsere Küche lieben, bin i a Bayer, oder bin i a Preiß!«

Der Bayer murmelte noch etliches mehr, aber ich hatte meine Aufmerksamkeit einer ganz anderen Sensation zu widmen. Waren wir bisher in typisch indianischer Weise geritten, also überwiegend einzeln und hintereinander in einer langen Reihe, so verdichtete sich der Zug jetzt zum Pulk. Immer mehr Krieger drängten mit ihren Tieren nach vorn, jeder wollte möglichst hinter Donnerwolke ins Lager einreiten, um sich im Glanze der Beute zu sonnen: Man brachte den Daheimgebliebenen Old Shatterhand, den berühmten Weißen!

Dies dachte ich wenigstens, bis ich den wahren Anlaß für das Gedränge bemerkte: Alma! Plötzlich war sie da, und ungefesselt saß sie auf ihrem Appaloosa, allerdings zwischen Hayes und Kilmer, denen der Rest der weißen Bande folgte. Wie das Mädchen nach den Tagen voll Entbehrungen und den Nächten voll Kälte aussah?

Bildschön war es, stolz und aufrecht, voll Charakter und Selbstzucht. Was immer es durchgemacht hatte, es ließ sich nichts anmerken. Keine Königin konnte würdevoller einherreiten, doch hätte man zugegebenermaßen nicht nur einer solchen ein respektableres Gefolge gewünscht.

Ein Stein fiel mir vom Herzen: Alma war gesund, es war ihr nichts geschehen! Es war ganz gleichgültig, was jetzt kommen würde, nichts würde es sein gegen die Sorge, die ich mir ja doch um das Kind gemacht hatte.

Vor uns öffnete sich ein von wenigen Bäumen bestandenes, um so üppiger begrüntes Tal. Mustangs sah ich weiden, Hunderte, und an einer unüberschaubaren Zahl von Holzgerüsten hing Büffelfleisch zum Trocknen. Der Stamm richtete sich hier auf den Winter ein.

Nun zerfloß der Indianertrupp endgültig. Wie der Gischt einer auslaufenden Welle schob er sich auf eine Vielzahl von Hütten und Tipis zu, deren Lederhäute in der späten Sonne fast weiß leuchteten – Donnerwolke hatte die Unvorsichtigkeit begangen, von seinem Hauptlager zu einem Kriegszuge aufzubrechen und direkt dorthin zurückzukehren. Vogel, mußte ich denken, war zwar noch ein Knabe, aber doch bereits Kundschafter. Was, wenn ihm eine Abordnung Krieger seines Stammes folgte? Er würde sie geradewegs hierherführen. Dann konnte der Vorteil, direkt am Wasser anstatt nahe den Felsen zu lagern, in einen Nachteil umschlagen, in eine taktische Katastrophe.

Doch erst einmal empfing die Heimkehrer nicht Kriegs-, sondern Triumphgeheul. Von überall zwischen den Zelten quoll das rote Volk hervor und strömte seinen neuerdings siegreichen Kriegern entgegen. Daß diese keinerlei unberittene Tiere, folglich keinerlei Beute mit sich führten, schien niemand zu irritieren; wir Weiße fielen ja bereits durch unsere Hüte und unsere Kleidung auf, somit gab es wenigstens Gefangene.

Mindestens ein dutzendmal war es mir schon vergönnt gewesen, unter stärkster Bedeckung und, so wie jetzt, gefesselt einer Horde von Feinden vorgeführt zu werden. Alle wollten mich begaffen und berühren, denn natürlich war die Kunde von meiner Ergreifung durch die vorausreitenden Krieger verbreitet worden, und an Donnerwolkes Pferd hingen, weithin sichtbar, meine Gewehre, diese ehrfürchtig beflüsterten Waffen. Ein Jubelgeschrei brach los. Im spitzesten Tone gellten Hunderte Indianerstimmen, lauter begeisterte Menschenkinder, die das höchst erbauliche Bild meiner Marterung bereits vor Augen hatten.

Aber dann, Alma!

Als die Männer und Weiber der Schoschonen das Mädchen bemerkten, schlug die Euphorie in Scheu um. Das Geschrei brach ab, die Menge riß auseinander. Ehrfürchtig bestaunte man das blondlockige Fräulein, die Goldene Squaw. Nunmehr umrahmt von Donnerwolke und Ma-ta-weh, ritt in das Indianerlager ein: die Leipziger Professorentochter Alma Grüner!

Die Gefangennahme eines solch berühmten Westmannes und eines solch schönen Wesens, dies zusammen verschlug den Indianern die Sprache. Wie Potentaten sahen wir über alle Köpfe hinweg, mußten es sogar, denn hätte man in unseren Augen Angst erkannt, wäre es um uns geschehen gewesen.

Nachdem wir einmal das ganze Dorf durchquert und wieder von vorn Einzug gehalten hatten, brachte Donnerwolke sein Pferd vor einem reich geschmückten Tipi zum Stillstand. Es war jedenfalls sein eigener, denn wortlos eilten zwei junge Krieger herbei, ließen sich meine Gewehre reichen und brachten diese in das Zelt.

Seinem versammelten Volke verkündete der Häuptling:

»Old Shatterhand wurde gefangengenommen von Ma-ta-weh. Unser weißer Bruder hat schwere Vorwürfe gegen ihn vorzubringen. Darüber wird der Rat unserer weisen Männer urteilen. Noch ist Old Shatterhand kein Haar gekrümmt worden, doch muß er in Erwartung der Schmerzen zittern, die ihm bereitet werden, falls sie ihn für schuldig befinden. Noch heute abend werden sie entscheiden, welche Martern er zu erleiden hat, denn noch heute abend wird die Beratung stattfinden.«

Oh – man wollte sich erst über mich beraten, wußte aber schon das Urteil?

Das durfte ich nicht unwidersprochen hinnehmen. Zwar war einem Gefangenen das Wort nicht erlaubt, aber was kümmerte mich das?

Ich befahl Hatatitla mit einem leichten Schenkeldruck, die Pferde meiner Bewacher zur Seite zu drängen. Diese waren zu verdutzt, als daß sie mich gehindert hätten. Als wäre ich Donnerwolkes Kampfgenosse und nicht Ma-ta-weh, schob ich mich zwischen diesen und Alma.

Auch dieses Manöver unternahm ich mit Vorbedacht – Old Shatterhand neben der Schönen, das würde ein unvergleichliches Bild geben.

Meine Vermutung bestätigte sich. »Uff, uff, uff!« rief es ringsumher. Ich sagte:

»Old Shatterhand ist glücklich, das ruhmreiche Volk der Schoschonen besuchen zu dürfen. Nicht als ihr Feind kommt er zu ihnen, und doch wird er von ihnen so behandelt. Wer von ihnen hat seine Tapferkeit an Old Shatterhand erproben können? Kein einziger Krieger hat ihn zum Kampfe gestellt, keiner hat ihn besiegt. Sie bedurften der Hinterlist eines Bleichgesichts, um ihn zu betäuben. Dies geschah hinterrücks, mit dem Gewehrkolben – freuen sich die tapferen Schoschonen solcher Siege?«

Peinliche Stille lag über dem Dorfe. Schnell fuhr ich fort:

»Eure Weisen bedürfen keiner Beratung, wenn sie ihr Urteil bereits kennen. Einen Mann, dem seine Richter nicht zuhören wollen, soll man lieber gleich töten. Allerdings werden die Schoschonen dann die eigentlichen Absichten Old Shatterhands nie erfahren. Er sagt sie ihnen als freier Mann, nicht aber als ihr Gefangener. Weil er zuversichtlich ist, daß man ihn als Freund aller Menschen, gleich welcher Hautfarbe, erkennen wird, wehrt er sich nicht gegen seine Fesseln. Führt mich vor eure Weisen, laßt mich zu ihnen sprechen! Ich bringe euch eine wichtige Botschaft, welche die anderen Bleichgesichter betrifft, die seit einiger Zeit bei euch gefangen sind. Auch sie wurden auf heimtückische Weise niedergerungen, allein Old Shatterhand wird sie befreien!«

Das war ein Affront: Ein sichtlich wehrloser Mann wollte vor dem Ältestenrat sprechen und anschließend zwei Dutzend Gefangene befreien? Doch wohin ich auch blickte, in keinem Auge sah ich Zorn oder Haß für meine Worte. Man war vielmehr verwundert, wie ungezwungen ich in meinen Fesseln auftrat, inmitten so vieler bewaffneter Krieger.

Hayes spürte, daß ihm die Felle davonschwammen, er wurde unruhig. Das hatte ich bezweckt. Ich wollte herausfinden, wie stark seine Stellung unter den Roten sei. Nur so würde es mir möglich sein, seinen Lügen die richtigen Argumente entgegenzusetzen. Mitnichten gelassen, schrie er:

»Hört nicht auf Old Shatterhand! Er tut, als wäre es ein großes Geheimnis, was er beabsichtigt, aber Ma-ta-weh weiß, was er plant: Zusammen mit Winnetou will Old Shatterhand hinauf zu den heißen Quellen. Dort wollen sie die Erdgeister stören, damit sie sich an den Schoschonen rächen! Die Bleichgesichter, die wir gefangennehmen konnten, waren seine Späher. Sie alle gehören an den Marterpfahl, um für ihren Frevel zu büßen!«

Ich hörte es nicht gern, aber Hayes' boshafte Worte erhielten Zustimmung. Da er mich zu einem Rededuell forderte, setzte ich ihm mit erhobener Stimme entgegen:

»Manitou wacht über alle Menschen, und Manitou bestimmt ihre Geschicke! Wo seine Allmacht sich zeigt, verstummt ein jeder Mund. Damit seine Kinder dies nie vergessen, hat er ihnen viele Geister gesandt. Sie sitzen auf jedem Aste, wohnen in jedem Strauche; sie leben in jedem Wassertropfen und in jedem Atemhauch – wer von den Schoschonen wollte glauben, daß einzelne Menschen, und wären es Winnetou und Old Shatterhand, diesen Geistern etwas anhaben könnten, erst recht den Erdgeistern an den heißen Quellen? Wer so etwas behauptet, der lügt. Sodann ...« Ich blickte ernst um mich her. »Sodann Winnetou! An ihn hat Ma-ta-weh sich gar nicht erst gewagt, er vermag ihn nicht einmal zu finden. Sehen etwa die Krieger der Schlangen den Häuptling der Apachen? Hat man ihn finden, binden, zu ihnen bringen können? Nein, denn Winnetou kann man nicht besiegen. Er ist so unbezwingbar wie eure Geister, die nur Gutes für euch wollen. Darum wartet, bis Old Shatterhand sich dem Rat eröffnet hat. Allein dieser mag sein Urteil fällen!«

Es fehlte nicht viel, und ich hätte für meine Ansprache Jubel geerntet. Wenigstens hatte ich der Angstmacherei von Hayes eine freundlichere Vision entgegengesetzt. Es mußte sich weisen, ob ich damit weiterkam oder nicht.

Bislang hatte mich Donnerwolke gewähren lassen. Er tat dies wohl aus ähnlichen Motiven wie ich gegenüber Hayes: Je höher er mich steigen, also reden ließ, desto tiefer konnte ich fallen; den Rachegefühlen seines »Bruders« mußte nicht er, sondern der Ältestenrat Genüge tun. Deshalb erklärte er salomonisch:

»Donnerwolke hat Old Shatterhand sagen lassen, was er zu sagen hat. Aber auch Ma-ta-wehs Worte haben Gewicht. Er hat sich als unser Freund erwiesen und will alsbald dieses weiße

Mädchen zu seiner Squaw machen. Deshalb muß noch in dieser Nacht über Old Shatterhand befunden werden. Als großer Krieger soll er die Gelegenheit haben, sich zu offenbaren, doch muß er weiterhin gebunden bleiben. Richtet ein Zelt, in dem er den Beginn der Verhandlungen erwarten kann! Bringt die Gefangenen zu den anderen, aber das weiße Mädchen zu unseren Frauen. Sobald die Feuer lodern, beginnt die Beratung!«

*

Für den Rest des Nachmittages wurde ich in ein Zelt gesteckt, welches man eigens für mich leer geräumt hatte. Ungestört, aber weiterhin fest verschnürt, lag ich auf dem nackten Boden. Ich hatte versucht, ein wenig zu schlafen, was mir auch gelang, doch kaum war ich erwacht, wurde die Plane zurückgeschlagen, und Milton Hayes trat ein. Zu meinem Erstaunen war er scharf rasiert und hatte seine Westkleidung abgelegt. Auch trug er nun wieder einen Anzug mit Weste sowie einen breitkrempigen Hut. Damit sah er genauso stutzerhaft aus wie kürzlich im Boarding House. Ich verstand: Er wollte mich beeindrucken, gewiß auch Alma. Ihr sollte sein kostspieliges Gewand wohl eine Verheißung auf künftigen gemeinsamen Reichtum sein – wie leicht war dieser Mann zu durchschauen.

Mit Begrüßungsworten hielt er sich nicht auf. Stattdessen baute er sich in seiner ganzen eingebildeten Größe vor mir auf, faßte mich an der Gurgel und zog mich langsam, ein genüßliches Lächeln im Gesicht, zu sich empor.

Trotz des Schmerzes tat ich unbeeindruckt. Dieser vorgebliche Gleichmut zeigte Wirkung. Auf deutsch sagte er:

»Old Shatterhand, kennen Sie keinen Schmerz? Zwiebeln Ihre Fesseln noch nicht genug, haben die Indianer nicht tüchtig festgezogen?«

»Man hat Schlimmeres erlebt.«

»Ja, und man ist trotzig! Vielleicht wurde auch verabsäumt,

Ihnen ein paar Streiche aufzuzählen? Ich gleiche die Differenz gern aus!«

»*Pshaw!* Sie wollen doch nur, daß man mich möglichst schnell an den Pfahl stellt. Wenn ich schon leiden soll, dann richtig.«

»Nein, wie großartig Old Shatterhand doch ist! Der Blutsbruder Winnetous sehnt sich nach seinem Ende; noch im schlimmsten Leide will er ein Held sein – Sie wissen nicht, was draußen vorgeht! Die Roten legen die Farben des Opfertanzes an, und sämtliche Herren der Washburn-Expedition, gleich Ihnen und Ihren Freunden, bestehen nur noch aus Schnüren. Wem von uns wird wohl ein längeres, angenehmeres Leben beschieden sein?«

Ich hätte zu diesen Unverschämtheiten manches sagen können, beließ es aber dabei, Hayes zu entgegnen:

»Schämen Sie sich, uns den Indianern auszuliefern. Ich bin Deutscher und Sachse wie Sie.«

»Ja, Old Shatterhand, und ich gebe Ihnen noch den Bayern dazu, Ihren königlich-versponnenen Herrn Hirtreiter. Dieser Mensch ist ja völlig wirr im Kopf, jeden der Indianer fragt er nach Kochrezepten. Der Orientale hingegen jammert um irgendeinen Teppich, und Mister Everts zittert vor Angst. Er ist aber sehr gesprächig und hat mir alles erzählt – Sie führen also eine Reiseapotheke mit sich, einen ganzen Vorrat an Brillen? Warum nicht auch Salbenbüchsen und Heilkräuter? Immer will Old Shatterhand ein barmherziger Samariter sein!«

»Spotten Sie nur, Hayes. Für einen Menschen kann es nichts Vornehmeres geben, als anderen zu helfen. Vielleicht kommen auch Sie einmal in eine Lage, wo Sie froh sein werden, wenn man Ihnen Mitgefühl entgegenbringt.«

»Ich verzichte darauf, und wenn ich in einem Höllensud verkoche! Ja, Old Shatterhand, Sie sind ein großer Prediger. Zwar sehen wir uns ähnlich, aber wir könnten kaum unterschiedlicher sein. Damit Sie es nur wissen: Lange vor meiner Ankunft in Amerika habe ich jegliches Mitgefühl aufgegeben. Immer trug es mir nur Mißverständnisse ein. Auch ich wollte einmal ein braver Bürger sein. Auch ich war einmal bereit, dem Buchstaben des Gesetzes zu folgen. In unserer Dresdner Frauenkirche sang ich den ersten Baß; ich glaubte und lebte in Gott, genau wie Sie. Und ich hoffte auf eine glückliche Zukunft, war voller Zuversicht auf ein rechtschaffenes Leben, wo selbst das Tabakrauchen auf der Straße verboten ist. Aber dann – dann – – –«

»Dann wurden Sie zu Ma-ta-weh, zum Verbrecher«, half ich nach.

»Nein!« schrie Hayes. »Das ist nicht wahr! Ein Ausrutscher war es, mit dem alles begann, eine jungenhafte Dummheit, die mich aus der Bahn warf. Wie sehr habe ich dafür bezahlt, wie unbarmherzig hat das Gesetz, dem ich mich verpflichtet glaubte, mich angefaßt. Aber Gnade, Nachsicht, Mitgefühl? Alles nur Sonntagsreden! Eingesteckt hat man mich, ins Zuchthaus gepackt, weil ich nicht geständig war, mich nicht reuig erzeigte. Etliches andere wollte man mir anhängen; man hatte mich einmal im Sack und glaubte, aus mir ein Scheusal machen zu können. Aber was ich alles durchlitten habe, gehört nicht hierher, ich lebe ja noch. Seither interessiert mich nur noch eines: Geld! Sein Besitz bedeutet Freiheit, darum will ich möglichst viel davon anhäufen, das ist mein Lebensziel geworden. Wohlhabend bin ich schon, aber im Vergleich zu den Majestäten und Magnaten drüben in Europa bin ich eher ärmlich. Nicht Hunderttausende zählen in der Welt, Reichtum wird in Millionen gemessen, mindestens! Wem Respekt gezollt wird und wem nur Aufmerksamkeit zuteil wird, das entscheiden Zahlen. Old Shatterhand freilich kann sich Tugendhaftigkeit leisten, er ist schon immer reich gewesen.«

Ich glaubte meinen Ohren nicht zu trauen – was hatte Hayes da gesagt?

»Hayes, Sie reden irr: ich und reich?«

»Wollen Sie es bestreiten? Unbedingt hat man Old Shatterhand zu den Wohlhabenden zu rechnen.«

»Sie glauben ernstlich, ich besäße Geld?«

»Jede Menge, Sie sind reich! Vielleicht sogar reicher als ich.«

Hayes, dem es nichts mehr auszumachen schien, daß ich ihn mit Vorsatz nicht als Ma-ta-weh ansprach, gab meine Gurgel frei. Angewidert und mit einem Ausdruck größter Herablassung stieß er mich von sich.

»Was soll nun dieser Mummenschanz? Ein reicher Mann täuscht keinen anderen. Geben Sie sich nicht länger Mühe, mir weiszumachen, Sie besäßen nichts. Wie anders denn als als Millionär könnten Sie sich das ständige Reisen leisten? Im bürgerlichen Leben sind Sie Schriftsteller und schon dadurch einem beständigen Geldregen ausgesetzt, man liest Sie ja überall. Ich selbst habe mir nie die Mühe gemacht, Ihre albernen Schriften zu studieren; ich war mit richtigem Geldverdienen beschäftigt. Doch weiß ich, daß Sie kein Stubenhocker sind. Wie wenige haben Sie die Welt bereist. Kein Kontinent, auf dem Sie nicht schon gestanden hätten, kaum ein Land, das Sie nicht aus eigener Anschauung kennten, und keine Sprache, die Ihnen unvertraut wäre; in Ihren Büchern steht es doch! Dabei sind Sie noch jung, unfaßbar jung. Kaum dreißig Jahre, nicht wahr? Und sehnig sind Sie, kraftvoll – nicht auszudenken, daß Sie morgen, nach einer Nacht und einem Tage, die Ihnen wie Jahrhunderte vorkommen werden, in Streifen geschnitten, den Geiern zum Fraß vorgeworfen werden. Schade dann um Ihr vieles Geld, das weder Erben noch Erbin finden wird – ja, Shatterhand, Sie verstehen richtig: Erbin! Wenn erst meine Finanziers ihre Anteile für das Kupfer am Yellowstone gezahlt haben, wird das Fräulein Alma meine Braut werden. Mein Reichtum wird sie trösten, keine Träne wird sie Ihnen nachweinen.«

»Was reden Sie da!« wurde ich nun doch ärgerlich. »Ob ich sterbe oder die Geier meinetwegen Hunger leiden, das ist einerlei. Nur bitte ich, das Mädel aus dem Spiel zu lassen und nicht weiter von Geld zu sprechen, das ich nicht besitze. Sie schießen da einen gewaltigen Bock, wenn Sie Reichtümer bei mir vermuten.«

Dies gesagt, packte Hayes mich aufs neue. Voll Jähzorn und mit äußerster Gewalt drückte er mir die Kehle zu.

»Reden Sie nicht so mit mir, Old Shatterhand. Nochmals, Sie sind reich! Ihre Reisen, Ihre Aufenthalte in fremden Ländern, Ihr Stich ins Exotische, das verschlingt Unsummen. Und Ihre Bücher – berichten Sie darin nicht auch von Erlebnissen in China? Von Ländern, die unsereins allenfalls aus Folianten kennt, aus Bibliotheken? Nicht zu vergessen Ihre Ausrüstung: diese zwei phantastischen Gewehre, der Henrystutzen und der Bärentöter, sodann Ihre kostbaren Pferde, eines hier, eines in der Türkei oder in Arabien oder in Algerien, stets zu Ihrer Verfügung. Über welch bedeutende Kapitalien müssen Sie verfügen, um so zu prassen! Ihr Diener, dieser Halef – arbeitet er etwa umsonst? Nachgereist kommt er Ihnen, aus Afrika herüber, auf einer Jacht – wem diese wohl gehört? Und erst Winnetou – seinen gesamten Stamm werden Sie auszuhalten haben, während Sie beide, unbelastet von jeder Sorge um Broterwerb, die Prärien durchstreifen und brave Geschäftsleute bei der Arbeit behindern. Der Beschlag von Winnetous Silberbüchse – eine ganze Silberader steckt in dem Schaft! Nein, Old Shatterhand, mich täuschen Sie nicht. So viel Verschwendung kann sich nur leisten, wer nicht auf den Kreuzer rechnen muß. Sie sind ein Buchschreiber und haben alles Glück der Welt. Für mich ist bisher nur das Unglück übriggeblieben. Hätte man auch mir Gelegenheit gegeben, Bücher zusammenzuklecksen, wieviel Leid wäre mir erspart geblieben, wieviel Geld hätte ich verdient! Aber so – unter diesen Umständen – – –«

Von diesem unerwarteten Seelenausbruche erschöpft, gab der Mordgeselle meinen Hals abermals frei. Es war eigenartig mit uns: Der eine verabscheute den anderen in demselben Maße, wie der eine sich in dem anderen zu erkennen glaubte. Ich räusperte mich und sagte:

»Hayes, was immer Sie mir an Fähigkeiten gutschreiben, mag zutreffen, doch Sie ziehen die falschen Schlüsse daraus. Reisen, wie ich es verstehe, kostet wenig oder gar nichts, so man sich zu Lande und auf See nützlich zu machen versteht. Wie vielen Kapitänen habe ich schon mit Rat und Tat zur Seite gestanden, ihnen in ärgster Not Ladung und Besatzung gerettet. Würden Sie von meinen Büchern nicht nur reden, sondern sie auch lesen, Namen wären Ihnen geläufig wie Kapitän Kaiman oder Kapitän Turnerstick; von letzterem sogar zwei, einmal mit Vornamen Frick und einmal einen Heimdall. Sodann Hadschi Halef Omar. Nur zu Anfang, als er mir als Führer durch die Wüste diente, gab es zwischen uns die Frage nach Entlohnung. Wir wurden aber Freunde. Seither teilen wir alle Gefahren und Glückseligkeiten. Zum dritten: Die Jacht, auf der er aus Afrika herübergekommen ist, gehört mitnichten mir. Vielmehr steht sie im Eigentume eines Engländers, eines unglaublich reichen Lords. Dieser könnte ein deutscher Graf oder Baron oder Fürst sein, mich kümmert sein Reichtum nicht, folglich bekümmert er mich auch nicht. Und viertens und letztens: die Apachen. Sie leben, wie sie immer lebten, also ohne Geld. Dafür jagen, fischen und sammeln sie, und wenn sie müssen, kämpfen sie auch. Seit jeher sind die Indianer mit den Gaben der Natur zurechtgekommen, wir Weiße doch einst genauso. Dann aber kam das Geld in unser Leben, das ständige Begehren, der so bedeutsame Unterschied zwischen Besitz und Eigentum. Wie viele Seelen hat der Mammon schon verdorben – und wenn es das Schwerste ist, was Sie sich vorzustellen vermögen: Winnetou ist mein Blutsbruder! Zwischen uns gibt es keine Fragen nach Gold oder Geld. Was uns verbindet, ist über jeden Preis erhaben; was er und ich teilen, schwebt weit über den Niederungen der menschlichen Existenz. Freundschaft und Aufopferung sind mit Ziffern nicht zu ermessen. Wenn darum Ihnen, Milton Hayes, erst alles Kupfer gehört, sollten Sie vielleicht doch eines meiner Bücher erwerben. Die kleine Summe, die Sie dafür zahlen, wird postum meine Barschaft nicht mehren; diese ist so klein, daß niemand mich darum zu beneiden braucht. Zu Ihrer Enttäuschung: Old Shatterhand macht sich nichts aus Gulden und Talern, aus Rubeln, Dinaren oder Dollars. Allein die Liebe zu den Menschen und der Glaube an Gott bedeuten mir alles!«

Mit diesen Worten, dachte ich, würde Hayes, wenn schon nicht bekehrt, so wenigstens belehrt sein. Seine Reaktion indes erstaunte mich aufs neue. Scheinbar gelangweilt, schlug er seine wie stets behandschuhten Hände gegeneinander; ein aufreizend lässiger Applaus, der mich ärgern sollte und es auch tat. Anschließend versenkte er seine Daumen wieder in dem patronenstarrenden Gurte und sah mich mit schiefgelegtem Kopfe an.

»Ist das Beichthören damit zu Ende? Haben Sie der Welt nun alles gesagt, was es über Sie zu wissen gibt? Sterben Sie jetzt leichter, Old Shatterhand oder Kara Ben Nemsi oder wie immer Sie sich zu nennen belieben? Denn sterben werden Sie, das steht fest. Schade, daß an diesem See nicht ein wohlhabender Westmann sein Leben aushaucht; Ihren Worten zufolge wird es ein mittelloser Schreiberling sein, der hier krepiert, ein Illusionist, ein Tintensäufer, ein Träumer. Und doch – stürbe mit Ihnen nicht der frömmste, reinste Christenmensch, der je gelebt hat, Sie würden irgendwann reich werden. Doch was das Kupfer betrifft: Bedenken Sie, daß aus diesem Material auch Glocken gefertigt werden, für Kirchen und all die Schafe, die darin blöken!«

Ich drehte den Kopf zur Seite. Ich konnte diesen selbstgefälligen Menschen nicht länger ertragen. »Wohlan, Hayes, denken Sie, was Sie wollen, aber lassen Sie mich jetzt allein. Gönnen Sie mir eine kurze Zeit der Sammlung; früh genug werden Sie sich daran weiden, einen Landsmann sterben zu sehen. In meinem Brustbeutel stecken ungefähr einhundert Dollar. Da Sie auf Geld so versessen sind, greifen Sie zu!«

In der ihm eigenen Weise streifte Hayes' Daumen über die höhnisch geschürzten Lippen. »Einhundert Dollar? Was um alles in der Welt soll ich mit einhundert Dollar! Meinetwegen verbrennen Ihre Kröten zusammen mit Ihnen am Pfahle. Mein Maßstab ist ein größerer.«

»Ja, Hayes, ich sage Ihnen bravo! Stolz können Sie sein, wenn Sie dem Yellowstone die Felsen köpfen, wenn Sie dort die Geysire austrocknen, die Bisons dezimieren und die letzten Indianer vertreiben, alles des Kupfers wegen. Ich kenne Ihre Pläne nicht, aber das eine weiß ich: Sie haben keinen Respekt vor der Schöpfung.«

»Respekt?« lachte Hayes. »Umgekehrt ist es nicht anders. Mir hat die Schöpfung auch keinen Respekt bezeigt, nicht einmal Mitleid. Jahrelange Festungshaft hat mich zermürbt, mich zu einem einsamen, mittellosen Manne gemacht. Irgendwann, nach tausend Maskeraden und Verkleidungen, blieb mir nur, mich aus der Alten Welt fortzustehlen. Aber ich nutzte jede Gelegenheit, und deshalb beklage ich mich nicht. Sie sterben als kaum Dreißigjähriger, ich dagegen nähere mich den Sechzig und bleibe am Leben. Anstatt auf Reue setze ich auf Genuß. Mit den Millionen aus dem Kupfer und dem Fräulein Alma an meiner Seite werde ich doch noch eine Familie begründen, eine Dynastie errichten. Mein Geld wird für fünf Geschlechter reichen; gegen mich werden Fürsten Bettler sein. Und aus dem Mädel, Old Shatterhand, mache ich eine richtige Dame, die Mutter meiner Söhne, die Erbin meines Vermögens!«

»Bitte, tun Sie das. So sterben Sie reich, aber herzlos.«

»Ja, herzlos und sogar gottlos, denn auch in dieser Beziehung bin ich das Gegenteil von Old Shatterhand!«

»So sind Sie ein sehr armer Mann.«

»Und Sie ein ziemlich eingebildeter, zum Glück bald toter Mann! Ich hatte gedacht, Sie wären vernünftig und ließen sich helfen. Ich hatte vor, Sie gegen Herausgabe Ihres Besitzes zu erlösen. Aus sicherer Entfernung wollte ich Ihnen eine Kugel in den Kopf geben, ehe das schreckliche Häuten beginnt. Sie wissen, die Roten tun dies stets um die Mittagszeit, nach einer Nacht unsagbarer Qualen, wenn zum Schmerz des Schneidens noch die Höllenglut der Sonne kommt. Aber da Sie so gar nichts besitzen, mit dem Sie sich freikaufen könnten, da Sie mir nicht einmal die Lage auch nur eines einzigen *Placer* verraten wollen – – –«

Ah, daher wehte der Wind! Nicht nur war Hayes gekommen, sich an meinem Zustande zu weiden, er wollte mir auch in letzter

Minute das Wissen um eine Goldfundstelle entreißen – wie alle Reichen bekam er nicht genug.

»Gold, Hayes? Davon weiß ich nichts. Außerdem, Gnade soll man ganz ohne Geld erweisen. Wenn Sie mich oder meine Gefährten erlösen wollen, tun Sie es, aber aus Menschlichkeit.«

»Nein, Old Shatterhand. Jede Kugel kostet Geld. Wer im Diesseits nicht bezahlen kann, muß eben im Jenseits leihen. Darum endet der beste Freund der Roten als ein Heiliger. Milton Hayes aber bescheidet sich mit einem Dasein als reicher Mann.«

»Bitte schön, dann wird aus dem Schuft und Dieb auch noch ein Mörder!«

»Was sagen Sie da?« schrie Hayes unerwartet auf. »Alles mag ich in dieser Welt sein, ein Schuft, ein Dieb, ein Mörder, nur kein Habenichts mehr, verstehen Sie? Nie wieder arm!«

Und mit einem Blick, den ich bei ihm noch nie gesehen hatte, packte er mich abermals am Kragen. Mit Irrsinn in den Augen und einer unglaublichen Kraft in den Händen würgte er mich ein weiteres Mal:

»Nie – wieder – arm! Nie – wieder – arm!«

Erst im allerletzten Moment besann er sich und ließ von mir ab. Heftig nach Luft ringend, brachte ich hervor:

»Sie Wahnsinniger! Beinahe hätten Sie zugedrückt. Töten wollten Sie mich, ich konnte es in Ihren Augen sehen.«

»Na und, was liegt daran? Sie kommen in den Himmel, aber der Verbrecher Hayes in die Hölle – das denken Sie doch, nicht wahr? Los, antworten Sie!«

»Nein, Hayes, ich antworte Ihnen nicht mehr. Ich habe keine Lust auf ein weiteres Gespräch mit Ihnen. Zwischen uns ist alles gesagt: Sie freveln Gott und sind verdorben bis in die Haarspitzen. Lieber erwarte ich Donnerwolke und den Marterpfahl, als mich Ihnen weiter zu widmen. Wir sind fertig miteinander, adieu!«

»O nein, noch nicht adieu, Old Shatterhand oder vielmehr: Karl Hohenthal! Bis bälde – so ruft man sich bei uns in Dresden zu. Haben Sie das schon vergessen?«

»Gut, dann eben wie bei uns zu Heeme«, nahm ich den verbalen Fehdehandschuh auf. »Bis bälde und angenehmed Flohbeiß'n[1]!«

Das war zuviel für Milton Hayes alias Walter Heise. Ebenfalls ins Sächsische wechselnd, schrie er mich an:

»Sä – Sä – gemeener Angäbr!«

Und ich gab zurück:

»Sä – Sä – gemeenes Aas!«

»'n Gwasselgobb sind Sä, Old Schätterhänd!«

»Und Sä sin nährsch, Heese!«

»Fissaasche!«

»Forblämborner!«

»Luhladsch!«

»Miggrischs Muzel!«

»Oofgegnöbbld gehörn Sä, Old Schätterhänd!«

»Driebergezoochn sollten Sä eene kriechn, Heese!«[2]

Mitten in diese Konversation zweier Sachsen trat Donnerwolke in das Zelt. Verwundert über unser lautes Sprechen in einer ihm noch viel fremderen Sprache, blickte der Häuptling uns an:

»Die Bleichgesichter nehmen Abschied voneinander?«

Ich straffte und erhob mich, so daß wir drei uns einigermaßen würdevoll gegenüberstanden: Hayes, der Landsmann und Verräter, der meinen Tod und den meiner Begleiter in Kauf nehmen wollte; Donnerwolke, der es wohl noch nie erlebt hatte, daß ein Weißer einen anderen an den Marterpfahl lieferte; und ich, Old Shatterhand, von dem die beiden Erstgenannten nicht annehmen durften, daß ich das uns zugedachte Los widerstandslos hinnehmen würde.

Hayes' Augen leuchteten vor Genugtuung. Mir erschien er in diesem Moment wie ein Geschäftsmann, der just Kunde vom Ruin

---

1 wie bei uns daheim; angenehmes Flohbeißen = launiger Gutenachtgruß
2 Angeber; gemeines Aas; Quasselkopf; närrisch; Visage; Verplemperer/Verschwender; Lulatsch; mickriges Staubkörnchen; aufknüpfen; eins überbraten

eines Konkurrenten erhalten hat. Mit hungrig mahlenden Kiefern weidete er sich an der Vorstellung meines baldigen, qualvollen Todes. Es war aber keineswegs schon ausgemacht, daß der Rat der Ältesten seiner Forderung, mich mit Martern zu verwöhnen, folgen würde. Bei den Bedächtigeren unter ihnen zählte ich auf die Wirkung meines Rufes als Indianerfreund. Auch spekulierte ich, daß man, wie in solchen Fällen üblich, auf die Idee eines Zweikampfes verfallen würde. Gelang es mir, die Beratungen in diesem Sinne zu beeinflussen, brauchte mir um unser aller Leben nicht bang zu sein. Mit Hilfe meiner geübten Fäuste und Füße wollte ich den roten Herrschaften schon eine Lektion erteilen.

Unbewegten Gesichts blickte Donnerwolke mich an. »Old Shatterhand hat lange genug gewartet. Er folge mir, um vor den Alten zu sprechen.«

Durch die Öffnung der Zeltplane konnte ich sehen, daß die Indianer, obgleich es erst dämmerte, bereits zahlreiche Feuer entzündet hatten. Dies bedeutete, daß man Fleisch zubereiten und sich die Bäuche vollstopfen würde, um für eine lange Nacht gerüstet zu sein, nämlich für den nicht unwahrscheinlichen Fall, daß die Beratung gegen mich ausfiel und man uns allesamt sofort an die Pfähle stellte.

Für mich war das kein Grund, den Kopf hängen zu lassen.

»Ja, Donnerwolke«, sagte ich. »Ich bin mit allem einverstanden. Führe mich nur rasch zu den Feuern. Je höher sie brennen, desto deutlicher können deine Krieger sehen, wie gefährlich ich ihnen immer noch bin.«

»Old Shatterhand irrt. Den Kriegern der Schlangen ist er nicht mehr gefährlich. Seine Waffen schmücken meinen Tipi, er wird sie nie wiedersehen. Sein Pferd werde ich züchtigen, bis es gehorcht, und seine Hände sind ihm gefesselt wie seine Füße, kaum einen Schritt vermag er zu gehen.«

»Eben davon spreche ich, Donnerwolke. Möge dein Volk, vom Kinde bis zum Greise, nur sehen, für wie gefährlich du mich immer noch hältst. Ein Stamm, bei dem die Zuversicht wohnt, wird wohl darauf achten, daß ihm kein Gefangener zu entfliehen vermag. Aber wird man denselben binden, daß er kaum noch stehen kann? Wird man ihn erniedrigen, weil man selbst zu schwach ist? Feiglinge handeln so, aber keine Krieger!«

Dieser nicht ungefährliche Appell an das Ehrgefühl des Häuptlings ließ denselben, als seine äußerste sichtbare Regung, kurz aufschnauben. Unschlüssig blickte er auf Hayes, der sein Verbündeter war und gegen den er Rücksicht zu üben hatte, dann auf mich, seinen wertvollsten Gefangenen. Es war klar, daß niemand anderes als Ma-ta-weh es gewesen war, der sich für meine übertrieben starke Fesselung ausgesprochen hatte.

Ein letzter prüfender Blick auf meine Bande, ein letztes Zögern – Donnerwolke hob eine Augenbraue.

Im nächsten Moment griff Hayes unter sein Jackett, es blitzte in seiner Rechten: das Bärenmesser! Ohne mir ins Gesicht zu sehen, schob er die Klinge unter meine Stricke. Mit einem widerwilligen Ruck zerschnitt er sie: Ich war wieder frei!

Ja, ich war wieder frei. Nun konnte alles geschehen. Einem entschlossenen Manne, selbst wenn er unbewaffnet und von Feinden umringt ist, stehen immer noch seine körperlichen und geistigen Kräfte zur Verfügung. Er muß sie nur nutzen und auf sich selbst vertrauen – und auf Gott.

So folgte ich Hayes und Donnerwolke ins Freie, an das größte der in den Abendhimmel hinaufleuchtenden Feuer. Unter den Augen der versammelten Roten sollte ich erfahren, was man weiter mit uns vorhatte. – – – –

FÜNFTES KAPITEL

Old Faithful

Wo war Winnetou?

Von Donnerwolke und Hayes zu dem Beratungsplatze geführt, quer durch das Indianerdorf, blieb mir Zeit, einige Überlegungen anzustellen.

Winnetou – jeder an meiner Stelle wäre wohl geneigt gewesen, Sorge über sein Ausbleiben zu entwickeln. Das tat ich aber nicht, denn ich wußte, daß ich mich auf keinen Menschen so sehr verlassen konnte wie auf ihn. Doch ich brütete, wie er es anfangen könnte, uns zu Hilfe zu kommen.

Dieses Wörtchen »uns« war ja kein kleiner Stolperstein. Es konnte für Winnetou nicht einfach darum gehen, mich und sogar die Gefährten sowie das Mädchen zu befreien, ganz zu schweigen von den Mitgliedern der Washburn-Expedition. Es war zu vermuten, daß in diesem Falle die Schoschonen sich schadlos an diesen zwei Dutzend Männern halten würden. Aber selbst wenn es gelang, auch sie mitzunehmen, wie sollte es weitergehen? Wie konnten wir zum Yellowstone gelangen, mit ein paar hundert Indianern im Rücken? Man würde uns kaum in Ruhe Vorräte und Ausrüstung packen lassen, und man darf nicht übersehen, daß am Ziele eines jeden Abenteuers immer noch ein weiteres bevorsteht, nämlich die Rückkehr. Wie ein zweites Mal durch das Indianergebiet ziehen, zurück nach Cheyenne, falls der nahe Winter es unmöglich machte, über die Berge ins benachbarte Montana oder Idaho auszuweichen? Alles dies sollte ein einziger Mann bewerkstelligen, nämlich Winnetou?

Mir erklärte sich seine Unsichtbarkeit so: Der Übermacht der Schoschonen bereits auf dem Wege zu ihrem Lager entgegenzutreten, hatte er genau wie ich als Wahnsinn erkannt. Auch jetzt war ihre Wachsamkeit unvermindert hoch. Donnerwolke legte es darauf an, noch in dieser Nacht für klare Verhältnisse zu sorgen; offenbar fürchtete er die Beschämung, wenigstens mich durch Winnetou befreit zu sehen.

Es blieb nur eine wirklich geeignete Gelegenheit: jener Moment, da unsere lieben Gastgeber ihre Beratung abgeschlossen und ein Urteil gegen uns gefällt hätten. Gegen uns, erst recht gegen mich würden sie entscheiden, das stand bei mir fest. Mata-weh würde nicht lockerlassen. Dann würden die Roten bis zur Verzückung tanzen und sich an ihren mysteriösen Pilzen berauschen. Unter deren aufputschender und zugleich betäubender Wirkung würde ihnen das Schlachten noch leichter fallen. Dieser Zeitpunkt, der gegen Mitternacht gekommen sein könnte, würde der beste Augenblick für einen Befreiungsversuch sein, also unmittelbar bevor man uns an die Pfähle bände. Danach würde es jedem noch so verwegenen Manne kaum mehr möglich sein, uns alle freizuschneiden, uns zu den Pferden zu bringen und aus dem Lager zu galoppieren – es sei denn, dieser Verwegene brächte ausreichende Verstärkung mit.

Das brachte mich auf die nächste Frage: Wo war Vogel, der junge Upsaroka?

Seit wir am Ocean Lake angelangt waren, hatte jener Kolkrabe nicht mehr getschilpt. Auch an diesem Schweigen glaubte ich ein Zeichen zu erkennen: ob Winnetou sich mit dem Knaben zusammengetan hatte?

Noch mehr dachte ich an die »Erdgeister« und die erwähnten Geysire, an »Old Faithful«. Ein kraftvoller, beeindruckender Kerl mußte das sein, dieser vulkanische Wasserauswurf, daß man ihm einen solchen Namen gegeben hatte. Worum ging es Hayes mit ihm, weshalb hatte er die Washburn-Männer nicht einfach töten lassen? Sein Ziel war diese geheimnisvolle Quelle, es konnte gar nicht anders sein. Um dort einen bestimmten seiner finsteren Zwecke zu verwirklichen, war er auf Hilfe angewiesen – aber würde Washburn, unter welchen Drohungen auch immer, einem Verbrecher zu Willen sein?

Es mag unverantwortlich erscheinen, aber ich beschloß, meine wiedererlangte Bewegungsfreiheit nicht für einen Fluchtversuch zu nutzen. Ein anderes Wagnis mußte ich eingehen, und zwar versuchen, Hayes' Beweggründe zu erkunden sowie uns lange genug von den Marterpfählen fernzuhalten und gleichzeitig darauf hinzuwirken, daß die Roten ausgiebig von ihren Rauschmitteln kosteten. Winnetous heimliches Wirken konnte nur gelingen, wenn ich dazuhalf.

Unversehens bot sich dazu eine Gelegenheit.

Während ich mich meinen Gedanken hingegeben hatte, war ich von Donnerwolke an das größte der Feuer geführt worden. Dort sollte die nächtliche Versammlung abgehalten werden, und dort wies er mir nun meinen Platz zu. Zwar war ich, wie sich denken läßt, nach links und rechts von Kriegern umgeben, aber in meinem Rücken befanden sich nur ein paar Tipis. Aus Respekt vor den erwarteten Alten und wohl auch weil gleich noch getanzt werden sollte, saß ich damit weit genug von der Feuerstelle entfernt, aber auch nahe genug an jenen Zelten, so daß sie mir Deckung bieten konnten.

»Donnerwolke«, sagte ich, ehe ich mich setzte. »Bin nur ich es, der sich vor deinem Stamme zu verantworten hat, oder sind auch meine Gefährten und das weiße Mädchen angeklagt? Ferner hältst du ein Bleichgesicht namens Washburn sowie seine Männer gefangen. Was ist mit ihnen?«

»Old Shatterhand wird ihnen allen begegnen, sobald die Beratung beginnt. Er mag für sie alle sprechen. Wird der Tod über ihn beschlossen, so trifft es alle Bleichgesichter, spricht man ihn frei, so kommen auch sie frei – ist Old Shatterhand nun davon überzeugt, daß keiner der Schoschonen ihn fürchtet?«

»Ja«, sagte ich schlicht und war befriedigt darüber, daß ich anscheinend Donnerwolkes Ehrgefühl aufgestachelt hatte. Er entfernte sich, um offenbar seine Repräsentationspflichten wahrzunehmen, denn als Häuptling oblag es ihm, höchstselbst die herausragenden Persönlichkeiten des Stammes an das Feuer zu holen.

Währenddessen schickte sich ein Rudel junger Burschen zum Tanze an. Das Gesicht sowie ihren halbnackten Oberkörper hatten sie sich mit Erd- und Pflanzenfarben bemalt. Einer von ihnen, wohl der Tanzführer, schmückte seine Lenden mit Büscheln aus gebleichtem Pferdehaar – eine wenig dezente Anspielung auf Menschenhaar. Eine andere Gruppe ließ sich zu allen Seiten des Feuers nieder, primitive Trommeln zwischen die Knie geklemmt. Im Nu war das schönste Tohuwabohu im Gange.

Ich kannte diesen Brauch der Indianer, dem Notwendigen das Angenehme vorauszuschicken. Gleich dem Varieté in unseren großen Städten verstehen auch sie sich durchaus auf Kurzweil. Unsere Ergreifung mußte gefeiert werden, das rote Volk Gelegenheit erhalten, sich auf ein noch viel größeres Ereignis einzustimmen. Dieses konnte nur in unserer Hinrichtung bestehen.

Viel Unsinn ist schon geschrieben worden über die Tänze der »Wilden«.

Man darf sich darunter nicht das Walzern und Geschiebe unserer Breiten vorstellen, schon gar keine Polka. Den Kindern des Großen Geistes ist der Zwei- oder Dreivierteltakt unbekannt. Wenn sie das Tanzbein schwingen, kommt kein Reel dabei heraus, wie bei den Iren oder den Schotten. Das liegt daran, daß der Indianer musikalische Begleitung nach unserem Verständnis nicht kennt, keine zusammenwirkenden tonalen Instrumente, erst recht kein Orchester oder mehrstimmigen Gesang. Seine Melodien sind kurz und eindringlich, also monoton, desgleichen seine Rhythmen. Durch ständige Wiederholung kommt dieser »Musik« aber eine aufpeitschende und zugleich sinnesbetäubende, eine mesmerisierende[1] Wirkung zu, wie man sie bei uns etwa nach reichlichem

---

1 hypnotischer Zustand, benannt nach Franz Anton Mesmer, dem Entdecker des »animalischen Magnetismus«

Genuß von Krätzer verspürt. Stundenlang »tanzen« dann die roten Herren, übrigens nie deren Damen, bis der Überschwang Halluzinationen hervorruft und in Erschöpfung mündet – oder in ein haltloses Aus-sich-Heraustreten.

Die Nacht durchzutanzen war hier sicherlich nicht geplant. Es ging um einen rituellen Auftakt: Sich selbst wollten die Indianer ermuntern, ich dagegen, ihr erklärter Feind, sollte eingeschüchtert werden. Das vermag freilich kein Kriegs- oder Opfertanz, nicht einmal eine Polonaise.

Aus der Dunkelheit, die nun grau über dem See und zwischen den Zelten hing, schossen die Flammen unseres Feuerplatzes in den Nachthimmel. Sie blendeten einen jeden, weil einige Unentwegte nicht abließen, Schwarzpulver in die Glut zu streuen. Eine kleine Menge jeweils reichte, um immer neuen Funkenflug hervorzurufen. Durch dieses Feuerwerk hindurch beobachtete ich Hayes und Kilmer, die wiederum mich nicht aus den Augen ließen.

Als die Zuschauer ganz dem Stampfen, Schreien und Zündeln ihrer Brüder hingegeben waren, bemerkte ich, daß meine Gegenspieler Anstalten machten, sich zu entfernen. Das interessierte mich – wo zog es sie hin?

Ich sah die beiden einen Bogen schlagen und sich auf das letzte Zelt jener Reihe zubewegen, die sich in meinem Rücken befand. Unschwer erriet ich, daß dies ein Ehrenzelt war, das man für den großen Schoschonenfreund Ma-ta-weh eingerichtet hatte. Ob die Strolche sich dort besprechen wollten? Schade, daß ich dieser Unterredung nicht heimlich beiwohnen konnte, denn ich war ja – – –

Hm, warum eigentlich nicht? Meine Bewacher saßen schon lange nicht mehr neben mir, sie hatten sich vom eindrucksvollen Getanze ihrer Stammesbrüder hinreißen lassen und waren aufgesprungen. So war mein Entschluß sofort gefaßt: Höchstens ein paar Minuten würde ich fehlen, also nur kurz mein Glück strapazieren – und doch lange genug. Andererseits hatte ich zu keiner Zeit Donnerwolke mein Wort verpfändet, nicht zu fliehen oder nichts gegen meine Feinde zu unternehmen. Ich erwartete also den Augenblick, da eine weitere Handvoll Pulver das Feuer geradezu explodieren ließ, und handelte. Durch eine einfache Rolle rückwärts empfahl ich mich aus meiner sitzenden Position heraus ins Dunkle. Infolge dieses wenig westmännischen, aber hilfreichen Purzelbaums war ich dem Lichtscheine entschwunden. Jetzt schnell!

Langwieriges Schleichen kam nicht in Frage. Jederzeit konnte ja mein Verschwinden bemerkt und das Lager in Aufruhr versetzt werden. Also lief ich an den Planen der Zelte entlang zu dem letzten, in welchem ich Hayes und Kilmer vermutete. Um mich her war es Nacht. Niemand stellte sich mir in den Weg, sogar die Hunde hatten sich am Feuer gesammelt. Das einzige, was zu wünschen übrigließ, war Stille. Als ich nämlich an meinem Ziele angelangt war und mich an der Tierhautbespannung des Tipis niederließ, konnte ich dahinter, wegen des Lärms der Indianer, nur vereinzelte Worte und Satzfetzen erhaschen. Diese genügten aber, um ungefähr das folgende, übrigens sehr schnell und auf deutsch geführte Gespräch zwischen Ma-ta-weh und seinem Vasallen zu verstehen:

»Was gibt es denn, Hayes, daß wir uns hierher zurückziehen? Ihr wißt, ich habe noch nie einen Indianertanz gesehen und wäre gern am Feuer geblieben.«

»Laß die Roten, Kilmer. Dies ist unsere einzige Möglichkeit zu sprechen, ehe die Beratung beginnt. Du wirst auch nicht zum Feuer zurückkehren.«

»Warum denn? Das fällt doch auf!«

»Kaum. Mir vertraut man, aber du hast hier keinen Stand. Es ist wichtig, daß du mit den Männern Vorbereitungen triffst. Womöglich reiten wir noch heute nacht.«

»Fällt uns nicht ein! Wir bleiben und sehen zu, wie Old Shatterhand und die anderen gezwickt und gezwackt werden.«

»Und was, wenn er den Ältestenrat beschwatzt und freikommt?«

»Aber Ihr habt doch gesagt – – –«

»Natürlich habe ich Donnerwolke vorgestellt, welche unversöhnlichen Feinde er an Winnetou und Old Shatterhand hat. Daß der Apache noch nicht eingesteckt werden konnte, ist ärgerlich, aber keine Bedrohung. Allein kann selbst er nichts ausrichten. Aber sein lieber Blutsbruder!«

»Ihr scheint ja mächtig Respekt vor ihm zu haben – – –«

»Er ist überaus gewitzt, darum geht es. Vorhin hat er Donnerwolke gute Worte gegeben; sodann mußte ich ihm die Fesseln durchschneiden. Und gleich zu Anfang hat er sich ausbedungen, zu seiner Verteidigung sprechen zu dürfen. Der Kerl scharmiert besser als ich. Wir müssen also vorbereitet sein. Hör zu – – –«

Es wurde mir schwer, das folgende zu verstehen. Immer wieder streuten die Tänzer Pulver ins Feuer, was mit zustimmendem Geschrei quittiert wurde und hoffentlich weiter die Wachen ablenkte. Immerhin verstand ich dies:

»– – – weshalb einer deiner Männer das Paket bereithalten muß. Ein paar andere sollen die Pferde bereithalten. Zu leicht kann es geschehen, daß Old Shatterhand Donnerwolke und mich entzweit. Falls dann der Rat sich gegen uns entscheidet, brechen wir auf.«

»Aber Ihr seid doch mit dem Häuptling befreundet, seid sogar sein Bruder, wie er immer sagt. Ihr habt einst seinen Vater gerettet, den Roten Blitz.«

»Es war der Gelbe Blitz, nicht der Rote. Ich habe diese Sache damals nur inszeniert, um mir den Mann gewogen zu machen. Die Weißen, die ihn angeschossen hatten, gehörten zu mir; wir waren eine Kompagnie von Fallenstellern.«

»Was, Ihr habt den Blitz nicht vor dem Grizzly gerettet?«

»Aber nein, Kilmer, der Bär war längst tot. Der Häuptling lag im Wundfieber und phantasierte, aber seine Krieger suchten ihn, waren uns schon ganz nahe. Im Kampf hätten sie uns aufgerieben, ganz bestimmt. Da zerrte ich den Verwundeten zu dem

Ungeheuer. Diesem rammte ich ein paarmal meine Klinge in den Leib, so daß es nach einem blutigen Kampfe aussah.«

»Hat denn später niemand erkannt, daß das Tier bereits zuvor tot gewesen war?«

»Nein, denn der Ort, an dem ich als Weißer den Kriegshäuptling der Schoschonen rettete, galt sogleich als heilig. Wir zogen Meister Petz schnell das Fell ab und zerteilten sein Fleisch. Die Hälfte seiner Krallen vermachte ich dem Gelben Blitz, die andere trage ich bis heute um meinen Hals. Dem lebenden Vieh habe ich mich nicht näher als auf Schußweite genähert.«

»So seid Ihr – seid Ihr – – –«

»Willst du mich einen Betrüger nennen?«

»Aber Ihr seid einer! Alle Leute macht Ihr glauben, Ihr wärt ein Held!«

»Geschieht ihnen recht. Die Menschen sehnen sich nach Helden, nicht nach Kaufleuten. Wichtig ist nicht, was einer ist, sondern wofür er gehalten wird. Ein gescheiter Kerl darf kein dummer Esel sein.«

»Hayes, Ihr klingt schon wie Old Shatterhand.«

»Unsinn. Er äfft *mich* nach, nicht ich *ihn*.«

»Aber wenn das mit dem Bären nicht stimmt, so müßte ich annehmen – – –«

»Ja, Kilmer, du vermutest richtig. Deshalb hat mich das Auftauchen des Fräuleins so überrascht: Ihr Gewehr und mein Bärenmesser wurden von ein und demselben Manne bearbeitet! Verstehst du nun, weshalb ich es unbedingt in meinen Besitz bringen mußte, kaum daß ich bei Pfäffle einen Blick darauf geworfen hatte? Hierzulande kann keiner die Zeichen lesen, die diese beiden Waffen tragen. Der einzige, der es vermag, könnte noch am Leben sein, was seltsam genug wäre.«

»Ihr meint – – –?«

»Ja, denn mein Bärenmesser ist alt, aber der Beschlag der Büchse ist neu. Jener Mann – zuletzt sah ich ihn in Marokko, in Casablanca. Er nannte sich dort Ibn Nabil, aber das ist wahrscheinlich ein falscher Name. Wie du siehst, hat er mich nicht vergessen. Aus der Ferne und auf ganz unerhörte Weise droht er mir, indem er geheime Zeichen ritzt!«

»Wollt Ihr deshalb das Mädchen zur Frau, um an das Gewehr zu kommen?«

»Unfug! Ich habe es ihr sogleich abgenommen. Ich kann damit tun, was ich will, und mit Alma auch. Bildhübsch ist sie und obendrein eine Kämpferin, klug ist sie auch. Sie muß mein werden, und wenn sie sich noch so sträubt. Erst dann reimt sich alles zusammen: das Kupfer vom Yellowstone, die Vernichtung meines alten Lebens, das richtige Weib und der Luxus der Welt – in Champagner werden wir baden, Alma und ich, und auch du, Kilmer, du und deine Männer. Aber erst müssen wir mit Washburn hinauf zum Old Faithful. Seine Leute müssen die Gegend und die Lage der Erzvorkommen kartieren, ehe der Schnee kommt.«

»Und dann? Wollt Ihr zwanzig Westleute verpflichten, das Maul zu halten?«

»Nicht verpflichten will ich sie, nur ein bißchen sieden – Dummkopf! Wenn die Arbeit getan ist, töten wir sie und werfen sie in den Schlund des Geysirs. Danach sprenge ich das verdammte Ding, ebenso die anderen Speier. Die Regierung wird kaum eine geköpfte Bergkuppe unter ihren Schutz stellen.«

»Aber das ist – das ist – – –«

»Verschlägt es dir schon wieder die Sprache? Mein Plan ist genial, die beste Methode, reich zu werden. Bilde du unsere Vorhut, damit uns niemand den Weg verlegt, falls wir fliehen müssen. Postiere dich mit zehn Schützen am Dorfausgang. In der Dunkelheit haben die Roten keine Chance.«

»Ihr rechnet mit Verrat?«

»Ich rechne mit Old Shatterhand! Er wird alles daransetzen, mich bei Donnerwolke unmöglich zu machen. Bedenke, wie oft er sich aus ähnlicher Lage herausgewunden hat.«

»Dabei habt Ihr ihn Washburn gegenüber doch als erfunden bezeichnet.«

»Das ist er letztlich auch. So lieb und gerecht wie Old Shatter-hand ist kein Mensch. Nun aber genug. Wir müssen wieder nach draußen, ehe unser Fehlen bemerkt wird. Was ist, du zögerst?«

»Hayes, noch ein Wort! All die Jahre war ich immer an Eurer Seite. Für Euch habe ich gelogen, gestohlen, betrogen und auch gemordet. Wenn Ihr nun dort oben, in der Wildnis – wenn Ihr bei dem Geysir, Old Faithful – – –«

»Kilmer! Du, mein einziger und bester Freund, der du wie ein Sohn für mich bist, denkst du, ich würde dich betrügen?«

»Ja, das denke ich. Doch Ihr wißt, was in diesem Falle ge-schieht.«

»Ich weiß es, du hast mir oft genug damit gedroht. Wirst du mir das Papier aushändigen, sobald ich dir deinen Anteil an dem Kupfer überschreibe?«

»Sofort.«

»Du übertreibst. Sofort wird es kaum möglich sein. Du hast selbst gesagt, die Aufzeichnungen befänden sich in Cheyenne, in Sicherheit.«

»Das habe ich nur so gesagt, damit Ihr nicht weiter in mich dringt. Seht her. Das Papier steckt in meiner Brusttasche. Doch Vorsicht! Zusätzlich steckt auch mein Deringer[1] drin. Sein Lauf enthält nur eine einzige Kugel, aber sie ist für Euch, wenn ich mer-ke, daß Ihr falschspielt.«

»Und damit genug. Meinetwegen sollst du nicht leiden müs-sen, merke dir meine Worte. Und damit du siehst, daß ich es ernst meine, erlaube ich dir, mich bereits jetzt beim Vornamen zu nennen. Dein ewiges höfliches Getue überlasse diesem tölpelhaf-ten Koch. Möge es mit ihm am Marterpfahl verbrennen, genau wie unsere dunklen Tage. Und nun ist es wirklich an der Zeit, daß wir – – –«

Richtig – auch für mich war es an der Zeit, an Rückzug zu den-ken. Eigenartigerweise hatte ich zuletzt das Gefühl, nicht allein an

---

1 Miniatureinschüsser, mit dem z. B. Abraham Lincoln ermordet wurde

der Zeltwand zu lauschen. Außerdem durfte meine Abwesenheit nicht noch länger währen. Ich ließ darum jede Vorsicht fahren und lief, so schnell die Dunkelheit es erlaubte, zurück zu meinem Platz.

Ich erreichte ihn, und keine Sekunde zu früh, denn mit einem Male brach das Getrommel ab. Die Tänzer erstarrten in ihren letzten Bewegungen, und sämtliche andere Indianer, neugierig auf die Reaktion ihres hochgeschätzten Gefangenen, wandten ihren Blick an die Stelle, wo Old Shatterhand dem Festakte beizuwohnen hatte. Dort saß – ich!

Im letzten Moment war es mir gelungen, jenes Stück gestampften Boden wieder einzunehmen. Großmütig nickte ich meinen Gastgebern Lob zu – in der Tat hatte ihre Darbietung eine erhellende Wirkung auf mich gehabt.

Dann sah ich hinüber zu Hayes. Just in diesem Moment kehrte auch er zurück, allerdings ohne Kilmer, aber ich kannte ja die Gründe für sein Ausbleiben.

Wie am Nachmittag, bei unserem Einzuge, teilte sich die Menge der Schoschonen, denn als nächstes näherte sich dem Feuer ein Zug von Weißen. An ihrer Spitze erkannte ich zwei kleingewachsene Männer – Halef und Hirtreiter! Ihnen folgten Washburn, Doane, Langford und all die anderen, zu denen, wie ich sah, nun auch wieder Everts zählte. Eskortiert wurde der Trupp von der doppelten Anzahl Krieger; Donnerwolke hatte also strenge Vorkehrungen getroffen.

Man geleitete die Gefangenen zu meinem Platz, wo sie sich in drei Linien um mich herumgruppieren mußten. Anders als mir hatte man ihnen die Fesseln zwar nicht abgenommen, aber so weit gelockert, daß sie gehen konnten; Füße und Beine waren ganz frei. Jedoch waren die Indianer umsichtig genug, entlang den angrenzenden Zelten eine Mauer aus Wachen zu bilden. Damit wurde mir ein weiterer Ausflug unmöglich. Ich winkte Halef und Hirtreiter zu mir, was gestattet wurde. Washburn und den anderen konnte ich nur zunicken, mehr Konversation war uns nicht möglich. Soweit ich es überblicken konnte, waren alle Personen vollzählig bis auf eine – Alma fehlte. Ließ man sich etwa den Auftritt der Goldenen Squaw entgehen? Nur wenig hatte ich Hayes und Kilmer von ihr reden hören, aber das mußte nichts besagen. Gerade kam mir die Vermutung, daß Kilmer wohl auch den Auftrag hatte, bei der geplanten Flucht das Fräulein mitzunehmen, da schickte Halef sich an, auf mich einzureden. Mahnend legte ich meinen Zeigefinger auf die Lippen, und er verstummte, denn es nahte Donnerwolke. Für indianische Verhältnisse hatte er sich in Schale geworfen, trug ein Festtagsgewand aus gebleichtem Wapitileder sowie auf dem Schopfe einen ganzen Buschen Adlerfedern. Wie anders war dagegen Winnetou, der keines solchen Schmuckes bedurfte, um als Edelster unter seinesgleichen erkannt zu werden. Der Häuptling der Schoschonen nun brachte eine Formation mit den Weisen und Ältesten des Stammes heran.

Einer unter ihnen fiel mir auf. Es war ein besonders gut gebauter, für einen Ältesten noch viel zu rüstig wirkender Mann. Er überragte sämtliche seiner Brüder, sogar Donnerwolke, doch sein Gang glich dem eines Greises. Manchmal schien er zu wanken, derart unsicher setzte er Fuß vor Fuß – war der Mann blind? Er trug eine angedeutete Büffelmaske, eindrucksvoller und aufwendiger gearbeitet als die der Tänzer zuvor. Sein Gesicht war mit Erdfarben horizontal in zwei Hälften geteilt, eine blutrote, eine weiße. Das flackernde Feuer tat ein übriges, daß ich seine Züge nicht ausmachen konnte. Aber ich bemerkte, daß von ihm eine Kraft ausging, die mich nicht zweifeln ließ, daß er eine geachtete Persönlichkeit war. Bei der Beratung würde sein Wort Gewicht haben.

Als die Männer sich rund um das Feuer auf Lederhäuten und Tierfellen gelagert hatten, gebot Donnerwolke, die Flammen zu zügeln. Dies war notwendig, damit die Ratsherren einander sehen konnten.

Ruhe kehrte ein, der Häuptling breitete die Arme aus.

Dies war das Zeichen, daß er nun die Anklage gegen uns verkünden würde. Daß er dabei englisch sprach, mißfiel mir. Ich selbst verstand Donnerwolkes Sprache, das Schoschone, recht gut, was er bei den anderen Gefangenen kaum voraussetzen durfte. Er wählte also das Englische, um explizit auch von ihnen verstanden zu werden – ein Akt der Einschüchterung. Daran merkte ich, daß das Urteil der Ältesten bereits feststand – eine wahrlich unvoreingenommene Jury.

»Bismillah!« flüsterte Halef mir zu, weil auch er die Komödie durchschaute. »Dieser rote Ungläubige treibt ein Spiel mit uns. Wollen wir uns das gefallen lassen?«

»Ein wenig noch«, flüsterte ich zurück. »Gerade so viel, daß du einmal sagen kannst, du habest einem indianischen Kadi[1] zugehört.«

»Und wenn er uns zum Tode verurteilt, der Kadi?«

»Dann wirst du auch erzählen können, du habest in einer Schlacht in einem Indianerlager gefochten. Nicht viele Beduinen können das von sich behaupten. Selbstverständlich werden wir es nicht so weit kommen lassen.«

Daraufhin begann Donnerwolke mit seiner Anklage, indem er mit großer Geste über das Feuer rief:

»Meine roten Brüder und Schwestern! Ma-ta-weh hat uns vor dem weiteren Eindringen der Bleichgesichter in das heilige Land unserer Vorväter gewarnt, und wirklich, sie sind gekommen. Angeführt wurden sie von Old Shatterhand, der sich einen Freund aller roten Menschen nennt, aber gegen sie wirkt. Wir konnten ihn ergreifen und in Fesseln schlagen!«

»Nein!« rief Hayes dazwischen und sprang auf.

Schon zuvor, in dem Tipi, war mir aufgefallen, daß er seine Westmannskleidung gegen einen zivilen Anzug getauscht hatte. Dies hatte ich zunächst für Angeberei gehalten, um Alma zu beeindrucken. Als ich nun sah, wie er sich erhob und Donnerwolke in die Parade fuhr, begriff ich, daß er auf Streit versessen war.

»Nein«, wiederholte er. »Ich habe Old Shatterhand bezwun-

1 Richter

gen. Daß er gefesselt vor uns sitzt, verdanken die Schoschonen mir!«

»Das stimmt nicht!« rief ein anderer – ich war das, denn auch ich war aufgesprungen.

Die Wachen, die mich hindern wollten, schüttelte ich wie Fliegen ab. Frei stehend und frei sprechend, fuhr ich fort:

»Niemand hat Old Shatterhand besiegt, es hat gar keinen Kampf gegeben. Daß man mich niederschlug, ist keine Heldentat, die man einst an den Feuern rühmen wird. Stellt mich an den Pfahl und martert mich. Aber eurem Freudengeheul wird ein Wehklagen folgen, sobald bekannt wird, auf welch schmähliche Weise ihr alle euren vermeintlichen Sieg errungen habt!«

Da waren wir also mitten drin in dem merkwürdigen Tribunal: Richter, Staatsanwalt und Angeklagter hatten je einmal gesprochen. Donnerwolke konnte und wollte nicht zulassen, daß ihm von dem einen wie dem anderen Weißen das Heft entrissen wurde. Interessant war, daß er sich bei seiner Antwort nicht mir zuwandte, sondern seinem »Bruder«:

»Ma-ta-weh spricht wahr. Er und seine Männer haben Old Shatterhand gestellt. Doch er möge nicht vergessen, daß Donnerwolke und seine Krieger es waren, unter deren Schutz dies geschehen konnte. Nur weil sie wie ein ganzer Schwarm von Falken über Ma-ta-weh wachten, konnte er seinen Sieg erringen. Deshalb hat er die Gefangenen auch den Schoschonen überantwortet.«

»Ja, Donnerwolke!« rief Hayes. »Doch nicht zu dem Zwecke, daß erst lange über sie beraten werde.«

Halef stieß mich an. »Sihdi, mache diesem Schacher ein Ende. Man spricht über uns, als wären wir Sklaven auf dem Basar!«

Ich kam nicht dazu, ihm etwas zu entgegnen, denn ein weiterer Sprecher hob an. Es war jener Rote mit der Büffelmaske. Sein Gesicht wandte er ungefähr in meine Richtung, aber es war ihm anzumerken, daß er mich nicht erkennen konnte. Er sprach im Sitzen in einem traurigen, leiernden Tone:

»Scha-na-tse hört Old Shatterhands Worte, aber er vermag ihn nicht zu sehen. Nebel umgibt Scha-na-tses Augen, schon seit vielen großen Sonnen[1].«

Sein Name war ein spiritueller und bedeutet Der-mit-den-zwei-Gesichtern. Um den Hals trug der Mann einen ungewöhnlich großen Medizinbeutel. Darin mochte er mehr als den einen, für jeden Krieger unerläßlichen Gegenstand verwahren, welcher jeweils als heilig angesehen wurde. Demnach hatte ich es mit dem Medizinmann des Stammes zu tun. Ein solcher Schamane oder Magier war nach dem Häuptling der wichtigste Würdenträger. Ihn galt es, sich geneigt zu machen.

In der Tat wartete Donnerwolke nur, bis alle es sich bequem gemacht hatten. Dann machte er eine Handbewegung, womit er Der-mit-den-zwei-Gesichtern das Wort erteilte. Dieser sprach:

»Vieles hat Scha-na-tse vernommen über Old Shatterhand, auch über Winnetou. Dreht man die Worte über sie in der Hand wie Kieselsteine, so findet man darunter keinen einzigen scharfen. Dennoch sind die Schlangen ausgezogen, um sie gefangenzunehmen. Scha-na-tse war dagegen, weil auch die Zeichen dagegen waren. Ma-ta-weh war dafür – – –«

Diese letzte Bemerkung klang wie eine Frage, allerdings eine rhetorische, auf die von niemand eine Antwort erwartet wurde. Hayes hielt es trotzdem für geboten, etwas Unerhörtes zu tun: Er fiel dem Medizinmann ins Wort.

»Wenn Scha-na-tse gute Worte über Old Shatterhand und Winnetou gehört hat, so nicht von mir. In den großen Dörfern des weißen Mannes erzählt man sich, daß diese beiden Erfindungen seien, so wenig glaubhaft klingen die Berichte über sie!«

Das war glatt gelogen. Nicht nur ich und Hirtreiter, auch Washburn und seine Gesellschaft hatten Hayes im Boarding House fabulieren hören. Er schien aber seiner Sache derart sicher zu sein, daß er fortfuhr:

»Old Shatterhand trägt einen Namen, den einst ein Bleich-

1 Jahre

gesicht ihm gab. Ich aber trage einen Namen, den mir ein Scho-schone verlieh, aus Dankbarkeit. Ma-ta-weh hat den Gelben Blitz gerettet, den Vater Donnerwolkes. Für ihn rang er mit dem Grizz-ly und obsiegte.«

»Ja«, sagte Scha-na-tse mit leisem Spott. »So wird es erzählt.«

»Man erzählt es nicht nur, man weiß es!« ereiferte sich Hayes.

»Niemand weiß, was sich damals zutrug, nur Ma-ta-weh.«

»Aber was redest du! Es gab Zeugen: die weißen Jäger, die bei mir waren.«

»Diese? Sie kamen bald darauf zu Tode. Hat Ma-ta-weh das vergessen?«

»Scha-na-tse, zweifelst du an meinen Worten?«

»Scha-na-tse kennt den Zweifel nicht. Doch seit seine Augen schwach geworden sind, führt ihn sein Ohr, und es führt ihn gut. Er hört die Stimme Ma-ta-wehs, und er vernimmt die Stimme Old Shatterhands. Obwohl Manitou es gefügt hat, daß sie fast gleich klingen, unterscheiden sie sich sehr.«

»Ja, denn ich habe mehr Erfahrung!« sagte Hayes.

»Nein«, widersprach der Medizinmann. »In deiner Stimme wohnt der Haß. Aus Old Shatterhands Stimme höre ich die Sehn-sucht nach Frieden. Er hat auch – – –«

Nun mischte Donnerwolke sich ein und unterbrach den Scha-manen:

»Mein Bruder möge nicht vergessen, daß wir über Old Shatter-hand beraten. Noch nie ist es geschehen, daß ein so berühmter weißer Krieger sich in unserer Hand befand, zusammen mit so vielen anderen Bleichgesichtern.«

»Und deshalb muß der Beschluß des Rates feststehen, ehe ein jeder von uns gesprochen hat?« gab Scha-na-tse zurück. »Fließt denn ein Fluß aufwärts, nur weil ein Mann am Ufer steht und es verlangt?«

Es war klar, wer mit dieser Bemerkung gemeint war. Für Hayes gab es kein Halten mehr. Hatte er sich bisher darauf beschränkt, an seinem Platze nicht etwa zu sitzen, sondern zu stehen, trat er nun ein paar Schritte vor und rempelte dabei absichtlich einige Rote an, die daraufhin zur Seite wichen, hielt aber Abstand zu dem Medizinmann, dem er wütend entgegenrief:

»Scha-na-tse, Donnerwolke! Ich habe jedes Recht, den Tod Old Shatterhands zu fordern, denn im Grunde ist er mein Gefangener. Wozu reden, wozu sich beraten? Die Schoschonen sollen nicht auf die Ehre verzichten müssen, einen so besonderen Gefangenen mit tausend Martern zu quälen, wenn sie gleichzeitig Nachsicht üben. Ma-ta-weh wird wie ihr den Tod Old Shatterhands bejubeln, aber er bittet euch, das Bleichgesicht namens Washburn zu verschonen. Gebt ihn und seine Männer frei.«

»Und was wird aus den Begleitern Old Shatterhands?« fragte Scha-na-tse tonlos.

»Sie sterben mit ihm, denn sie sind ebensolche Teufel wie er!« sagte Hayes.

»Auch die weiße Squaw?«

»Diese nicht. Sie ist mir versprochen. Winnetou nennt sie die Goldene Squaw, wegen ihres Haars; Ma-ta-weh hat ihn und Old Shatterhand belauscht. Donnerwolke hat zugesagt, keine Ansprüche auf das Mädchen zu erheben – ist es so, mein Bruder?«

Donnerwolke nickte trotzig.

»Und deshalb mögen meine roten Brüder das Notwendige beschließen, ohne Old Shatterhand weiter anzuhören«, fuhr Hayes fort. »Er hat auf sie geschossen, als diese das Mädchen und ihren Begleiter gefangennehmen wollten.«

Eine weitere Verdrehung: Hayes hatte die Indianer auf Almas und Halefs Fährte gelockt und sie zu dem Überfalle bewogen. So also fing er es an: Halef, Hirtreiter und vor allem ich sollten sterben, noch in dieser Nacht; Washburn und die Seinen und womöglich auch Alma sollten das Gemetzel verfolgen, um sich gleichzeitig von Hayes gerettet zu fühlen. Damit konnte er zwei Ziele erreichen: Washburn würde ihm bei der Vermessung des Geländes rund um den Old Faithful behilflich sein, denn er ahnte nicht, daß die Expedition für ein viel grausameres Schicksal aufgespart wurde; und

Alma sollte ebenfalls denken, Hayes habe sich für sie verwendet. Mit derselben List, nämlich sich zum Retter aufzuspielen, hatte er sich vor Jahr und Tag ins Vertrauen der Indianer geschlichen, mit der sogenannten Rettung des Häuptlings Gelber Blitz.

Da geschah etwas, was gewiß keiner der Schoschonen zukünftig je vergessen würde.

Schon die ganze Zeit über war mir Halefs Unruhe aufgefallen. Weil weiter englisch gesprochen wurde, hatte er bisher jedes Wort verstanden. Dadurch war sein Gerechtigkeitssinn aufs äußerste strapaziert worden; die Art, wie Hayes seine Ruchlosigkeit gegenüber uns sowie den Indianern zeigte, empörte ihn.

»Sihdi«, stieß er mich an. »Das ist zuviel, das nehme ich nicht hin. Ich muß diesen Ungläubigen eine Lektion erteilen!«

Ich wollte ihn hindern. aber es war mir nicht möglich. Wie zuvor Hayes, sprang nun er auf, und die Indianer, welche uns umstanden, waren viel zu überrascht, als daß sie den Unbewaffneten aufgehalten hätten. Als wäre es nichts, bahnte er sich einen Weg zum Feuer, blieb dort aber nicht etwa stehen, sondern begann damit, es mit geschwinden Schritten zu umkreisen. Wie ein Komet mit einem Funkenschweif zog er seine Bahn um die sitzenden Männer, verweilte bald bei dem einen, bald bei dem anderen, sprach und schimpfte auf jeden von ihnen ein, wobei ihm vor Erregung das Englische und das Arabische gründlich durcheinandergerieten:

»Beim Allmächtigen, dem Erbarmer, dem Barmherzigen, dem König am Tag des Gerichts! Ich bin Hadschi Halef Omar Ben Hadschi Abul Abbas Ibn Hadschi Dawuhd al Gossarah! Ich stamme aus einem Lande, das viel größer ist und auch viel schöner als das eure. Es heißt Arabien. Dort habe ich die Schriften meines Sihdi gelesen, der von euch Old Shatterhand genannt wird, aber in Wirklichkeit Kara Ben Nemsi heißt. Er beschreibt alle eure Bräuche und Riten, denn er kennt sie genau, und alle eure Worte und Gedanken gibt er wieder, was ihr gar nicht verdient, denn ihr wißt ihn nicht zu würdigen. Hamdulillah! Mit seinen Büchern habe ich ein Dromedar vollgepackt und bin damit durch die Sahara gezogen, die sich weiter dehnt als die Grasflecken, die ihr als Prärie verherrlicht. Ich bin darum nicht nur ein Krieger, sondern auch ein Studierter, ein Gelehrter, ein Weiser. Doch was muß ich sehen? Statt Kara Ben Nemsi zu ehren und ihn als euren Bruder zu achten, haltet ihr Gericht über ihn! Euer Urteil steht wohl längst schon fest, allein um das Strafmaß schachert ihr noch. Was immer ihr zu beschließen vortäuscht, ich weiß es längst, denn vor mir ist kein Geheimnis sicher, keine List, keine Niedertracht. Da sitzt ihr und wiegt den Kopf. Ihr tut, als müßtet ihr euch beraten. Aber was dabei herauskommen wird, ahnt jedes Kind: Den Effendi Washburn und seine Karawane werdet ihr freigeben, nur um dem Manne, den ihr Ma-ta-weh ruft, einen Gefallen zu tun. Aber habt ihr keine Augen, besitzt ihr keine Ohren? Dieser dunkle Mensch erfrecht sich, meinem Sihdi zu gleichen! Seine Gestalt, sein Gesicht, seine Stimme, selbst sein Haar und seine Barttracht, alles hat er von ihm gestohlen. Er wird noch viel mehr stehlen, und zwar euer Land und eure Oasen. Er wird die Wadis jenes Gebietes namens Yellowstone verheeren und seine wundersamen Wasserspeier vernichten, um reicher zu werden als selbst der Dey von Algier. Sogar das Fräulein Alma will er an sich reißen, um sie in seinen Harem zu stecken. Und was wird aus uns, aus mir und Effendi Hirtreiter, der übrigens auch einen Kriegsnamen besitzt und sich To-na-ka-pah nennen darf? Ermordet sollen wir werden, zusammen mit Kara Ben Nemsi oder eben Old Shatterhand. Um eure Freude daran noch zu erhöhen, werdet ihr ihm Prüfungen aufgeben, ihn um unser Leben kämpfen lassen, gegen einen oder mehrere von euch. Wie das vor sich geht, weiß ein jeder, der die Bücher meines Sihdi gelesen hat: Zweikämpfe wird es geben, mit Messer, Beil, Seilschlinge oder Speer. Womöglich verfallt ihr noch auf die Idee, ihn mit Zehen, Füßen oder Ellbogen antreten zu lassen, nur um euch vor seiner größten Stärke zu hüten: vor seinen Fäusten. Denn diese scheut ihr wie der Scheitan die Liebe und wie das Licht die finstere Dschehenna. Hört weiter, ihr Männer vom Stamme der Schoschonen, die euch von Kairo bis Damaskus, von Bagdad nach Stambul niemand kennt. Zum ersten

Male bin ich in eurem Lande, und schon enttäuscht ihr mich. Bevor ich hierherkam, war ich ebenfalls gefangen. Ich befand mich in den Händen eines Schurken, eines noch viel größeren als eurem Ma-ta-weh. Er heißt Abu Saleh oder auch Vater des Teufels, und seine Krieger heißen Askaris. Obgleich er ein Verbrecher ist wie euer sogenannter Bruder, haust er nicht wie ihr in Zelten; er besitzt einen Palast mit einem Mohren darin. Bei ihm tanzen auch nicht die Männer, sondern die Mädchen, wie es sich gehört, und die Folter, welche hier wie dort am Pfahle vollzogen wird, versieht bei ihm nicht das Volk, sondern ein einziger Knecht. Doch genau wie er verkennt ihr, daß man die Stärke eines Feindes nicht an seinem Wehklagen mißt, sondern an dem Nutzen, den er zu bringen vermag – als Lebender! Wie langweilen mich darum eure Messer, eure Äxte, eure Stricke, eure Speere und Flinten und Bogen. Beim Barte des Propheten, ich habe einen Auftrag zu erfüllen, und daran lasse ich mich nicht hindern, und wenn ihr eure Gesichter noch so dick mit Farbe bemalt. Ihr mögt euch an diesem See für den Winter rüsten; aber meine Rückkehr in die Wüste wird sehnlicher erwartet als der Schnee, darum hört meinen Vorschlag: Kara Ben Nemsi oder Old Shatterhand ist auch ein großer Arzt, ein Hakim. Nach seiner Lehre habe ich kürzlich einem Verwundeten eine Gewehrkugel aus dem Leibe operiert, seht her, mit diesen Händen. Was euch unmöglich erscheint, machen Leute wie wir möglich, und deshalb sage ich: Meßt euch mit meinem Sihdi nicht mit Waffen, fordert ihn in der Heilung eurer Kranken! Wer etwa einen Blinden sehend macht, der übt die stärkere Magie aus, der ist der größere Zauberer. Ein solcher mag freigehen und seine Begleiter mit ihm. Ich würde gern bleiben und euch Ungläubige bekehren, aber ihr seid für Allah, den Allmächtigen, noch nicht reif. Falls euer Manitou euch nur ein weniges an Verstand eingegeben hat, müßt ihr auf mich hören: Stellt ihr Old Shatterhand auf die Probe, wird Kara Ben Nemsi sie meistern. Prüft aber auch Ma-ta-weh. Gebt ihm nicht die Goldene Squaw an die Hand, denn sie hat einen Besseren verdient – meinen Sihdi. Dies alles sagt euch nicht irgendwer. Dies sagt euch ein

Mann, der daheim selbst ein Häuptling ist, ja noch viel mehr, nämlich Scheik der Krieger vom Stamme der Haddedihn!«

So sprach Halef, und als Zeichen seiner Unbeugsamkeit reckte er die gefesselten Hände empor. Unter dem Staunen seines roten Publikums kehrte er unbehelligt zurück zu mir, der ich ihn zärtlich wie einen Sohn in die Arme schloß.

Welch ein Heldenmut! Der sich da so unerschrocken gezeigt hatte, war kaum mehr der leichtfüßige Beduine, als der mir Halef in Erinnerung geblieben war. Sein Handeln zeugte von der Reife und Gestandenheit eines erwachsenen und erfahrenen Mannes. Ich darf mit Recht behaupten, daß er gut von mir gelernt hatte.

»Sihdi, war ich gar zu verwegen?«

»Nein, Halef, du warst großartig!«

»Du befürchtest keine Nachteile für uns?«

»Im Gegenteil, man wird sich deine Worte zu Herzen nehmen. Du hast so laut gerufen wie ein Muezzin[1], so eindringlich gesprochen wie ein Imam[2] und so klug argumentiert wie ein Mufti[3].«

O wie Halef da strahlte!

Auch Hirtreiter, der »Herr der Kochtöpfe«, war voll des Lobes über seinen neuen Freund. »Sappradi! Wie Ihr zwischen die Indianer getreten seid, einen jeden einzelnen fixiert und niedergestarrt habt – richtig energisch wart Ihr, genau wie mein Johann Rottenhöfer, und so beherzt wie mein junger König. Respekt!«

Die Schoschonen indes wußten Halef nicht recht einzuschätzen. Sein Habitus widersprach so sehr dem der Bleichgesichter, die sie bislang zu Gesichte bekommen hatten. Aber denselben ist der Indianer weit voraus, was Weltsicht und Toleranz betrifft. Sie kennen keinen Wahnsinn, nicht einmal Verschrobenheit. In ihren Augen hat jeder Mensch, jedes Tier, sogar jede Sache ihren Willen, der Achtung verdient. Je länger der seltsame kleine

1 Ausrufer
2 Vorbeter
3 islamischer Rechtsgelehrter

Gefährte Old Shatterhands gesprochen hatte, desto aufmerksamer hatte man ihm zugehört. Seine Ansprache hatte einen gewissen Widerwillen berührt – gegen Hayes, gegen Ma-ta-weh.

Als ich gemerkt hatte, worauf Halef zusteuerte, da konnte ich nicht umhin, seinen Weitblick zu bewundern. Buchstäblich diesen, denn einen Blinden sehend zu machen, damit konnte ja nur einer gemeint sein: Scha-na-tse, der Medizinmann. Keineswegs bin ich ein Arzt, wie Halef und überhaupt viele Orientalen nicht müde werden, mich zu rühmen. Doch so viel hatte ich erkannt und eben auch mein treuer Freund, daß nämlich Scha-na-tse, genau wie Everts, fehlsichtig war. Der eine wie der andere bedurfte auf die Nähe einer Brille oder war eben blind. Daß ich dem Kauz und Steuereintreiber mit einem Paar Gläser ausgeholfen hatte, das wußte Halef bereits. So sehr hatte dieses leicht erklärbare Wunder sich ihm eingeprägt, daß er daraus eine Herausforderung gemacht hatte: Würden die Indianer darauf eingehen?

Es war jetzt an mir, ein paar Worte zu sagen. Ich richtete sie an den Häuptling, wobei ich stolz auf Halef zeigte, um seinen frischen Ruhm zu mehren. Ich tat einfach so, als wäre es das Selbstverständlichste, daß sich ein bislang Unbekannter in die Verhandlungen mengte, und darum sagte ich:

»Old Shatterhand dankt Donnerwolke und seinen Kriegern, daß sie den Großmut besitzen, einem ihrer Gefangenen das Wort zu geben. Ihr habt selbst gehört, daß er noch nicht lange hier ist und deshalb schwerlich eure Gebräuche kennt. Aber in vielem, was er gesagt hat, steckt Wahrheit, sogar Weisheit. Ich bitte euch in der Tat, die beiden Männer neben mir zu verschonen. Sie sind harmlos und haben euch nichts getan. Im übrigen bin ich zu jedem Kampfe bereit, sei es mit dem Messer, den Fäusten, womit auch immer. Wenn man mir freilich die Gelegenheit gibt, gegen Ma-ta-weh auf dem Felde der Heilkunst anzutreten, so erbitte ich mir von euch einen Mann, dem mein Sieg am meisten zustatten käme – Scha-na-tse.«

Erregtes Gemurmel quittierte meine Worte. Der Stamm teilte

sich offenbar in zwei Hälften. Die einen wollten sich nicht um das Spektakel einer schönen Quälerei bringen lassen, die anderen entzückte der Gedanke, daß ausgerechnet an ihrem Medizinmanne ein Wunder vollbracht werden solle. Es konnte ja dabei kein Gemauschel geben. Scha-na-tse würde wieder sehen können oder eben nicht – könnte ich das bewirken? Mein gesamtes Gepäck hatte sich Donnerwolke einverleibt; er hatte davon gesprochen, daß meine Gewehre bereits seinen Tipi schmückten. Was, wenn mein Brillenvorrat geplündert und zerstört worden war oder wenn dem Indianer keines meiner noch vorhandenen Gläser weiterhalf?

Aber ich mußte es wagen. Halef hatte eine Idee geäußert, die uns besser und schneller voranbringen konnte als jeder von mir gewonnene Zweikampf. Ein solcher würde kaum noch in dieser Nacht stattfinden, wie erst mehrere Runden mit verschiedenen Waffen. Dagegen konnte ich mich der Herausforderung hinsichtlich Scha-na-tses Augenlicht sofort stellen – und Hayes schlagen. Wie wollte er auf diesem Felde mit mir konkurrieren oder gleichziehen? Etwa mit einem Hörrohr für einen harthörigen Indianer?

Die Frage war, wie die Indianer entscheiden würden. Dazu meldete sich sogleich der Mann, um den sich auf einmal alles drehte:

»Hört, meine Brüder! Scha-na-tse wird nicht länger an diesem Feuer sitzen bleiben. Sein Wunsch, Old Shatterhand als Heiler zu erleben, verträgt sich nicht mit dem Wunsch, ihn sterben zu sehen. Es mag daher ohne Scha-na-tse beraten werden, dessen Gedanken dazu ein jeder kennt.«

Murren kam auf. So etwas war noch nie dagewesen: ein Medizinmann, der sich der Versammlung entzog. Meine Aufmerksamkeit wurde allerdings abgelenkt, denn auf einmal sah ich Kilmer, wie er sich neben Hayes, seinen Herrn und Meister, schob. Er flüsterte ihm etliches ins Ohr, wobei Hayes den Fehler beging, nach der Richtung zu sehen, um die es anscheinend in der Mitteilung ging. Unwillkürlich folgte auch ich diesem Blickwinkel, konnte aber wegen des Feuers sowie der Menge an Indianern lediglich erkennen, daß am anderen Ende des Lagers Männer zu Pferde stiegen – Männer mit Hüten, also Weiße. Es ging mit dem Ausbruche los!

Für einen Augenblick hatte ich nicht auf Donnerwolke geachtet, der noch auf Scha-na-tse einredete. Nun geschahen nämlich mehrere Dinge gleichzeitig.

Ich sah, wie Kilmer sich zurückzog und daraufhin Hayes seinen Platz verließ. Er begab sich zu Donnerwolke und dem Zweigesichtigen. Dabei breitete er die Arme weit aus, wie bei einer dramatischen Freundesgeste. Ihm ging es aber um einen anderen Effekt – die Indianer gaben Raum. Diese, nichts ahnend, wichen links und rechts vor Ma-ta-weh zurück, jedenfalls aus Respekt. So entstand ein Korridor, der lang und breit genug war, um mehrere Pferde nebeneinander durchzulassen. Als Hayes das Feuer erreicht hatte, schloß sich die Schneise aber nicht wieder; unsere Bewacher waren einfach zu gespannt, was nun geschehen würde.

Auf einmal sprang neben mir Hirtreiter auf und lief ebenfalls zum Feuer. Ich kam nicht dazu, ihm etwas hinterherzurufen, denn schon erkannte ich den Grund für seine Eile, die unsere Bewacher ein weiteres Mal überrumpelte.

Hinter einer im Dunkeln liegenden Zeltreihe, die Scha-na-tse in seinem Rücken hatte, war eine schmale Gestalt aufgetaucht, die Silhouette eines Mädchens – Alma! Sie mußte sich in ihrem Zelte irgendwie befreit haben, nutzte aber die Gelegenheit nicht zur Flucht. Zielsicher, wie jemand, der dringend eine Sache zu klären hatte, stapfte sie in ihren Stiefeln auf das Feuer zu, mitten hinein in die Indianermenge. Das Groteske geschah, und leider auch das Unglückliche, denn sowie die Roten Hayes Platz gemacht hatten, so öffnete sich die Menge von der anderen Seite für die Goldene Squaw. Im Feuerscheine sah sie genauso stolz und aufrecht aus wie neulich bei dem Überfall am Flusse. Auch jetzt wirkte sie entschlossen, obwohl ich keine Waffe an ihr sah.

Hayes, der ihr Kommen nicht hatte sehen können, setzte eben zu einer Rede an, als das Fräulein ihn übertönte:

»Verbrecher! Mörder!«

Die Achtung des gesamten Stammes richtete sich auf die schöne Sächsin. Daß sie keine Fesseln trug, war seit unserer Gefangennahme ein Zugeständnis von Hayes gewesen; gleichwohl machte niemand Anstalten, sie in Gewahrsam zu nehmen.

»Intrigant! Betrüger!« rief auf englisch Alma und trat Hayes gegenüber. »Alles habe ich mit angehört, drüben in dem Zelt, alles! Ihr verbargt Euch mit Eurem Spießgesellen Kilmer und spracht deutsch. In Cheyenne habt Ihr mir eine Komödie vorgespielt, und jetzt tut Ihr das gleiche bei den Indianern!«

Ich konnte sehen, daß Hayes zutiefst erschrak. Eigenartig genug, verband uns in diesem Moment wohl derselbe Gedanke: Wie hatte Alma es angefangen, zu entschlüpfen und Hayes und Kilmer zu belauschen? Sie also war es gewesen, die mir jenes unbestimmte Gefühl eingegeben hatte, mich nicht allein an dem Tipi zu befinden. Dieser war in seinem Durchmesser groß genug, daß sich hinter seinen Außenseiten jeweils ein Mensch verbergen konnte – das unfaßbare Mädchen hatte Ma-ta-weh beschlichen, und ich, Old Shatterhand, hatte sie nicht entdeckt.

Zuvor war es Halef gewesen, der sich in Rage geredet hatte, nun war Alma an der Reihe. Mit der Entrüstung ihrer jungen Jahre warf sie Hayes seine Schlechtigkeit an den Kopf. Bedenklich wurde es, als sie jenen Punkt berührte, der ihn um Kopf und Kragen bringen mußte: seine vorgetäuschte Rettung von Donnerwolkes Vater:

»Und wie war das mit dem Gelben Blitz? Mit dem Grizzly, den Ihr allein mit Eurem Bärenmesser gefällt haben wollt? Mit der Großtat, die Euch zum Helden unter Euren roten Freunden machte? Jedes Wort, das Ihr Eurem Freunde Kilmer erzähltet, habe ich mir gemerkt!«

Hayes setzte zum Sprunge auf das Fräulein an – das war der Augenblick von Theobald Hirtreiter!

Bisher war es ihm nicht gelungen, den Kordon der ihn zurückhaltenden Indianer zu durchbrechen. Weil er aber etwas im Schilde führte, was absolut keinen Aufschub duldete, mobilisierte er nochmals alle Kraft. Mit seinen ungefesselten Füßen stieß er zahlreiche der Krieger von sich. Diese strauchelten und fielen gegen Hayes, dessen Absicht fürs erste vereitelt wurde. So gelangte Hirtreiter vor Donnerwolke. Daß der Schoschone den Bayern überragte, beeindruckte ihn nicht. Gestählt von seiner Zeit als Küchenjunge bei jenem unvergeßlichen Johann Rottenhöfer, grätschte er die Beine, genau wie bei dem Messerwerfen im Boarding House, doch diesmal gab er sich weniger bescheiden, denn er reckte das Kinn, was ihm fürwahr ein trotziges Aussehen verlieh. Nie werde ich das mundartlich gefärbte Englisch vergessen, in dem das Oberhaupt der Königlich Bayerischen Hofküche das Oberhaupt der »Schlangen« ansprach:

»Bittschön, Herr Häuptling, Ihr machts einen Fehler! Das Mädel sagt die Wahrheit; dieser Sakramenter, der Herr Ma-ta-weh, ist alles andere als Ihr bester Freund, ich kann's beschwörn! Es war nämlich so: Einen Wurfkampf mit seinem Messer hat's geben, im Wirtshaus vom Herrn Pfäffle, dem Schwabenmanderl. Wie er aber g'merkt hat, daß er nix reißt, der feine Herr Hayes, da ist er ausg'ruckt. Ihr müßt's wissen, Herr Häuptling, daß er und seine Leutl in der Stadt Spuren g'legt haben, damit Ihr und Eure Krieger als ein rechtes G'sindel ausschauts, als Diebe und Räuber. Dabei hat Euer Herr Bruder selbst einbrechen lassen ins Magazin, während er uns mit seinem Kirschkerndlermesser abg'lenkt hat. Eine schöne Bagage treibt sich umanand[1] in Eurem Wilden Westen, bin i a Bayer, oder bin i a Preiß!«

Wären die Umstände nicht todernste gewesen, ich hätte laut auflachen mögen. Unser bayerischer Kamerad las dem roten »König« die Leviten!

Doch nichts weniger als Anlaß zum Lachen gab es, als Hayes dieses weitere schlechte Zeugnis vernahm; dabei hatte ich, dessen Wort er doch am meisten fürchtete, noch gar nicht gesprochen. Alles war durcheinandergeraten: die Beratung hatte noch nicht richtig begonnen, und erst recht hatte sie noch nicht meinen oder

1 herum

434

unseren Tod beschlossen; der Vorschlag Halefs, einen Heilerwettstreit auszutragen, hatte Befürworter und Gegner gefunden, aber
noch keine Entscheidung, anstatt dessen brachte ein Gefangener
nach dem anderen Vorwürfe gegen Ma-ta-weh vor. Hayes mit seinem schlechten Gewissen hatte es kommen sehen.

Eben wollte ich mich zu den Anklägern hinzugesellen, um das
überfällige Plädoyer zu sprechen, da ertönten vom Dorfende her
Warnrufe. Schüsse peitschten, denen Schmerzensschreie folgten. Schon zeigte sich der Grund dafür: Reiter stoben durch die
Menge – Kilmer und seine Bande!

Einige Indianer warfen sich ihnen todesmutig entgegen, doch
die meisten lähmte die Überrumpelung. Durch die noch immer
freie Gasse, welche zuvor die Indianer für Alma gebildet hatten,
preschte Kilmer heran, hinter sich ein Dutzend wild um sich schie-
ßende Briganten. An seiner Seite führte er einen kupferroten Fuchs,
das Pferd seines Herrn. Das Durcheinander ausnutzend, sprang
Hayes in den Sattel und jagte davon. Ich kann nicht sagen, ob auch
er auf seine verwirrten roten Brüder schoß, doch mit seinem Ausbruch war das Ende seines anderen Ichs besiegelt: »Ma-ta-weh«
existierte nicht länger.

Man wird verstehen, daß mich eine ganz andere Sorge plagte.

Alma – wo steckte sie? An das von den Pferdehufen ausgetram-
pelte Feuer kam ich nicht heran; eine Vielzahl von Schoschonen
warf sich auf mich, den vermeintlichen Flüchtling. Zwar erwehrte
ich mich meiner Gegner, denn ich war ja ungefesselt, doch in der
Dunkelheit sowie zwischen all den Pferde- und Menschenleibern
eine einzelne Gestalt auszumachen, gar das zartgebaute Fräulein,
das gelang mir nicht. Als endlich Fackeln herbeigebracht wurden
und man von mir abließ, war es zu spät. Die Reiter waren davon-
galoppiert und näherten sich schon dem Waldsaum, welcher das
Lager am See von den Ausläufern des Gebirges trennte. Ich hörte
Donnerwolke zornig Befehle rufen, als ich jäh von einem Blitz
geblendet wurde, dem ein scharfer Knall folgte. Am Lagerausgang
hatte es eine Explosion gegeben – Dynamit!

Noch mehr Pferde trabten herbei, die zu Tode erschrockenen Mustangs der Indianer. Die Panik von Mensch und Tier verwüstete Teile des Lagers, zerstörte Zelte und Hütten. Dennoch gelang es Donnerwolke, eine Anzahl von Kriegern zu mobilisieren. Zu Fuß eilten sie den weißen Verrätern nach, doch wieder floß Blut; den Indianern schlug heftiges Gewehrfeuer entgegen. Kilmer war anfangs die Vorhut gewesen, jetzt bildete er mit ein paar Männern die Nachhut. Mit geringstem Aufwand hielt er den ganzen Stamm in Schach.

In den Überresten des Dorfes waren die Indianer zu sehr mit sich selbst beschäftigt, als daß sie sich um uns kümmerten. Ihre Frauen kreischten, die Kinder weinten, die Hunde bellten – warum wir die Gelegenheit nicht nutzten, um unsererseits zu fliehen? Ich fand, daß das mitnichten notwendig war. Gewiß erwartete uns im Anschluß kein gutgelaunter Häuptling, der uns liebend gern unsere Ausrüstung zurückgeben und eine gute Reise wünschen würde, aber einen etwaigen Furor gegen uns befürchtete ich genausowenig. Einen besseren Beweis für Hayes' Tücke konnte es nicht geben. Zudem würde Donnerwolke seinem Stamme erklären müssen, weshalb er keine besseren Vorkehrungen getroffen hatte. Niemand hatte die weißen Reiter aufgehalten, die Goldene Squaw hatte sich befreit, zwei Gefangene hatten Reden gehalten, ich selbst lief ungebunden umher – vor lauter Ehrgeiz, mich am Pfahle zu sehen, hatte Donnerwolke höchstpersönlich seine Pflichten versäumt. Anders als bei den Untertanen eines Monarchen wurde bei den Indianern ein unglücklicher Häuptling einfach abgewählt; er würde also ein wenig Beistand gebrauchen können.

Mir selbst war in dem Getümmel nichts Nennenswertes zugestoßen. Aber was war mit den Gefährten?

Gerade als ich mich auf die Suche machen wollte, spürte ich eine Hand an der Schulter. Es war Halef, der sich seiner Fesseln entledigt hatte.

»Hamdulillah, die Ungläubigen sind verrückt geworden! Einer

bekämpft den anderen, genau wie bei Abu Saleh in der Wüste. Sihdi, ich muß dir berichten, daß – – –«

»Nicht jetzt, Halef, erst das Fräulein. Hast du Alma gesehen? Und wo ist Hirtreiter?«

»Steht neben Euch, Master! Als die Pferdl kommen sind, hab ich mich z'sammgrollt wie ein Oachkatzl[1]. Mir fehlt nix.«

»Gott sei Dank. Aber Alma! Haben Sie – – –«

Ich kam nicht dazu, meine Frage zu vollenden, denn auf den ersten und zweiten Schrecken folgte nun für die Schoschonen der dritte. Mir jedoch begegnete er als Freude: Winnetou rückte an!

Wie bei einem Wetterumschwunge wurden die Schüsse am Waldesrande plötzlich durch Angriffsgeheul sowie das neuerliche Getrappel von Pferden abgelöst. Aus dem Wald und von den Felsen herab flutete eine ganze Armee von Reitern und Läufern heran. Was ich vermutet hatte, war eingetreten: Winnetou hatte sich mit den Upsarokas zusammengetan, die, wie ich später erfuhr, tatsächlich von dem Indianerjungen Vogel auf die Spur der »Schlangen« gesetzt worden waren.

Es mag den Leser erstaunen, wenn ich sage, daß ich auch bei dieser dritten aufeinanderfolgenden Überraschung ganz ruhig blieb. Mir war sofort klar gewesen, daß die Angreifer es nicht auf Blutvergießen anlegten. Sie beließen es dabei, das Lager von der Landseite her zu umzingeln, so daß es kaum einem Schoschonen möglich war zu entkommen. Auch über den See gab es kein Entrinnen. Ein Schwarm von Kanus bedeckte die Wasseroberfläche; überall blitzten Gewehrläufe sowie zum Wurfe ausgeholte Messer und Tomahawks. Die Schoschonen waren eingekesselt, von wenigstens dreihundert Mann, wie ich schätzte.

Dies war, selbst ohne einen einzigen Toten, eine empfindliche Niederlage für Donnerwolke. Er hatte sein Volk in eine schlimme Lage gebracht, doch war ich froh, daß er Geistesgegenwart genug besaß, seinen Kriegern Waffenstille zu verordnen, die auch einge-

---

1 Eichhörnchen

halten wurde. Sie ahnten, daß es zum Schutze ihrer Angehörigen besser war, sich zu fügen.

So empfing nicht Kugel- oder Pfeilhagel den vordersten Reiter des ersten Pulks, der nun herankam, sondern ungläubiges Staunen: Den »Krähen« ritt ein als Apache gekleideter Indianer voraus, und über seinem Kopfe schwang er als Erkennungszeichen seine berühmte Silberbüchse, deren Beschläge das Sternenlicht reflektierten. Es gab kein Rätseln um den Namen dieses Mannes, jedes der Schoschonenkinder hatte schon von ihm gehört.

Ich stellte mich neben Donnerwolke, der um ein wenig Schützenhilfe froh sein mußte, und schon sprang Winnetou von seinem Rappen und begrüßte mich:

»Der Große Geist hat über meinen Bruder Scharlih gewacht. Er ist unverletzt – Winnetous Herz ist froh!«

»Ja«, sagte ich. »Und der Große Geist hat auch Winnetou beschützt. Genau im richtigen Moment führt er ihn herbei. Neben mir steht Donnerwolke, der Häuptling der Schlangen. Er ist klug genug zu erkennen, daß Manitou auch ihm und den Seinen nichts Böses bringt. Wo Winnetou und Old Shatterhand sich zeigen, haben Haß und Zorn keinen Platz.«

Befriedigt nickte Winnetou. Im nächsten Moment blickte er suchend über meine Schultern. Als erstes sah er Halef und Hirtreiter, als nächstes die Washburn-Leute. Wie wir hatten auch sie es vorgezogen, die weitere Entwicklung abzuwarten, statt kopflos in die Nacht zu fliehen. Bis auf Everts sahen sie den Häuptling zum ersten Mal. Entsprechend hielten sie sich zurück, obwohl Washburn sichtlich darauf brannte, die »Phantasiegestalt«, als welche Hayes auch ihn hingestellt hatte, kennenzulernen.

Aber mein Blutsbruder blickte besorgt.

»Winnetou ist erfreut, die Freunde meines Bruders und auch die anderen Bleichgesichter wohlauf zu sehen. Doch vermißt er die Goldene Squaw – ist ihr etwas zugestoßen?«

Es erwies sich, daß nirgends im Lager eine Spur von ihr zu finden war. Mitnichten war sie unter die Hufe geraten oder von einem Schuß getroffen worden. Das konnte nur bedeuten, Hayes hatte sich ihrer bemächtigt, sie als Geisel mitgenommen. Versiert als Reiter und kaltblütig als Kämpfer, wie er war, traute ich ihm zu, daß er sie einfach gepackt und zu sich aufs Pferd gezogen hatte. Wohin er sie verschleppen würde, wußte ich. Aber wie lange würde es dauern, bis ich Alma befreien konnte?

Ich mußte mir meine Sorge aufsparen. Für den Augenblick waren andere unerläßliche Dinge zu klären. Die Schoschonen befanden sich gewissermaßen in den Händen der Upsarokas. Ein falsches Wort, eine falsche Geste, und das Hauen und Stechen konnte losgehen. Wollten sie nicht niedergemacht werden, hatten sie ihren Bezwingern Tribut zu leisten – Mustangs, Felle, Fleisch, vielleicht auch Waffen. Denkbar war auch, daß eine Abordnung Mädchen zu den Krähen übertreten mußte. Deshalb mußten Winnetou und ich versuchen, die anstehenden Verhandlungen maßvoll zu begleiten. Den Vorsprung, den Hayes somit gewann, würden wir bei Tage schneller aufholen als in der Nacht. Natürlich fiel es mir nicht leicht, meine Unruhe zu bezwingen, doch es mußte sein.

Donnerwolke ordnete an, daß ein neues großes Feuer angezündet wurde, und kaum war eine Stunde vergangen, ließ sich abermals eine Vielzahl roter Männer zur Beratung nieder. Sie zog sich bis zum Morgengrauen dahin, und einige Male schlugen die Wellen gefährlich hoch, wenn etwa die eine Seite einen Vorteil forderte und die andere diesen nicht zugeben wollte. Mehr Winnetous als meinem Geschick war es zu verdanken, daß die Kontrahenten nicht doch noch aufeinander losgingen.

Endlich aber war es soweit. Zwischen den verfeindeten Stämmen war der Siegespreis festgelegt und gebilligt worden. Das Kalumet[1] wurde gestopft und in die Runde gereicht. Als Freund würzigen Virginiatabaks war es mir nicht unbedingt ein Vergnügen, die nötigen rituellen Züge zu tun, aber ich konnte von den versammel-

1 Friedenspfeife

ten Roten schlecht verlangen, sich an einer Prise von Hirtreiters Schmalzler gütlich zu tun. Ich muß erwähnen, daß auch deshalb so schnell Einigung erzielt wurde, weil Adlerkralle, Vogels Vater und Friedenshäuptling der Upsarokas, sich bei einem anderen Zuge ganz in der Nähe befand. Selbst wenn ein erstes Kräftemessen zwischen den Stämmen zugunsten der Schoschonen ausgegangen wäre, hätten sie es mit dieser zweiten Streitmacht zu tun bekommen. Da half nur Einlenken.

Wie so oft hatte Winnetou nur wenig gesprochen. Wie er indes die Verhandlungen meist allein mit Blicken, einem gelegentlichen Stirnrunzeln oder durch Heben einer Augenbraue in die richtige Richtung lenkte, das rang allen Beteiligten Bewunderung ab. Nur einer hatte nichts davon, einer, der ebenfalls wenig sprach und um so genauer zuhörte: Scha-na-tse, der halbblinde Medizinmann. Ich sage halbblind, weil ich es hatte einrichten können, ihm gegenüberzusitzen, um ihn unauffällig zu beobachten. Nach einiger Zeit war ich davon überzeugt, daß ich ihm helfen konnte, vorausgesetzt, mein Brillenvorrat war heil geblieben.

Doch es sollte nicht sein. Als einige Krieger losgeschickt wurden, um unsere Waffen und überhaupt sämtliches Eigentum herbeizuschaffen, fehlte zwar, als sie zurückkehrten, bis auf ein paar Kleinigkeiten nichts, sogar Halefs Gebetsteppich und Hirtreiters Filzhütchen fanden sich ein sowie dessen letzte Pfanne. Doch oje, die Brillen, die ich in meiner Satteltasche verwahrt hatte! Sie waren sämtlich zu Bruch gegangen. Dies mußte bei dem Angriffe in der Prärie geschehen sein, als Hayes mit seinem Pferd über mich gekommen war. Geradezu zermörsert war jedes Glas, kein einziges Stück war noch groß genug, daß daraus wenigstens ein Monokel gefertigt werden konnte – wäre es zu dem von Halef angeregten Heilerwettstreit gekommen, ich hätte mit leeren Händen dagestanden. Ohne die optischen Gerätschaften hätte ich nichts bewirken können, die Indianer hätten mich unbedingt für einen Scharlatan gehalten.

Schon wollte ich mich mit dem Gedanken bescheiden, daß jedes Ungemach eben auch sein Gutes habe, als ein Mann zu uns ans Feuer trat. Es war Everts, der starrköpfige Steuereintreiber und eigentliche Urheber unserer Gefangennahme. Man wird verstehen, daß ich mich zuletzt nicht mehr um ihn gekümmert hatte; zu oft hatte er meine Langmut herausgefordert. Nun aber erlebte ich ein Wunder.

Weil auch Everts zuvor den Streit mit Hayes und den Indianern mitverfolgt hatte, erkannte er nun das Dilemma, in dem ich steckte: Zwar würden wir frei sein und mit erhobenem Haupte aus dem übel zugerichteten Indianerdorfe reiten, aber dem Medizinmanne zu helfen, der im Grunde für uns gesprochen hatte, würde mir nicht vergönnt sein. Ohne besondere Rücksicht auf Höflichkeit, wie es nun einmal seine Art war, trat daher Everts zu Scha-na-tse. Er setzte sich einfach neben ihn, als ob es sich ebenfalls um eine Selbstverständlichkeit handelte, und mit vor Aufregung zitternder Stimme sagte er:

»Ich bin Mister Everts, Mitglied der Washburn-Expedition, die von euch Schoschonen überfallen wurde. Dabei erlitt ich das gleiche Schicksal wie Ihr, roter Sir, ich verlor zeitweilig das Augenlicht. Tagelang irrte ich in der Ebene umher, konnte nur von Gras zehren und fand kein Wasser. Ich weiß also, was es bedeutet, so gut wie blind zu sein. Da wurde ich gerettet, denn Winnetou und Old Shatterhand fanden mich, und letzterer machte mir ein unschätzbares Geschenk, indem er mir diese Brille abtrat. Wie aber dankte ich es ihm und seinen Begleitern! Durch meinen Eigensinn wären wir fast zugrunde gegangen. Dennoch taten diese beiden, Winnetou und Old Shatterhand, alles, um uns zu retten – und damit auch mich, der sich so sehr an ihnen versündigt hatte.«

Das Reden fiel Everts schwer, ein jeder bemerkte es. Dennoch fuhr er fort:

»Als wir in diesem Lager ankamen und man mich zu Mister Washburn und den anderen steckte, war mir, wie ich dachte, nicht das geringste meines Besitzes geblieben. Wie aber staunte ich, als Mister Langford, der ein Schriftstellerkollege von Old Shatterhand ist, mir meine Ersatzbrille überreichte – mehr hatte den

Angriff auf die Kompagnie nicht überlebt. Nun, Sir, denke ich, daß es nur gerecht ist, wenn ich Old Shatterhands Geschenk an Euch weiterreiche; zwar weiß ich nicht, ob es Euren Erfordernissen entspricht, aber hoffen möchte ich es, ganz fest!«

Damit nahm Everts das Gestell von der Nase und legte es in die leer über den Schoß gebreiteten Hände von Scha-na-tse. Verwundert betastete der Schamane den fremden Gegenstand, die feinen Gläser, die Bügel aus Zelluloid. Allmählich Sinn und Zweck des Geschenks erfassend, bemühte er sich, die Brille aufzusetzen, was er zunächst ganz falsch anfing. Es war dies aber kein Moment der Heiterkeit, alle Anwesenden spürten, daß sich hier etwas Besonderes vollzog.

Noch hatte Scha-na-tse, wie man es häufig bei schlechtsichtigen Menschen erleben konnte, die Augen geschlossen. Jetzt öffnete er sie.

»Uff – dort sitzt Donnerwolke! Uff – und dort sitzen Winnetou und Old Shatterhand! Scha-na-tse kann wieder sehen, seine Augen trübt nicht länger der Nebel. Uff, uff!«

Wie aus dem Schlaf geschreckt, fuhr er auf, plötzlich elastisch geworden. Er faßte mit beiden Händen an die Gläser, bedeckte sie, gab sie wieder frei, drehte und schüttelte dabei den Kopf, daß ich schon befürchtete, er könnte die Brille sogleich wieder verlieren. Dann geschah es: Der geistige Führer der Schoschonen, dieser bisher zu Zurückhaltung und Behäbigkeit gezwungene Mensch, umarmte den sitzenden Everts, und zwar mit einer solchen Wucht, daß dieser auf den Rücken fiel und wie ein Maikäfer mit Händen und Beinen strampelte. Sodann warf er sich mit derselben Wucht auf mich, doch hielt ich stand und ließ mir die unerwarteten Zärtlichkeiten gefallen – nichts ist größer als der Dank eines von großer Pein befreiten Menschen.

»Scha-na-tse sieht den Bruder Mond verglühen, Scha-na-tse sieht die Schwester Morgenröte, Scha-na-tse kann sehen, sehen, sehen!«

Die Beratung war offiziell noch nicht zu Ende, aber für den glücklichen Schamanen war sie es doch. Er verschwand einfach, mit unbekanntem Ziele.

Natürlich darf ich nicht behaupten, jene Brille hätte den Mann geheilt; ich hätte nicht einmal sagen können, ob er von einem Augenleiden oder von einer altersbedingten Sehschwäche betroffen war. Aber anscheinend waren die Gläser scharf genug, einen bedeutsamen Unterschied zu schaffen. Was ich, nach Halefs Ankündigung, hatte erreichen wollen, aber nicht hätte erreichen können, das war nun möglich geworden, nämlich durch Everts, von dem ich es am wenigsten erwartet hätte.

Weil zwischen den Schoschonen und den Upsarokas tatsächlich alles Wesentliche gesagt war, blieb auch ich nicht länger sitzen und hob gewissermaßen die Tafel auf. Die »Schwester Morgenröte« flammte ja wirklich am Osthimmel; noch ehe die Sonne aufging, konnten wir im Sattel sitzen und die Verfolgung von Hayes aufnehmen. Aber zunächst wandte ich mich an Everts.

»Mister Everts, auf ein Wort! Was Ihr da eben gesagt und getan habt, berührt mich sehr. Darf ich hoffen, daß Ihr Euch geläutert habt?«

Und Everts, der nun wieder die eigene Brille trug, antwortete:

»Old Shatterhand, wie oft habe ich Euch in den letzten Tagen Abbitte getan, leider ganz im stillen. Sagen hätte ich es Euch sollen, hinausrufen, hinausschreien, was für ein verdammter Narr ich gewesen bin und wie leid mir mein Verhalten tut. Ich habe eingesehen, daß keine Steuer der Welt, kein Zins und kein Aufschlag es wert ist, darüber den Menschen zu vergessen. Als wir unlängst gefesselt nebeneinanderlagen und erbärmlich froren, als die Rothäute sich mästeten, wir aber Hunger litten, als man uns zwang, immer weiterzureiten, obwohl ich vor Müdigkeit beinahe aus dem Sattel gefallen wäre, da erkannte ich, wer der Schuldige an unserer Misere war: ich, der dumme, gierige, verworfene Steuereintreiber. Ich schwöre Euch und Gott: Schon jetzt bin ich ein neuer Mensch; ich hoffe, man merkt es mir an. Aber wenn ich erst zurück in Montana bin, soll es ein jeder auch an meinen Taten merken. Euch, Old

Shatterhand, danke ich zweierlei: Ihr habt mich nicht nur gerettet, sondern erlöst, denn Euer Beispiel war mir eine Lehre. Und Ihr habt mir keine Vorwürfe gemacht ob meiner Dummheiten, die ich mir reichlich herausgenommen habe. Verzeiht, und auch Ihr anderen, daß ich so eigensüchtig war!«

Nichts sagte ich zu dieser Beichte. Dumm wäre es von mir gewesen, Everts, der sich dazu überwunden hatte, Trost spenden zu wollen – er hatte sich soeben selbst getröstet, denn er war über seinen Schatten gesprungen. Dessen hatte ich mich versichern wollen, damit war es genug. Ich klopfte ihm anerkennend auf die Schulter, dann wandte ich mich um, denn ein anderer Gentleman rief nach mir.

»Old Shatterhand, seit unserer ersten Begegnung in Cheyenne sind wir nicht zum Reden gekommen. Habt Ihr nun vielleicht etwas Zeit?«

»Ich bedaure, Mister Washburn, aber Winnetou könnte dasselbe sagen, und mit größerem Recht. Ihr habt ja selbst gesehen, welche diplomatischen Mühen es gekostet hat, einen Indianerkrieg zu vermeiden, wenigstens ihn zu schlichten. Daran hättet Ihr denken sollen, als Ihr Eure Expedition vorbereitet habt. Rein zufällig gehört dieser Teil des Landes noch nicht den Weißen.«

»Ist das Eure Antwort auf meine Frage nach Hilfe? Ihr fertigt mich ab?«

»Nein, das tue ich nicht. Aber es dürfte sich inzwischen gezeigt haben, daß Ihr es nicht mit einem simplen Zeitungsschreiber zu tun habt.«

»Eben darüber will ich mit Euch reden, Old Shatterhand – Ihr habt weiter vor, über unseren Gang hinauf zum Yellowstone zu berichten?«

»Nun, da ich von meiner Feder lebe, wird es sich nicht vermeiden lassen.«

»Ihr werdet alles aufschreiben, und es wird alles gedruckt werden, was vorgefallen ist, was gesagt wurde und – wie soll ich sagen – was unterblieben ist?«

»Macht Euch keine Sorgen, Sir. Wenn es Winnetou und mir gelingt, Hayes an der Sprengung des Geysirs und allem anderen zu hindern, werdet Ihr den Zweck Eurer Reise erreichen. Dann winken Euch Ruhm und Ehre, ein Platz in den Geschichtsbüchern ist Euch sicher. Vielleicht wird man nach den Expeditionsteilnehmern Städte oder Berge benennen? Ich will dem nicht im Wege stehen. Zwischen meinem Tintenfaß und der Druckerpresse soll alles in die rechte Ordnung kommen. Es wird dann so gewesen sein, wie es zwar nicht gewesen ist, aber niemand weh tut.«

»Old Shatterhand, das wollt Ihr für uns tun?« freute sich Washburn. »Gestattet, daß ich Euch umarme, Euch wenigstens die Schulter klopfe!«

Und schon bekam ich meine Zuneigung für Mister Truman C. Everts von Mister Henry Dana Washburn erstattet. Aber er jubilierte zu früh, denn ich hatte Bedingungen. Um jeden Zweifel auszuräumen, daß man sich künftig nach Winnetou und mir zu richten habe, erteilte ich die nötigen Anweisungen.

Da kam auch schon Donnerwolke, um Abschied zu nehmen.

Es war vereinbart worden, daß die Krähen zurückbleiben würden, um noch ein wenig über die Schlangen zu wachen, ehe sie in ihr eigenes Gebiet zurückkehrten. Darüber hinaus mußten die zugesagten Kontributionen eingesammelt werden; ein Geschäft, welches sicherlich nach Everts' Geschmack gewesen wäre.

Die zweite Abteilung der Krähen sollte uns zum Yellowstone nachfolgen, falls nötig bis hinauf zum Old Faithful. Der Indianerjunge Vogel würde es übernehmen, seinen Vater und dessen Krieger zu verständigen; ich hatte ihn noch gar nicht wieder zu Gesichte bekommen.

Donnerwolke ließ es sich angelegen sein, uns aus den Trümmern des Lagers mit allem, was uns auf der weiteren Reise vonnöten sein würde, zu versorgen. Er tat dies, mehr oder minder, freiwillig, wie ich betonen möchte.

»Donnerwolke wird nun eingesehen haben, wer seine wahren Feinde, aber auch wer seine wahren Freunde sind. Hätten seine

Krieger auch nur einem meiner Begleiter ein Haar gekrümmt, Winnetou und die Upsarokas wären über seinen Stamm hergefallen. Er danke nicht mir, sondern Manitou – und diesen beiden – – –«

Damit wies ich auf Halef und Hirtreiter, die sich höchst verdient gemacht hatten, jeder auf seine Weise. Ob der Häuptling sich wirklich bei ihnen bedankte oder sie sogar beschenkte, ging mich nichts an; sogleich beschäftigte ich mich mit meinen zurückerhaltenen Sachen sowie mit dem Satteln von Hatatitla.

Bevor ich aufstieg, kam Winnetou zu mir. Mit seiner lieben, sanften Stimme fragte er:

»Mein Bruder Scharlih ist besorgt?«

»Ja, Winnetou. Ich weiß nicht, ob Alma diese neuerlichen Beschwernisse aushält. Sie ist ja nur ein Mädchen.«

»Winnetou meint etwas anderes.«

»Du denkst an Halef, Hirtreiter? Sie sind das Leben im Wilden Westen ebenfalls nicht gewohnt, haben sich aber bisher gut geschlagen.«

Ein eigenartiger Blick traf mich: »Versteht Scharlih wirklich nicht?«

Es hatte keinen Zweck, Winnetou etwas vorzumachen. Ja, ich verstand, was oder vielmehr wen er meinte, er sprach natürlich von Milton Hayes. Schon die ganze Zeit über, seit dem Abend unseres Wiedersehens in Cheyenne, hatte er diesen Punkt berühren wollen, stets war ich ausgewichen. Jetzt mußte ich mich bekennen, alles andere wäre töricht gewesen.

»Winnetou hat recht. Ich weiß, von wem er spricht.«

»Mein Bruder muß sich seinen Dämonen stellen. Die Apachen kennen gute Mittel. In der Abgeschiedenheit werden seine alten Wunden heilen.«

»Gewiß, Winnetou. Aber um mich zurückzuziehen, bedarf es einer günstigen Gelegenheit. Eine solche bietet sich gerade nicht, wir dürfen nicht warten.«

»Scharlih sorge sich nicht. Der Mann, der wie er aussieht und spricht und sich Ma-ta-weh nennt, wird der Goldenen Squaw nichts antun. Sein Herz schlägt für sie, genau wie dasjenige meines Bruders. Sein Geist ist vor Ma-ta-weh erschrocken und der seine vor ihm, denn sie gleichen einander wie Gesichter, welche sich in dem stillen Wasser eines Sees erblicken – Vogel hatte recht.«

»Ein kluger Junge«, warf ich ein. »Bald wird er einen richtigen Namen tragen.«

»Und Scharlih wird sich Ma-ta-weh stellen«, beharrte Winnetou. »Old Shatterhand muß gegen sich selbst kämpfen!«

»Ja, wenn ich es nicht tue, tut es ein anderer. Ma-ta-weh hat die Schoschonen verraten. Aber auch Donnerwolke ist nicht zu trauen. Um seine Ehre wiederherzustellen, wird er sein Wort brechen und uns folgen. An unserer Stelle wird er seinen einstigen Verbündeten sowie die anderen Weißen an den Marterpfahl stellen wollen.«

»Das wird Winnetou nicht zulassen. Ma-ta-weh gehört meinem Bruder.«

»Und Alma gehört nicht zu Ma-ta-weh!« fügte ich hinzu.

Dazu sagte Winnetou nichts, aber er zeigte sein feines, rätselhaftes Lächeln, das doch nur die Andeutung eines solchen war. Wie wenig hatte ich ihm gesagt, und wieviel Weisheit hatte er in seine Worte gelegt!

Ohne gegessen oder getrunken oder geruht zu haben, machten wir uns auf. Die Unruhe, die mich trieb, war stärker als mein Verlangen nach Speise oder Rast. Ich wußte, daß ich keinen Frieden finden würde, ehe ich nicht noch einmal – ich hoffte, zum letzten Male – in jenes »Wasser« geblickt hatte, und erst recht durfte ich die Dämonen, von denen Winnetou gesprochen hatte, nicht warten lassen.

*

Als erstes durchritten wir das Wäldchen, das in der Nacht Hayes Zuflucht geboten hatte. Seine zwar hohen, aber licht stehenden Bäume, eine auffällig zu Kahlheit neigende Föhrenart, zwangen unsere Pferde zum Schritt, wenngleich die feindlichen Reiter eine unübersehbare Schneise in das Grün geschlagen hatten. Als die Strahlen der Sonne bereits vermehrt durch die Baumreihen griffen, kam eine Gestalt auf uns zu, die man ob ihres Zottelkopfes für ein verirrtes Büffelkalb hätte halten können. Es war aber, wie sich herausstellte, Scha-na-tse.

Wohl trug er noch immer sein haariges Erkennungszeichen und auch dieselbe Kleidung wie zuvor am Feuer. Aber sonst hatte er sich völlig verändert. Insbesondere hatte er sich alle Farbe aus dem Gesicht gewischt; schier berstend vor Kraft, stand er vor einem einzelnen, besonders hochgewachsenen Baume, das erste Tageslicht im Rücken, so daß man von seiner Erscheinung wahrlich geblendet war. In jede Faser seines gleichfalls hochgewachsenen Körpers waren Stolz und Selbstbewußtsein zurückgekehrt – der Zweigesichtige hatte sein anderes, wohl lange Zeit vermißtes Antlitz zurückgewonnen!

Ich spürte, daß er noch etwas anderes auf dem Herzen hatte, deshalb ließ ich halten. Noch jedesmal habe ich gut daran getan, solchen Anwandlungen zu folgen, zumal bei einem solch spirituellen Manne. Gleichviel, welchem Stamme ein Schamane angehört, alle gelten sie als heilig, und will man vielleicht ihre Rolle als Geistersprecher nicht gelten lassen, so ist doch ein jeder von ihnen der jeweils am besten in die Geheimnisse seines Volkes eingeweihte Mensch.

Als einen solchen hatte ich auch Scha-na-tse zu betrachten. Ich stieg deshalb vom Pferd, ließ es hinter mir und ging grüßend auf den bebrillten Mann zu.

»Old Shatterhand«, raunte er mir entgegen. »Old Shatterhand – – –«

Als ich Scha-na-tse gegenüberstand, streckte er seine mit ersten Runzeln überzogene Hand nach mir aus. Ich ließ es zu, desgleichen, daß seine langgliedrigen Finger über meine Stirne, meine Augen, meine Nase strichen, über meine Lippen, mein Kinn und zuletzt über meinen Hals. Eingehend starrte mir der Medizinmann in mein mit Bartstoppeln übersätes Gesicht.

»Noch so jung ist Old Shatterhand, so jung. Und endlich kann Scha-na-tse nicht nur fühlen, wie er aussieht. Genau so habe ich mir Ma-ta-weh vorgestellt, und doch – – –«

»– – – und doch, großer Medizinmann, ist dieser ein ganz anderer.«

»Ja, Old Shatterhand, die Sonne ist in meine Augen zurückgekehrt. Ma-ta-weh hätte diesen Zauber gewiß auch vermocht, aber er verweigerte ihn mir.«

»Donnerwolke war sein Werkzeug«, sagte ich. »Aber ihr dürft ihn darum keinesfalls verstoßen. Ma-ta-weh hat so viele andere geblendet.«

Ein weiteres Mal betasteten mich die neugierigen Finger, und durch die dicken Brillengläser glühten mich zwei schwarze Augen an.

»Immer großmütig ist Old Shatterhand mit seinen Feinden, seien sie weißer oder roter Hautfarbe. Der Große Geist gibt ihm diese Milde ein, wie er ihn im selben Maße stark und unbezwingbar geschaffen hat. Old Shatterhand wird Ma-ta-weh bezwingen, Scha-na-tse kann es sehen!«

Er lächelte, war sich also der Doppelbedeutung dieses Wortes bewußt.

»Scha-na-tse«, sagte ich, um mich loszumachen. »Wir müssen Abschied nehmen. Als Gefangene sind wir zu euch gekommen, als eure Verbündeten reiten wir aus. Wir wollen den Mann finden, der so viel Unheil über euch gebracht hat. Sieht Scha-na-tse Zeichen, was weiterhin geschehen wird?«

Mit dieser Frage zielte ich auf eine mögliche Eingebung dieses Herrn der Tränklein und Pülverchen ab. Wie bei den Oraklern der alten Griechen vermutete ich auch in ihm den gewieften Taktiker, als der er sich in Ansätzen ja bereits gezeigt hatte. Was immer nämlich so ein roter Medizinmann für wünschenswert hält, »sieht« er in seinen ekstatisch verbrämten Tänzen voraus, mit oder ohne Sehhilfe. Oft genügt es schon, den Blick einfach ins Ungefähre zu wenden, von woher das Wünschenswerte sich genausogut ableiten läßt. Oder er »liest« in Tierknochen, in den Steinen, im Sand oder aus den Wolken.

So geschah es auch jetzt, so tat es auch Scha-na-tse. Ganz steif machte der Büffelköpfige seinen Oberkörper, schwankte rhythmisch nach links und nach rechts, um uns allen die Schwere seiner Aufgabe zu verdeutlichen. Abermals nahm er seine Hände zu Hilfe; gemeinsam spannten sie sich über mein Gesicht. Langsam und geradezu zärtlich wanderten sie auf meine mit dem ledernen Jagdhemde bekleideten Schultern hinab, weiter über meine Brust und meinen Bauch, wechselten zu meinen Ober- und Unterarmen und zu meinen Händen und Fingern; mit all meinen Extremitäten beschäftigte sich Scha-na-tse, prüfte dieses und jenes in einer Ausführlichkeit, die peinlich hätte sein können, wäre er nicht ein Naturbursche, eine geistliche Kapazität gewesen. Über sein strebsames Tasten legte er seinen Singsang:

»Als die Herden der Büffel noch die Sonne verdunkelten und als die Mustangs mit ihren Schatten noch die Ebene bedeckten und als die Bleichgesichter uns in den Wäldern so selten gegenübertraten wie ein Grizzly mit hellem Fell, da trug Scha-na-tse noch einen anderen Namen. Zu jener Zeit war seine Haut noch so glatt wie die von Old Shatterhand, und sein Blick war so klar und frei wie der seine. Seit vielen Sonnen schon ist Scha-na-tse nicht mehr zur Jagd geritten, erst recht nicht zum Kampfe. Sein Auge ist trüb geworden, wenn auch nicht vollends dunkel. Aus dem Krieger wurde der Medizinmann, dessen Rat von seinem Stamme gehört wird. Old Shatterhand ist zu den Schlangen gekommen, so jung und kräftig, wie auch Scha-na-tse es einmal gewesen ist. Der weiße Bruder Winnetous hat nicht nur gute, treue Augen, sie sind noch scharf, denn sie sehen durch die Dinge hindurch. Auch er wird eines Tages seinem Volk ein Schamane sein, wenn es bereit ist, seine Worte zu hören und sie zu begreifen. Zuvor muß Old Shatterhand weiter mit Winnetou über die Prärie streifen. Zusammen müssen sie die Berge überwinden und die Wasser durchschwimmen, nichts darf sich zwischen sie drängen – nichts und niemand.

Die Zeichen sagen: Wenn Old Shatterhands Hände sich wie die Scha-na-tses anfühlen, wird der Wind für Ma-ta-weh den Totengesang anstimmen. Old Shatterhand wird einen Berg umarmen, aber noch nicht sein Glück!«

So rätselhaft beschied mich der Medizinmann. Dann ließ er mich stehen, entfernte sich aber noch nicht. Vielmehr wählte er aus der Anzahl unserer Reiter ausgerechnet Halef, auf den er zuschritt, so sicher und kraftvoll, als wäre er eben einem Jungbrunnen entstiegen. Aus seinem übergroßen Brustbeutel zog er ein fransengeschmücktes Ledertäschchen hervor, welches er Halef in die arglos dargereichte Hand drückte, sie ihm aber sogleich verschloß.

»Scha-na-tse sieht und fühlt, daß du keiner von den Weißen bist. Du bist anders, du bist besonders, doch trägst du deine wahren Farben nicht. Wenn du dich wieder in deinem wahren Kleide zeigst, wird Old Shatterhand wieder froh sein. Er liebt dich wie einen Bruder. Liebe auch du ihn, und schütze sein Leben, wenn ihm Gefahr droht!«

Ein letztes Knurren, und der Seltsame verschwand zwischen den Bäumen.

Ich ging zu Halef, der wie versteinert auf seinem Pferd saß. Gleich Scha-na-tse drückte ich seine Hand, die besagtes Täschchen umklammerte.

»Sihdi, was bedeutet das?«

»Du hast ein Totem geschenkt bekommen, Halef. Das ist ein Geisterzeichen, das dich beschützen soll. Woraus es besteht, darfst nur du wissen, allein für deine Augen ist es bestimmt. Auf jeden Fall soll es dir Glück bringen, dich aber auch erhellen. Mehr noch, Scha-na-tse sprach in der zweiten Person mit dir statt, wie bei den Roten üblich, in der dritten. Damit hat er dir besonderen Respekt bezeugt.«

»Mehr Respekt als dir, Sihdi? Du allein verdienst eine solche Würdigung, wie erst ein solches Geschenk!«

»Aber Halef, ich besitze längst ein Totem. Es ist in dem Beutel verborgen, der an meinem Halse hängt. Du ahnst, von wem ich es habe?«

»Gut, Sihdi. Aber was ist damit gemeint, daß ich auf dich achten soll? Es bedarf keiner solchen Ermahnung, ich tue dies immerfort; fünfmal am Tage flehe ich zu Allah, daß Kara Ben Nemsi sich endlich zu ihm bekehrt. Aber hier bist du Old Shatterhand und hast uns gerade vor dem Tode bewahrt. Oder bist du sogar noch ein dritter, ein noch viel stärkerer Held, und hast mir nur noch nicht davon erzählt?«

Ich sagte nichts dazu, Scha-na-tses Prophezeiung gab mir zu denken. Gespannt, wie Halef dessen Auftrag erfüllen und wann er sein Wüstengewand wieder anlegen werde, stieg ich in den Sattel. Damit ließen wir das Schoschonenlager endgültig hinter uns.

*

In den wenigen lichten Momenten unserer Existenz erkennen wir, wie gnädig die Schöpfung ist, da sie uns mit dem wirksamsten Mittel gegen all unsere Ungeduld, gegen unseren Schmerz und unseren Kummer ausgestattet hat. Was manche mit Hilfe eines Rausches zu ersticken suchen, manche durch das Gegenteil, mit allerhöchster Nüchternheit, ist am einfachsten und gesündesten durch etwas viel Simpleres zu erhalten: Schlaf. In meinem Leben waren es in Perioden anhaltender Anspannung oftmals Viertelstunden gewesen, in denen ich in ohnmachtsgleichen Schlummer fiel, welcher sich hinterher als nur von wenigen Minuten Dauer herausstellte. Aber wie erquickend waren jeweils diese traumlosen Absenzen! Noch die kürzeste Spanne Zeit, in der man sich von seinen Sorgen suspendiert, bringt einen ihrer Lösung näher. Immer habe ich im Schlafe nicht nur Erholung gefunden, sondern auch eine rettende Idee, einen zündenden Einfall oder – ich scheue mich nicht, es so zu nennen – eine göttliche Eingebung. Was sich im Wachen nicht greifen läßt, das ergreift uns, sobald wir nur die Augen schließen.

Viel besser als der Mensch kennt die Natur ihre Ruhezeiten, die

Unterscheidung von Frühling, Sommer, Herbst und Winter wäre noch zu kurz gegriffen, um dies zu belegen. Ist nicht allein der Wechsel zwischen Tag und Nacht jedesmal eine Zäsur? Wie anders zeigt sich uns das Leben zwischen der Dämmerung am Morgen oder am Abend? Und wie wenig sinnvoll ist es, einen bestimmten Zustand zu beklagen, wo er, wenn nicht gleich im nächsten Augenblick, so doch von der einen auf die andere Tages- oder Nachthälfte ein anderer werden kann?

So weiß und macht es jedes Tier, jeder Grashalm, eine jede Zelle. Sie ruhen beizeiten oder werden zur Ruhe gebettet. In nördlichen Gefilden deckt der Schnee über Monate oder auch nur Wochen sein weißes Tuch über alles Wachstum, auf daß darunter Ruhe herrsche und alles sich erhole; an südlichen Gestaden brennt die Sonne weniger stark, und der Wellengang des Meeres zwingt alles Leben darunter und darüber zum Einhalten.

Gleich nachdem wir dem Ocean Lake den Rücken zugekehrt hatten, dem See und den Ereignissen einer ziemlich durchwachten Nacht, da wurde auch uns ein solches himmlisches Geschenk zuteil. Endlose Formationen braungrauer Wolken sandten uns Regen, tagelang, nächtelang, dazu wehte ein warmer, aber nicht unbedingt angenehmer Wind. Ob ich mich oder einer unseres Zuges sich darüber beklagt hätte?

Nicht im geringsten. Froh war ein jeder und dankbar, auf diese Weise seinen Gedanken Audienz erweisen zu können. So vieles harrte der Einordnung, und auch wenn damals der Regen monatelang hätte währen können, mir über alles, was mich bewegte, Klarheit zu verschaffen, so verschaffte mir dieser nasse Segen buchstäblich Reinigung und Erfrischung. Wie sehr, wurde mir erst bewußt, als ich in der Frühe des siebten Tages erwachte und meine Decke und Kleidung trocken fand: Jene »Pause« war vorüber.

Jagten wir nicht einem Manne hinterher, dessen Pläne es zu durchkreuzen galt? Ich fühlte mich vielmehr wie nach einem Kurbade, voll neuer Spannkraft. Das vermeintlich eintönige Dahinschnüren hatte mir gutgetan, und den Gefährten ging es nicht anders.

Von wie weit her waren wir gekommen!

Der eine stammte vom alten Sachsen her, der andere aus Bayern, ein weiterer kam aus dem noch viel älteren Afrika beziehungsweise der Sahara, der größten Wüste der Welt. Wohl waren die meisten unserer Mitreisenden in der Neuen Welt geboren, allein der herausragendste von uns allen war wirklich Amerikaner – Winnetou, dessen Mescalero-Apachen ihre Jagdgründe im Südwesten der Vereinigten Staaten haben. Wir nun befanden uns im Nordwesten von Wyoming, einem Territorium dieses noch immer unbegreiflichen Landes, das diesen Namen gerade einmal seit ein paar Jahren trug. Endlich hatten wir den Yellowstone River erreicht, und kaum daß wir wegen des Regens überhaupt die Transformation bemerkt hatten, wirkte deren Veränderung um so mehr auf unsere Sinne. Hier oben hatte in diesem Jahr der Herbst früh begonnen, er war schon weit fortgeschritten. Anders als am Ocean Lake brannte das Laub in seinen tausend Schattierungen aus Rot und Gelb, und doch spie uns die wiedererwachte Sonne noch ihre ganze Leuchtkraft entgegen. Wiesen, an denen unsere Tiere ausgiebig grasten, atmeten die Reste der Spätsommerwärme, überall brachen Rinnsale aus der Erde hervor, geheimnisvoll flüsterten die Gewässer; alles rüstete sich für die lange Stille, die der Einzug des Winters über die Rocky Mountains bringen würde.

Auch der Wind war nicht mehr nur zu spüren, er ließ sich hören, und die wichtigste Botschaft seines Rauschens lautete: Frieden!

Frieden – seit Jahrhunderten kannte diese Urwelt Menschen roter Hautfarbe. Es gab in ihr keine Siedlungen der Weißen, keine sogenannten Pflichten und auch kein sogenanntes Gesetz, folglich niemand, der dagegen hätte verstoßen können. Ob Wolf, Büffel, Bär und Hirsch, ob Fuchs, Wiesel und Biber, ob Pelikan, Kleiber, Reiher oder Boa, Salamander, Viper und Kröte – vermutlich hatte noch nie ein Zweibeiner ihre Ruhe gestört. Schutz bot ihnen nämlich ein Drache, der im Hunderte Fuß hinabreichenden Erdreich hauste, vielleicht auch Tausende Fuß, seinerzeit wußte es niemand genau zu sagen. Diesem Drachen gefiel es, mehrere Male am Tage Wasser zu speien, aus allen seinen unzähligen Nüstern gleichzeitig. Wer oder was seinem heißen, schwefligen Atem zu nahe kam, war verloren. Mit über zweihundert Grad Fahrenheit wurden einmal die Temperaturen seiner Wasser angegeben, war doch das Phänomen der Geysire noch ein weithin unerforschtes. Wen das Untier nicht verbrühte, den konnte es durchaus erschlagen; Sicherheit vor seinen herabpolternden Steinmassen, die jedesmal auch das Angesicht der Umgebung veränderten, gab es nicht, und das Biest regte sich oft.

Auch konnte man auf sicher geglaubtem Boden plötzlich einsinken. Dann hatte man, ohne es zu ahnen, auf trügerischem Sumpfboden gestanden. Oder man stürzte, genauso überraschend, in die Unendlichkeit, weil man auf eine mit Grassoden bewachsene Steinplatte getreten war, die schon ein paar Jahrhunderte auf diese Gelegenheit gewartet hatte.

Noch verteidigte der Yellowstone seine Wunder selbst. Noch hatte die ewig ordnen wollende Hand des weißen Mannes an anderen Orten zu raffen, zu gieren, einzusammeln. Doch schon im nächsten Sommer konnte es geschehen, daß ein Heer von Minenarbeitern mit kreischenden Maschinen Einzug in die Idylle hielt. Bald konnten sich auf den Hügeln Schachttürme erheben. Die Zu- und Abflüsse der Gewässer würden sich von dem Abraum des Erzes rot und braun färben und jeglichem Getier das Leben unmöglich machen. Städte würden gegründet werden, Tausende von Menschen zu versorgen sein. Die Autorität würde sie in Schach halten, und in ihren Häusern würde die Mißgunst wohnen, weil die einen sich zu kurz gekommen fühlen mußten, während andere schlaflos blieben, solange nicht auch das letzte Kupfernugget in ihrem Besitz war – der Mann, der diesem Frevel Vorschub leistete, war schon auf dem Wege. Indem wir ihn bekämpften, bekämpften wir die sogenannte neue Zeit. Wir brauchten ihr nicht zu folgen, denn sie verfolgte uns, und wie der Leser längst weiß, entkamen wir ihr nicht. Wohin waren die Tage der Sorglosigkeit, die ich früher mit Winnetou geteilt hatte? Warum fand ich keine Muße mehr, die Schönheiten zu schauen, deren eine sich mit der anderen in dieser verschwenderischen, urzeitlichen Natur abwechselte?

Während man mich sonst gern für meine »ausufernden« Beschreibungen noch eines jeden Bächleins belächelt, für meine »unnötig genaue« Darstellung wohl einer jeden Anhöhe oder Senke, laufe ich diesmal kaum Gefahr, mich ähnlichem Tadel auszusetzen. Ich *sah* so vieles, aber ich *erblickte* nichts; ich hörte so vieles, aber ich nahm zuwenig wahr, ich schmeckte tausend Gerüche und roch doch nichts – ich verspreche, daß das Versäumnis bei anderer Gelegenheit nachgeholt wird.[1]

Wir hatten die Yellowstone Range erreicht.

Dieser Gebirgszug ist das eigentliche Stammesgebiet der Kräheninindianer, welche uns nach ihrem mühelosen Sieg über die Schoschonen folgen wollten. Er umfaßt einige Dutzend Drei- und Viertausender, die den Indianern als heilig gelten. Seine nach unseren Begriffen noch namenlosen Gipfel waren schon jetzt, Mitte September, vielfach schneebedeckt, der viele Regen hatte uns vorgewarnt: Die nächsten Niederschläge im Flachland der Range konnten ebenfalls Schnee sein. Zu Füßen dieser alpengleichen Szenerie breiteten sich zuvorderst Weiden, deren Büffelgras nach dem kurzen heißen Sommer niedergedrückt und verbrannt war. Anders die Wälder. Überwiegend bestanden sie aus ungewöhnlich hoch wachsenden Föhren- und Tannenarten. Die Dichte unserer deutschen Forste erreichen sie nicht, dafür liegen sie vollkommen unberührt da, von keinem Axtschlag in ihrem natürlichen Wachstum beeinträchtigt.

Da verharrte mit einem Male unser vorderster Reiter. Es war der Kräheninindianer, welcher uns als Führer in dem uns unbekannten Gebiet mitgegeben worden war. Schweigend wies er auf eine dünne, im Dunst bläulich schimmernde Linie: ein Gebirgsüber-

[1] siehe *Der Sohn des Bärenjägers* (1887)

gang, welcher im nachhinein von Washburns Geologen Craig-Paß benannt wurde.

Also machten wir halt und beratschlagten uns.

Bislang hatten wir keine Spuren von Hayes gefunden. Wir kannten zwar sein Ziel, nicht jedoch seine genaue Wegstrecke; auf vielerlei Weise konnte er zu Old Faithful gelangen, ihn insbesondere vor uns erreichen. Nun wurde klar, weshalb er die Verbindung zu Donnerwolke so lange gepflegt hatte. Jahre mußte es gedauert haben, bis er letzte Gewißheit über die Erzvorkommen und ihre genaue Lage erlangt hatte; sozusagen nebenbei hatte er sich Ortskenntnisse verschafft. Doch nun hatte er, neben seiner Verfolgung, ein weiteres Problem zu lösen. Das ersehnte technische Gerät der Expedition und die zu seiner Bedienung erforderlichen Spezialisten waren ihm verloren, ohne sie konnte er die Kupferlager nicht erforschen. Des weiteren benötigte Hayes zur Ausführung seiner eigentlichen Absicht, der Vernichtung des Geysirs, die Unterstützung seiner Kumpane, wenigstens bis zu einem bestimmten Grade. Hinterher allerdings würde er kaum, wie er Kilmer verheißen hatte, mit ihnen teilen; Winnetou und ich vermuteten, daß er an irgendeinem Punkte versuchen würde, sich von ihnen zu trennen, natürlich unter einem Vorwand – oder mit Gewalt. Die Dynamitpatrone, mit der er unter den Schoschonen für Angst und Schrekken gesorgt und ihre Pferde verjagt hatte, ließ mich Böses ahnen. Mit Hilfe dieses leicht zu handhabenden Sprengstoffes konnte sich ein einzelner Mann zum Kriegsgott aufschwingen. Mehr noch als im Flachland würde im Gebirge die Zerstörungskraft des komprimierten Pulvers die Wirkung mehrerer Kanonen übertreffen – in seinem Streben nach immer mehr Feuerkraft wird der Mensch eines Tages Geschütze oder ähnliches erfinden, die jedes Leben, nur nicht die vergötterte Materie auslöschen.

Ich stand mit Winnetou sowie den Herren Washburn, Langford und Doane zusammen. Letzterer, der Kavallerie-Lieutenant, glaubte seine bisherigen Versäumnisse durch fleißige Anordnungen wiedergutmachen zu müssen.

»Am besten wird es sein, wir teilen uns. Mit dem gesamten Zug sind wir zu langsam, aber durch geschickte Aufteilung können wir in dem Gelände fächerartig ausschwärmen.«

»Ach«, sagte ich. »Und den Indianerscout, wollt Ihr den auch auffächern? Mister Doane, natürlich wäre es gut, mit mehreren Stoßtrupps loszuziehen. Aber wir können auf die Erfahrung dieses einen Mannes nicht verzichten – ohne ihn hat kein anderer Suchtrupp eine Chance.«

»Hm, so bilden wir zwei Abteilungen. Der einen werden ich und Mister Washburn vorstehen, der anderen Mister Everts und Mister Langford. Ihr, Old Shatterhand, und Winnetou kommt natürlich mit uns. Der Rest folgt uns, wenn auch mit der unvermeidbaren Verzögerung.«

»Ja, Lieutenant, an eine solche Formation denke ich auch. Nur hinsichtlich der Führung habe ich eine andere Vorstellung: Ihr alle bleibt hübsch beisammen, da der Troß uns ein zu behäbiges Tempo aufzwingt. Der Häuptling und ich reiten voraus, zusammen mit dem Späher der Upsarokas. Ihr braucht nur unserer Spur zu folgen und stoßt ganz von selbst an den ersehnten Ort.«

»Aber Old Shatterhand, unsere Gesellschaft kostet Geld!« protestierte Langford, Schriftsteller wie ich. »Man erwartet Großes von uns. Wenn Ihr vor uns – – –«

»Ihr meint also, wir könnten Euch das Privileg verderben, die Geysire und besonders Old Faithful als erste zu sehen?« kürzte ich die Sache ab. »Ja, damit ist zu rechnen, ehrlich gesagt, ich hoffe es sogar. Aber eine Frage, Gentlemen: Wißt Ihr, wie unser Fährtensucher heißt, habt Ihr schon einmal auch nur ein einziges Wort an ihn gerichtet?«

Die drei Männer sahen erst den Upsaroka, dann mich an. Sie wirkten ratlos.

»Da haben wir es«, sprach ich weiter. »Der Indianer ist zwar unverzichtbar für Euer Vorhaben, aber er selbst ist Euch gleich. Wie wird erst Euer Auftraggeber, die Regierung, von den Leuten denken, die Euch auf der letzten Etappe zu Eurem Ziel begleiteten? Ihr sorgt Euch nämlich umsonst: Wer das Fell eines Bären nach Hause bringt, braucht nichts mehr zu erklären, dem glaubt man alles. Erinnert Euch an Hayes und den Bären, den er Donnerwolke buchstäblich aufgebunden hat – jahrelang hat man ihn als Ma-ta-weh verehrt. Erst jetzt kam heraus, wie es damals wirklich war. Auch habe ich erst kürzlich gesagt, daß wir keine ehrversessenen Leute sind. Wären wir es, würden wir anders auftreten – übrigens, der Krähenindianer heißt Luchsauge.«

Damit waren, aus meiner Sicht, die Verhältnisse wieder einmal geklärt. Stillschweigend fügte man sich; die ehrgeizigen Herrschaften gesellten sich zu den Ihren, und der dankbar nickende Indianer bedeutete uns, daß wir den Speiern schon ganz nahe seien, nur noch wenige Meilen trennten uns. Das bedeutete indes noch einen weiteren Tagesmarsch; es gab ja nirgends Straßen oder Wege, kaum je einen Pfad. Weil Halef und Hirtreiter unsere Gefährten und überdies geschickte Reiter waren, durften sie mich und Winnetou begleiten. Luchsauge, ein ebenfalls noch jungenhafter Mensch mit wirklich funkelnden Augen, setzte sich mit seinem braun-weißen Schecken vor uns. Nicht gerade im Galopp, aber sehr viel zügiger als bisher ging es nun voran. Unser Vorsprung wuchs, wir gewannen rasch an Höhe.

Als der Grat sich verbreiterte und einige mannshohe Überhänge uns und unseren Pferden Schutz boten, ruhten wir ein wenig. Tief unter uns sahen wir die Washburn-Kompagnie folgen, als zäh dahinkriechenden Wurm. Die Luft hier oben war so blau und klar, daß sich trotz der schon reichlichen Entfernung Einzelheiten ausmachen ließen. Zwanzig Pferde und fünf Maultiere reihten sich aneinander; seine Planwagen hatte der Troß bei dem Indianerangriff eingebüßt. Ich sah sie alle, die Kinn-, Voll- und Schnauzbartträger: den unbeugsamen Washburn, wie immer an der Spitze reitend; Langford, dem es obliegen würde, in seinen Aufzeichnungen eine andere Geschichte zu erzählen als ich; ich sah den Offizier Doane, diesen Heißsporn, der zur Tarnung keine Militäruniform trug und mit seiner Handvoll desgleichen gekleideter Soldaten nichts gegen die Schoschonen ausgerichtet hatte; sodann Everts, seit neuestem Gebete und Psalme vor sich hin murmelnd, denn er hatte sich selbst bekehrt. Ihnen folgten weitere honorige Gentlemen, sodann die Packer sowie die beiden afrikanischen Köche. Diese letzteren mußten die glücklichsten Teilnehmer überhaupt sein; sie verstanden nichts vom Zwecke des Ganzen, ahnten wahrscheinlich nicht einmal etwas von Hirtreiters gleicher Profession.

Auf eine Weise, die mich seltsam ankam, berührte mich dieser Anblick. Man vergegenwärtige sich die Gefaßtheit im Gesicht dieser Leute, ihren wie von Steinmetzen geschaffenen Körper, welcher nach den Wochen in der Wildnis sowie den vielen Entbehrungen nur noch Muskeln und Sehnen zeigte. So etwas würde es nicht mehr geben. Nur in den bequemsten Teilen ihrer Niederschriften würde man sich an diese Pioniere erinnern. Allein die Glorie würde man daraus lesen wollen, nicht so den Schmerz, die Leiden, die Anstrengungen dieser Tapferen. Um den Schutz eines Stücks Wildnis waren sie ausgezogen, würden es aber nicht »erobern«. Sie machten keinen Profit, aber auch keine Gefangenen; sie beeinträchtigten niemand, sorgten sich vielmehr um das Überleben von Tier und Gewächs. Für immer würden sie als Menschen gelten, die nie von hohen Zweifeln gequält wurden und deshalb immer ganz genau wußten, wohin der nächste Schritt sie führte: Nicht Winnetou und ich, Washburn und sein Anhang waren die Phantasiegestalten, von denen Hayes geflunkert hatte.

In diese Nachdenklichkeit platzte Halef. »Sihdi, neulich hast du mich gefragt, ob ich betrübt sei. Jetzt frage ich dich dasselbe.«

»Nein, Halef, betrübt bin ich nicht, ich überlege nur. Stimmst du mir zu, daß wir noch nicht alles erreicht haben, was wir erreichen wollen?«

»Ja, doch selbst wenn wir unseren Feind in die Dschehenna geschickt haben, wird noch kein Ende sein. Dann nehme ich dich in Beschlag; im Hafen von San Francisco wartet die Jacht, mit der ich herübergekommen bin. Sie wird uns an Bord nehmen, und wir fahren hinüber nach Afrika, in die Wüste, in die Oase Dschunet, wo du dem einen fehlst und von einem anderen erwartet wirst.«

»So, werde ich das?« sagte ich gereizt zu diesen Worten, die mir ein Rätsel waren, und weil Halef gar so selbstverständlich über mich verfügte.

Da wurde er sehr offiziell:

»Sihdi, höre mich an. Du weißt, daß ich dir schon seit Tagen etwas erzählen will. Dies ist die Gelegenheit!«

»Es stimmt, du hast mehrmals versucht, mich auf etwas anzusprechen, aber immer haben die Umstände es verhindert.«

»Nein, Sihdi, *du* hast es verhindert, weil du mich immerzu unterbrochen hast. Aber ich werfe es dir nicht vor, wenn wir nur erst – – –«

Wieder erfuhr ich nicht, was Halef mir zu sagen hatte, doch diesmal war es wirklich nicht meine Schuld. Während wir wie unsichtbar im Schutze der Felsüberhänge saßen, kollerten ein paar kleine Steine an uns vorbei, die Terrassen unseres Pfades hinab. Zuerst dachten wir alle das gleiche: eine Steinlawine? In diesem Fall würden wir Glück gehabt haben, denn wir befanden uns ja in leidlicher Sicherheit. Aber die großen Brocken blieben aus, dafür folgten den kleinen Steinen noch ein paar kleinere; Geröll, das sich durch Berührung gelöst hatte – etwa durch die Berührung eines menschlichen Fußes.

Winnetou gab uns ein Zeichen. Er wollte auf Erkundung gehen, wir sollten warten. Zur Sicherheit hieß ich Halef und Hirtreiter schweigen, bei Luchsauge war eine solche Ermahnung unnötig.

Etwa eine Viertelstunde warteten wir, da kehrte Winnetou zurück.

»Bleichgesichter!« sagte er nur, nahm Iltschi am Zügel und führte ihn geschwind aus unserem Versteck heraus. Wenn der Häuptling so etwas tat, gab es nichts zu besprechen; ihm war einfach zu folgen. Also taten wir es ihm nach, und weil wir zwar eilten, aber nicht hasteten, sahen wir bald, wie klug der Apache uns führte.

Wohl hatten wir die Möglichkeit bedacht, daß Hayes einen Hinterhalt vorbereiten würde; nirgends anders als in dieser Bergwelt konnte dies geschehen. Doch weil wir bekanntlich keine ängstlichen Naturen waren und wir den Old Faithful nun einmal erreichen mußten, hatten wir uns der Gefahr zu stellen. Nach nur wenigen Schritten, die wir, wie ich erwähnen muß, möglichst an die Felswände gedrückt zurücklegten, gabelte sich der Weg. Wie eine Straße führte der bisher begangene Steinpfad weiter nach oben, allerdings sanfter und weniger steil als bisher, legte er sich doch von nun an in gemächlicheren Schleifen um den Berg. Auf diese Weise konnte man in vermeintlicher Bequemlichkeit den Aufstieg meistern – und genauso bequem ins Schußfeld einiger Gewehre geraten.

Winnetou hatte aber etwas anderes entdeckt. Durch Jahrmillionen hatte das beständig herabfließende Wasser oder der Regen für erhebliche Auswaschungen in dem Gestein gesorgt. An einer Stelle, nicht besonders durch Gestrüpp verhangen, konnte man einen höhlenartigen Eingang sehen. Eine richtige Höhle war es nicht, denn die Öffnung gab einen langen Gang frei, der nicht durchgehend vom Fels bedeckt war. Immer wieder gab es Stellen, an denen das Tageslicht durchblitzte oder die steinerne Bedachung stückweise fehlte. Wie ein brüchiger Kanal führte dieser Schlauch nach oben, allerdings viel steiler als bisher und nur in gebückter Haltung zu begehen. Uns Menschen machte das nichts aus, doch für die Pferde bedeutete ein solcher Weg eine Qual. Es half nichts, uns blieb keine bessere Möglichkeit.

Jetzt berichtete Winnetou, was er gesehen hatte: Auf dem Plateau, welches unsere derzeitige Position um gut fünfhundert Fuß überragte, stand ein Wachposten, fraglos zu Hayes' beziehungsweise Kilmers Bande gehörend. Nicht besonders dienstfertig, hatte er uns just bei unserem Eintreffen an dem Felsüberhange den Rücken zugedreht, darum waren wir unentdeckt geblieben. Der Mann hatte zudem die Unbegreiflichkeit begangen, mit seinen Stiefelspitzen an dem Felsrand herumzuhacken – aus Langeweile, wie zu vermuten stand. So waren wir auf die Gefahr aufmerksam geworden, ehe sie sich uns zeigte. Ein Zug wie Washburns konnte jedoch selbst einem so saumseligen Menschen nicht entgehen. Wir mußten also die Expedition warnen und uns selbst vorsehen.

So geschah das folgende: Luchsauge, dem, nebenbei gesagt, der Tunnelgang unbekannt war, sollte zu Washburn eilen, zu Fuß, um nicht ausgemacht zu werden. Der noch am besten berittene Teil der Gesellschaft sollte uns sofort, der Rest mit Verzögerung nachfolgen. Indes wollten wir versuchen, uns tunlichst an das Versteck der Gangster heranzuschieben, um zu recognosciren.

Eine gute Stunde arbeiteten wir uns durch die Röhre.

Anfangs war es auf Grund der niedrigen Höhe noch recht mühsam, bald wurde es leichter, die Decke erweiterte sich, und zuletzt hätten wir sogar aufsitzen können. Luchsauge und bestimmt alle anderen, welche jemals den Zugang entdeckt hatten, waren zu früh zu einem negativen Urteile gelangt. Hayes hingegen – ein derart durchtriebener Geist –, ich hätte wetten mögen, daß er das Schlupfloch kannte.

Endlich gab das Halbdunkel uns wieder frei.

Vorsichtig bespähte Winnetou neuerlich den Berg, dessen flachem Ende wir ein bedeutendes Stück näher gerückt waren. Er kam zurück, und wir erfuhren, daß die Feinde offenbar ein Feuer brannten, aber geschickt Rauch vermieden; als Ma-ta-weh hatte Hayes auch derartige Kniffe kennengelernt.

Aus den Signalen, die der Wachposten den anderen gegeben hatte, schloß Winnetou, daß man das Heranziehen von Washburns Konvoi bemerkt hatte, sich aber auf Grund der noch erheblich scheinenden Entfernung unbesorgt gab. Wir selbst waren übersehen worden, man wähnte uns bei dem Hauptzuge und dachte nicht daran, daß wir schon ganz in der Nähe waren.

Nun, Nähe ist wohl zuviel gesagt. Wie es im Gebirge so zu sein pflegt, wird jede Entfernung vom Höhenunterschied bestimmt. Führt man Pferde mit sich und will man nicht entdeckt werden, besteht darüber hinaus gar eine gewisse Eile. So wird aus der Nähe schnell eine Ferne.

Wir hatten zwei Möglichkeiten. Wir konnten den Einbruch der Nacht abwarten und mit dem Schleichen beginnen, was noch einen ziemlich langen Weg rund um den Berg bedingte. Inzwischen würde Washburn nachrücken, und gegen Morgen, schlimmstenfalls noch in der Nacht, würden wir angreifen. Was aber würde bis dahin geschehen? Hayes konnte jederzeit zum Old Faithful aufbrechen, um sein kriminelles Werk zu vollbringen. Zu seiner Deckung brauchte er nur ein paar Mann zurückzulassen, genau wie Kilmer es am Ocean Lake, in dem Wäldchen vor dem Schoschonenlager, getan hatte. Während wir viele uns dann eine Schlacht mit den wenigen lieferten, würde er den Geysir und womöglich weitere vernichten. Und was würde indessen aus Alma?

Allen diesen Konflikten würde Möglichkeit Nummer zwei begegnen. Wir mußten die restliche Zeit des Tages sogleich nutzen, um zu dem Mädchen zu gelangen. Weil wieder Regen fiel, hoffte ich auf weitere Unlust bei den Wachposten. Sie würden weiter lediglich Ausschau nach der Reiterschar halten, die sich nur im Schneckentempo bewegen konnte. Erst wenn sie ein sicheres Ziel darstellte, würde man sie unter Feuer nehmen. Am allerwenigsten, hoffte ich, würde man inzwischen auf die Felswände unterhalb achten, denn noch war unsere Anwesenheit nicht entdeckt worden. Ich konnte einfach an nichts anderes mehr denken als daran, Alma zu retten.

Wir traten an den Fels heran und examinierten ihn genau. Er war kalt und naß, und wenn ich Fels sage, so hat man sich dabei nichts weniger als einen bequemen Brocken vorzustellen, auf den man nur einen Stiefel zu setzen und sich mit etwas Schwung nach oben zu ziehen brauchte. Nein, dieses Gestein war, wie Alpinisten sagen, ein richtiger Kamin, ein Spalt in einem mindestens einhundertundfünfzig Fuß hoch aufragenden Gebirgsstück. Wie Reißzähne eines Gebirgsungeheuers umgaben uns solche Kamine dutzendweise, doch diesen einen mußte ich bezwingen.

Hatten wir vor Stunden noch Freude über den schönsten Sonnenschein empfunden, so war diese Freude jetzt dahin. Grau war der Himmel geworden, fast dunkel, der unstete Regen immer dichter. Immer wieder schneite es sogar, wenngleich die Flocken sich nicht recht zu sammeln wußten, da es trotz allem noch nicht kalt genug war.

Dieser Umstand sowie die Sorge um Alma ließen mich auch die letzten Bedenken hintanstellen. Wollte ich ihr schnell zu Hilfe eilen, mußte es auf diesem Wege geschehen. Nie werde ich Winnetous Blick vergessen, als er mich den ersten Fuß an den Stein setzen sah. Jederzeit wäre er an meiner Stelle emporgeklettert, aber er wußte zu gut, daß es für mich um mehr ging als darum, Alma zu befreien: Ich wollte Hayes im Zweikampf besiegen. Was ich deshalb unternahm, war meiner Ungeduld zuzuschreiben, doch dachte ich in diesem Moment gar nicht über meine Beweggründe nach.

»Sieht mein Bruder Scharlih die Narben des großen Steins? Dort könnte er gehen, er muß nicht klettern.«

Winnetou traf seine Feststellung im Tone einer Frage, so sehr hatte er Zweifel an der Sinnhaftigkeit meines Beginnens. Ich tat ihm den Gefallen und setzte den probehalber angesetzten Fuß wieder ab, besah mir das Gebirgsstück, welches er meinte, und studierte auch dessen Höhe und Breite. Winnetou hatte ein paar zierlich wirkende Einkerbungen ausgemacht, die aus der Entfernung steinernen Narben glichen, in Wirklichkeit aber Kuhlen waren, von den Wettern der Zeiten wie Stege eingegraben. Darin beziehungsweise darauf würde man, wiederum nur gebückt und mit viel Vorsicht, sicherer ans Ziel gelangen als über die Felswand; die »Narben« schlängelten sich serpentinenweise nach oben und ließen sogar das Mitführen der Pferde zu. Allerdings würde man auf diese Weise einen erheblich längeren Weg zurückzulegen haben, und ich wollte doch nicht säumen.

Ich blieb darum bei meiner Entscheidung, versprach Winnetou aber, alles zu befolgen, was er mich einst über das Klettern gelehrt hatte: So leicht wie möglich muß der Steigende sich machen, eigentlich soll er nicht einmal Kleidung tragen, vielmehr sogar barfuß klettern. Nur so ist die engstmögliche Verbindung mit dem Fels denkbar. Doch dies war hier, auf Grund der widrigen Temperaturen, nicht möglich. Immerhin legte ich meinen schweren Gürtel mit all den Gegenständen eines Westmanns ab, dazu die beiden Revolver. Lediglich das Messer behielt ich bei mir. Auch auf den Henrystutzen wollte ich nicht verzichten. Ihn lud ich durch und hängte ihn mir auf den Rücken, den Riemen festgezogen. Im Nahkampf durfte ich darauf hoffen, Hayes niederzuringen, sollte er aber zu fliehen versuchen oder Verstärkung erhalten, würde es ohne Schüsse kaum abgehen. Allein mein Hut bedeutete kein großes Gewicht und hätte mir Schutz gegen die Nässe geboten, und dennoch blieb er zurück: Beim Emporblicken konnte seine Krempe mich behindern, und in den Nacken geschoben, war er mir keine Hilfe.

Dann war es soweit.

Schnell verabschiedete ich mich von Halef und Hirtreiter. Sie sollten zurück in den Tunnel und anschließend den Paß hinabreiten und sich wie Luchsauge, dessen Mustang sie ihm mitbringen würden, mit der Expedition vereinigen. Wenn Washburn uns mit etwa zehn seiner besten Reiter unverzüglich folgte, ergab sich gegen Kilmers Truppe ein ganz passables Zahlenverhältnis. Uns allen würde Winnetou vorausreiten, meinen Hatatitla mitführend. Gegen diesen Plan gab es nichts zu sagen, weil niemand mit einer besseren Idee dagegenhielt.

Also zogen die Kameraden ab. Bei aller Fiebrigkeit versäumte ich es nicht, Winnetou noch einmal zu umarmen. Ein einziger Fehltritt konnte mich ins Jenseits schicken und uns ein Wiedersehen unmöglich machen. Auch der Apache herzte mich. Dann wandte er sich ab, nahm meine Waffen und Habseligkeiten auf und ging zu den Pferden.

Unverzüglich warf ich mich an den Felsen. Für den Aufstieg rechnete ich mit einer halben Stunde; Winnetou würde für den Weg um den Berg herum eine Stunde oder länger benötigen. Natürlich wußte ich nicht, welche Situation ich auf dem Hochplateau zu gewärtigen hatte, aber ich hatte nun einmal eine Entscheidung getroffen, und so begann ich mit dem Klettern.

Ohne Seil und ohne Sicherung, ohne Pickel und Haken schob ich mich empor. Anfangs gewann ich schnell an Höhe. Dies machte mich nicht etwa übermütig; zu gut wußte ich, daß mir von dem Sockel, von welchem aus ich meinen gefährlichen Weg begonnen hatte, die ersten Meter der Strecke geschenkt wurden.

Bald fühlten meine klammen Fingerspitzen auch nicht mehr glattes, sondern grob gezacktes Gestein – der unterste Rand der Felsspalte war erreicht. Mit einem Ruck zog ich mich hoch und ließ mich, den Schwung der Bewegung ausnutzend, einfach in die erste Aussparung fallen. Zu meinem Erstaunen war diese in ihrem Inneren durchweg grasbewachsen, und zwar derart dicht, daß man fast von einem riesigen, weichen Bette sprechen konnte. Betörend roch es nach Kräutern, die in dieser Höhe noch Sonne und Feuchtigkeit genug fanden. Ich sah nach unten – die Freunde waren nicht mehr zu sehen. Ich gebe zu, mich bezüglich der Dimensionen ein wenig verschätzt zu haben. Nicht nur war mir diese erste Etappe schwerer gefallen als gedacht; von nun an mußte ich versetzt klettern, weil der Riß, der nach oben führte, ziemlich breit war. Das wiederum erforderte fast artistisches Geschick, doch scheue ich mich nicht einzuräumen, daß die meisten meiner Stärken auf anderen Gebieten liegen. Wie auch immer, Zögerlichkeit war keine meiner Schwächen, also machte ich mich wieder auf und nahm das nächste Stück in Angriff.

Von jetzt an verzichtete ich auf weitere Blicke nach unten. Wem die Kletterei fremd ist, der tut gut daran, seinen Gleichgewichtssinn nicht allzusehr auf die Probe zu stellen. Nur noch wenige und sehr kurze Atempausen erlaubte ich mir, dies auch nur, um meinen Fingern ein Aufwärmen unter den Achseln zu gönnen. Tunlichst in einem Zuge wollte ich die letzte Distanz überwinden. Längst drückte mir der Henrystutzen wie eine Zentnerlast in den Rücken, und so manches Mal wollten meine Stiefelspitzen sich nicht in die Kerbungen des Millionen Jahre alten

Felsens finden. Mit tausend Nadeln fuhr der Wind mir in die ungeschützten Gehörgänge, und als ob der Torturen nicht genug gewesen wären, verwandelten sich die harmlosen Schneeflocken zurück in Striemen kalten Regens.

Dessen ungeachtet, stieg ich hinan. All mein Fühlen drängte zu einer Entscheidung; Schmerz und Erregung erduldend, war ich meinem Ziele auf höchstens noch drei Körperlängen nahe gekommen.

Da hörte ich über mir eine allzu bekannte Stimme – die von Milton Hayes. Statt englisch sprach er hochdeutsch. Konnte ich ihn auch nicht sehen, so stand er doch nahe genug an dem Abgrunde, daß ich seine Worte mühelos vernehmen konnte. Sofern er nicht auf die Idee verfiel, sich unvermittelt umzudrehen und den unter ihm klaffenden Fels abzusuchen, konnte ich bis auf weiteres unentdeckt bleiben. Gerade sagte er:

»Kilmer, fürchtest du dich etwa vor der Höhe?«

Schon wieder diese beiden! Bereits zum dritten Male war es mir vergönnt, die Schurken zu belauschen; ein viertes Mal sollte es nicht geben müssen. Ich hörte Kilmer, der seinen Herrn neuerdings duzen durfte, antworten:

»Du weißt, daß ich im Flachland geboren bin. In Hamburg schätzen wir Höhen nicht.«

»Ha«, lachte Hayes. »Wenn du die Stadt wiedersiehst, wird sie zu dir aufblicken, denn du kehrst als wohlhabender Mann zurück. Denkst du nicht, daß es an der Zeit ist, mir das Papier, das in deiner Brusttasche steckt, zurückzugeben? In Kürze sind wir bei den Geysiren, dann ist das Nötigste getan.«

»Ach, du forderst deinen Preis schon jetzt? Hayes, wir haben vereinbart, daß dies erst geschieht, wenn du mir und meinen Männern unseren Anteil überschreibst.«

»Und? Kann dies nicht schon in dieser Stunde geschehen, per Handschlag? Wir sind doch Freunde!«

Kilmers Schweigen zu diesen Worten war beredt. Also lenkte Hayes ein:

»Gut, dann warten wir, bis wir beim Old Faithful stehen. Noch ehe der alte Getreue seine erste und letzte Dynamitladung erhält, sollst auch du deinen Teil bekommen – – –«

Ich bemerkte wohl den Unterton, mit dem Hayes dies sagte, aber bemerkte ihn auch Kilmer? Ich füge hinzu, daß dort oben sehr schnell gesprochen wurde, die Herren froren nicht minder, wenngleich sie sich gewiß komfortabler befanden als ich an der dunklen nassen Wand. Hayes fuhr fort:

»Als nächstes müssen wir die Aufgaben verteilen. Noch eine letzte Anstrengung, und wir sind unsere Verfolger los. Du, Kilmer, wirst mit deinen Männern Old Shatterhand aufhalten. Locke ihn und Winnetou, Washburn und die anderen näher, sobald sie den Paß heraufgezogen kommen. Tue das, indem ihr euch ganz ungezwungen bewegt. Schon von weitem müßt ihr sorglos wirken, voll Übermut, vielleicht auch voll Brandy. Unsere Feinde sollen denken, wir hätten unser Ziel längst erreicht und befänden uns bereits auf dem Rückwege. Sie müssen glauben, ihr wärt trunken vor Freude über unseren Reichtum.«

»Dein Plan hat einen Haken. Wenn die Geysire bereits gesprengt worden wären, hätten andere das hören müssen.«

»Nicht, wenn es bereits gestern oder sogar vorgestern geschehen ist. Da waren unsere Verfolger noch zu weit entfernt, als daß sie eine oder mehrere Explosionen hätten vernehmen können. Außerdem müssen sie in Erwägung ziehen, daß einige von uns vorausgeritten sein könnten, was aus unseren Spuren kaum herauszulesen wäre.«

Ich hörte, was Hayes da sagte, und hielt es für gelogen. Jeder Westmann würde bemerken, wenn nach tagelanger Verfolgung plötzlich die Hufabdrücke mehrerer Pferde fehlten; noch waren in dieser Höhe die Felsen, wie ich zuvor selbst festgestellt hatte, mit Gras bewachsen, welches man »lesen« konnte. Kilmer wußte dieses Argument von Hayes nicht zu entkräften, aber er spürte wohl, daß dieser ihm einen Vorwand lieferte, um ein anderes Ziel zu verfolgen. Nichtsdestoweniger – und vielleicht nur zum Schein – ging er auf das Gesagte ein.

»Einverstanden, wir werden die Nachhut bilden, während du mit einigen von uns zum Old Faithful vorausreitest.«

»Nein, ich werde allein reiten. Das heißt, das Mädchen nehme ich natürlich mit.«

»Natürlich, Hayes?«

»Natürlich, Kilmer. Vergiß nicht, du führst mehr als zwanzig Männer an, die seit langem nur die Wildnis gesehen haben. Ich möchte für den Rest unserer Reise niemand in Versuchung führen.«

»Und die Fernrohre? Wenn Old Shatterhand und Winnetou weder dich noch das Mädchen erspähen, werden sie Verdacht schöpfen.«

Hayes lachte:

»Auch daran habe ich gedacht. Ihr werdet das Zelt aufbauen, das uns noch geblieben ist. Richtet es so aus, daß es mit der Vorderseite zu dem Feuer steht, das ihr brennen werdet, also mit der Rückseite gegen den Gebirgspaß. Unsere Gegner sollen annehmen, ich befände mich in dem Zelt – nein, ich und Alma befänden uns darin!«

»Ha«, lachte nun auch Kilmer. »Old Shatterhand wird verrückt werden vor Eifersucht!«

»Ja, das soll er, denn er ist verliebt in das Täubchen und wird darüber alle Vorsicht vergessen. In seinem Wahnsinn würde er Wände hochklettern! Nun aber kommt dein eigentlicher Einsatz: Sorge dafür, daß sich um die Feuerstelle etliche der Männer hin und her bewegen, diese sich jedoch, sobald sie wie zufällig hinter die Felswände treten, blitzschnell umziehen; ein Wechsel von Staubmantel und Hut reicht völlig. Wer von ferne unsere Leute zählt, wird auf die bekannte Stärke kommen und nicht merken, daß ein paar fehlen.«

»Ich verstehe, Hayes: jene, welche die Dynamitfalle legen.«

»Richtig! Übrigens habe ich beschlossen, dich nicht nur an den Kupfervorkommen zu beteiligen, sondern auch an der Minengesellschaft. All die Jahre über habe ich dich geprüft und stets für treu ergeben befunden. Nimm meine Hand: Du wirst zusätzlich mit einem Viertel an allen Einnahmen beteiligt!«

O dieser Erzgauner! Geradezu osmotisch schien er Kilmers Argwohn zu spüren. Diesem entgegenzuwirken, setzte er auf die Gier seines Kumpanen und versprach ihm mehr und immer mehr Geld. Wie diese zusätzliche Glücksverheißung auf den Mann, der offenbar zeit seines Lebens ein armer Schlucker gewesen war, wirken mußte, ließ sich denken. Prompt ging er in die Falle.

»Du trägst mir unseren Streit nicht nach?«

»Aber Kilmer! Du meinst, als du kürzlich wieder einmal von meinem Bärenmesser sprachst und von irgendwelchen dunklen Zeiten? Lassen wir die alten Geschichten ruhen. Zwischen uns steht nichts und niemand, uns vereint vielmehr das Geld – das ganz große Geld!«

Wieder lachten sie. Keiner traute dem anderen, ein jeder versuchte, gerissener als sein Gegenüber zu sein, und doch waren sie aufeinander angewiesen.

Ich dachte, wie froh ich sein durfte, einen anderen Lebensweg gewandelt zu sein als Hayes. Kein solcher Heuchler und Lügner war ich geworden, kein Betrüger und Hochstapler, nicht selbstgefällig und hochmütig wie er. Und doch dauerte er mich – wieviel Gutes hätte ein Mensch von seinen Fähigkeiten bewirken können!

Als nächstes sagte Kilmer:

»Und was wird aus dem Mädchen? Es kennt unser Gesicht, unseren Namen. Was nützt uns der Reichtum, wenn wir verraten werden?«

»Du hast recht, das darf nicht geschehen. Bisher spreizt sich das Fräulein noch, sagt mir nicht ja noch nein.«

»Du willst sie wirklich zur Frau nehmen?«

»Ja, Kilmer, stell dir vor, so viel Bürgerehre habe ich mir bewahrt. Ein jeder von uns hat von einem solchen Mädel geträumt, gib es ruhig zu. Ich selbst mußte fast sechzig Jahre lang warten, bis sich für mich alles zusammenfügte. Aber in wenigen Stunden wird es soweit sein: Am Becken Old Faithfuls erneuere ich mein Leben – mit oder ohne Alma.«

»Du willst sie – – –?«

»Ja, ich töte sie, wenn sie sich nicht endlich zu mir bekennt. Seit Tagen weicht sie mir aus, versucht sie mir, wie sie es nennt, ins Gewissen zu reden. Das macht die Sonntagsschule, die Frömmelei, wie auch Old Shatterhand sie pflegt. Bevor du mit den Vorbereitungen beginnst, führe sie zu mir. Ich will mich mit Alma aussprechen. Habe ich anschließend nur den geringsten Zweifel, wird sie Old Faithful vorausgehen – – –«

»Du meinst, du stößt sie in die Tiefe?«

Hayes und Kilmer sagten nichts mehr. Ich nehme an, sie grinsten sich übereinstimmend zu, und Kilmer zog los, seine Aufträge zu erfüllen.

Sogleich wollte ich ansetzen, die letzten Meter zu überwinden und Hayes zu überwältigen, da entdeckte ich etwas Merkwürdiges. Bisher hatte der unstete Wind immer leise gepfiffen, was mir das Lauschen nicht leichtgemacht, aber meinen vor Anstrengung schweren Atem gegen Hayes und Kilmer überlagert hatte. Jetzt war mir, als vernähme ich neben jenem Pfeifen auch ein Keuchen. Es war ein nur ganz leises, aber meine am Raunen der Wildnis geübten Ohren hörten es dennoch. Und ein Weiteres geschah: Ich fühlte eine Berührung an einem meiner Stiefel!

Ich tat, was ich nicht hatte tun wollen, und sah nach unten. Wie erschrak ich, als ich genau unter mir einen kleinen Mann sah, der sich bis zu mir heraufgearbeitet hatte – Halef!

Blitzschnell kam mir zu Bewußtsein, daß er die Lage erfaßt haben und das Gespräch der Gangster mit angehört haben mußte, obgleich dieses auf deutsch geführt worden war. Er wußte also, wie gefährlich es um mich, um uns stand: Das kleinste auffällige Geräusch, jedes eigene Wort von uns, und sei es noch so leise geflüstert, mußte uns verraten; dagegen würde auch unser Verbündeter, der Wind, machtlos sein.

Ich ahnte alles: Ehrgeizig für sich und zugleich besorgt um

mich, mußte Halef sich von Hirtreiter getrennt beziehungsweise diesen allein zu Washburn geschickt haben. Er aber, der seiner eigenen Einschätzung nach mit allen Unwägbarkeiten vertraute Beduine, hatte sich gleich mir an die Felswand gemacht und war mir gefolgt; ein buchstäblich bodenloser Leichtsinn! So blickte Halef zu mir herauf: ein vor Schmerz und Anstrengung verzerrtes Gesicht, die Augen weit aufgerissen aus Ahnung vor dem Entsetzen, das um uns war – die Tiefe, die Aussicht, jeden Augenblick den Halt zu verlieren und zu stürzen.

Es war aber noch ein anderer Ausdruck im Gesichte meines lieben Freundes. Eine gewisse Scheu stach heraus, als wollte er sagen: Verzeih, ich mußte es tun!

Zu hadern gab es da nichts; es war, wie es war.

Gemessen an seiner Körpergröße, war Halef viel schwerer als ich, schwerlich auch so gut gemuskelt und gestählt durch unermüdliches Turnen in der Jugendzeit. Dazu war er, nachdem die Schoschonen unser Hab und Gut zurückgereicht hatten, mit den Unnötigkeiten eines ganzen Basars behängt. Nichts hatte er zurücklassen wollen; in seiner Schärpe steckten die beiden Revolver, auf dem Rücken trug er, unverzichtbar beim Steigen, seinen Seggadeh, den wiedererlangten Gebetsteppich. Als einziges Zugeständnis an die Notwendigkeiten hatte er seinen raumgreifenden grünen Turban zurückgelassen, so daß wir beide ohne unsere gewohnte Kopfbedeckung, also barhäuptig waren. Daß der kleine Kerl es überhaupt heraufgeschafft hatte, erschien mir als ein Wunder, für das allenfalls der Prophet eine Erklärung hatte.

Da durchzuckte mich jäh eine Angst: Halef war im Begriff, Kraft und Halt zu verlieren! Die vertrauten Lippen, die sich aufgeregt, aber stumm bewegten, hauchten mir Beschwörungsworte zu, eine ganze Suada.

»Halef!« wollte ich rufen, den lieben Namen hinausschreien, denn niemals hätte ich ihm Vorwürfe gemacht, aber natürlich beherrschte ich mich.

Halef, halte aus, ich komme dir zu Hilfe, ich lasse dich nicht fallen – ich konnte es nur denken, er mußte es erraten. Und er tat es, indem er meine Lippen sich gleichfalls bewegen sah. In seinen Augen glomm Dankbarkeit, unendliche Dankbarkeit.

Es gibt Momente, die uns Stunden dünken und doch nur Sekunden dauern. Dies war ein solcher Moment. Ich mußte handeln und wußte nicht, wie; ich wollte sprechen und durfte es nicht; ich wollte mich bewegen und konnte es kaum. Jeden Augenblick konnte Kilmer zurückkehren und Hayes das Mädchen zuführen. Dieser stand gewiß noch an dem Felssaume. Ein unvermitteltes Geräusch, und er mußte auf uns aufmerksam werden, also still, still!

Halefs Blick griff mir ans Herz, denn dieser, ich sage es nicht gern, glich dem eines waidwund geschossenen Tieres. Durch meinen Stiefel hindurch spürte ich die verzweifelte Klaue, nur die andere war noch in ein Felsstück gekrallt. Was, wenn Halef fiel, wenn er hinabstürzte – würde er sich, im Tode begriffen, beherrschen können und nicht schreien? Nur so konnte doch verhindert werden, daß Hayes uns bemerkte und unser beider Tod besiegelte. Es war schrecklich – was tun, wie handeln?

Sollte sich unter meinen Lesern jemand befinden, der selbst schon einmal in vergleichbarer Gefahr schwebte, so wird er nachfühlen können, was damals in mir vorging. Und er wird vielleicht ein seltenes Wissen mit mir teilen, welches zu erwerben ich niemand wünsche: Man mag in seiner Verzweiflung noch so ratlos sein, auf einmal weiß man doch, was zu tun ist. Was genau ich dachte, was im einzelnen ich vorhatte? Nichts dachte ich, nur wahnsinnig war ich! Auf einmal erschien alles so einfach: Halef zu mir heraufziehen war unmöglich, zu ihm hinabsteigen genauso; er hielt sich ja zur Hälfte an mir fest. Aber bevor er fiel, konnten wir doch beide springen und unser Leben in einem bewußten, mit einem Ziele berechneten Falle zu retten versuchen – – –

Zuvor, in der Felsspalte, waren mir jene üppigen Grassoden aufgefallen, selbst durch den Regen blinkten sie einladend zu uns herauf. Abstoßen mußten wir uns von der Felswand, vielmehr ich

mußte das tun, und Halef mußte einfach mit! Sodann hatten wir
gemeinsam zwanzig, fünfundzwanzig Meter tief zu stürzen, in der
leisen Hoffnung, von ebenjenem Grasbette weich und sicher auf-
gefangen zu werden, natürlich ohne auch nur einen einzigen Laut
von uns zu geben.

Reden durfte ich nicht, also verlegte ich mich auf Zeichen. Aus
mehr als ein wenig Kopfschütteln bestanden diese aber nicht;
Halef würde verstehen oder eben nicht. Und dann, was soll ich
sagen – ich sprang, nein, wir sprangen!

Entsetzlich war der Moment des freien Falls. Zielten wir vorbei,
war es mit uns zu Ende; zielten wir zu knapp, würde das schroffe
Gestein uns zerfetzen.

Aber es ging alles gut!

Mit unseren Körpern hatte ich nur so ungefähr peilen können
wie weiland im Boarding House auf Kilmers Heckenschützen.
Statt, wie damals, dreimal zu treffen, genügte hier gewissermaßen
ein Doppelschuß, ja selbst der Henrystutzen tat mir den Gefallen,
mir oder Halef nicht alle Knochen zu zerschmettern. Der Sachse
und der Beduine waren hinabgesaust und glücklich gelandet. Den
einen beschützte sein Herrgott, den anderen Allah, der Erbarmer
und Barmherzige. Beide Himmelsmächte fügten es, daß sich keinem von uns ein Schrei entrang; sogar die Aufprallgeräusche, die
doch kaum zu vermeiden waren, dämpfte das weiche, wundersame
Gras bis zur Unhörbarkeit.

Wir lebten!

Ich drehte, wand und reckte mich. Ich suchte und fand Halef,
der unter mir zu liegen gekommen war. Nichts fehlte ihm und mir,
nichts hatte weder er sich noch ich mir gebrochen, nichts tat ihm
oder mir weh. Trotzdem wird man jenen seelischen Schmerz verstehen, der mich plagte – um unserer Sicherheit willen durfte ich
meine Freude über das gelungene Wagnis nicht einfach hinausschreien; Halef ging es genauso. Eingedenk der oben noch immer
drohenden Gefahr bewegten wir unsere Lippen lautlos. Von
Halefs las ich die arabischen Worte:

»Sihdi – du – weinst ja!«

Ich weinte wirklich. Es gibt da nichts zu leugnen. In diesem Moment durften die Tränen fließen, mußten es sogar. Meinen Gefühlen über den bezwungenen Schrecken ließ ich freien Lauf, wenn auch mit der Einschränkung, nicht den geringsten Laut von mir zu geben. Überglücklich drückte Halef sich an mich, wir umschlangen einander für Sekunden oder eine Ewigkeit. Nun vergossen wir beide heiße Zähren: Wie hatten wir unsere Götter versucht; sie hatten uns stürzen, aber nicht fallenlassen! Wir waren errettet worden und würden wieder errettet werden, und mit uns Alma und Old Faithful! Und dann geschah es, daß alles, was ich bisher auf unserem Ritte an Großartigkeiten zu sehen bekommen, aber durch meine Zerfahrenheit nicht zu beschreiben vermocht hatte, noch einmal an meinem inneren Auge vorbeizog, freilich ohne all die Namen, welche später hießen: die Mündung des Gardner-Flusses, der Tower-Wasserfall, der Berg Washburn, das Tal Hayden, der Yellowstone-See, die Yellowstone-Fälle, der Yellowstone-Fluß, die beiden Berge Langford und Doane, der Schlangen-Fluß, der Zwei-Meere- sowie der Craig-Paß, an welchem wir gerade festhingen, und dahinter erahnte ich bereits die uns von Luchsauge gepriesenen Wasser des Feuerloch-Beckens sowie die Kepler-Kaskaden – Old Faithful erwartete uns.

Aber während ich mit Halef traut in dem Grasneste lag, ertönte von der Hochebene wieder Hayes' Stimme.

»Gleich reiten wir weiter, Fräulein Alma«, hörte ich ihn auf deutsch mehr rufen als sagen. Ich wußte, warum er so laut sprach: Kilmer, der das Mädchen zu ihm geführt hatte, sollte lange Ohren machen; Hayes wollte sicherstellen, daß sein Vertrauter, den er noch für kurze Zeit brauchte, sich von der »Redlichkeit« seiner Worte überzeugen konnte, aber nur er, nicht seine Leute. Hayes also sagte:

»Meine Männer werden für unsere Sicherheit sorgen, während Ihnen, Alma, eine besondere Ehre zuteil wird: Als erste Frau kriegen Sie den Old Faithful zu sehen!«

»Reiten wir denn allein, Mister Hayes?«

»Gewiß. Hier wird jeder Mann gebraucht, falls es zum Gefecht kommt. Sie aber sollen den Wasserspeier sehen, ehe er für immer versiegt.«

»Ich weiß, Sie wollen ihn zerstören.«

»Zerstören, Alma, was für ein Wort. Etwas Neues will ich erschaffen, etwas viel Größeres, Ehrenhafteres, Zuverlässigeres, nämlich Arbeit für Tausende von Menschen! Das Kupfer in diesem Gebirge wird dem Land noch in hundert Jahren von Nutzen sein. Wozu aber taugt ein Geysir? Man sieht ihm beim Ausspucken seines widerlichen Gebrauses zu und denkt: recht hübsch, doch nun? Geld verdienen läßt sich mit dem Kupferabbau besser als mit dem Bestaunen solcher Wasserspiele; ich komme gleich darauf. Bitte hüllen Sie sich in eine dieser Decken. Die Schoschonen behandeln sie auf eine bestimmte Weise; ihr Büffeltalg riecht streng, hält aber zuverlässig Nässe und Kälte ab. Denn haben Sie gesehen? Ihre Freunde folgen uns. Aber sie kennen das Gelände nicht, anders als ich, der ich schon viele Male hiergewesen bin. Erst recht wissen sie nichts von der Abkürzung, die am schnellsten heraufführt. Außerdem habe ich, nun ja, gewisse Vorkehrungen getroffen – – –«

Hayes machte eine Pause. Er schien abzuwarten, ob Alma ihm etwas entgegnen würde, aber sie sagte nichts – war sie gefesselt? Und war sie trotz ihrer jungen Jahre gefestigt genug, dem Verführer zu widerstehen? Es verstand sich ja von selbst, daß er jetzt versuchen würde, sie mit seinem roten Golde zu verlocken.

»Alma, in kaum einer Stunde werden Sie Zeuge sein, wie mir der Inhalt dieser Satteltaschen einen Reichtum verschafft, der jeden europäischen König zum Bettler macht. Wonach die Welt auch giert, mich interessiert nur Kupfer. Behaltet euer Zink, euren Nickel, euer Eisen; ohne mein Kupfer gibt es keinen Telegraphen, fährt kein Dampfschiff, schweigen alle Waffen, hören die Schlote auf zu rauchen. Länder wie die Vereinigten Staaten werden mit ihren Bodenschätzen die Welt anführen, wenn Männer wie ich es wollen. Deshalb werde ich hier die Erde aufreißen und ihr alles entnehmen, was für so viele auskömmliche Verhältnisse bedeuten wird – und natürlich für mich einen gewissen Wohlstand. Sie, liebes Fräulein, sind gebildet, obendrein sind Sie schön. Was ich Ihnen biete, wird kein anderer Mann Ihnen bieten. Wäre es das Geld allein, über das ich in Bälde verfügen werde, ich lachte über mich selbst. Doch mit meiner Person erhalten Sie mehr als nur einen hundert- oder zweihundertfachen Millionär. Ich darf behaupten, ein Mensch zu sein, der nicht nur genau weiß, was er will, sondern auch versteht, es sich zu nehmen. Mich schreckt kein Krieg und keine Krankheit, kein Verbot und kein Gesetzbuch – Alma, ich weiß, daß Sie Old Shatterhand nicht abgeneigt sind. Gewiß, er ist jünger als ich, aber ich bin reifer und verfüge über Erfahrungen, die ihm abgehen. Wie ich ihn einschätze, wünscht er sich lediglich ein liebendes Weib an seine Seite. Dazu, Alma, taugen Sie gewiß. Aber Sie können noch so vieles mehr, Sie haben das Zeug zur Dame. Weshalb sollten Sie all Ihr Lebtag in Wolle und Leinen einhergehen, wenn Sie Spitze und Seide tragen können? Warum sollten Sie Ihr Leben in Kötzschenbroda beschließen, in Coswig oder Moritzburg, wenn Sie doch Paris sehen können, Wien und London oder Budapest? Waren Sie schon einmal bei den Tempelruinen von Luxor, auf der Akropolis in Athen? Mit meinem Gelde können Sie jeder Liebelei frönen: Geschmeide, ein eigener Salon, eine Waffensammlung, und falls es Sie danach verlangt, kaufe ich Ihnen ein Adelsdiplom. Alma, werden Sie mein schönster Besitz. Überlassen Sie Old Shatterhand dem Schicksal, das ich für ihn vorgesehen habe. Sagen Sie ja zu mir – zu mir und meinem Kupfer!«

Noch immer lag ich mit Halef in jener Felsspalte. Seit Jahren hatte ich an das Wort »Greenhorn« allenfalls eine sehr neblige Erinnerung gehabt. Jetzt entwölkte sie sich, und ich mußte denken, wie oft ich seither Menschen belauscht hatte, welche die ruchlosesten Pläne ausgeheckt hatten. Meist war es mir gelungen, diese Absichten zu durchkreuzen. Nie aber habe ich mich in einer solch mißlichen Lage befunden wie an jenem Kaminfelsen im Yellowstone. Wo ich mit Halef zwischen Leben und Tod feststeckte, sollte Alma sich für mich oder Hayes entscheiden.

Auch an Scha-na-tse, den Medizinmann der Schoschonen, mußte ich denken – was hatte er mir vorausgesagt? Sobald meine Hände den seinen glichen, hatte er gesagt, würde Ma-ta-wehs Ende nahe sein, also Hayes sterben müssen. Die ersten seiner Worte waren Wirklichkeit geworden, hatten doch Kälte und Schmerz meinen Händen derart zugesetzt, daß sie den seinen durchaus ähnelten. Und der Rest? Der letzte blutige Rest?

Wieder hörte ich Alma sprechen. Ihre Stimme klang fest und entschlossen – o wie ich das Mädchen bewunderte!

»Mister Hayes, seit unserer ersten Begegnung bei Herrn Pfäffle wollte ich nicht wahrhaben, was man so über Sie sagte. Ehe ich von Mister Washburns Expedition erfuhr, hielt ich Sie für einen respektablen Geschäftsmann und Ihr Vorhaben für einzigartig. Auch räume ich ein, daß mich Ihre Lebensart beeindruckt hat. Sie verstehen es, zu repräsentieren, und Sie haben Finesse. Aber Ihre Taten decken sich nicht mit Ihren Worten. Mein Fehler war, Sie selbst als Gefangene bei den Schoschonen noch nicht durchschaut zu haben. Erst als ich Sie belauschte, wie Sie mit Kilmer über Mord sprachen, gingen mir die Augen auf. Old Shatterhand hatte recht: Sie waren es, der die Indianer auf die Fährte von Herrn Halef und mir gesetzt hat, denn zunächst rechneten Sie nicht damit, daß ich mich, in Männerkleidung und nur mit einem einzigen Begleiter, auf die Suche nach den Meinen machen würde. Dann, als Sie vom Scheitern Ihres Plans erfuhren, ließen Sie uns abermals überfallen, nun mit der Absicht, Washburn und alle anderen massakrieren zu lassen, desgleichen Herrn Halef, Herrn Hirtreiter, Winnetou und Old Shatterhand. Überhaupt er! Was hat er für mich getan, und wie habe ich es ihm gedankt! Verraten habe ich sie alle, ganz besonders aber ihn, als ich Ihnen abermals folgte, quer durch die Reihen der Schoschonen, auf die Sie bedenkenlos feuern ließen – Menschen, die zuvor noch Ihre Verbündeten waren. Daß Sie es nur wissen: Ich verachte Sie und sage mich los! Jedem Gericht würde ich mich als Zeuge gegen Sie zur Verfügung stellen. Ich will mit Milton Hayes nichts mehr zu tun haben!«

»Wirklich, Alma? Dann soll ich also für mich behalten, wo sich Mutter, Vater, Schwester Grüner befinden?«

»Sie tun nur so, Sie kennen lediglich unseren Familiennamen.«

»Ja? Soll ich nicht auch sprechen von Hans Gustav Grüner, von Edda Grüner, von Erna Grüner? Aber nein, Sie haben recht, ich schweige besser. Das Fräulein Alma sagt sich los, es will mit Milton Hayes nichts mehr zu tun haben.«

»Mister Hayes!« bat Alma eindringlich. »Sprechen Sie nicht in Rätseln. Seit Monaten forsche ich nach meiner Familie. Wenn Sie etwas wissen, müssen Sie es mir sagen!«

»So, muß ich das? Kann mich jemand zu sagen verpflichten, daß Ihre Lieben fern des Wilden Westens weilen, in einer Oase mitten im nordafrikanischen Sand, als Gefangene eines größenwahnsinnigen Despoten, dem Ihre Schwester, Alma, als Tänzerin zu Gefallen sein muß. Sonst nämlich drohen Ihren Eltern Hiebe mit dem Stock und der Peitsche, am Ende gar der Tod. Ob das Fräulein Erna seinen Hochmut pflegen wird wie Sie, Alma, den Ihren? Ja, dies alles könnte ich für mich behalten, aber ich sage Ihnen sogar, woher ich mein Wissen habe: Ihr redseliger Muselmann, Herr Halef, hat sich bei Herrn Pfäffle verbreitet. Dieser hielt aber seine Geschichten für eine Räuberpistole, weil er mit Vertrauen genauso geizt wie mit Gulden und Dollars.«

»Mister Hayes, wenn Sie das so lange wissen, warum haben Sie mir nichts davon gesagt?«

»Das hätte ich, Alma, ganz gewiß. Aufsparen wollte ich mir diese und weitere Mitteilungen für die nämliche Stunde, da ich aus Ihrem Munde ein Ja hörte. Zu welchem Zwecke, wissen Sie. Nun aber, da sich unsere Wege trennen und Sie sich lossagen – – –«

Für eine Weile wurde es still auf dem Plateau.

Es bedurfte nicht viel Phantasie, um sich das Entsetzen des lieben gepeinigten Wesens vorzustellen. Bisher hatte Alma wohl gehofft, ihre Familie bald wiederzusehen. Jetzt erfuhr sie von einer Intrige, wie ich sie für eine weitere Lüge von Hayes gehalten hätte, wäre nicht Halefs Name gefallen. Ich sah ihn an, worauf er den Kopf schüttelte, was bei seinesgleichen Zustimmung bedeutete. Hayes hatte also ausnahmsweise wahr gesprochen.

Ich hörte, wie Alma, die sich wieder gefaßt hatte, zu ihm sagte: »Wenn Sie nur einen Funken Ehre besitzen, werden Sie nicht zögern, mir zu einem Wiedersehen mit meiner Familie zu verhelfen. Bringen Sie mich zu Herrn Halef, auf daß er mir alles Nötige berichtet.«

Hayes, wie verwandelt, lachte roh. Von jetzt an duzte er Alma wie ein Straßenmädchen.

»Närrin, ein Königreich wollte ich dir zu Füßen legen! Schön bist du und stark und klug – ich war verrückt nach dir, du sollst es nur wissen. Aber ich bin nicht der einzige. Denke an Winnetou – er nannte dich Goldene Squaw. Oder Donnerwolke – ihm mußte ich dich abschwatzen, er hätte dich sofort als Beute in sein Zelt gesteckt. Und erst Old Shatterhand – ja, er – Old Shatterhand – – –«

»Was ist mit ihm?« fragte Alma besorgt.

Wieder erscholl das grausame Lachen.

»Alma, denkst du, ich hätte nicht bemerkt, wie sehr der große Westmann es auf dich abgesehen hat? Du warst es, kleine Hexe, die ihm die Schmetterhand zur Kußhand machte, Glückwunsch!«

»Hayes, sprechen Sie nicht so. Was Old Shatterhand und mich betrifft, das geht Sie nichts an. Ich habe bereits eingeräumt, daß ich mich dummputig verhalten habe. Alles würde ich tun, hätte ich Gelegenheit, mich bei ihm zu entschuldigen.«

»Ja, das würdest du, Alma Grüner! Als Tochter aus gutem Hause kannst du dir Gefühle leisten. Aber daß du es nur weißt: Old Shatterhand ist arm wie eine Kirchenmaus, er hat es mir selbst gesagt. Wenn du ihn dir erwählst, mußt du künftig Tinte trinken statt guten Wein. Euer gemeinsames Heim wird nur ein Verschlag sein, eine Weberhütte, in dem eure Kindlein nach Brot schreien, während der Vater entweder bei dem Indianer steckt oder bei dem Beduinen. Adieu, sagte mir jüngst Old Shatterhand. Weil du es nicht anders willst, sage ich es nun zu dir – adieu, Alma Grüner!«

»Mister Hayes, wollen Sie mich etwa hier zurücklassen, mitten in der Wildnis?«

»Ich habe dir genug Zeit gewidmet, widerborstiges Fräulein. Es gilt, meine künftigen Minen in Besitz zu nehmen. Ich hätte dich gern gezähmt, aber leider erweist du dich als unbezähmbar. Deshalb wirst du hier bleiben – oder vielmehr dort unten!«

Diesen Worten folgte ein spitzer Schrei und diesem ein wüster Fluch: Auf dem Plateau hatte ein Kampf begonnen!

Ich weiß bis heute nicht, wie mir das möglich wurde, was ich nun tat, ins Mark getroffen von der Vorstellung, Hayes möge Alma in die Tiefe stoßen. Jedenfalls riß ich den mir hinderlichen Henrystutzen vom Leibe und sprang gegen die Felswand. Hatte ich zuvor gefroren, waren mir Finger und Zehen klamm geworden. Einerlei. Ich kletterte nicht, ich flog den Kamin hinauf!

Halef rief hinter mir her:

»Sihdi, warte!«

Ich hörte nicht auf ihn. Über mir schrie Alma – das genügte, um alle meine Kräfte zu bündeln. Das Mädchen würde sich wehren und konnte Hayes bestimmt ein paar Augenblicke an seiner schauderlichen Absicht hindern, aber was, wenn Kilmer und die anderen ihm zu Hilfe kamen?

Schon erreichte ich den Sims, mußte aber, um auch nur den äußersten Rand zu fassen, abermals einen Sprung wagen, diesmal in die richtige Richtung, nach oben. Ich sprang, gottbefohlen, und erhaschte eine Steinkante. Mochte sie brechen und mich stürzen lassen, ich zog mich mit meinem ganzen Gewichte an ihr hoch, warf mein rechtes Bein hinterher, bekam auch mit Stiefel und Wade Boden zu fassen und drehte mich noch im Hochziehen auf den festen Untergrund – nur ein sehr guter Turner vermag so etwas.

So stand ich nicht auf der Ebene, ich lag, kauerte halb auf ihr. Das machte nichts, denn nun konnte ich meinen Feind sehen:

Milton Hayes alias Walter Heise! Von einem Halbkreise umstanden, welcher von Kilmer und Konsorten gebildet wurde, hieb er auf Alma ein, auf ein Mädchen! Beinahe schwarz wurde mir vor Augen, als mich der Zorn übermannte. Einen wohl tierischen Schrei von mir gebend, stieß ich mich von dem Felsenrand ab und erreichte wirklich Hayes. An seinem kupferfarbenen Gehrocke bekam ich ihn zu fassen, an den Schultern, denn er hatte mir den Rücken zugewandt; weder er noch die anderen hatten überhaupt meine Anwesenheit bemerkt. Das änderte sich nun, denn er ließ von Alma ab und fuhr herum:

»Was – wer – Old Shatterhand?«

»Lassen Sie Alma zufrieden!«

»Sie Idiot, diesmal geht es nicht um Gläser und Brillengestelle!«

»Nein, Hayes, es geht um Menschen und Wasserspeier!«

Noch während ich Hayes gepackt hielt und ihn aus dem Gleichgewicht zu bringen versuchte, bemerkte ich, wie seine Rechte eine gewohnte Bewegung ausführte. Ich wollte dies verhindern, aber es gelang mir nicht. In der nächsten Sekunde blitzte vor meinen Augen eine Klinge auf – das Bärenmesser!

Nach der Kälte und den langen Minuten, die ich an dem Felsen ausgeharrt hatte, mußte ich gegenüber Hayes im Nachteil sein. Er, der in dem Gespräche mit Alma indirekt Gelegenheit zum Ausruhen gefunden hatte, verlor nun keine Zeit, mit der schrecklichen Waffe auf mich einzudringen. Zwar verfügte ich immer noch über mein Messer, aber es zu ziehen fiel mir nicht ein. Ich wollte den Kerl lebend, ihn mit meinem Jagdhieb fällen.

Wahrscheinlich war das ein Fehler von mir. Wo ich es auf Schonung anlegte, nahm Hayes keine Rücksicht. Er wußte, daß es für ihn um alles ging, wiewohl seine Männer jederzeit auf mich feuern konnten. Dies zusätzlich ins Kalkül ziehend, blieb ich keine Sekunde auf demselben Fleck, ja versuchte gar, Hayes möglichst nahe zu kommen, auf daß ein jeder Schütze Gefahr liefe, auch ihn zu treffen. Das jedoch brachte mich dauernd in die Nähe des Bärenmessers, dieser Machete, welche Hayes zwar geschickt wirbelte, mit der er aber bisher keinen einzigen Treffer erzielen konnte.

Es darf sich niemand diesen Zweikampf als aufrichtig und anständig vorstellen. Hayes wollte meinen Tod, wie gesagt, und so versuchte er, mich an den Abgrund zu treiben. Einstweilen blieb mir zur Gegenwehr nur, vermittels meiner Schnelligkeit und etlicher Finten seine Kräfte zum Erlahmen zu bringen. Mochte der Mann mir ähnlich sehen, wie er wollte, er zählte doch gut doppelt soviel Jahre wie ich. An seinem bald einsetzenden Keuchen und Stöhnen merkte ich, wie sein Schwung erlahmte, sein Atem kurz wurde. Die richtige Gelegenheit war gekommen.

Zur Überraschung meines Feindes und scheinbar aus Schwäche ließ ich mich rücklings zu Boden fallen. Sofort lief mir Hayes in die Falle, denn er setzte nach, nahm sein Bärenmesser mit beiden Händen beim Knauf und verriet mir so, daß er nicht schlitzen, sondern mich mit einem einzigen gewaltigen Hiebe erstechen wollte. In dem Augenblick aber, da er seine ganze Kraft auf diesen einen Hieb konzentrierte, drehte ich mich schnell zur Seite und rammte ihm dabei, noch aus der Bewegung heraus, meinen linken Fuß in den Bauch.

Er wollte aufschreien, doch blieb ihm die Luft weg. Schmerzerfüllt griff er sich an die Stelle, die ich getroffen hatte – das Bärenmesser fiel zu Boden. Mit meinem rechten Fuß stieß ich die Waffe von uns beiden fort, daß sie über den Boden rasselte und an der äußersten Felskante, kurz vor dem Abgrund, liegenblieb.

Erst fassungslos, dann um so wütender über seine plötzliche Entwaffnung, starrte Hayes mich an. Alma, die an die Felswand geflüchtet war, stieß einen weiteren Entsetzensschrei aus. Derart brutal und rücksichtslos hatte sie Hayes noch nicht erlebt, sie ahnte, genau wie ich, daß der Kampf keineswegs schon zu Ende war.

Denn wie aus einer unheimlichen Kräftequelle gespeist, drang Hayes nun erst recht auf mich ein. Als tanzte er, bewegte er seine gestiefelten Füße derart rasch hin und her und auf und ab, daß mir viel Jüngerem die Abwehr schwer wurde. Je schneller nämlich

Hayes trat – und er zielte immer gegen meinen Unterleib –, desto mehr war ich gezwungen, ihm auszuweichen. Zu diesem Zwecke robbte ich, weiterhin auf dem Rücken, der Länge nach sowie rückwärts über den Boden, was mir die Glattheit des Felsens ermöglichte. Allerdings kam ich dadurch dem Abgrund, wo wiederum das Bärenmesser lag, immer näher. Ich mußte eine Entscheidung erzwingen!

Aber ich hatte kein Glück. Gerade als ich den Trick anwenden wollte, abrupt innezuhalten, in der Absicht, Hayes über mich stolpern zu lassen, hatte er wohl die gegenteilige Idee. Aus seinem »Tanze« heraus warf er sich über mich. Da ich bereits für einen Wimpernschlag bewegungslos war, konnte es ihm gelingen, mit seinem ganzen Körper auf mir zu landen. Ohne Zögern nutzte er seine Chance, preßte mir seine Knie auf den Brustkorb und würgte mich an der Kehle – nie zuvor hatte ich einen wilderen, entschlosseneren Feind gegen mich gehabt, und wieder konnte mein berühmter Jagdhieb mich nicht retten. Um diesen anzubringen, hätte ich mir erst Raum verschaffen müssen, doch dazu gab mir Hayes keine Gelegenheit. Aus seinem verzerrten Gesicht stach die reine Mordlust.

So war unser Ringen heftig und doch fast lautlos, wie überhaupt das Sterben oft nur ein stilles Verglühen ist. Dies war ein Moment, wie er nur mit jenem furchtbaren Kampfe vergleichbar ist, den ich einst mit Winnetou ausfocht, von welchem ich, wie der Leser sich erinnern wird, jene Stichwunde am Halse davontrug – und bei welchem ich unterlag!

Hier waren die Verhältnisse andere, wie ich noch immer hoffte. Ein Sachse war im Begriff, einen anderen Sachsen zu meucheln; der eine war Milton Hayes, der andere ich, Old Shatterhand. Mich sollte er nicht bezwingen!

Gleichzeitig geschah etwas Eigentümliches.

Hatte ich bislang in ein Augenpaar geblickt, das kalt und mitleidlos die Arbeit jener um meine Gurgel geschlungenen Hände verfolgte, so wurde dieses Augenpaar mit einem Male von einem zweiten überlagert. Aufs äußerste besorgt, aber auch voll Mitgefühl und Kampfeswillen strahlte es tief in meine eigenen Augen hinein und erfüllte mich mit neuer Zuversicht und neuen Kräften: Mir war, als blickte Alma auf mich! Ich sah sie vor mir als die reine Engelsgestalt, dann wieder war sie die Schützin mit Büchse und Bogen, die Schwimmerin und die Taucherin und überhaupt die junge ungewöhnliche Frau aus Leipzig, in all ihrer Anmut und Klugheit. Das warme Feuer in ihren Augen durfte ich nicht zum Erlöschen bringen, indem ich etwa Tränen in sie goß, was mein Sterben gewiß bewirkt hätte.

Doch noch lag ich am Boden, und Hayes drückte mir das Leben aus der Kehle, wie er es schon in dem Schoschonenzelte versucht hatte. Ein drittes Augenpaar erschien über mir – das samtene Licht Winnetous! Das konnte nur bedeuten, daß »es« soweit war. Bedeutete dies meine letzte Freude vor dem Hinübergleiten ins Dunkel, daß ich noch einmal in die Seelenspiegel meines Blutsbruders blicken durfte? Doch warum wehrte ich mich nicht, oder besser, warum bewirkte meine Gegenwehr nichts mehr?

Es war kein weiterer Anblick, sondern ein Geräusch, das alles veränderte.

Ich glaubte Glocken schlagen zu hören, aber es war ein Gong, den ich hörte, wirklich ein solcher, noch heute erinnere ich mich an diesen feinen hellen Klang, so reich an Obertönen und Schwingungen. Auf einmal ließ Hayes von mir ab. Seine Hände wurden schlaff, seine Knie rutschten von meiner Brust. Er sank zur Seite und brach zusammen, während mein eigener Leib, angespannt wie eine Feder, emporklappte, und wen sah ich? Ich sah – Theobald Hirtreiter!

Ungeduldig wie ein Boxer, mit den gespreizten Beinen wippend, so stand er vor mir und lächelte, und mit beiden Händen hielt er den Stiel seiner letzten verbliebenen Königlich Bayerischen Hofbratpfanne. Rotgolden glänzte sie, denn sie war aus bestem Kupfer.

»Ha, da liegt er, der Sapperlotter, den besten Hanfstrick soll er kriegen! Seht Ihr nun, Master Shatterhand, wie ich mich in der Neuen Welt zurechtfinde? Ich habe Hayes abblanchiert und durchpassiert, daß ihm die Augen übergingen. Ein Glück für ihn, daß mein Boucher, der Küchenfleischer, nicht mit hier ist. Oder mein Rôtisseur, der Bratenkoch, gar mein Légumier, der Gemüsekoch. Meine Küchenbrigade würde den Bazi durchwalken, bis ihm der Pansen freiläge, zu Mehlschwitze würde sie ihn verarbeiten!«

»Jo-hann Rot-ten-hö-fer«, sagte ich betont langsam – die Augen meines Retters weiteten sich vor Freude, und er senkte sein kupfernes Schlaginstrument.

»Johann Rottenhöfer hat mir seinen besten Koch und Kämpfer geschickt«, begann ich wieder. »Und keine Sekunde zu früh. Vergelt's Gott, Herr Hirtreiter!«

»Nein, nein, sagt mir nicht danke, Master! Der Wahrheit zuliebe – ausgebüxt bin ich, nachdem auch Euer Freund umgekehrt war. Herr Luchsauge, dachte ich, käme auch ohne mich zurecht. Ihr müßt wissen, Herrn Halef verlangte es zu klettern, aber ich wollte reiten. So stieg er auf den Felsen und ich in den Sattel. Kurz bevor ich hier oben ankam, traf ich auf Winnetou, und zusammen, das darf ich wohl sagen, haben wir die Sache in den Griff gekriegt – in den Griff meiner Pfanne! Das Kupfer leitet die Wärme am besten, und wenn man Rindfleisch – – –«

Ach, mein Erster Mundkoch, er war nicht ohne Witz. Das Aufschneiden lag ihm genauso wie dem »Herrn Halef«, doch weil ich auch ihm keine Vorhaltungen machen wollte, ließ ich ihn weiterreden und grinste nur. Da endlich warf der liebe Bayer die Pfanne fort, mit der er Hayes in den Schlaf geschickt hatte, und reichte mir beide Hände. Ich ergriff sie nur zu gern, und der äußerst ramponierte »Master« wurde in die Senkrechte emporgezogen, weil er sich für die Waagrechte noch ein paar Jahrzehnte Zeit lassen wollte. Ich ordnete, was an meinem Lederwams noch zu ordnen war, und steckte das ominöse Bärenmesser zu mir, mit dessen Geheimnis ich mich zu gegebener Zeit beschäftigen wollte.

Erst jetzt bemerkte ich, daß um uns her die wildeste Schlacht im Gange war. Viel länger als gedacht, hatte ich offenbar mit Halef in der Wand gehangen, hinzu kam der Zweikampf mit Hayes, kurzum, die Spanne hatte hingereicht, um Washburns Vorausabteilung heraufzuführen, und nun sah ich auch den Mann, der dies möglich gemacht hatte: Winnetou!

Washburns Männer attackierten die von Kilmer, und zum ersten Male in diesen Tagen floß Blut, zum Glück nur auf der richtigen Seite. Ein einziger Blick genügte mir zu erkennen, daß Montana über Wyoming siegen würde. Also konnte man auf mein Eingreifen verzichten, und ich durfte es mir gestatten, sogleich zu Winnetou zu eilen. Die Silberbüchse im Anschlag, sicherte er das Leben Almas.

Bewundernd sah sie zwischen uns beiden hin und her. Als keiner von uns darauf reagierte, ging sie zur Seite und senkte den Blick.

»Mein Bruder Scharlih hat einen großen Kampf geführt. Er rang mit dem eigenen Schatten.«

»Ja, Winnetou. Aber es war der Schatten der Vergangenheit, und diese Vergangenheit war nicht die meine. Ich mußte es dennoch tun – kannst du das verstehen?«

»Der Große Geist liebt Old Shatterhand! Darum hat er verhindert, daß er so wurde wie dieser Mann.«

Dieser Mann, sagte Winnetou, denn die Worte Hayes oder Ma-ta-weh wollten ihm nicht mehr über die Lippen. Er sprach weiter:

»Winnetou weiß, was seinen Bruder bedrückt. Er glaubt, eine Niederlage erlitten zu haben, doch er hätte sich auch ohne To-na-ka-pahs Hilfe befreit, denn er ist weise. Man kann gegen sein Ebenbild nur kämpfen, aber nicht dagegen gewinnen. Der dort, er hat es erfahren – – –«

Eigentlich hatte Winnetou auf den bewußtlosen »Kupferkönig« zeigen wollen, doch plötzlich war dieser verschwunden. Schon zeigte sich der Grund dafür: Kilmer! Er hatte sich aus dem Gemenge freigekämpft und war zu Hayes gerannt. Ungehindert hatte er ihn auf dessen längst gesatteltes Pferd heben können und war dann auf sein eigenes gesprungen. Nun sahen wir das Duo davonjagen – zwei, die ihr Schicksal miteinander verkettet hatten.

»Sihdi!« rief es hinter mir – hurra, Halef kam über die Felsbrüstung geklettert! Er schlotterte am ganzen Leibe, aber ich sage gleich, nicht vor Angst oder Aufregung, sondern der Mühen wegen, die ihn das Heraufklettern gekostet hatte. Er zitterte nicht allein, der Boden unter unseren Füßen zitterte auch – was war das?

»Sihdi, o mein Sihdi!«

Ich achtete nicht auf die Erdbewegungen, sondern umarmte meinen Freund. Ihm war der Wilde Westen bisher so wenig hold gewesen wie dem vorzüglichsten Koche Ludwigs II. Nur zu gut wußte ich, wie sehr ich Halef vernachlässigt hatte.

Da erzitterte der Boden zum zweiten Male, und ich sagte zu Halef:

»Schnell, wir müssen Hayes hinterher, alles andere später. Aber ich verspreche dir, dann sollst du reden dürfen, und ich werde zuhören. Das schwöre ich dir, wenn du willst, sogar beim Barte Mohammeds.«

»Gott ist groß!« jubelte Halef. »Mein Sihdi schwört auf den Propheten!«

Da spürten wir das Zittern nochmals, stärker als zuvor. Keiner von uns brauchte etwas zu sagen, wir wußten alle, was das bedeutete: Old Faithful schickte einen Gruß herüber – einen Gruß oder einen Hilferuf.

*

Noch heftiger als die ersten Eruptionen bewegte eine vierte den Fels, den riesenhaften mächtigen Fels. Das war eine Mahnung des Vulkans unter der Erde an die Menschen darüber, sich fernzuhalten, doch keiner hörte darauf.

Die Wellen dieser vorerst letzten Erschütterung machten unsere Pferde scheuen, dabei war dies, wie wir bald erfahren sollten, nur die Ankündigung des »alten Getreuen«. Wie ein wohlerzogener Gast pflegte er seinem Kommen ein Avis vorauszuschicken. Seine nächste Sendung würde eine noch unfreundlichere sein.

Wir durften keine Zeit verlieren. Hayes und Kilmer hatten einen kleinen Vorsprung, welcher für sich genommen nicht bedeutend war, aber hier ging es womöglich um Sekunden. Gelang es Hayes, den Geysir vor uns zu erreichen, könnte ihm sein Zerstörungswerk noch gelingen. Natürlich war für ihn damit nichts mehr zu erreichen. Wir würden seiner habhaft werden, so oder so, und ihn seiner Strafe zuführen, denn er hatte sich an einer Abordnung der Regierung vergangen und den Tod vieler Männer gleich mehrfach in Kauf genommen.

Kilmers Mörderschar streckte indessen die Waffen, wenigstens der Rest derselben. Törichterweise hatten sich etliche der Männer zur Wehr gesetzt, so daß Doane, der Offizier, seinen Leuten Feuerbefehl erteilt hatte. Als erfahrene Schützen hatten sie jeweils getroffen, die überrumpelten Zivilisten hingegen keinen einzigen Treffer erzielt.

Die Sieger blieben als Bewacher zurück, doch Washburn, Doane, Langford und sogar Everts konnte ich nicht daran hindern, an unserer Seite loszujagen. Selbstverständlich wollte auch Alma nicht zurückbleiben, und so galoppierten wir voran, Winnetou, Halef, Hirtreiter, Luchsauge und ich. Hier oben, in mehr als sechstausend Fuß Höhe, wichen die Felsen zugunsten der gewohnten, sogar noch hügeligeren Prärielandschaft, so daß wir unseren Tieren keine Zurückhaltung auferlegen mußten. Auch ritten wir kaum mehr hintereinander wie bisher, vielmehr teilten wir uns auf, nahmen auf der Ebene eine möglichst breite Fläche ein.

Bald waren zwei Reiter ausgemacht – Hayes und Kilmer, ohne Zweifel.

Selbstverständlich bemerkten sie uns, schossen aber nicht. Wir trieben unsere Tiere zu äußerster Eile an und holten rasch auf.

Ich wunderte mich – das ging mir zu einfach. Die Pferde der Gegner waren ausgeruht, im Gegensatz zu den unseren. In demselben Moment, als ich die Ursache witterte, zuckten auch schon

Blitze, betäubten Detonationen unsere Ohren – Hayes hatte aus dem Sattel heraus Dynamitstangen gezündet!

Mein Hatatitla und Winnetous Iltschi scheuten selbst Kanonendonner nicht, sie preschten einfach weiter. Aber die Tiere der anderen erschraken, überschlugen sich oder knickten ein. Unsere Formation war dahin.

Schnell zeigte es sich, daß niemand ernsthaft zu Schaden gekommen war, aber Hayes und Kilmer hatten ihren Vorsprung vergrößert. Washburn fluchte, Halef zeterte, aber ich ließ kein Gerede zu. Wir saßen wieder auf, und um so verbissener trieben wir unsere Tiere an. Winnetou sah zu mir – wir wußten, daß wir die Verbrecher nicht mehr rechtzeitig erreichen würden.

Es war fast Abend an diesem achtzehnten September, einem Sonntag, als zwei schwarze Punkte auf einen dritten, hellgrauen Punkt vor einem durchgehend dunkelgrünen Horizont zustrebten: Ein hoch aufragender Waldgürtel bildete das Auditorium für eines der bizarrsten Naturwunder, eines, das ich bislang nur dem Vernehmen nach kannte. Was da silbrig in der untergehenden Sonne schimmerte, war die Tagöffnung des Eruptionskanals von Old Faithful, in der Form einem überdimensionalen Bienenkorbe vergleichbar.

Seit wir die Verfolgung aufgenommen hatten, war fast eine ganze Stunde vergangen. Unseren Rückstand hatten wir auf Grund der unfreiwilligen Unterbrechung nicht vollends aufzuholen vermocht.

Da schob sich vor die grüne Begrenzungslinie eine andere, viel hellere. Als liefe Tinte aus einem umgekippten Glase, breitete sich jene Linie zu den Seiten aus, sogar ziemlich gleichmäßig. Dieses mutmaßlich weitere Naturphänomen erwies sich als ein sehr menschliches, nämlich indianisches: Adlerkralle und seine Upsarokas, Donnerwolke und seine Schoschonen!

Geschwind zog ich mein Fernrohr aus der Satteltasche und hob meinen Körper im Sattel an, bis ich in den Steigbügeln eine fast stehende, jedenfalls aufrechte Haltung einnahm. Dies erlaubte mir, die Erschütterungen des Reitens fast vollständig auszugleichen, so daß ich ein leidlich unverwackeltes Sichtfeld bekam.

Zweihundert Reiter waren es wenigstens, die in formidabler Schlachtordnung Aufstellung nahmen. Doane mußte beeindruckt sein.

An Adlerkralles Seite ritt sein vortrefflicher Sohn Vogel, der Indianerknabe ohne richtigen Namen. Er verdiente jedes Lob, hatte er sich in diesen Tagen doch vielfach verdient gemacht. Aber wenn wir die »Krähen« sahen, weshalb bemerkten Hayes und Kilmer sie nicht?

Sie bemerkten sie durchaus, hielten aber stur auf jene Tagöffnung des Geysirs zu, dessentwegen sich alle Parteien in Aufregung befanden. Kriegsgeheul brandete auf – die Upsarokas und ihre vormaligen Feinde, die Schoschonen, gingen zum Angriff über.

Woher die Roten wußten, mit wem sie es in Gestalt der beiden Reiter zu tun hatten, war mir rätselhaft; vielleicht verfügten sie auch über ein Glas oder besaßen noch schärfere Augen als ich. Erste Schüsse krachten und trafen, eines der gegnerischen Pferde strauchelte und warf seinen Reiter aus dem Sattel.

Ich staunte nicht wenig, als ich sah, daß der zweite Reiter – ich glaubte, Hayes zu erkennen – einen Bogen machte und sich nach dem ersteren wandte. In der Tat war es Hayes. Sein langjähriger Weggefährte wälzte sich am Boden; eine Kugel oder mehrere mußten ihn getroffen haben, sein Pferd rührte sich schon nicht mehr. Doch was war das? Hayes sprang aus dem Sattel, lief zu Kilmer und faßte dem Wehrlosen an die Brust – verwahrte er an jener Stelle nicht den Einschüsser, den Deringer, dazu das Stück Papier, mit dem er Hayes erpreßte? Dieser schnappte sich beides, schien Kilmer etwas zuzurufen – und feuerte auf ihn!

Ich konnte nicht erkennen, ob noch Leben in Kilmer war, aber meine Empörung über diesen glatten Mord fand ihre Entsprechung auch in den Gesichtern meiner Gefährten. Um so mehr behielten wir unseren Galopp bei.

Hayes stieg nicht wieder aufs Pferd. Offenbar entspannt, zog er im Gehen sein Jackett aus und warf es achtlos fort, diesem folgte die nutzlos gewordene Scheide des Bärenmessers. Fast hätte ich aufgelacht, als ich sah, daß Hayes sich eine Zigarre ansteckte, ein besonders dickes und langes Ding. Das Lachen jedoch verging mir, denn bei der Zigarre handelte es sich um eine Dynamitstange.

Wieder bebte der Boden, und dieses Beben rührte nicht von den Hunderten Indianerhufen. Die Upsarokas und die Schoschonen feuerten nicht mehr. Sie hatten uns erkannt, und wir winkten ihnen zu. Es war eine unwirkliche Szenerie: unsere roten Verbündeten im Westen, wir aus dem Osten, Reiter im schärfsten Galopp, doch zwischen uns dieser Mann, ganz gerade und aufrecht dem »Bienenkorbe« zustrebend, gelassen wie ein Farmer nach seinem Tagwerk. Falls Hayes nicht mehr an eine Fluchtmöglichkeit für sich selbst glaubte, mithin bewußt in den Tod ging, konnte er sich diese Gemächlichkeit erlauben; wahrscheinlich schreckte ihn nicht einmal mehr der Gedanke an einen sorgfältig gezielten Gewehrschuß.

Wir, Winnetou und ich, waren noch immer zu weit von Hayes entfernt. Für einen Augenblick erwog ich die Möglichkeit, abermals zu halten und mit dem Bärentöter das Schlimmste zu verhindern. Aber ich sah, daß die Lunte bereits brannte. Einen Treffer auf eine Hunderte Meter entfernte Sprengstoffschnur, so etwas gab es wirklich nur im Märchen.

Auf einmal stob aus den Reiterreihen der Indianer ein einzelner hervor. Ich erkannte Vogel! Todesmutig hielt er auf Hayes zu und ritt unnachsichtig sein Pferd zuschanden. Hayes bemerkte den Jungen. Wie unbeteiligt, legte er mit Kilmers Pistole auf Vogel an, ehe ihm einfiel, daß der Einschüsser nach dem einen Schuß zuvor unbrauchbar geworden war. Im nächsten Moment warf er die Waffe ins Gras.

Das Gerumpel aus dem Erdinnern wurde stärker, nahm immer mehr an Intensität zu. Winnetou hob seinen Arm – wir blieben stehen. Der Häuptling wußte, was er tat, und auch Luchsauges

Blick verriet höchsten Respekt vor dem Naturereignis, dessen Zeuge wir nun wurden, ebenso eines weiteren, vielleicht noch tragischeren Geschehens.

Denn endlich hatte Vogel Hayes erreicht. Er stürzte sich aber nicht auf ihn, wie ich zunächst gedacht oder vielmehr befürchtet hatte; selbst jetzt konnte Hayes dem Burschen noch an Körperkraft überlegen sein. Nein, wie der geschmeidigste Kunstreiter lehnte Vogel sich auf die Seite seines in hohem Tempo dahertrabenden Mustangs und faßte nach der brennenden Dynamitstange! Ob ihm bewußt war, in welche Gefahr er sich begab?

Er wußte es, denn sogleich wendete er sein Pferd, jagte gen Südwesten, fort von seinen Leuten und von uns. Dann verschwand er in einer für uns nicht einsehbaren Senke. Wir sahen ihn nicht mehr, hörten aber die Explosion des so verwegen geraubten Dynamits.

Ein Schrei aus der Menge der Upsarokas, und wieder scherte ein Reiter aus.

Diesmal war es Adlerkralle. Ich verstand, daß er Gewißheit über das Schicksal seines Sohnes suchte.

Zu dem neuerlichen Bodenzittern gesellte sich ein tiefes, über die Ebene zürnendes Grollen. Noch einmal sah ich Hayes, der unbeirrt auf den Geysir zuhielt. Ob er noch weitere Dynamitstangen bei sich trug, konnte ich nicht erkennen, es kam auch nicht mehr darauf an, denn schon schoß eine weiße Riesenfaust wie aus dem Nichts in die Höhe.

Niemand von uns bewegte sich mehr. War das das Letzte, was wenigstens ich von Milton Hayes zu sehen bekam?

Es war der Augenblick, da sich unser beider Blicke, über die Entfernung hinweg, noch einmal trafen. Wie ein Delinquent auf seinen Henker wartete, so verharrte Hayes auf seinem Fleck, nur wenige Meter von der Austrittsöffnung des Geysirs entfernt.

Alles werden diese Geldkreise tun, um ihre Herrschaft zu erhalten – – –

Diese Worte Abraham Lincolns fielen mir ein. Zunächst war

es eine Art Schaumfontäne, die mit hohem Druck aus der Erde hervorspritzte, ein noch eher harmloses Vorspiel. Daß Hayes diese letzte Gelegenheit nicht nutzte, Old Faithful unverzüglich aus dem Weg zu gehen, verblüffte und faszinierte mich zugleich. Auch ohne mein Fernrohr erkannte ich ja das Gesicht meines Widersachers, welches dem meinen so frappierend glich, und konnte meine Augen nicht von ihm wenden. Es war dies ein gespenstischer Anblick, wie er mir seitdem nie mehr untergekommen ist. Hayes' geschlossene Lippen schienen zu lächeln. Es war kein höhnisches, spöttisches oder siegesbewußtes Lächeln mehr, auch kein haßerfülltes. Eher will mir scheinen, Hayes habe damals, in jenem letzten Moment, sehnsuchtsvoll gelächelt, zweifelnd, ob ein Sieg über die eigenen Dämonen jemals möglich sei. Seit Jahrzehnten, noch von der alten Heimat herüber, mußten sie ihn verfolgt haben, es konnte nicht anders sein.

Diese Eindrücke wurden mir hernach von Winnetou bestätigt, der mit seinem Pferd neben mir stand und alles mit ansah. Ich erwähne dies nicht, weil ich einer Vergewisserung bedurft hätte; ich weiß sehr genau, was damals geschah, und bilde mir nichts ein. Es war aber so, daß auch Winnetou, der Edelmütige, in Hayes' Ausdruck etwas wahrnahm, was auch ihn an Milde und Verzeihung denken ließ. Immer noch und für alle Zeit steht mir dieser wehmütige Blick vor Augen. Er erinnert mich daran, daß noch dem abgefeimtesten Menschen ein Weg gebahnt werden muß, denn wer sind wir, mit unserem Nächsten derart ins Gericht zu gehen, daß sein Schuldspruch unbedingt feststeht? Verdient nicht auch der verstockteste Sünder den Griff der Hand, die ihn vor dem Sprung in den Abgrund bewahrt, statt ihn erst recht hinabzustoßen?

Winnetou spürte, daß ich mit Hatatitla losstürmen wollte, aber er hielt mich zurück. Es war auch schon zu spät. Für einen Augenblick glitzerte in der Abendsonne noch einmal das Kupfer jener Seidenweste. Dann brach eine Urgewalt aus dem Hügel. Zehntausende Liter Wasser schossen als Säule zum Himmel empor und rissen Hayes mit sich. Innerhalb von Sekunden wurde der ganze Mensch gebrüht und gekocht, »desossiert« und »degorgiert«. In dem gewiß über zweihundert Grad heißen Wasser verging der Verbrecher ohne einen einzigen Schrei.

Brausend und zischend, stieg die uralte Fontäne zu einer Höhe von, ich schätze, einhundertundfünfzig Fuß auf, und gurgelnd vor Genugtuung sowie umschleiert von den sieben Farben des Regenbogens, triumphierte sie über ihren ärgsten Feind – Milton Hayes war gerichtet!

Wie hatte er in dem Tipi zu mir gesagt? Er verzichte auf Mitleid, wolle lieber in einem Höllensud verkochen. Dieses selbst heraufbeschworene Los war ihm nun zuteil geworden.

Nicht einmal zwei Minuten lang hatte der Spuk gedauert. Mit einem letzten Aufstoßen zog sich der müdegeärgerte Senior in sein dunkles Reich zurück. Freundlich, als ob nichts gewesen wäre, umgab uns sogleich wieder die Urwelt des Yellowstone. Das späte Flügelschlagen der vorüberziehenden Krähenschwärme, ihr gelegentliches Krächzen, dies waren für eine Weile die einzigen Geräusche, die wir zu hören bekamen. Im übrigen rauschte, wie stets, der Präriewind.

Zwei Reiter näherten sich in leichtem Trab. Es waren Adlerkralle und sein Sohn Vogel.

Dem Jungen war nichts zugestoßen, aber nun sahen wir in das Gesicht eines Erwachsenen, denn zu einem solchen war Vogel innerhalb der letzten Tage gereift. Nicht nur nach indianischem Verständnis hatte er wie ein Held gehandelt, hatte sich als selbstlos und unerschrocken erzeigt. Mit seiner mannhaften Tat war es ihm auch gelungen, den Respekt von Washburn und den anderen Mitgliedern der Expedition zu erringen, die bisher keine sehr hohe Meinung von den Roten gehabt hatten, namentlich Everts nicht. Es bedurfte nur noch jener würdevollen Geste, die Winnetou für den Upsaroka bereithielt. Er sagte zu ihm:

»Als ein Knabe ist mein junger Bruder ausgezogen, doch heute hat er als ein Mann gehandelt. Er hat die Kraft von hundert

Sonnen[1] unschädlich gemacht. Dies sei fortan sein Kriegername:
Hundert Sonnen. Howgh!«

Hundert Sonnen – ein großer Name! Winnetou war es übrigens auch, der dem vielversprechenden Indianer eine »Medizin« schenkte: ein Kupfernugget, das er unter den Resten von Hayes' Leichnam gefunden hatte. Zufällig hatte der Klumpen die Form eines die Schwingen ausbreitenden Vogels. Er schimmerte, mit etwas Phantasie, wie »hundert Sonnen«. Seinem Stamme wuchs unser Freund zu einem bedeutenden Friedenshäuptling heran, so daß der ihm verliehene Name für lange Zeit in hohem Ansehen stand.

*

Ich hatte mich auf die Suche nach den Überresten von Milton Hayes gemacht. Ich fand sein Jackett und in der Seitentasche jenes Papier von Kilmer. Ungelesen steckte ich es ein. Die Leichen der beiden Männer wurden später zum Craig-Paß geschafft, wo sie zusammen mit den anderen Banditen beigesetzt wurden; es verbot sich ja, dies in direkter Nähe zu Old Faithful zu tun, aber ich betete für sie alle und empfahl sie der göttlichen Gerechtigkeit.

Unterdessen hatten die Upsarokas ihr Nachtlager aufgeschlagen, in der Dämmerung loderten die Flammen ihrer Feuer. Verständlicherweise hielten sie gebührend Abstand von Old Faithful, der, wie man heute weiß, etliche speiende Vettern besitzt. Für die Indianer bedeuten die Geysire im Yellowstone verehrungswürdige Wesen. Schon deshalb bezeugten sie uns allen Achtung und Aufmerksamkeit, hatten doch neben Hundert Sonnen auch wir uns um die Rettung dieses Naturheiligtums verdient gemacht.

Ich suchte nach Alma und fand sie an einem der Feuer. Sie lag in unruhigem Schlafe, eingehüllt in die Decke, welche Hayes ihr auf dem Felsplateau geschenkt hatte; keine drei Stunden war es

1 Dynamit

her. Als ich mich neben sie setzte, erschrak sie und riß die Augen auf – »dä Oochn« mußte ich denken, weil sie sofort in unser beider Heimatdialekt meinen Namen rief:

»Old Schätterhänd!«

»Alma, Sä dirfn jetzt iewerhaubt nich rädn«, flüsterte ich ihr zu und strich ihr über das goldene Haar.

»Aba Old Schätterhänd, ich muß Ihnen saachen – – –«

»Nein, Alma, Sie sollen jetzt gar nichts sagen!« befahl ich ihr in der Hochsprache. »Sie sind gerettet und müssen ausruhen. Was könnte wichtiger sein?«

»Aba – – –«

Winnetou kam heran. Er beugte sich ebenfalls zu der Schönen herab.

»Meine weiße Schwester war sehr tapfer. Vieles hat sie durchlitten, aber ihr Herz ist stark und wird den Kummer besiegen. Auf ihr ruht Manitous Segen. Er will, daß sie ihre Lieben, welche sie so lange schon entbehrt, wiedersieht. Old Shatterhand wird ihr dabei helfen, doch erst muß sie ruhen. Sie mag ganz unbesorgt sein, Ma-ta-weh ist besiegt, howgh!«

»Ma-ta-weh«, wiederholte Alma seufzend. »Ma-ta-weh – – –«

Nun klangen diese Silben nach Befreiung. Der Verbrecher hatte keine Macht mehr über sie.

*

Washburn war nun an seinem Ziele angelangt, in jeder Hinsicht. Gleich nachdem Old Faithful sich in seine Tiefe zurückgezogen hatte, ließ Washburn alles Gerät auspacken, um noch im letzten Licht mit den Vermessungen zu beginnen. Auch getrauten er sowie die Herren Langford, Doane und Everts sich erst jetzt zu uns.

Seit unserer ersten Begegnung bei Herrn Pfäffle waren wir nicht recht warmgeworden, trotz der gemeinsam überstandenen Fährnisse. Etwas hatte uns dennoch von Anfang an zusammengehalten: die Aufgabe, die Unversehrtheit des Yellowstone-Gebietes sicherzustellen. Die menschliche Größe, die diese Männer nun bewiesen, verfehlte nicht, mich zu beeindrucken. Sie versöhnte mich mit allen Zurücksetzungen, die ich von ihrer Seite hatte einstecken müssen.

Es war Washburn, der feierlich verkündete:

»Winnetou, Old Shatterhand! Dieser Tag und dieses Erlebnis werden in die Geschichte dieses Landes eingehen. Wir alle wissen, wem das zu verdanken ist. Ein einzelner wollte ein Himmelsgeschenk zerstören, aus reinem Eigennutz. Nun hat er die Kraft der Natur zu spüren gekriegt. Wo es zwischen uns Schuld gibt, bitte ich Euch herzlich um Verzeihung; die Gentlemen zu meinen Seiten denken genauso. Wenn Ihr also wollt, Mister Shatterhand, nehmt meine Hand.«

Ich reichte sie ihm sofort.

»Hoch, hoch!« rief es von den anderen Westleuten herüber, welche unser Gespräch von einem anderen Feuer aus verfolgten. Sie alle hatte ich in Cheyenne schon einmal jubeln hören, aus vergleichsweise nichtigem Anlaß. Aber entgegen allen Querelen würden sie dafür sorgen, daß Old Faithful und alles ihn umgebende Land unter den Schutz Washingtons kam, was wiederum Anerkennung verdiente.

Winnetou zeigte ein vornehm angedeutetes Nicken, dazu seine hochgeklappte Rechte. Wir waren uns also wieder einmal einig.

Da fistelte eine Stimme in die harmonische Runde:

»Halt, nicht ohne mich. Hört, was ich zu sagen habe!«

Es war Everts, der vormalige Rauhbolz.

»Old Shatterhand, durch Euch hat mir die Reise zu Old Faithful den Beichtweg ersetzt. Ich habe Euch bereits um Verzeihung gebeten, aber Worte sind billig, wie man so sagt, und nur Taten sind Gold. Darum noch dies – – –«

Er stellte sich gerade, bis wahrlich eine Respektsperson vor uns stand.

»Herrschaften! Als oberster Finanzbeamter des Staates Montana sowie kraft der mir verliehenen Autorität in diesem neuen Territorium bestimme ich, daß der Mann, genannt Old Shatterhand – – –«

Aha, der Eintreiber von Steuern und Abgaben kam doch wieder durch! Ich ahnte aber, daß seine bislang nur nehmende Hand eine gnädigere, sogar gebende geworden sein könnte. Daß freilich ich es sein sollte, welcher – – –

»– – – vom heutigen Tage an – – –«

Ein Steuerprivileg? Der Traum eines jeden Menschen!

»– – – bis zum Ende dieses Jahres, also für gut einhundert Tage – – –«

Nur einhundert Tage?

»– – – für einhundert Tage keinerlei Steuerpflicht unterliegen soll. Mister Washburn, Mister Doane, Mister Langford, Ihr seid meine Zeugen. Aufrichtigen Glückwunsch, Old Shatterhand!«

Einhundert Tage – das entsprach ziemlich genau meinem Dollarvorrate, welchen Hayes verschmäht hatte. Doch einerlei. Ich lächelte zu der mir beschränkt gewährten Steuerfreiheit, weil ich sah, daß es Everts guttat, und natürlich durfte er, der vormals von mir Bebrillte, mir ausgiebig die Hand schütteln. Zum ersten und zum letzten Male drückte ein Staatswesen mich nicht nieder, sondern nahm mich an seine Brust.

*

Als auch diese diplomatischen Pflichten versehen waren, fiel mir auf, daß Halef sich von mir absonderte. Jedenfalls schien ihn etwas zu beschäftigen, und wenn es nur die Sehnsucht nach seiner Heimat war, nach seiner Frau Hanneh und seinem Stamm. Ich fand ihn an einem Feuer, das er selbst angesteckt hatte, nach arabischer Art fast vollständig im Boden. Die vertrauten schwarzen Augen blickten mich kummervoll, aber auch treuherzig an.

»Sihdi, es ist deinetwegen und wegen Winnetou. Ich überlege die ganze Zeit, weshalb er dein Blutsbruder ist, während ich – – –«

»Halef, wie kannst du so etwas sagen! Du bist für mich – – –«

»Ja, Sihdi?«

»Nun, du bist für mich der liebste, engste, wünschenswerteste Freund, wann immer mein Weg mich nach Arabien führt.«

»Und wenn dein Weg dich woandershin führt? Etwa hierher, nach Amerika, oder nach Asien, nach Alemanja? Hast du dort auch liebste, engste, wünschenswerteste Freunde oder noch mehr Blutsbrüder wie Winnetou?«

Ich wurde nachdenklich. »Halef, plagt dich etwa Eifersucht? Du weißt, was der Koran über die Eifersüchtigen sagt. Er sagt, daß – – –«

»Nein, Sihdi, für diesmal nicht der Koran! Gerade weil du Christ bist, mußt du dir und damit auch mir eine gültige Antwort geben. Nochmals: Warum ist Winnetou dein Blutsbruder und bin ich es nicht? Kann ich nicht wenigstens dein Zwillingsbruder sein?«

O Halef! Dieser ungemein feinfühlige, stolze Mensch hatte einen kalten Stich in sein warmes Herz erhalten, natürlich unbeabsichtigt. Die Betrübnis, die ich ihm an der Nasenspitze ansah, war keine Einbildung, sie war wirklich vorhanden und nagte sehr an ihm. In einem solchen Zustand wollte ich ihn nicht nach Hause reisen sehen. Überdies war mein Verhältnis zu ihm längst aus dem üblichen Gefüge zwischen Herr und Diener herausgewachsen. Daß er mich nach all den Abenteuern, die wir bestanden hatten, noch immer Sihdi nannte, war mir nicht peinlich; zu einem Ehrentitel, ja Kosenamen war mir diese Bezeichnung geworden.

Ich nahm seine Hände in die meinen. »Halef, es stimmt, lange genug hast du gewartet. Unsere Freundschaft verdient es, dieselben Weihen zu empfangen wie die meine mit Winnetou. Noch zur Stunde sollst du mein Blutsbruder werden!«

Was bewirkte dieses eine Wort: Blutsbruder!

Der eben noch grambeschwerte Halef stach los, eilte von einem lagernden Manne zum nächsten und rief dabei überschwenglich seine kaum verständliche Botschaft hinaus:

»Old Shatterhand, Blutsbruder! – Kara Ben Nemsi, Winnetou! – Blutsbruder, Blutsbrüder!«

Obwohl ein strenger Wind aufgekommen war, entledigte ich mich Jacke und Jagdhemd. Mit entblößter Brust trat ich zu Halef, der mich verwundert fragte:

»Sihdi, wollen wir unseren Tschibuk nicht in dem Zelte rauchen, das wir von den Verbrechern erbeutet haben? Zwar verfügen wir über keine Wasserpfeife, doch könnten wir – – –«

»Halef, wo denkst du hin! Für solche Umstände ist keine Zeit. Rauchen können wir ein andermal, während der Überfahrt nach Afrika wird sich eine Gelegenheit finden. Geschwind, entkleide auch du Brust und Arme, wir wollen beginnen.«

Halef zögerte weiter.

»Sihdi, weshalb ist es erforderlich, daß wir uns zur Hälfte entkleiden? Blutsbrüderschaft wird doch geraucht, ist es nicht so? Der Rauch treibt das Blut nach dem Kopfe, worin Geist und Seele wohnen, auf daß das erste sich mit dem zweiten und dritten vereine. Schon sind wir Brüder, du und ich.«

Hirtreiter drängte herbei. Die bevorstehende Zeremonie wollte er sich nicht entgehen lassen. »Tabak, Tschibuk, Schmarren! Ein jeder, der schon einmal von Old Shatterhand oder Kara Ben Nemsi gelesen hat, der weiß, daß Blutsbrüderschaft – das sagt schon der Name – durch das Vermischen zweierlei Blutes zustande kommt. Selber g'lesen hab' ich's, selber g'hört obendrein. So wie einst der junge weiße Landvermesser und der Häuptlingssohn der Apachen ihre Unterarme ritzten, so g'schieht's allhier! Daheim wird der ehrwürdige Herr Pfistermeister, unser Kabinettssekretär, an meinen Lippen hängen, wenn ich davon berichte. Hoch mit dem Ärmel, Wüstenbursch, g'schamiger!«

Zur Bekräftigung von Hirtreiters Worten zog ich Hayes' Bärenmesser hervor, das ich immer noch bei mir trug.

»Wir werden unsere Unterarme ritzen, Halef, und sie dann gegeneinander drücken, damit unser Blut sich vereine.«

»Unterarme, Blut – Sihdi, davon weiß ich ja gar nichts. Der Koran – – –«

»Sollte derselbe nicht aus dem Spiele bleiben?«

»Aber durchaus nicht, Sihdi, er ist gar zu wichtig, gerade in dieser Frage!«

»Um eine Frage, Halef, handelt es sich hier nicht. Blutsbrüder stellen einander keine Fragen, sie vertrauen einander blind.«

»Blind!« rief Halef, weiteres Ungemach ahnend.

»Laß uns nicht länger zögern«, sagte ich. »Gib mir deinen Arm, damit wir endlich Brüder werden.«

»Das wünsche ich mir, Sihdi, du weißt es. Aber Blut darf dabei nicht fließen, am wenigsten meines.«

»So? Und wie denkst du dir dann den eindeutigen Begriff Blutsbrüderschaft?«

»Das weiß ich nicht! Ich dachte, dieses Wort sei nur symbolisch gemeint. Als Rechtgläubigem ist es mir verboten, Haut oder Ader zu ritzen, um Blut daraus quellen zu lassen, selbst wenn es sich dabei um dich, meinen allerliebsten Sihdi, handelt. Der Koran – – –«

»Schon wieder dieser!«

»Und doch ist es so, Sihdi. Uns ist kein Schriftgelehrter zur Hand, welcher Auskunft darüber geben könnte, ob eine solche Prozedur gegen die siebenhundert Gebote Mohammeds verstößt. Doch schaffe mir einen solchen herbei, und laß uns hören, was er zu sagen hat, und wir schneiden unverzüglich.«

»Nix da«, polterte Hirtreiter los. »Lang genug haben wir g'wartet. G'schnitten wird, daß eine Ruh' wird, und wenn ich mir von Herrn Carl Joseph Effner, unserem Herrn Oberhofgärtner und königlichen Hofgarten-Inspektor, ein noch schärferes Messer oder sogar eine Gartenschere leihen muß!«

Winnetou hatte uns zugehört. Weich umarmte er den verzweifelt blickenden Halef, und ebenso weich sagte er:

»Meinem Bruder Halef wird nichts geschehen, was seinem Glauben zuwiderläuft. Wenn er es wünscht, kann er sich zu Hause mit den Weisen seines Stammes beraten. Auf jeden Fall wohnt er bereits auch jetzt im Herzen Winnetous.«

»Hamdulillah! Im Herzen Winnetous wohne ich, habt ihr alle

gehört? Im Herzen meines Sihdi wohne ich sowieso. Ich bin also Blutsbruder des einen und Blutsbruder des anderen, ganz ohne Schneiden!«

Ich schwang das Bärenmesser. »Halef, die Zeremonie der Blutsbrüderschaft ist nur aufgeschoben, bis dir der Rat eines Predigers zuteil wird. Du wirst finden, daß euer Buch und dieser Ritus nicht im Widerspruch zueinander stehen.«

»Aber dieses furchtbare Messer, Sihdi?«

»Wir wissen, daß ein Geheimnis darum ist, nicht aber, wer die Menschen sind, welche es betrifft. Darum, Halef, und bis wir den Boden deiner Heimat betreten, übergebe ich das Messer dir. Wieviel Unglück es hierzulande angerichtet haben mag, dir und mir soll es Glück bringen, wenn wir uns eines Tages doch noch mit unserem Blute verbinden.«

»Unser Blut – – –«, wiederholte Halef, doch dann fielen wir uns in die Arme, ohne diese zu ritzen oder zu schneiden, und freuten uns sehr.

Allerdings gab es noch einen Dämpfer, wenigstens für einen unter uns. Das war, als Hirtreiter erzählte, er sei zum Dank für sein Pfannengefecht mit Hayes angeheuert worden, in Deutschland bei einer großen Hochzeit zu kochen – der Hochzeit unseres Fräuleins!

Oho, das ging aber schnell! Ich jedenfalls wußte noch nichts davon.

Hirtreiter wußte mehr. »Master, gleich werdet Ihr der glücklichste Mensch auf Erden sein. Mir hat Fräulein Alma ihre Pläne als erstem enthüllt, und ich gebe sie Euch weiter. Denkt nur, bei ihrer Hochzeit werdet Ihr ebenfalls anwesend sein.«

»Ja, das erwarte ich«, lächelte ich glückselig.

»Richtig, Master, und Ihr werdet Euren Sonntagsstaat tragen.«

»Das pflegt so zu sein, wenn man als Bräutigam seiner Braut begegnet.«

»Bitte, Master, wer ehelicht hier wen? Fräulein Alma ist einem Leutnant versprochen!«

»Wie, von welchem Leutnant sprechen Sie?«

»Von dem Leutnant – – –« Hirtreiter nannte den Namen einer sehr alten, sehr hochmögenden Adelsfamilie und fuhr fort: »Und Ihr, Master, Ihr werdet zum Trauzeugen der Braut bestellt. Freut Ihr Euch?«

Ich wußte nicht zu sagen, ob oder wie sehr ich mich freute.

Alma – bald schon verheiratet – mit einem Leutnant – – –

Doch schon war mein neuer Blutsbruder parat, denn Halef sprang auf und sauste zu den Pferden. Als er zurückkam, hatte er ein nicht allzu großes, gut verschnürtes Paket dabei. Er legte es feierlich vor mich hin, und ich öffnete es voll Neugier. Was es enthielt?

Ein vollständiges Wüstengewand aus feinstem, dünnstem Stoffe hatte Halef mir mitgebracht: Kaftan und Burnus, als Kopfbedeckung wahlweise Turban und Fez – ich hatte die Wahl, es war alles da!

»Sihdi, in der Oase Dschunet erwartet dich Abu Saleh, der Vater des Teufels. Unter seinen vielen Gefangenen befinden sich Fräulein Almas Eltern sowie Erna, ihre Schwester. Ihr habe ich von dir erzählt. Sie selbst ist ein Wunder der Natur, denn sie ist genauso jung und schön wie ihre Schwester, besitzt aber mehr Gefaßtheit und Sanftmut. Sie gehört noch keinem Manne an – was sagst du dazu, Sihdi?«

»Nun – – –«, sagte ich, und dann sagte ich gar nichts mehr. Ich blickte auf Winnetou, der alles mit angehört hatte: Zwillingsschwestern? Es gab also, neben Alma, geborener Grüner, Goldener Squaw und zukünftiger Gattin des Leutnants von X, auch eine Erna Grüner? Genauso schön, jedoch sanfter und ledig und gefangen bei einem Wüstendespoten?

Sofort stand bei mir fest, daß man dem wehrlosen Geschöpf zu Hilfe eilen mußte! Weil Winnetou ohnehin zurück in die Gebiete der Mescalero-Apachen wollte, würde auch Old Shatterhand sich zurückziehen, dafür aber Kara Ben Nemsi wieder in seine Rechte treten.

Das alles dachte ich, und Winnetou, der mich genau beobachtete, lächelte, als ich daranging, meine zerschlissene Westmanns-kleidung gegen Halefs mitgebrachte Garderobe eines Scherifs einzutauschen.

»Hurra«, freute sich Hirtreiter und steckte Halef schnell etwas zu: seine Schnupftabakdose, den hinterlistigen Schmalzler. Er rief: »G'heiratet wird, und z'ammghalten wird, und Kinder wird's geb'n! Für jeden Prinzen, den mein König Ludwig meinem schönen Bayern schenkt, will ich ein Töchterl sehen, und für jede Prinzessin einen Buben. Auf Wiedersehen, Wilder Westen, du grober ungedeckter Tisch, und leider nicht Salem aleikum, du ungesehenes Morgenland! Master Shatterhand, darf ich einen Wunsch aussprechen? Ich bitte, daß Ihr Euch noch recht viele Male in Gefahr begebt. Berichtet mir und Euren Lesern weiter von fremden Herden, Öfen und Kochstellen. Denn ob man in der Welt siedet oder dämpft, passiert oder sautiert, gratiniert oder pochiert, das interessiert niemand so sehr wie Theobald Hirtreiter, bin i a Bayer, oder bin i a Preiß!« – – – –

Editorische Notiz

Nur einmal noch, ein einziges Mal!

Ach, wenn ER nur noch ein einziges Mal zu uns sprechen, für uns schreiben, so munter drauflosfabulieren könnte wie einst, wenn ER nur noch ein einziges Mal anhöbe mit seinem unwiderstehlichen Erzähler-ICH und uns einen neuen großen Roman schenkte, uns jene verwaist liegenden Räume unserer Jugend eröffnete, uns krisengeschüttelten *Twenty-first-century*-Menschen nochmals die Welt erklärte, und wenn dies so lang vermißte ICH uns nur noch einmal die Illusion von gottstrafender Gerechtigkeit am Ende eines Hunderte Seiten starken Buches schenken wollte, nach Herzenslust schwadronierend, scherzend, kämpfend, reitend und rettend, wenn – wenn – ist es denkbar, ist es möglich?

Der Ruhm Karl Mays war ein später.

Bis zu seinem fünfzigsten Lebensjahr – ein hohes Mannesalter im 19. Jahrhundert – mußte der »Schwärmer« und »Träumer«, der »Hochstapler« und »Zuchthäusler«, wie er noch heute oftmals geschmäht wird, sich gedulden, ehe ihm, 1892, mit dem Wüsten-Zyklus (1. Band: *Durch Wüste und Harem*) sowie mit der im Jahr darauf folgenden Winnetou-Trilogie jener kommerzielle Schub vergönnt war, den wir modernen Menschen als Durchbruch bezeichnen würden. May war nicht mehr arm, er war unabhängig; er wurde wohlhabend, wurde reich, er fand Anerkennung. Endlich.

Dabei ritten und kämpften die Figuren des Webersohns Karl Friedrich May beileibe nicht erst in dessen legendär gewordenen, zunächst 33 Bände umfassenden »Gesammelten Reiseerzählungen«. Im fast drei Jahrzehnte währenden, unsteten Erwachsenenleben ihres Schöpfers bereiteten sie sich gleichermaßen auf höhere Weihen vor.

Winnetou zum Beispiel.

In den Urtexten ficht er in den »finsteren und blutigen Gründen« noch als »Inn-nu-woh«, als arg radebrechender und durchaus auf Kopfhäute versessener »Roter Gentleman« (s. die Erzählung *Die Both Shatters* von 1881). Der spätere Edelmensch begann seine Laufbahn als grobgeschnitzter Prototyp.

Oder der nicht unproblematische Kunstgriff Mays, als Erzähler das eitle Ich zu gebrauchen, was ihm noch viel Ärger (und noch mehr Bewunderung) eintragen sollte; da erprobte sich der bald plot- und pointensichere Schriftsteller in unterschiedlichsten Stilen, Umfängen und Verpuppungen. Lange dauerte es, ehe ein und derselbe Mann zu seiner endgültigen Form fand – und aus den Riesenschatten Kara Ben Nemsis und Old Shatterhands heraustrat.

Und der Bürger Karl May? Das so lange strauchelnde Subjekt, der sein Lebtag ringende Künstler, dieser Könner, der seine Leser nicht *aus* dem Serail entführte, sondern geradewegs in dasselbe *hinein*?

Im wirklichen und in seinem noch viel wirklicheren Leben, in der Phantasie, da tarnte und täuschte und spielte und verkleidete sich der Underdog nicht minder gern. Als Literat tat er dies unter so reißerischen Namen wie »Capitain Ramon Diaz de la Escosura« oder, Weltläufigkeit suggerierend, als »Prinz Muhamêl Latréaumont«, pseudoaristokratisch als »Ernst von Linden« oder »P. van der Löwen« oder bürgerlich-bescheiden als »Richard Plöhn«. Freilich benutzte May diese und weitere Namen nicht einfach aus Gründen der Anmaßung. Als schlecht und manchmal gar nicht bezahlter Autor oder Redakteur mußte ihm im aufstrebenden Zeitschriftenmarkt des späten 19. Jahrhunderts an der Mehrfachverwertung seiner Texte gelegen sein. Die entgeltfreien

»Creative Commons« unserer Tage gab es in ähnlicher Form seinerzeit auch, sie hießen nur anders: zum Beispiel »Raubdrucke«. Oder schlicht »Verleger« (Heinrich Gotthold Münchmeyer).

In dem von May ebenfalls verwendeten Pseudonym »Karl Hohenthal« verschmolz er seinen Geburtsort Ernstthal mit dessen Nachbarort Hohenstein. Zwischen 1875 und 1882 veröffentlichte »Hohenthal«, unter anderem für das Blatt *Für alle Welt,* etliche Erzählungen. Sie spielten vorwiegend auf deutschem Boden, waren schnell hingeworfenes, bewußt auf dramatische Abrisse (Cliffhanger) abzielendes Lesefutter. Bis auf wenige historische, damals aktuelle Bezüge waren die Namen und Personen in diesen Erzählungen erfunden, wie auch in der vorliegenden Nachempfindung. (Anders als hier geschildert, war etwa Truman C. Everts, der Mitentdecker des Geysirs Old Faithful, ein Ehrenmann.) Derart fiktiv-naturalistisch war seit dem Lügenbaron von Münchhausen kein deutscher Autor in Erscheinung getreten: Karl May/Karl Hohenthal nahm das Scripted-Reality-Prinzip des Kommerzfernsehens vorweg, jedoch ehrenwert gemeint sowie ungleich unterhaltsamer, spannender.

Obgleich »Hohenthal« nur wenig zu den Lorbeeren des May-Werkes beitrug, ist es interessant, die Entwicklung vieler Stereotypen in der Rohversion nachzuvollziehen, beispielsweise das oft geübte Recognosciren, also das Beschleichen und Aushorchen von Feinden. Oder die mit den Jahren auf Seitenlänge anschwellenden, für heutige Gemüter schnell ermüdenden Landschaftsbeschreibungen. Oder die Elogen auf Aussehen, Ausrüstung und Charakter von Winnetou, von gußeisernen Fans Wort für Wort auswendig gelernt.

Bei Karl Hohenthal – 19. Jahrhundert! – findet sich viel Frömmelei, denn viele dieser Texte wurden in christlichen Familienzeitschriften abgedruckt. Vielfach als sadistisch empfundene Untertöne begleiten all die Marter-, Folter- und Bestrafungsszenen; den detailliert präsentierten Waffen wie der Silberbüchse oder dem Bärentöter wird gern phallische Bedeutung unterstellt. Höhepunkt der Gründelei bis heute: War May schwul? Bereits in den ersten literarischen Veröffentlichungen finden sich weiße, rote und schwarze Kämpfer, aber keine einzige gutgebaute Frau, weder weißer, roter noch schwarzer Hautfarbe. Dafür gibt es »gewisse« irritierende, als »homoerotisch« aufgefaßte Körperschilderungen – allen May-Profilern sei zugerufen: Ohne eine Prise Verstörung funktioniert kein Roman, erst recht keine »Reiseerzählung«.

Und nun, mehr als ein Jahrhundert später, schlüpft ein anderer in die Haut von Karl Hohenthal – wer? Und warum ausgerechnet Karl Hohenthal?

Ersteres tut wenig zur Sache. Stil-Adepten gibt es zuhauf, und keiner soll sich größer tun, als er ist, wie May sagen würde. Lassen wir also dem *alter ego* des neuen »Hohenthal« sein kleines, völlig unwichtiges Geheimnis, sofern so etwas im Zeitalter des Internets und weltumspannender Sozialnetzwerke überhaupt möglich ist.

Gereizt hat ihn die Gelegenheit, im Rahmen einer neuen Langerzählung zahlreiche der genannten Elemente in kritische Interaktion zu bringen. Warum nur macht sich in den Winnetou-Bänden das Wort »Cowboy« so rar, daß es am liebsten gar nicht vorkommt? Wir befinden uns doch im Wilden Westen. Weshalb hegt Old Shatterhand/Kara Ben Nemsi zwar eine Vorliebe für Pferde und listet auch deren indianische beziehungsweise arabische Namen auf, während in seinen sämtlichen Reiseerzählungen kein einziger Hund (noch eine Katze) namentlich bekannt wird? Überhaupt Tiere: Viele Westmänner, erst recht *Cowboys,* hielten sich Hunde zur Jagd, zur Fährtensuche, zur Verteidigung. Weshalb nicht auch Old Shatterhand, warum nicht Sam Hawkens, wieso nicht der »dicke Jemmy« oder der »lange Davy«? *Lassie* oder *Kommissar Rex* wäre jeweils ein May'scher Urahn zu gönnen gewesen.

Und erst Winnetou!

Bekanntlich war der Apache der Lehrmeister Old Shatterhands in allen Fertigkeiten, »deren ein Westmann bedarf«. Doch in der Wüsten-/Balkan-Version des Mannes mit dem »Jagdhieb«, als

Kara Ben Nemsi, da unterwies ein anderer den kleinen Hadschi Halef Omar, was dieser freilich gern andersherum darzustellen pflegte. Was stimmte beziehungsweise stimmt immer noch in diesem vielfach verpuppten Kosmos?

Nicht wenige literarische Adepten haben sich, und zwar recht gehaltvoll, an einer Fortschreibung der May-Helden versucht, etwa Jörg Kastner im Karl-May-Verlag. Was es bisher nicht gab: eine sowohl augenzwinkernde als auch seriöse, selbstreferentielle Auseinandersetzung mit einem Gesamtwerk, wie es vielfältiger, umfangreicher, spannender und unterhaltsamer von keinem anderen deutschen Autor geschaffen wurde. Könnte nicht, 100 Jahre nach seinem Tode, Karl May – pardon: Karl Hohenthal – eine Pferdelänge hinter sich treten und ein paar »recognoscirende« Blicke auf sich selbst zulassen? Was, wenn wir hinter die Kulissen des großen May-Theaters treten dürften, und zwar auf dem arabischen *und* dem nordamerikanischen Schauplatz; wie, wenn dort der unverzichtbare Erz- und Haupt- und Oberschurke selbst ein Deutscher wäre, gar ein Sachse, ja das exakte Ebenbild Mays, pardon: »Karl Hohenthals«?

Wir finden deshalb in diesem Buch Hadschi Halef Omar mehr denn je als Kritiker seines »Sihdi«, und beileibe nicht nur in weltanschaulichen Dingen. Flankiert wird er von einem zünftigen, bayerisch-katholischen Mundkoch am Hofe König Ludwigs II., welchem der Ich-Erzähler, wiederum Karl Hohenthal, genauso spanisch vorkommt wie dem Leser. Einzige personelle No-go-Area ist Winnetou. Er bleibt so wortkarg und unantastbar wie eh und je. Seine Aura ist sakrosankt, auch und gerade anno 2012 im Jubiläumsjahr seines »Scharlih«. Rührte man an dieser Ikone, man verginge sich tatsächlich am Mythos May. Howgh.

Ob nun diese »Reiseerzählung« von »Karl Hohenthal« – das Ergebnis mehrerer Jahre Arbeit – ein sehr postumes Kompliment für Karl May darstellt oder schlicht eine Unverschämtheit, schlimmer noch: eine literarische Belanglosigkeit, das soll nicht »der

Markt« entscheiden. Die unzähligen May-Freunde, -Kenner und -Forscher und ganz einfach Wildwest-Begeisterten sollen dies tun. Es schreibt ja hier, wie nicht oft genug betont werden kann, keineswegs der große Sachse selbst. Allein der doppelte, mithin pseudo-pseudonyme Geist von Karl Hohenthal »alias« Karl May tut dies, und so entstand diese Nachempfindung seiner Worte und seiner Figuren in aufrichtiger Verehrung von einem verspäteten Schüler dieses unerreichbaren Meisters – und großen Menschen.

Yellowstone Park, Wyoming, im Herbst 2011